İSKENDER PALA

1958, Uşak doğumlu. İstanbul Üniversitesi Edebiyat Fakültesi'ni bitirdi (1979). Divan edebiyatı dalında doktor (1983), doçent (1993) ve profesör (1998) oldu. Divan edebiyatının halk kitlelerince anlaşılabilmesi için klasik şiirden ilham alan makaleler, denemeler, hikâyeler ve gazete yazıları yazdı. Düzenlediği Divan Edebiyatı seminerleri ve konferansları kalabalık dinleyici kitleleri tarafından takip edildi.

"Divan Şiirini Sevdiren Adam" olarak tanınan İskender Pala, Türkiye Yazarlar Birliği Dil Ödülü'nü (1989), AKDTYK Türk Dil Kurumu Ödülü'nü (1990), Türkiye Yazarlar Birliği İnceleme Ödülü'nü (1996) aldı. Hemşehrileri tarafından "Uşak Halk Kahramanı" seçildi. *Babil'de Ölüm İstanbul'da Aşk* adlı romanı yüz binlerce kopya sattı, pek çok ödül aldı. Evli ve üç çocuk babası olan Pala, halen Uşak Üniversitesi öğretim üyesidir.

www.iskenderpala.net
www.iskenderpala.com

Katre-i Matem

Kapı Yayınları 181
İskender Pala Bütün Eserleri 40

Katre-i Matem
İskender Pala

1. Basım: Nisan 2009

ISBN: 978-9944-486-90-3
Sertifika No: 10905

Kapak Tasarımı: Utku Lomlu
Mizanpaj: Bahar Kuru

Kapı Yayınları
Ticarethane Sokak No: 53 Cağaloğlu / İstanbul
Tel: (212) 513 3420-21 Faks: (212) 51 2 3376
e-posta: bilgi@kapiyayinlari.com
www.kapiyayinlari.com

Baskı ve Cilt
Melisa Matbaacılık
Çiftehavuzlar Yolu Acar Sanayi Sitesi No: 8 Bayrampaşa / İstanbul
Tel: (212) 674 9723 Fax: (212) 674 9729

Genel Dağıtım
Alfa Basım Yayım Dağıtım Ltd. Şti.
Ticarethane Sokak No: 53 Cağaloğlu / İstanbul
Tel: (212) 511 5303 Faks: (212) 519 3300

Kapı Yayınları, Alfa Yayın Grubu'nun tescilli markasıdır.

Katre-i Matem

İskender Pala

SUNUŞ

İstanbul'da, Marmara Oteli önünde duran bir ilan panosunda, "*Filateli / ve / Eski Kitaplar / Müzayedesi*" ilanını görüp de hemen yazının altındaki ok istikametinde ilerleyerek otelin konferans salonuna inmem yalnızca birkaç dakika sürmüştü. Aslında her zaman böyle acele karar vermezdim. Üstelik ne o günkü müzayede kataloğunu incelemiş, ne de müzayedeye katılmak için rezervasyon yaptırmıştım. Yalnızca çok üşümüştüm ve bir bardak sıcak çay içmenin içimi ısıtabileceğini, birkaç aşina yüz ile karşılaşıp hal hatır sormanın huzurumu arttıracağını düşünüyordum.

Yıllardır her Çarşamba saat 18.00'de halka açık bir salonda düzenli olarak verdiğim "Divan Şiiri Saati" seminerinde o gün konu biraz şiirin dışına taşmış, hiçbir şeye önem vermek istememenin hiçbir şey olmadığını anlayanların her şeye önem verecekleri üzerinde konuşmam gerekmişti. Avare adımlar ve seminere dair hâlâ aklımda takılı kalan sorular eşliğinde Beyoğlu'nda tek başıma yürürken tipiye çevirmekte olan karın yüzüme çarptıkça göz kapaklarımı yaktığını, rüzgârın ustura keser gibi yüzümü yalayıp geçişini hissettim.

Müzayede salonu tıklım tıklımdı. Birkaç dosta merhaba dedikten sonra uzaktan satılacak kitaplara baktım. Yarısı el yazması eserlerden oluşuyordu. İştirakçilerin bir o kadarı da sosyetenin ünlülerinden... İşe yarar kitapların olup olmadığını tetkik için ilgililerden bir katalog istedim. Müzayede devam ediyordu ve satılanlar arasında önemli bir kitap olmaması için dua ediyordum. Yaban ellere teslim edilmiş nazenin bir dilberin sevgisi yüreklere ne kadar acı verirse, Osmanlı Türkçesini okumayı bilmeyen kişilere satılmış bir el yazması kitap da beni o kadar yandırırdı. Kataloğu incelemeye başlamıştım ki tellal "Yirmi sekizinci sırada sizlere şiirlerden nefis bir seçki koleksiyonu sunuyoruz!" demesin mi?!.. Gerçi "nefis" kelimesi bu tür müzayedelerde artık reklam değerini yitirmişti ama ben yine de beş duyumun bütün antenleriyle kürsüdeki adama yöneldim. Kulaklarım söyleyeceklerinde, gözlerim elinde sallayıp durduğu elyazması ciltte idi. O, ağzını yayarak ve pazarlamaya çalıştığı kitaba ses tonuyla bir kat daha değer katmaya azmetmiş olarak "Genceli Nizami'nin Hüsrev ile Şirin'inden, Bağdatlı Fuzulî'nin Leyla ile Mecnun'undan, Yazıcıoğlu Mehmed'in ünlü Muhammediye'sinden bölümler; Hamdullah Hamdi'nin Kıyafetname'sinin tamamı, Âşık Yunus Divanı'ndan en güzel ilahiler, Karacaoğlan ve Gevherî koşmalarından hiç okunmamış aşk neşideleri..." diye anlatmaya, daha doğrusu ezberlerini okumaya devam ediyordu. Duyduklarım beni kışkırtmaya yetmişti. Elinde tuttuğu, hayli ilginç bir kitap olmalıydı. Bir yandan aristokrat zevkine uygun olarak mesneviler ve divanlardan seçme bölümler, diğer yandan Anadolu halkının belli başlı akait kitaplarından Muhammediye, tekke şiirinin en zarif örneklerini veren Yunus ilahileri, öte yandan kırsal kültürü yansıtan halk şairlerinin koşmaları... Nadir bir şiir mecmuasına benziyordu. En azından bunu tertipleyen ve aynı kapak içine ciltleten adamın şiir zevkinin hangi şairden yana olduğunu merak etmeye başladım. Tellalın söylediğine bakılırsa kitabın devamında Envaru'l-Âşıkîn, Mızraklı İlmihal, Veysî'nin Münşeat'ından perakende mektuplar ve öyküler yer almaktaydı. Bu sefer merakım daha da artmıştı. Çok şükür ki pey sürenler ilgilendikleri kitapların ne anlattığından ziyade cildinin güzel ve sağlam görünümüyle, bir de içindeki minyatürlerin sayısıyla ilgileniyorlardı. Müşteri aranan mecmuada ise minyatür yer almıyordu ve cildi şemseli, miklepli, zerefşanlı olmasına rağmen yıpranmış, dağılmış, pörsümüştü. Allah için söylemeliyim; ekspertiz bu kitaba fazla fiyat biçmemişti. Belki de bu yüzden, daha üçüncü artırımda kitabın sahibi oluverdim.

Bir saat sonra otelden ayrıldığımda karanlık ile birlikte kar yağışı artmış ama rüzgâr dinmişti. Bir sevgili edinmiştim ve onun peçesini açmak için eve varmayı bekleyemezdim. Üsküdar vapurunda başladım "kitabım"ın sayfalarını çevirmeye. Heyecanlıydım. Hatırlıyorum; Boğaziçi'nde çok güzel bir akşamdı o!.. Avrupa ile Asya'ya aynı anda romantik bir kar yağıyordu. Ve ben elimde Boğaçizi kadar güzel bir kültür yadigârı tutuyordum. Rastgele açtığım ilk sayfada Gazalî Deli Birader'in açık saçık bir mizah öyküsü vardı. Kahkaha için paragrafın sonuna kadar dayanamadım. O sırada çevremde oturan ve tek dertleri evlerine bir an evvel varmak olan yorgun insanlardan bazılarının başlarını çevirip bana baktıklarını gördüm. Muhtemelen bana acıyorlar, fersiz ışık altında ve salınan bir teknede, bembeyaz karlara kendini teslim etmiş bir gecede, elimdeki kitaba gösterdiğim ilgiyi yadırgıyorlar, belki bazıları da kitabımın yazısına bakıp içlerinden "Tu, tu, tu! Tövbe tövbe! Kuran okurken gülünür mü herif?!" diye beni paylamayı geçiriyorlardı.

Eve varınca hiç beklemedim. Dışarıdan pencereme vuran karların beyazlığını ve rüzgârın sesini hissederken içeride kitabımın her bölüm başlığını, her sayfasını dikkatle gözden geçirdim. Böylesi zengin bir külliyatı kimin tertip ettiğine dair bir ipucu yoktu. Her biri 15-20 yaprak süren mesnevi parçaları ile Yunus ilahileri aynı katibin kaleminden çıkmıştı ve hat bakımından ne kadar müstesna ise hata bakımından o kadar fersude idi. Düzyazı olan bölümler, muhtemelen kitabın ilk sahibi tarafından kaleme alınmıştı. Kim bilir nasıl birisiydi? Yazısı pek okunaklı değildi ama bazı sayfa kenarlarında aynı kalemden çıkma notlar yer alıyordu. Fazlaca örselenmiş zarif cildi tamir istiyordu. Şirazesi sökülmüş, şemse kabartması deforme olmuştu.

Sözü uzatmayayım...

Kitabımın en uzun ve en son bölümünde şimdi size anlatacağım öykü yer alıyordu. Öykünün sernamesi kırmızı mürekkep ile ve mihrâbiye nakışlar içine yazılmıştı: *"Yek Cinayet Şast u Şeş Suâl"*. Günümüz diliyle "*1 Cinayet; 66 Soru*" veya "*Altmışaltı Soruda Cinayet*" diyebileceğimiz bu başlık hayli ilgimi çekmişti. İlk satırları okurken çayımı yudumlamaya yeni başlamıştım. Birkaç dakika sonra adeta başka bir âleme gittiğimi hissettim; işte o kadar.

Ne olmuştu, zaman nasıl geçmişti, hiç bilmedim. Bir ara soğuktan titreyerek ürperdim. Hayret!.. Sabah oluyordu ve fincandaki çay çoktan soğumuştu. Ben öykünün yarısına kadar gelmiştim ve ruhum cinayetler ile lale renkleri arasında çatışmalar yaşıyordu. Okuduğum satırlar yüreğimi sızlatmıştı. Dürüstlükle söylemeliyim ki bu öyküyü yayınlamayı ilk o sabah düşündüm.

Bütün aramalarıma rağmen hiçbir kütüphanede bu hikâyenin başka bir kopyasına rastlayamadım. Kimin yazdığına dair yaptığım araştırmalar ve çabalarım da hep sonuçsuz kaldı. Her kim yazdıysa, kitabın başına kendisiyle ilgili bir not koymuş ama kimliğini belirtmemişti. Notu okuyanlar onun kimliğini açıklamaktan çekindiğini hemen anlayabilirlerdi. Olup bitenleri sonuna kadar okuyunca yazarın bu tavrına hak vermek gerektiğini düşündüm. Gerçi pek çok Osmanlı elyazmasının aksine bu kitabın başından sonuna dek kaydedilmiş hiçbir yazar, hattat, cilt ustası, nakkaş, ithaf edilen veya sunulan kişi adına rastlanmıyordu ama belki tarihin karanlık koridorlarında aydınlık bir gezinti, ileride onların kim olduklarını bize gösterebilir. Şüphesiz bazı araştırmacılar bunu başaracak, elimizdeki kitabın en azından yazarını veya size aktaracağımız öykünün başka bir kopyasını bulup Osmanlı tarihinin bir bölümünü yeniden yazmak gerektiğini söyleyeceklerdir. O zamana kadar bu öyküyü size ben anlatmış olacağım ve siz bu kitabın yazarı olarak beni bileceksiniz.

Aşka, sevgiye, şiire, gül ve bülbüle alışık bahtiyar bir ömür süren ben, bu kitabı Latin harflerine çektiğim sırada, birden acımasız çetelerin, zalim soyguncuların, ayak takımı ihtilâlcilerin mide bulandıran cinayetleriyle uğraşır duruma düştüğümü görüp üzülmedim değil. İtiraf etmeliyim ki çeviriyi yaparken en keyif aldığım satırlar, bazı bölümlerin sayfa kenarlarına kırmızı mürekkeple yazılmış, aşka dair "derkenar"lar oldu. Cinayetler tarihçesine eski çağların derinlikli sevdalarından aşk çeşnisi katan bu derkenarları ilgili bölüm sonlarında bulacaksınız. Bazı sayfalarda yer alan çizimlere gelince; bunlar da fotoğraf makinesinin icadından hemen önceki dönemde pek yaygın görülen oryantalist tarzda gravürlerden ibaretti. Bazılarını kitapta muhafaza ettim.

Kitabın öykümüze ayrılan ilk birkaç paragrafı, daha sonra tekrarlanıp tamamlanacak bir bölüm halinde düzenlenmişti. Yarım bırakılmış bu satırlar bana, yazarın öyküsünü anlatmaya farklı bir yerden başlayıp da sonradan vazgeçtiği hissini verdi. Belli ki böyle uygun bulmuştu. Onun tercihine sadakat göstermem gerektiğini düşündüm ve kimi yerde kısacık, kimi yerde upuzun olsa da bütün bölümleri aynen muhafaza ettim.

Burada kitabın, Lale Devri'ne ait Türkçesini sizler için yalınlaştırdığımı söylememe gerek bile olduğunu sanmıyorum.

Evet!.. Şimdi o kitapla sizi baş başa bırakma vakti...

GİRİZGÂH

Kalemimi hokkaya bandırdığım şu anda -ki Nevşehirli Damat İbrahim Paşa'yı canından; Sultan III. Ahmet'i de tahtından eden cehennemden nişan Eylül İhtilali'nin üzerinden henüz iki hafta geçti- şahit olduğum olayları yazıp yazmamakta kararsız sayılırım. Bilemiyorum. Yazmak gerektiğini düşündüğüm şeyler bir bakıma devlete ait sırları ifşa etmek gibi bir ihanetin ağırlığını da vicdanıma yükleyecek. Öte yandan Şark'ın kutsal çiçeği laleye dair yorumlarda bulunacak ve belki şükûfeciyan esnafını gücendirmiş de olacağım. Ama birisi çıkıp yiğit Şehzade Ahmet'i, aşağılık isyancıların yaptıklarını, cennete benzeyen İstanbul'u ve Sadabat'ın laleye kattığı zarafeti anlatmazsa bu dahi tarihe ve şehre haksızlık sayılırdı. Haddim olmayarak işte ben bu zorlu işe kalkıştım.

İmdi, bütün olup bitenleri 66 babda -bilirsiniz, "lale" adının ebced hesabındaki karşılığı 66 eder- size hulasa etmeye çalışa-

cağım. İki denizin kucağında, iki karanın elleri üstünde zarafetle parlayan İstanbul'da, eylül yapraklarının elediği bu hüzünlü günlere dair yazacaklarım belki de can güvenliğim kadar halk içindeki itibarımı da zedeleyecektir, ne ki gerçeklerin de üstü örtülmemelidir diye düşünüyorum. Hani şair "Bir hakikat kalmasın dünyada Allahım nihan" der ya; işte öyle. Öte yandan, eğer okunmayacaksa gerçekleri yazmanın kime ne yararı olabilir ki?!..

İleride belki yırtar atarım!..

- Ben kim miyim?

- Bunun ne önemi var?!..

I. BÖLÜM

Serim: 66 Soruda Cinayet

(Ekim 1729)

Hikâyenin daima olduğu gibi iki kahramanı vardır.

1.Sual:
Fedakârlığın Sınırını Taşırabilir misin?

"Layhar'ın çocukları!.. Burası baba yurdudur. Burada senin, benim yoktur. Hepiniz kardeşsiniz. Bir anadan, bir babadan olanlar birbirlerini boğazlarlar, oysa analarını babalarını bilmeyen Layhar'ın çocukları birbirini tek vücut bilirler. Kardeşine iğne batırıldığında acısını kendi vücudunda duyacaksın. Bu kefene sağlığında girenler ölünceye dek birbirlerini ayrı görmezler. Bu, ikilikte birliktir. Bu senin sağ elindir, sen de bunun sol elisin. Biriniz sağınızı, diğeriniz solunuzu görürsünüz. Vücudunuz bir, başlarınız ikidir. Ömrünüzün sonuna kadar birbirinizi görür, gözetirsiniz. Burada bu senindir, bu benimdir, yoktur. Az, çoğu arttırır, çok hepinizi besler. Kazan birdir, hepinizi doyurur... el-Fatiha!.."

Gedikpaşa Hamamı'nın külhanına yeni gelen iki kişinin kardeşlik merasimiydi bu. Üç kollu bir şamdanın ışığında birbiriyle öz kardeş olacaklardan biri on dört, diğeri ondan yaklaşık on yaş büyük iki delikanlı idiler. Külhanın her şeyiyle ilgilenen aşçıbaşı, Layhar'ın iki yakası ve iki kolu bulunan kefenini getirmiş, kırklık babayani destebaşı, kardeş olacak iki kişiyi meydanın orta yerinde çırılçıplak soyup birinin sağ, diğerinin sol kolunu sokacak şekilde gömleği giyindirmiş, meydanda iki baş ile iki eli görünen bir kişi kalmıştı. Bu iki kardeşin oraya geldiklerinde çıkardıkları elbiseler o dakika bitpazarına gönderilip satılmış, parası destebaşı için ayrılmıştı. Külhancı Baba ocağa karşı dönüp duayı okuduğunda Fatiha'dan gayrı sure bilmeyen gençlerin hepsi birden "Âmin!.." dediler. Ardından da Apaş Tekkesi'nde ziyafet başladı. Bu ziyafet, gömlek giyip kardeş olan iki kişinin çarşıdan topladıkları erzakla pişmiş yemeklerden, pilav ve helvadan oluşuyordu. Bunun için üç gün boyunca her ikisine de yırtık ve kirli donlar giydirilip ellerine birer torba verilmiş ve külhancı baba tarafından ayrı ayrı tembih edilmişti:

"Utanmayacaksın, dolaşacağın dükkânlardan kovarlarsa sıkılmayacaksın, dayak yememeye çalışacak ve arsızlıktan çekinmeyeceksin. İste, vermezlerse bir daha iste, yine vermezlerse bir daha iste. Nerede, ne zaman, ne olursa olsun iste. Sızlan, yalvar, dükkâna sinek gibi yapış, asla kopma. Seni hırpalamaya kalkan olursa şirretlik yap, müşterilere sokul, sürün, sürtün sırnaş. Tiksinirlerse daha çok sırnaş."

O günkü ziyafet sofrası oldukça zengin sayılırdı. Bu yeni "bey"lerin külhana çok yararlı olacaklarını düşünen külhancıların hepsi mutlu ve sevinçliydi. Ne de olsa işleri azalacak, zevkleri çoğalacaktı. Birbiriyle kardeş edilen beyler Layhar'ın gömleğinden çıkartılmış, yarı çıplak hizmet ettiriliyor, sofrada her kim "Yandım kardaş!" dese ona buzlu testiden şarap sunuyor, pilav ve tatlı getiriyorlardı. Ziyafetten sonra külhanda bir ayin başladı ve iki kardeş "Layhar sultan aşkına!" deyip birer kadeh "horoz kanı" içerek akitlerini pekiştirdiler. Ardından külhancı baba tembih etti:

"Burada verilen emre hayır demek yoktur. Etinizi kesip şarabımıza meze, kebap eylesek boynunuzu büküp ağzını açmayacaksınız; razı mısınız?!"

"Beli babam razıyız!.."

(...)

2. Sual:
Bulduğunu Kaybeden Ne Hisseder?

Akşamın ılık meltemleri filbahrilerin kokusunu fesleğenlere karıştırıyordu. Vuslatın derinliğinde kucaklaşmışlardı. Sevgilisinin zülüfleri ilk kez yüzüne değdiğinde içi ürperen delikanlı sordu:

"Işığı görüyor musun?"

"Şu kaybolmayan ışığı mı?"

"Evet!.. Tıpkı kalbimdeki sen gibi..."

"O ışık gibi ben de kalbinden hiç kaybolmayacak mıyım?!"

"?!.."

Gözlerinden yaşlar döküldü...

Sevgilisinin eli eline ilk kez değdiğinde titreyen genç kız sordu:

"Laleyi sever misin?"

"Yanağının renginden mi?.."

"Hayır aşkımın renginden; mor lale!.."

Kız, zarif parmakları arasındaki lale soğanını delikanlının avucuna koydu. İkiz bir soğandı bu. Tıpkı o anda birbirine sarılmış iki beden gibi.

"?!.."

Gözlerinden bir damla yaş süzüldü.

O sırada deniz, dolunayın kendisini çektiğini bilememişti. Nasıl bilebilirdi ki?!

Saklı inciler gibiydi. Güzel gözlü hurileri anlatanlar, sanki ona bakarak tasvirler yaparlardı. Kaşlar kara, gözler kara. Kirpikler kıvrım kıvrım oya. Bembeyaz ten, uzun boy, uzun boyun... Saçının örgüleri zincir zincir... Edası ve tavrı uygun bir şivekâr.

Soruyu kendisine daha sıkı sarılarak cevaplayan delikanlının kolları arasına gizlenerek mutluluğuyla ağladı... Uzaklardan gece kuşlarının sesleri geliyordu ve gökyüzünde kaybolmayan ışıklar vardı.

Delikanlı, sonbahar serinliğini savuran sıcak bir tebessümle bütün gece yüzüne bakmış, kâh gözlerindeki letafet buğusuna hayran; kâh yanaklarındaki nezahet etkisiyle giryan, adını tekrarlayıp durmuştu:

"Nakşıgül; hazinem, definem... Nakşıgül; servetim, varlığım... Nakşıgül; hayalim, rüyamın tabiri... Nakşıgül..."

Ömrünün en bahtiyar gecesinde mutluluk düşleri görüyordu. Üstelik gözüne hiç uyku girmeden. Küçük buseler, saçının beliklerini koklamalar, parmaklarıyla yüzünü santim santim tanımaya çalışmalar... Bir uykuyu canan ile birlikte uyumanın mutluluk mu, yoksa haksızlık mı olduğunu düşünerek geçen dakikalar ve "Efendim, canımın cananı, sultanım, gonca dudaklım, gül yanaklım..." iltifatlarıyla süren fısıldaşmalar.

Bir gerdek gecesi için alışılmış olmayan her şey bu iki üftade âşıkın odasında söyleşildi, konuşuldu, fısıldaşıldı... Söz ile başlayıp ruh ile sarmaş dolaş olan iki bedenin bundan daha öte bütünleşmesi ifrat olurdu. İzdivaçtan murat iki bedenin değil, iki ruhun birleşmesi, uyumu, tamamlanması değil miydi zaten?

Gecenin sabaha evrilen saatlerinde, biri diğerinin kolunda, öbürü bunun yanağında aşk ve gözyaşı yorgunu gözlerini yumdular.

* * *

Şahin uyandığında hâlâ dudağında uyku öncesinin ihtişamlı tebessümü ve gözlerinde mahmur bir aşk baygınlığı vardı. Uyanıp uyanmamak arasında tereddütte gibiydi. Kolunda yatan Nakşıgül'ün saçlarını kokladı ve avucunda toplayıp kulağına sevgi sözcükleri fısıldamaya başladı. Geceye birlikte başlamışlar, birlik olmuşlar, birlikte uykuya dalmışlardı. Evliliğin ilk gününe de birlikte başlamak istiyordu.

"Nakşıgül... Sultanım!.."

"?!.."

"Canım, yaraşığım, Nakşıgülüm!"

"?!.."

Nakşıgül derin uykulardaydı, uyanmıyordu. Eliyle yüzünü okşadı. Saçlarından tutup alnını öptü. Hayır, uyanmıyordu.

Üstelik yüzü buz gibi soğuktu. Omuzundan tutup uyandırmak istedi. Birden yorganın altında bir boşluk hissetti. Sevdiği kadın sanki koynunda değildi. Bu evliliğin bir rüya olduğunu sanacak oldu. Şiddetle yorganı kaldırdı.

"Nakşıgüüüüüül!.."

3. Sual:
Sevmenin Cinnet ile Cennet Arasında Durduğunu Kim Bilebilir?

"Yeye! Dün çarşıdan on altın tutarında zeytinyağı satın aldım. Yağcı ağzına kadar dolu on şişe, yarısı dolu on şişe ve paranın üstü çıkışmayınca da on adet boş şişe verdi. Eve gelince üç hanıma eşit paylaştırmak istedim. Tartı ve ölçü yoktu; bir türlü elimin ölçüsü de tutmadı, adaleti sağlayamayacağım diye öylece bıraktım. Ne yapacağımı bilemedim."

"On adet yarım şişenin beşini diğer beşine boşaltıp her kadına beş dolu, beş de boş şişe ver hekim efendim."

"Aklınla bin yaşa Yeye!.. İşte seni bu yüzden pek seviyorum ben. Akıllısın!.. Terbiyelisin!.. Düşüncelisin!.. Peki, söyle bakalım, musiki hücresinden gelen santur sesi hangi makamda? Zirgûle mi, Acemaşiran mı?"

"Şehnaz makamında hekim efendim?"

"Şehnaz'ı bir an olsun unut Yeye!.. Aklını bana ver."

"Şehnaz gelince, yıllar önceydi, akıl gitmişti... Şimdi bir gelip bir gitmesi hep ondan..."

"Makamların geçişleri üzerine konuşalım mı biraz?"

"Bütün geçişlerin şehnaza vardığı, bütün taksimlerin, peşrevlerin şehnaz olup dimağımı istila ettiği o günün sarhoşuyum ben... Konuşmaya değil, görmeye muhtacım."

"Gücenirim ama Yeye!.. Bir parça aklını başına topla; azıcık konuşalım. Konuşalım ki görmeye kapı açılsın. Şu tambura kulak ver, hangi makamı geçiyor?"

"Şehnaz'ı hekim efendim!.. Beni Şehnaz'a götürün!.."

"İnat ediyorsun madem, konuya Şehnaz ile devam edelim. O gün, Şehnaz ile ağacın altında otururken kucağına düşen yılandan kendini neden korumadın?"

"Şehnaz'ı seyretmeye o derece susamıştım ki yılanı görmedim bile."

"Kıza karşı yiğitlik gösterisine girişmiş olmayasın?!"

"Öyle de olsa yılan beni anladı, hekim efendim."

"Anladı anlamasına ama Şehnaz'ın korkudan dili tutulduktan sonra!.."

"Şehnaz bu gece geldi, konuştuk, dili tutulmamıştı."

"Hah, ha!.. Peki ne dedi sana!?"

"Yusufum, dedi."

"Başka?"

"Yine Yusufum dedi."

"Peki ya başka!?"

"Bir kez daha Yusufum dedi."

"Sen ne yaptın?"

"Şehnazım dedim."

"Başka?"

"Şehnazım dedim."

"Yeye! Şehnaz'a dair bize hiç doğru söylediğini hatırlıyor musun?"

"Size evet derdim ama yalan söylemiş olmaktan korkarım!"

"Yani bize hep yalan söylüyorsun?"

"Şehnaz olunca bahis, aklım gidiyor, neyin yalan neyin gerçek olduğunu anlayamıyorum..."

"?!.."

❦ ❦ ❦

Yanık Yusuf her gün tekrar eden saçma sapan sorulardan bıkıp usanmıştı. Geçen yıl, yetişip büyüdüğü konağın biricik kızı, dünyada sevdiği ve sevmeye devam edeceği Şehnaz'ın dilinin tutulmasına sebep olduğu için odunlukta iki ay işkence görmüş, buna dayanmakla birlikte Şehnaz'ı görmemeye dayanamayarak direnmiş, ancak bu dert ile halayık anneciğinin ölüm haberini alınca odunluk duvarları kendisine dar gelmiş, işi tamamen şiddete ve çılgınlığa vurmuş, kendisiyle konuşan herkese saçma cümlelerle cevaplar vererek delirdiğine inandırmış, nihayet Şehnaz'ın konaktan alıp götürülmesi üzerine orada kalmasını gerektiren son sebep de ortadan kalkmış ve deliliğin saldırganlığını arttırınca, dev cüsseli dört kişi tarafından zor zapt edilir vaziyette Haseki Bimarhanesi'ne getirilip bırakılmıştı. Buraya gönderilmesinin Şehnaz'ın efendi babası Veyis Ağa'nın kararıyla olduğunu düşünüyordu. Çünkü Veyis Ağa kızının da Yusuf'ta gönlü olduğunu anlayınca çılgına dönmüş, itibar ve mal kaygısıyla kendi besleyip büyüttüğü yamak parçasını gözden çıkarmıştı. Çok geçmeden konakta birkaç altın kaybolmasını bahane ederek onu hırsızlıkla suçlamış ve altınları odasında buldurtmuş, ardından güya suçunu inkâr ettiği için yalancılığını ortaya çıkarmış ve nihayet kızına göz diken bir ırz düşmanı olarak adını etrafa yaymıştı. Oysa asıl sebep, bir yaz akşamı konağa gelen devletlû bir misafirin Yusuf'a uygunsuz teklifte bulunması ve Yusuf'un da kilerdeki ekmek bıçağı ile adamın karşısına dikilmesini örtbas edebilmek idi. Veyis Ağa misafiri ile konağında besleyip büyüttüğü Yusuf arasındaki tercihi devletlû misafirden yana yapmış ve Yusuf'un ağzını kapatmak istemişti. Böylece bir taşla iki kuş vurmuş da olacak, kızının gönlünü çalan çulsuz Yusuf'tan kurtulacaktı.

Bimarhanede geçen zamanın ilk haftalarında tecrit odasında zincir ile bağlı kalan Yusuf, daha sonra zincirlerden azat edilip kapısı kilitli bir hücreye konulmuş, iki gün evvel de hücresinin kilidi açılıp diğer hastalar ile vakit geçirmesine izin verilmişti. Yaklaşık yüz doksan yıldır malihülyaya müptela olup da toplumdan dışlanan mecnunların tedavi edilmeye çalışıldığı bu bimarhanede hemen herkesin tek derdi vardı: Kara sevda.

Hekimler aslında iyi kalpli adamlardı. Ne ki Yusuf'un hasta olup olmadığı konusunda şüpheleri vardı. Gün geliyor onun mantıklı ve akıllıca düşündüğüne kanaat getiriyor, gün oluyor hücreye tıkılması gerektiğine hükmediyorlardı. Yusuf'un istediği vakit hasta gibi davrandığını henüz keşfedememişlerdi. Bimarhaneye yolu düşüp de daha hastalığını kabul eden hiçbir insana rastlamamış olmaktı hekimleri yanıltan. Kesin teşhis için Yusuf'u tekrar tekrar sorgulamaları bu yüzdendi. Yusuf hastaların içinde yaşı en küçük olan idi. Henüz ondördünü doldurmamıştı. Aklıyla herkesi şaşırtıyor, okuma yazma biliyor, vaktiyle okuduğu kitaplardan hastalara aşk öyküleri anlatıyor, aşk gamıyla harap olanların gönüllerini abad ediyor, hesap biliyor, bilhassa çetrefil soruları, dilemmaları, muammaları, bilmece ve bulmacaları, rakam ve kelime oyunlarını herkesten evvel çözüyor, sanki aklının azlığından değil de, çokluğundan dolayı deli muamelesi görüyordu.

Hücresinden salıverilip yeni yeni tanımaya başladığı Haseki Bimarhanesi bir çiçek bahçesi ile kubbeli bir sahanlığa açılan sekiz hücreden ibaretti. Bahçedeki havuzdan başka iç sahanlıkta da bir havuz, havuzun ortasında da masura derecesi ayarlanabilen bir fıskiye bulunuyordu. Burada tedavi, bitki köklerinden elde edilen şuruplar, maden ve tohumlardan mamul tabletler, telkinler, hikâye ve masallar ile belli süreli kürler halinde sürüyor, hastalar cinnetlerinin şiddetine göre beş kademeye ayrılmış hücrelerde barındırılıyorlar, her hücredeki tedavi süresi on beş gün ila bir ay arasında değişiyor ve her bir kür sonunda hastanın hücresi değiştiriliyordu. Bimarhanenin hasta bulunmayan üç hücresinden biri eczane, biri müşahede odası, biri de sazendeler için ayrılmış bulunuyordu. Hasta hücrelerinin düzeninde cinnetin şiddetine paralel bir sıralama mevcuttu. Söz gelimi hasta kendisine zarar verecek derecede delilik içindeyse ilk hücreye, yani hastaların zincirle bağlı oldukları hücreye; oradaki tedavi olumlu sonuç verince kapısı kilitli ama zincirsiz hücreye; sonra kapılı ama kilitsiz hücreye; sonra kontroller ve tedavi sürecine göre satranç ve oyun hücresine, nihayet son olarak da sohbet hücresine konuluyordu. Her kuşluk, ikindi ve yatsı zamanında bütün hastalara dinletilen musiki faslı başlıyor, kuşluk vakti fıskiyenin suyu bir masura, ikindide üç masura, yatsıda ise iki masura şiddetine çıkartılıyor, yüksekten düşen suyun sesi kubbede musiki sesine karışıyor ve hastalar yılın her mevsiminde ayrıca belirlenen makamlara göre tedavi kürlerine katılmış oluyorlardı. Eylül ayıydı ve sazendeler sonbahar tertibi ile icra-yı sanat ediyorlardı. Bu tertip büyük Türk bilgini Farabi'nin kitaplarından çıkartılmıştı ve insana huzur ve neşe veren Rast makamı ile duyarlılık veren Kuçek makamı kuşluk vaktinde, cesaret telkin eden saba makamı ile uyku getiren Zirgule makamı ikindi vaktinde, sonsuzluk hissini pekiştiren Ruhavi makamı ile alçakgönüllülük hissi veren Hicaz makamı da yatsı vaktinde birer kür halinde dinletiliyordu. Her makam icra olunurken fıskiyedeki suyun şiddeti azaltılıyor veya çoğaltılıyor, böylece kubbeden hücrelere yansıyan tedavi sesi bir kat daha etkin kılınıyordu. Ünlü İslam filozoflarından İbn-i Sina melankoli, malihülya veya sevda hastalarının tedavi yollarından birinin ona musiki dinletmek olduğunu söylüyordu. Yusuf, musikiden hoşlanmıştı. Başkalarına hissettirmese de bilhassa yatsı zamanlarında Ruhavi ve Hicaz makamlarının icrasını bekler olmuştu. Özellikle de Ruhavi çalarken Şehnaz'ı düşünüyor, kış akşamlarında annesiyle birlikte okudukları aşka dair eski bir kitapta anlatılan beyaz kafur yanaklı, siyah misk zülüflü, şeker dudaklı kıza tutulan **dervişin hikâyesi** gözünün önünde adeta şekil buluyor, ete kemiğe bürünüyor, ses ve hareket oluyordu.

Yusuf bimarhaneye ilk getirildiğinde içine kapanmış, tam üç gün ne bir söz söylemiş, ne söylenene tepki vermişti. O günlerde beşinci hücrede tedavisini tamamlamakta olan bir hasta ona acımış, belki de onun halinde kendi ıstırabını görmüş olmalı ki yakınlık göstermiş, hücresinde birkaç kez ziyaret etmiş, sonunda adının Yusuf olduğunu öğrenebilmiş ve aşkının derinliğinden kinaye ona Yanık Yusuf demeye başlamıştı. İlk ayın sonunda hastalar arasında artık Yusuf adıyla değil "Yanık" lakabıyla anılmaya başlanmıştı. Nihayet kâtip efendi onun sempatik tavırlarına bakarak lakabını değiştirmiş, hastalığının kayıtlarını tuttuğu tedavi defterinde kullandığı şifreleme metoduyla ona Yeye demişti. Yanık kelimesinin başındaki "y" ile Yusuf'ın başındaki "y"nin birlikte okunuşuydu bu: Ye-ye.

-derkenar-

dervişin hikâyesi

Her görenin âşık olduğu, uğrunda aklını kaybettiği bir kız vardı. Yanağı kafur gibi bembeyaz, saçları misk gibi simsiyah. Şeker, onun dudağının lezzetini bilseydi, erir yok olurdu. Bu dilber bahçelerde gezinirken oralardan bir derviş geçti. Bir ekmekçinin acıyıp verdiği yarım somunu tutuyordu elinde. O ay yüzlüyü görünce ekmeği elinden düşü-

verdi. Kız bu hale gülüp geçmişti ama o gülüş, dervişin bedenindeki yarım canı da yere çaldı. O andan itibaren ne gecesi, ne gündüzü kaldı dervişin. Tam yedi yıl yanıp yakıldı, ağlayıp inledi. Kızın mahallesinden hiç ayrılamadı, evinin çevresinde dönüp durdu. Yoksulun bu hali kızın akrabalarını rahatsız etti ve bir gece sessizce ortadan kaldırmayı düşündüler. O dilber biraz insaflıydı, gizlice yoksul dervişi çağırıp "Git buralardan," dedi, "elde edemeyeceğin bir şey için kapımda bekleme. Canına kast edecekler, durma kaç!" O zaman derviş ağladı ve ilk kez içini döktü kıza:

"Bencileyin bin âşıkın canı senin cemaline feda olsun. Ben canımı seni ilk gördüğüm an kaybetmiştim, şimdi bir can için seni terk eder miyim sanıyorsun? Yalnız meraktayım, madem bana hiç acımayacaktın, neden o zaman gülmüştün!"

"A ahmak derviş," dedi kız, "a hünersiz zavallı, sen hiç kendine bakıyor musun, gülünecek bir suratın var, insan sana bakınca elbette gülesi geliyor."

"Aşk," diye karşılık verdi derviş, "aşk, sevilen için bir hiç ise de, seven için heptir. Eğer, ey güzel, sana gücenme gücüm olsaydı, bu duyduklarım için gücenirdim. Amma bunun için aşkımdan geçecek değilim!"

Derviş yedi gece daha oralarda dolandı, sonra onu hiç kimsecikler bir daha görmedi.

4.Sual:
Haşmetlû Vezir! Bakalım Akıllı mısın?

Sultan Ahmet Camii'nin minareleri arasından bakıldığında Marmara ve Prens Adaları'nı bir kitabın sayfalarındaki resimler kadar güzel gösteren şahnişinleriyle bu vezir sarayı, yer yer Osmanlı hükümdarlarını kıskandıracak güzelliklere sahipti. Hemen önünde Mısır'dan getirtilmiş dikili taşlar ile Yılanlı sütun ve eski Roma hipodromunun kalıntıları bütün zengin geçmişleriyle tarihe direnip duruyorlardı. Bir zamanlar Muhteşem Süleyman ile veziri İbrahim'in ta Viyana'dan, Belgrat'tan, Budapeşte'den toplayıp mandalarla taşıttıkları heykeller bile, durdukları sütunların üzerinde asırlardır bu sarayı seyretmekten bıkıp usanmamışlar, hâlâ gülümseyen veya hayret eden yüzlerle kündekâri kafeslere, cumbalara, şahnişinlere bakıp duruyorlardı. Kameriyeden bakıldığında bütün bir Bizans tarihinin anılarını sakladığı düşünülen geniş alan, İstanbul halkının bir tür eğlence ve toplanma meydanı gibiydi ve vezir sarayının kafesli pencerelerinden bakan sürmeli gözler bu meydanda her an bir başka güzellik görerek gündelik hayatlarına renk katarlardı. Kanuni'nin gözde veziri İbrahim Paşa, meydana penceresi bulunan bu odaları, cariyeleri ile hanımları arasında önem ve büyüklük sırasına göre taksim etmişti. O vakitler cariyelerin hepsinin bu sarayda ayrı bir görevi vardı. Ama onlar gündelik işlerini yapmaktan ziyade paşanın ilgisini çekmek için yarışırlar, bunun için birbirleriyle sürekli kavga eder, planlar kurar, entrikalar çevirirlerdi. Şimdiki cariyelerin çoğu Kafkas kavimlerinin güzelliğini taşıdıkları için buraya getirilmiş olmakla birlikte zamanla bahar çiçekleri gibi güzellikleri süratle solup paşanın ilgisini kaybetmiş orta yaşlı kadınlar olmuşlardı. İçlerinden Venedikli ile Rum olanı biraz daha genç idiler ve dairelerinde paşanın zevkine uygun şarap saklamayı ihmal etmiyorlardı. Eflaklı dilberin merakı da paşasına cahilce şiirler yazmaktı. Hanımları mı? Onlar hemen daima mücevherler, ipekli elbiseler, güzel kokular ve meşşataların yaptığı saçlarıyla cazibe yarışına girmiş, kendi değerlerini olduğundan daha büyük göstermeye çabalayıp durmuşlardı. Paşadan aldıkları paraları müsrifçe harcama hakları vardı. İçlerinden erkek çocuk sahibi olanlar her vakit diğerlerine göre daha fazla söz sahibi ve gevezeydi. Hele içlerinde en şişman olan en büyük hanım ile devamlı manolya esansı sürerek sarayın içinde dolaşan ikinci hanım arasındaki şiddetli kin ve düşmanlık yıllarca sürmüştü. Cariyeler de borç para bulabilmek için bu ikisi arasında daima ezilegelmişlerdi.

İbrahim Paşa, Sultan III. Ahmet'in henüz onüçünde olan kızı Fatma Sultan ile evlenip "damat" olunca hanımlarını sureta boşamış, cariyelerini de yalnızca saray hizmeti için istihdam eder olmuş, ama hiçbirini yanından uzaklaştırmamıştı. Sarayında büyük davetler verip şuh meclisler düzenlediği akşamlarda bunlardan bazıları yanında yer alırlardı. Böyle gecelerin sonunda eski gözdelerinden biriyle kaçamak yaptığı haberleri sarayındaki hanımların en cazip dedikodu konularından sayılıyordu.

Paşa, tebaaya ve sultana rağmen vezirliği hakkıyla yerine getiren zeki ve kabiliyetli bir devlet adamıydı. İdarecilik yeteneği o zamanın dünya siyasetinde "olağanüstü" olarak niteleniyordu. Pasarofça Antlaşması'nın ardından ülkede bir sulh dönemi başlatmış, Osmanlı siyasetine tek başına yön verir olmuştu. Sevimli bir karakteri vardı, zekiydi; şiirden anlıyor, sözün güzelini biliyordu. Gözlerinin altındaki halkalar, çökük bir avurt ve kırçıl sakallar ile yaşına göre yakışıklı bile sayılırdı. Çevresinde pek çok şair ve sanatçı himaye görüyor, onların şiirlerine caizelerle aferinler okuduğunu herkes biliyordu. Kavrayışı, sükûneti ön planda görünürdü ama şiddet göstermede kimse eline su dökemezdi. Yabancılara çok iyi davranıyordu. Avusturya ile büyük savaştan sonra Osmanlı devletinin komşu ülkelerle barış içinde yaşayacağını yedi düvele ilan etmiş, içerde de birtakım hamleler yapıp Osmanlılığı eski şanına ve şerefine ulaştıracak çalışmalar başlatmıştı. Rusya ile barışık yaşamak gerektiğini düşünüyor, Avrupa ülkeleriyle ittifaklar kuruyordu. Şu günlerde, bir yandan Avusturya'yı Rusya ve Polonya'ya karşı kışkırtmak, diğer yandan Macar Rakoçi'yi kullanarak Rusya ile dostane ilişkileri başlatmakla meşguldü. Elbette bunu yaparken Sultan adına irade kullanıyor; aklı, ileri görüşü ve siyaset bilgisiyle hareket ediyordu. Hıristiyan dünyanın hilelerine çözüm bulabilmek için üç yıl önce, ilk defa Avrupa ülkelerine sefirler göndermişti. Hatta Paris'e giden Yirmisekiz Çelebi Mehmet Efendi orada gördüklerinden yola çıkarak bir kitap bile yazıp kendisine sunmuştu.

Paşa'nın sanatçı bir yanı, daha doğrusu sanat zevki vardı. Öte yandan eğlenceye pek düşkündü. Halkı eğlendirerek oyalama konusunda da oldukça maharetliydi. Devletin şeref ve itibarı adına her türlü masrafı yapıyor, eğlenceyi de bu masraflar kabilinden gösteriyordu.

Onun, size anlatmam gereken bir huyu daha vardı. Siz deyin bulmaca çözmek, ben diyeyim muamma halletmek... Bu onun en sevdiği hususlardan biriydi. Önüne girift bir mesele konulduğunda, şöyle içten içe gizli bir sevinç duyduğundan şüphe edilmezdi. Herkes biliyordu ki o, en çetrefil problemleri usuletle ve suhuletle çözer; en müşkil siyaset açmazlarını bir hamlede bertaraf ediverirdi. Zihninde bulmacayı andıran bir mesele var ise, onu görenlerin, özlediği oyuncaklarına kavuşmuş bir yeni yetme; yahut sakalları erken bitmiş, boyu uzamış, derisi genişlemiş bir çocuk zannetmeleri mümkündü.

İbrahim Paşa'nın en olumsuz yanı, yeniçeriler ile arasının biraz bozuk olmasıydı. İki ay evvel kimsesiz olarak ölen yeniçerilerin aylıklarının hazineye kalması için bir sayım yaptırtmış, yedi milyon kuruşluk bir tasarruf sağlamıştı. Ne var ki yeniçeri ağaları bundan memnun olmamışlar, kurdukları menfaat çarklarının dönüşünün engellendiğini düşünmüşlerdi. İki aydır, İstanbul'un her yanını istila eden Yeniçeri kahvehanelerinde ve çay bahçelerinde tartışılan başlıca konu Sadrazam'ın bu yaptıkları ile daha da yapacakları idi. Civeleğinden çorbacısına, neferinden odabaşısına her rütbedeki yeniçeri bu fitne ocaklarında sadrazama haddini bildirmenin planlarını yapıyor, uluorta konuşuyor, atıp tutuyorlardı. Arada sırada vezirin akrepleri birkaçını götürüp cezalandırmasa sesleri ayyuka çıkardı.

O gün, bütün bir yaz ihtişamıyla kubbeler şehri İstanbul'u seyredip gözü arkada kalarak batan güneş, şehrin üstüne gizli bir hüzün serpip gitmişti. Paşa'nın içinde bir sıkıntı var gibiydi. Özenle hazırlanmış sofrasındaki çok sevdiği karides ile Marsilya şarabına bile elini sürmemiş, bir dilim kızarmış ekmek üzerine manda kaymağı sürüp yemeyi tercih etmişti. Akşamın hüzün yağdıran ıssızlığı her yanı kapladığı sıralarda hükmettiği şehrin karanlığa gömülmüş siluetini seyrediyor, gelecek güzel günleri düşünerek içindeki sıkıntıyı atmaya çalışıyordu. Neden sonra kitaplığında çok sevdiği tarih ciltlerinden birini alıp rahlesinin önünde diz kırdı ve okumaya başladı. Fatma Sultan'ın gönlünü almak için yeni bir gazel yazması gerektiğini düşündü sonra. İki gün evvel yaptığı hatayı yakın zamanda telafi etmesi gerekiyordu. İçinden "Eşek kafam benim!.. Sevdiğin kadını kıskandırmak için sevmediğin bir cariyeye neden aşırı iltifat edersin bilmem ki?!" deyip duruyordu. O sırada diline bir beyit takılı kaldı:

Bir kerre dokunsan teline sâz-ı derûnun
*Bin türlü nevâzişle düzelmez bozulunca**

Beyti tekrar edip dururken ruhunda bir elektriklenme olduğunu hissetti. Daha evvel, böylesi izahı müşkil bir hal başına hiç gelmemişti. Kendini kaybetmiş, sanki korkulu bir düş yahut bir kâbus gördüğünü bildiği halde uyanmaya mecali yetmeyen hastalar gibi olmuştu. Birdenbire gözünün önünde pos bıyıklı, kara gözlü, âdem ejderhası bir yeniçeri belirmiş, kendisiyle alay edercesine kıs kıs gülüyordu. O sırada kapının vurulduğunu ve paşalılardan birinin, elinde bir sepetle hayal meyal içeriye girdiğini gördü. Şuuru yerinde değil gibiydi; ne adama bir şey söyleyebilecek, ne de onun sözlerini duyabilecek durumdaydı:

"Efendimiz!.. Yeniçeri ağası mahsus selâm etmiş, 'Devletlû vezirimizin ellerinden öperiz!' deyu bir adamla turfanda yemişler göndermiş. 'Paşamız asla böyle şeyler kabul etmez,'

---

* Gönül sazının teline hata ile bir kere dokunmaya gör; eğer bozulursa artık bin defa tamire kalkışsan yine düzelmez...

dedimse de, 'Mühimdir, zat-ı devletleri istemişler, bizzat huzuruna çıkarılması gerekiyormuş,' diye ısrar etti; aldım getirdim. Ne buyurulursa öyle yapayım!?

Hizmetkâr bu sözlerle birlikte elindeki sepeti gösteriyordu ama paşa, aklı şiirde, şuuru da pos bıyıkta olduğundan hizmetkârına eliyle yalnızca bir "çekilebilirsin" işareti yapabildi. Elindeki kitaba gözlerini çevirdi. Naima Tarihi'ydi bu. Murat Hüdavendigar'ın Kosova'da şehit ediliş bahsini açtı. Uzun uzun okuyup hüzünlendi. Gözlerinden iki damla yaş süzülmüştü. Neden sonra önüne kâğıt ve hokkayı koydu. Aklı durmuş gibiydi. Bir iki kıvrandı, zihnini yordu, ıkındı, sıkındı, ünlü şair Nedim'in yakınlarda söylediği şiirlerine nazire kabilinden birkaç beyit dizdi. Beyitleri yeniden yazdı, bozdu, yeniden yazdı. Vakit bir hayli ilerleyince de kalemdanını derleyip yerinden doğruldu. İşte o sırada eşikte duran sepet dikkatini çekti. Hayret, ağzı bir bez ile dikilmiş olan sepetin üzerinde bir de mühürlü nâme vardı. İtina ile alıp mektubu okudu:

"Haşmetlû vezir! Sana akıllı diyorlar. Bakalım öyle misin? Sepeti aç; turfanda yemişlerimizden tat ve bağını bul!.."

Paşa, sepetin ağzını örten bezin dikişlerini yazı takımının içinde duran söğüt çakısının sivri ucuyla birer birer söktü. Sepet, yemiş sandığı gibi pek muntazam döşenmişti. Bademler, cevizler, kuru üzüm ve incirler, fıstık ve fındıklar... Bir avuç yemiş alayım derken parmaklarına başka bir şey takıldı. Sanki nemli bir et parçasına dokunmuştu. Sepeti ters yüz ettiği vakit kanı donacak gibi olrdu. Taze bir kadın başı, saç örgülerini ardından sürükleye sürükleye halının üzerinde yuvarlanıyordu.

5.Sual:
İncili Konak Neden Satıldı?

Gecenin ortalarındaydı. Eyüp Tomruğu'nun bodrum katında, kapatıldığı bu rutubetli hücrede, yaklaşık onbeş saattir durmadan ağlıyor, Nakşıgül diye sayıklamaya devam ediyordu. Ayak bileklerinden dizlerine kadar tomruğa kilitli idi. Tomruğun diğer beş deliğinden ikisinde başka suçlular vardı ve bitap vaziyetteydiler. Aç ve susuzdu ama ne kimse ona bir yudum su getiriyor, ne de su istemek onun aklına geliyordu. Bir tür malihülya nöbeti geçiriyor gibiydi. Zaman aktıkça aklının donduğunu, hatırladıklarını hatırlamaz hale geldiğini hissediyordu. Zihni bulanıyor, içinden durmadan ağlamak geliyordu. O ağladıkça diğer iki mahpus susması için küfürler ediyorlar, bağırıp çağırıyorlardı. Bereket versin bunlardan biri ufak tefek olduğu için tomruğun bir ucunda, diğeri de hayli iri yapılı olduğu için diğer ucunda ayaklarından kilitli idiler. Onlar da kendisi gibi suçlarını itiraf etmeleri için buradaydılar. Beş metre boyunda ve neredeyse yetmiş santim çapındaki bu koca kütük İstanbul'da şöhreti duyulmuş çok etkili bir işkence aletiydi. Boydan boya ortasından dilinmiş, sonra da mahkûmların ayak baldırları sığacak şekilde birbirine eşit uzaklıkta beş çift delik açılmıştı. Buraya ilk getirildiğinde ihtisap zabitlerinden biri muhafızlar eşliğinde tomruğu açmış ve baldır kalınlığını ölçerek üçüncü deliğe oturtup kilitlemişti. Diz kapağından aşık kemiğine kadar bacağını kavrayan delikte ayakları şişmeye, baldırı mengeneyle sıkılıyor gibi ıstırapla zonklamaya başlamıştı. Çok acı veriyordu. Üstelik tomruğa vurulanların yatması, kalkması, yemesi, uyuması, tuvaleti, velhasıl bütün hareketleri tomrukta geçtiğinden içlerinden herhangi birisi kımıldadıkça diğerleri feryada başlıyordu. Şu anda bağlı olduğu tomruğun daha beterinin Galata'da mevcut olduğunu biliyordu. Hatta Galata Tomruğu'na düşenin oradan sağ çıkma ihtimali olmadığını, sağ çıkanlardan birkaçının, geri kalan ömürlerini nasıl perişan geçirdiklerini İstanbul'da bilmeyen yoktu. Söylendiğine göre bu tomruk ayak bileklerini değil bütün vücudu içine alan bir cendere şeklinde tasarlanmıştı ve azılı haydutların mekânı olarak biliniyordu. Buraya bağlanıp da itiraf etmeden can verenlerin veya işlemediği suçları itiraf edenlerin hikâyeleri halk arasında efsaneler gibi dolaşıp duruyordu.

Şimdilik bütün bunları hiç aklına getirmiyor, masum olduğundan emin, yalnızca ağlıyordu. Ağlamasının sebebi başına gelenler değildi; hayır, Nakşıgül'den ayrılmaktı. Ağlamasına son veremiyor, susmak istedikçe daha çok ağlıyor, ağladıkça Nakşıgül'ü hatırlıyor ve yeniden ağlıyordu. Bir gecelik mutluluğun ardından bu olanlara inanamıyordu. Aklını kaybetmesine neden olacak şeyler yaşamıştı ve şu anda neredeyse kaybedecek bir aklı bile yoktu. Anormal durumlarda gösterilen anormal tepkiler vererek normal dengesini korumaya çalışıyordu.

Kapı açıldı. Gelen iki ases alaylı bir üslupla "Haydi beyzadem, vakit geldi!" diyerek önce ellerini bilekçe ile bağladılar, sonra ayaklarını tomruktan kurtardılar, kollarından kavrayıp aralarına aldılar. Yürümek işkence gibiydi. Ayakları kendisini taşımaktan ziyade bütün bedenine acı yayıyordu. Üst katta sorgu odasına girdiklerinde içeride Tomruk Emini, Nakşıgül'ün annesi, hemen yanında babası Aslan Ağa, dadısı, konağın kâhyası, akşam hizmetlerini gören halayık, konaktaki ispir, seyis, aşçı yamağı ve birkaç kişi daha olduğunu gördü. Tomruk Emini, âdem ejderhası bir yeniçeri idi. Yüzüne bakanın ürktüğü tiplerden ızbandut gibi bir adamdı. Maznunu bizzat kendisi sorguya çekmeyi istemiş, suçu zabta geçirmek üzere de ases ve zaptiyelerinden kendisi gibi devasa iki kişi bulunmasını emretmişti. Kara Şahin ağlayarak içeriye girdiğinde birden odada bir uğultu koptu. Nakşıgül'ün annesi yerinden kalkıp üzerine yürüdü:

"Bre kâhpe oğlan, bre sefih, bre alçak haramzâde!.. İyiliğin karşılığı bu mudur hain köpek?"

Aseslerden biri kadını durdurdu ise de öte yandan Nakşıgül'ün babası yaygarayı kopardı:

"Kan hakkını bırakmayın bu alçakta. Etlerini kerpetenle sökün, bin parçaya ayırıp her parçasını bin mahallenin itlerine atın. Kızıma olanları ona da yapın."

Tomruk Emini'nin gür sesi duyuldu:

"Susuuuun!."

Bir anda odaya derin bir sessizlik hâkim oldu. Kırbaçlı efendisinden emir almış köleler gibi herkes susup yerine oturdu. Ağa başını çevirip keskin gözlerle Şahin'in yüzüne baktı. Kalbinin içini görüyor gibi derindi bu bakış. Sonra parmağını oynatıp yakınına gelmesini işaret etti. Kara Şahin, bütün gücünü toplayıp son derece saygılı bir eda ile aksaya yürüye emre itaat gösterdi.

"Evladım; adın ne senin?"

"Şahin, efendi ağam; Şahin!.."

"Pekâlâ Şahin oğlum; kalbinin de yüzün gibi temiz olduğunu umarım. Şimdi ağlamaya biraz ara ver ve bize neler oldu ta başından itibaren anlat bakalım."

"Ben uyudum ve uyandım. Hepsi bu kadar. Neler olduğunu siz bana anlattığınız vakit öğreneceğim."

O sırada odada bulunanlar seslerini yükselterek buna itiraz ettiler.

"Hain, nankör köpek."

"Haysiyetimizi beş paralık ettin."

"Cana can, kana kan!.."

Tomruk Emini zabitine işaret etti. "Susuuun!" komutuyla yeniden sessizlik sağlanınca yeniden sordu:

"Evladım, zamanım kıymetlidir. Hiç uğraştırma beni. Ağlayıp zırlamaya da bir son ver artık. Bunu neden yaptın, söyle?"

"Ağa hazretleri Allah'ın birliği hakkı için ben bir şey yapmış değilim. Benim böyle bir şeyi yapamayacağımı bütün arkadaşlarım bilir."

"Meyhane arkadaşların mı?"

"Başka arkadaşım yok efendim."

"Öğrendiğime göre maktulü üç hafta önce görmüşsün."

"Evet ağa hazretleri. Fener'den eve dönerken, Nakşıgül hemen önümde yürüyordu. Kim olduğunu bilmezdim. Sonra hayta güruhundan iki ırz düşmanı laf atıp onu rahatsız etmeye başladılar. Ben de gayret-i diniye ve insaniye ile müdahale ettim. İşte bana olan her ne ise o anda oldu ve yüzünü gördüm. Bir kıvılcım düştü içime; tutuştu, yaktı, yandırdı. Dakika dakika ruhumda özlem, kalbimde ateş çoğaldı. Ellerim titredi, gözlerim yüzüne bakamaz oldu. Güneşe bakılabilir mi ağa hazretleri; gözlerim kamaştı. Işık deyin, ateş deyin; bir güneşti; yaktı, kül etti... Meğer ona ne derece muhtaçmışım..."

"Ev-la-dım! Bak sinirleniyorum!.. Masalı geç şimdi, bize hakikat lazım. Gevezelik istemez. Ne oldu, sen onu an-lat? Ve sakın bir daha ağlama!"

"Evine kadar takip ettim. Kimsem yok ki gönderip isteteyim. Allah yardım etti de şu dadı hanımı yoluma çıkardı."

O sırada dadı "O güne lanet olsun!" diye homurdanarak laf attı.

Tomruk Emini iki yana başını salladı. Gerneşti. Sinirlerine hâkim olmakta zorlanıyor gibiydi. Mahkûma baktı. Eliyle anlat der gibi işaret etti.

"Sonra 'Ey peri-ruhsarım, fikr ü hayalim' diyerek üç günde iki name yazdım. 'Ey rûyı mahım, gül yüzlü şahım' hitabıyla cevap alınca birbirimizi sevdik. Ben çaresiz dadıdan yardım istedim. O da şurda oturan muhterem kayınbabamı ve kayınvalidemi durumdan haberdar etti, beni bir akşam Yenibahçe'deki konağa yemeğe davet ettiler. Herkese ayrı ayrı ipekliler, kadifeler, tespihler, yağlıklardan hediyeler alıp gittim. Kayınbabam anlayış gösterdi, hemen o akşam düğün gününü kararlaştırdık."

"Dünyalar güzeli dediğin bir kızın dünürcülüğü sence böyle mi olurdu? Peki ya sana bu kadar yakınlık gösterip iyilik yapmış şu insanlara bu derece mi nankörlük gösterilirdi."

Kara Şahin yeni bir ağlama nöbetinden sonra güçlükle devam etti:

"Hâşâ ağa hazretleri. Ben asla nankör olmam. Nakşıgül'ü sevdim ben. Gerçi başlangıçta 'Kızlarının bir eksiği var ki bana kolayca veriyorlar,' diye aklımdan geçirmedim değil. Ama kızın güzelliğine büyülenince bu fikri kendime kabul ettirdim, 'Eksikli veya ayıplı da olsa alırım' dedim. İnsan sevgilinin yanında olacaksa ne olursa olsun, isterse ayıp üstüne ayıp gelsin değil mi ya!.. Hem 'Dünyada kimim var da kime itibar ve şeref iddiasında bulunacağım!' diyordum. Öte yandan bütün bu düşüncelerimde haksız olduğumu gördüğüm zaman kendimden utandım. Kayınbabam Aslan Ağa, kendisi burada diye söylemiyorum, çok iyi kalpli biri. Beni evladı bildi. Hatta ben gelinimi alıp İncili Konak'ta yaşatmak istediğimde o buna itiraz edip yalnız başına orada yaşamaktansa bir aile olarak Yenibahçe'deki konakta evin öz evladı olarak yaşamamda ısrar etti. Ben rahmetli anneciğim öldükten sonra evde sıcak çorba içmeyen biriydim. Bu derece değerli insanlar arasında kısa sürede yeniden bir aile ortamında mutlu bir yuva kurma şansını kaybetmek istemedim. Daha o gün meyhaneyi boşladım, eski arkadaşlarımdan alakayı kestim. Hiç baba sevgisi tatmamıştım, bir babaya sahip oldum; annem ölmüştü, bir de annem oldu. Üstelik bütün bunlar esiri olduğum Nakşıgül'ün de arzusuydu. Asırlara bedel bir ömrü birlikte yaşayacaktık."

Tomruk Emini "Yeteeeer!.." diye kesti sözünü. Sonra da boş lakırdılar etmesinden öfkelendiğini belli edecek şekilde, sesindeki şefkat tonunu tehdide çevirerek bağırdı:

"Senin olanları anlatma niyetin yok anlaşılan. O halde ben sorayım. Şu Ayvansaray'daki İncili Konak'tan başlayalım. Orada büyümüşsün he mi?"

"Evet efendim. On beş yaşıma kadar annem Itır Banu ile orada yaşadık. Birkaç yıl evvel valide hanım rahmete kavuşunca konakta yalnızlıktan sıkılmaya başladım. Şeytana uydum Fener İskelesi'ndeki meyhane ve deniz bahçelerinde harabat âlemlerine alıştım. Çevredeki köylerden Cibali'den, Sütlüce'den, Eyüp'ten sayısını bilmediğim kadar arkadaşım oldu.

Yazın Sadabat âlemleri, kışın konakta helva sohbetleri... Mey, mahbub, güzel, bade derken elde avuçta ne varsa üç yılda tükeniverdi. Hazıra dağ dayanmıyor."

"Peki ya Nakşıgül'e mihir diye verdiğin inciler?"

"Onlar benim ummadığım zamanda bulduğum ana hediyesi tek varidatım idi. Rahmetli anam ben ne zaman yaramazlık yapsam şaka yollu hep 'Benden sonra kendini asarsın sen, bari şu çengele asıl ki İngiliz malıdır.' deyip dururdu. Bundan iki ay kadar önce bütün malım, nakdim ve miras kalan her şey tükenmişti. Ahbaplarımı da eğlenceye alıştırmıştım bir kere. Hazıra dağ dayanmıyor dedim ya. Bundan sonra ne olacak diye kara kara düşünüyordum. Bir işe kalkıştım. Konakta son bir kez arkadaşlarla felekten gece çalacak ve sonra bir kervana kul yazılıp alıp başımı ya Harameyn'e ya Frengistan'a gidecektim. Kesemdeki son akçelerle erzaklar alıp iki hamal vasıtasıyla eve yığdırttım. Felekten gece çalacaktık ya, en âlâsından bir çengi kolu bile çağırtmıştım. Ne ki o gece Haliç'in meyhane, kahve ve tezgâhlarında müskirat ve mükeyyifat yoklaması için Yeniçeri yolları tutmuş, arkadaşlarım da, sazendeler de, çengi kolu da gelemediler. O sıralarda konakta fareler türemişti. Ben yaklaşık kırk kişiye yetecek erzakın hepsini üç çuvala doldurdum ve fareler erişemesin diye anacığımın İngiliz çengeline astım. Üçüncü çuvalı yukarı çektiğim sırada çengel yerinden koptu ve çuvallar yere düştü. Tavanda ise al ipekten bir kese sallanıp durmadaydı. Ayağımın altına bir iskemle koydum. İbrişimini bıçakla kestim. İçinde otuz yuvarlak inci ile bir küçük not vardı: 'Şahinim! Babandan sana miras bırakılmış helal malındır. Allah yüzünü ak eylesin!' Bir tanesini sarrafa gösterdiğimde bana seksen altın teklif etti."

"Tanesine seksen altın öyle mi?"

"Evet, seksen altın. Nakşıgülüme helal olsun."

"Peki sadece otuz tane miydi?"

"Evet, tamamını Nakşıgül'e mihir olarak verdiğim otuz dürdane."

"Baban ne iş yapardı senin?"

"Hiç tanımadım. Annem bu konudan bahsetmezdi. Tek söylediği babamdan sonra hiç evlenmediğiydi. Küçükken Şeyhülislam İsmail Efendi'nin oğlu İshak Efendi benimle alakadar olurdu. Sayesinde tahsil ettim. Ama o da hiçbir gün babamdan bahsetmedi. Ben de cesaret edip soramadım. Yalnızca bir keresinde 'Öldü!' dedi, o kadar. Kim olduğunu, nerede çalıştığını, hangi işi yaptığını kimse bana söylemedi. Annemin onu çok sevdiğini anlıyordum ve hem eski yarasını deşmemek, hem de aşkından utandırmamak için fazla soramıyordum. Öte yandan bir günahın çocuğu olmaktan korkuyor ve bu gerçekle yüzleşemeyeceğimi düşünüyordum. Babamın kimliğini hiç öğrenmemek daha iyiydi sizin anlayacağınız."

"Pekâlâ, şimdi gerdek odasındaki altınlara gelelim?"

"Haa!.. Onlar mı? Kayınbabam Aslan Ağa Yenibahçe'deki konakta yaşayacağımızı söyledikten sonra bana İncili Konak'ı satmamı söylemişti. Tanıdığı bir bezirgânla ortak olacak, ipek ticareti yapacaktık. Düğün arifesinde konağı satılığa çıkardık. Bir simsar geldi, kelepir diye ancak sekiz yüz altın verdi. Aslında bin beşyüz altın ederdi ama... Ben sekiz yüz altını alıp kayınbabama teslim ettim."

Tomruk Emini bu sırada Aslan Ağa'nın öfkeyle söylediği ""Asla!. Haramzade bir de yalan söylüyor, beni töhmet altında bırakacak!" cümlesini sert bir işaretle susturup sorguya devam etti:

"Gerdek odasındaki altınlar onlardı herhalde."

"Öyle diyelim... Peki şimdi zifaf sabahına gelelim. Ben odayı teftiş ettim. Duvarları geçtim, tavanda bile kan izleri var. Bunca vahşeti bir gecede nasıl yapabildin?"

"Ben bir şey yapmadım ağa hazretleri?"

"Ha!.. Belki ailenin yanında söylemekten çekiniyor, anlatmakta zorlanıyorsundur. Okumam yazmam var demiştin; en iyisi yazarak itiraf etmen, öyle değil mi?!"

Tomruk Emini bunları söyledikten sonra herkesin yine küfürleri, lanet sözleri, beddualar arasında odayı boşalttırdı. Ellerindeki bilekçeleri çözdürdü. Önüne kalemdanlı yazı takımı ile bir parşömen koydu. Sonra muhafızlarına da çıkmalarını işaret etti.

"Evet Şahin Bey oğlum! İki çeyrek sonra geldiğimde her şeyi bilmek istiyorum. Yoksa Galata Tomruğu'nda kendi ellerimle içini dışına çıkartırım da akıl denen şeyin ne tür işkenceler icat edebildiğine şaşırırsın!"

Şahin anahtarın kilitte çıkardığı sesi duyduğunda gerçekten çaresizlik içinde olduğunu anladı. Ağlaması azalmış, sakin düşünmeye başlamıştı. Bir hokka, bir divit ve bir kâğıt... Ne yazacaktı ki?!.. Kâğıdı almak için elini uzattı. Avucundaki lale soğanını ancak o vakit fark etti. Zifaf sabahında Nakşıgül'ün, odanın her yerine saçılıp üzerine çil çil altınlar serpilmiş uzuvlarını dehşetle bir araya getirmeye çalışırken bileğinden kesilmiş sol elinin sımsıkı yumulu olduğunu ve açtığı avucunda bu lale soğanını bulduğunu o vakit hatırladı. Terden elinde ıslanmıştı. Gerdek gecesindeki ikiz soğanın bir yarısıydı bu ve öteki yarısını ne odanın her yanına saçılmış altınlar arasında, ne oluk gibi kanlara bulanmış çarşafın içinde aramak gelmişti aklına. O anda yalnızca kan görmüştü; tavana kadar sıçramış kan...

6. Sual:
– Her Şey Aşk Yüzünden, Öyle mi?

Yeye geleceği için çok iyi bir plan kurması gerektiğini biliyordu. Bimarhanedeki hastalara yardım ediyor, yakınlıklarını kazanıyor ama hekimlere karşı mecnun tavrını sürdürüyor, Şehnaz hakkında sorular başladığında onmaz hasta rolüne her gün biraz daha tecrübe kazanmış olarak devam ediyordu. Değişik hücrelerde kalan akıl hastalarının hareket ve konuşmalarını izleyerek pekâlâ bir sonraki adımının ne olacağını bilebiliyordu. Taklit yeteneğinin fevkalade yüksek oluşu da deliliğinin inandırıcılığını gösteriyordu.

Bimarhanenin sonsuza kadar kalabileceği yer olmayacağını biliyordu. Ancak bunu bilen başkaları da olabilirdi: Şehnaz'ın babası. Yeye'nin burada nasıl olduğunu, neler yaptığını mutlaka kontrol ettiriyor olmalıydı. Bimarhaneden çıkmaması için uğraşacağı, tedavi olup çıkacak olursa da takip ettireceği ve hatta belki başına daha kötü şeyler gelmesi için çareler arayacağı muhtemel idi. Onun için çok iyi plan yapmalı, buradan gidince izini tamamen kaybettirmeliydi. Böyle bir yer neresi olabilirdi? İstanbul kazan olsa Veyis Ağa'nın eli kepçe olurdu. Evet, evet!.. Çok iyi bir plan kurmalıydı. Ama öncelikle deli rolünü çok iyi sürdürmeliydi. Bir deli olduğuna herkesi inandırırsa, belki birkaç zaman sonra peşini bırakırlardı.

O sabah meydancı ağa Kayseri Gevher Nesibe Bimarhanesi'ndeki vazifesinden sonra burada göreve başlayan yeni hekimbaşının kendisini çağırdığını söyledi. Yeye elbette bunu hayra yormadı. Yine sorgu sual, yine şurup zehir... Bütün cinnet gösterilerini yapmaya hazır olmalıydı. Üstelik meydancı ağa; "Gider misin, götüreyim mi?!.." diye sormuştu. Onun en meşhur cümlesiydi bu. Hastalar arasında asayiş bozulduğunda maraza çıkarana böyle sorar, soruyu duyan derhal koşarak hücresine kendisini kapatır, aksi takdirde onları yaka paça, sille tokat hücrelerine tıkmak meydancı ağaya kalırdı.

Sırf kendisinde bir delilik emaresi görünsün diye hekimbaşının odasına gitmemekte direnerek birkaç tekmeye razı olacaktı. "Hekimbaşının canı cehenneme!.." deyip o sırada yanından geçmekte olan neyzen dedeye sataşma niyetiyle bir şiir okudu. Beyit, musiki terimleri ile yazılmıştı ve içinde Şehnaz'ın da adı geçmekteydi:

Isfahân'dan muhayyer bûseliktir hem niyâzım
*Bu makâma gelmeğe ettikçe şeh nâz ağlarım**

---

* Isfahan'dan gelen sevgiliden niyazım, bana bir buse vermesidir. Artık kendisine kalmış... Oysa sultanım bu makama gelmek için orada naz eyledikçe, ben burada ağlamaktayım.
Musiki anlamı:
İstediğim, Isfahan makamından başlayıp Muhayyer ile Buseliğe geçiştir. Ancak bu geçişleri sağlamak için Şehnaz makamı başlayınca gözümden yaşlar dökülür ve diğerlerine geçemem.

Samur kürk giyinmiş iki kişinin bulunduğu odaya girdiğinde meydancı ağanın dirsek marifeti olarak burnundan hâlâ kan sızıyordu. Odada bulunanlardan biri yüzüne bakınca meydancı ağaya çıkışmış, bundan böyle bimarhanede dayağı yasakladığını söylemişti. Hekimbaşı dedikleri bu adam olmalıydı. Güzel ve temiz yüzlü biriydi ve meydancı ağayı odadan kovması Yeye'nin hem hoşuna gitmiş, hem de ürkütmüştü. Çünkü bimarhenede biri hastaya iyi davranıyorsa mutlaka bir art niyet aranır, ağzından laf almaya çalışılır ve genellikle bu tip sorgular böylesine babacan bir tavır ile başlar ve gittikçe dozu artan bir şiddete varırdı. Yeye'ye oturmasını söyledi ve kendi aralarında konuşmaya devam ettiler:

"Evvela bütün hastalara, hekimlere ve vazifeli ağalara tembih edip hastalara kötü davranmamalarını öğretmemiz gerekiyor üstadım. Burada hastalığın görülen, dokunulan bir yanı yok. Öyle olsaydı bimarhane yerine hastaneye gönderilirlerdi."

"Yani tamamen gönül ve akıl dengesinin sağlanması meselesi öyle mi?"

"Evet, her şey aşk yüzünden!.. Duyguların bir yöne şiddetle akması yüzünden. Malûm-ı âlîleriniz üstadım, bimar veya timar kelimesi de zaten 'baş okşayarak, sırt sıvazlayarak sakinleştirmek' anlamı taşıyor. Seyisler atların sağrılarını sıvazlayarak onları nasıl tımar ediyorlarsa burada da biz hastaların başını okşayarak onları öylece tedavi etme yolunu tutmalıyız. Siz şu çelişkiye bakın ki üstadım, bir müessesenin adını tüy kadar hafif bir kelimeyle 'timarhane' koyacak sonra da içinde can yakıcı falakalar, zincirler bulunduracaksınız."

"Fikrinize tamamen iştirak ediyorum üstadım; büyüklerimiz bimarhanelerde hastalar kendilerine zarar vermesin diye zincirle bağlama usulünü getirmiş ama biz aynı zincirlerle zavallı hastaları döverek akıllandırma yolunu icat etmişiz."

"Beli mirim, doğru söylersin. Lakin neticede bunu değiştiremiyoruz maalesef."

Yeye bütün bu konuşmaları dinledikçe zihninden iki ihtimal gelip geçiyordu: Ya bütün duydukları kendisini yumuşatmak, akıllıca konuşturmak için bir düzmece oyun idi veya hakikaten bu hekimbaşı bimarhanede artan şiddete son vermek üzere buraya gönderilmiş iyi biriydi. Sessizce dinlemeye devam etti:

"Zincirle bağlanacak derecede mecnunumuz var mı bizim?"

"Evet, üç zincirbendimiz var. Fakat ben hiçbir hastanın zincirlik deli olduğu kanaatini taşımıyorum. Aşkın bütün halleri derece derece bir ilgi ve alaka meselesidir çünkü. Bazı âşıklar akıllarının bir kısmını, bazıları yarısını, bazıları da tamamını sevgiliye yönlendirir ve bu orana göre biz onlara deli, yarı deli, zırdeli gibi isimler koyarız. Oysa burada yitirilen akıl değil, belki irade ve hükmetme derecesidir. Bu durumda duygular öne çıkar, akla baskın olur."

"Nasıl yani? Aklın yerini duygular alır, onun vazifesini üstlenir öyle mi?"

"Böyle de denilebilir. Aslında akıl insana bahşedilmiş en muhteşem ama o derecede de yalın bir melekedir. İnsanlar aklın bizi yönlendirdiğini zanneder. Hakikatte ise aklı yönlendiren bir olumlu, bir de olumsuz müteharrik vardır: Gönül ve nefs. Aklımız gönlümüzün önüne düşünce insan kendi yaratılışına uygun şeyler üretir; nefsin önüne düşünce sapkınlık başlar. Bu dengeyi kurma noktasında insana irade gücü verilmiştir."

"Bu söylediğinizde bir çelişki yok mu azizim? Gönlünü aklının önüne geçirmiş adamları deli diye tedavi eden ve bimarhaneye kapatan sensin çünkü."

"Doğru üstadım! Hepsi gönüllerini akıllarından önce önemsemişler. Lakin bunlar önemseyişte israf etmişler; dengeyi kaçırmışlar. Elbette gönül, akıldan ziyade önemlidir. İnsan aklının varabileceği en son nokta onun gönlünün içindedir zaten. Dünya, 'gönlünce bir hayat' sürmek isteyen insanlarla dolu. Çünkü gönül Rahmanidir, nefis gibi insanı yanlış yola götürmez. Bu yüzden dizginlerini gönlüne verip de menzil almaya çalışanlar hep doludizgin giderler ve nihayetinde aklın sınırlarından kurtulurlar."

"Yani şimdi biz bütün bu insanları akıldan kurtuldukları için mi zincire bağlıyoruz?"

"Hayır üstadım, hayır... Arada bir boyut farkı vardır. İlahi aşkta vahdete ermenin sırrı gibi bir şey bu. Hallac-ı Mansur'u düşünün, Rabia'yı düşünün."

"Haseki Sultan Bimarhanesi'ndeyiz azizim, Bağdat darülhadisinde değil. Burada ilahî âşıklar değil komşu kızına veya mahalle delikanlısına tutulanlar var."

"Benim de söylemek istediğim bu işte. Her ikisi de aşk ve her ikisi de insanda aynı etkiyi yapıyor."

"Dur, azizim, dur, biraz sonra sen şu mecnunları ermiş diye anlatacaksın bana!"

"Yok, öyle yapmayacağım ama onlar akıldan sıyrılınca Allah'ın da onlardan sorumluluğu kaldırdığını söylememe izin verin."

"Bence deli delidir."

"Bu bakış açısına göre de Hallac bir deli idi üstadım, öyle mi?"

"Hayır, ama deliliğin de bir hastalık olduğunu inkâr edemeyiz."

"Onu sıradan bir hastalık gibi gördüğümüz sürece ben buradaki zavallıları tedavi edemeyeceğimizi düşünüyorum. Bu sıradan bir hastalık olsaydı koğuşlarımızı dolduran gariplerin hepsi birer hastanede olurlardı. Oysa Devlet-i Aliye onlar için ayrıca bimarhaneler kurmuş. Bukrat, Eflatun-ı İlahi ve İbni Sina'dan itibaren eski hekim ve âlimler onları hiç hasta olarak görmemişler. Hele de aşk yüzünden bu hale gelenlere deli denilmesi, deliliğin bu türünün bir hastalık olarak görülmesi bence insafsızlık. Yani bunlara deli demek yanlış. Çünkü delilik aklın zıddı olan, aklın devre dışı kaldığı, aklın işlevini yürütemediği hallere denir. Her şey gibi deliliği de zıddı ile ölçebiliriz. O halde deli diye aklı olmayana denir. Delilerin aklı olmadığını bize kim söyleyebilir. Yahut kim Leyla'nın Mecnun'una akılsız biri diyebilir?"

"Ama kimse deli değildir de diyemez."

"Doğru üstadım, lakin Mecnun'un elbette aklı vardı, ama aklını bütün gücüyle yalnızca Leyla'ya kapatmıştı. Bizim hastalardan çoğu işte onun gibi. Akıl melekeleri çalışıyor, ama kendilerini yalnızca bir hedefe kilitledikleri, akıllarını sevdikleri kişiyle örttükleri için başka hiçbir şeye tepki vermiyorlar. Sevdikleri bir güneş ve onlar da güneşin ışığına tutuluyorlar. Güneşten kaçmaları mümkün olmadığı gibi onu kuşatmaları da mümkün değil. İşte bu yüzden varsa yoksa güneşe bakıp ağlıyorlar. **Güneşe bakınca ağlayan biri**nde irade söz konusu mudur? Kim güneşe bakar da gözleri yaşarmaz ki?!.. Yani ki bu hal, onların akılsız olduklarını değil, akıllarının yönündeki sapmayı gösterir. Bu da şiddetle veya zincirle değil, baş okşamayla, sırt sıvazlamayla doğru alana yönlendirilebilir."

"Yani azizim, gıpta ediyorum sana, beni Mecnun'un akıllı olduğuna inandıracaksın neredeyse."

"Deli olsaydı yüzyıllar boyunca bunca akıllı insan oturup onu konuşuyor olur muydu üstadım!.."

"Belki de haklısın!.."

"Hani demiş ya şair: *Aşk imiş her ne var alemde / İlm bir kıyl ü kal imiş ancak*"

"Fuzuli, Fuzuli..."

* * *

Hekimler konuşurken Yeye eski kitaplarda okuduğu bir hikâyeyi, güneşe bakınca ağlayan âşıklardan birinin öyküsünü hatırlamıştı. Mutlu bir hikâyeydi bu. Bir âşıkın sevgilisine kavuşmasının hikâyesiydi. Bir gün güneşine kavuşma isteğini yitirirse eğer, o anda öleceğini düşündü. Tıpkı o hikâyedeki âşık gibi içinden "Allahım o saadeti bana nasip et!" diye dua etti.

Hekimbaşının fikirlerini de kendisi gibi pek sevmişti. Ne var ki onun da kendisini sevip sevmediğinden emin olamazdı. Tedbirli olmalıydı. Onun için cinnetin şiddetini arttırmalıydı. Soru şefkatli bir ses tonuyla geldi:

"Yusuf Efendi, söyle bakalım; bir adamın, biri sağdaki odada diğeri de soldaki odada oturan iki hanımı olsa ve adam 'Vallahi, bu gün, ne sağdakinin yanında, ne soldakinin yanında, ne de kendi odamda oturacağım; evden de asla ayrılacak değilim!' diye yemin etse ve yemin kefareti verecek parası da olmasa çaresi nedir?"

Hekimbaşı istiyordu ki hasta bu soru üzerine düşünsün, o düşünürken bir yandan ona yardım ederek konuştursun, diğer yandan kimliğini ve kişiliğini tahlile çalışsın ve hekim-hasta ilişkisi tesis edilmiş olsun, hatta soru bir sonraki görüşmeye kadar hastanın zihnini meşgul etsin... Öyle olmadı, Yeye soruyu cevaplayıverdi:

"Sağdaki kadın ile soldaki kadının odalarını birbiriyle değiştirirse dilediğinin yanında oturur."

“?!..”

“Ne?”

“Hay akılsız çocuk; seninle işimiz çok uzun olacak!..”

* * *

-derkenar-

güneşe bakınca ağlayan biri

Gönüller avcısı güzel bir dilber yaşardı. Gül bahçesi onun yüzünü görse hasedinden kan tere batardı. Bahar günlerinde bir gezintiye çıktı. Kırlarda bir gölgeliğin altına oturdu. Işığı her yanı aydınlatıyordu. Güneş bulutla örtülebilir mi; o da öyleydi?

Oradan bir süvari geçti. Güneşi bulutsuz gördü. Işığına tutuldu, ağladı, yandı yakıldı. Kimsenin öğüdüne aldırmıyor, kavuşmaya da çare bulamıyordu. Günün birinde talih ona yardım etti. Yine bir kırda karşılaştılar. Lakin bu sefer şiddetli bir yağmur başladı. Tesadüf bu ya, ikisi aynı çadırın altına sığındılar. Sonra iki susamış bir kilim altına girdi. O sırada herkes “”Ya Rab!. Dindir yağmuru!” diyordu. Bunlar ise “”Allahım! Rahmetini devamlı kıl!” demekteydiler. Âşık’ın duası ise hepsinden öteydi:

“Arttır Allahım, rahmetini arttır, şimdi gemimi yüzdürme zamanı. Bu yağmur mahşere kadar yağsa, kıyamet neşeyle kopar. Allahım o saadeti bana nasip et!..”

7. Sual:
Bir Dakika Yüz Yıl Sürer mi?

"Haşmetmeab, izn-i şahaneniz olursa huzur-ı hümayununuza mahsus mühim ve tehir kabul etmez bir arzım vardır!" diye söz istedi Anadolu Kazaskeri İshak Efendi. Meclis o anda donmuş gibiydi. Kubbealtı'nda mahrem görüşmeler pek hoş karşılanmaz, devletlûların dikkatini çeker, kalplere vesvese düşürürdü. Yine öyle oldu.

Sağ elinin dört parmağını nazikçe oynatarak divan toplantısına katılan bütün vezirlere, şeyhülislama, kaptan-ı derya ve paşalara, velhasıl Kubbealtı'ndaki herkese "çekilebilirsiniz!" diye işaret eden sultan, Osmanlı hanedan tahtına oturan Ahmet'lerden üçüncüsü idi. Savaştan hoşlanmayan, savaşın getireceği felaket ve masraflardan şiddetle sakınan, parayı çok seven, tamahkar ve cimri bir adamdı. Ataları içinde devlet hazinesinin dolu tutulmasını ve boşaltılmamasını onun kadar isteyen hiç kimse çıkmamıştı. Vezirleri de bunu bildiği için ona daima para ile yaklaşır, bir şey yaptıracaklarında bol rüşvetler sunarlardı. Bir tek İbrahim Paşa, damadı olduktan sonra bu huyundan vazgeçmiş, bilakis onun hasislikle biriktirdiklerini cömertçe harcamaya başlamış, hatta şehzadelerine bile harçlık dağıtır olmuştu.

Vezirler salonu boşalttıkları vakit sultan ağır adımlarla ilerleyip tahtına oturdu. Yine işaret ederek sağır ve dilsiz olan ikisi hariç bütün muhafızların çıkmalarını emretti. Sultan, altınlarla halledilebilen "mühim ve tehir kabul etmez" nice meseleler görmüştü. Kazasker efendinin teklif edeceği miktarı düşünerek yanına yaklaşmasını işaret etti. Umduğunun aksine kötü bir haber ile karşılaşacağını nereden bilebilirdi ki?!.. Bu kötü haber, hayli zamandır İshak Efendi'nin ruhunu çizik çizik etmiş, şimdi dışarı çıkmak istiyordu. Huzurda el pençe durup başını sol göğsüne yatırmış olarak bekledi. Sultan onun bu tavrından işkillenmişti, sesi titreyerek sordu:

"Hayır mıdır efendi!?.."

İshak Efendi temiz yüzünde yeni oluşmaya başlayan çizgilere trajik kıvrımlar katarak açıklamak istedi ama ne diyeceğini, söze nasıl başlayacağını bilemiyordu. Gerçi evvelden beri sultanın şiir sohbetlerinde bulunur, helva gecelerinde, Çırağan eğlencelerinde, Sadabat ve Göksu mesirelerinde meclisine katılır, teklif ve tekellüfsüz söz söyler, şiir okur, şarkılarda terennüme eşlik ederdi ama burada, devlet işlerinin adeta kutsal mekânı olan bu Kubbealtı'nda, hele de ülke güvenliğini ilgilendirecek gizli bilgileri koca hükümdar ile baş başa kalıp paylaşmak pek öyle kolay olmayacaktı. Fısıldayarak anlatmaya başladı:

"Malum-ı devletâneleri olduğu üzre ağabeyiniz Sultan II. Mustafa tahttan indirildikten altı ay kadar sonra derin üzüntüsü üzerine gelen bir mesane iltihabından vefat eylemiş ve herkes onun beş şehzadesi olduğunu bilmişti. Saye-i devletinizde bu şehzadeler ekmeğinizi yiyip saadetle ömür sürmekteler. İlla ki ağabeyinizin..."

Sultan, bir an bu cümlenin devamını duymak istemedi. "İlla ki..." ile başlayan her cümlenin bir baş belası olduğunu kabul edenlerdendi. Eliyle İshak Efendi'ye susmasını işaret etti. Tereddüt geçirdi. Bir bıçak yarasının sıcaklığının geçmesini bekler gibi bekledi. O dakikanın, sanki savaşlarla dolu uzun bir asır gibi geçmek bilmediğini hissetti. Zihni bulandı, elleri titremeye başladı, karşısındaki adamı boğmak geldi içinden. Sonra nedense, yavaşça başını kaldırıp devam etmesini işaret etti:

"Haşmetmeab efendimiz! Hatırlayacaksınız, 1703 yazının karlı bir gününde, ağabeyiniz Sultan Mustafa'nın tabutunu taşıyanlar önce saray kayıkhanesine, ardından da babanızın da medfun bulunduğu Eminönü'ndeki türbeye, Turhan Sultan'ın hayratı olan kırk dört sandukalı türbeye doğru bir saltanat kayığı ile hareket ettiler. Saray kayıkhanesinden gözyaşlarıyla ayrılan bu kayığın köşk kısmında, rahmetli sultan ağabeyinizin tabutu başında bir hekim yamağı duruyordu. Temiz ve güzel yüzünü matem tülbentiyle örttüğünden kimse onun bir cariye olduğuna dikkat etmemişti. O gün cenaze merasimine katılanlar ile görevliler arasında, bu cariyenin gözlerinden süzülen iki damla yaşın ne anlama geldiğini de bilen kişi yoktu. Meğer her şeyi Köprülüler sülalesinden Fazıl Mustafa Paşa'nın büyük oğlu, o zaman saray muhafız ağası olan sizin sabık vezirlerinizden Numan Paşa planlamış. Daha sonra damadı olacak kadar ağabeyinizin güvenini kazanmış olan Numan Paşa, yine hatırlayacaksınız, zat-ı şahanelerinizin de tensibiyle, tahttan indirilen ağabeyinizle ilgilenmiş, hizmetini görmüş, her işiyle meşgul olmuştu."

O sırada hükümdar "Buraları geç, sadede gel!" der gibi elini bileğinden çevirerek hızla anlatmasını işaret etti.

"Biniş çavuşları Eminönü sahilinde sultanın tabutu ile hekim yamağının arasına girdiklerinde onun bir cariye olduğunun farkına bile varmamışlar. O sırada için için ağlamakta olan bu kadın, meğer hünkârın hastalık nöbetlerinde kendisiyle ilgilenmesi için has odaya aldırdığı nazenin bir dilber imiş. Rahmetli sultan ağabeyiniz Numan Paşa'yla her karşılaştığında bu cariyenin hizmetinden ve şefkatinden o derece bahseder olmuş ki, paşa, kırk yaşının olgunluğuyla erkekliğinin doğruğunda olan sabık sultanın bu cariye ile aralarında bir şeyler geçtiğini anlamış. Zaten has odada gönülleri birbirine akmamış olsaydı cariyenin çırak çıkarılma işlemleri için sultan ağabeyiniz bizzat emir verip arkasını takip ettirir miydi? Bir sırdaş olarak Köprülüzade Numan Paşa da son günlerini yaşayan sultanın bu en beşerî duygusuna saygı göstermiş ve cariyesine sırılsıklam tutulduğunu başkalarına bildirmemiş. Bu kısa süren muhabbetin sonucu olarak, o gün kayıktan uzaklaşıp halk arasına karışan, saraydan uzakta bir hayata ilk adımını atan cariyenin bir eli büyük bir hüznün titremesiyle artık Mustafa Han'ın olmadığı bir saraya dönmemek üzere koynunda sakladığı azatlık belgesinin yerinde durup durmadığını yokluyor, diğer eli ihtişamlı bir sevincin göstergesi ve gizli bir aşkın meyvesi için karnını bastırıyormuş."

Hükümdar biraz sakinleşmiş gibi tahtından kalkıp Boğaziçi'ne bakan pencerelerden birinin önüne gitti. Aslında içinde bir yanardağ kaynamaktaydı. Mustafa'nın şehzadeleri elinin altında, kontrol edilebilecek bir yerde, şimşirlikte duruyorlardı. Halbuki Kazasker Efendi dışarıda, sarayın dışında kontrolden uzak bir şehzadeden bahsediyordu! Bunu düşünmek bile istemiyordu. Şüphesiz, karşısındaki adamın cümlelerinin gerisini duymak asla hoşuna gitmeyecekti; bunu biliyordu. Donuk bakışları Üsküdar sahillerinde dolanmaya başladığı sırada İshak Efendi küçük bir öksürük ile boğazını temizleyip korktuğu cümleleri bir bir söylemeye devam etti:

"Cariyenin adı Itır Banu imiş. Paşa'nın emriyle Ayvansaray civarında bir konağa yerleştirilmiş ve her ihtiyacı görülmek üzere iki hizmetkar istihdam edilmiş. Itır Banu iki ay sonra bulantılar ve aşerme nöbetlerini geride bıraktığında Paşa kendisini ziyaret edip can güvenliği adına bu sırrı saklaması gerektiğini ısrarla tembih eylemiş. Velhasıl ağabeyiniz Mustafa Han'ın yaşayamadığı sevinci Itır Banu tek başına yaşamış ve doğan çocuğa Ahmet adını koymuş. Numan Paşa ise -Köprülü ailesinin asaletine yaraşır biçimde- eski hükümdarının hatırasına sadakat göstermek adına gizliden gizliye uğradığı, zaman zaman da sağlıkçı kadınlar yolladığı konakta Itır Banu'nun gerek hamilelik, gerekse ilk annelik dönemini rahat geçirmesini temin etmiş, hatta ona bir hizmetkâr can yoldaşı göndermiş. Paşa hazretleri on yıl kadar önce, Pasarofça sulh yılında, Kandiye'de ölmeden evvel, o zamanlar müderrislik yapmakta olan babam İsmail Efendi'ye mühürlü bir mektup teslimi ile çocuğa kendi evladı gibi bakmasını ve buluğ çağına erince mektubu annesine vermesini vasiyet etmiş. Zat-ı şahaneleriniz o yıl efendi babamı vazifesinden azledip Sinop'a menfaya göndermiştiniz. O da bu yüzden kendisine emanet edilen kadın ile çocuğun kim olduğunu uzun yıllar boyunca ne araştırabilmiş, ne öğrenebilmiş. Yalnızca bir emanet diye himaye etmiş, eski dostu paşa hazretlerinin vasiyeti icabı ve dostlukları hatırına hiçbir fedakârlıktan çekinmemiş. O kadar ki uzaktan uzağa çocuğa hususi hocalardan müspet ilimler yanında Arapça, Farsça ve şiir okutup hat eğitimi aldırmış. Bundan benim ve kardeşlerimin bile haberimiz olmamıştı. Üç yıl evvel babam aynı vasiyet ile emaneti bana tevdi ettiğinde ben Itır Banu ve artık delikanlı olan çocuğunun himayesini babamın hayır işlerinden biri zannettimdi. Düne kadar bu böyleydi. Lakin dün, babamla Itır Banu arasında geçen bir hatıraya dair notlar buldum. Babam, Kanuni Süleyman'ın elinden yemlenen Baki Efendi'nin Divan'ını pek okurdu. Dün gece uykum kaçmıştı. Raftan bir kitap alıp biraz oyalanmak istemiştim. Elime o Baki

Divanı geçti. Divanın arasında perakende kâğıtlara yazılmış bazı notlar buldum. Babamın el yazısı ile tutulmuş notlardı bunlar ve bir tanesinde yazdığına göre Numan Paşa, rahmetli babama bir mektup vermiş, çocuğun on beş yaşına bastığı gün de bu mektubun Itır Banu'ya teslim edilmesini istemiş."

Sultan yeniden heyecanlanmış gibiydi. Sakinleşmek için sedire oturup çubuğunu doldurmak istedi. İshak Efendi derhal koşup çubuğuna tömbeki koydu ve gümüş maşa ile küçük ateş mahfazasından bir köz alıp tutuşturmasını sağladı. Sultan eliyle "devam et!" diye işaret edince de notlarda yazılanları anlatmaya devam etti:

"Babamın notlarına göre bir ikindi vakti, güneş Itır Banu'nun konağındaki Bursa çatmalarının güpürleri arasından selamlığın sedirlerinde ışık oyunları yaparken, o asil kadın, her zamanki tevekkül ve ağırbaşlılığının ötesinde bir heyecanla gözlerini yere eğmiş, babamın elindeki mektubun mührünün açılmasını bekliyormuş. Sanki uzun yıllardır beklediği biri içeri giriverecekmiş gibi telaşlı imiş. 'Kalbinin hızla çarptığını feracesinin üstünden bile anlayabiliyordum.' diye yazmış babam. Sonra mektubun mührünü kırmış. Tam okumaya başlayacakmış ki gördüğü satırlardan ürküp işi kekelemeye döndürmüş. Bütün bedenini sanki bir ateş basmış. Babamın sonraki satırları hâlâ zihnimde: "Itır Banu eğer başını yerden kaldırıp yüzümün o andaki rengini görseydi her şeyi anlayabilirdi. O telaş ile yerimden kalkıp *'Mektup rutubet almış olmalı, yazılar seçilemiyor! Başka zaman bir hattata okuturuz!'* gibi acemi bir mazeret ile kendimi dışarı attım."

İshak Efendi sözlerinin burasında sesini biraz daha hüzünlendirdi:

"Itır Banu'yu sorarsanız hünkârım; o, zannederim babamın mektubu okuyamayışından her şeyi anlamış ve kendisine yüz yıl kadar uzun gelen o birkaç dakikanın sonunda içinden şükürler edip durmuş. Tahminim o ki, bütün ömrünce bu anın gelmesini, Ahmet'inin gerçekte kim olduğunun birileri tarafından bilinmesini istemişti; ona zarar vermeyecek birileri tarafından. Ömrü boyunca bu ağır hakikati yalnızca kendisinin bildiğini ve asla Ahmet'in bilmesini istemediğini sanıyorum. Bunu, bir daha babama o mektubu hiç sormayışından ve o günden sonra ailemize karşı gösterdiği minnettar tutumundan çıkarıyorum. Velhasıl bir şehzade doğurmuş olan o cariye, oğlunun hükümdar olmasını isteyen ihtiraslı bir valide sultan gibi değil de evladının güzel bir hayat sürmesini isteyen mütevazı bir anne gibi davranmış ve bu sırrı oğluna bütün ömrü boyunca asla söylememiş."

Kazasker Efendinin anlattıklarını büyük bir sabırla dinleyen ve dinlerken yaşadığı heyecanı, hiddeti, hayreti çok iyi saklayan, bazen acı acı tebessümler ve hatta acıma emareleri de gösteren sultan yerinden kalktı, İshak Efendi'nin elinde ancak iki parmak kalınlığındaki ferman mahfazalı mektubu öfkeyle aldı ve bir dakika kadar sonra muhatabının gözlerinin içine bakarak vurgu ile sordu:

"Cariye hayatta mı?"

"Hayır haşmetmeab; üç yıl önce öl..."

Sultan şiddetle sözünü kesti, kısa cevap istediğini belli eden bir tonda sordu:

"Çocuğun kendisi biliyor mu?"

"Hayır haşmetmeab! Fakat..."

"Vakıayı senden başka bilen var mı?"

"Hayır haşmetmeab! Ben..."

"Kendisinin bilme ihtimali var mı?"

"Hayır haşmetmeab!"

"Evli mi?"

"Hayır haşmetmeab!"

"Sence telef edilmeli mi?"

"Hayır haşmetmeab!"

"Bu durumda fitneye sebep olmaz mı?"

"Hayır haşmetmeab!"

"Tekrar sorayım, fitneye sebep olmaz mı?"

"Hayır haşmetmeab!"

"İyi bilindi mi kazasker efendi?!.."

"Evet haşmetmeab."

Sultan bütün sorularını bir emir gibi sormuş ve o sordukça İshak Efendi adeta bir teminat vermişti. Konuşma bittiğinde Şehzade Ahmet ile alakalı her şeyin sorumluluğu İshak Efendi'nin üstüne yüklenmiş oldu. Dahası, son soruda öyle bir vurgu sezinlemişti ki, artık Şehzade Ahmet'in bir yolla kendi kimliğini öğrenmesi ve şehzadelik iddiasıyla ortaya çıkması, saltanattan pay istemesi, hele böyle karışık bir dönemde çevresine adamlar toplayıp isyan başlatması, bunun dedikodusunun bile yayılması halinde ilk gidecek kellenin kendisininki olacağını düşünüp titredi. Ve yazık ki sultan bununla da ikna olmamışçasına ilave etti:

"O halde bana tez vakitte telef haberini getir."

"!?.."

⁂

Sultan yalnız kaldığında Numan Paşa'nın mektubunu öfkeyle okuyup yırttı:

"Sultanımın hizmetkârından, yine onun yadigarı Itır Banu'ya;

Âl-i Osman'ın genç şehzadesi Ahmet Sultan'a mahsus selam ederek,

Derim ki;

Rahmetli hünkârımı daha küçücükten tanıdım. Birlikte büyüdük. Yaşıt olduğumuz için bazen sarayın bahçesinde beraber oynardık. Çehresinden nadiren bahtiyar olduğu anlaşılabilirdi.

Siz hanımefendiyi tanıdıktan sonra yüzünde sevinç huzmeleri eksik olmadı. Keşke hasta iken değil de sağ ve sağlıklı iken sizi bulsaydı.

Sultanım dedi ki;

Siz çırak çıkarıldıktan sonra dokuz ay İstanbul'dan uzaklaştırılmayasınız ve her hâl u şartta gözetim altında tutulasınız, evlenmenize izin verilmeye, yakınınıza erkek yaklaştırılmaya. Sultanımın umudu oydu ki sizden bir çocuğu ola. Eğer erkek, eğer kız. Bunun aksi halde, dokuz ayın sonunda terk edilesiniz. Eğer terk edilmemişseniz çocuğunuz Âl-i Osman hanedanı hükmünce yaşaya ve siz dahî kayd-ı hayat şartıyla muhafaza olunasınız ve izdivaç mukarrer olmadığı hal u şartta hazine-i hâssadan pay alasınız. Bu yüzden açıktan veya gizlice siyanet ve muhafazanız Köprülü efrâd u ahfâdına vazife verildi.

Derim ki;

Çok şükür şehzademizi görecek kadar yaşadım. Şimdi bu mektubu Şeyhülislam İsmail Efendi'ye verdim ki vakt ü zamanı geldikte size ahvali okuyup anlatsın; sizin bildiğinizi bir dahi Allah'ın bildiği bilinsin, ona göre emel ve arzularınız yerine getirilsin. Ezcümle Allah'ın koruması, keremi ve selamı üzerinize olsun.

Bu satırlar Sultan Mustafa Efendimizin vasiyeti icabı yazılmıştır; buna göre okuna ve amel oluna!..

Çaker-i kemîne-i devrân,
muhâfız-ı saltanat ve's-sultân
Köprülüzâde Numân"

8. Sual:
– Bu Entari Senin Hanımına mı Ait?

Damat İbrahim Paşa her sabah olduğu gibi Bâbıâli'deki sadaret makamına geldiğinde önce hörekeli kahvesini getirdiler. Akşamki şaşkınlığını üzerinden yeni yeni atabiliyordu. Bütün gece uyumamış gibiydi. Hâlâ sepetteki başın odada yuvarlanışı gözlerinin önündeydi. Nasıl olmasındı ki; henüz yirmisine basan ay parçası bir letafetin yerde duran kellesini uzun saçlarından tutup havaya kaldırarak on dakika kadar çehresine dikkatlice bakmış, bu cidden müstesna tazenin yüzündeki güzelliğe, yarı açık gözlerindeki gençlik hüsranının dehşet yadigârı olan son bakışın son acı tebessümüne hayran kalarak düşünmüş, düşünmüş ve ne yapacağına bin bir şüphe içindeyken karar vermişti. Şahsi evrakının bulunduğu dolabı açıp içindeki eşyaları boşaltarak elindeki kadın başını üst rafa yerleştirdiği sırada planını uygulamaya koymuş sayılırdı. Eline bir makas aldı, parmaklarına dolanmış olan örgülü saçlardan bir tutamını kesti, karşısında duran güzelliğe son bir kez daha bakarak dolabın kapağını kilitledi.

Sabah odasını temizleyen hizmetkâr, akşam getirdiği sepetin içindeki yemişlerin nereye gittiğini, tıka basa dolu iken nasıl olup da bir gecede boşalabildiğini çok merak etti ama asla anlayamadı. Yerde beş on kadar kavrulmuş fıstık kırıntısı bunu izaha yetmiyordu. Halıda gördüğü birkaç damla kan lekesini silerken aklı hâlâ paşanın bir gecede bunca yemişi nasıl tükettiğine ve kabuklarını nereye attığına takılı kalmıştı. Konaktaki kilercibaşının ise bu sepet ve içindekilerden hiç haberi olmayacaktı.

Paşa, yolda gelirken düşünüp durmuş, yapacağı işleri sıraya koymuştu bile. Şimdi kahvesini bitirirken yüzüne yayılan keyifli tebessüm, başarılı olduğu zamanların dışa vuruş biçiminden ibaretti. Keyfi yerindeydi. Devlet işlerine geçmeden evvel çubuğundan iki nefes daha çekti. Ağzından çıkan koyu dumanlar, kalemkâri desenlerle nakışlanmış tavana arka arkaya ulaşmaya başladıktan tam beş dakika sonra bütün kavaslarını huzura toplamış şu emri veriyordu:

"Şehirde kadınlara mahsus ne kadar hamam varsa hepsi yoklansın; kadın başı yapan meşşataların tamamını huzura istiyorum."

İstanbul'a kubbeli güzelliğini veren ve hemen bütün gezginlerin orayı "Kubbeler Şehri" olarak anmalarını sağlayan mimari eserler içinde hamamların önemli bir yeri vardı. Bazıları sıcaklığıyla, bazıları büyüklüğüyle, bazıları mermerlerinin güzelliği ve bazıları da çalışanlarıyla ünlü hamamlardı bunlar. Kentin her yanına yayılmışlardı ve külliye tesis eden hemen her sultan, sadrazam, paşa, bey mutlaka hamam da yaptırmıştı. İslam dininin temizliğe verdiği önem, yüzyıllar ilerlerken şehrin her yanını hamamlarla donatmıştı. Pek çok zengin, vakıf eseri olmak üzere hamam yaptırtıyor, birileri de bunları işletip devamlılığını sağlıyordu. Ama son yıllarda hamamların bazıları, içinde düzenlenen eğlenceleriyle de üne kavuşmuştu. Düğün öncesi gelin hamamından, safa olsun diye hamam kapatmalara kadar karlı ve fırtınalı zamanların en itibar gören eğlence biçimi bu idi. Mey ü mahbub, yeme içme, musiki fasılları derken hamam eğlenceleri gitgide abartılır olmuştu. Çinili Hamam, Irgatlar Hamamı, Vefa Hamamı ve Mahmutpaşa Hamamı bu eğlencelerin merkezi durumundaydı. Eğlenceye müsaade etmeyip halka hizmeti önemseyen tek hamam ise Haseki Sultan Hamamı idi.

Bâbıâli sadaret makamında veziriazamın emrini alan kavaslar kadın kolluk görevlileri tarafından hamamların soğukluklarında çalışan ne kadar meşşata var ise birer birer topladılar. Bunların kimi taze sabun kokulu ıslak saçları dizlerine yayarak düzenledikleri halvetlerden, kimisi belik belik örüp sırmalarla donattıkları konak sahibi zengin müşterilerinin dizi dibinden, kimisi topuzlar, lüleler ile süsledikleri saçlara misk ü amber sürmedeyken, kimisi de samur kirpiklere rastık çekip kalemler ile ince hilal kaşlar yaparken, dudaklara boya, yanaklara allık sürerken vazifelerini yarıda kesip sadrazam kapısına getirilmenin huzursuzluğu ile homurdanıyorlar, çoğu da tir tir titriyordu. İçlerinden ünlü ve maharet sahibi olanlar ise sadrazamın kendilerine iş teklif edecegini sanmışlardı. Çünkü her birinin kendilerine mahsus tarz u tırazları, ayrı baş bağlama usulleri, farklı yüz yazıları vardı ve İstanbul'un kalburüstü paşa konaklarında adlarını bilmeyen yoktu. Oysa vezir hazretleri yalnızca, gece odasına gönderilen cinayet vesikasının hangi yüz yazıcı tarafından düzenlendiğini anlamak istiyordu, o kadar. Dokuz adet kavasın, yanlarında ikişer meşşata ile sıra sıra dizilmeleri fazla uzun sürmedi. Öğle ezanları okunurken paşa hepsini mabeyn odasına aldırmış bekletiyordu. Önce hepsinin sinirlerinin gevşemesi gerekiyordu. Daha sonra homurdanmalar başlayacaktı. Ancak ondan sonra sorgu suale geçebilirdi. Nitekim ikindi sularında ilk meşşata ile yüz yüze geldiğinde buradan bir an evvel çıkıp gidebilmek için her şeyi söylemeye hazır olduklarını anladı. Sorgulama usulü basitti. Kadınlardan birini içeriye alıyor, sözleri bittikten sonra arka kapıdan dışarı salıveriyor, birini diğerine göstermiyor, buluşturmuyordu.

Nihayet Sultan Hamamı'nda çalışan orta yaşlı bir Rum kadın, paşanın avucundaki örülü saçı tanıdı:

"Beli pasam, bu örükleri Eyüp'te mukim bir oyuncakçının haremine ben yapmısam."

Eyüp neresi, Sultan Hamamı neresiydi? Ama Paşa yine de ipin ucunu ele geçirdiğini anladı. Bu bir şaşırtma veya iz kaybettirme olmalıydı. Öyle ya, kim kendi mahallesinde suç işlerdi ki? Nihayet kavaslarını çağırıp kadını bu gece misafir etmelerini, zinhar kimse ile görüştürmemelerini, suçlu muamelesi yapılmamasını tembihledi. Sonra da yüz yazıcı kadının tarif ettiği eve özel hafiyeler gönderip arattı. Oyuncakçı evde değildi. Hafiyeler paşanın emri doğrultusunda yatak odasındaki esvap sandığını aldılar, dolaplardaki kadın elbiselerinin tamamını içine doldurdular, süs eşyası olarak bulabildikleri her şeyi de bir bohçaya tıkıp Bâbıâli'nin yolunu tuttular. Kavaslardan ikisi de oyuncakçının çarşıdaki dükkânına varıp sadrazam hazretlerinin kendisini çağırdığını, bu gece sarayda misafirleri olacağını bir ima ile söylediler.

Ertesi gün kuşluk güneşi vezir dairesinin pencerelerinden mızrak mızrak ışık huzmeleri olup odaya sızarken paşanın huzurunda bu sefer oyuncakçı vardı:

"Hanımın neredsdir?"

"Üç ay önce İzmir'deki teyzesine gitmiştir. Geçenlerde bir haber geldi. İki ay daha kalacakmış."

Paşa adamlarına işaretle sandık ve bohçayı getirmelerini söyledi. Adam, eşinin eşyalarını paşanın huzurunda görünce dili tutulayazdı. Kavaslardan biri elbiseleri birer birer çıkartıp gösterirken paşa sordu:

"Bu elbiselerden eşine ait olmayan var ise bize bildireceksin!.."

Adam bütün hırkaları, yelekleri, entarileri, şalvarları, feraceleri, sıkmaları, şalları tanıdı. Hepsi için gayet emin "Haremime aittir!" cümlesini tekrar edip durdu. Nihayet gayet pahalı çatma kadifeden sırmalı bir esvabı görünce hiç tereddüt göstermeden atıldı:

"Bu entari benim hanıma ait değildir!.."

9. Sual: Nakşıgül Diri Diri mi Kesildi?

Salı ve cuma günleri Eyüp iskelesine gelip giden dolmuş kayıkları, pazar kayıkları, peremeler, hanım iğneleri, üç çifte, beş çiftelerin sayısında bir artış olurdu. Salı günü Eyüp semtinin pazarı kurulur, cuma günü de Eyyüb el-Ensari ziyaretleri ile buraya helva yemeye gelen ailelerin, bunlarla birlikte sevdiklerinin peşine takılıp aşk u alaka fırsatı kollayan avare âşıkların hücumuna uğrardı. Bir de adak kurbanı kestirecekler vardı. Kurban pazarının hay huyu, kurban kestirenler, kesenler, pay dağıtanlar, payları kapışanlar ve nihayet şehrin serseri, ayyaş, berduş güruhu ile ayaktakımı derken Eyüp Sultan Köyü'nün nüfusunda büyük bir artış görülürdü.

Köy, helvacılarıyla ünlüydü. Burada helva kelimesi bilumum tatlıları içeren bir anlam ifade ederdi ve bilhassa cuma günleri helvacı dükkânları dolar taşardı. Sonbaharın nadir görülen bu sıcak cumasında da öyle olmuştu. Güneş, Eyüp Sultan Türbesi sırtlarındaki kabristanın servilikleri arasından Haliç'te ışık kırılmaları yapabilecek kadar cılız huzmeleriyle günün tamamlandığını ilan etmek üzereyken iki muhafızın kolları arasında Şahin'i taşıyan kayık, kafesleri yarı kaldırılmış yalıların önünden geçmekteydi. Dersaadet'te akşam ezanları başlamıştı. Şahin, bunca ömür sürdüğü Altın Boynuz'un iki yakasından, daha ziyade de İstanbul yakasından mukabele gibi birbirini tamamlayan akşam ezanlarının bu derece ruha tesir ettiğini hiç fark etmemişti. Ömrü Alibey Köyü'nden Kâğıthane'ye, Eyüp Sultan'dan Bahariye'ye, Fener'den Hasköy'e, Balat'tan Sütlüce'ye, Cibali'den Kasımpaşa'ya Haliç köyleri ve kasabalarında geçmişti, ama hiçbir ezan bu akşamki gibi yüreğine işlememişti. Belki de bulunduğu mekânlar ve yaşadığı serazat hayat buna fırsat bırakmamıştı. Şimdi bir kayıkta tutsak, bir hapisten diğerine nakledilirken aklına bunların gelmesini garip bulmuştu. Şimdi kendisini daha bitkin, daha perişan hissediyordu ama zihni bir önceki günden berraktı. Ağlama nöbetleri geçmişti. Düşünceleri ile gözünün önüne gelen görüntüler artık üst üste örtüşebiliyordu. Zifaf sabahından bu yana sarhoş gibi olmuştu sanki.. Yaşadıklarının ağırlığı bir karabasan gibi çökmüştü üzerine. Oysa şimdi düşünceleri biraz daha sağlıklı gibiydi. O kadar ki zihni, gitmekte olduğu yer kadar geride hatıralarını bıraktığı sevgiliyle de meşgul olabiliyordu. Ne olursa olsun, en zalim hakikat yakasını hiç bırakmıyordu. Nakşıgül artık yoktu. Sevgilisi bu dünyadan gitmişti. Hayır, rüya değildi. Ona erişmiş, sevgilim diye saçlarını okşamıştı. Ama işte şimdi yoktu. Sesini özlüyor, yüzünü özlüyordu. Şu anda kandesinin gittiği veya götürüldüğü yer o kadar önemli değildi. Önemli olan Nakşıgül'ün yokluk acısıydı. Ve bir karar verdi: Madem ki onu koruyamamıştı, kendisi de ölse yeriydi... Gerdek gecesi ve tomrukta geçen saatler bir bir hafızasından akarken gözleri, ellerini bağlayan yağlı kaytana ta-

kıldı. Sanki biraz gevşek bağlanmış gibiydi. Önce üzerinde durmadı. Zihni yeniden yaşadıklarına kilitlenmiş duruyordu. Bindirildiği kayık suda nasıl akıyorsa dimağı da Nakşıgül dolu hatıralar arasında öyle akıyordu. Neden sonra kendini toparladı. Mantıklı bir şekilde olup biteni zihninden geçirmeye, inceden inceye her şeyi düşünmeye başladı. Tıpkı Tomruk Emini kâğıdı önüne, divit ve hokkayı da onun üstüne koyup gittikten sonra iki saat kadar öylece kâğıda bakıp başına gelenleri düşündüğü gibi. Divitini hokkaya bandırdığı sırada yüreğini yoklamış, kendisini üzen şeyin mahpus edilmekten değil de Nakşıgül'ü yitirmekten kaynaklandığını fark etmiş, nihayet Nakşıgül olmadıktan sonra başına her ne gelecekse fazla da öneminin bulunmadığına karar vermişti. Zindanda veya konakta... Kürekte veya seyranda... İçinde Nakşıgül'ün olmadığı bir şehir, -İstanbul bile olsa- zindandan başka neydi ki? O yüzden Tomruk Emini'nin hücreye geri dönünce savurduğu tehditler de, kâğıdı bembeyaz ve yazısız görünce ettiği küfür de o kadar umurunda olmamıştı zaten. Ama aynı şeyleri birilerinin çok umursadığı ortadaydı. İlk şiddetli yumruk, "Anlaşıldı, seninle Galata Tomruğu'nda hesaplaşacağız!" cümlesiyle birlikte kafasına inmişti. Sonra da Yaradana sığınıp suratına, karnına, tekme, tokat, aşk ile ve şevk ile girişmişti. Kısa süreli bir baygınlıktan sonra gözlerini açtığında Tomruk Emini'nin ikinci defaya hazırlanıp kolunu sıvadığını gördü. Adamın pazusundaki dövme, yiyeceği yumrukların ürpertisini arttıracak cinstendi. Şimdi daha iyi hatırlıyordu; bir engerek yılanı, adamın dirseğinden omuzuna kadar uzanmış, oradan ağzını açmış, sırıtır gibi kendisine dilini sallamaktaydı. Dövme ustası işini iyi yapan cinsten olmalıydı ki yılanın yüzü gerçekten ürkütücüydü. Tomruk Emini'nin bu seferki ilk yumruğuyla şakaklarında bir yanma hissetti. Yüzünün parçalandığını sandı. Neyse ki adam depreme benzeyen bu yumruktan sonra yeniden kendini yormadı, "Nasıl olsa Galata tomruğunda hesaplaşacağız seninle!" deyip çıktı.

Ardından muhtesipleri, asesleri ve zabitleri gelmeye başlamışlardı birer ikişer. Tam bir gün, hiç durmadan, uyku uyutmadan ve dinlendirmeden kâh ayakta, kâh oturarak, kâh falakaya asarak ve kâh mengene ile sıkıştırıp kazıklarda gerdirerek dövmüşler, etini burmuşlar, aç ve susuz bırakmışlardı. Hepsi de Galata'daki işkencelerin çeşitlerinden, dayanılmazlığından dem vuruyor, cinayetini itiraf ederse kendisi için belki kurtuluş olacağını söylüyorlardı. O ise kendini Nakşıgül'e kapatmış, onun olmadığı bir dünyayı algılamayı istememiş ve belki de bu yüzden bütün o işkencelere, dayaklara karşı zihnen direnmeyi başarmış, hatta Nakşıgül'den kendisine tek hatıra olarak avucunda bulduğu ikiz lale soğanının yarımına sımsıkı sarılmış, onu hiç kimseye göstermeden avucunda sıkıp durmuş, sanki eliyle sevgilinin elini tutmuştu. Acı çekiyor, dayak yiyor, burnu kanıyor, canı yanıyor ama sessiz kalıyordu. Bütün bir gece ve gündüz böyle geçmişti.

Defterdar İskelesi hizasındaki Cevahirci Yalısı açıklarında Haliç'in gitgide kararan sularında takılı kalan gözleri, akşam kendisini bir yandan dövüp bir yandan sorguya çeken adamın hayaliyle yeniden ürperdi. Aseslerin en iri cüsseli olanıydı bu ve burnundan soluyarak, öylesine, bir tehdit savuruvermişti:

"Seni Nakşıgül gibi diri diri kesmem de gerekse suçunu söyleteceğim!"

"Ne dedin sen?"

Adam afallamış, ürkmüştü. Sonra daha yüksek sesle bağırmıştı:

"Neden şaşırdın, Nakşıgül'ü diri diri kestiğini söylememden rahatsız mı oldun, cani herif?!..."

Daha iki akşam önce bu saatlerde birbirlerine sarılıp aşk neşideleri fısıldaştıkları Nakşıgül'ün parçalanmış bedeni geldi yeniden gözlerinin önüne. Denizin dalgalanışıyla birlikte sallanan kayığın ritmine uyarak beyni zonklamaya başladı. Her şeyi, evet her şeyi yeniden irdelemeliydi. Madem adam öyle demişti; Nakşıgül'ün diri diri kesilişi üzerine her şeyi gözden geçirmeliydi. Gördüklerini midesi bulanarak zihninden geçirdi. Karısının kollarından biri kapının mandalına asılmış, diğeri tavana bağlı olan ipte sallanıyordu. Dizlerinden kopartılmış uyluk ve ayakları ocak boşluğunda haç misali birbirine çatılmış, bacaklarının etleri kas çizgisinde ortadan ikiye yarılmış, kemikleri ortaya çıkartılmıştı. Göbeği çevresinden başlayarak göğüslerine kadar gövdesinde sinir ve kızıl etler vardı. Gerdirilip pencere camına yapıştırılmış bir parşömeni andıran kanlı deri parçası oradan yüzülmüş olmalıydı. Odanın her yeri kan idi ve her tarafa saçılmış altınlar vardı. Sanki bu kan, kasten çevreye dağıtılmış, her şeye ve altınlara özellikle bulaştırılmış gibiydi. Bir tek yer hariç. Nakşıgül ile başını koydukları yastık. Yatağın enine uzatılmış lavanta kokulu bu yastıkta bir tek damla bile kan yoktu ve güneş doğarken, Nakşıgül'ün başı, akşam yattığı şekilde hâlâ onun üzerinde uykuya devam ediyor gibiydi. Yastığa paralel uzanan sol kolundaki boşluğu hissettiğinde yastığın tertemiz olduğunu çok iyi hatırlıyordu.

Zihni yeniden bulandı, dengesini kaybetti. Gördüğü işkence ve yediği dayakların etkisindeydi. Aklına takılı kalan soruyu içinden tekrarladı:

"Demek biri veya birileri Nakşıgül'ü diri diri kesti?!"

Zihnini toparladığında ikinci soruyu düşündü:

"Peki, Nakşıgül'ü kesenlerden biri beni sorguya çeken o adam olabilir mi?"

Sonra uzun müddet aklı buna takılı kaldı. O adamın sorgulama cümlesinde kullandığı "Nakşıgül gibi" ifadesini bir hakikatin habercisi olarak mı, yoksa bir benzetmenin hoyratlığı diye mi anlamak gerekirdi? Arkadan gelen cümle adamı masum gösteriyordu ama ya sonraki afallamasına ne demeliydi?! Adam "Seni Nakşıgül gibi diri diri kesmem de gerekse..." demişti. Bu cümleden ne anlamak gerekirdi?!..

İşte o anda kararını verdi. Ölümü istemekle, her şeye tepkisiz kalmakla hata etmişti. Nakşıgül için bir şey yapması ve katillerini bulması daha önemliydi. Ellerini bağlayan kaytanın gevşekliğiyle ilgilenmeye o anda başladı. İçinde sevgili olmayan dünyanın yok olması temennisi de, Nakşıgül'süz bir hayatın beyhude olduğu fikri de birden ters yüz oluverdi. Üç hafta ve bir gece de olsa yaşadığı en anlamlı zaman adına, sevgili edindiği ve birlikte uyuduğu tek insan adına, onun uğrunda, onun için bir şey yaparsa hayatını yeniden anlamlı kılabilir, aksi takdirde kendini affedemezdi. Evet, evet; doğrusu bu idi...

Tomrukhane kayığı Kasımpaşa açıklarına geldiğinde tersane önlerinde bir kapudan düğünü olduğunu gördü. Denizin üzerinde yüz kadar kayık, ortalarında da bir kalyon vardı. Kayıklar ve kalyon ışıl ışıl mumlar ve fenerlerle donatılmıştı. Evlenen muhtemelen patrona gemisi olan kalyonun kaptanı, kayıklarla onları teşyi edenler de bütün donanmanın tayfaları ile damadın ayakdaşları olmalıydı. İstanbul'da son yıllarda bu tür derya düğünleri moda olmuştu. Eskiden yazda, baharda mehtaba çıkılır gibi şimdi de Haliç'te ışıl ışıl düğünler yapılmaya başlanmıştı. Kış gelip Haliç donduğu zaman da kayarak eğlenilen düğünler ve denizüstü şenlikleri yapılıyordu. Bu düğün ve şenliklerin en cazip tarafı bol içki tüketilmesiydi. Çünkü kontrolü yapılamıyordu. Gerçi içki yasağı on yıl geride kalmıştı ama yine de şehirde açıktan açığa müskirat veya mükeyyifat tüketilmesine müsaade edilmiyordu. Sıra denize gelince, içkiyi içen, şarap kabağını veya fıçısını denize bırakıveriyordu, işte o kadar. İhtisap ağasının kayıklar arasında dolaşıp hangi fıçıyı denize kimin bıraktığını arayacak hali yoktu elbette.

Şahin, o anda hapishane kayığında değil de bu düğün kayıklarından birinde olmayı hayal etti. Kayıkların kalabalıklığına bakılırsa bu akşamki düğün oldukça tantanalı geçeceğe benziyordu. Şarkılar, türküler, naralar, küfürler, çakaralmaz veya karabina patlamaları, havai fişekler ile bu düğün, tam da zamaneye uygun bir şölendi. Evlenmeden evvel eski arkadaşlarıyla bu türden uçuk kaçık düğünlerde tükettiği neşeli zamanları hatırladı. Dudağında hüzün dolu bir gülümseme belirdi.

Sandal Kasımpaşa hizasına yaklaştığında kendisini götürmekte olan muhafızlardan biri yanında taşıdığı torbadan küçük bir ağ parçası çıkardı. Dalyanlarda kullanılan cinsten idi bu ağ ve muhafız, sandalın içindeki büyük gülleyi ağın içine yerleştirip arkadaşına seslendi:

"Yer değişelim de beyzademizin ayağını bağlayayım."

Şahin, Haliç'in derinliklerini boylamak üzere olduğunu o vakit anladı. Gözleri döndü, ellerindeki ipi bir an evvel çözmek için daha da zorlamaya başladı. Hamlacılar muhafızın yaptığına itiraz etmiyorlardı. Muhafızlar ise yer değişmek üzere birlikte ayağa kalktılar. İşte olan, o sırada oldu. Hamlacılar muhafızlara yol açmak için eğilip bükülürken, arkalarından gelmekte olan bir basmacı kayığı, bütün hamulesi ve süratiyle tomrukhane kayığına kıçtan bindirdi. Sanki kayıkçı dümene hâkim olamamış gibi şiddetli bir çarpmaydı bu. Hatta belki kasten bir hücum olduğu bile sanılabilirdi. Akşamın alaca karanlığında olan olmuştu. Kayıkta herkes bir şeylere tutundu ve dengeyi sağlayabilmek için kimisi sağa, kimisi sola doğru hamle yaptı. Fakat muhafızlardan biri denize düşmüştü. Diğeri arkadaşına elini uzatmak için kayığı yana yatırdı. Şahin bileklerindeki iplerden kurtulmak için mücadele ederken hamlacılardan biri küreği omzuna bindirip onu denize düşürdü.

Belki bir dakika sonra muhafızların onu atacakları derinliklerdeydi şimdi. Önce ellerindeki bağlardan kurtulmalıydı. Durmadan yüzdü, yüzdü...

10. Sual:
Öldürmeye mi Getirmişlerdi;
Ölümü Göstermeye mi?

Odada üç kişiydiler. Duvarda raflar, raflarda şişelere, su kabaklarına, küçük susaklara doldurulmuş eczalar mevcuttu. Pencereden vuran güneşin altına bir peyke konulmuş, üzerine de örtü serilmişti. Hekim elindeki falçataları ateşte kızdırırken bozuk bir Türkçe ile sordu

"İsmın nedır pasazadem?"

Birden "Ahmet!" demek geçti içinden. Aslında bundan böyle Ahmet adını kullanması iyi olabilir, onu peşine düşenlerden korurdu. Ama birden annesinin vasiyeti geldi hatırına. Daha on iki yaşından itibaren ona 'Şahin oğlum, Şahinim, Şahin beyim' demiş, hatta kendisiyle gurur duyduğu günlerde Şehzade Şahinim diye iltifatlarda bulunmuş ama mutlaka Şahin diye çağırmış ve ölmeden bir gün önce de Şahin adını kullanacağına dair yemin ettirmişti. Şimdi onun adını bir tek Kazasker İshak Efendi Ahmet olarak bilir, ama o da Şahin derdi. Haliç köylerindeki çocukluk arkadaşları ise eski adını çoktan unutmuşlardı. Üstelik hareketlerini herkesin şahin gibi kahramanca bulması, ona şahin olduğunu hissettirmesi de ayrıca hoşuna gidiyordu. Gerçi şimdi kimlik değiştirmeye ihtiyacı vardı ama bunu başka yoldan yapmak üzereydi:

"Şahin," dedi "adım Şahin!.."

"Mükammel mükammel, zaar sahina benzadalım senı!.."

Macar devşirmesi olan hekimin işini iyi yaptığını ve tabii sır saklayabildiğini söylemişti arkadaşı. En güzel haber ise onun iki gün sonra İstanbul'dan bir gemiyle Beyrut'a gidecek olmasıydı. Muayenehanesini içindeki bütün ecza ve aletleriyle birlikte yeni bir hekime satmıştı bile.

Hekim efendi ameliyat için hazırlıklarını tamamlayınca Şahin'e temiz örtünün üstüne sırtüstü uzanmasını söyledi. Acıyı fazla hissetmemesi için verdiği afyon macununu tükürmediğinden emin olmak için ağzını kontrol etti. Ellerini ve ayaklarını bağlayıp hareket edemeyecek şekilde gerdirdi ve onu buraya getiren eski hastasına işaret etti:

"Simdı arkadasının uzerina oturazak ve asla kıpırdamasına müzaade etmayazaksın."

"Tamam efendi, etmem..."

"Üzülme hekim efendi, ben sıkarım dişimi."

Hekim, Şahin'in bu teminatına yalnızca gülümsedi. Çenesini kayışla bağladı ve başının iki yanındaki tamponları sıkıştıran mengenenin mekanizmasını çevirirken mırıldandı:

"Gorazeğız bakalım!.."

İkinci gün sargılar açıldığında elindeki paslı aynaya hayretle bakıyor, inanamıyordu. Gerçekten de çehresine şahini andıran bir eda gelmişti. Kaşlarının uçları şakaklarına doğru yukarıya kaldırılmış, ortası da neredeyse birleştirilmişti. Burnunun yay eğriliğini belirginleştiren belki de bu idi. Rahmetli anneciği kendisini bu yüzle görse tanıyamazdı.

Hekim, yalnızca kaşlarda oynama yapmıştı ama sonuç fevkaladeydi. Şimdi daha bir gururla hareket ediyordu. Hastasının yüzündeki hayretle karışık sevinç emarelerini görünce şaka yaptı:

"Bir da bıyıkların uzlarını aşağıya doorı uzadup kazan kulbu gibi kalınlaştırırzan, artık gelın hanım zeni zaar başğası bu herıf dey yatağa almas."

Şahin bir daha asla gelin hanım ve gelin hanıma ait bir yatak olmayacağını düşünürken hekimin elini sıkıca tutmuş, minnetlerini bildiriyordu. Kendisine minnet duyacağı biri daha vardı elbette, ona döndü:

"Teşekkür ederim Seyrekbasan kardaşım. Bir gün bu iyiliğini ödeyeceğim!.."

Seyrekbasan Osman, üç gün evvel, Kasımpaşa açıklarındaki derya düğününde çakırkeyif bir halde, sandalından ona el uzatan bir levent idi. Denize düşünce ellerindeki kaytanları çözememiş ama ayaklarını bileklerinin arasından geçirip yüzmeyi başarmıştı. Kapudan düğününün kâh denize düşen, kâh atılan, kâh atlayan ayyaş kalyoncularından biri gibi deniz üstüne çıkınca çakırkeyif leventlerin olduğu bir sandalı gözüne kestirip sanki oynarken denize atılmış bir kadırgalı gibi küreklerine aborda olmuştu. Galata Tomruğu'nda cendereye sokulup sonrasında Tersane Zindanı'nda çürümeye giderken bahtiyar bir tesadüf onun karşısına Seyrekbasan'ı çıkarmıştı. Bunun için Allah'a her fırsatta teşekkür edecekti. Çünkü o sırada kendisine Hızır gelseydi, ancak Seyrekbasan kılığında gelirdi. Bir kadının aşkı yüzünden Akdeniz adalarından kopup İstanbul'a savrulmuş haneberduşun biriydi Seyrekbasan. Şahin'in o gece sayıklamalarından aşk yarasını keşfetmiş, ona acımış, bir kaçak olduğunu anlayıp daha kendisi hiçbir şey söylemeden onu Macar hekime götürmüştü. Üstelik biriktirdiği üç beş kuruşunu da ameliyat masrafı yaparak. Tersanede yiğitler yatar derlerdi de inanmazdı, işte onlardan birini tanımıştı.

Derya düğününden sonra peşine düşen olmamasını kayıktakilerin denizde boğulmalarına yordu. Sonra bunun ne derece yanlış bir algılama olduğunu düşündü. Muhafızlar için doğru olsa bile Haliç'te hamlacılık yapan gizli aseslerin boğulmalarını düşünmek çocukluk sayılırdı. Bunlar Haliç'in dibini bile biliyor olmalıydılar. Kendisini denize atmak için Kasımpaşa açıklarına kadar beklemeleri de bunu gösteriyordu zaten. Takip edememişler miydi, etmemişler miydi? Öldürmeye mi getirmişlerdi, ölümü göstermeye mi?

"Eğer Nakşıgül için bir şey yapmam gerekiyorsa, o şey, bütün bu esrarı mutlaka çözmekten ibarettir."

11. Sual: Külhanın Kimliksiz Hayatlarına Sığınmak... Neden?

"Layhar'ın çocukları!.. Burası baba yurdudur. Burada senin, benim yoktur. Hepiniz kardeşsiniz. Bir anadan, bir babadan olanlar birbirlerini boğazlarlar, oysa analarını babalarını bilmeyen Layhar'ın çocukları birbirini tek vücut bilirler. Kardeşine iğne batırıldığında acısını kendi vücudunda duyacaksın. Bu kefene sağlığında girenler ölünceye dek birbirlerini ayrı görmezler. Bu, ikilikte birliktir. Bu senin sağ elindir, sen de bunun sol elisin. Biriniz sağınızı, diğeriniz solunuzu görürsünüz. Vücudunuz bir, başlarınız ikidir. Ömrünüzün sonuna kadar birbirinizi görür, gözetirsiniz. Burada bu senindir, bu benimdir, yoktur. Az, çoğu arttırır, çok hepinizi besler. Kazan birdir, hepinizi doyurur... el-Fatiha!.."

Böyle dua okuyup onları kardeş etmişti külhancı baba. Sonra da Layhar aşkına bir ziyafet başlamış, neşe sabaha kadar sürmüştü. O akşam, yazık ki dillere destan İstanbul'un karanlık yüzüne iki çaresiz can daha savrulmuş, kimliksiz dilencilerin sayısına iki zavallı daha ilave olunmuştu.

Layhar, Gazneli Mahmut zamanında Gazne'de yaşamış yarı meczup bir adamdır. Hamam külhanında yatar, üzüm tortusu ile geçinir, kâhinler gibi gaipten haber verir, ermişler gibi keramet gösterir, şaraptan gayrı nesneye itibar etmezmiş. Ünlü şair Hâkim Senaî, Gazneli Mahmut'u öven bir kaside yazdığı zaman Senaî'yi kınamış, ona dünyanın geçiciliğini anlatmış, hakiki Sultan'ı unutup geçici sultanlara itibar etmenin boş olduğundan dem vurmuş ve başta Senaî olmak üzere yanında sözünü dinleyen müritler edinmiş, hatta sonraki çağlarda hamamların külhanında şaraba ve esrara bulanmış dumanlı kafaların piri olmuştu. Apaş Tekkesi denilen külhandakiler, pirleri Layhar'ın bir gün muhteşem ve muazzam bir horoz olarak uçup gittiğine inandıkları için hâlâ horozların öttüğü saatte külhandan çıkıp sokaklara dağılıyor, akşam horozların tünediği vakitte yatıyorlardı.

İki genç, külhana geldiklerinde bir sevinç ve kurtuluş umudu içindeydiler. Şehrin sokaklarında, çarşılarında dilenmeye, kovulmaya, sırnaşmaya razı oluşları da, külhanda etleri kesilip kanları şarap yapılsa bile ses çıkarmayacak kadar itaatkâr olmaları da hep bu umudun peşinde sürüklenmekten ibaretti.

Külhanda Bektaşi tekkeleriyle bağlantılı bir hayat akıyor, ama içindekiler yeniçerilere pek aldırış etmiyorlardı. Eskiden tekke, yeniçeri kahvehaneleri ve külhan üçlüsü birbirine bağlı bir yapılanma içindeyken son birkaç yıldır buna aldırış eden olmuyordu. Zaten külhanlarda barınan beylerin çoğu tarikatla, tekkeyle veya onun içindeki felsefelerle pek ilgilenmiyor, Alevilik nedir, Bektaşilik nedir anlamıyorlardı. Bildikleri, burada kaldıkları sürece serazad ve sorumsuz bir hayatı yaşayabilecekleriydi. Çoğu sokaklardan geldiği, bir anne veya baba eğitimi almadığı, hatta anne veya babaya sahip olmadığı için burada rahat ediyorlar, her hareket veya günahı serbestçe işleyebiliyorlardı.

İki kardeş birbirlerini yavaş yavaş tanıyor ve sırlarını, dertlerini öğreniyorlardı. Gündüzleri Destebaşının kendilerine bulduğu işi yapıyor, dileniyor, aşırıyor, meydan süpürgesini alıp çamurlu yolları temizliyor, akşamları Apaş Tekkesi'ne dönüp kâh türkü ve gazel söyleyenleri dinliyor, bazen bağlama çalanların yanık türkülerine dalıp gidiyor, kumar hariç tavla, aşık veya satranç oynayanlara iştirak ediyor ve bütün yorgunluklarıyla küllerin üzerinde destelenip uyuyorlardı. Zemini kül döşeli dikdörtgen külhana sıcak kül serpmek, odayı ikiye ayıracak şekilde ortaya konulmuş olan uzun tekneye kor yığmak artık ikisinin göreviydi. Külhan beylerinden beşi ateşin bir yanına diğer beşi de öteki

yanına ayaklarını ateşe uzatacak şekilde 'taban ateş' yatmadan evvel başlarının altına birer çuval getirmek de gecenin son vazifesi oluyordu. Her gecenin uykudan önceki son ritüeli, külhancı babanın kucağındaki horoz ile birlikte üç kollu şamdanın yanına gidip mumları birer birer söndürmesi, her üfleyişten evvel "Layhar'ın canı aşkına, kalbi aşkına, ruhu aşkına!.." diyerek pirlerinin ruhuna çağırmasıydı. Ertesi sabah kutsal horozun sesiyle herkes sağ salim kalkıp da külhancı baba şamdanı aynı dua ile yaktığında külhanda gün başlamış oluyordu. Geceleyin elbiseleri küle bulanmasın diye göbek ile baldırları arasını örtecek ince birer çakşır ile yatan beyler, sabahleyin üzerlerindeki külleri fırçalarla süpürüp çakşırlarını silkelerken iki yeni kardeşin görevi hamamdan sıcak su getirmek ve aşçı babanın pişirdiği çorba karavanası ile taze ekmeği ortaya koymak oluyordu.

Külhanda her ikisiyle de ilgilenen, kazançlarını kontrol eden, ihtiyaçlarını gören biri vardı: Kavanoz Cafer. Burada herkesin bir lakabı vardı ve birbirlerine lakaplarla hitap ediyorlardı. Sorumlulukları gereği hamam ateşini nöbetleşe yakıyor, harlandırıyor, uyutuyor, uyandırıyor, yeniden harlandırıyor veya uyutuyorlar, zaman zaman da hamamın tellaklık, peştemalcılık, kesedarlık, kunduracılık gibi vazifelerini yapma şansına sahip oluyorlardı. Konuşmaları hep argoya kaçıyordu ama asla küfürlü değildi. Birbirlerine karşı imanım, eyvallah, yandan gel, mühürlen gibi özel bir dil kullanıyor ve büyükleri küçüklerine cakalı boyun kırma, omuz vurma, dirsek atma, kabararak gezme gibi hareket talimleri yaptırıyorlardı.

Henüz konuşmuyorlardı. Külhanda konuşulan lehçe-i külhaniyi dinleyerek yavaş yavaş anlamaya ve öğrenmeye başlamışlardı. Külhana "ana", külhancıya "baba", ziyafete "çamur", yeniçeri kolluk görevlilerine "bıyıklı", çarşı pazara "çiftlik", peştemala "edeplik", natıra "giyinik", hamama "gülistan", yangına “kızıl bayram”, zindana “mektep”, padişaha “turalı”, vezire “hatem”, casusa “akrep”, zengine “kaz” dendiğini artık biliyorlardı.

Başlangıçta bir lonca gibi kurulan ama gitgide dilencilikten hırsızlığa, haraç toplamaktan adam kaçırmaya kadar pek çok suçu örgütleyen külhanların en büyük özelliği, burada kimliksiz yaşanması idi. Kimse kimsenin geçmişini veya geleceğini araştırmaz, hayatların teferruatı yalnızca iki kardeş arasında bilinir, kardeşler de elbette sır tutardı.

Üçüncü günün sonunda konuşma orucunu tamamlayan iki genç beyden biri, tam uykuya varmak üzere iken yanında yatan ve bir sır olarak hayatına giren küçük kardeşine sordu:

“Adın ne?”

“Yusuf!.. Ya seninki?”

“Şahin!..”

“Yarın kendimize birer lakap bulalım mı!”

“Olur!”

İlk defa birbirini kabullenmiş olarak sırt sırta verip sıcak küllerin üzerinde en yalın halleriyle derin uykulara daldılar...

12. Sual:
– Bu Dikişler Hangi Terzinin?

İbrahim Paşa oyuncakçıyı da sarayının nezarethanesinde alıkoyduğu gece misafir gibi ağırlanmasını tembihlemiş, ertesi sabah daha erken vakitte kavasları huzuruna çağırtmıştı:

"Tez dağılın, İstanbul şehrinin içinde ne kadar sırmalı entari diken terzi var, öğleye kadar alıp buraya getirin."

Sultan Ahmet Camii'nin arkasından bütün Marmara ile adaları gören kahvaltı köşküne geçip sofrasına süt, çubuk tarçın, peynir ve bal isterken neşesi yerindeydi. Sarayının en hoşlandığı bölümü olan bu bülbül yuvası küçük köşkte günün her saatinde meyve sepetleri dolu dururdu ve paşa her sabah kahvaltıdan evvel buradan manzara seyrederken bir elma yemeyi âdet edinmişti. Eski Türk evlerinin taş döşeli hayatlarını andıran kahvaltı köşkü -zaman zaman kameriye olarak da kullanılıyordu- adaşı Pargalı İbrahim Paşa tarafından Roma hipodromunun harabelerinin dış duvarları üzerine yaptırılan heybetli vezir sarayının gerçekten de en müstesna ve ferah bölümüydü. Kanuni zamanından itibaren vezirlerin çoğu bu sarayda oturmuşlardı. Bir kulesi, köşkü, hazine odası, hamamı, divanhanesi, kileri, ayrı ayrı mutfakları vardı ve İbrahim Paşa, sarayın her yanını köklü bir tamirden geçirterek içine taşındığı için burayı biraz da kendi mülkü gibi görüyor, sadaret makamında çalışmak yerine burada çalışmayı yeğliyordu. Üstelik sultanın da buna bir itirazı yoktu. Bugün sarayda kalmasının bir başka sebebi de yaptığı soruşturmanın izlenmemesi idi. Eğer Bâbıâli sadaret makamında birileri katile haber uçuruyorsa onun hedefini şaşırtmak gerekirdi. Aksi takdirde kuş kafese girmezdi.

Öğleye kadar toplam yedi esnaf terzi huzura alındılar. Paşa hepsini tek tek sorguluyor, sonra da birbirlerini görmesinler diye ayrı bir kapıdan savıyordu. Entari hiçbirinin iğnesine dokunmamıştı. Yalnız içlerinden biri Galata'da ecnebiler için pahalı elbiseler diken bir İngiliz terziden söz etti; örme düğmelerin şeklinden onun dikişine benzetti. Paşa bu terziyi biliyordu; kızını Kaptan-ı derya Kaymak Mustafa Paşa ile evlendirdiği geçen seneki düğünde Fatma Sultan ile birlikte saraylı iki hanım, düğün setrelerini bu terziye diktirmişlerdi. Adamın pek maharetli biri olduğu belli idi. Ecnebi şehbender ve sefirlerin eşleri için hazırladığı her şey Galata dilberleri arasında revaç buluyordu. Terziye özel bir ulak gönderildi. Sadrazam hazretlerinin haremi için elbise siparişi verileceği söylendi.

Paşa, işin içine bu terzinin karışmasına sevinmiş gibiydi. Çünkü cinayeti her kim işlediyse varlıklı biri olmalıydı ve Avrupaî yeni tarz kıyafetlerden haberdar olacak bir anlayış düzeyine sahip bulunmalıydı. Bu da yemiş sepetindeki "Haşmetlû vezir! Sana akıllı diyorlar. Bakalım öyle misin?" sorusunun ağırlığını arttırıyor, çözülmesi gereken probleme bir kat daha heyecan katıyordu. Eline bir elma aldı. Kıpkırmızıydı. Çevresinde hizmetkârlardan kimse var mı diye baktı ve "Hart!" diye ısırdı.

13. Sual:
– 'Konak Yerinde Yok!' da Ne Demek?

Destebaşı onları dilenmeye göndermişti. En ziyade Çarşu-yı Kebir -halk buraya Kapalı Çarşı diyordu- civarında dileniyor, para topluyorlardı. Lakin bugün yollarını değiştirmiş, kâh seğirdip kâh hızlı adımlarla Gedikpaşa'dan ta Fatih Mehmet Han'ın İstanbul'a girdiği Topkapısı'na kadar gelmişlerdi. Burada üç saat kadar zaman harcayabileceklerdi. Planı buna göre yapmışlardı. Surların dışına çıktıklarında Takkeci İbrahim Ağa Camii ve onun ardında da Nakşıgül ile söyleşip sarıldıkları konağa varmış olacaklardı. Topaç Yeye erkete olacak, Kara Şahin de -kendilerine bu lakapları bulmuşlardı- konaktaki dadı ile görüşmeye çalışacaktı. Nakşıgül dadısını çok seviyordu ve belki dadı kendisine yardımcı olur, birkaç haber verebilirdi. Gerçi yüzü değişmiş, Macar hekim kaşlarını kaldırdıktan başka külhan hayatı da birkaç günde yüzünü esmerleştirmiş ve artık 'Kara' Şahin olmuştu ama yine de birileri çıkıp kendisini tanıyabilirdi. Sorular sormaya başladığında kimse kendisinden şüphelensin istemiyordu. Kalbi şiddetle çarpmaya başladı:

"Şimdi dikkatli olmalıyız Topaç!"

Yusuf, kendisine adının dışında bir kelimeyle hitap edilmesini ilk önce garipsedi ama bunu ilk kez sevdiği ve güvendiği birinin ağzından duymak fazla rahatsız etmedi. Daha evvel bimarhanede kendisine "Yanık" lakabı takmışlardı ama "Topaç" sanki ondan daha sevimli idi. Biraz tombul bedeni, biraz da kısa boyu onu zaten bir "Topaç" gibi gösteriyordu:

"Olur Kara Şahin Ağam!.."

Kara Şahin heyecanla ilerlerken yollarda bir gariplik sezdi. Gerçi yürürken çevresine fazla dikkat eden, ayrıntılara önem veren biri değildi ama camiden sonraki bu tozlu yolun iki yanında sanki bu kadar ağaç yokmuş gibi hatırlıyordu. Kafasının bu derece karışık olması düşüncesini de etkiliyor gibiydi. Ama hayır, sanki hemen şuracıkta, yolun sağında bir ev hatırlıyordu. Durdu, zihnini toplamaya çalıştı. Daha evvel bu yoldan konağa üç defa gitmişti. Gerçi her üçünde de hiç konuşmadan yalnızca atları kamçılayan seyisin süslü landosu içinde yolculuk etmişti ama burada bir ev gördüğünü gayet iyi hatırlıyordu. Hatta bir keresinde Nakşıgül ile yan yana oturmuşlar, hiç konuşamadan, hemen karşılarında onların mürüvvetinden söz eden annesi ile dadısının sohbetlerini mahcup mahcup dinleyip durmuşlardı. Hatta o sırada dadı ikisine de durmadan buzlu şerbetler, Hindistan'dan getirtilmiş çerezler ikram ediyordu. Kendinden şüphe etti: "Yok, yok!.. Mutlaka yanlış hatırlıyorum. Burada bir ev yoktu!"

Bizans'tan kalma surların hendeklerine dolan su, bahçecilik yapmak isteyen tarım işçileri için pek elverişli idi. Bu yüzden İstanbul surlarının iç kısmında oturan bazı Rumlar sur dışındaki bu arazileri sebze yetiştirmek için kullanırlardı. Bu civarda eskiden beri çok güzel marul ve salatalık yetişir, Topkapısı'nın dışından Topkapı Sarayı'na, mevsimine göre daima taze sebze giderdi. On yıl kadar evvel bostancıbaşı ağanın izniyle surların dışındaki mezarlıklardan bazı bölgeler bahçe için istimlak edilmiş ve burada yeni bahçeler açılmıştı. Bu yüzden adına Yenibahçe deniyordu. Takkeci Cami bu bahçelerin arasında kalmıştı ve cemaati genelde sur içinden gelirdi. Kara Şahin camiye kadar yürüdü. Bahçelerde çalışan birkaç ırgattan başka çevrede kimsecikler yoktu. Topaç Yeye zaten bu ırgatları kontrol edecek ve gerekirse oyalayacaktı. Henüz kuşluk saatleri olduğu için camide de kimse bulunmuyordu. Kara Şahin bu cesaretle yürüyüp cami duvarını dönünce birdenbire durakladı. Gözlerini birkaç kez ovuşturdu. Tekrar tekrar baktı. Dizlerinin dermanı kesilmişti. Yere yıkılmak üzereydi. Çıldırmaya ramak kaldığını, hatta düpedüz çıldırdığını düşündü. İleriye doğru koşmaya, bahçelerin duvarlarını, çitlerin kapılarını elleriyle yoklamaya başladı. Dışarıdan birisi görse mutlaka delirdiğine hükmederdi. Bu sırada Yeye de etrafı kontrol ederek gelmiş, can yarısı külhan kardeşinin garip davranışlarını izliyordu. Onu hiç böyle görmemişti. Ürktü. Acaba külhanda henüz öğrenemediği huyları mı vardı? Bir an tereddüt geçirdi. Külhanda gömlekten geçip kardeş olmuşlardı ve bu duyguyla yanına koşup yardım etmesi gerektiğini düşündü. Hızlı adımlarla yanına yaklaşıp fısıltıyla sordu:

"Ne oldu?"

"Konak yerinde yok Topaç Yeye!.."

"Hangi konak?

"Evlendiğim konak, Nakşıgül'e kavuştuğum ve kaybettiğim konak!.."

"?!.."

Kara Şahin önden, Topaç Yeye ardından bağların, bahçelerin arasında koştular, koştular... Küçük kulübesinin önünde çalışan ilk ırgatın yanında Şahin sordu:

"Bahçıvanbaşı, biz galiba yol şaşırdık, buralarda Aslan Ağa'nın konağı olacaktı; tarif ediverir misin?"

"Hımm. Aslan Ağa? Aman çelebim, benimle alay etmiyorsun ya..."

"Asla, ağam... Öyle bir halimiz var mı?.."

"Buralarda her yer bağ bahçedir. Ne bir ev, ne bir konak. Ancak bağ kulübeleri... Aslan Ağa diye de birini hiç duymadım..."

"?!.."

Kara Şahin ile Topaç Yeye bu soruyu dört bahçıvana daha sordular. Aldıkları cevaplar hemen hemen aynı idi. Ne yapacaklarını şaşırmışlardı. Yeye burada harcayacakları süreyi aştıklarını hatırlatarak geri dönmeleri gerektiğini söylüyor, destebaşının kendilerini cezalandıracağından dem vuruyor, Şahin'in ise ayakları yürümekten aciz bulunuyordu.

Çitlerden birinin kenarına oturdular:

"Ağam, bir düş görmüş olmayasın?"

"Ah Yeye, keşke bir düş olsaydı da sonra uyansaydım. Ama ne Nakşıgül, ne de tomruktaki yediğim dayaklar bir düş değildi. Üstelik beni yakaladıkları vakit celladın yağlı ilmeği boynuma geçecek... Keşke her şey bir düş olsaydı!."

O sırada öğlen ezanları okunmaya başladı. Yeye sordu:

"Nikâhınızı kim kıymıştı?"

"Takkeci Camii imamı."

İkisi birden birbirlerinin yüzüne baktılar ve aynı şeyi bulmuş olmanın sevinciyle yerlerinden fırlayıp camiye koştular. Caminin ayrı imam ve müezzini yoktu. Minareden inmekte olan adam nikâhı kıyan hocaydı ve boş bakışlarla yüzlerine baktı. Kara Şahin kendisini hem tanısın, hem tanımasın istiyordu. Ama o tanımadı. Şahin önce bunu cerrahın kaş değiştirme işini iyi yapmasına bağladı. İmam minarenin kapısını kilitlerken sordu:

"Safa geldiniz, buyurun, ne istemiştiniz?"

"Geçen gün kızının nikâhını kıydığınız Aslan Ağa'nın konağını arıyoruz biz."

"Kimin dediniz?"

"Aslan Ağa'nın, Yenibahçe'deki büyük konak."

"Efendi oğlum, Yenibahçe burasıdır, illa dediğiniz isimde burada birinin ne konağı, ne bir evi, hatta ne de bahçesi var. Burada konak ne arasın, fukara kulübelerin zerzevatçıları... Hele buyurun cemaate de soralım, amma, böyle bir konak yok buralarda."

"Ama geçen cuma günü nikâhını kıymıştınız hani?"

"Hımm!.. Geçen cuma ben kimsenin nikâhını kıymadım, başka bir imam efendi olmasın?"

"Hayır sizdiniz?!.."

"Ben mi? Hayır, hayır, bahsettiğiniz günde ben bir nikâh kıymadım."

"Nasıl olur, o gün ben burada gerdeğe girdim."

"A beyim, sana bir keyfiyet olmuş anlaşılan. La havle çek, hemen koş, bir hamama git. Hatta biraz kan aldır, aman ihmal etme..."

"Zinhar beni aklını oynatmış zannetme hocam, ama biraz daha böyle giderse oynatacağım. Orda benim nikâhımı kıydınız ya işte, şimdi neden bilmezlenirsiniz? Hem koca konak nereye gider canım?!.."

"Vah, vaaah, oğlum seni mutlaka bir hekim görsün. Çukurçeşme'de bir firenk hekim..."

O sırada Kara Şahin camiye girmekte olan bir adamı tanıdı.

"İşte şu efendi de nikâh şahidimizdi."

"Hüsam Efendi, geçen cuma günü bir nikâh kıyıldı mıydı; sen şahitlik ettin miydi?"

Adam hocanın yüzüne şaşkın şaşkın baktı, düşündü, eliyle başını kaşıdı, yüzünün çizgilerini belirginleştirdi. Hatırlamaya çalışan bir adamın haliydi.

"Cuma mı dediniz? Sanırım Üsküdar'daki kızıma gittiydim, burada değildim."

Onlar konuştukça Kara Şahin kıpırdanıyor, sabırsızlanıyor, huzursuzlanıyordu. Sesini yükseltti:

"İmam Efendi!.. Yüzüme iyi bak, beni hatırlamadın mı?"

"?!.. Yooo..."

"Nasıl olur, beni Aslan Ağa konağında siz evlendirdiniz."

"Yanlışın olmasın evladım. Hele namazımızı kılasıya kadar bir kez daha düşünsen..."

"İmam Efendi, geçtiğimiz cuma gecesinde yanımda oturup bana 'Allah'ın emri, Peygamber'in kavliyle...' diye sormadın mı; sonra da 'Nakşıgül binti Aslan Ağa'yı Ahmet bin Abdullah'a nikâhladık!' demedin mi sahiden?"

"Ne sorması evladım, ne demesi, seni ömrümde ilk kez görüyorum. Aaa. Çok oldun ama. Bırak şimdi cemaat beni bekliyor... Tövbe, tövbe..."

Yeye, imamın nikâh kıymadığına, Hüsam Efendi'nin de şahit olmadığına inandı. Adamların hiç yalan söyler bir halleri olmadığı gibi buna ihtiyaçları da yoktu. Üstelik bütün cemaat içinde Aslan Ağa Konağı'nı da duyan, bilen yoktu. Anlaşılan külhan kardeşi Kara Şahin tekin biri değildi.

Geri dönerken Kara Şahin başından geçen her şeyi anlattı, Topaç Yeye dinledi. İnandı mı? İnanmadı mı? Duyguları karmakarışıktı... Yusuf onu dinlerken Şahin'in külhan kardeşliğinden sonra kendisine ne derece güvendiğini ve kardeşliğini sahiplendiğini aklından geçiriyordu. Eğer güvenmeseydi, sevdiği kadının adını onunla paylaşmazdı. Hatta yine de paylaşmamalıydı. Kendisi yaşça ondan küçüktü, ama aşk bahsini onun kadar basit görmüyor, sevgiliye dair olan her şeyin değerli olduğunu düşünüyordu. Hem annesinden dinlediği öykülerde, hem babasından kalan elyazması risalelerde sevgilinin adının biriyle paylaşılması bahsi anlatılmıyordu. Aşk kitapları böyle bir bab açmamışlardı. Kitaplara göre bir sır olmalıydı **aşk, asla paylaşılmayan bir sır**... Hayır, hayır, kendisi Şehnaz'a olan aşkını asla kimseciklerle paylaşmayacaktı, paylaşmamalıydı. Eğer paylaşırsa içindeki aşkın azalacağından emindi. Okuduğu kitaplar bütün âşıklara sıkı sıkıya bunu tembih ediyorlardı. "Aşk ki, ancak sır olarak kalırsa kalpte çoğalırdı." Böyle demişti annesi bir seferinde ve sonra da ona Leyla'nın sırlarla büyüyen aşkının hikâyesine anlatmıştı. Eğer iki kişi arasındakiler sır olmaktan çıkarsa yalnızca dillerde çoğalır, dostluğun, vefanın değerini düşürürdü. Hayır, kesin kararlıydı, Şehnaz'ın aşkını yüreğinde saklayacak, ne Şahin'e, ne başkalarına söyleyecekti. Bimarhane'de onun adını söylediğinde hekimler çare mi bulabilmişlerdi sanki. Şehnaz'ın hayalinden utanmalıydı şimdi, adını deliler meclisinde andığı için. Kararlıydı; bir daha aynı hataya düşmeyecekti, Şehnaz'la alakalı hiçbir şeyi, hiçbir kimseyle paylaşmayacaktı. Ta ki aklını yitirmiş veya kendini kaybetmiş olsun...

-derkenar-

aşk, asla paylaşılmayan sır

Leyla'ya sordular:

"Sen mi Kays'ı daha çok sevdin; yoksa o mu seni?"

Kara gözlü, kara saçlı, kara benli Leyla iç geçirdi, üzüldü:

"Dostlar, bu nasıl bir soru, bana böyle bir soruyu nasıl sorarsınız ki?!.. Elbette ben onu daha çok sevdim, onun beni sevdiğinden..."

"İyi ama Leyla, o senin için deliye döndü, çöllere düştü, adı Mecnun'a çıktı ve kurtlarla, kuşlarla konuşur oldu..."

"İşte bakın, o gitti, bana olan aşkını ona buna anlattı, ben ise aha şuracığımda, kalbimin içinde onun aşkını saklayıp durdum, hiç kimse ile ne paylaştım, ne kimseye dert yandım. Şimdi siz karar verin, o mu beni daha çok sevmiş; ben mi onu?!.."

14. Sual:
Lale Soğanının Gizemi Neydi?

Yaz mevsimi, alıp başını giderken Kâğıthane Deresi'nin güzelliğine dalıp bu müstesna günü Sadabat'ta unutmuş olmalıydı. Balıkçılar buna pastırma yazı diyorlardı. Teşrinler başladı başlayacak gözüyle bakılırken sonbaharda böyle bir gün herkesin kanını kaynatmış, bilhassa Haliç çevresindeki köylerden sandallarla, peremelerle, hanım iğneleriyle yahut sahillerin tozlu yollarından lando veya çifte kağnılarla Sadabat'ta felekten bir gün daha çalmak isteyen kalabalıklar toplanmıştı.

Kara Şahin ile Topaç Yeye Cedvel-i Sim kenarında, Alibeyköy Deresi boyunca, yamaçlardaki ağaçlıkların altlarında öbek öbek olmuş insanların arasında dolaşıyor, dileniyor, sızlanıyor, ağlıyor, acındırıyor, bazı bazı da insanların eğlencelerini izlemeye dalıyorlardı. En çok da ayı veya maymun oynatanlar ile taklitbazlar ilgilerini çekiyordu. Her yanda cıvıl cıvıl bir hayat akıyordu. Eyüp önlerinden itibaren adacıkların oluşturduğu şirin haliçlerde, zarif kayıklar insanları bir adadan diğerine taşıyıp duruyorlardı. Su üzerinde kimler yoktu ki; kadınlar, erkekler, âşıklar, ceylanlar, avcılar, kovalayanlar, kovalanmak isteyenler ve kaçanlar...

Şahin önde, Yeye arkada, ellerinde dilenci keşkülü "Şey'en lilleh (Allah rızası için bir şey!..)" diye diye Eyüp sırtlarına uzanan mezarlıkların sahile yakın sınırından biraz uzaktaki kulübemsi küçük evin geniş bahçesine girdiler. Burası, Alibeyköy Deresi sularıyla mamur, bütün İstanbul halkının çok iyi bildiği ünlü bir lale bahçesiydi ve burada laleler Hafız Çelebi'nin elleriyle ve çok özel usullerle terbiye görür, sonra da tanesi iki altına kadar çıkan yüksek fiyatlarla satılırdı.

Hafız Çelebi İstanbul lale pazarının en seçkin simalarındandı. Herkes ona saygı gösterirdi. Geçen seneye kadar lale fiyatlarını ve narhlarını tespit eden encümene o reislik eder, mevsimine göre kurulan lale pazarında da borsayı o düzenleyip yönetirdi. Bu yıl kendini dünyanın dağdağasından çekmiş, köşesinde yalnızca laleleriyle zaman geçirmek istediğini herkese söylemiş, hatta bu yüzden bahçe çitlerinin yerini değiştirip Can Kuyusu'nun girişini dışarıda bırakmış, halkın serbest ziyaretine açmıştı.

Can Kuyusu'nu bütün İstanbullu biliyordu. Gelip gideni hiç eksik olmazdı. Kuyunun üstünde bir kubbe, kubbe bitişiğinde de bir uzunca mezar vardı. Kimin kaybolan bir eşyası olsa bu kuyudan abdest alarak iki rekat namaz kılar sonra mezarın önüne diz çöküp kuyuya bakarak Fatiha okur, sevabını Yusuf Peygamber'in ruhuna bağışlar, ardından dua eder ve kaybettiği her ne ise yerini görmek için kuyuya bakardı. Çocuğunu yitirenlerden evlilik yüzüğünü kaybedenlere kadar herkes burada Hafız Çelebi'nin kuyusuna gözlerini çevirir, işin ilginç yanı, hemen herkes kuyuda kaybettiği şeyi gördüğünü söyler ve hatta bazen yerini de öğrenirdi. Durgun kuyu suyunda kendi hayalini hırsız suretinde görenler mi dersiniz, kuyuya küçük çiğil taneleri atarak suyu dalgalandırıp zihnindeki hayalleri suya yansıtanlar mı, burada herkesin başka bir hikâyesi olurdu. Halk bu kuyuya Can Kuyusu adını takmışlardı. O güne kadar İstanbul'daki pek çok hırsızın görüntüsü Can Kuyusu'na yansımış, sonra da yakalanıp cürümleri itiraf ettirilmişti. Son bir yılda kuyunun kadın taifesinden yeni misafirleri olmaya başlamıştı. Bekar olanlar tanımadıkları kayıp damat adayını bulmak, evli olanlar da doğuracakları çocuğun erkek mi kız mı olduğunu öğrenmek için kuyuya gelmeye başlamışlar Hafız Çelebi de bid'attır diye kuyuyu kapattığını ilan etmiş, ama halkı durdurmak mümkün olmayınca da çareyi, giriş kapısını ayırmakta bulmuştu.

Can Kuyusu herkese kaybettiği şeyi söylüyordu ama Hafız Çelebi'nin lale yetiştirme konusundaki sırlarını kimseciklere söylemiyordu. Çelebi'nin, kuyudan küçük bir kanal ile akıtıp Haliç kıyısında eğir otlarıyla örttüğü tabii havuz da kimsenin dikkatini çekmiyordu. Dıştan bakıldığında Haliç'in tuzlu suyunun uzantısı gibi görünen bu havuzda aslında bir damla bile deniz suyu bulunmuyor, Kâğıthane Deresi'nden ve Can Kuyusu'ndan gelen tatlı suların karışımı çalkanıp duruyordu. Hafız Çelebi burada eğir otu yetiştiriyor, beslediği kaplumbağaları da eğir köküyle besliyordu. Üç yüz metre kadar yukarıdan çıkan ve burada denize dökülen Cendere Deresi tamamen eğir köküyle doluydu. Zaman zaman kaplumbağalarının kaçıp dere yatağında birkaç gün oyalandıkları, bu arada kaplumbağa avcıları tarafından yakalanıp götürüldükleri de olmuyor değildi. Kaplumbağalardan menfaat temin etmek isteyen pek çok insan vardı. Bilhassa Galatalı ecnebiler ve Frenk diyarından gelen tüccarlar bunlara "Her derde devadır!" diye büyük meblağlar ödüyorlar, sonra da derileriyle birlikte haşlatıp yiyorlardı. Cendere Deresi'ndeki kaplumbağalardan sonra Can Kuyusu'ndaki kaplumbağalar da çalınmaya başlayınca Hafız Çelebi hükümet nezdinde sıkı bir mücadele vermiş, nihayet kaplumbağa avcılarının tabiattaki dengeye zarar verdikleri gerekçesiyle cezalandırılacaklarına dair bostancıbaşı ağa tarafından bir emirname yayınlanmasını başarabilmişti. Aslında Hafız Çelebi'nin bütün sermayesi işte bu eğir kökü yiyerek beslenen kaplumbağalardan ibaret idi. Kimse bilmezdi ama Çelebi güz mevsimi geldiğinde, lale soğanlarını toprağa gömmeden evvel bu kaplumbağaları toplar, iki gece tahta kasalar içinde bekletir, bu sırada kasaların zeminine değişik renklerde toprak boya yığar, boyaların arasına nane ve fesleğen unu karıştırıp kaplumbağaların onunla beslenmesini sağlar, sonra onları boş kasalara alıp iki gün aç bırakır ve bu sefer de önlerine yiyecek olarak lale soğanlarını koyardı. Aç kaplumbağalar büyük bir iştahla lale soğanlarına saldırınca diş izlerini geçirdikleri dakikaya kadar hepsini izler, ardından onları ağızlarından çekip alır ve önlerine başka soğanlar koyar, kaplumbağa salyası bulaşan soğanları bu sefer besili koyunlardan aldığı kuyruk yağına yatırıp bir gece bekletir, ertesi gün toprağa gömerdi. Bu usulü bulasıya kadar tam otuz yıl denemeler yapmış ve nihayet istediği renkte lale elde etmeyi başarmıştı. Kaplumbağalara hangi renk toprak yedirirse ısırılan lale soğanı o renkte çiçek açıyordu. Bunun içindir ki Hafız Çelebi, bahçesindeki yeni soğanların ne renkte laleler vereceğini daha toprağa diktiği günden itibaren bilir, bunu herkese ilan eder, bütün bir kış insanları merakta bırakır, bahar gelince de laleler tam onun dediği renklerde büyürdü. Bilhassa Damat İbrahim Paşa'nın sadrazamlığı döneminde yeni lale renkleri icat etmek çok önemli bir itibar haline gelmişti. Bir önceki yılın soğanlarını alıp toprağa dikerek aynı renkte lale elde etmenin cazip bir yanı yoktu, bunu herkes kendi bahçesinde yetiştirebilirdi ama bir önceki yılda bulunmayan bir tonda lale elde etmek... İşte bu imkânsızdı. İstanbul'un seçkin muhitlerinde başlıca sohbet konusu bu yeni lale rengi olur, her baharda insanlar artık bütün lale renklerinin ve tonlarının elde edildiğinin, yeni bir tonda lale yetiştirmenin mümkün olamayacağının sohbetini yapar, Hafız Çelebi ertesi yılda yeni bir tonda lale yetiştirerek herkesi yeniden şaşırtırdı. Hafız Çelebi'nin şöhreti Felemenk diyarında da duyulmuş, yeni renk tonlarında lale üretildiği bilgisi oralardaki adı tulipomani olan lale merakına yeni bir boyut katmıştı. Gerçi Felemenk ve Avusturya diyarında lalelerin yaprak uzunluklarında ve beneklendirmede belli bir başarı elde edilmişti ama yeni renk tonu elde etme konusunda kimse başarılı olamamıştı. İşte bu yüzden Hafız Çelebi'nin Haliç kıyısındaki evi zaman zaman soyulur, eşyaları karıştırılır, lale soğanları çalınıp giderdi. Zaman zaman da kapısına esrarengiz adamlar gelir, kendisine yüksek tekliflerde bulunurlar, hatta hırsız gibi Can Kuyusu'nun içine kadar girip lale sırlarını araştırırlardı. Çelebi, işini bir gizlilik içinde yapıyor, sırrını kimseyle paylaşmıyor, lale yüzünden her daim evinin düzeni bozulduğu halde kimsecikler göz önünde gezinip kuyu suyunda eğir otu yiyerek büyüyen kaplumbağaların lalelerle olan ilişkisinin farkına varmıyordu. Kaplumbağalar, Hafız Çelebi'nin tabiat sevgisinin bir göstergesiydi, o kadar. Dillerde dolaşan bir söylentiye göre Çelebi, lale sırrını bir kâğıda yazıp güvendiği birine teslim etmişti ve ölümünden sonra o kişi ortaya çıkıp sırrı açıklayacaktı. Bu uygulama geçen yıl şehirde gizem üstüne gizemli söylentiler yayılmasına sebep olmuştu. Artık yalnızca lale sırrı değil, bir de çocuk mu, kadın mı, erkek mi olduğu bilinmeyen bir kişinin sırrı dolaşıyordu ortalıklarda. Belki de bu yüzden Kara Şahin'in, "Acaba şu lale soğanı hakkında bana ne söyleyebilirsiniz?" sorusuna cevap vermeden evvel Hafız Çelebi'nin kalbi durayazdı.

15. Sual:
Vezir Bulmacayı Çözebildi mi?

Çardak kahvesinin çatısına uzanarak sonbahara serin gölgeler sunan üzüm asmasının sarı yaprakları altındaki hasıra bağdaş kurup çökmüş birkaç laubali ve azılı kabadayı, önlerindeki toprak kâselere bir yandan şarap dolduruyor, diğer yandan devlet sohbeti yapıyorlardı. Devlet sohbeti, saltanat ve devletlûlar hakkındaki dedikodular ile politik tartışmaların yeniçeri kahvelerindeki adıydı ve İstanbul'un en işlek ticaret merkezi olan Yemiş İskelesi'ndeki bu kahve de bir tür muhalefet merkezi gibi fikirlerin ortaya atıldığı, tartışıldığı, şehzadelerin padişah yapıldığı veya padişahların hal edildiği zengin komplolar cennetiydi.. Öte yandan Bektaşiliğin de bir şubesiydi ve hatta zaman zaman Şahbaba Dergâhı yerine kararların alındığı bir önemli merkez sayılıyordu. Daha Türklerin Şamanlık döneminden başlayarak taşıdıkları inanç şekillerinin izlerini taşıyan Bektaşilik, burada sanki bütün Asya inanç ve felsefelerinden de ilhamlar almış gibiydi. Budacılık, Brahmanilik, Zerdüştlük, Batınîlik, Caferilik, Kızılbaşlık, Haydarilik, Kalenderîlik, Şiilik, İmamîlik veya Melamîlik... Hepsi Bektaşiliğin içine bir seviyede sızmış az veya çok yaşayıp geliyordu. Özellikle külhanîlere yönelik faaliyet gösteren Bektaşi tekkelerinin bir irtibat noktası sayılan yeniçeri kahvehaneleri ise Alevilikten ziyade Caferîlik etkisindeydiler ama yine de Oniki İmam'ı takdis etmek, tekke ve kahvehanelerin ortak geleneği idi. İstanbul'da, Oniki İmam'a bağlı olarak on iki bölüm halinde inşa olunmuş on iki yeniçeri kahvehanesi vardı. Bunlardan üçü deniz üzerine kazıklarla oturtulmuş, dokuzu da Bizans surlarına kadar sırtını dayayacak bir alana yayılmış çardaklardan ibaret idiler. Teşkilatı tıpkı bir Bektaşi tekkesi gibi oniki koldan bir baba tarafından işletilirdi. Her çardakta birerden on iki post bulunurdu ve her post için bir yeniçeri çorbacısı gedik geliri namıyla haraç toplardı. Tekkedeki on iki ayin gibi burada da on iki çeşit içecek ikram edilirdi. On iki hizmeti, on iki dilimli tac giyen civanlar görür, akşamları on iki köşeli teslim taşı öpülerek hesaplar ibra olunur, akçeler teslim edilir, içinden haraç miktarları çıkartılıp geri kalanı çalışanlar arasında pay edilirdi.

Özellikle son elli yılda devlet politikalarının çoğu bu kahvelerde yeniçeri zabitleri, kahvecileri, ocakçıları, çorbacıları, neferleri, hatta matruş civelek ve bıyığı terlememiş gulamçeler tarafından pişirilmiş, servis edilmişti. Bunlardan en ünlüsü Eminönü'nde, Yeni Cami önünde denize uzanmış kazıkların üzerinde heybetle yer edinmiş olan Çardak Kahvesi'ydi. Buranın fikirleri kadar müşterileri de çok çeşitli ve kalabalık idi. Çarşı pazar esnafından bezirgân ve gemicilere, iş arayan hamallardan it kopuk takımı haytalara kadar her türden müşterisi vardı. Dahası, Üsküdar, Galata, Kadıköyü gibi semtlerden resmi işlerini halletmek için İstanbul'a gelen insanlar da burada bir mola verip yorgunluk kahvesi içerler, böylece Çardak Kahvesi bir adam deryasına dönerdi. Kara Şahin ile Topaç Yeye de bu akşam üzeri, örme iskemlelerden ikisine oturmuş, dilenmenin yorgunluğunu gidermek üzere sahlep içiyorlardı. Aslında buraya hemen her gün uğramayı âdet edinmişlerdi. İçerde dilenmedikleri sürece ocakçı dilencilere göz yumuyordu. Bu arada Kara Şahin külhanın resmi ulağı gibi çarşıları dolaşıp verilecekleri veriyor, alınacakları alıyor, külhanla alakadar pek çok insanla görüşüyor, bu yüzden de dilencilerden daha varsıl bir giysiyle dolaşıyordu. Topaç Yeye ise henüz yalnızca istiyor ve alıyordu. Bazen kimseciklere göstermeden almayı da öğrenmiş, hatta kısa boyu, masum yüzü ve bodur gövdesiyle bu işte pek maharetli çıkmıştı.

Kara Şahin buraya kendilerini gizleme ve başkalarını gözleme maksadıyla geldiklerini söylüyordu. Nakşıgül'ü hunharca öldürenlerin izini sürmek için buranın iyi bir yer olabileceğini düşünüyorlardı. Külhan oğlanı ve dilenci kılığında, üstelik yüzleri gözleri boyalar, kirler içindeyken kimsenin kendilerini tanıyabileceğine ihtimal vermiyorlardı. Hekim elinden geçmiş bir 'Kara' Şahin'di artık o. Topaç Yeye'ye gelince, bu güne kadar bimarhaneden kaçan delilerin aseslerce arandığı ne görülmüş, ne de duyulmuştu. Ancak delilik yaptıkları zaman yakalanıp geri götürülüyorlardı.

Çardak Kahvesi'nin yazlık ve kışlık bölümleri vardı. Haliç içindeki kazıklar üzerine kurulmuş olan üç bölmesi yazın, surlara sırtını vermiş olan hücreler de kışın pek safalı oluyordu. Buralar çubuk içenlerin, nargile ve tömbeki meraklılarının, bir de politik tartışmalar yapmak isteyenlerin gedikli peykelere sahip olduğu yerlerdi. Şahin ile Yeye iskemlelerinde uslu uslu otururken bir yandan içeceklerini yudumluyor, diğer yandan konuşmalara kulak kabartıyorlardı. Burada İstanbul'da olmuş, olan ve olacak her şeyi dinlemek, anlamak ve tartışmak mümkündü. Konuşmalar arasında duydukları cümleleri başka yerde tekrar etseler herhalde külhanda "hatem akrebi" diye adını öğrendikleri vezirin casusları onları zindanarkası mezarlığına götürüp derin çukurlara koyardı. Hele seçkinlerden bir sohbet halkası vardı ki bunlar cümle kurmazlar, söyleyecekleri her şeyi kafiyeli söyler, bazen değme şairlere de taş çıkartırlardı. Kara Şahin ile Topaç Yeye, kulaklarına çarpan secili sözlere hayret ederek dinledikçe dinlediler. Bu sohbet kulaklarına musiki gibi gelmişti. Şu İstanbul'da yaşamak ömürdü vesselam:

"Hey Muşkaralı İbrahim, behey helvacı yamağı!

Lala, damat, derken vezir etti herifi kaderin ağı."

"Ne istersin bre, bırak çalışsın. Çalışsın ki savaş yorgunu millet, çekmesin artık zillet. Nicedir mektepler açıyor, itibar gördü fikir."

"İyi de babalık, zengin artık çok zengin, fakir daha da fakir."

"Öyle miii? Bilir misin itibarını, gördün mü hiç, Avrupa elçileri huzurunda el pençe!"

"Güleyim aklına babalık; itibar mı bu, yoksa menfaat mi sence?"

"İbrahim Müteferrika'ya matbaa kurdurasıymış; sahaf esnafı ve küttab buna kudurasıymış."

"Yalan, efendiler, kuyruklu yalan, ahmak isen sen de inan."

"Hepimiz şunca zamandır İstanbul'dayız, hani matbaayı kim bastı, yakan birisi var mı? Sahi, sizce bu milletin aklı bunca küçük mü, dar mı?"

"Şeriat elden gidiyor, diyor ulema, işte rezalet!"

"Rezalet denmez buna, bu dediğin düpedüz cehalet. O sözdeki şeriat din demek değildir ki; hukuktur, adalettir. Hukuk elden gidiyor diyorsa kişi, hakikatten daha hakikattir."

"Keşke kitaplar her eve girse ve okunsa; keşke her evin alt katı okul olsa, matbaa olsa."

"Sen paşalılardansın galiba efendi, görmüyor musun? Herif yalı yaptırıyor damadına, yeğenine."

"Hem de köşkler kuruyor şehre boyuna ve enine."

"Kuyu kazıyor kazık çakıyor."

"Suyolcu zahir keriz kakıyor."

"Eğlence ve sefahat almış başını yürümüş."

"Vezirin gözünü ise hemen gaflet bürümüş."

"Mirasyedi meşrebdir, hali haraptır."

"Doğru dersin, sevdiği yalnızca kadın, birazcık da şaraptır."

"Millete eğlence verip göz boyuyor; bir halkı, bir de kadınları soyuyor. Mesireler salıncak dolu, uçtu uçtu kuş uçtu, dönme dolap karınca, yandı yürek tutuştu."

"Kadınlar azdı, seyran parası istiyor kocalardan."

"Eh!.. Yeniçeri de akıl alıyor ya sahte hocalardan..."

"Ehl-i ırz her mahallede, ancak beş hatun kadar."

"Ayıp ağalar ayıp, kem söz sahibine zarar. Bu söz yalan değilse de yanlıştır; beşinci hatun sizinki mi, hanginiz bundan emin; kendinize gelin, zarar görmesin iman ile din."

"Sadabat kasırları bahara yetişsin diye, işçileri ramazanda da çalıştırıyor vezir, niye?"

"İşçilere para yerine çıfıt fahişeler vermiş, hazinede para yok işte size bayram harçlığı dermiş."

"İftira bunlar, ağalar, hep vebaldir, günahtır; asla hakikat değildir, dedikodu ve âhtır."

Kara Şahin ile Topaç Yeye hayretle dinledikleri bu ateşli şiirsel tartışma çemberinden çıkıp asırlık çınarın koyu gölgesini cömertçe sunduğu deniz köşkü üzerinde tömbeki içen bir sohbet halkasına yakın vardıklarında aslında İstanbul'un öteki yüzünü göreceklerini bilmiyorlardı. Nargilelerini fokurdatan dört kişi, lülelerindeki ateşe uzanabilecek mesafede birbirine yakın oturmuş tartışıyorlardı. Aslında sesleri fazla yüksek çıkıyor sayılmazdı. Sırtlarını dayadıkları peykenin ve asma dallarının arkasına müşteri gibi oturan Kara Şahin ile Topaç Yeye onları zor duyuyorlardı. Dıştan bir göz, bu dört adamın karşılıklı oturup yalnızca birbirlerinin yüzlerine baktıklarını zannedebilirdi. Çünkü tütünden dolayı sararmış kalın bıyıkları ile örtülü ağızlarının kıpırdadığı da, seslerine eşlik eden jest ve mimikleri de nargilelerinden çıkan dumanların koyu tabakaları arasında kaybolup gidiyordu. Kara Şahin ile Topaç Yeye tömbeki tıslaması ve nargile fokurtusuna karışarak kulaklarına dolan cümleleri şaşkınlıkla dinliyorlardı:

"Keskin zekâ keramete takla attırır, derler. Bizim devletlû vezire de maşallah!"

"Hakkın var Samurkaş Veli. Baksana o vezir oldu olalı bizim ocak tırsıdı, duman püskürmez; alev kusmaz oldu; akrepleri her yerdeymiş, hemen her şeyden haberi oluyor."

"Öyle değil mi Tersane Tazısı! Bu bizimki Köprülü'yü de geçti, Sokollu'yu da. Bulutlardan haber topluyor, dumandan ulak gönderiyor. Esen rüzgârdan havayı kokluyor, yahni hangi evde pişmiş biliyor."

Bu lâkırdıya tek itiraz, omuzunda 46. Orta'nın çıpa işaretli dövmesini taşıyan Odabaşı Bindallı Mahmut Çavuş'tan geldi:

"Amma uçurdunuz kekliği. Arslanı saydıran postudur. Saray helvacısı İbrahim Efendi'yi ünlendiren altındaki minderdir. Hele çekiverin altından, kaldırıma bırakın bakalım; ne akıl kalır ne de fikir!.."

"Yanılıyorsun Bindallı karındaş. Akıl dediğin bir elmas paresidir; nerede olsa parıldar."

Mahmut iddiasında direndi:

"Yoldaşlar, Halep orada ise arşın buradadır, sınayalım görelim."

Gülüşmeleri, kahkahalara karışan sorular izledi:

"Nasıl sınayalım bre?"

"Akranın mı bu senin be hey Mahmut Çavuş?"

"Piyaleyi fazla doldurdun zahir!"

Mahmut Çavuş bu sözlere iyiden iyiye öfkelendi:

"Bana iki gün mühlet verin. İmtihanımın neticesini hep birlikte seyredeceğiz."

Konuşmanın bundan sonrasında üç arkadaş ne kadar yalvardılarsa da Bindallı Mahmut Çavuş'a imtihanın nasıl olduğu hakkında bir tek kelime olsun söyletemediler. Cevap hep aynı oldu:

"Geçen hafta bir oyun oynadım, bekleyin, görün."

Mahmut Çavuş arkadaşlarına veda ettiğinde siraç çırağı elindeki uzun çubuk ile Çardak Kahvesi'nin asılı kandillerini yakıyordu. Bindallı ayağa kalktığı anda yan sofranın başındaki beş kişi derhal hareketlendiler. Birisi elindeki marpucu aldı, diğeri elinde özenle tuttuğu ceketini tek omuzuna giyindirdi, bir başkası yol açmak için ilerledi. En arkada da bir cüce hızlı adımlarla peşlerinden koşturuyordu.

Kara Şahin torbasını boynuna astı. Arkadaşının kulağına eğilip fısıldadı:

"Gidiyoruz Yeye!.."

16. Sual:
Sultanın İstediği Kelle Kimin Olacak?

"Lala"; demişti sultan, "işte şu mühr-i hümayunumuzdur; alasın ve âsaf sıfat vezîr olasın! Ayrılıkta ağlayan gözler ve vatan uğruna sürünen yüzler için devlete sahip çık."

Sonra da uzun uzun ülkenin halinden konuşmuşlar, fakirlikten, namusun ayağa düştüğünden, dış politikadan, Pasarofça'dan, Avusturya sulhundan, Horasan ve Afganistan'dan, Özbekler ve Azerbaycan'dan, bilhassa Anadolu ve Rumeli'nde uzayıp giden isyanlardan, yeniçerinin bozulduğundan, acilen ve mutlaka ıslahat gerektiğinden, batı dünyasının süratle ilerleyişinden, ülkede yetişmiş adam yokluğundan bahsetmişler, Damat İbrahim Paşa da:

"Beli hünkârım," demişti, "fermanınız baş üzre; emriniz kirpik üzre, kaş üzre. Vezaretimde yüzünüzü güldürmek izzetim ve şerefim olacaktır."

Sadrazamın bu sözlerle başladığı görevinin on birinci yılı dolmuştu. Oruçların başlamasına dört gün kalmıştı ve şehir-

deki çarşılarda bir yandan bereketlilik, diğer yandan fakir fukara arasında ramazan kaygısı alıp yürümüştü. Birkaç yıldır İstanbul'un yenilenmedik binası, düzenlenmedik bahçesi kalmamıştı. Dünyanın en düzenli ve eski şehirleri artık İstanbul'u kıskanıyorlar, seyahat yazarları ile elçilik görevlileri dünyanın dört bir yanında Damat İbrahim Paşa'nın İstanbul'a yaptıklarını anlata anlata bitiremiyorlardı. Tabiat güzeli şehir bir kez de devlet eliyle güzelleştirilmiş, adeta güzellik burada imbikten geçirilmişti. Yalnızca taşı toprağı değil, mekânları ve zamanları da kuşatan bir güzellikti bu. İnsanların zihinlerinden gönüllerine uzanan bir estetik boyut oluşmuştu. Şairler semt semt, mahalle mahalle, bina bina şehri övmeye yetişemiyorlardı.

Hele de içindeki zarif ve nazik insanlar, nazenin ve işveli güzeller!.. Ne çare ki şehirde yoksulluk ve suç da diz boyu idi. Denilebilir ki İstanbul hiçbir döneminde bu kadar tezat içinde kalmamış; zenginlik de, fakirlik de çığırından hiç bu derece çıkmamıştı. Denge bozulmuştu.

Bu ikindi vaktinde, sadrazamın şehrin dört bir yanına yaptırdığı kasırlar, köşkler, saraylardan yalnızca bir tanesine, Cedvel-i Sîm üzerinde, Çeşme-i Nev-peyda'nın karşısına, Sadabat adlı saraya İstanbul'un pek çok semtinden, pek çok yol ile konuklar geliyordu. Dillere destan olup herkesin imrendiği eğlencelerden biri daha başlamak üzereydi. Bu meclislerin en önemli özelliği içinde şiirler ile şarkılar, tazeler ile bâdeler olmasıydı. Zarafetle döşenmiş bir salonda, sözün ve ahengin en zarif kısmı, keskin dillerden ve şuh gönüllerden coşkuyla akmaya başladığında, meclisin zevk u safa ışıltılarını Sadabat'ın yakamozlar kıran suları alıp İstanbul'a doğru aheste aheste götürüyordu. Padişah bu meclislerin her daim şeref misafiri olur, mey meclisinde tanıdığı devlet erkânı ile idari işleri de konuşmaktan çekinmezdi. Paşa, daha vezirliğinin ilk yıllarında zarif, yenilik yanlısı ve aydın kişiliğiyle padişahı çok etkilemiş, itimadını kazandıktan sonra da bu tür eğlenceler düzenleyerek yavaş yavaş yönetimi kendi avuçlarına almaya başlamıştı. Ona, "Devletinizi sizin adınıza korumak vazifemizdir!" diye çoğul ifadeyle güven verdiği zamanlarda aslında gücünü bir tür baskıya dönüştürmenin, devletin dış ilişkilerinden, savaş kararlarına, barış antlaşmalarından ekonomik tedbirlere, görev atamalarından ulufe dağıtımına, hatta merasimlerden eğlence tertiplenmesine kadar her istediğini yaptırmanın hesabı içinde bulunuyordu. Devlet yönetimine getirdiği insanların pek çoğu kendi yakınları idiler ve Osmanlı'nın diğer devletlerde bulundurduğu hafiyeler, birtakım resmi görevlerine ilaveten ona çok özel bilgiler aktarıyorlar, o da bunları padişaha ve diğer devletlûlara karşı kullanıyordu. Şu anda, bu şatafatlı salonda da olan bundan ibaretti.

Vezir hazretleri salona girdiğinde konukları arasından Macar krallığına aday Erdel Prensi Rakoçi, Avusturya kralı Eugen'in gözde generali Stefan, Tahmasb Kulı Han olarak bilenen Afşar çobanı Nadir Ali, Rus çarının gizli servis şefi olan Musevi Levian, Fransa kralı XV. Lui'nin İstanbul maslahatgüzarı ve eski Bourbon dükü Martel Clovis, Yeniçeriler üzerinde hâkimiyetiyle ün salmış Bektaşi babası Şeyh Abdülhay Efendi, Kazasker İshak Efendi, ünlü şairlerden Nedim Efendi ile Seyyid Vehbî Efendileri, ardından da yeniçeri ağasını, vezirlerden bazılarını, devlet kethüdasını ve daha otuz kadar insanı tek tek selamlamıştı. O içeri girdiğinde fıskiyeli salonda uğultular kesilmiş, etrafa serin bir su şakırtısı yayılmıştı. Meclis adabına göre, sultanın gelişine kadar, o izin vermedikçe hiçbirisi artık konuşmayacaktı. Biraz sonra iri gövdesiyle teşrif edip yüksekçe bir sedire bağdaş kurarak oturacak olan sultanın içeri girmesi için her şey hazırdı. Sarayın selamlık pencerelerine parlak ikindi güneşi vururken önlerine ya billur kadehlerde beyaz şarap, yahut gümüş taslarda şerbetler dağıtılan bu adamlar, bir saattir nelerden bahsetmişler, ne çok konuda fikir yürütmüşlerdi. Herhalde onları dinleyen birisinin Osmanlı devletinden umudunu kesmesi kaçınılmaz olurdu. Onaltı yıl savaştan sonra Osmanlı'ya imzalattırılan Karlofça Barışı ile artık Avrupa muhayyilesinden Türk korkusunun silindiği, Pasarofça ile de Türklerden toprak alınabileceğinin, hatta mağlup edilebileceklerinin anlaşılmaya başladığı, Batılı devletlerin parça parça olan Akdeniz site devletlerini Roma önderliğinde birer birer ele geçirmeye başlamasının ve Hıristiyanlaştırmalarının yakın olduğu, İran ile sürüp gelen anlaşmazlıkların ayyuka çıktığı, bu yüzden ordunun fikren tedirgin olduğu, Rusya'nın İran üzerindeki etkisinin arttırılmasının gerekliliği,

Rum dönmesi paşalara etkin görevler verilmesinin Akdeniz adalarındaki Rumları şımarttığı, Bender'de üç buçuk senedir mülteci bulunan İsveç kralı Demirbaş Şarl'ın memleketine iadesini ve bunun için Rus topraklarından geçirtilerek kanlı düşmanı Çar Petro ile sulh masasına oturtulmasının lüzumu, doğuda Afgan ve Horasan topraklarında Safevi etkinliğini arttıracak tedbirlerin alınması için Nadir Ali'nin Tahmasb Han yanındaki itibarının yükseltilmesi ve Eşref Han'a karşı galip gelmesinin sağlanması, gösterişe ve modaya alışan Osmanlı sarayında rüşvet musluklarının artık kapatılması, bilhassa saraylı hanımların israfa yönelik harcamalarının önüne geçilmesi ve bunun için sefirler ve gezginler ile elçilik görevlilerince yayılan Avrupa modası hakkında meşihat dairesince fetvalar çıkartılması ve daha pek çok şey buradaki adamların yalnızca konuştukları ama çareler için kıllarını bile kıpırdatamadıkları konular idi. Elbette herkes kendi aklınca çözüm önerileri ortaya atıp inatla ve ısrarla onu başkalarına kabul ettirmek isteyerek sesini yükseltmişti. Az evvel bu salonun altında olanlar tam bir muhavere-i tebabüliye, herkesin ayrı dilden konuştuğu bir Babil ikindisi olmalıydı. İkili üçlü öbekler halinde münakaşa ve münazaralar yapan ama asla bir musahabe düzeni sağlayamayan bunca seçkin adam ancak efendileri içeri girince susmuşlar, bu sefer de mutlak sessizliğe mahkûm olmuşlardı:

"Efendiler, meclisimizde sesinizi değil sözünüzü yükseltiniz."

Bu cümle, salonu derin bir mezar sessizliğine sürükledi. Vezir hazretleri arada sırada kendini bu topluluğa böyle kabul ettirirdi. Nitekim şimdi de padişahın salonu teşrif emek üzere olduğunu ima ediyordu. Çok geçmedi, iri gövdesi, gülümseyen güzel yüzü ve çocuk sevinciyle içeriye Ahmet Han girdi.

Perde arkasından hanendeler Segah bir şarkıya başladılar:

Yârin dehânı sırr-ı nihândan haber verir
Güftâre gelse sihr-i beyândan haber verir
Hışm ile baksa vermez aman Rüstem-i zamân
*Kirpiği kaşı tir-i kemândan haber verir**

Hanende Kemhacızade Hafız ile Andelib Çelebi'nin tambur ve kanun nağmelerine karışan terennümleri segâhtan karcığara, Hüseynî'den Sûznak'a kadar pek çok makamda seyredip durdu. Neler neler konuşuldu, neler neler yenilip içildi. Zenginlik, zevk ve güzelliğin doruğunda bir gece olmuş; meclis, ikindiden ta sabah ezanlarına kadar sürmüştü. Sonbahar rüzgârları musiki nağmelerini Haliç semtlerinden ta Fatih'e, Şehzadebaşı'na kadar taşıyıp götürdüler. Gecenin ilerleyen derin zamanlarında, yaklaşmakta olan ramazan ve ardından gelecek bayram şerefine Nedim Efendi'nin şarkısı geçilirken İstanbul'un fukara evlerinden uçurulan gazap melekleri Sadabat kasırlarının çatısına konmak üzere kanat çırpıyorlardı:

Iyd erişsin bâis-i şevk-i cedîd olsun da gör
Seyr-i Sa'dâbâd'ı sen bir kerre ıyd olsun da gör
Kûşe kûşe mihrler mehler bedîd olsun da gör
Seyr-i Sa'dâbâd'ı sen bir kerre ıyd olsun da gör

Gerçi kim vardır onun her demde başka ziyneti
Rûze eyyamında da inkâr olunmaz haleti
Şimdi anlanmaz hele bir hoşça kadr u kıymeti
*Seyr-i Sa'dâbâd'ı sen bir kerre ıyd olsun da gör***

---

* Sevgilinin dudağı gizli sırlardan haber verir. Lütfedip konuşmaya başlasa güzel sözün nasıl bir şey olduğu anlaşılır. O ki zamanımızın Zaloğlu Rüstemi sayılır; eğer sitem ile bir kerecik bakacak olsa, kirpiği ve kaşı, ok ve yaydan haber verir.

** Gerçi Sadabat'ın her an başka başka güzellikleri vardır. Hatta oruç günlerinde bile burada ne hoş zaman geçer. Şimdi belki tam anlaşılmaz ama Sadabat seyrini sen bir de bayram gelsin de gör!.. Bayram

Herkesin iştirakiyle söylenen meclisin bu son şarkısında, hünkârın çakırkeyif neşesi birdenbire İshak Efendi'yi görerek eriyip gitti. Suratında çizgiler oluştu, yutkundu ve Kazasker Efendi'nin yanına gelmesini işaret etti. İshak Efendi etek öperek ayakta durdu. Oturmasını emredince de kulağını hünkârın ağzına iyice yaklaştırdı. İshak Efendi şeyhülislam olacaktı. Şarap içmemişti. Padişahın kendisine neyi soracağını gayet iyi biliyordu. Ama bunu başkalarının arasında, hele de şarabın etkisindeyken konuşmanın tehlikesini sezmiş, bu yüzden kulağını sultanın ağzına yapıştırmıştı. Ama aralarında konuşulan cümleleri yine de duyan, hatta dinleyen bir çift kulak vardı: Sultanın hemen dizi dibinde oturan damadı sadrazam İbrahim Paşa.

"Bana bir haber getirecektin efendi?"

"Beli hünkârım, henüz bir haber yoktur."

"Devletimde ve mülkümde bir haber bu denlü gecikirse ceza mukarrer değil midir?"

Bu cümlenin sonundaki tonlama dolayısıyla meclisteki başların neredeyse yarısı sultana çevrilip titredi. İshak Efendi'nin yere eğilmiş başını yerden kaldıran cümle ise fısıltıyla söylenmişti ve o sessiz haliyle bile meclisin dağıldığını ilan etmeye yetmişti:

"Üç vakte kadar önüme atılmış bir baş istiyorum!.."

---

gelsin, yeni coşkulara kapı aralansın da gör. Sadabat seyrini sen bir de bayram gelsin de gör. O köşede, bu köşede ay parçaları, güneş misali güzeller görülmeye başlasın da hele Sadabat seyrinin ne olduğunu sen o vakit gör.

17. Sual:
Oyunu Oynayan Nasıl Oyuncak Oldu?

Kara Şahin önde, Topaç Yeye ardında Çardak Kahvesi'nden çıkıp önlerinde yürüyen adamların peşi sıra bahçe duvarlarına, ağaç arkalarına saklana saklana ilerlediler. Çevrelerine yaydıkları dehşetten, konuşma ve tavırlarından hepsinin birer insan ejderhası hayta olduğu anlaşılıyordu. Böyle vahşi suratlı adamlar külhanda bile yoktu. Bu yüzden peşlerinde bulunmak bile yüreklerini titretmeye yetmişti. Tahtakale yoluyla Sultan Bayezit Han medresesi önünden geçip Kapalı Çarşı cümle kapısında birbirlerinden ayrıldılar. Üçü Şehzade Camii yoluyla Saraçhanebaşı istikametine yönelirken biri Sultan Ahmet istikametine saptı. Cüce de onun yanında koşturup gidiyor, söylediklerini el kol hareketleriyle anlatarak adımlarına uymaya çalışıyordu. Kara Şahin o sırada Yeye ile birbirlerinden ayrılıp iki grubu da takip etme fikrini içinden geçirdiyse de son anda külhan kardeşliğinin birbirlerinden ayrılmamalarını icap ettirdiğini hatırladı ve külhana ayrı ayrı girmeleri halinde sorguya çekileceklerini düşünüp bundan vazgeçti. Hem Topaç Yeye'yi koruyup kollaması da gerekiyordu; en azından şimdilik onu tek başına bir yere göndermenin sorumluluğunu taşıyamazdı. İçindeki sesi dinlemeden evvel sordu:

"Ne tarafa gidelim Yeye?"

"Bu tarafta Yeniçeri kışlası var, yerini biliyoruz. Peki bu tarafta ne var?"

"Öğrenelim bakalım!.."

Evet, gözetlemeleri gereken bir mekân vardı artık: Bin birdirek Sarnıcı. Adamları oraya giresiye kadar takip etmişlerdi çünkü.

Ertesi günden itibaren hemen her gün sarnıç civarına uğramaya, dilenerek veya çalarak buralarda oyalanmaya başladılar. İki gün boyunca aynı adamı ve cüceyi birlikte gördüler ve üçüncü gün öğleye doğru Çardak kahvesinde otururken açık adını ve kimliğini öğrendiler. Devlet aseslerinden beş adam birden çevrelerini sarmış ve şöyle demişlerdi:

"İmanım Bindallı Mahmut Çavuş, sadrazam hazretleri sohbete bekliyor."

İstanbul'da liman ve yemiş tacirlerini haraca kesen, paranın ayarıyla oynanmasına kapı açacak ticari dalavereler çeviren, piyasadaki ecnebi altın ve sikkelerin akçe karşısındaki değerini kontrol edebilen ve yabancıların moda çılgınlıklarını yönlendiren yeniçeri odabaşılarından Bindallı Mahmut, yerinden kalkarken sunturlu bir küfür savurup mırıldandı:

"Yürü bre kahpe dünya, Bindallı Çavuş'a da kalmadın!.."

18. Sual:
– Hünkâr ile Neyi Konuşuyordunuz Efendi?!..

Çaresizliğin son acısıyla inleyerek sordu:

"Okumanız var mı?"

"Hayır ama seni okutmasını biliriz Kazasker Efendi?"

"O halde bana kâğıt ve hokka getiriniz."

Kazasker İshak Efendi akşamın alacakaranlığında, her zamanki yolundan konağına gitmekte iken tenha ve dar bir sokak köşesinde başına eczaya batırılmış bir çuval geçirilip bayıltılarak taşınmıştı şimdi yattığı yere. Zaman kavramı daha o an silinmişti kafasından. Leş gibi kokan, izbe ve salaş bir yerdeydi. Arada sırada fare sesleri işitiyordu. İçerideki rutubet gece ve gündüze göre kâh artıp kâh azalıyordu. Başlangıçta Bizans'ın eski surlarından veya artık kullanılmayan yeraltı sarnıçlarından birisinde olduğunu tahmin edebilmişti. İstanbul'da böyle yerleri ya hırsız şebekeleri veya dilenci teşkilatları kullanırlardı. Bulunduğu yerin duvarlarında mengeneler, dikenli tel ve zincirler, kaskı ve kayışlar, ne işe yaradığını kestiremediği çeşitli aletler ile sanki bir hekim masası gibi düzenlenmiş üç sıra mermer ve üzerlerinde düzenli şekilde sıralanmış boy boy iğneler, keskiler, kerpetenler, falçatalar, muştalar, şişelerde eczalar, zehirler, afyon macunları vs. ilk gördüğünde çaresizliğin ne demek olduğunu anladı. Kazasker sıfatıyla koruması gereken bu şehrin yer altı dünyasında ne çeşit işler döndüğünü görerek bunlara hayret bile edemeden, vazifesini tam yapmamış kişilerin çaresizliğiyle içten içe hayıflanıp durmuştu. Burada bulunuş sebebini merak etmişti elbette; ama onu asıl kaygılandıran şey, bu sebebin ve içinde bulunduğu işkence merkezinin devlet ile irtibatlı olması ihtimaliydi. Çünkü onu buraya getiren maskeli adamların derdinin para olmadığını ilk sorguda öğrenmişti. Ne evindeki altın keselerini nerede sakladığından, ne de hazinesini bahçenin hangi istikametine gömdüğünden dem vurmayacakları ortadaydı Hayır hayır... Onlar başka bir şeyin peşindeydiler. Uygun ellere geçtiğinde hazineler edecek daha başka bir şeyin...

İshak Efendi yarı çıplaktı ve iki gündür yüzükoyun bir mermerin üzerinde salda yatan bir ölü misali uzanmaktan artık etleri uyuşmak üzereydi. Kendisini buraya getirenler, istedikleri şeyi hemen vermesi durumunda acı çekmeyeceğini, aksi takdirde alasıya kadar buradan ayrılmayacaklarını söylemiş ve tabii ki uzunca bir süre red cevabı almışlardı. Fakat Kazasker İshak Efendi direndikçe onlar şiddetin dozunu arttırmış ve nihayet sağ baldırında derince bir hançer yarası açarak sinir uçlarını dışarıda tutup işkence etmeye başlamışlardı. İshak Efendi tahminlerinden daha çetin ceviz çıkmış gibiydi. Sorularına cevap alamadıkça hazırladıkları işkence usullerini sıra sıra deniyorlardı. Bu arada İshak Efendi bayılıyor, uykuya dalıyor, kendinden geçiyor ama ayılır ayılmaz onlar tekrar işkenceye başlıyorlardı. Kafalarından yalnızca iki çift gözün göründüğü ikişer adam, nöbetleşe onunla uğraşmaya devam ediyorlardı. Ailesi, çocukları, dostları gözünün önüne geliyor, bir yandan şimdi kendisini merak ettiklerine üzülüyor, diğer yandan aramaya çıkacaklarına dair umut besliyordu. Bu düşüncesini zedeleyen iki hususu da aklından uzak tutamıyordu. Birincisi İstanbul'da iki hanımı ve dolayısıyla iki evinin olması; diğeri de Kubbealtı'ndaki divan toplantılarının iki günde bir yapılması idi. Çocukları ve hanımları onun daha önce de eve birkaç gün gelmediğini görmüşler ama hiçbir zaman diğer hanımın konağına haberci gönderip "Babamız orada mı?" diye sorma cüreti gösterememişlerdi. Bu durumda tek umut divan toplantısına kalıyordu. Kubbealtı'na gelmediğini gören herkes derhal onu aratacaktı. Bundan emindi. İşte bu yüzden, daha buraya getirildiği ilk gün kendince bir karar almış, divan toplantısı olasıya kadar geçecek süreyi konuşmadan geçirmeye azmetmişti. Yani iki gün dayanmalı, dişini sıkmalı, sabretmeli, ağzından tek kelime kaçırmamalıydı.

İshak Efendi'nin bildiğini ötekiler de biliyor; düşündüğünü onlar da düşünüyordu elbette. Çünkü birinci gün dolup da bütün denemeleri başarısız olunca adamlardan biri sırıtarak küfürler etmiş, onu alaya almış ve "Şimdi göreceğiz bakalım!" tehdidiyle yerinden kalkıp köşedeki ecza şişelerinin arasında bir şeyler aramış ve sonunda kahkahalar atarak geri dönmüştü. Elinde bir cür'adan içinde elmas tozu vardı. Artık sinir uçlarını cımbız ile çekmiyorlar, yaranın üzerine her on dakikada bir tutam elmas tozu serpiyorlardı. O anda İshak Efendi'nin çığlıkları hücre duvarlarında korkunç akisler uyandırıyor, uzak dehlizlerden geri dönüp geliyor, kendisini bile korkutuyordu. Bu derece bir çığlık eğer Atmeydanı'ndan duyulsa belki İstanbul halkını ayağa kaldırır, gece uykularını bölerdi. Üstelik her bir çığlıkta fareler yuvalarından uğrayıp acayip sesler çıkartıyor, korkunç havayı bir derece daha dehşetli hale getiriyorlardı.

İshak Efendi, esirlere ve sırları söylemek istemeyenlere elmas tozu kullanılarak işkence yapıldığını duymuştu ama acısının şiddetini yalnızca bir tevatür sanırdı. Oysa her bir toz zerresi yarasına değdikçe bütün bedeni sarsılıyor, iç organları yerinden oynamış gibi titriyor ve korkunç acılarla yeniden yerine geliyordu. İşkence denen şey beden ile ilgilidir ve somut bir şey üzerinde uygulanabilir; ama bu maruz kaldığı sanki maddi ve bedensel bütün acıları aşmış da ruhunu yakalayıp bir kerpeten ile sıkar gibiydi. Çünkü şu anda elmas tozu kadar ruhuna harçerler saplayan bir de vicdan azabına sahipti. Bunun adına "Şehzade Ahmet'e ihanet" deniyordu. Yıllar yılı kendi ailesi tarafından bir kutsal emanet gibi korunan delikanlının adını sultana ilk o telaffuz etmişti. Kendi atalarına ihanetten öte vicdanına da ihanet sayılırdı bu. Şimdi onu korumaya çalışması bir suçluluğun telafisi olsa ne yazardı. Artık onu koruyabilir miydi? Mesele duyulduğunda veya şehzade katledildiğinde, soyundan gelecek insanlar kendisini hep bu ayıpla anacaklar belki büyük dedelerinden utanacaklardı. İnsan dünyada güzel bir isimle yaşamalı, öte tarafa öyle gitmeliydi. Itır Banu ile konuşmasından sonra yapması gerekeni yapmamak kendisi için yeterince kötü idi. Itır Banu ile oğlunu gizleyip tıpkı ataları gibi himaye etmesi gerekirken şimdi onun ihbarcısı durumuna düşmüştü. Şu masa üzerinde gördüğü işkence belki de o masum kadına ihanetin bedeliydi. İçinden "Cehennem azabı herhalde böyle bir şey olmalı!" diye geçirerek dişini sıkıyor ama her toz tatbikinden sonra on dakika baygın yatıyor, kendine gelince Şehzade Ahmet'i koruyacağına dair vicdanında yeminler ediyor, sonra yeniden adamların aynı sorularına muhatap olup aynı türden cevaplar veriyordu:

"Hünkâr ile ne konuştunuz?"

"Devlet işleri!.. Özel bir husus değil."

"Başka?"

"Yeniçeriliğin ıslahı ve kaptan-ı deryanın düğünü."

"Daha başka?"

"Sadabat'taki kasırlara yapılacak tamirat, ramazan için narh tanzimi, müneccimbaşının..."

Dayanamamıştı... Dayanması da mümkün değildi... Bedeninde her hücresinin yırtıldığını, her deri parçasının soyulduğunu, her kemiğinin eğelendiğini hissettiren bu elmas tozuna dayanılmazdı zaten. Sonunda, "Okumanız var mı?" sorusuna, laubali bir tavır ile "Hayır ama seni okutmasını biliriz" cevabını veren esrarkeş serserinin dalgaya tutulmuş titrek eliyle uzattığı kâğıda bir tek cümle yazıp iade ederken içindeki bütün öfkeyi kusarcasına haykırdı:

"Sizler bu sırrı bilmeyi hak etmeyen alçaklarsınız. Bildiğiniz veya bilmeye çalıştığınız takdirde de ölümün kapınıza erken uğrayacağından hiç şüpheniz olmasın. İşte bu yüzden efendiniz her kim ise, bu kâğıdı ona götürünüz."

19. Sual:
– Öldüğünden Emin misiniz?

"Efendimiz!" dedi Tomruk Emini, belini kamburlaştırıp yerlere kadar eğilerek ve sonra kimse duymayacak şekilde mırıldandı, "bülbül şakıdı."

"Hileyle mi, zorla mı?"

"Efendimiz, meğer dut yemiş, biraz zor oldu."

"Ne imiş peki?"

"İşte şu pusulada yazılı efendimiz."

İbrahim Paşa kâğıdı alırken yeniden sordu:

"Bana gelesiye kadar kimler okudu bu pusulayı."

"Ben dahil hiç kimse efendimiz, görevlendirdiğim kişiler elifi mertek sanan kara cahillerden idiler."

"Öyle olmalı ağa! Bu işler küçük bir ihmale bile gelmez."

"Elbette efendimiz,"

"Peki, kuşu kafesten uçurdunuz mu?"

"Beli efendimiz, aldığımız dala kondurduk."

"Kimse görmedi değil mi?"

"Merak buyurmayınız efendimiz, ne kimse onu, ne o kimseyi gördü. Yalnız birkaç zaman sekerek yürüyecek o kadar."

İbrahim Paşa İshak Efendi'yi fazla sevmezdi. Birkaç gün evvel padişaha arz ettiği konunun ne olduğunu merak ediyordu. Rüşvet mi vermişti, yoksa bir görev mi istemişti? Belki de sultana kendi vezirlik mevkiini sarsacak bir dedikodu yetiştirmiş olabilirdi. Son birkaç ay içinde akrabaları ve hemşerilerinden pek çok kişiye önemli görevler vermiş, Anadolu'da kendine sadık adamları yönetici konumuna getirmişti. Bunun göze batmasını istemiyor ve yaptığı atamalar yüzünden padişahın kalbini kırmaktan çekiniyordu.

İki akşam evvelki şen ve şuh mecliste İshak Efendi'yi gören padişahın birden öfkelenmesi gözünden kaçmamıştı. Tomruk Emini'nden işin hakikatini öğrenmesini istemiş, o da bu işi dostluğuna dayanarak değil de çok zaman yaptığı gibi özel bir yöntemle halletme yolunu seçmişti. Paşa böyle bir yöntemi tasvip etmemekle birlikte önünde cüssesiyle ve kişiliğiyle küçülüp kulluk bekleyen Tomruk Emini'ni azarlamaya tenezzül göstermedi. Ama ayağa kalkmasına da izin vermedi. Avucundaki kâğıdı yavaşça açıp okudu. Birden dehşetle irkildi. Yüzünün şekli değişti. Öfkelendi. Tekrar okudu. Hayır hayır, gördüğü yazıda hiçbir yanlışlık yoktu. Hareketleri asabileşti. Salonun içinde gazapla gezinirken sinirinden elindeki kâğıdı kıvırmaya, buruşturmaya başladı. Bütün hıncını kıvrım kıvrım ettiği kâğıttan çıkarmak ister gibiydi. Bir ara ondan kurtulmak geçti içinden. Önce yere atmak istedi. Vazgeçti. Yırtmaya, küçük parçalara ayırmaya çalıştı. Sonra küçük yırtıkları avucunun içinde bir öbek haline getirip sıktığı sırada gözü hâlâ yerden başını kaldırmamış olan Tomruk Emini'ne takıldı ve yanına varıp öfkesini kustu:

"Suç delilini kaybetmemiz gerekir değil mi ağa, aç bakalım ağzını!.."

Tomruk Emini ne olduğunu anlamamıştı. Yutmakta olduğu kâğıt parçalarında vezir hazretlerini bunca öfkelendirecek ne yazılı olabilirdi? Eşeklik edip önceden okumadığına pişman oldu. Nihayet yutkunarak yerden doğrulduğu sırada paşanın zihninde hâlâ okuduğu cümle yankılanıyordu. Kendini zapt edemeyip sordu:

"Ağa şimdi ne dersin bu işe?"

"Hangi işe efendimiz?"

"Pusulada yazan işe."

"Ben ne yazılı olduğunu bilmedim efendimiz."

"Yazıyordu ki: *Merhum Sultan Mustafa'nın en küçük şehzadesi Ahmet Sultan halen Galata Tomruğu'nda mahpus Kara Şahin'dir."*

Paşa sözünü bitirdiği sırada Tomruk Emini bayılacak gibi oldu. Bugünde bir uğursuzluk vardı sanki. Her şey neden bu kadar kötü gidiyordu? Eğer pusuladaki cümle doğru ise başı belada demekti. Çünkü aranan Ahmet Sultan, birkaç gün evvel Eyüp Tomruğu'nda yumrukladığı Şahin'in ta kendisiydi. "Demek bir de 'Kara' lakabı varmış ha!" diye içinden geçirirken bulaştığı işin ne büyük bir hata olduğunu düşündü. Saltanat ailesinden birini işkenceye yatırmıştı. Hatta belki ileride hükümdar olacak birini!.. Öğrenildiği takdirde kendisinden bunun hesabının en şiddetli şekilde sorulacağına şüphe yoktu. Zihnini toparlamaya çalışırken bir başka belayı hatırladı. Gece işkence ettirdiği İshak Efendi, iki akşam evvelki meclisten ayrılırken kendini çağırtmış ve Galata Tomruğu'nda 23-24 yaşlarında Ahmet isimli bir mahpus bulunduğunu, onun durumunu öğrenmek istediğini söylemiş, o da araştırmak ve cevap vermek üzere birkaç saat müsaade edilmesini arz etmişti. O birkaç saat dolmadan bu sefer İbrahim'in emriyle istintak için üzerine adamlarını salmış bu arada Ahmet'i araştırmış idi. İşte bu yüzden şimdi paşanın da aynı ismi telaffuz etmesi ikinci bir felaket haberi, belki ilkinden daha büyük bir kâbus gibi çökmüştü üzerine. Kendisinden Ahmet'i isteyen iki kişi vardı, ikisi de devletin güvenliğinden sorumlu olan vezir ile kazasker. Yukarı tükürse bıyık, aşağı tükürse sakal. Üstelik istedikleri de elinde hazır değildi. Odada sessizliğin hâkim olduğu bir sırada son kâğıt parçasını da yutmaya çalıştı. Ağzının tadı değişmiş, zehir gibi mürekkep damağını buruşturmuştu. Midesi bulanıyor, başı dönüyor, bacaklarının dermanı kesiliyordu. Kâğıdın mı, mürekkebin mi olduğunu kestiremediği bir burukluk boğazını tahriş ediyor, sanki yakıyordu. Kısık seslerle aksırarak boğazını temizledi. İzin isteyip çıkmak üzereydi ki paşa hükümdarı kast ederek mırıldandı:

"Ahmet'in birisi yetmezmiş gibi bir de ikincisi çıktı başımıza. Galata tomruğunu derhal yokla! Şu Ahmet'i bir görelim."

Tomruk Emini kısık sesle:

"Paşa hazretleri," diyebildi.

"Ne?"

"Paşa hazretleri, biz o Ahmet'i geçen gün Haliç'te denize düşürdük."

"Ne demek şimdi bu?"

"Efendimiz kendisini bir cinayet suçuyla Eyüp Sultan Tomruğu'nda sorguladık. Galata Tomruğu'nda işkenceye yatırıp söyletmek üzere naklederken Haliç'te kayık alabora oldu, denizin dibini boyladı."

Bu son cümleyi o anda öylesine söylemişti. Kendisini kurtarma ve temize çıkarma isteğinin bir sonucu gibiydi sanki.

"Öldüğünden emin misiniz?"

"Öyle zannediyoruz efendimiz. Çünkü ayaklarında taş bağlı idi."

Bu yalanı o anda birdenbire söyleyiverdiğine kendisi de şaşırmıştı. Devam etti:

"Ve dahi adamlarım, denize düştüğü yerin çevresinde uzun zaman bekleyip denizi ve sahilleri kontrol etmişler."

"Kontrol etmişlermiş! Hıh!.. Cesedini görmeden öldüğünden nasıl emin olursun? Defol karşımdan ve bana ya ölüsünü ya dirisini getirmeden gözüme görünme!.."

20. Sual:
Aslan Ağa Tomruk Emini'ne Neden Gitti?

Kara Şahin ile Topaç Yeye külhandan gün doğarken çıkıyorlar ve artık ayrı ayrı yerlerde dilenebiliyor, sonra buluşup birlikte dönüyorlardı. Bol kazanç elde edemeseler bile daha eğlenceli olduğu ve amaçlarına uygun düştüğü için ikisinden biri mutlaka Sultan Kanuni Muhteşem Süleyman'ın genç yaşta ölen şehzadesi Mehmet için yaptırdığı cami avlusuna gidiyor, diğeri Sultan Ahmet civarında Binbirdirek'i kolaçan ediyordu. Böylece birisi Yeniçeri Kışlası'ndan çıkanları gözetlerken diğeri Çardak Kahvehanesi'nde gördükleri adamlardan en az birisiyle yeniden karşılaşmayı umuyordu.

Yeniçeri kışlası Şehzade Camii'nin çaprazına düşüyordu ve aradan geçen seyrek taş döşeli yol Fatih Sultan mahallelerinden Kapalı Çarşı'ya, Mahmut Paşa'ya doğru pazar mallarını taşıyan esnafın güzergâhıydı. Kuşluk vaktinden evvel yük taşıyan merkepler, yüklü arabalar, çevre köylerden gecenin bir yarısında yola çıkıp kuşluktan evvel Unkapanı istikametine zerzevat, süt mamulleri, tahıl ürünleri, bal, yağ vs. getiren köylülerin katır ve merkepleri ile bir anda doluveriyordu. Geçen köylülerden bu saatte bir şey dilenmenin boşa emek olduğunu artık anlamışlardı. Onlar pazara getirdikleri malların narhlarını öğleden evvel almak için acele ederler, bunun için ihtisap ağası önünde kuyruklar oluşur, öğle ezanları okunurken ağa defterini toplar, köylünün fiyat biçilmemiş malı da elinde kalırdı. Pazarda hiçbir kimse getirdiği mala kendi aklınca fiyat koyamazdı. Böyle kaçak satış yapan birisi, daha iki sene evvel satış yaptığı gediğin önünde yağlı urgana çekilmiş ve cesedi iki gün bulunduğu yerde sallandırılıp ibret için halka teşhir edilmişti.

Kapalı Çarşı'ya giden esnaf, sabah siftah yapmadan sadaka vermeyi düşünmezler, hatta yanlarına yaklaşan dilencileri küfürler ederek azarlayıp kovarlardı. Kışladan çıkan yeniçerilerden ise bir şey dilenmemek gerektiği zaten şehrin bütün dilencileri tarafından bilinirdi. Kadıdan davacı olmak ne derece boş umut ise şehrin dilencilerinden haraç toplayan yeniçeriden bir şey istemek de o derece gereksiz idi. Velhasıl bu taşlık yolda sabah sabah elleri para keselerine uzanan yolcular, Bâbıâli istikametine giden efendilerden ibaret kalırsa da bahşişleri bolca oluyordu. Çoğu, güne bir hayır işleyerek başlamanın uğuruna inanan bu adamlar devletlû ağa veya efendilerden idiler ve rütbelerine göre kimisi seyislerin idaresindeki landolarıyla -faytona benzeyen bu arabalar iki yıldır çok revaçta idi-, kimisi küheylan sırtında, kimisi maiyetlerindeki adamlarıyla birlikte bir kafile halinde geçerlerdi. Osmanlı devletini idare eden bu adamların teşrifat ile geçişleri şehrin üzerine bir payitaht kimliği verir ve onlar geçerken halk yoldan açılır, kimisi bellerinden eğilerek, kimisi başlarını bağırlarına yatırarak, kimisi de ellerini yerlerde sürüyen kallavi temennalar ile efendilerini hürmetle selamlar, göze çarpmak için fırsat ararlardı. Bu sırada halk geri çekilir, yol açılırdı ki bir dilenci için iyi bir fırsat demekti. Külhandaki tecrübeli kardeşlerin söylediklerine göre ne istenecek ise o anda istenmeliydi. Kara Şahin o sabah yine fırsatını bulup kendini ağalar, efendiler kafilesinin önüne attı:

"Şey'en lillah!.. Kulunuza bir ihsan!"

Başını kaldırdığı an dünya birden gözlerinin önünde dönmeye başladı. Aman Allahım!.. Bu baktığı yüz? Bayılacak gibi olmuştu. Hızla başını yere eğdiğinde ise kalbinin hepten duracağını sandı. Kulaklarında bir ses çınlıyordu:

"*Galata Tomruğu'nda kendi ellerimle içini dışına çıkartırım da akıl denen şeyin ne tür işkenceler icat edebildiğine şaşırırsın! Seninle Galata Tomruğu'nda hesaplaşacağız*!.."

Şimdi başını omuzları ile ellerinin arasına gömmüş kınlarından çıkacak hançerlerin sesini ve sonra da omuzlarında, bedeninde açacakları rahneleri bekliyordu. En azından ortalığı birbirine katacak bir haykırış, "Bre katili siyaset edin!" türünden bir emir bekliyordu. Tam o andaydı. Ölümü beklediği o anda. Hemen birkaç arşın ötede genç bir kadın çığlığı duyuldu.

"Hırsız var!.. Hırsıız!... Yetişin ağalar, aranızda helal süt emmiş kimse de yok mu?"

O anda bir sahtiyan çizme ökçesiyle omzuna şiddetle vurulduğunu hissetti:

"Çekil bre uğursuz miskin!. Falakaya yatırtmadan toz ol gözümün önünden!.."

Kara Şahin, yere yığılıp kalmıştı. Allah kendisine acımış, birinin hırsıza yakalanmasını bir başkasının kurtuluşuna çeviriververmişti. Kendini toparlamaya başladığı sırada içi daha da rahattı. Çünkü aklında yüzünün artık eski yüz olmadığı, kaşlarındaki değişikliğin çehresini iyiden iyiye değiştirdiği inancı pekişmişti. "Teşekkürler sana Macar hekim! Ey büyük usta!" diye haykırmak geldi içinden. Sonra da mırıldandı; "Yürü oğlum Şahin! Daha iki hafta evvel suratına yumruklar atan Tomruk Emini bile seni tanıyamıyorsa artık korku yok sana!" İçinden cümlenin devamını getirirken kendinde bir güven hissetti: "Sokaklarda dolaşırken fazla tedirginlik duymama gerek yok artık!"

İçinin sesi kalbini inandırmış gibiydi. Yumruklarını bir zafer kazanmışçasına sıktı. Ardından derin bir nefes aldı. Ayağa kalktı. Uzaklaşan belaya baktı. Ama o da ne? Tekmesini yediği Tomruk Emini'nin arkasından koşar gibi giden şu iki adam!.. Aman Allahım!.. Hem ona yetişmeye çalışıyor, hem telaşlı telaşlı bir şeyler anlatıyorlardı. Evet, yanılmıyordu. Çardak Kahvehane-si'nde gördüğü ızbandut yeniçeri çorbacısı ile kayınbabası Aslan Ağa. Ama çok garip!.. Aslan Ağa neden çarşı gediklisi bir esnaf kılığında dolaşıyordu ki? Yenibahçe Konağı'na içgüveysi gittiğinde, Nakşıgül'ün babası bir bezirgân değil miydi? Kafası karışmıştı. Ama şimdilik buna şaşıracak durumda değildi. Bir kez daha derin nefes alırken kendisine de lanet okudu. Çünkü yeniçeri kışlasından çıkanları takip etmesi gerekirken sabah sabah dilenme telaşına düşüp hem başını belaya sokayazmış, hem de asıl görmesi gerekenleri gözden kaçırmıştı.

Kendini bir kenara çekip sıra sütunlardan kırık olan birinin üzerine oturdu. Hiçbir şeye anlam veremiyordu. Nakşıgül'ün ölümünden sonra Aslan Ağa'nın işleri mi bozulmuştu? Eğer öyle ise şimdi neyle meşgul idi? Balıkçılara mahsus şu turuncu potur ile başındaki zolatayı neden giymişti? Yoksa ığrıp ile balık avlayan fukara zümresine mi karışmıştı? Birden içini bir acıma kapladı. "Zavallı Aslan Ağa! Benim yüzümden başına gelenlere bak!" diye mırıldandı içinden. Muhtemelen ailesi de zor durumda olmalıydı. Yenibahçe'deki konak da artık var olmadığına göre... Peki konak nereye gitmişti?!..

"Üüüff!.. Aklıma mukayyet ol Allahım!.."

Yeniden derin nefes aldı. Çevresine bakındı. Aslan Ağa'yı bu halde görmekten son derece rahatsız olmuştu. İyi de Çardak Kahvehanesi'nde gördüğü bu adamla şimdi ne gibi bir ilişkisi olabilirdi ki? Tomruk Emini ile ilişkisini anlayabiliyordu; muhtemelen kayınbabası kızının katili olan eski damadı hakkında bilgi edinmek istiyor, ölü veya diri olduğundan bir haber soruyordu. Eğer durum böyle ise bu suratsız yeniçeri zebellahının konuyla ne ilişkisi vardı? Aslan Ağa kızının katilinin bulunmasını istemekte çok haklıydı. Tomruk Emini'ni karakolun içinde veya dışında, nerede görse bu konuyu soruyor olmalıydı.

Neden sonra ani bir kararla yerinden fırladı ve peşlerinden ilerlemeye başladı. Her üçünün konuşmalarındaki samimiyet ile tekellüfsüz davranışlar ta uzaktan dikkatini çekmişti. Aslan Ağa neyse de yeniçeri ile Tomruk Emini arasında bir ast-üst münasebetinden ziyade bir arkadaşlık, belki çıkar dostluğuna varan bir laubalilik seziliyordu. "Keşke Yeye yanımda olsaydı!" diye düşündü bir an, "Ben Aslan Ağa'yı takip ederken yeniçeriyi gözden uzak tutmaz, belki konuşmalarını duyabilirdi!"

Bayezit Meydanı'ndaki Kazasker Kapısı'na kadar peşlerinden gitti. Burası Eski Saray'a bitişik iki katlı taş bir bina idi. Tomruk Emini haftanın üç günü buradaki dairesinde çalışır, diğer üç günde de Bilad-ı Selase adıyla kendisine bağlı olan Üsküdar, Eyüp ve Galata tomruklarını gezer, asayişi temin ile asesleri teftiş ederdi. Üçü birden içeri girdiler.

Kara Şahin onları beklemesi gerektiğini düşündü. Kendisine bir köşe bulup dilenmeye başladı. Ne kadar gerekiyorsa o kadar bekleyecek ve Aslan Ağa'yı takip edecekti. Hatta bir fırsat düşer de tenha bir yere yolları uğrarsa bütün cesaretini toplayıp konuşmayı bile kafasına koymuştu. Neden sonra onun kendisini tanıma ihtimaline karşı bu fikrinden vazgeçti. Kalbinde bir hüzün ve acı vardı; "Zavallı adam, Nakşıgül'ün acısıyla kimbilir neler çekmiştir?" Birden kendi durumunu hatırladı. Sanki kendisi ondan daha mı iyi idi? Hatta ondan ziyade üzülmüyor muydu? Üstelik buna bir de sevdiği kadının katili zannedilmenin ağırlığını ilave etmeliydi. "Nerdesin Topaç!" diye yeniden hayıflandı. Eğer o yanında olsaydı Aslan Ağa'yı ona havale eder, ağzından laf aldırır, Yenibahçe'de ortadan kaybolan konağın sırrını sordurturdu. Belki konuştukları şu yeniçeri de olup biteni biliyordu. Yoksa onu mu takip etmeliydi? Ama onun kaldığı yeri nasıl olsa biliyordu; gerekirse kışla kapısında onu yeniden bulurdu. Ama ya Aslan Ağa!.. Ah, Aslan Ağa ah!...

Öğlen güneşi bulutların arasında kaybolduğu ve Bayezit Camii'ne doğru sert bir rüzgârın estiği sırada dört el iki kolundan kendisini tutup apar topar sürüklemeye başladılar. Bir günde aynı yakalanma korkusunu ikinci defa duymanın ağırlığı altında kaderine teslimiyet gösterdi ve hiç direnmedi. Aseslerden korkarak Aslan Ağa'yı beklerken, Kazasker İshak Efendi'nin muhtesipleri arasında sürüklenip gitti.

21. Sual:
– Kestiğin Başı Niçin Bana Gönderdin?

Bindallı Mahmut Çavuş, büyük bir şaşkınlık içindeydi. Derdest edilip huzura getirildiğinde ikindi vaktinin rutubetli sıcağı, yerini akşam serinliğine bırakmaktaydı. Daha üç gece evvel yüzünü peçe ile örtüp konağa yemiş sepetini teslim ettiğinde, bu kadar kısa sürede huzura çağrılacağını elbette hiç tahmin edememişti.

Damat İbrahim Paşa, meşşatalar, terziler derken Galata bıçkını bu zebellah Çavuş hakkında bir araştırma yaptırtmış bin bir suçunu bulmuştu. Çubuğundan çıkan dumanların gözünü yakmasına aldırmadan karşısındaki adama dikkatle baktı. İçinde şiddetli fırtınaların estiği her halinden anlaşılıyordu. Mahmut Çavuş onun bu halini görünce hücrelerine varasıya dek dehşetle ürperdi. Renkten renge, halden hale girdi. Paşa bir müddet hiç konuşmadı. Karşısındaki adamın sinirlerini yıpratmak, onu zihnen yormak, ruhunu çökertmek istiyordu. Pencereden dışarılara baktı. Sanki salonda yalnız başına imiş gibi hareket ediyor, öyle davranıyordu. Uzunca bir bekleyişten sonra gayet sakin, hiçbir öfke hali göstermeden, bir arkadaşıyla sohbet edermiş gibi sordu:

"Canım çorbacı! Oyuncakçının karısını nettin?"

Mahmut Çavuş, böyle bir cümleye muhatap olacağını sanmıyor, en azından, önce istintak edileceğini ve yaptıklarını inkâr yoluyla kelleyi kurtarabileceğini umuyordu. Karşısındaki adam "Son iki günde neredeydin? Bir cinayet zanlısı olarak seni çağırttım, suçlu musun? Kesik baş ile bir alakan var mı?" gibi pek çok soru dururken doğrudan doğruya "Oyuncakçının karısı"nı soruyordu. Bu soru onun daha evvelden kurduğu bütün planlarını bozmuş, veziri faka bastırıp kahvehane arkadaşlarına övünme payı bırakmamıştı. Oysa neler hayal etmişti. İstanbul bu cinayet ile çalkanacak, halk her yerde vezirin acizliğini konuşacak, tiryakiler, ayyaşlar arasında devlet emniyetinin kalmadığına dair yeni sohbetler başlayacak, o sırada Mahmut Çavuş da arkadaşlarıyla girdiği iddiayı kazanacak, vezirin akılsızlığını ispat etmiş olacaktı. Oysa şimdi o adam karşısında çubuk tüttürüyordu. Sakin tavrı ve yumuşak sesiyle de sırrını bütün teferruatıyla aşikâr ettiğini anlatmaya çalışıyordu. İş bu noktaya gelmişken yalan söylemenin bir menfaat sağlamayacağını fark etti. Açık cevap vermeyi yeğledi:

"Üç hafta önce kestim, bal torbasında sakladığım başını da yıkayıp dört gün önce sana getirdim..."

"Ya niçin bu işi eyledin?"

"O, erini koyup yanıma gelmişti. İlla ben sokağa çıktıkça başka oynaşlar peydahladı. Suçunu sezdim ve cezasını elimle verdim."

"Ya başını niçin bana gönderdin?"

"Sana akıllı bir vezirdir, ölüleri söyletir, kuşları dillendirir, casuslukta istihdam eder dediler. Hakikat midir, sınamak istedim."

“Peki şimdi inandın mı?”

“Hem de bütün hakikatiyle devletlûm. Elhak, ömrün uzun olsun, akl-ı evvel bir vezir imişsin. Bu devlete de senin gibisi yaraşır.”

“Peki, “Âkil olan, âdil olur” dediklerini de duydun mu?”

“?!..”

Vezir sözlerinin burasında ayağa kalktı, odada öfke ile dolaşmaya başladı. Yumruklarını sıkıyor, ayakları tahta zeminde ürkütücü sesler çıkartıyor, yaşından beklenmeyecek zindelikte hareketler yapıyor, çevresine korku yayıyordu. Kapıda bekleyen muhafız esas duruşa geçti. Paşanın böyle hallerinde ateş püsküreceğini daha önceki tecrübeleriyle biliyordu. Nitekim beklediği gür sesi duymakta gecikmedi:

“İmdi ne yapmamı beklersin Bindallı?”

Bindallı Mahmut Çavuş o koca heybetine rağmen bir çocuk gibi küçülmüş, korkmaya başlamış, bacakları titrer olmuştu. Hayatında çok kereler tehlikeler atlatmış, ölümle burun buruna gelmişti, ama hiçbir vakit içini böylesine bir dehşet kaplamamıştı. Korkusu ölümden değildi, hayır, ölümle oyun oynayacak gözüpeklikte idi; ama nedense vezirin heybetinden ürkmüştü. Sesi inceldi, titredi:

“Devletlûm, bu işte ben aldanmışım. O kahpe bana sadakat göstermedi. Cezası zaten bu olacaktı. Benim elimden oldu; mazur ve mağdurum.”

Paşa bu sözlerin hepsine okkalı cevaplar verebilir, başkasına sadık kalmayandan sadakat beklemenin beyhudeliğini anlatabilir, en azından aklınca kanun yapıp tatbik etmenin şeriatı uygulamak olmadığını söyleyebilirdi. Gerek görmedi. Şeyhülislam efendiye bir fetva yazdırttı ve ömür boyu tutuklu bulundurulmak şartıyla, azılı haydutların çığlıklarıyla dolu gecelerin içine, Tersane Zindanı’na gönderdi. Muhafızların arasında bahçe kapısından çıkarıldığını gördüğü sırada mırıldandı:

“Mazur ve mağdur imiş!.. Hıh!..”

22. Sual:
Mezarlıklar Şehrin Yalnızca Ölülerini mi Saklar?

Taze toprak kokusunun ölüm kokusu da demek olduğunu ilk defa fark ediyorlardı. Topkapısı'ndan başlayarak Bizans surları dışındaki kabristanların neredeyse tamamını dolaşmış, bütün yeni mezarların başucuna geçici birer şahide gibi dikilmiş tahta parçalarının üzerlerindeki isimleri okuyor, Nakşıgül'ün adına rastlama umuduyla koşuşturup duruyordu. Rastladığı iki mezar kazıcıdan sormuş ama bir netice alamamıştı. Mezarlıklar arasında dolaşırken Kara Şahin'in aklında neler vardı neler!. Tomruk Emini'ne yakalanma ve ölüm tehlikesini atlatalı iki hafta oluyordu. Ama korkusu ve anısı henüz zihninde taptazeydi. Öyle ya, kazasker kollukları tarafından yakalandığında sanki ölüm kapısını yoklamıştı. Bu seferki yakalanışın, sadrazamın emriyle şehirdeki dilencilerin tamamına yönelik bir temizlik harekâtı olduğunu öğrendiği sırada iki kere sevinmişti. Birincisi, canı emniyetteydi; ikincisi, Yeye de kendisi ile aynı kaderi paylaşacaktı. Her şeyleri birbirine benzeyen yüzlerce dilenci arasında hemen onu aramaya koyuldu. Ararken taşıdığı heyecan ve tedirginlik, biraz da onu kaybetmenin kendisi için çok ağır bir darbe olacağını ortaya çıkarmıştı. Dünyada kendisine ait olan ve kendisini ait hissedebildiği tek kişiydi o. Topaç Yeye onun hayatının en önemli varlığıydı; onu bulasıya kadar buna inanmıştı.

Yelkenleri yeni değiştirilmiş bir kalyona bindirilip Marmara'ya açıldıklarında kaderlerini bilmiyorlardı. Meğer İbrahim Paşa her üç ayda, dilenciler için böyle bir gemi çıkartır, birkaç sopadan sonra bir daha dönmemek üzere Mudanya veya Tekirdağı'nda sahile döktürür, onlar da gelebildikleri en yakın yoldan tekrar şehre gelirlermiş. Bilhassa kutsal üç aylarda şehrin dilencilerinde büyük artış olur, kanun adamları bu sahte dilencileri cezalandırmak ister, ancak şeyhülislam efendi bu yolda fetva vermediği için şehirden sürüp çıkarma yolu tercih edilirdi. İstanbul'a gelmenin izne tabi olması ve yabancıların bile mürur tezkiresi gösterme mecburiyetinin bulunması, dilencilerin yeniden şehre girmelerini zorlaştırıyor, böylece İstanbul halkı bir müddet olsun serserilerden kurtulmuş oluyorlardı.

Heyecanlı bir yolculuk olmuştu. Usta dilencilerden mesleğin inceliklerine dair sırlar öğrenmişler, deniz tutan meslektaşlarına yardım ederken denize düşme tehlikesi atlatmışlar, iki gün boyunca yarım somun ekmekle idare etmişler ve üzerlerindeki her kuruşu gemicilere kaptırmışlardı.

Sadrazam İbrahim Paşa'nın dilenciler deresini başından bağlamak istemesi Kara Şahin ile Topaç Yeye'ye iki haftadır yol teptiriyordu. Dağda, belde, ıssız yerlerde ve ayaz gecelerde yol almak hem tehlikeli, hem de çok zor idi. Bu yüzden Çorlu, Kumburgaz, Küçükçekmece kervan güzergahıyla İstanbul'a ulaşmaları tam on gün almıştı. Yağmur mevsimi geliyordu ve kış bastırmadan İstanbul'a gelmeli, külhana ulaşmalıydılar.

Uzaktan surlar göründüğünde şehre hangi kapıdan ve nasıl gireceklerini düşünmeye başladılar. Bir fırsatını kollamak, belki şehre yük götüren bir köylü ile anlaşmak üzere Mevlana Kapısı'ndaki mezarlıkta oyalanmaya başladıkları sırada Kara Şahin'in aklına Nakşıgül'ün mezarını bir de burada arama fikri geldi. Öyle ya onu belki de buraya gömmüşlerdi ve hatta gömenlerden birine ulaşabilirse belki bir bilgi elde eder, hiç olmazsa cenazeye katılanların düşünceleri hakkında fikir sahibi olurdu. Yeye bu fikrin pek parlak olmadığını söyledi. Gece olmadan şehre girmek ve külhana varmak lazımdı. Şehre girdikten sonra günübirlik çıkış ve giriş zaten kolaydı. Kapı muhafızları mezarlık ziyaretçilerine her zaman izin veriyorlardı.

Mezarlıkta beklemek de, gezinip taşlar üzerinde Nakşıgül adını aramak da ruhlarına dokunmuştu.Yeye, "Bir şehrin anılarını en iyi mezarlıkların saklıyor!" diye bir bahis açtı ve devam etti:

"Şehirlerin tarih boyunca gördüğü düşler işte şu mezar taşlarında tek tek kaydedilmiş duruyor."

"Evet Yeye!.. Nakşıgül bunlar arasında bir hatıra olacaksa onun yakınında bulunmayı bahtiyarlık sayar, hemen can verebilirim."

"Senin gibi, benim gibi kaç âşıkın gerçek tarihi bu taşlarda kayıtlıdır bilebilsek!.. Okunacak hiçbir hikâye, hiçbir mesnevi, hiçbir şehir tarihi veya haltercümesi kitabı insanlara şu mezarlar kadar içli, onlar kadar sahici bir hikâye anlatamıyorlar. Bu taşlar hikâyenin ta kendisi gibi duruyor. Baksana, Şahin Ağam, kimisi yatık, kimisi yorgun, kimi kırılmış ve kimi diğerine yaslanmış, zamana direnmek istiyorlar."

Kara Şahin Topaç Yeye'yi ilk defa ciddiyetle ve hayranlıkla dinliyordu. Bu çocuğun çok zeki olduğunu biliyordu ama düşüncelerindeki derinliği bugüne kadar fark ettiği söylenemezdi. Zaten çok konuşmuyordu. Hele "Senin gibi, benim gibi kaç âşıkın..." cümlesi içini burkmuştu. Bu çocuk âşık mıydı? Eğer öyle ise neden hiç kendisine bir şey anlatmıyordu? Bunca şeyi nereden biliyordu? Mezarlık sohbeti uzayacağa benziyordu:

"Yeye!.. Sen okuma yazma biliyor musun?"

"Elbette Şahin Ağam; ben bir sürü kitap okudum."

"?!.."

Kara Şahin susmuş, utanmıştı. Onu yeterince tanımadığı için utanmıştı. Yeye konuşmaya devam ederken gözünde büyümekle kalmıyor, onu hakkıyla tanımamış olmasından dolayı da mahçupluk duyuyordu.

"Mesela şu mezar taşlarına yazılı şiirler... Kimbilir hangi şair söylemiştir? Onun dizelerini bu taşlar üzerine kazıyan ustalara ne demeli?!.. Zanaatlarındaki maharet yüzyıllarca yaşayacak. Kim bilir işlerine ne derece önem veriyorlar, çekiç veya keskilerini taş üzerinde gezdirirken talik veya sülüs hatların zarafetini nasıl benimsiyorlardı. Mezar taşı deyip geçmemeli yani!.."

"Yeter Yeye!.. Bu kadar sevdiysen yatıver birinin içine!.."

Yeye, bir anda kendini, Şehnaz uğruna feda olma imtihanında gibi hissetti. Şehnaz'sız bir hayattan ölüp kurtulmanın mı, yoksa Şehnaz'ı başkalarıyla yaşarken düşünmek gibi ağır bir yükün mü daha ağır sorumluluk olduğunu düşündü. Ve elbette mezara yatıp kurtulma fikrine sarıldı. Şehnaz bir gün gelip kendisi için ölmesini istese şüphesiz gözünü kırpmadan ölüme atılırdı, ama sahi o böyle bir şeyi kendisinden ister miydi. Sonra "Keşke istese!" diye geçirdi içinden. Leyla eğer Mecnun'dan bir şey isterse vermemesi mümkün müydü? Eski bir kitapta okuduğu hazin bir hikâyeyi hatırlamıştı. Sevilen sevenden bir şey isterse vermezlik olmazdı. Mecnun, yeter ki **Leyla'nın dilediği** şeyin ne olduğunu bilsindi!..

Kara Şahin, Topaç Yeye'nin sustuğu sırada kendi sesinin tonundan dolayı mahcup olmuştu. Gerçi "içine yatıver" cümlesini gülerek ve şaka yollu söylemişti ama bunun altında Yeye'nin kendisinden çok şey biliyor olmasına karşı gizli bir tepkinin olduğunu ikisi de fark etmişti. Kendisini rahatsız eden şey, istemeyerek de olsa bunu ses tonuna yansıtmış olmaktı. Öte yandan Yeye, dünyadaki biricik dostunu istemeyerek de olsa gücendirdiği için üzülmüştü. Yaşça büyük olanın bilgide de büyük olma anlayışına aykırı düşmüştü. O anda bir karar verdi: Şahin ona sormadığı müddetçe fikrini söylemeyecek, sabredebilirse susma orucu tutacaktı. Oysa yalnızca şu mezarlar üzerine bile ne çok şey konuşurlar, bu arada oyalanır, şehre giresiye kadar yararlı vakit geçirirlerdi. Taşların üzerindeki Rumi çiçek motifleriyle akantus yapraklarını bir mücevher buketi gibi demetleyen ressamlardan, ölen kişinin adıyla sanıyla tarihini düşürüp kitabe hazırlayan şairlerden, bu kitabeleri yazan hattatlardan, bütün bu sanatçıların emeklerini taşa kazıyan ustalardan bahsederek ne derece tatlı sohbetler edebilirlerdi... Kimi fakir, kimi zengin, kimi genç, kimi yaşlı insanlar... Bazısı ana, kardeş; bazısı sevgili, bazısı eş... Neler neler anlatılabilirdi?!... Yeye sustu, hiçbir şey söylemedi. Ve Şahin'i gücendirmemek için bundan böyle on dört yaşında bir çocuk olmaya karar verdi. Kara Şahin ise bir gün, aşka dair o imalı sözlerinin arkasını getirmesini beklemek üzere bu bahsi kapalı tutmayı yeğledi. Yine de kabristanda oturup beklerken ölüm bütün çıplaklığıyla gözlerinde canlanır gibi oldu. Burada oyalanmak zorundaydılar ve çevrelerini saran bunca şahide var iken ölümü düşünmeden edemiyorlardı. Onun, acı olduğu kadar doğal, ürkütücü olduğu kadar alışılmış, kovulmak istendikçe kucaklanan bir gerçeklik olduğunu işte orada anladılar. Hatta Yeye, İstanbul'un mezarlıksız eksik kalacağını bile düşündü. Aslında her şehir kabristanlarıyla birlikte iki şehir sayılırdı. İstanbul, yanı başında kendi macerasını tamamlayan bu ikinci şehir tarafından daima eksiltilmekte, belki ona dünyalı olduğunu, fani olduğunu söyleyip durmaktaydı. İç içe geçmiş, birbirine karışmış iki ırmak gibi hayatlar akıyordu bu iki şehirde. Birinin akışı diğerine doğru, onu besleyip durmaktaydı. İnsanlar farkında olsa da, olmasa da bu iki şehir arasında her gün sessiz gidişler veya tantanalı geçişler oluyordu. Öylesine yakın, öylesine iç içe iki şehir. Ama onca iç içelik içinde tarifsiz bir uzaklık vardır aralarında. Ölümle hayatın yakınlığı, ölümle hayatın uzaklığı kadar...

Kara Şahin bu uzaklığın gitgide artmakta olduğunu ancak gün inerken fark etti. Hayatla ölüm arasındaki uzaklığı kalplerden gözlere indiren bir faaliyet sürüyordu çünkü bütün kabristanlarda. Nerede taze bir mezar kazıldığını sorduğu Ermeni taş ustaları yapıyordu üstelik şimdi bunu. Bizans surlarının dışında ne kadar kabristan var ise hepsinin çevresine göğüs hizasına yükselttikleri duvarlar örülüyordu. Bu duvarların ölümü hayattan biraz daha uzaklaştıracağını, belki iki şehir arasındaki köprüleri yıkacağını düşündü. Kabristan bir yol uğrağı, bir güzergâh olduğu müddetçe insanların ölüme sıcak bakmaları, onu tabii bulmaları ve ona göre davranmaları kolay idi. Ama araya duvarlar örülünce mesafeler de açılırdı. Kimin emriydi, gelenekte olmayan bu usulü kim çıkartmıştı, bilmiyordu. Belki de Vezir İbrahim Paşa'nın şehri imar faaliyetlerinden biri de bu olsa gerekti. Bir an daha sonraki insanların bu duvarları göz hizasından yüksek örme yoluna sapmalarından korktu. Bu, ölümü tamamen gizlemek, hayattan tamamen ayırmak anlamı taşırdı ve insanların ölümden korkma duygularını arttırırdı.

O gün, sevdikleri şehre uzaktan bakarak, ölümle hayat arasında gidip gelirken ayakları bütün mezarlıkları dolaşmış, duvar ustalarından mezar kazıcılara varasıya kadar herkese yeni kazılmış mezarların yerleri ile kimlere ait olduklarını sormuş, hiçbirinden bir taze gelin veya genç kız ölümüne dair bilgi alamamışlardı. Peki o halde Nakşıgül'ün parçalanan cesedini kim nereye gömmüş olabilirdi? Aile de konakla birlikte ortadan kaybolduğuna göre mezarının yerini kim bilebilirdi? En azından kim salını taşımış, talkınını hangi hoca vermiş, kim başında Kuran okumuştu? Bunlar, nikâhını kıydığı halde kendisini tanımayan mahalle imamına da sorulamazdı elbette?

Kara Şahin'in aklına son bir çare geldi. Şehrin ölüm kayıtlarının tutulduğu kadı sicillerine bakmak veya baktırmak!.. "Evet! Bir gün bunu yapmalıyız; ama önce şehre girmeliyiz!" diye bir karar aldığı sırada bekledikleri fırsatın ayaklarına gelmekte olduğunu gördü. Akşamın ala karanlığı çökmek üzereydi. Mezarlıkların Yahudiler ve Ermeniler'den oluşan duvar işçileri kazma-küreklerini toplamış, Mevlana Kapısı'ndan şehre girmek üzere büyük bir gürültüyle yaklaşıyorlardı. Şakalar, küfürler, şikâyetler ve kavgalar kafilesine onlar da takılıp surları aştılar. Kapıdan geçtikleri sırada muhafızlardan biri içerdeki çavuşa tekmil veriyordu:

"Seherde mürur eden çıfıt tayifesinden yirmi yedi amele avdet ettiii!.."

Kendilerinin yirmi dokuz kişi olduğunu o çıfıt tayifesi de bilmiyordu.

* * *

-derkenar-

leyla'nın dilediği

Mecnun bir fırsatını buldu, Leyla ile baş başa kaldı. Leyla da ondan bir dilekte bulundu:

"Ey âşık! Neyin varsa getir!.."

"A ay yüzlü!.. Senin aşkınla ne suyum kaldı, ne kuyum. Ne ciğerimde azıcık kan, ne geceleri gözümde uyku. Aşkın

aklımı yağmaladıktan sonra her şeyim birer birer gitti. Şimdi sahip olduğum tek şey yaralı bir kuşa dönmüş canım. Senden bir emir bekliyorum. Ver dersen hemencecik vereyim."

Leyla güldü bu sohbete. Sonra sitem etti:

"A yiğit!.. Ben senden bunu ne vakit istersem alırım, başka neyin var?!.."

Bu söz üzerine Mecnun biraz düşündü, bakındı, arandı. Sonra birden hatırlamış gibi partal giysilerinin eprimiş yakasından çıkardığı bir iğneyi Leyla'ya sundu:

"Vallahi varlık âleminde malik olduğum tek şey işte bu. Bundan başka hiçbir nesneye sahip değilim. Bunu taşımamın sebebi ise yine sensin a gönlümü alan!.. Çölde, ovada, dağda, kırda senin hayalini izlerken çok düşüyorum; dikenler ayağıma batıyor. Bu iğne onları ayağımdan çıkarmak için."

"İşte ben tam da onu arıyordum. Aşkta gerçek isen, bu iğne sana nasıl layık oluyor, a perişan âşık!.. Bencileyin bir güzelin peşindeyken ayağına diken batsa o dikeni çıkarmak doğru olur mu? Eğer o dikeni çıkarırsan seninkine vefa derler mi?!.. Sevgili yolunda ayağına diken batan âşık, onu elbisesine takılmış bir gül görmeli değil midir? Gül dikeni, bir gül elde etmek için her yıl dikenlere sabrediyor da sen gül fidanından da aşağı mısın ki ayağında bir dikene sabredemiyor, onu iğneyle çıkarıyorsun? Leyla'nın aşkıyla ayağına batan diken, onun başkalarına armağan edeceği yüzlerce gül demetinden daha değerli değil mi yoksa?"

23. Sual: Bir Lale Soğanı Yüz Elli Altın Eder mi?

Can Kuyusu'nun başında oturan üç kişi birbirlerini tartarak konuşuyorlardı:

(...)

"İki yıl evvel yeni bir deneme yaptım, tek soğandan ikiz soğan üretip nadir laleleri çifter çifter yetiştirmek istiyordum. İlk elde ettiğim ikiz soğanı Vezir İbrahim Paşa'ya takdim ettim. Meğer o da bunlardan birini Fatma Sultan'a, diğerini eski gözdelerinden cariyesi Dilnüvaz'a armağan olarak sunmuş. Bahar gelince her iki soğan da aynı çiçeği verince Fatma Sultan bunu kendisine hakaret addedip veziri sultanımız efendimize şikâyet etmiş. Haşmetmeab ben kullarını çağırdılar. Vardım. Macerayı anlattım. Başarımdan çok hoşnut oldular. Bir mikdar benimle sohbet tenezzülünde bulundular. Sözün sonunda da hiç kimsede olmayan siyaha çalan koyu mor ikiz soğan üretip üretemeyeceğimi sual buyurdular. Ben de 'Bi-iznillah baharda sarayınız bahçesinde açarlar!' dedim. Bana bahçeye dikmeyeceğini, birini Felemenk, diğerini Avusturya krallarına hediye göndereceklerini söylediler. Hatta bunun için ben kullarına iki kese altın ihsan buyurdular. Önceleri her şey yolunda gitti. Ne çare, soğanları saraya teslim etmeye giderken yolda başıma işler geldi. Amansız evbaş ve kallaş sergerdeler üzerime çullandı. İstedikleri soğan idi ve aldılar. Senin o serserilerden biri olmadığın belli. Lakin elindeki soğan onlardan biri. İstersen yüz elli altına satın alırım. Ama bir şeyi söyle bana, bu soğan senin eline nasıl geçti?"

Kara Şahin bu adamı sevmişti. Ama sırlarını da kimse ile paylaşamazdı. Hem ona ne söyleyecekti ki? Gerdek gecesinin şafağında karısını parçalamak suçundan arandığını mı, yoksa Tomruk Emini'nin elinden kaçan idamlık bir mahkûm olduğunu mu, Osmanlı ülkesinde suç sayıldığı halde ameliyatla kaşlarında değişiklik yaptırttığını mı, yahut Gedikpaşa Hamam Külhanı'nda barınan dilenci veya hırsızlardan biri olduğunu mu? Sahi birisi sorsa hangi kimliği veya suçuyla itirafta bulunacaktı? Bunlardan birini söylese Hafız Çelebi ona inanır mıydı? Gerçi sözlerinden, hırsızları ele geçirdiği vakit cezalarını verme yanlısı olduğu anlaşılıyordu ama bunun için bir külhan dilencisiyle işbirliği yapacak da değildi. Üstelik bu anlattıklarına göre soğanın peşine başkaları da düşebilirdi veya düşmüştü. Öğrendikleri ise kendi durumunu bir kez daha tehlikeye sokuyor, peşindekilerin sayısını arttırıyordu.

Hafız Çelebi temiz yüzlü bir adamdı ve çehresinden, yalan söyleyemeyecek kadar berrak bir kalbe sahip olduğu okunabiliyordu. Kara Şahin onun sorusuna ne cevap vereceğini bilemedi. Telaşlandı. Sanki boynunda fıtık varmış gibi başıyla bir yarım daire çizdikten sonra tam ağzını açacağı sırada Topaç Yeye -susma orucunu da bozarak- bir karşı soru ile durumu kurtarmaya çalıştı:

"Bir lale soğanının yüz elli altın edecek nasıl bir değeri olabilir ki?"

Yeye, öylesine sorduğu bu sorunun daha sonra hayatını derinden etkileyeceğini ve ruhunu güzellikler adına dönüştüreceğini bilmiyordu. Bu sorudan sonradır ki Hafız Çelebi onun hayatında önemli bir yer tutacak ve eşyaya bakış açısını değiştirecekti:

"Olmaz olur mu hiç? Bu soğanın, her yerde gördüğün sıradan bir çiçek açacağını mı zannediyorsun, evladım?"

Kara Şahin rahatlamış bir eda ile geveledi:

"Her yerde açan lale var ama, değil mi? Hem de adım başı..."

"Doğru, İstanbul'un her bahçesinde lale görüyor, her çimeninde laleye rastlıyorsunuz. Ama her yıl, o bahçelerden yalnızca birinde müstesna bir lale açar ki bütün lale ırkının ta Orta Asya'dan bu yana gelen macerasını özetler. Atalarımızın, Tanrı Dağları'ndan sıcak iklimlere göçerken atlarının terkisine koydukları hatıranın ta kendisidir o. Mevlana Celaleddin'in Mesnevi'sindeki kırmızı neşesidir ki bir vakitler çimenlerin ve bahçe çitlerinin arasında gelincik olarak yaşamıştı. Bağrındaki simsiyah yanık yarası sanki Türkmen dervişi Yunus Emre'nin bahtsız tebessümüdür. Bu soğan Ebussuud Efendi'nin kaleminden akan al mürekkebin kara bağrı; yahut şairin "Renkten renge hulûl eylemese bulmaz idi / Eller üstünde gezip revnak-ı zîbâ lale"* diyerek şeker çiğneyen ağzının tadı, tuzudur. Lale ki..."

Kara Şahin karşısındaki adamın laleden bahsederken gösterdiği heyecan karşısında donakalmıştı. Oysa bugüne kadar laleyi dıştan neş'eli bir allık; içten ise bağrında gece karalığı olarak düşünmüştü hep. Bunu da çocukluğunda annesinden

* Lale, eğer renkten renge girebilme yeteneği olmasaydı el üstünde tutulan güzel bir çiçek olmazdı.

öğrendiğini hatırlıyordu. Vaktiyle annesi için bir kara talih sembolü olan şu çiçeğin bu adam için ne derece önemli olduğunu fark etmişti. Çünkü işini severek ve önemseyerek yapan insanların duyarlılığıyla kuruyordu cümlelerini. Topaç Yeye ise onu dinlerken, karşısındaki güzel yüzlü adamın sıradan bir bahçıvan olmadığını düşündü. O, yaptığı işe saygı gösterilmesini arzulayan tiplerdendi. Üstelik kendi sevdiği şeyin başkasında hor, hakir olmasına tahammülü yok gibiydi. Sanki hatırladığı o hikâyedeki **Leyla'nın ölüm haberini alan Mecnun** gibiydi. Lale onun için İstanbul'da yetiştiği vakit, her yerdekinden daha güzel sayılıyordu. Yahut da Şirazlı Sadî'nin, Gülistan adlı kitabında anlattığı hikâye gibi. **Sevdiğini başkasından kıskanan biri** için ne anlamlı bir hikâyeydi o. Çocukluğunda annesinin bunu sık sık kendisine okuduğunu ve gizli gizli ağladığını düşündü.

Konuşmanın duraksadığı sırada Şahin, eğer elindeki lale soğanını toprağa dikip çiçek vermesini bekleyecekse, bunu işte bu adamın bahçesinde yapması gerektiğine karar verdi. Çünkü bu adam laleden bahsederken heyecanlanmaktan öte yaşadığının zevkine varıyordu. Az evvelki sorunun cevabını geçiştirmek için onun heyecanından yararlanmak istedi, hayranlıkla dinliyormuş gibi gözlerini bir parça daha açtı, tane tane konuştu:

"İlahi üstat, sizi dinleyen de şu soğanı Orta Asya'dan daha dün gelmiş sanır. Laleden bahsederken sanki bir 'kişi'den, bir 'kişilik'ten söz ediyorsunuz."

Hafız Çelebi damarına basılmış gibi kâh hayıflanarak, kâh gözleri dolarak, kâh bir nutuk irad eder gibi heyecanla anlatmaya devam etti:

"Evet ya beyzadem, o bir kimlik, bir ruh şahsiyetidir ki Selçukoğulları ve Osmanoğulları'nın naz ile büyüttükleri taze eda içinde yaşar. Öyle ki Ebülfeth Mehmet Han zamanında Manisa'da serpilip yetişmiş, Kanuni Süleyman Şah asrında İstanbul bahçelerinde süslenip güzelleşmişti. Yazık ki şimdilerde en renkli elbiselerini Felemenk diyarında kuşanmış bir gelin misali vatanına hasret çekiyor, ağlıyor, belki hıçkırıyor. Elinde tuttuğun o soğan, içinde, siyaha çalan koyu mor bir hüzün saklar ki bahçelerde açtığı vakit Felemenk diyarındaki laleler -ki onlar bu vatanın evden kaçırılmış kızlarıdır- kimliğini yeniden hatırlayacak. Ve onlar, taa Sadabat bahçelerindeki mütevazı evlerine dönesiye kadar, her baharda, elindeki soğan gibi bir özel çiçeği yetiştirmek için çırpınır durur bu ihtiyar. Tıpkı "*Nur-ı adn*" (Cennet nuru) adıyla ilk değişik laleyi üreten Ebussuud Efendi gibi, tıpkı sayfa sayfa lale desenlerini boyayıp bir külliyat hazırlayan tabip Mehmed Âşıkî Efendi gibi, tıpkı "*Netâyicü'l-ezhâr*" (Çiçeklerin neticeleri) isimli kitabın yazarı Cerrahpaşa Camii imamı Ahmet Ubeydi oğlu Mehmet Efendi gibi... Ve daha adıyla sanıyla belli iki yüz kadar şükûfeci gibi... Ya, beyzadem! Hep o kızımız evine dönsün diyedir çekilen meşakkat. Yoksa her nesilde bu nöbeti devralıp yeni renkte ve yeni çeşitte laleler yetiştiren bunca adamın fuzuli işlerle uğraştığını mı sanırsın sen? Ebussuud Efendi'den bu yana Felemenk frenginin İstanbul'a gelen bütün gemileri mutlaka yeni üretilen soğanlar ile yurtlarına dönerler. Şimdi hâlâ şükûfeciyen esnafı içinde Felemenk'ten ve Avusturya'dan gelen bahçıvanlar vardır. Sadrazam Damat İbrahim Paşa hazretlerinin ser-şükûfecisi Şeyh Mehmet Lalezârî Efendi'nin "*Mizânü'l-ezhâr*" (Çiçeklerin Terazisi) isimli eserinin birinci bölümünde bütün bunlar satır satır anlatılır."

Hafız Çelebi bilgisiyle olduğu kadar konuşma üslubuyla da etkileyiciydi. Kara Şahin ise bir dilenciyle hiç erinmeden konuştuğu için onu sevmişti. Belki de her yerde kovulmaktan bıkmışken burada kabul gördüğü için ona ısınıvermişti. İstanbul'da gittiği her yolda, her sokakta, her mekânda aşağılanıp küfredilmekten dolayı ruhu çizik çizikti çünkü. Şimdi kendisine aşağılık bir yaratık gibi davranmadan muhatap alan birisi vardı karşısında. Üstelik ağzından bal akıyor, yüzünden ferahlık yayılıyordu. Bir an üstündeki dilenci kıyafetlerini unutup Kara Şahin heybetiyle, bir adalet cengâveri gibi sordu; sanki kızı evden götüreni bulup cezalandıracak bir ses tonuyla hem de:

"Kim kaçırmış onu?"

"Dur, dur heyecanlanma; iki yüz sene önce olmuş bu iş. Kanuni Süleyman zamanında Avusturya maslahatgüzarı olarak İstanbul'da bulunan Busbecq nam zat, her yıl İstanbul sahaflarından topladığı elyazma kitapları üç sandığa doldurur ve gemilere koyarak Tuna üzerinden Viyana'ya, Akdeniz'den de Felemenk diyarında bir dostuna gönderirmiş. Meğer Felemenk ülkesindeki dostu şükûfeci imiş, bir defasında Busbecq ona göndereceği sandıkların içine lale soğanlarından da koymuş. Artık buna kaçırmak mı denir, evden kaçmak mı, siz karar verin. Elçinin dostu, teşekkür için yazdığı mektupta çiçeği çok beğendiğini, gelin gibi süslü olduğunu söylemiş. Busbecq ülkesine geri dönerken kocaman bir sepet dolusu soğanı da Avustur-ya-Cermen diyarına taşımış ve Habsburg hanedanına hediye etmiş."

"Sonra ne olmuş?"

"Maslahatgüzarın hatıralarını yazdığı kitaba göre Habsburglar laleye yeterince ilgi göstermemişler ama Felemenk diyarında lale yetiştirmek moda olup kralların sarayına hediye olarak gönderilmeye başlanmış."

Topaç Yeye Hafız Çelebi'yi dinlerken üzerine bir gariplik çökmüştü. Keşke bir babası olsaydı da ona böyle şeyler anlatsaydı; yahut külhana gitmek yerine bu adamın yanında kalabilseydi de anlattıklarını dinleyip dursaydı. Ne var ki güneş Kâğıthane sırtlarını çoktan aşmıştı. Karanlık çökmeden külhana varmaları gerektiğini hatırladı ve Kara Şahin ile göz göze geldiler. Birlikte ayağa kalktıklarında Hafız Çelebi sorusunun cevabını alamayacağını anlamış ve yalnızca şöyle diyebilmişti:

"Bugünlerde toprağa konulması gerekir. Sakın gecikmeyin. Bir karış derine gömeceksiniz."

Kara Şahin ile Topaç Yeye oradan ayrılırken ruhlarının dinlendiğini hissetmiş, huzur duymuşlardı. Çelebi'nin yüzünden, latif hareketlerinden, konuşmasından, sözlerinden, kelimeleri seçişinden etkilenmişlerdi. Hele son tembihinde ne kadar asil davranmıştı. Kara Şahin, onun bu davranışını vurgulamak üzere yolda Yeye'ye bir hikâye anlattı. Yeye hikâyeyi beş altı yaşlarındayken annesinden masal diye dinlemişti, ama sesini çıkarmadı. Hatta Kara Şahin'in yanlışını bulup Halife Ömer'in değil, Adaletli Nuşirevan'ın başından geçtiğini de söylememişti. Ne de olsa Kara Şahin'in mezarlıkta incinen gururunu tamir etmesi gerekiyordu. Anlatışı bilgisinden daha iyiydi:

"Halife Ömer'e iki kadın bir bebek ile gelir ve her ikisi de bebeğin annesi olduğunu iddia ederler. Ömer hangisinin gerçek anne olduğunu anlamak için göstermelik bir hüküm verir, 'Madem ikiniz de annesi olduğunu söylüyorsunuz, o halde bebeği iki parçaya böldürelim ve ikiniz de birer yarımını alıp gidiniz.' Kadınlardan biri bu hükme razı olurken diğeri feryadı basar: 'Hayır hayır, yavrumu parçalamayın, varsın onun olsun!' Ömer o vakit bebeği bu kadına verir. Ne dersin Yeye; Hafız Çelebi'nin son cümlesinde o annenin çaresiz feryadını hissetmedin mi?"

"Öyle ama Şahin Ağam, bu lale soğanı senin tek delilin!.."

Külhana girdikleri vakit her ikisinin de aklından, Hafız Çelebi'ye ırgat olup bahçesinde lale yetiştirmeye talip olmak geçiyordu. Hatta Yeye bu işi ömrünün sonuna kadar yapabileceğini bile düşünüyordu. İstanbul gibi bir şehirde lale yetiştirmek!.. Bir külhan eri için ne erişilmez arzu!..

-derkenar-

leyla'nın ölüm haberini alan mecnun

Yolunu şaşırmış Mecnun, ordan oraya koşturup giderken biri ona, "Leyla öldü!" deyiverdi. Mecnun bu kara haber üzerine derhal durdu ve elerini açıp şükretti:

"Hamd olsun Allahıma!.."

Bu sefer adam çok öfkelenip bağırdı:

"A aklı ve hayatı darmadağın olmuş zavallı! Hem onun için yanar, hem de neden böyle söylersin?"

"Ben, o ay yüzlüden bir fayda elde edemedim. Bari başkaları da bir şey elde edemesin!.."

-derkenar-

sevdiğini başkasından kıskanan biri

Sadî anlatıyordu:

"Henüz toy bir delikanlı idim. Şiraz'da bir kızı sevmiştim. O da bana karşı ilgisiz değildi. Birkaç kez de buluşup konuştuk. Sonra araya ayrılık girdi. Ben gurbetlere gittim. On yıl onun aşkıyla coşup taştım, hasretiyle yanıp kavrul-

dum. Nihayet yurduma geri döndüğüm vakit ilk işim onu aramak oldu. Beni görür görmez başladı siteme:

"A Sadî! Meğer ne kadar vefasızmışsın!.. Bunca yıl geçti aradan, ne bir haber, ne bir mektup?!.."

Ona dedim ki:

"Ey sevgisi kalbimde yer edinen selvi boylu!.. Senin yüzünü görme bahtiyarlığından ben mahrum iken, o şerefi postacıya mı bağışlasaydım?!.."

24. Sual: Sultanın Yarasına Merhemi Kim Koyacak?

İshak Efendi huzura girdiğinde ayakta zor duruyordu. Sultan kendisini acele çağırtmıştı. Başına gelenleri duyduğunu ve olup biteni soracağını zannediyordu. Oysa halinden hiç de böyle anlaşılmıyordu. Öfkeliydi. Sırtı kapıya dönük vaziyette pencereden Üsküdar sahillerini seyretmedeydi. Sesi bir kasırga gibi çıktı:

"Efendi!.. Hâlâ bir cevap getirilmedi. Arananın bulunmaması acziyet değil midir? Peki acziyet ile devlet yaşar mı? Yapamayacaksanız sizi gönderip yapabileni bulalım efendi!.. İstanbul'da bir adamı bulamayan hükümdarın ülkenin geri kalanında hangi sözü geçer, kul taifesi böyle bir hükümdara itaat eder mi sence?!.. Söyle efendi! Emrim neden yerine getirilmez?"

Hünkâr bunca öfkeli sözden sonra arkasını döndüğünde İshak Efendi'yi alı al, moru mor gördü. Azarlamanın etkisi bir yana, efendinin halinde bir bönlük, bir durgunluk vardı. Üstelik sağ elinde bir baston tutuyor ve ayakta güçlükle duruyordu. Sultanın sorusuna ancak, "Sultanım!" diyebildi. Sesi titriyordu. Sultan onda bir başkalık olduğunu hissetmişti. Sesini bir perde daha yumuşatarak sordu:

"Hayırdır efendi! Rahatsız falan mısın?"

"Beli hünkârım; baldırımda cerahatim var. Ama bu vazifemi aksatmamın mazereti olamaz elbette. Hünkârımın emri başım üzre. Emredin kirpiğimle yolunuzu süpürüp gözyaşımla yıkayayım. İlla ki sizin bilmek istediğinizi bilmek isteyen birileri daha var, onlarla cebelleşmek zorunda kaldım. Birkaç vakittir onları aratmaktayım. Elbette sizin istediğinizi de aratıyorum."

Sesini başkaları duymasın diye alçaltarak devam etti. Artık taht odası daha pes perdeden ve şefkat dolu bir konuşmaya sahne oluyordu:

"Tomruk Emini ağamız sekiz nefer dilsiz akrebiyle bu araştırmayı yürütmektedir."

"Sana ne oldu ağa, önce onu söyle! Musa sünneti bu baston da neyin nesi?"

"Efendimiz, aradığınızı arayanların beni söyletmek için yaptıkları zulümdür bu. İki gün beni işkencelere yatırdılar. Baldırımdaki yara tuzlara batırıldı. Yetmedi, elmas tozuyla deşildi. İyileşmesi zaman alacak hünkârım."

Sultan, kapısında bekleyen perdedara işaretle hekimbaşıyı yanına çağırmasını tembihledi. Sonra sordu:

"Efendi, yarana baktıralım şimdi. İlla ki bu meselede söylediklerin midemi bulandırdı. Bu hususu kim biliyor ve kim senden bilgi istiyor?"

"Bir siz, bir ben, bir de Allah bilir biliyordum. Bilen biri daha varmış, veya yeni oldu demek ki?"

"Peki kim bu bilen? İçten mi, dıştan mı?"

Padişah bu soruyu sorasıya kadar İshak Efendi'nin aklına Şehzade Ahmet'i dıştan bir bilmek isteyenin olacağı hiç aklına gelmemişti. O sırada belki de sultan ile aynı düşünceleri aklından geçirmeye başladı. 1718 Temmuz'unda Pasarofça'da imzalanan sulh anlaşmasından sonra bu "dış" fikri neredeyse zihinlerden silinmek üzereydi. Yaklaşık on bir yıl geçmişti ve sulh ortamının rehaveti herkesin üzerine bir sıfat gibi yapışmıştı. Oysa gözleri dışa çevirmek de gerekiyordu şüphesiz. Sultanın aklından geçenlerin de hemen hemen aynı şeyler olduğundan zerre kadar şüphesi yoktu. Zihninden, o sıralarda konuşulan politik dış konular arasında nelerin olup olmadığını ve kimlerin Şehzade Ahmet ile temasa geçebilecekleri fikrini geçirdi.

Vaktiyle İbrahim Paşa'nın Şam Beylerbeyi hakkında ârizalar yazıp gönderdiği Afganlı Üveys Han o sırada Isfahan'ı zapt ederek İran şahı Eşref Han'ı esir etmişti. Son günlerde gelen devlet istihbaratına göre Osmanlı Devleti içine casuslar gönderiyordu. Öte yandan aynı bölgede Dürziler ayaklanmak üzereydiler. Pasarofça'dan bu yana Venedik gizli hesaplar peşinde İstanbul'u gözetim altında tutuyordu. Çünkü bu sulh anlaşmasından Avusturya kârlı, Venedik zararlı çıkmıştı. Osmanlı devleti ise ortadaydı; Venediklilere göre kârlı, Avusturya'ya göre zararlı idi. Doğuda Bakü'ye doğru ilerleyen Rus Çarı Deli Petro vardı. Daha üç sene evvel yapılan anlaşmaya muhalif olarak Şah Hüseyin'in oğlu Tahmasb'ı himayesine aldığını ilan ediyordu. Aslında çok akıllı bir adam olan Petro'nun yeni planları olduğu belliydi. Siyaset ilmini çok iyi biliyor, Rusya'yı neredeyse yeniden yapılandırıyordu. Safevi Devleti'nin yıkılmış olması Osmanlı ülkesinin doğu sınırlarında birdenbire Rus tehlikesini ortaya çıkarmış, buralarda kurulan istihkâmlardan da yeterince fayda sağlanamamıştı. Üstelik Kırım Hanı Gazi Giray, kardeşi Fethi Giray'ı saf dışı bırakmış, siyasetini yürütmek istiyor, belki istiklal hesabı yapıyordu. İshak Efendi zihninden bütün bunları geçirirken Şehzade Ahmet'i elde ederek menfaat teminine yönelecek "dış" tehlikenin farkına vardı.

Kendisini sorguya çeken adamların heybet ve tavırlarını yeniden gözlerinin önüne getirdi. Hangi milletten veya kültürden olduklarını kestirmek istiyordu. Ama zihninde buna dair bir ipucu bulamadı. Türkçeyi kaba saba konuşuyorlardı ama İstanbul'un sur diplerinde de böyleleri çok bulunurdu. Kabalıklarına gelince, sarayın cellat neferlerine benzeyen çingenelerden pek de farkları yoktu.

Sultanın öfkesini İshak Efendi'nin yaraları da dindirmemişti. Konuşurken sesinden ve mimiklerinden bu konuya hayli içerlediği ve bir an evvel sonuç istediği anlaşılıyordu. Kendisine karşı bir komplo ihtimalini veya saltanatına ortak olacak bir şehzadenin ortalıklarda dolaşmasını kim isterdi? Çevresindeki adamlarından kaç tanesinden emin olabileceğini düşündükçe tedirginliği bir kat daha artıyordu. İbrahim Paşa'ya fazla itimat edip devleti onun ellerine bıraktığının farkına ilk o vakit vardı. Damadı ve dostu İbrahim Paşa'dan emin olabilir miydi? Şehzade Ahmet'i öğrenseydi acaba nasıl davranır, kendisine karşı bir gizli siyasetin içinde olur muydu? Bu soru birdenbire bütün benliğini sarstı. Gerçekten damadından emin olabilir miydi?!.. İçini yokladı; cevabının net olmamasından son derece rahatsız oldu. O andan itibaren veziri olan İbrahim Paşa'yı kontrol etmesi, damadı olan İbrahim Paşa'yı da dostluğuyla kuşatması gerektiğine karar verdi. Ama ikisini aynı anda nasıl başaracaktı?!..

Hekimbaşı içeri girdiğinde sultan, eliyle bağrını yumruklarken cümleleri ağzından bir ateş topu gibi çıktı:

"Bak a hekimbaşı! Aha şuramda bir yara var. Merhemi de İshak Efendi'de. Var tez vakitte onun yarasına merhem koy ki o da benim yaramın merhemini hazırlayabilsin."

İshak Efendi hekimbaşının koluna dayanmış olarak huzurdan ayrılırken kafasının içinde bin bir düşüncenin uğultusu ve beynini kemiren eşekarıları vardı.

25. Sual:
Vezirin Yarasına Merhemi Kim Koyacak?

İshak Efendi, Topkapı Sarayı'nın kabul odasında sultanın huzuruna girdiği sırada Tomruk Emini de Atmeydanı'ndaki vezir konağında İbrahim Paşa'nın huzuruna girmek üzereydi. Amir ile memur, efendi ile kul arasında sorular ve cevaplar hemen hemen aynı gibiydi. Cümleleri tartsalar belki biri diğerini ağdırmazdı. Vezir hazretleri de tıpkı sultan gibi pek öfkeliydi. Sırtı kapıya dönük vaziyette pencereden Marmara adalarını seyretmedeydi. Sesi boğazından bir hırıltı biçiminde çıktı:

"Efendi!.. Hâlâ bir cevap getirilmedi. Arananın bulunmaması acziyet değil midir? Peki acziyet ile devlet yaşar mı? Yapamayacaksanız sizi gönderip yapabileni bulalım efendi!.. İstanbul'da bir adamı bulamayan vezirin ülkenin geri kalanında hangi sözü geçer, kul taifesi böyle bir vezire itaat eder mi sence?!.. Söyle efendi! Emrim neden yerine getirilmez?"

Tomruk Emini bu azarlama karşısında kendisinin küçük kul taifesinden olduğunu yeniden hatırladı ve efendisine yaranmak isteğiyle cevap verdi. Sesi titriyordu:

"Efendimiz!.. Kahvehane peykelerinden konak sedirlerine, salaş balıkçı barınaklarından saray helvahanesine, tersane ocaklılarından has odalılara, Yeniçeri kullarınızın orta teşkilatlarından küttab zümresine kadar havastan ve avamdan her yeri aratıyorum. Sanki yer yarılmış, yerin dibine girmiştir. Yüzü gözümün önünden hiç gitmiyor."

Paşa onun cümlesini yarıda kesti:

"Efendi!.. Yüzü gözünün önünden gitmiyor madem, neden bulamıyorsun. Yoksa yanlış yüze bakmış olmayasın! Yüzü belli birini aramak aynı zamanda aptallıktır. Kaçırdığın adam kuş mudur ki aynı kılıkla dolaşsın?!.."

Vezir bu cümleyi söylediği sırada Tomruk Emini birden ne kadar aptalca hereket ettiğini hatırladı. Tabi ya! O, günlerdir yüzü belli birini arıyordu. Hatta üzerindeki kıyafetler bile gözünün önündeydi. Peki ya aranan kişi görüntüsünü değiştirdiyse? Kıyafetini, suratının şeklini ve şahsî özelliklerini değiştirdiyse? Söz gelimi kâtip kılığında geziyorsa; molla kılığında, yahut sipahi kılığında geziyorsa? Ya Sıraodalar'da kendi hücresinin yan hücresinde kalan bir yeniçeri ise. Birden Kara Şahin'in sakallı halini gözünün önüne getirdi. Sırma işlemeli kaftanlar içinde düşündü, zengin bir beyzade olarak hayal etti, hatta seyyah bir ecnebi olduğunu bile var saydı, bin bir kılığa büründürüp hayalini bin bir defa bozdu, yeniden hayal edip yeniden bozdu. Gözlerinin önünden ardı ardına yüzler geçiyordu, kendisine gülen, alay eden, dil çıkaran yüzler. Hepsi Şehzade Ahmet'e ait yabancı yüzler... Birden kafasını sallayıp görüntülerden kurtulmak istedi. O kısa an içinde işinin daha da zorlaştığını hissetti, omuzları iki yana yığıldı. Üstelik arayacağı mekânların çoğalıverdiğini, birkaç adamla değil kolluk kuvvetlerinin neredeyse tamamıyla araması gerektiğine kani oldu.

Tomruk Emini bunları düşünürken vezirin zihninden Şehzade Ahmet ile karşılıklı neler konuşulabileceğine dair varsayımlar geçiyordu. Sultana kellesini bir altın tepside sunabilirdi. Yahut onu telef ettiğini düşündürüp hîn-i hacette ortaya çıkartmak üzere av köşklerinden birinde, bir eli yağda, bir eli balda, gizleyebilirdi. İktidar tutkusunun derecesine göre onu saltanata hazırlayabilir veya mahrum bırakabilirdi. Bir şehzade her haliyle bir hazine, bir güç demekti. Ama aynı zamanda boğaz için yağlı ip de demekti. Sultanı hoş tuttuğu sürece ihtiyaç değildi, ama sultan kendisini hoş tutmayacak olursa keskin bir kılıca dönüşebilirdi. İki yüzü de keskin bir kılıca hem de. Şehzade bir ateş topuydu, kime değerse yakacağı belliydi. O yüzden kontrol altına alınmalı, alevlerinin çevreye sıçratılacağı zamana iyi karar verilmeliydi.

Marmara'dan esen serin rüzgâr, iki kişi arasındaki uzun sessizliği bozdu. Birbirlerinin yüzüne baktılar. Birinde öfke, diğerinde yaranma; bunda iktidar, onda itaat... Her ikisini de düşüncelerinden vezirin hanende ve köçek takımının kapıyı çalıp içeriye girmek üzere izin istemesi ayırdı. Şuh ve neşeli cariyelerin salona girmeleri vezirin suratındaki öfkeyi bir parça yatıştırmıştı. Tomruk Emini'ne kapıyı işaret ederken sağ yumruğunu bağrına vurarak öfkesini de tükürmüş oldu:

"Bak a Tomruk Emini! Aha şuramda bir ateş var. Yanıyor... Yanıyor... Söndürmeye su getirmezsen ocağını söndürürüm bilesin."

Ertesi sabah İstanbul'daki bütün karakollara Tomruk Emini'nden yazılı bir emirname geldi:

"*Nakşıgül Hanım'ın katili olup aşağıda eşkali tarif kılınan Şahin Efendi'nin tebdil-i kıyafet eylediği tespitiyle, bu minval üzere tetkikat ile derdest edilip derhal Ağa tomruğuna teslimine!..*"

26. Sual:
Yağmurdan Kaçarken Doluya Tutulmak Nasıl Bir Şeydir?

Kara Şahin ile Topaç Yeye, Çemberlitaş çevresindeki Tavuk Pazarı'nın pis kokulu ortamını geride bırakıp da külhana yaklaştıkları sırada hamamın önünde bekleşen asesleri gördüler. Şahin şüphelenip meydana bağlanmış atların arkasından olacakları gözetlemeye başladı. Hamamda bir telaş olduğu, çevre esnafın hareketlerinden ve meydana birikişlerinden belliydi. Önce bunu her zaman çıkan marazalardan birine yordular. Muhtemelen yine hamamda bir düğün cemiyeti kurulmuş, hamamın erkekler bölümü de o gün kadınlara tahsis edilmiş, düğün alayı göbek taşında eğlenirken davetli zengin hanımlardan bazılarının mücevherleri kaybolmuş, bunun üzerine asesler ve yeniçeri kollukları gelmiş olmalıydı. Çünkü bu tür büyük eğlencelerde hamam natır ve tellakları müşterileri oyalarken soğuklukta saç düzenlemek ve kaş yapmak üzere bekleşen meşşatalar misafirlerin eşyalarını karıştırıp değerli birkaç parçayı ortadan yok ederler, bu yolda külhan ile de ortak çalışırlardı. Sonuçta pek çok mücevher çarşı mezatlarına düşer, el değiştirirdi. Son zamanlarda işi ilerletip bedestende iki sarrafı da işin içine katmışlar, şehirde yegâne olup şöhreti dillere destan üç mücevher takının taklitlerini ürettirip takı sahibi zengin hanımlar hamama geldiği vakit sahtesiyle değiştirivermişlerdi. Kara Şahin bu tür dolapları, külhan babasının kendisine verdiği bir kutuyu çok acele bedestende bir kuyumcuya götürüp de, adamın kutuyu açtığı vakit sevincinden ne yapacağını şaşırmışçasına derhal kutunun içindekini değiştirip hiç geç kalmadan geri götürmesini tembihlediği gün keşfetmişti. Bir keresinde de aynı kuyumcu iki saat içinde, daha mücevherlerin sahipleri kirlerinden arınmadan, gelen parçanın sahtesini imal ederek hamama geri göndermişti.

Böyle marazalı günlerde hamamın içindeki tartışmalar dışına taşar, düğünün tarafları birbirlerini hırsızlıkla suçlayıp kavga eder, ardından kocaları da gelip kavgaya karışır, o sırada Tomruk Emini, asesler, Muhtesip Ağa ve hatta Yeniçeri Ağası bile devreye girer, onları sulh ettirir, bunun karşılığında da elbette acılı ailelerden rüşvetler alırlardı. Ne ki Şahin ile Yeye'nin şu anda gördükleri manzara pek böyle bir kavgaya benzemiyordu.

"Yeye!.. Hırsızlık mı yine, ne dersin?"

"Sanmıyorum Şahin Ağam, etrafta ne cırtlak çocuk zırıltısı, ne küfürbaz kocaların anırmaları var."

"Haklısın, biraz bekleyelim mi?"

"Olur."

"Sakın kendini belli etme."

Çok beklemeleri gerekmedi. Tomruk Emini ile iki adamı çevrelerine korku yayarak hamamdan çıktılar ve seyislerin getirdikleri atlarına binerken külhan yoldaşlarına bağırıp çağırarak küfürler edip gittiler.

Tomruk Emini'nin bu külhan ziyareti pek hayra yorulamazdı. İkisinin de sorularla dolu bakışları bu yüzden erken buluştu. İkisi de bir cevap bulamadan düşünmek üzere gizlendiler. İçeri girip girmemek konusunda şüpheleri vardı. Belki içeri girmeden neler olup bittiğini öğrenmek daha iyi olacaktı. Nasıl olsa arkadaşlarından biri şimdi esrar tüttürmek için dışarı çıkardı.

Yanılmamışlardı. Edindikleri bilgiler tam da korktukları gibiydi. Asesler 22-23 yaşlarında bir delikanlıyı arıyordu. Lakin onların tanımlamaları Şahin'e pek benzemiyordu. Bu yüzden Macar hekime içinden bir kez daha teşekkür etti. Adam harikalar yaratmıştı. O kadar ki işte külhan kardeşleri bile arananın Şahin olup olmadığı konusunda şüphedeydiler. Kara Şahin rahatlamış, Yeye'ye ameliyat ile yukarı kaldırılan kaşları hakkında kısa bir açıklama yapmış, aranan kendisi olmakla birlikte şimdilik korkulacak bir şey olmadığını söylemişti. Ancak yine de külhana gitmenin tehlikeli olacağı kesindi. Birisi tarafından teşhis edilmenin veya külhancı baba tarafından sorguya çekilmenin sonucuna katlanamazlardı. Bu yüzden Topaç Yeye içeriye yalnız girdi. Yükte hafif pahada ağır bir iki parça perakende eşyayı küçük bir bohçaya koyup kimseye sezdirmeden Şahin'e geldi.

Ok yaydan fırlamıştı bir kez. Artık gidecek yerleri de yoktu. Şahin, Yeye'yi orada yalnız bırakmayı, Yeye de zaten onsuz bir yerde kalmayı istememişti. Birbirlerini teselliye kalkıştılar. En azından külhandaki sefil ve düzensiz hayatın kendilerini bir gün kötü yola düşüreceğini söyleşip başlarına gelen çaresizliğin ağırlığını hafifletmeyi denediler. Şahin, Tomruk Emini kendisini bulmadan katili bulmak zorunda olduğunu biliyordu. Ama henüz hiçbir delil veya bulguya sahip değildi. Üstelik şimdi her ikisi için sığınacak bir çatı altı da kalmamıştı. Yeye'nin sebebi olmuş, onu kendi macerasının peşine takıp sürüklemek üzereydi. Bu delikanlıdan ayrılmanın iyi olacağını, onu tehlikeye atmamak gerektiğini düşünüyordu. Lakin nereye bırakır, kime emanet ederdi?!.. Eğer onu İstanbul sokaklarından başıboş bırakırsa mutlaka bir haneberduş serseri eline düşer, sokakların rüzgârında savrulur giderdi. Öyle sanıyordu.

Gedikpaşa'dan Bayezit'e kadar yürüdüler. Gün inmiş, sokaklar tenhalaşmış, el ayak çekilmişti. Biraz sonra Yeniçeri Ağası'nın adamları kol gezmeye başlarlardı. Fenerleri yoktu ve fenersiz yakayı ele verdikleri vakit mutlaka sorguya çekilirler, söyleyebilecekleri yalanlara da hiçbir kolluk neferini inandıramazlardı. Bunun için bir an evvel sığınacak bir çatı bulmaları gerekiyordu. Köpek havlamaları sıklaşmaya başlamış, sokaklarda nal sesleri kesilmiş, şehir iyiden iyiye ıssızlaşmıştı. Bayezit Meydanı'nda ağır adımlarla bastonlarının yere vuruş sesine takılıp yürüyen birkaç yatsı cemaatinden gayrı kimse yoktu. Yakınlardaki evlerin ve konakların bahçe kapıları çoktan sürgülenmiş, dışarıyla bağlantıları kesilmişti. Her geçen dakika aleyhlerine çalışıyordu. Ya çok acele sığınacak bir kuytu çatı altı bulmaları veya gizlice bir konağın bahçesine girip sabahlamaları gerekiyordu. Civar semtlere gitmek, artık çok zordu. Fatih'e gidecek olsalar Etmeydanı'ndaki yeniçeri kışlasının yakınından geçeceklerdi ki bu hayli tehlikeli sayılırdı. Çünkü bu civarda gece yalnız ve kimsesiz dolaşanların yeniçeri kışlasına kaldırıldığını, günlerce içeride köleleştirildiklerini anlatan hikâyeler türemiş, hatta bu yolda "Benli Civelek" başlıklı manzum bir destan bile yazılmış, Diyarbekirli Şahbaz Mecit'in sesinden aylarca şehrin konaklarında, yalılarında, kasırlarında dehşetle dinlenip dilden dile korku salarak dolaşmıştı. Aşağıya, Kumkapı istikametine yürüyecek olsalar Kadırga tulumbacılarının hikâyelerine konu olma ihtimalleri vardı. Son çare olarak Bayezit Hamamı külhanına sığınmak geldi akıllarına. En azından burası ikinci evleri sayılırdı ve Gedikpaşa'ya kadar gidecek zamanları kalmadığını söyleyerek bir geceliğine burada konaklayabilirlerdi.

Yağmurdan kaçarken doluya tutulmanın böyle bir şey olduğunu o güne kadar bilmemişlerdi. Kapıdan girdiklerinde ikisinin de kanı donacak gibi oldu. Eşikte yığılıp kaldılar.

27. Sual:
Kaf Dağı'ndan Gelecek Selvi Boylu Sevgili Kim?

Bayezit Hamamı'nın göbek taşında sereserpe uzanmış dört adamın çevresinde kurnaların başına öbeklenmiş bir yığın kaldırım kopuğu, dilbaz, şeytan tüylü zebellah adamlar... Hilekârlıkla ellerine geçirdikleri birini kısa zaman içinde kuru tahta üstünde bırakacak marifetler ve oyunlar bilen, feleğe kement atmış ne kadar gözü kara ayaktakımı varsa sanki bu akşam bu hamam kubbesi altında toplanmıştı. Aralarında şehir oğlanı veled-i zinalar, uçkuru baldırında ahlaksız kopuklar, Cezayir flarlı pırpırı cilasun şıkırdımlar hepsi bellerinde birer peştamal ve ayaklarında takunya ile yarı üryan ortalıkta kimisi geziniyor, kimisi yatanlara ve oturanlara hizmet ediyorlardı. Şişmanı, tıknazı; orta boylusu, cücesi; uzun saçlısı, dazlağı; saçı sakalına karışmışı ile matruşu birbiriyle adeta fısıldar gibi konuşuyor, bunu da göbek taşında natırların keselediği ağalarına hürmet sayıyorlardı. Kara Şahin İstanbul'daki bütün fanatik yobazların ve maceraperest serserilerin bir araya toplandıklarını sandı. Dışarıda görse başındaki yağlı keçe külah, ayağındaki potur, omuzundaki gömlek, entari, kuşak, yelek, cepken veya barataya göre kimlik biçeceği bunca adamın buradaki ortak özelliği çıplaklık ve ortak bir amaç için toplanmış olmalarıydı. Hepsi İstanbul'un çeşitli katmanlarından özel olarak çağrılmış, işe yarar bıçkınlar olarak buraya gelmişlerdi. Yeye ile birlikte hamamın kapısından girdiklerinde misafirleri karşılamak ve sosyal durumlarına göre onları halvet, soğukluk, mabeyn veya göbek taşına yönlendirmek üzere görevlendirilmiş adamın azarlamasıyla karşılaşmaları bu yüzdendi. Uzun kara saçlı, pos bıyıkları makas yüzü görmemiş sakallarına karışan hamam takkeli ve takunyalı bu adam Bayezit Hamamı'nın destebaşısı olmalıydı. İstanbul hamamlarından bu geceye özel hizmet için çağırılan diğer külhan civanlarının yanına görderdi:

"Sizi veled-i zinalar, burada ayak altında ne halt ediyorsunuz; size arka kapıdan gireceksiniz demediler mi?"

Başka ne bir soru, ne bir cevap. Şimdilik ayak altından arınmaları yetiyordu. İkisi de külhana açılan koridora girdiklerinde rahat birer nefes aldılar. Lakin heyecanları hâlâ ayaklarını titretiyordu. Neredeyse birbirleriyle bile konuşmaya, ne yapacaklarını sormaya mecalleri yoktu. Başlarına geleceği merak ederek derin bir korku ile külhana vardılar. Burada kendileri gibi birbirini tanımayan on kadar genç vardı. Külhan babası önce geciktikleri için sunturlu bir küfür savurdu, sonra üzerlerindeki kıyafetleri değiştirmek üzere ellerine beyaz Layhar gömlekleri, yüzleri için birer maske ile takunyalar tutuşturdu. Üstlerinde ne varsa çıkarıp çıplak bedenlerine gömlekleri giyindikleri sırada külhancı babanın talimatları ile içine düştükleri vaziyeti anladılar:

"Layhar'ın piçleri!. Bu gece külhanda Layhar'ın ruhunu şad eylemeye bakın. Horozumuz ötesiye kadar hizmette kusur etmeyeceksiniz. Yürürken sessiz olasınız diye takunyalarınızın altına keçeler çakılmıştır, zinhar dikkat edin. Konuklarınız ne emrederse yapın, illa külhan namusuna halel getirmeyin. Tepsileri meyveden ve mezeden boş tutmayın, deve tabanı piyaleler asla horoz kanından eksik kalmasın. Çubukları zarafetle sunun, ateşi tiz götürün. Kimsenin keyfinde sıklet olmasın..."

Mesele anlaşılmıştı. O gece hamam eğlencesine sakilik yapacaklardı. Güzellikleri ve hizmet kaliteleri için İstanbul'un bütün hamamlarından seçilip getirildikleri belli olan külhan kardeşlerinden hiçbiri diğerini tanımıyordu.

Son yıllarda bazı devletlûlar, eşraf ağaları, yeniçeri zorbaları ile ayaktakımı arasında revaç bulan hamam meclislerinin kuralı bu idi. Göbek taşına "âlem" denir ve âleme giren veya çıkanlar yüzlerini bir maske ile örterek meclisin gizliliğinde kaybolur giderlerdi. Maske onlara eşit söz ve eşit davranış hakkı tanıyor, ayaktakımı ile devletlûyu birbirinden ayırmı-

yordu. Bu tür meclislerde olup bitenlerin tevatürleri İstanbul'da günlerce çalkanır, bire bin katılarak anlatılır ve "âlem" kelimesi bambaşka anlamlar kazanırdı. Âlemlerin halk arasında konuşulan bir başka cephesi de oralarda yapılan devlet sohbetleri idi. Hamamların göbek taşlarında devlet erkânından birkaç kişiyle devleti eleştiren ayaktakımı toplanır, badeler, mezeler arasında gizli emellerin planları kurulur, yönlendirmeler, kışkırtmalar, şantajlar, pazarlıklar birbirini takip ederdi. İşin ilginç yanı, hemen bütün âlemlerde sultan veya vezirin bir akrebi de bulunur, o da olup bitenleri saraya harfi harfine bildirirdi.

O gecenin en coşkulu tartışması Deli Petro'nun İstanbul'a gelen elçisi üzerine açıldı. Elçi iki aydır İstanbul'daydı ve henüz sultan ile görüşememişti. Ama vezire söylediklerine göre Fransa ve Avusturya hükümetleri İran'ın Devlet-i Aliye ile Moskof çarlığı arasında taksimini teklif edecekti. Padişahın elçiyi kabulde gecikmesi ve bekletmesi, bu konu hakkında yaptırmakta olduğu tahkikatın uzaması idi. Üstelik de vezir hazretleri gizli bir siyaset gütmeye başlamış ve İran'ın yarısını alma yolunun açılmasını sağlayacak planlar yapmıştı. Ona göre şimdilik Avrupa sınırında yeni bir cephe açılması yarardan ziyade zarar getirirdi. Üstelik askerin hali ortada idi. İran'dan yenilgi haberleri geliyordu. Mazenderan ve Geylan bölgesine Moskof el koymuştu bile.

Kara Şahin eline tutuşturulan tepsi, şarap ibriği, çubuk, tömbeki, tütün, ateş, meze ne verirlerse hamamın içinde dolanıp duruyordu. Bir gözü daima Topaç Yeye'nin üzerindeydi. Pot kırmasından ürktüğü kadar başına musallat olacak bir beladan da çekiniyordu. İçkiyi fazla kaçıran serseri taifesinden birisi ona sarkıntılık eder diye tedirgindi. Yaklaşık bir saattir hamamın terletici ortamında içiyorlar ve gittikçe kendilerini bilmez hareketlerle seslerini yükseltiyorlardı. İçkinin, sıcağın ve yüzlerdeki maskenin verdiği cesaretle hamam kubbesinde sıra sıra sesler yankılanmaya başladı:

"Ağalar, beyler, efendiler!.. Bilir misiniz İbrahim Paşa gizli din kullanırmış!.."

"Evet ya, Ürgüp Ermeni'siymiş..."

"Sünnetsizmiş diyorlar, sünnet ettirelim."

"Sultanı parmağında oynatıyor zaar."

"Şeriat elden gidiyor ağalar! Zenneler, civanlar, civelekler, ortalık çocukları..."

Daha buna benzer herkes içindeki kurguları bir serbest kürsü gibi hamam kubbesinde çınlattıktan sonra önde biri el çırparak herkesi yönetmeye başladı. Şimdi koro halinde kubbeyi yine bir yeniçeri gülbangına boğmadaydılar:

Kâfir olup azanı
Eski düzen bozanı
Haklamak için biz anı
Kaynatalım kazanı

Maskeli koronun yeniçerilere mahsus Hacı Bektaş kazanını kaynatmaya dair cesur sözleri ortalığa saçılırken köşedeki üç kademe basamaklı kurna başında oturanlardan birisi tepsisiyle oradan geçmekte olan Şahin'e seslendi:

"Oğul!.. Aşk yolunda taban tepmekten yorgunuz. Hele şu tabanlarımı ov biraz."

Şahin bu sesi tanıyordu. İşte tam belanın ortasına düşmüştü. Yanındaki birkaç ayakdaşıyla kurna başına konulmuş gümüş sehpadan bir parça buz alıp şarabına atarken peştamalını toplayıp ayağını basamaktan aşağı sarkıtıverdi. Şahin, elindeki tepsiyi oradan geçmekte olan başka bir gömlekliye verip başını eğdi ve diz çöktü. Gömleği terden bedenine yapışmış olarak denileni yapmaya başladı. Kaş altından Yeye'yi gözlüyor, başını yerden kaldırmıyordu. Bir aralık duyduğu sesten emin olmak üzere maskeli adamın yüzüne gizlice bakmayı denedi. Evet, oydu. Tomruk Emini. Bugün ters yanından kalkmış olmalıydı. Yoksa iki saat önce Gedikpaşa'da şerrinden kaçıp burada avucuna düşer miydi? Emin olmak için daha dikkatli dinleyerek sesini tanımaya çalıştı. Evet, gayet emindi. Tehlikenin tam ortasındaydı. Yanındakilere de dikkat etmeliydi. Yüzlerine doğru bakmak istedi ama gözleri daha ilk anda Tomruk Emini'nin pazusunda kilitlenip kaldı. Dövme ustası işini iyi yapmıştı. Adam kolunu hareket ettirdikçe engerek yılanının çatal dili adeta Şahin'e doğru uzanıverecek gibi oluyordu. Korktu. Bu dövmeyi Eyüp Tomruğu'nda yumruk yediği günlerden hatırlıyordu. Yanındaki adama Bıçaklı Pençe diye hitap ediyorlardı. Herhalde bileğinden dirseğine kadar uzanan hançer dövmesi yüzünden bu adı takmışlardı. Bu hançer de engerek başı kadar ürkütücü nakşedilmişti aslında. Neredeyse nakış üslupları bile aynıydı. Sert çizgiler ve ürkütücü ayrıntılar. Belki de aynı ustanın elinden çıkmışlardı. Eğer öyle ise bu ikisi arasında süren bir dostluk da olmalıydı. Neyse, şimdilik başını yerde tutmak en iyisiydi. Konuşulanları duyabiliyordu. Bıçaklı Pençe'yi razı etmek üzere dört kişinin pes perdeden ısrarlı yalvarma sözleriydi bunlar:

"Ağam! Dediğimi can kulağıyla dinle hele. İran'da bunca şühedanın al kanları kimin boynuna? Moskof kafiri ile iş tutanlara mı bırakmak lazımdır Âl-i Osman mülkünü?!.. Sokaklarda ırz ehli kadın sayısı ve helal rızık kazanan âdem sayısı azaldı. Şeriat, hakikat elden gidiyor. Senin esnaf arasında kadim bir itibarın var. Söz geçirirsin."

"İyi de ağalar, bunun için irade lazım, fetva lazım, ferman lazım. Ahmet'in yerine irade kullanacak bir şehzade lazım."

"Canım, ağam, ilimde kutup değilsen de mürekkep yalamışlığın vardır. İspirizade ile Zülali Efendi'yi de yanına kattık mı birisi fetva yazar, birisi ferman hazırlar; iradeyi sen kullanırsın."

"Tızmantırıl Agop ile Kürt Çelo çarşının hamallarını ve manavlarını derleyip toparlar; Deli Molla ile Muslu Beşe esnaf arasında dolaşır."

"Fenersiz Recep ile Tersane Tazısı, kalyoncularla leventleri sökün ettirir."

"Bir put-şiken sünnetini put-nişana değişirsek vebal alırız ağam."

"Moskof ayısı tabanını yalaması gerekirken Bakü dilberlerini sineye çekmeye başladı diyorlar, gayret-i diniyye nerede kaldı?"

"Ağalar, misafirimsiniz, bu bahsi erteye bıraksak!.."

"Yok, yok!.. Bahis mühimdir, memleket meselesidir. Kaf Dağı'ndan gelecek yay kaşlı, servi boylu, mim dudaklı sevgili aşkına!.."

"Ağalar sizin bütün bu söyledikleriniz hamam âleminde mest iken değil, yatsıdan sonra dualı ağızlarda olmalı, öyle konuşulmalı değil midir? Koca Âl-i Osman'ın işleri böyle hamamda mı görülmeli?"

"Korkuyorsun anlaşılan!?.."

"Bre biz bu nişanı niçin taşırız sanırsınız? Deşeriz icabında... İlla ki bu mahal, o mahal değildir. Her şeyin yolu yordamı, usulü âdâbı vardır, he mi?"

Israr edilen adamın kolundaki dövmeyi işaret ederek yüksek sesle söylediği son cümle kurna başında oturanların tamamının keyfini kaçırmaya yetmişti. Birden neşeler ve yudumlar derin bir sessizliğe dönüştü. Top güllesi meclisin ortasına düşmüştü ama etkisi Şahin'de görüldü. Tomruk Emini ayaklarını ovmakta olan Kara Şahin'i tabanıyla itti:

"Defol karşımdan kopuk oğlan, ayağımı acıttın!.."

Şahin sendeleyerek gerisin geri kaydı. Bu arada maskesi yüzünden çıkar gibi olmuş, yüreği ağzına gelmişti. Ayağa kalkarken sesini değiştirerek “Bağışlayın efendimiz! Affediniz!” deyip çekildi. Birden konuşulanları duymuş olmanın cezası olarak tekmelendiğini sandı. En azından duymaması gereken şeyler duymanın bir bedeli olacaktı. Hiç olmazsa kimin eliyle cezalanacağını görmek için başını kaldırdığı sırada ısrar edilen adam ile göz göze geldiler. İkisi de birbirini tanıma ihtimaliyle aynı anda gözlerini kaçırdılar. O sırada Şahin'in gözlerine kurnanın üzerindeki mermere acemice kazınmış kalyon resmi ile uyduruk beyit takılı kaldı:

Şifa bulur pîr ü alil
Be dest-i dellak Halil

Şahin oradan telaşla ayrılırken kalbi hâlâ Tomruk Emini'nin korkusuyla inip kalkmadaydı. Kendisini yakaladığı vakit cinayetten tutuklayıp öldüreceğini sandığı adam ise o sırada buzlu bir kadeh şarap daha yuvarlayıp zihninden Şahin'i geçirmeye başlamıştı. İçkiyle buğulanmış zihninde onu iştahla her yerde arıyor, bulunca da iki ayrı kişiye birden satıyor, ölüsünü isteyenden evvel dirisini isteyenin vereceği altın keselerini hayal ediyordu. İshak Efendi'den alacağı bahşiş hiç şüphesiz İbrahim Paşa'nınkinden büyük olacaktı. Kazasker Efendi'yi sorguya çekerken fazla hırpalamamakla iyi etmişti. Bunun şerefine bir kadeh daha içmeliydi. Hatta keşke onu adamlarına kaçırttığı vakit kaçıranların elinden kurtarmak gibi bir kahramanlık planı da kursaydı da güvenini tamamen kazansaydı!..

Hamam âleminde herkes sızıp kalınca Şahin ile Yeye de sabaha karşı küllerin üzerine yine sırt sırta uzandılar. Yeye yatar yatmaz uykuya varmıştı ama Şahin'in zihninde ertesi gün için bin bir düşünce dolaşıyordu. Kurnanın üstünde yazılı beyit açıktı: "Yaşlılar ve hastalar, Tellak Halil'in kurnasında yıkanmakla şifa bulurlar." diyordu. Besbelli ki hamam tellakları arasında sahip oldukları kurnalara damgalarını kazıma âdetinin bir uzantısı olarak bu adam da acemice bir şiir uydurmuştu. Çünkü tellaklar kurnalara sahip çıkar, oraya gelen müşteri memnuniyeti ölçüsünde bahşiş toplarlardı. İçlerinde seçkin müşterileri için özel hizmetler veren, keselemeden öte masaj yapanlar da vardı. Kurnanın üzerindeki kalyon resmine bakılırsa bu kurnanın sahibi tersane azılılarından veya kaçkınlarından olmalıydı. Bayezit Hamamı'nda bir kurna sahibi olmak önemli bir gücü elde bulundurmak ve çeteleşme eğilimindeki hamam tellakları arasında saygınlık demekti ki bir tersane ızbandutu için bu çok da zor olmasa gerekti. Kendisi çalışsa veya başkasına kiralasa bile buradaki kurnadan oldukça yüksek bir gelir elde ettiği kestirilebilirdi. Beyitte yazılı olduğuna göre adı da Halil olmalıydı. Öyleyse burası ünlü Patrona Halil'in kurnası olmalıydı. Ah bir de, külhanbeyleri arasında adı efsane gibi dolaşan bu adamın kim olduğunu görseydi. Belki de bu gece karşılaşmışlardı ama yüzlerdeki maskeler kimin kim olduğunu gizliyordu. Bıçaklı Pençe dedikleri adam da önemli biri olmalıydı. İleride bu ismi tekrar duyacağından şüphe yoktu. Konuşmalar arasında duyduğu put-şiken (put kıran) kelimesinden İbrahim Peygamber'i, put-nişan (put diken) kelimesinden de Sadabat'daki havuzlara aslan, ejderha, yılan yanında kadın rölyefleri de diktiren İbrahim Paşa'yı anlamak mümkündü. İyi de Kaf Dağı'ndan gelecek yay kaşlı, servi boylu, mim dudaklı sevgili kim idi?

28.Sual:
Bir Matem Damlası Kalbi Deler mı?

Hafız Çelebi başını yere eğip uzun uzun düşündü. Bir ailesi ve dolayısıyla bir çocuğu yoktu. Acaba bir delikanlının sorumluluğunu alabilir miydi? Eğer alacaksa ona lale yetiştirmeyi öğretmeyi ve medreseye gönderip okutmayı çok arzu ederdi. Karşısında bekleyen çocuk gerçi zeki idi, hatta çok zeki idi. Fiziği düzgün, ruhu latif, aklı bol, inancı temiz, yüzü güzel birisiydi ama delikanlılık çağına gelmişti, bu bahçede sürüp gidecek bir hayat hoşuna gider miydi?

Sonunda "Gayret bizden başarı Allah'tan!" diyerek kollarını iki yana açtı. Topaç Yeye ile Hafız Çelebi sanki baba oğul gibi kucaklaştılar. Hafız Çelebi bütün ömrünü çocuksuz geçirdiğine, Yeye de daha önce bir baba kucağı görmediğine ayrı ayrı kırık kalpler ile hayıflandılar. Hele Hafız Çelebi'nin mektep medrese bahsini açması Topaç Yeye'ye hemen her hayalinin üstünde bir armağan gibi gelmişti.

Kara Şahin, Bayezit Hamamı'ndaki âlemden sonra Yeye'nin bir gün kötü yollara düşürüleceğinden ve şehrin evbaş u kallaş hezele güruhuna takılıp kalacağından korkmaya başlamış, onu bu çıkmaz yola girmeden kurtarmayı aklına koymuştu. Kendi peşinde olan adamların ona bir zarar vermelerine ise hiç tahammül edemezdi. Üstelik bu çocukta parlak bir zekâ vardı, iyi yetişirse çok yararlı işler yapabilirdi. O bir cevherdi, işlemeye sarraf gerekiyordu. Hafız Çelebi'nin yanında kalma teklifini kabul etmesiyle de bu sarrafı bulduğunu düşünüp derhal soluğu Kâğıthane Deresi'ndeki kaplumbağaların yanında almışlardı. Hafız Çelebi ise kendisinden sonra lalelerinin sırrını öğretebileceği bir evladı olduğuna sevinirken Yeye medresede okuyacağı kitapların heyecanını duymaktaydı.

Burası Kara Şahin ile yollarının ayrılma noktasıydı. Ama irtibatları kesilmeyecekti. Hatta aralarındaki anlaşmaya göre Topaç Yeye Hafız Çelebi'nin himayesinde, Kara Şahin'in sakladığı lale soğanını özenle yetiştirecek, bahar gelince de Nakşıgül'ün katillerine çıkacak yolda beraber yürüyeceklerdi. Bunun için Kara Şahin'in bütün öyküsünü Hafız Çelebi'ye anlattılar. Çelebi onlara inandı, ikisini de sahiplendi ve karşısına alıp uzun uzun nasihatlerde bulundu. Topaç Yeye ilk defa o gecede, bir baba ağzından duyacağı sözler duydu:

"Oğul, sen çok zeki bir evlatsın, amma her kimde ki şu özellikler yoktur, aklı tam sayılmaz. Kişi odur ki dünya malından ihtiyacı kadarını alıp fazlasını yoksullara dağıta. Tevazuyu şeref-ten daha fazla seve. İlim istemekten bıkmaya. Başkalarının ihtiyaçlarını gidermeyi küçük görmeye. Başkasındaki iyilikleri büyütüp kendi iyiliğini hiçe saya. Herkesi kendinden üstün göre..."

Hafız Çelebi, Yeye'yi sevmişti. Ama Kara Şahin'i sahiplenmekle bir risk aldığını biliyordu. Kolluk güçlerine haber vermeyecekti, ama onlarla başının belaya girmesini de istemezdi. Şahin mert bir delikanlıydı. Başından geçenleri anlattığı vakit ona tamamen inanmıştı. Yüzünden yüreğinin temizliğini okuyabiliyor, konuşmaları arasında herhangi bir samimiyetsizlik hissetmiyordu. Ancak bu tecrübesizlikle ortalıklarda dolanıp durmasının sakıncalı olacağını, katil diye aranan bir insanın -kılık değiştirmiş de olsa- İstanbul şehrinde fazla saklanamayacağını biliyordu. Bunun için ona da nasihatlerde bulunmaktan geri durmadı:

"Efendi evladım! Yapacağın işleri bir bilene danış. Sakın ha, danışmayı terk etmekle doğru bulunmaz. Senin yürüdüğün yolda sabırsızlık sabırlı olmaktan daha yorucudur. Düşmanın büyüğü, hilesi gizli olandır; o halde düşmanlarının hilelerini başlarına geçirecek bir tedbir bulmadan ortaya atılma. Nice ucuz kazançlar vardır ki sonunda ziyana sebep olur. Sen en sonda kazanan olmaya bak. Hiçbir şeyi hemen halledeceğini zannetme. Gençlik hevesiyle olmayacak hayaller kurma. Senin gücün devletin gücünden büyük değildir. Çok umutsuz olma, ama tedbirli olmayı da bırakma. Bir şeyi çok umut etmek, umuda köle olmaktır. Dikkat et, fakirliğin en büyüğü ahmaklık; zenginliğin en üstünü akıldır. Aklını iyi kullan! Ortaya düşme, sebepler olgunlaşmadan sonuca yürüme. Arada sırada bir müddet geriye çekil, kalbini dinle, kendi yaptıklarını aklın ile değerlendir. Pişman olacağın şeyi yapma."

Hafız Çelebi gecenin sabaha evrilen saatlerine kadar her ikisiyle de uzun uzun konuşmuş, ertesi sabah yaşanacak veda sahnesinin etkisini azaltacak sözler söylemişti. Birbirlerinin kalp atışlarını dinleyerek uyudukları o gecenin derin acısı daha evvel nefesleri birbirine karışarak geçirdikleri gecelere kıyasla pek ağır olmuştu. İşte bu yüzden vedalaşmalarındaki hüzün, doğmakta olan güneşin bütün ihtişamını gölgelemiş, sabahın ılık meltemini trajediye dönüştürmüştü. Her ikisinin de içlerinin titrediği o anda paylaştıkları yegâne sevinç umutlarını bağladıkları lale soğanının toprağa düşmüş olmasıydı. Güneş Çağlayan sırtlarından yüzünü gösterdiği sırada Yeye, Hafız Çelebi'nin gösterdiği yerde bir çukur açmış, Kara Şahin de yine Çelebi'nin okuduğu dua eşleğinde, kuşağında sakladığı lale soğanını gömerek üstünü kapatmıştı. Laleye o anın ruhuna uysun diye "Katre-i Matem" (Matem Damlası) adını koydular. Hüzünlü kalpleriyle birbirlerine bakıp sevindiler. Hepsinin içi rahat idi artık. Geriye baharın gelişini beklemek ve Katre-i Matem'in diğer eşini aramak kalıyordu. Bu arada Katre-i Matem'i her gün kontrol etmek, tilki, kunduz, ayı gibi yürürler ile kaz, ördek gibi uçarlardan korumak Yeye'nin görevi olacaktı. Ona bu işlerin nasıl yapılacağını da Hafız Çelebi öğretecekti.

Katre-i Matem'in duası bittikten sonra hiçbiri oradan ayrılmadı. Daha doğrusu hiçbirisi oradan ilk ayrılan olmak istemedi. Gök ağırlaşmış, üstlerinden bastırmadaydı sanki. Uzunca bir sessizlik oldu. Hiçbirisi başını yerden kaldırmıyor, ilk konuşanın öteki olmasını istiyordu. O sırada Yeye'nin çiy tanelerine karışan gözyaşları boşanıverdi. Şahin'e ne kadar alıştığını ve onu ne derece sevdiğini saklayamamıştı; koşup boynuna sarıldı. İşte bu onun çocuk yanıydı. Tombul bedenine, derin bilgisine ve zeki kavrayışına rağmen çocuk kalan yanı. Çocukluğunu yaşayamamış olmaktan arta kalan bu davranışı bile onun, Kara Şahin'i haklı çıkaran bir himaye zeminine muhtaç olduğunu gösteriyordu. Kara Şahin'e göre Hafız Çelebi onun için sükûnetli bir liman sayılırdı. Yeye'ye göstermekten çekindiği iki damla yaş yanaklarına süzülürken, biraz da bunun için ağlamanın ayıp olmayacağını düşünüyordu. İkisi birbirlerine sarılmış öylece kalakaldılar. Tam o anda hiç alışılmadık bir şey oldu. Hafız Çelebi'nin bahçesinin üstünü kara bulutlar kapladı. Yalnızca bir küçük delikten yere silindir bir kütle halinde inen güneş ışığı yavaşça geldi, geldi ve dünyada birbirlerinden başka kimsesi olmayan bu iki insanın başı üstünde azıcık eğleşti. O anda sanki gönüllerinden kopup gelen sevgi alevinin yakıcılığını taşıyan yanaklarındaki damlalar ile toprağa bıraktıkları Matem Damlası arasında bir bağ oluştu ve bulut kapandı, ışık oradan göğe çekilip gitti.

Hafız Çelebi ikisine birden sarıldı:

"Şahin Oğlum! Katre-i Matem güzel bir çiçek açacak; inşallah senin bahtın da onun kadar güzel olur; illa ki her şeyi Katre-i Matem'e bağlı düşünme. Bakarsın açmayıverir, bakarsın kurt yer, bakarsın eşi bulunmaz, bakarsın..."

"Biliyorum efendim, elbette biliyorum. Katre-i Matem bana Nakşıgül'ün katillerini getirivermeyecek. Onları ben arayıp bulacağım. Katre-i Matem olsa da, hatta olmasa da!.."

"İyi o halde, şimdi veda vaktidir."

Kara Şahin'in o günlerde kuşağında gezdirdiği söğüt yaprağı küçük bir çakısı vardı. Annesinin çok değer verdiği bir çakıydı bu ve onun ölümünden sonra tavandan dökülen incilerle birlikte kucağına düşmüştü. O da bu çakıya sanki babasından kalmış bir hatıra gibi sahip çıkıyordu. Birkaç gün evvel İncili Konak önünden geçerken aklına gelmiş, kapının tokmağını vurup kapıyı açan teyzeden ekmek dilenmek bahanesiyle onu içeri göndermiş ve bahçedeki kuyu çıkrığının altında, bıraktığı yerden alıp torbasına atıvermişti. Yeye'nin gözyaşlarını sildikten sonra bu çakıyı avucunun içine koymuş, itiraz etmesin diye de parmaklarını kendi elleriyle yummuş, dört el, iki kalbi ölünceye kadar birbirine kenetleyecek şekilde birbirini sıkmıştı. Topaç Yeye o sırada Baharistan kitabında okuduğu **iki gencin öyküsü**nü hatırladı. Birbirlerine can adayan ve öylece ölen o iki genç belki de birbirlerini Kara Şahin ile Topaç Yeye kadar sevememişlerdi. Çünkü Kara Şahin istese onun için ölürdü.

Kara Şahin ardına bakmadan giderken kulağında kalan son cümleler Hafız Çelebi'nin lale soğanıyla birlikte Yeye'yi de iyi yetiştireceğine dair müjdeler veriyordu:

"Oğulcuğum! Selim ve ince zevki hiçbir medeniyetten aşağı kalmayan atalarımızın çiçeğe bakışı, tabiatın her güzel şeyini sevmiş olmanın tezahürüyle onu üretmek, çoğaltmak ve gelecek nesillerince yetiştirilmesine zemin hazırlayarak görünür kılmaktı. Türk, çiçeği ve bahçeyi atasından gördüğü bir gelenek diye de, dininin bedii anlayışı olarak da sevmiştir. Bilmelisin ki..."

-derkenar-
iki gencin öyküsü

Bir zamanlar yaşlı bir adam ah çekmeyi, gözyaşı dökmeyi âdet edinmişti. Bir dostu ona bunun sebebini sordu. O da anlattı:

Ben bir köle tüccarıydım. 300 liraya bir cariye satın almıştım. Yüzü aydan aydın, dudağı şekerden tatlı bir dilberdi. İşve ve naz mesleğinde onu yetiştirdim. Çok emek çektim. Çok gayret sarf ettim. Pazara götürdüğümde pazar kızıştı, müşteri çoğaldı, fiyat yükseldi. Satmadım, bekledim. İkindi bereketi, silahlar kuşanmış karayağız bir delikanlı atının üstünde çıkageldi. Benim cariyemi görünce atından indi, yanına yaklaştı, gülümsedi ve "Adın ne?" dedi. Cariyemin de ona gülümsediğini gördüm. Delikanlı bana döndü ve fiyatını sordu. "Kendisi tam ayar altın bebektir ve tam ayar bin altın eder," dedim. Hiçbir şey söylemedi. Oralarda biraz gezinip oyalandı. Sonra cariyenin avucuna gizlice bir şey sıkıştırıp gitti. Akşam olunca bunun yüz altın olduğunu gördüm. Şaşırmıştım. Ertesi gün cariyemin değeri daha da arttı. Ben satmayı geciktiriyordum. O gün ikindi vakti o delikanlı yine geldi. Yine kızın avucuna yüz altın bırakmış. Böyle dört gün devam etti. Beşinci gün delikanlıyı takip ettim. Kaldığı yeri öğrendim. Sordum, soruşturdum. En son atını satmış. Altıncı gün köle pazarına yine geldi. Lakin cariyeyi yalnızca uzaktan seyretti. O gece kızın elinden tutup delikanlının evine götürdüm. "Benim bu gece acil bir işim çıktı. Bu köleyi sana emanet bıraksam yarına kadar kollayıp gözetir misin?" dedim. Önce kabul etmek istemedi, sonra razı oldu. Ben kaldığım hana döndüm. Gece aralarında nasıl geçer, beraberlikleri ne şekilde yürür diye düşünerek yatağıma oturdum. Gece yarısına doğru kapım şiddetle yumruklanmaya başladı. Açtım. Cariyem ağlıyor ve titriyordu. "Sana ne oldu; o genç ile aranızda ne geçti?" dedim. Ağlaması durmuyordu. Neden sonra mırıldandı:

"O genç öldü."

"Bu nasıl oldu peki?"

"Sen ayrılınca beni içeri aldı. Bana yemek getirdi. Ben yerken o oturup beni seyretti. Elimi yıkamam için leğen getirdi. Sonra bir yatak serdi. Üzerime misk ve gülsuyu serpti. Bana gözlerimi yummamı söyledi. Yumdum. Parmağını yanağıma koydu. 'Süphanallah! Bu ne güzel sevgili; ne etkileyici bir güzellik!' diyor, bunu tekrarlayıp duruyordu. Sonra birden, 'Allah'a aitiz ve ona döneceğiz!' ayetini haykırdı ve düştü. Gözümü açıp sarstım. Canını Allah'a teslim etmişti."

Cariyem bunları anlattıktan sonra sabaha karşı o gencin adını sayıklayarak ruhunu teslim etti. İşte benim bütün bu ağlamalarım o iki âşıkın anısınadır. O iki temiz ve zarif genç gibisini belki bir gün bir yerde buluveririm diye dünyada dolanıp durmadayım. Yaşadıkça bu arayışımı sürdürecek ve böylece de öleceğim.

29. Sual:
– Şeyh Efendi! Müsaade Ederseniz Soyunacağım!..

Kara Şahin duyduğu her yeni cümlede bir kez daha hayrete düşüyordu:

"Allah vardı, onunla beraber hiçbir şey yoktu. Şimdi de öyle, önce olduğu gibidir. O halde varlığını yok et ve bilinmezlik toprağına göm; çünkü gömülmeyen şey bitmez. Tefekkür kalbin kandilidir; o giderse kalp için ışık yok demektir. Ariflerin kalpleri ve sırları, nurların doğduğu yerdir. Seni birisi hak ettiğin şekilde övdüğünde, sen de o hali sana veren Allah'ı övmeye başla ki ariflerden olasın. Her varlıkta Allah'ı gör, her varlığı Allah suretinde gör. Bir gülün kesretinde ve bir lalenin vahdetinde Allah ile ol."

Anlatılanlar sanki daha birkaç gün evvel Kâğıthane'deki o gecede Hafız Çelebi'nin ağzından dökülen cümlelerdi. Oysa şimdi Beşiktaş'ta Çırağan Yalısı bitişiğindeki Mevlevihane'nin semahanesinde vaaz eden bir şeyhi dinlemekteydi. İki insa-

nın anlatış üslubu, anlattıkları konular, tonlama ve vurguları bu derece birbirine benziyorsa eğer, her ikisi de aynı hocanın dizleri dibinde yetişmiş olabilirlerdi. Çünkü ikisi arasındaki fark yalnızca mekânlarda idi. Birincisi Cendere Deresi'nin şırıltı akisleriyle beslenen mütevazı bir kulübe, diğeri Boğaziçi'nin ihtişamlı manzarasıyla dolan bir sahil saray. Birincisinde, işi, açtırdığı çiçeklerle gönüller imar etmek olan bir bahçıvan; ikincisinde, imar ettiği gönüllerde çiçek açtırmak isteyen bir şeyh. Birincisinin gönül tarhları bahçesinde, ikincisinin bahçe çiçekleri gönlünde. Birincisi çiçeklerin mevsimini ruhunda yaşıyor, ikincisi mevsimin çiçeklerini çevresine yığıyor. Birincisi çiçek aşkını mesleğe dönüştürmüş, ikincisi aşk mesleğini çiçekle icrayı tercih etmiş. O kadar ki, semahanenin pencereleri önüne, namaz kılınan mescidin safları arasına dizi dizi saksılarda rengârenk çiçekler bile koydurtmuş. Hem de zemheri soğukları kapıda bekler, İstanbul'a ilk karlar düşmeye hazırlanırken. Aynı sohbeti iki ayrı mekânda aynı şekilde dinlemek Kara Şahin'in ham gönlünü pişirecek gibiydi. Şeyh Ahmet Dede sanki Hafız Çelebi'nin kaldığı yerden devam ediyordu:

"İçinde su şırıltısı duyulmayan bir Türk evi düşünmek zordur. En seçkin mevsim çiçekleri o evlerin hiç olmazsa nakışlı tavanlarında bekler. Çiçekler, yüce Tanrı'nın kudretinin incelikle, zevkle belirginleşmesine mazhar olmuşlardır. Her ibadet, çiçeklerin cana can katan kokuları arasında gönülden bir rabıta olur. Siz de Mevlevihane'mizin cumbalarına, pencere alınlıklarına, sahile bakan bütün cephelerine çiçek tohumları ekiniz. Bahçeyi lale soğanlarından boş bırakmayınız. Bu senenin en güzel laleleri bizim bahçemizde yetişsin inşallah. Ta ki sultan efendimiz gibi devletlûlar da onları görmeyi teşrif etsinler, halkamıza dahil olsunlar."

Kara Şahin, bir an öksürüğünü zaptedip sözün burasında dikkat kesildi. Ocakta yanan odunların karşısında ateşin sıcaklığı hızlı tesir etsin diye dermansız kalan kollarını ve bedenini sıvazlarken "Fırsatı kaçırdınız dedem! Bu senenin en güzel lalesi çoktan toprağa düştü bile!" diye geçirdi içinden.

Yeye'yi Hafız Çelebi'ye teslim ettiği günden sonra kendisi için de bir sığınak aramak zorunda olduğunu biliyordu. Katre-i Matem'in açtığı zamana kadar, bütün bir kış boyunca, aslında yapılabilecek fazla bir şey de yok gibiydi. Şimdilik fırtınaların dinmesini, ortalığın yatışmasını, izinin toza karışmasını beklemek uygun düşerdi. Belki bir kış geçmesi, Katre-i Matem'in açacağı günlerin gelmesi gerekiyordu. Avare olmuştu. Üç gün sokaklarda dolanıp durmuş, kendine bir çatı bulamamıştı. Şiddetli bir yağmurun altında, öksürük nöbetleri geçirmiş ve titremesi hummaya çevirirken yolu buraya düşmüş, "Soyunmaya geldim!" deyivermişti.

Mevlevi tabirince "soyunmak", dervişliğe girmek demekti ve tasavvufta dünya ilgilerinden ve meşgalesinden ayrılıp Allah yolunda olmayı ifade ediyordu. Neden birdenbire "Soyunmaya geldim!" demişti, bunda mevsimin kışa yaklaşması mı, kalacak bir yerinin bulunmayışı mı, hastalığına gösterilmesi gereken acil tedavi arzusu mu, Hafız Çelebi'nin bir müddet ortadan kaybolma tavsiyesi mi, dervişlerin sükûnet içinde hayat sürmeleri mi, içinde oluşan manevi boşluk hissi mi, yoksa burada anlatılanların ruhuna uygun gelmesi mi etkili olmuştu, bilemiyordu. Bütün bunlar bir anda zihninden geçiveren şeylerdi ve soyunmak için şüphesiz daha başka sebepler de bulabilirdi. Ağzından öylesine çıkıveren bu cümlede isabet ettiğine karar verip tekrarladı:

"Evet efendim; müsaade ederseniz soyunacağım!"

Şeyh Efendi onun birkaç zaman tekkede ense yapmak üzere gelen sokakta kalmışlardan biri olduğunu, bu ani kararın sıcak aş ile yumuşak yatak arzusundan kaynaklandığını düşünüyordu. Çünkü kış kapıdayken üzerindeki döküntü kıyafetler onun soyunma arzusunda samimi olmadığını hemen ele veriyordu. Buna rağmen Şeyh Efendi onu kırmadı, içinden zavallının "Soyunmaya geldim!" deyişine gülmek geçiyordu ama dudaklarını ısırdı, yalnızca şöyle fısıldayabildi:

"Soyunmak kolay evladım, amma seni evvela bir giyindirmeli!.. Talep ve arzu, şan değildir; asıl şan iyi ahlaktır. Burası güzel ahlak içindir. İnsanın giyinebileceği en iyi elbise güzel ahlaktır."

Sonra da iki kez elini çırptı. Kapıda beklemekte olan meydancı huzura girip diz çöktü:

"Buyurunuz efendim!"

"Götür bu canı. Kazancı Dede bir kat urba verip bir hücreye yerleştirsin. Derman Dede de hastalığına baksın."

Şeyh Efendi Kara Şahin'e "can" demişti. Sanki annesinin ona "canım!" demesi gibi. Taşlıktan derviş hücrelerine yürürken birkaç haftadır ilk kez içinde korku taşımadan derin bir nefes aldı. Katre-i Matem baharda topraktan çıkasıya kadar kendisi de burada gözlerden nihan olacak, korkusuz ve huzurlu bir kış geçirecekti. Öyle umuyordu.

Derman Dede gençliğinde hekimlik tahsil etmiş bir dervişti. Kara Şahin'in üstündeki her şeyi çıkartıp kuru keçelere sardı, derviş hücrelerinden birinde bolca ateş yaktırıp terletti, özel hazırladığı papatya çayları içirdi ve gece boyunca başından hiç ayrılmadı. Sayıklamalarını dinledi, elini bırakmadı. Şahin daha sonra o ilk geceyi hep bir hikâye ile birlikte hatırladı. Rüyasında mı görmüştü, Derman Dede başucunda bir kitaptan yüksek sesle okumuş veya birine mi anlatmıştı, kestiremiyordu. Bildiği, Mevlevihane'de geçen ilk gecenin sonunda **Mecnun'un Leyla'ya olan aşkı**nın boyutunu öğrenmiş olduğuydu. Dervişlerin bin bir taneli tespihin çevresinde halkalanarak yaptıkları İsm-i Celal zikrinde, ortada dolaştırılarak dervişlerin nefesleriyle okunmuş şifalı sudan içerken de, şeyh efendiye görünmek ve durumunu arz etmek için huzura götürülürken de aklında bu hikâye vardı.

❦ ❦ ❦

-derkenar-

mecnun'un leyla'ya olan aşkı

Günlerden birinde Mecnun'a rastlayan gönül ehli bir yolcu sordu:

"Leyla hakkında ne biliyorsun? Bana Leyla'dan haber ver!"

Mecnun o anda baş aşağı yıkıldı, yola serilip kaldı. Sonra inler gibi mırıldandı:

"Bir kere daha Leyla de! Benden bir şeyler sorup durman beyhude. Madem Leyla diyorsun, soruna cevap olarak Leyla adı kâfi değil mi? Ne kadar mana incisi delinse, yine de Leyla adı kadar değerli değildir. Leyla'nın adını andın mı, cihan içinde cihanlara sır söyledin demektir. Leyla adı hatırımda dururken başka bir adı bir an bile ansam küfürdür bu."

Bunu duyan o gönül ehli şu şiiri söyledi:
Mecnun ki "La ilahe illa!" der idi
Teklif-i visal eyleseler la der idi
Şol mertebe meftun idi Leyla'sına kim
*Mevla diyecek mahalde Leyla der idi**

Mecnun bunun üzerine toparlanıp oturdu. Toprağı karıştırmaya başladı. Sanki orada bir şey arıyor, eşeliyordu. Adam dedi ki:

"A biçare, ne arıyorsun?"

Mecnun bir ah edip cevap verdi:

"Elbette Leyla'yı arıyorum."

"İyi ama Leyla yerde ne gezer; öylesine berrak bir incinin yol toprağında ne işi var?"

"Elbette o melek yaratılışlı yerde, toprakta olmaz, ama ben onu nerede olursa ararım. Belki bir an gelir, bir yerde buluveririm."

---

* Mecnun "La ilahe illa (...dan başka ilah yoktur)" diyordu. Leyla ile kavuşma teklif ettiklerinde ise "la (hayır)!" diyordu. Leyla'ya o derece tutkun idi ki, bazen şaşırıp "Mevla" diyeceği yerde "Leyla" deyiveriyordu.

II. BÖLÜM

Düğüm: Bu Şehr-i Sitanbul ki...

(Mayıs 1730)
Kendisiyle sevineceğin şeyler az olsun ki,
kaybettiğinde üzüleceğin şeyler de azalmış olsun.

30. Sual:
– Hangisini Alayım Saki!.. Gülü mü, Kadehi mi, Seni mi?

İkindi güneşinin nisan ıtırlarına yansıyıp oradan çaldığı renkler ile havuzun fıskiyelerinde kırıldığı bir bahar eğlencesinin tam ortasındaydılar. Sadabat'ın tam da tenezzüh günleri yaşanıyordu. Fatma Sultan ile nedimelerinin eğlendikleri harem bahçesinden şuh kahkahalar ile def sesleri geliyordu. Yine dizelerin cümlelere baskın geldiği bir meclisti. Havuzun çevresinde dizi dizi sofralar, sofraların başında peykelerinde oturan hanımlar, arkada bir hanende takımı ve köçekler, mezeleri ve badeleri taşıyan hizmetkârlar... Bahçenin dışında, derenin iki yanında kadınların ve erkeklerin öbek öbek oluşturdukları küçük gruplar, uzaklarda ağaçların altında salıncağa binen genç kızlar ve onların çevresinde dolanıp duran delikanlılar, oyuncakçılar, seyyar satıcılar, atlar, süslü öküz arabaları, hokkabazlar, ateşbazlar. Bir de çevreye yayılırken birbirine karışan saz nağmeleri ve eğlence sesleri... Sadabat'ın lale zamanı.

İbrahim Paşa, Fatma Sultan'ın yanına otururken kulağına onu sevdiğini fısıldayıp sonra sohbete başladı:

"Mah-cemalim, ay yüzlüm! Pederiniz sultan hazretlerinin mahsus selamlarını takdim ederim size. Elçi kabulünde beraberdik bugün. Üsküdar'da bir Mekteb-i Berr-i Hümayun açmayı planladık. Malum, geçen ay mücellithanemiz kurulmuştu; matbaada basılan kitaplardan ilk ciltlenen on tanesini pederiniz haşmetmeab hazretlerine arz ettik. Pek mahsus oldular."

Paşa anlattıklarından Fatma Sultan'ın sıkıldığını görüp lafı değiştirmek istedi. Böyle durumlarda, Fatma Sultan'ın pek sevdiği, şiirsel cümleler kurma yolunu seçer, ona iltifatlar ederdi.

"Neyse geçelim şimdi devlet umurunu; şad eylemek için gözlerimin nurunu. Şu güzel günde azıcık keyfimize bakalım mı; sultanımın izni olursa eğer gönül kandilimizi yakalım mı?!.."

Fatma Sultan, gençliğin ve güzelliğin ateşiyle cevap verdi:

"Hay hay efendim, şah-ı menendim!.."

"İşte size Nedim'i getirdim, şehir oğlanını; mısralarıyla kaynatsın diye meclisin kanını."

Fatma Sultan çevresine bakındı. Evet, şair Nedim işte oradaydı. Sevindi. Şiiri eskiden beri pek severdi. Gerek saray kütüphanesinde, gerekse özel kitaplığında bulunan divanlardan sık sık şiir okurdu ama Nedim'in şiirleri bambaşkaydı. Onun zarif ve şuh ifadelerinde bir kadın ruhuna hoş gelecek her şeyin bulunduğuna inanırdı. Şiir merakı onun sözlerini de şiirselleştirmiş gibiydi. Paşanın kafiyeli cümlesine billur bir şakıyışla karşılık verirken o da maharetini gösterdi. Mecliste sanki bir kafiye oyunu oynanıyordu:

"Şakısın o halde Bülbül-i Şeydâ'mız ve devam etsin safamız."

"Sazendeler dokunurken udların tellerine, Nedim mısralar döksün o zarif ellerine."

"Çırağan faslında bir gece çalalım felekten."

"Bal süzelim arıdan, renk alıp kelebekten."

"Meclis donatılsın baştan başa, gelsin yine bâdeler."

Atışmanın burasında söze Nedim Efendi de karıştı. Bu, birkaç dakika içinde meclisin nüktelerle, zeki hayallerle dolmaya başlaması demekti. Zira o günlerde Nedim'in şöhret rüzgârı pek kuvvetli esiyordu. Yıldızı parlamış, her meclisin çerağı olmuş, gönüller aydınlatıyordu. Gerçi yazdığı şiirlerin, diğer şairler tarafından değersiz ve ilkel bulunduğu zamanlar olmuştu ama halk da pek seviyor, bazıları bestelenip dilden dile dolaşıyordu. Nedim Efendi'nin mısraları, beyitleri, gazelleri, şarkıları, kasideleri derken bütün bir İstanbul mesirelerinde şuh kahkahalar, oynak musiki nağmeleri ve hafifmeşrep bir rindlik hüküm sürüyordu. Vezir onun bu yönünü birkaç yıl evvel keşfetmiş, her meclisine çağırıyor, bahşişler, ihsanlar ile gönlünü hoş ediyordu. Hatta iki ay evvel sultanın da teşrif ettiği bir helva sohbetinde okuduğu şiiri beğenince dayanamamış, ağzını pırlanta ve incilerle doldurmuştu. Tabii padişah hazretlerinin sitemine de katlanarak.

Nedim Efendi de işini iyi yapıyordu. Cinsel tercihlerinde aykırı biriydi ama meclis adabını biliyor, her nabza göre şerbet veriyordu. Tavırlarındaki açıklık ve şiirlerindeki güç ile bir kafiye yakaladı mı derhal taşı gediğine koyuyor, söz sırası kendisine gelmeden konuşabiliyordu da. Fatma Sultan'ın "...gelsin yine bâdeler" arzusuna kafiye uydurmaktan kendini alamayışı işte böyle anlardan biriydi:

"Şarap yaşlıca olsun, çalsın oynasın tazeler."

İbrahim Paşa Nedim'in bu uluorta kafiye gösterisinden hoşlanmasa da onu gücendirmek istemedi. Küçük bir sitemle geçiştirmeyi yeğledi:

"Söylesin sırayla herkes, ortaya söz atılmasın; felekten kâm alalım ve kaşlar çatılmasın."

Fatma Sultan ortamı yumuşatmak istedi:

"Nedim nâmına bir şâir-i cihân var imiş madem, yeni bir şarkı tertibiyle bizleri etsin hürrem."

"Hem bu şarkı yalnızca bu salonda okunsun, hayal anlatsın, ama hakikate dokunsun."

"İşte bir imtihan sana ey şair-i zamane; işte saz, işte meclis, yoktur artık bahane!.."

"Ferman sizin efendim, boynum kıldan ince, hele güzel cariyeler de şu meclise gelince; bunca ilham perisi kafiyeme redifken, efendime bir değil bin şarkı sunarım ben."

"Kalem kâğıt amade!"

"Bir kadehcik de bade!"
"Sakilik şanındandır."
"Efendimin ihsanındandır."
"Pervaneniz olsam da aklınıza takılsam."
"Gecenize mum olup erisem ve yakılsam."

Nedim cümlesinin burasında birden durdu. Karşıdan elinde bir tepsi, üzerinde de lale görünümlü iki dolu kadeh ile gelmekte olan bir Leh cariye görmüştü. Yakasına bir gül takmıştı. Ağır adımlarla, izlendiğini bilerek ve şuh bükülüşler, kıvrılışlar ile yürüyordu. Kadehlerden birini İbrahim Paşa'ya sundu. İkinci kadehi sunmak üzere Nedim'e doğru yöneldi. Bu arada telaşından göğsünde takılı gül düşüverdi. Eğilip diğer eliyle gülü aldığı sırada mecliste derin bir sessizlik oluştu. Herkes Nedim'in nasıl teşekkür edeceğini merak ediyor gibiydi. Ama o daha teşekküre sıra gelmeden meraklı kulakları şuh avazesiyle doyurdu:

Bir elde câm, bir elde gül, geldin sâkiyâ
*Hangisin alsam gülü, yahud ki câmı, ya seni**

İbrahim Paşa, Nedim'in harfendazlığını ve cariyesine işmar edişini kahkahalarla karşıladı. Yalnız onu daha fazla çıldırtmak için ertesi gün bu beytin başına ve sonuna başka beyitler ilave ederek bir gazele dönüştürmesini istedi. Saz sesleri yükselmeye, meclis ısınmaya başlamıştı. Bu yıl lale zamanının evvelki yıllardan daha şenlikli geçeceğini konuşuyorlardı.

Ne olduysa işte o sırada oldu. Birden, dört köşesinde ejderha başlıklı fıskiyeleri olan havuzun halka açık cihetinden nefes nefese kendini meclise atan bir adam belirdi. Muhafızlar

---

* Bir elinde gül, diğer elinde kadeh ile geldin ey saki! Bilemiyorum hangisini alayım, gülü mü, kadehi mi, yoksa seni mi?

gafil avlanmışlar, neredeyse bahçenin ortasına kadar ilerlemiş olan adamı durdurmaya çalışıyorlardı. Aralarındaki tartışmanın gürültüsüne İbrahim Paşa müdahale edip adamı huzura çağırttı. Onu bir misafir gibi karşıladı. Titreyen bacaklarına ve elindeki ıslak, yarı yırtık, yosunlanmış ve çamurlu torbaya bakarak bir meczup veya dilenci zannetti. Lakin adam kararlı bir şekilde elindeki torbayı İbrahim Paşa'nın önüne koydu ve kekeleyerek anlattı:

"Bu-bu-bugün Ha-Haliç kı-kıyısında ıs-ıs-ısandalımda balık tu-tu-tutu-tutuyordum... Yakınımda ağ atarak avlanan bir arkadaşım vardı. Ağlarının ağır bir şeye takıldığını ve zorla çıkardığı ağdan irice bir torba çıktığını gördüm. Arkadaşım, Murat Han devrindeki gibi Haliç'ten yine bir altın torbası çıktı diye seviniyordu. Ancak az sonra umutları dehşete döndü. Çıldırmış gibiydi; sandalını sahile çekip torbayı attı ve kaçmaya başladı. İşte-işte e-efendim, o-o-o to-torba bu-budur; bi-bi-bilmek i-i-iste-iste-istersiniz diye ge-ge-tirdim."

Ortalığı ağır ve iğrenç bir koku kaplamıştı. İbrahim Paşa önüne bırakılan torbanın içine bakıp bakmamakta önce tereddüt etti. İçinde ne olduğunu duyduğu kokudan dolayı hemen hemen tahmin edebiliyordu. Öncelikle böyle bir delilin neden kendisine getirildiğini anlamaya çalıştı. Meclistekiler burunlarını tutmaya başladıkları sırada elini torbaya uzattı. Bütün gözlerin üzerine çevrildiğini hissetmişti. Önce torbada duran şeyi ortalığa dökmeyi içinden geçirdi. Hayır, bunu yapmamalıydı. Sonunda torbanın kendisine doğru yere yapışık duran ağzını iki parmağı ile tutup kaldırdı. Suratını tiksintiyle buruşturdu ve burnunu tıkayıp öğürerek haykırdı:

"Allah kahretsin!.. Tomruk Emini derhal Kubbealtı'na çağırıla!.. Meclisin sonudur!.. Seyisler hazırlansın, Topkapı'ya geçiyoruz!.."

31. Sual:
Âşıkı Manevi Dünyasından Uyandıran Madde Ne İdi?

Her şey ne kadar güzeldi! Neler neler öğrenmiş, kimleri ve kimleri tanımıştı. Eğer Nakşıgül'ün katillerini zihninden çıkarıp atabiliyor olsaydı burada mahşere kadar kalmaktan bahtiyarlık duyardı. Yüz sene önce Ohrili Hüseyin Paşa'nın, Boğaziçi'nin en güzel sahili diyerek kurduğu bu mevlevihanede Ahmet Dede'nin meclisinde bulunmak ruhundaki bütün fırtınaları dindirmiş, onu çırpınan, devrilen, yuvarlanan, akan, koşan ve nihayet düşen bir çağlayan iken duran, dinlenen, sükûn ile eğleşip biriken dingin ve asude bir göle döndürmüştü. Bir sonbahar yağmurunda kapıdan içeriye yalnızca birkaç zaman saklanmak için girmişti ama işte şimdi, lalelerin açmaya başlayacağı şu mevsimde, ruhunda saklanan her şey açığa çıkmıştı. Bütün bir kış boyunca o çelik ruhu Dede'sinin ellerinde hamur olmuş, yoğrulmuş, pişmiş, nimete dönmüştü. Ona, zamanın Abdülkadir Geylani'si gözüyle bakması ve öylece hürmet göstermesi için iki ay geçmesi yetip artmıştı. Babası Eyüplü Memiş Mehmet Dede postnişin iken Vezir Damat İbrahim Paşa'nın da sık sık uğradığı ve dinlendiği bu tekke yalnızca Beşiktaş'ın değil Boğaziçi'nin bütün yalılarından daha muhteşem bir manzaraya sahipmiş. İki yıl evvel vezir, hemen yanı başındaki Murat Han'ın Kaya Sultan yalısını yenileterek eşi Fatma Sultan'a hediye etmiş, hatta içinde eğlenceler tertip etmeye başlamış, geceleri Çırağan fasılları yaptırtır olmuş. Vaktiyle Kazancıoğlu Bahçesi diye bilinen sahil, işte bu yalı yüzünden artık Çırağan adıyla anılıyordu.

Altı ay geçmişti. Geceler boyunca mevlevihanenin dingin hayatıyla Çırağan Yalısı'nın renkli dünyasını birbiriyle kıyasladığı, cumbalı, kameriyeli, şahnişinli yalının kış fasıllarındaki helva sohbetlerini ve şiirli musikili gecelerini, zarif kubbeli fevkâni tekkenin ney ve bendirli akşamlarıyla ölçtüğü tam altı ay. Şimdi yaz bahar günleri gelmişti ve bütün ihtişamıyla bir cennete dönüşen şu sahilhane hiçbir yer ile değişilmeyecek kadar güzeldi. Son dört ayda hücresine misafir edindiği ve neredeyse sırlarını paylaştığı İranlı derviş Selman Can'ın anlattığı hikâyeler de, Hafız'dan ve Ömer Hayyam'dan okuduğu beyitler ile yaptıkları şiir sohbetleri de, hatta karşılıklı beyit ezberleyerek geçirdikleri gündelik hayatlarının lezzeti de bu çatıyı kendisi için vazgeçilmez yapıyordu. Kış gecelerinde Selman Can'ın Türkçe, Şahin Can'ın da küçüklüğünde öğrendiği Farsçayı geliştirme istekleriyle dolu şiir münazaraları ruhunda yepyeni pencereler açmış, derin sözler ve zengin hayallerle dolu şiir akşamlarına müptela olmuştu. Artık İran'dan Hafız, Hayyam ve Sadî; Türkten Fuzulî, Bakî ve Nef'î divanlarını neredeyse ezbere okuyor, mesnevihan olmasa da Mevlana'nın Mesnevi'sini ve Divan-ı Kebir'ini külliyen biliyordu. Kırklı yaşlarının başında olan Selman Can tekkeye gelmeden evvel İran ordusunda dizdar olduğu için sık sık İran'da halen savaşmakta olan Osmanlı askerlerinin çektikleri maddi sıkıntıları, devletin kendilerini nerdedeyse unuttuğuna dair umutsuzluklarını, başından geçmiş macera dolu hadiseleri geniş tasvirler ile ve biraz da Acem mübalağası katarak anlatıp duruyordu. O kadar ki Şahin Can, neredeyse Vezir İbrahim Paşa'nın İran ile siyasi anlaşmazlıkları çözümsüz hale getirmek için özel çaba sarf ettiğini düşünür ve hatta buna inanır olmuştu. Selman Can, hayatına tıpkı Topaç Yeye gibi irade dışı girmişti. Bir farkla ki, Topaç'ı o himaye ediyordu; Selman ise onu himayesine alıp kısa zamanda iradî bir "can" oluvermişti. Altı aylık "can" yoldaşlığında merak ettiği tek şey, derviş kıyafetleri giydiği ve mevleviliğe soyunduğu halde tekkeye geldiği gün üzerinde bulunan İranlılara özgü kıyafeti büyük bir özenle katlayıp sakladığıydı. Bir gün mevlevilikten de soyunma ihtimali kalbini çizik çizik ediyordu anlaşılan.

Tekkede her akşam üstü yalnız kalıp Üsküdar'ın, Beylerbeyi'nin, Çengel Köyü'nün camlarında günbatımlarını seyretmeyi âdet edinmişti. Bu küçük zaman aralığı onun Nakşıgül'ün hayali, düşüncesi, idealiyle baş başa kaldığı mutlu birkaç dakikadan oluşuyordu ve her defasında kederini dağıtmak için kurtuluşu, dervişlerle birlikte meydana atılıp dönmede buluyordu. Meydanda dönerken Nakşıgül'ü bir kez olsun aklından çıkaramamıştı.

"Soyunmaya geldim!" dediği günden itibaren on sekiz gün konuşma orucu tutmuş, yalnızca tekkedeki hayatı izlemişti. Mevlevi olmak isteyen herkesten aynı şey istenirdi çünkü. On sekizinci gün hâlâ soyunma fikrinde olup olmadığı sorusuna "Evet!" cevabını verdiğinde en ağır işler, uykusuz geceler birbirini kovalamıştı. Boğaziçi'nin karı, fırtınası, ayazı, boranı, dalgası, donu, buzu demeden tam bir kış, elek tellerini yiyerek hemen bitişik hücrede yaşayan meczup Elekçi Divanesi'nin yanında tam bir sabır imtihanı geçirmiş, sabahlara kadar elde tespih gazel yaprağı misali titreyip durmuştu. Ömründe hiç deniz vasıtasına binmemiş olan Elekçi, Eyüp'ten Beşiktaş'a Kâğıthane Deresi'ni dolaşarak geçen ve Kadıköy ile Üsküdar'ı hiç bilmeyen uçuk bir adamdı. Geçen kış tekkenin tavuklarına dadanan bir tilkiye tuzak kurup yakalamış, iki gün sonra da kuyruğuna çıngırak bağlayarak salıvermişti. Bütün İstanbul, kış boyunca çıngırakla dolaşan o tilkiyi konuşmuş, avcılar bile onu vurmaya tenezzül göstermemişlerdi. Zavallı hayvan!..

Tekkede hayat yatsı namazından sonra durağanlaşıp gece teheccüd vakti canlanıyor, hayli uzun süren seher zikri takatleri kesiyor ve dervişler, Aşçı Dede'nin matbah-ı şeriften gönderdiği çorbaya iştahtan ziyade rahatlama hissiyle yumuluyorlardı. Neyse ki geldiğinin üçüncü ayında sema yapan dervişler arasına katılmıştı da hizmeti azalmıştı. Lakin içinde çoğalan başka bir şey vardı: Nakşıgül. Onu bir türlü aklından çıkaramıyor, dervişân arasında İlahi aşk ateşinden bahsedildikçe onun bağrında Nakşıgül'ün hasret ateşi tutuşuyordu. Başkalarının İlahi aşk dediği şeyin, onun kalbindeki adı Nakşıgül idi. Ahmet Dede'nin, Kazancı Dede veya Derman Dede'nin anlattığı bütün sohbetlerde ve özellikle de Şair Dede'nin şiir gibi konuşmalarındaki aşk-ı İlahi bahislerinin her defasında Nakşıgül'ü aklından silmesi gerektiğini kendisine telkin etmiş, ama her defasında onun içinde daha büyük bir hasretle çoğaldığını hissetmişti. Yine de bu aşk sohbetleri hoşuna gidiyor, ruhunu dinlendiriyordu!.. Bu tekkede şeyh efendiden sonra en ziyade Şair Dede'yi sevmişti.

Şair Dede, Süleyman Nahifi Efendi idi. Konuşurken sık sık "yani" diyen, iki lafından birisi "yani" olan Nahifi Efendi, Rumeli maliyesinden sorumlu defterdar idi ve Osmanlı devlet hazinesine hükmediyordu. Haftanın üç günü gelip zikre katılıyor, Ahmet Dede ile birlikte şiirler okuyor, üst perdeden meseleler konuşuyor, aşktan, aşkın hallerinden bahsediyorlardı.

Süleyman Nahifi Dede bir gün yazdığı bir kitabın müsveddelerini şeyhi Ahmet Dede'sine takdim etmiş ve "Eğer lutfeder okursanız fikirlerinizi öğrenmek isterim!.." demişti. Dede Efendi aldığı tomarı o sırada kahve fincanlarını toplamakta olan Şahin Can'a uzatıp "Hücreme iletilsin!" diye eline tutuşturuverdi. Şahin Can, Şeyh Efendi'nin hücresine giden taşlık koridorda inci gibi yazılarla dolu tomarı hayretle okumaya başladı ve elbette hayran kaldı:

Dinle neyden bak hikâyet etmede
Ayrılıklardan şikâyet etmede
Der kamışlıktan kopardılar beni
Nâlişim zâr eyledi merd ü zeni
Şerha şerha eylesin sînem firâk
*Eyleyem ta şerh-i derd-i iştiyâk**

Nahifi Efendi'nin dediği gibi şimdi bağrı şerha şerha ayrılık derdiyle yarılmış, ama bütün bedenini kaplayan özlemler şerh edilmekten çok uzaktı. Aylardır bütün benliğine dokunan ney, onun için de ayrılıkları anlatmakta, kamışlıktan koparılmanın derdiyle inleyip durmaktaydı. Ne Selman Can'ın abartılmış Şehname öyküleri, ne Şems'in Mevlana ile olan trajedisi onu bu derece hayrete düşürmüştü. Hayır, hayır, Yenibahçe'deki konaktan koparıldığı günden bu yana ayrılık acısı ilk defa şimdi bir ateş olup benliğini sarmış gibiydi. Okuduğu satırlar

* Neyin sesini dinle; bak nasıl hikâye ediyor, ayrılıklardan şikâyetlerini nasıl dile getiriyor? Diyor ki: "beni kamışlıktan kopardıkları günden bu yana, inleyişlerim kadın erkek herkesi feryada sürüklüyor. Ayrılık, bağrımı delik delik eyledi de içimdeki özleyiş derdi dillendirilmiş oldu..."

Mevlana'nın ünlü eseri Mesnevi'sinin manzum tercümesi idi. Çocukluğunda Farsça öğrenirken annesine sık sık bölümler, hikâyeler okuduğu kitaptı bu. Demek Şair Dede Mesnevi'yi Farsçadan tercüme etmişti. Hem de şiir şeklinde.

O günden sonra Mesnevi'yi baştan sona doğru hızla ezberlemeye başladı. İlk cilt neredeyse bitmek üzereydi. Bu arada ünlü İran şairlerinden Hafız'ın, Hayyam'ın, Sadî'nin ve Firdevsî'nin şiirleriyle haşır neşir oluyor ve elbette her aşk beyti geldiğinde Nakşıgül'ü yeniden hatırlayıp bir kez daha hasret ateşine yanıyordu.

Baharın şevk ve şetaretle etrafa yayıldığı günlerden birindeydi. İkindi zikri bitmiş, dervişan halka olup oturmuşlardı. Gözler Ahmet Dede'ye çevrilmişken o, "Faziletlü efendi hazretleri, birkaç kelam buyursanız, ruhumuz aydınlansa!.." deyivermişti. Cümlenin muhatabı olan Şair Nahifi Dede de, bunu bir emir telakki edip veciz bir sohbete başlamıştı. O sırada Şahin Can ayakta beklemekte ve tekkenin pencerelerinden Çırağan yalısının bahçesindeki lalelere bakmaktaydı. Boğaziçi'nde sessizlik denizin sükûnetiyle bütünleşmiş gibiydi. Üsküdar ve Beylerbeyi arasında kayıklarından balık tutan köylülerin sesleri uzaklarda dalgalanıyor, Yahya Efendi ve Ortaköy yamaçlarındaki koyu yeşillikler arasından gelen bülbül seslerine karışıyordu. Aklında laleler vardı; Katre-i Matem vardı. Hayret ki hayret!.. Şair Dede de lalelerden bahseden bir sohbete başlamıştı. Şahin Can'ın gözleri Çırağan yalısının bahçesindeki laleler arasında bir tanesine takılıp kalmıştı. Tepelerden aşan güneşin geride bıraktığı ışık ile yavaş yavaş kendisini kapatmaya başlayan ateş renkli bir laleydi bu. Şair Dede ısrarla laleleri anlatıyordu. Şahin Can, baktığı lalenin yapraklarını okşuyor, bağrındaki yarayı inceliyor, onunla konuşuyordu. Şair Dede lale diyor, Şahin Can lalelere koşuyordu. Oturduğu yerde olmadığı kesindi artık. Lale ile bahtiyar bir âleme seyrana çıkmış, mekânaşımından zamanaşımına uzanıyordu. Tekkede hayal meyal bir şeyler olduğunu sezinliyor, Nahifi Efendi'nin beliğ sözleri ile o lalenin rengi arasında gidip gelen bir dünyada kulağına sözler ve sesler çarpıyordu. Uzunca bir müddet o sözler kavurucu bir ateş misali önce zihnine, oradan kalbine, ardından Nakşıgül'ün kızıl kanına, sonra gözlerine ve nihayet avuçlarına dökülesiye kadar gidip gidip geldi. Nahifi Efendi'nin her bir cümlesi bir kızıl lale olup kalbine dokundu:

"(...) Ve elbette lale doğuludur, Hıristiyanlık kadar, Musevilik kadar, İslamiyet kadar doğuludur yani... Lale utangaçtır, taze bir gelin kadar, iltifat görmüş bir nazenin kadar utangaç yani... Lale altı yaprağıyla hercayidir, batılar ve kuzeyler kadar, alt veya üstler kadar... Lale sabr u sebatın, ölümden sonra dirilmenin adıdır yani, ekim mevsiminde ekilip nisan mevsiminde açacak kadar... Lalenin serencamı necip Türk milletinin tarihi sayılır yani; ikisinin de zaman atlasında yaptıkları yolculuklar sanki örtüşmektedir. Türk milleti de tıpkı lale gibi taşralı olarak nitelendirilmiştir yani. Çünkü o kırda, bozkırda yaşar. Ancak bozkırın tahakkümü onun elindedir. Yani bozkırda söz sahibi odur. Dolayısıyla oranın sultanıdır. Şehre geldiğinde yani, taşralı olarak nitelendirildiği için kabul görmez ve oradan uzaklaştırılmak istenir. Çünkü şehirde yaşayanlara göre yani, medeniyetten bihaber olan Türkler buraya yaraşık değillerdir. Tıpkı kırların çiçeği laleleri bahçelerine almayan milletler gibi yani. Bundan dolayı Avrupalılar Türkleri hep geldiği yere, bozkıra geri göndermek isterler yani. Bu isteğe kulak tıkayan ve şehirde bulunanlarla mücadele eden Türkler, önce şehre yerleştikten sonra yani, hem kurdukları üç kıtaya yayılan cihan devleti ile hem de oluşturdukları kültür ve medeniyet ile yani, bütün dünya milletlerinin dikkatini çekmiş, sonra da onların gıpta ile baktıkları bir hüviyete sahip olmuşlardır.

Böylece hor görülen, yani tahkir ve tazir edilen, küçümsenen asil Türk milleti tıptı lalenin ışığı gibi parlayarak bütün dünya devletlerinin sultanı haline gelmiş ve tek güç konumuna yükselmiştir yani. Çiçekler içinde lale ne ise milletler içinde Türk odur yani. Ayrıca nasıl ki lale İslam'ın remzi olmuşsa yani, Türkler de İslam'ı temsil eden bir kimliğe bürünmüştür. Türk denince İslam, İslam denince Türk'ün akla gelmesi işte bundandır yani. Öte yandan lale, aşkın adıdır, hatta belki bağrındaki karalarla âşıkın adıdır. Hani şu, bağrını firkat ateşlerinin yaktığı özge âşıkın yani... Kadife kadife lalenin taç yaprağı üzerindeki bir çiğ tanesine yıldırım düşüp de bağrını yakmış gibi... Yoksa yüzlerce lale isminde, bunca aşk ahengi ve şiirsellik bulunabilir miydi yani?(...)"

Şair Dede anlatıyordu. Şahin Can o arada kaç zaman geçti, ne oldu, bilmedi. Yavaş yavaş kendine geliyor, Çırağan bahçesindeki lalenin etkisi yavaş yavaş kayboluyordu. Şimdi buradaydı, ama zihni karmakarışıktı. Tekkede geçen günleri gözünün önünden akıp gitmedeydi bu sefer. Elifi nemed ve tennure içinde bambaşka bir kişi olduğunu hissetti birden. Daha geçen gün arkadaşları olan canlar sakalının genç yüzüne pek yakıştığını, yüzüne nurani bir simanın gelip yerleştiğini söylemişlerdi. Buna itiraz eden tek derviş Selman Can olmuştu. Çünkü Selman Can ona sık sık dışarıda başka bir hayatın olduğunu hatırlatıp duruyor; içinde Nakşıgül'e ait desenleri ve çizgileri sağlam tutuyordu. Ahmet Dede'nin nasihatleri ile Nahifi Efendi'nin sözleri altı aydır dinlenen, huzura eren, dünyadan sıyrılan, mücerret can bulan, soyutlanan ve adeta bir hayalet gibi şeffaflaşıp masivadan uzaklaşan ruhunu yoğurmuş, yeniden pişirmişlerdi, ama Selman Can, zihnine Nakşıgül hayaliyle dolu bir hayatın da olduğu fikrini durmadan kazımıştı. İşte bu yüzden şu anda içinde bambaşka fırtınalar kopuyor, billurlaşan ruhunda dağlar yıkılıyordu. Bir yanı şarkıcıya âşıktı da, diğer yanı "Sen asıl şarkıya bak!" diyordu. **Şarkıcıya âşık olan genc**in hikâyesini ona geçenlerde Şair Dede anlatmıştı. Şimdi kendisini o genç gibi hissediyor, cumbalarından güneşin eksik olmadığı Çırağan Yalısı'nın bahçesindeki lale goncaları arasında açan o bir tek laleye, ateş rengiyle yemyeşil tarhların içinde yakut yüzük kaşı gibi duran o kızıl laleye, gözünün önünde renkten renge giren, pembeden çivide dönen, açan, solan, değişen, dönüşen, toprağa yeniden düşen ve ikiz soğan olup Nakşıgül'ün avucuna giren, oradan yanağında pembe, dudağında kızıl, omzunda çividi renge bürünen o tek laleye bütün benliğiyle koşuyor, yalvarıyor, uğruna ölüyordu. Annesi öleli ne kadar olmuştu? Ondan sonra başına neler gelmişti? Bir babası olsaydı son altı aydır yaşadıklarını ona kim yaşatabilirdi? Zavallı bir hayatta derbeder, çaresiz, savruluyordu. Yılları elinden kayıp gitmedeydi. Fırtınalı bir denizin ortasında gibiydi ve tutunabileceği tek dal Nakşıgül'ün aşkıydı. Onun için yapabileceği her şey anlamlı olacak, belki de kendisine yaşadığını hissettirecekti. Bu tekkede kuvvetli bir rüzgâr ile sarsılmış olan aşkı işte yeniden kalbinde yangınlar çıkarmaya başlamıştı. Dizlerinde dermanın kesildiği, alnından terlerin boşandığı bir anda, Çırağan bahçesinde bakmakta olduğu kızıl lale çivide döndü, koyu mor tüllere büründü ve kalbine saplandı. Naralandı, haykırdı ve bayılıp düştü.

-derkenar-

şarkıcıya âşık olan genç

Aşkın sebepleri arasında en inanılmaz olanı belki de rüyada görüp âşık olmaktı. İnsan sevgiliyi rüyada her vakit görür ama rüyada yalnızca bir kez gördüğü birine acaba sevgili der mi? Bunlar olsa olsa Hüsrev ile Şirin, Vamık ile Azra hikâyelerinde olur. Gönlün, hiç mevcut olmayan birine tutulması sanki hiç gerçeği olmayan bir şeyle geçim sağlamak gibi değil midir? Birisi hiç görmediği ve asla göremeyeceği bir güzeli sevdiğini söylerse herhalde aklından zoru olduğunu düşünürler. Ruhu ona telkin ediyormuş, temenni ve arzuları kalbini yönlendiriyormuş, bunlara inanmazlar. Oysa bir âşık, sevgilinin ay mı, güneş mi olduğunu bilemese de, aklının bir oyunu mu, hayalinin bir çılgınlığı mı olduğunu kestiremese de, gözlerine her daim onun görüntüsü girdiği müddetçe âşık değil midir? Âşık olmak için maddi varlık şart mıdır? Allah'ın güzelliğini rüyasında görüp ona âşık olan dervişe inanıyoruz da neden sevgilisinin hayaliyle özleme tutulan âşıka inanmıyoruz. Eğer ona inanmayacaksak aşk, surete tapmaktan gayrı ne olur ki? O halde insan, sevdiği kişiyi karşısında görmeden de onun âşıkı olabilir. Sevgili için kaygılanmak da, hayaliyle mest olmak da, geceleri uykusuz kalmak ve seherlerde acı çekmek de hep âşıkın sevgiliyi görmeden yaptığı şeylerdir. Bir duvarın arkasında şarkı söyleyen bir kadını işitmek bazen ona tutulmak için yeterlidir. Bazıları buna temelsiz bir bina gözüyle bakabilir, ancak âşık, o binayı inşa etmekte her zaman çok mahirdir. Zihni görmediği bir varlığın tutkusuyla meşgul olan kişi, düşünceleriyle baş başa kaldığında hayalinden ona şekiller çizer, kıyafetler giydirir, renk ve koku isnat eder, tavır biçer. Sevgili âşıkın zihninin içinde yapılır. Âşıkın hayal ve bedii düşünceleri sevgilinin güzelliğini arttırır. Diyelim sese âşık olan genç sonra o şarkıcıyı bir yerde görse, aşkı ya sönecek veya artacaktır. Görme onu yönlendirecektir. İyi de görme yoksa kim bu şarkıcıya âşık olan kişiyi ayıplayabilir ki? Cenneti de ancak tasvirle tanıyor değil miyiz? Onun söylediği şarkılar kulağımızı doldurup kalbimizi ona yönlendirdiğinde genelde âşık onun güzelliğini sesine göre ölçer. Eğer kendisini gördüğünde aşkı artıyorsa şarkıcı da onun sesine denk bir güzellik görmüş demektir. Ama eğer şarkıcının yüzü sesinden daha güzel *ise bu âşıkı, sesten yola çıkarak güzelliği keşfettiği için tebrik etmek gerekmez mi? Cennetin en güzel tasvirleri bile cennetin yanına yaklaşmaktan uzak değiller midir? O halde, kainatta görülen bütün güzelliklerin "Mutlak Güzel"den bir iz taşıdıkları için güzel olduğunu söyleyen kişi haksız sayılabilir mi?*

32. Sual:
Denizin Dibinden Bir Torba Dolusu Sır Çıkar mı?

Topkapı Sarayı'nın nakışlı tavanı altında tam yedi kişiydiler. Bir masanın çevresine birikmiş, parmaklarından hâlâ lif lif olmuş et parçalarının sarktığı iki adet kol iskeleti üzerinde dikkat kesilmişlerdi. Vezir İbrahim Paşa, sağına Kazasker İshak Efendi'yi, soluna Tomruk Emini'ni alarak soruları cevaplamaya hazır bir bekleyişin tedirginliğiyle kıpırdanıyor, onların yanında Üç Hilal Cemiyeti'nin çorbacıbaşı ağası ile kol iskeletini denizden çıkaran kekeme balıkçı duruyordu.

"Pekâlâ efendi, ne buldun anlat!"

Sultanın sesinde öfke olduğu seziliyordu. Hekimbaşı eliyle ağzını kapatarak kesik iki öksürük ile boğazını temizledikten sonra elindeki çubukla işaret ediyor, teker teker anlatıyordu:

"Haşmetmeab, sadrazam hazretlerinden bir torba içinde gelen kolları teşrihhanede dört hekim ile birlikte önce temizledik, kokusunu giderecek mailere yatırdık ve üç gün boyunca bütün tahlillerimizi yaptık. Bu kollar bir erkeğe ait. İki ay kadar evvel kesilip denize atılmış. Şu bölgede hasar ziyadecedir. Bu da bize ölmeden evvel uzun süre kelepçeli kaldığını gösterir. Şuradaki liflerin ve sarkan derilerin durumundan işkence gördüğü söylenebilir. Çürüme hızı ve belirtilerinden kırk yaşlarında olduğu anlaşılıyor. Kemiğin şu bölgesindeki darbe izinden yola çıkarak da belki kim olduğu araştırılabilir."

"Haşmetmeab, izin verirseniz bundan iki ay evvelki kayıtları yeniden inceleyip kim olduğunu bulmaya çalışalım."

Üç Hilal Cemiyeti çorbacısının bu teklifine Kazasker İshak Efendi itiraz etti:

"Efendimiz, eğer müsaade buyurulursa bizzat ben konuyla ilgilenmek isterim. Hilal Cemiyeti ellerindeki bütün gizli kayıtları bize getirirse biz de adli vakalar ışığında konuyu aydınlatmaya çalışırız."

"Efendi! Sana bundan altı ay kadar evvel bir vazife verdik de ne oldu?"

Sultanın bu azarlaması İshak Efendi'yi kendisinden küçük rütbeli memurlar önünde pek rencide etti, başını yere eğdirdi. Meseleyi Kazasker Efendi ile arasında mahrem zannederek konuşan sultan o sırada masanın çevresinde bulunan iki kişinin daha, vezir ile Tomruk Emini'nin, bu azarlamanın Şehzade Ahmet meselesi yüzünden olduğunu anladıklarını bilmiyordu. Başını bilmezlikle yere eğen Tomruk Emini bu azarlamadan dolayı öylesine sevindi ki zihninden geçirmekte olduğu şeytanca fikri neredeyse vezire söyleyiverecekti. İçinden mırıldanmakla yetindi, "İnşallah bir gün şehzadenin de cesedi gelir bu masaya." Vezir İbrahim Paşa o ana kadar sessiz durmuştu ama bu meseleyi bizzat araştırma konusunda içindeki şiddetli arzuya engel olamadı. Çetrefil konuları aydınlatmak, gizli yapılan işleri bulmak, hele cinayetleri soruşturmak, gizemli alanlarda dolaşmak onun en sevdiği işlerden biriydi. Belki de bu yüzden, balıkçı torbayı ilk önce kendisine getirmişti. Söze karışıp balıkçıya sordu:

"Haliç'in tam neresinde ağınıza takıldı bu torba?"

"A-ay-ay-ayvansaray i-i-ile Ka-ka-kasımpaşa a-a-arasında.. O-o-orta-ortada."

"Ortada demek? Ortada ya deniz pek sığ veya sizin ağlar bir hayli derine uzansa gerek."

Sonra iskeletin serçe parmağını işaretle Hekimbaşı'ya döndü:

"Üstad, şu parmaktaki morluk yüzük izi midir acaba?"

"Evet efendimiz, kalınca bir mühür yüzüğün izi."

"Belki de zebercet taşlı bir mühür."

"Olabilir efendimiz. Taşa veya altına kazınmış bir mührün yüzüğü."

"Ama yüzük yok değil mi?"

"Yok efendimiz?"

"Peki denize kendiliğinden düşmüş olabilir mi?"

"Hayır efendimiz, etler şişmiş, el kesildiğinde yüzük olsaydı, şimdi de parmağında duruyor olurdu."

"Balıkçı ağa söyle bakalım, senin bu yüzükten haberin yok değil mi?"

"Yo-yo-yooook efendim, ha-ha-hâşâ!."

Vezir, sultana dönüp sordu:

"Hünkârım efendim. Müsaade buyurunuz konuyla bizzat ilgileneyim."

"İyi edersiniz vezir hazretleri. Beni tez vakitte kederden azat ediniz. Nasıl oluyor da, memleketimde biri insanları öldürüp organlarını parçalıyor ve ben bundan bihaber, döşeğimde rahat uyuyorum. Bu günden tezi yok size üç gün mühlet! Derhal şinaverler deniz dibini tarak dubalar gibi araştırıp bu kolların ayaklarını, gövdesini ve başını da getirsinler. Ta ki ben de faillerin başlarını denize dökeyim. Şimdi hepiniz çekilebilirsiniz!.."

33. Sual: Bilmediklerini Ayağının Altına Alanın Başı Göğe Değer mi?

Lale tarhlarının arasına derin çukurlar açmışlar, sonra da kucaklayıp getirdikleri iki kulaçlık fidanları yemyeşil bahçedeki her çukura birer tane olmak üzere taksim etmişlerdi. Laleler gonca vermeye başlamış, yeşil yaprakları da yerden fırlamıştı. Hafız Çelebi bütün kış "Bu sene laleler yüz güldürecek Yusufum!" cümlesini diline pelesenk edip durmuştu. Yusuf, altı aya yakındır onun çatısı altında çorbaya kaşık sallarken kendini yeniden baba ocağında hissetmiş, öyle bahtiyar bir dönem geçirmişti. Karlı uzun gecelerde, mangalın sıcak küllerinde kestaneler közleyip kabuklarını soyarken, onun okuduğu kitapların satırlarına ve anlattığı hikâyelere dikkatle kulak vermiş, hikmetli dünyasından öğrenebildiği kadar çok şey öğrenmişti. Yeni fikirler, didaktik konuşmalar, tarihi olaylar, savaşlar, güzel sözler, dini öğütler... Bütün bunlar arasında sayısız lale öyküsü ve lale üzerine eğitici bilgiler. Lalelerin yüz güldürmesi bahsinde anlattıklarına göre, kışın karlar çok yağarsa baharda laleler boy atar, gür çıkar, parlak renkler taşırlarmış. Lale soğanları sonbaharda toprağa gömülünce kışın ayazından kendini koruyup donmamak için derinlere doğru yürür, toprağın daha sıcak bölgelerinde demlenirmiş. Bunun için laleyi en az yarım metre kalınlıktaki topraklara dikmek gerekirmiş. Taşlık arazide laleler hem bodur hem de cılız olurlarmış. Lale tarhlarının çevresine uzun ömürlü ağaçlar dikmek de onları toprak haşerelerinden temiz tutarmış. Bu bilgiyi bir ay kadar evvel Nevruz'da kendisini ziyaret eden Avusturyalı Frenk'ten öğrenmişti ve işte şimdi açtıkları çukurlar da, kucaklayıp getirdikleri şimşir fidanları da bu yüzdendi.

Hafız Çelebi, "Bu ağaçlar," demişti ilk fidanı çukura gömerken, "yaz kış yapraklarını dökmezler Yusufum. Gerçi meyve de vermezler. Lakin öyle bir kokusu vardır ki!.. Eylül gelince kabuklarını toplayıp kaynatmalıdır, mis gibidir. Kaynatılan suyu her yemeğe çeşni, her şerbete ferahlık katar. Bazı deri hastalıklarıyla bulaşıcı illetlere de iyi gelir üstelik. Kokusu muhteşemdir."

Yeye, onun söylediklerine inanmamaktan değil ama içinden gelerek, fidanlardan birinde küçük bir yaprak görüp kopardı ve iki parmağı arasında kırdıktan sonra burnuna götürdü.

"Aaaa!... Annemin kokusu bu."

"Demek ki annen elbiselerini yıkadığı kazana şimşir suyu damlatıyor veya elbise sandığına yapraklarından koyuyordu."

"Efendim, öyle değil, annemin küçük bir ıtır şişesi vardı. O şişe böyle kokardı."

"Altın sarısı mıydı rengi?"

"Evet, nasıl bildiniz?"

Sözün burasını Hafız Çelebi eliyle bir "boşver" işareti yaparak geçiştirdi ve gülümsedi. Yeye; Hafız Çelebi'yi çok sevmiş, onu sahiplenmiş, zaman zaman "baba" demek bile istemişti ama kendisini izleyip öğrenmeye, keşfetmeye, tanımaya ömrünün yetmeyeceğini düşünmeye başlamıştı. Onu kabullendiğinde ilk öğüdü "Evladım! Kötü ahlakla şeref olmaz," olmuştu. "Akıl tamam olduğu vakit söz azalır," demişti bir keresinde de.

Sözleri gerçekten dinlemeye ve nasihat edinilmeye layıktı. Üstelik de güzel konuşuyordu. Güzel sözlerine eşlik eden güzel tavırları da vardı. Ama ilk defa onu böyle manalı bir şekilde "boşver!" derken ve muzipçe gülümserken görmüştü. Sanki annesinde bir ayıp varmış gibi. Doğrusu bu tavır onurunu da incitmişti. Ama soramadı. Hafız Çelebi hemen bir başka konuya geçmişti. Anlattığına göre şimşir yağını iksir olarak reçeteye yazan ilk alim, aynı zamanda bir laleci olan Ebussuud Efendi imiş. Ebussuud Efendi tarihte hep devlet adamlığı ve şeyhülislamlığı dolayısıyla biliniyormuş ama işte Hafız Çelebi onun çok nadir bulunan bir lale yetiştiricisi olduğunu söylüyordu. İstanbul Lalesi'ni ilk defa o yetiştirmiş. Yine dediğine göre Ebussuud Efendi'den sonra lale yalnızca bir bahçe çiçeği olmaktan çıkmış çini, kumaş, halı, kilim gibi eşya ile cami, mescit, türbe, medrese, sebil gibi mimari eserlerin duvarlarına tırmanmış. Tıpkı Selçuklular zamanının Konya'sında bulunan taş, maden, tahta, sadef, deri, kumaş üzerindeki lale motifleri gibi.

Lale, babalık ile evlatlık arasında bütün kış gecelerini dolduran en önemli madde, renk, şekil ve ruh olmuştu. Konu lale olunca birisi anlatıyor, diğeri öğreniyor, birisi tarif ediyor diğeri yapıyordu.

Bahar kervanı, bütün güzelliği ve haşmetiyle, bütün renk ve ıtırlarıyla kafile kafile toparlanıp İstanbul'a gelmiş, oradan ta Kâğıthane'ye, Hafız Çelebi'nin bahçesine konmuş gibiydi. Gün boyunca Can Kuyusu'nun çevresini kireçlemişler, uzun mezarın bakım ve temizliğini yapmışlar, lale bahçesinden ayrık otlarını ayıklamışlar, bitap, yorgun akşam için yemek hazırlayacaklardı. O sırada Topaç Yeye kaç zamandır aklına takılan bir soruyu pat diye soruverdi:

"Efendim! Lale ile bunca haşır neşir iken, hatta her yıl değişik renkte bir lale üretirken, neden bir lale soğanından birden fazla çiçek elde etmeyi denemediniz? Yoksa denediniz de olmadı mı?"

"Hayır oğulcuğum, hiç denemedim. Evet, lale soğanı, her yıl yalnızca bir dal üzerinde bir tek çiçek verir, bu doğrudur. Sanki Allah'ın birliğini temsil etmek ister gibi. Hatta bu yüzden ikiz lale soğanı da çok nadir bulunur. Özel çabalarla ikiz soğanlar yetiştirilebilir. Öte yandan, şekil itibariyle de bir lale tevhidin sembolü olan elife benzer. İşte bu yüzden tek soğandan birkaç lale çiçeği elde etmeyi her düşündüğümde Allah'ın birliğine şerik koşacağım vehmine kapıldım ve derhal vazgeçtim. Çünkü Türk yurtlarında lale bu yönüyle adeta kutsallık kazanmış ve Allah'ın varlığını yansıtan özge bir çiçek olarak algılanmış, güzelliğinin sırrı da buna bağlanmıştır. Güzellerin mücevherat yerine lale takınarak süslenmesi sence anlamlı değil midir?"

Topaç Yeye, Hafız Çelebi'de gördüğü onca cesur karar ve yeniliklere açık uygulamalar yanında, takılıp kaldığı bu lale sembolizmini kabullenemedi; bunu, taşıdığı sağlam imanın bir bağnazlığı olarak kabul etti. Sustu. İtirazda bulunmadı. Bir lale soğanından her yıl yeni soğanlar üretme konusunda verdiği bilgileri de hayretle dinledi, bu sefer de takdir belirtmedi.

"Lale soğanı baharda çıkarılmaz da toprağın altında bırakılırsa yaz sonunda tıpkı patates gibi yedi veya sekiz soğan üretir. Bunlardan en iri olan iki veya üç tanesi o yıl çiçek verir."

"Ne kadar çok şey biliyorsunuz efendim!.."

"Bilmek mi oğulcuğum!.. Hıh!.. Bilmediklerimi ayağımın altına koysam başım göğe değerdi. Unutma, cehaletten daha dermansız dert yoktur! Gerçi bilgiye hâkim olmak mutluluktan çok elem, sevinçten çok keder verir ama insan da öğrenerek çoğalır. Sen de zamanla her şeyi öğreneceksin. Öğreneceksin ki hayatı anlayacaksın, Yüce Yaratıcı'yı tanıyacaksın."

"Ben en çok, Ebussuud Efendi'nin Defter-i Lalezâr-ı İstanbul adlı şükûfenâmede anlattığı İstanbul Lalesi'ni öğrenmek ve yeniden üretmek istiyorum.

O sırada Yeye'nin gözü önünde nar çiçeğine yaklaşan bir kızıllık, sivri ve birbirine eşit uzunlukta ince badem yapraklar, her yaprağın ucunda bir ince ve keskin kılıcı andıran ipliğimsi uzantılar, çanağın oturduğu nebatî yeşile çalan taç yapraklar, kara bağrının tam ortasından yukarıya uzanan sarı tozlu tohum fitiller duruyordu. Derin bir nefes alıp iç geçirirken düşündüğü şey, bu günlerde bahçelerinde bir İstanbul Lalesi açma umuduydu. Bahar gelmiş, heyecanı artmıştı. Muhtemelen şu anda Hafız Çelebi de içinden aynı arzuyu geçiriyordu.

Gün inmek üzereydi. Şiddetli bir gürültü duydular. Ses, kaplumbağaların bulunduğu havuzdan gelmişti. İkisi birlikte koştular.

34. Sual:
Bir Matem Damlası'nın Rengi Nasıldır?

Kendine geldiğinde canlardan birkaçı ile hücre arkadaşı Selman, alnına ıslak bezler bastırıp yüzünü gülsuyu ile ovmaktaydılar. Beşiktaş Mevlevihanesi'nde kuşluk zikri bitmiş, kahveler içiliyordu. O sırada bir hekim gelip nabzını tutarak bilmediği dilden bazı sorular sormaya başladı. Gerçi mevlevihanede yabancılar hiç eksik olmaz, sema ayinlerini seyretmek üzere şeyh efendiden izin alıp içeriye girerlerdi. Bu mevlevihanede insanlar kendilerini ne doğulu, ne batılı hissediyorlardı. Belki doğu ile batı arasında konumlanmış bir mekânda, her ikisi birden olmanın hazzını duyuyorlardı. Bu yüzden Boğaziçi sahilinde denize nazır semahanede dervişleri dönerken görmek isteyen yabancı tacirler, maslahatgüzarlar, kaptanlar, elçiler, gezginler, ressamlar, İngiliz, İtalyan, Fransız, Hollandalı ve Rus konsoloslar ile yerli Yahudiler, Ermeniler, Rumlar, birbirleriyle yarışıp duruyor, semahanenin kafesleri ardında daima birkaç dil konuşuluyordu. Öyle ki dönen dervişleri görmek bir tür onur sayılıyor, kışın Galata Mevlevihanesi'nin, yazın da Beşiktaş Mevlevihanesi'nin zikir günlerinde kazanları çifter çifter kaynıyordu. Nabzını tutmakta olan adam bu yabancılardan biri olmalıydı. Sorduğu soruların üslubu ve ses tonundan, hastasının ruhunu okumaya çalıştığını anlamıştı. Tercüman can gelip de anlaşmaya başladıklarında yanılmadığını gördü. Bayılmadan evvel neler düşündüğünü, hayalinde nelerin canlandığını, en çok neye hasret duyduğunu falan soruyordu. Hiç konuşmadı. Hekimin ısrarlarına rağmen hiç konuşmadı ve ta sabaha kadar döşeğinde dönüp durdu. Zihninden binlerce düşünce aynı anda akıyor, hangisinin peşine takılıp sürükleneceğini kestiremiyordu. Çırağan sahil sarayının bahçesinde çivide dönen o kızıl laleyi gördükten sonra yeni bir plan yapması gerektiğine karar vermişti. Hafız Çelebi'ye uğrayıp hem Topaç Yeye'yi, hem de sonbaharda toprağa gömdüğü Katre-i Matem'i görmekle işe başlayacaktı. Acaba açmış mıydı? Açtıysa rengi nasıldı? Gerçi lalelerde koku bulunmazdı ama bunda Nakşıgül'ün kokusu bulunacak mıydı? Bu lale kendisi için hayatına anlam katacak bir araştırmanın başlangıcı olacaktı. Nakşıgül için var olabilmenin, Nakşıgül için kendinden vazgeçmenin sınırı işte o laleyi gördüğü an başlamış olacaktı. Katre-i Matem belki de onu katile götürecekti. Bu lale yalnızca bir aşk değil, bir sır demekti. Bir ölüye hayat verecek, belki bir hayata ölüm getirecekti.

Katre-i Matem; bütün bir kış biriktiregeldiği sufi düşüncelerin sonu, bir asude rüyadan uyanış demekti. Katre-i Matem durağan geçen kışın hareket hali olmaya hazırdı. Yoksa bu laleye çok mu umut bağlamıştı? Hafız Çelebi'nin dediği gibi belki hiç açmamış da olabilirdi. Eğer öyle ise çıktığı yoldan dönmemek üzere kendine söz verdi. Katre-i Matem olmasa da Nakşıgül'ün katillerini bir yolla bulmak gerekiyordu. Zaten kendi hayatını huzurlu yaşayabilmek adına buna mecburdu da!.. Nakşıgül için bir şey yapmadan yaşamanın ne önemi olabilirdi ki?

Bütün gece ateşler içinde kâh uyudu kâh uyandı; uyudukça kâbuslar görerek, uyandıkça Nakşıgül'ün hayaliyle teselli bularak seherde ayağa kalktı. Hayret, kendisini çok dinç hissediyordu. Tekkenin alt katındaki bütün hücrelere, semahanede devam etmekte olan İsm-i Celal zikrinin ahengi ile birlikte ahşap binanın tahta gıcırtıları yayılıyordu. Güneş doğasıya kadar uzun uzun dua etti. Tam altı aydır zihninin arkalarına istiflediği eski düşünceleri birer birer irdeleyip nereden başlaması gerektiğini kestirmeye çalıştı. Nihayet gidip İstanbul mezarlıklarındaki ölüm kayıtlarının tutulduğu kadı sicillerine bakmak zorunda olduğunu hatırladı. Nakşıgül'ün katillerine ulaşmak için orada bir ipucu yakalayabilirdi. Yeter ki kendisini arayanlar, sonunda umutlarını yitirip aramaktan vazgeçmiş olsunlardı.

Süleymaniye Meşihat Dairesi'ne doğru tırmanırken içinden neler neler geçtiğini kimseciklere anlatamaz, anlatsa da kimsecikler onu anlayamazdı. Kalbi eskisi kadar karmaşık değildi. Kaçak bir hayatı yaşamanın ruhunda oluşturduğu derin çiziklere mevlevihanede merhem koymuş sayılırdı. Bir Mevlevi dervişine artık kim ilişirdi ki!..

Süleymaniye yokuşunu Tahtakale civarındaki kazancıların, kaşıkçıların, saraç ve çarık ustalarının vitrinlerine baka baka çıkıyordu. O sırada Süleyman Kanuni'nin türbesini ziyaret edip hazire duvarında bir miktar oturdu. Çevresine bakındı. Bu şehrin doyumsuz bir güzelliği vardı. Hele Boğaziçi... İki denizin ve iki kıtanın birleştiği yer... Ne büyülü bir güzellik... İşte Haliç!.. Gemicilerin "Altın Boynuz"u Haliç!... Ezeli bir lezzet, ebedi bir sarhoşluk... İçinden, "İnsan iki ömrü varsa birini, üç ömrü varsa ikisini burada yaşamalı!" diye geçirdiği sırada hiç olmayacak bir şey oldu. Yanına yarı meczup bir tulumbacı neferi yaklaşıp "Yanarsın kaç!" diye en az on kere tekrarladı. Sonra da kendisi kaçarak uzaklaştı. Adamın arkasından bakarken şehirde ne kadar çok meczup olduğunu, bunlardan bazılarının aşk yüzünden bu hale geldiklerini düşündü. Kimisinin akıllı deliler kabilinden, veli mi, yoksa deli mi olduğu anlaşılamıyordu bile. Sonra şehrin delilerine takıldı aklı. Gerçekten ne kadar da çok idiler. Mevlevihanede tanıdığı Elekçi Divanesi mesela. Usta bir kalaycı olan ve kalayı ayağıyla yapan Seyit Deli Mehmet, kim bilir hangi hükmünden sonra yanlışını görüp aklını yitiren ve yaz kış aynı hırka ile dolaşan Kadı Divane, Karadeniz şivesiyle konuşup kerametler söyleyen katıksız Laz Dalkavuk Osman, her konuştuğu adamdan "Eyvallah âşık!" diyerek ayrılan Bektaşi fukarasından Taslak Derviş Mustafa, "Savulun kâfirler, münafıklar!" nidasıyla her gün şehri bir uçtan bir uca koşarak dolaşan Kadı Süleyman Efendi, Kâğıtçı Delisi, Yumurta Delisi ve daha niceleri. Bir şehirde bu kadar meczup olmasını hayra yormak mı gerekirdi, yoksa bundan ürkmek mi, kestiremedi. Hiç şüphesiz bir de bunların meşhur olmayanları vardı. Külhanda da böyle birini tanımıştı; her konuda bir fikri mutlaka vardı ve fala bakar gibi her defasında isabet ettirirdi.

Şahin Can delilere ve deliliklere dalmış duvarda otururken uzaktan Tahtakale istikametine doğru on beş-yirmi kişilik bir güruhun aktığını gördü. Hallerinden ateşli bir tartışmanın içinde oldukları anlaşılıyordu. Sonra birden içlerinden birisi dikkatini çekti. Bu, Patrona Halil'in kurnası başında Tomruk Emini'yle birlikte yıkanan adama benziyordu. Aynı anda hemen sol yanından sesler duydu. İki kişi avaz avaz bağrışıyordu "Kazan'ın namusuna halel geldi, şeriat isteriz!" Ardından üç muh-

tesip ortaya çıktı. Onları yatıştırmak üzere nasihat ediyor, "Etmeyin yoldaşlar! Namus hepimizin namusu!" diye tekrarlayıp duruyorlardı. Belli ki yine bir sarkıntılık olmuş, namus kavgası başlayacaktı. O sırada Süleymaniye'nin müezzinleri devreye girdi:

"Allahu ekber!.. Allahu Ekber!.."

Şahin Can, Meşihat Dairesi'nden eli boş çıktı. Cebine birkaç akçe koyduğu yaşlı sicil memuru altı ay öncesine ait iki cilt defteri dikkatlice gözden geçirmiş Nakşıgül Hatun diye birisinin öldüğüne ve herhangi bir kabristana gömüldüğüne dair hiçbir kayıt bulamamıştı. Daireden çıktığında kesif bir duman kokusu doldu genzine. Şehir bir uğultuyla çalkanıyordu sanki. Dumanla birlikte gelen pek çok ses vardı etrafta. Sokaklar sükûnetini yitirmiş ve alev alev ayaklanmıştı. Birden rüzgâr çıkmış gibi savrulan kurumlar görmeye başladılar. Havada daha çok duman ve daha çok ısı vardı. Mahalleler daha kaç kere olduğu gibi bir kez daha ateşin kurbanı olmaya hazırlanıyor, aradan kaçanlar kaçıyordu.

Şahin Can, az evvelki divanenin ikazına uyup hiç beklemeksizin köprüye yönelmiş, hızla Tahtakale yokuşunu inmeye çalışıyordu. Sokaklar kaçışan insanlarla doluydu. Alevler Kasımpaşa'dan Galata'ya, oradan Haliç'e doğru kademe kademe evlerin çatısına sıçrıyor ve her sıçrayışta bir kez daha büyüyordu. Tersanedeki gemiler hızla hareket etmiş, Boğaziçi'ne çıkmışlardı.

Yangına doğru giderken sık sık alevlerin hareketlerine bakıyor, ortadan yok ediverdiği evlerin insanlarını düşünüyordu. Sonra ateşin her şeyi değiştirdiğini fark etti. Ateşin gücünü, her şeyi değiştirme gücünü düşündü. Toprağı, suyu, havayı, hatta insanı değiştiriyordu. Maddeyi değiştiriyordu. Madenleri değiştiriyor, dönüştürüyordu. Şimdi de hayatı değiştirmek için azgınca hayatın üstüne üstüne gelmeye başlamıştı. Yokuşu inip köprüye ulaşasıya kadar yangın Galata surlarına dayanmış, alevler heybetini arttırmış, Haliç'in mavi sularında kızıl yakamozlarla çırpınıyordu. Sanki yer ve gök birlikte yanıyor da arada her şey bir çerçöpten ibaret kalmış çıtırdıyordu. Bu ateşin vahşi güçlere hükmeden bir ruhu olmalıydı. Çünkü beklenmedik bir anda ortaya çıkıyor ve birden büyüyüp her yanı kaplıyordu. Kaderin düğümü çözülmüş gibiydi ve o çözülünce sakınmanın boşa gideceğini iyi biliyordu. Köprü'yü geçip de koyu dumanlar arasında Beşiktaş istikametinde hızla koşmaya başladığında bir yandan şehirdeki kıpırdanış ve öbek öbek adamların kavgası, öte yandan tulumbacı meczubun "Yanarsın kaç!" ikazını düşünmeye başladı. Mevlevihanenin kapısından girdiği sırada Nahifi Efendi'yi görüp yangını haber vermek istedi. Ancak Bayezit yangın kulesindeki işaretler yangını kırmızı bayrak ile şehrin her yanına zaten ilan etmiş ve tekkede dervişler bir hâlâs ve selamet duasına başlamışlardı bile. Amin sesleri kulağına çarptığı sırada gözünün önüne az evvel "Şeriat isteriz!" diye bağıran adamın suratı gelmişti. Onu gözlerinde maske ile hamam kurnası başında hayal etti. Elbette oydu!.. Yanılmıyordu. Hatta ne demişti:

"Kaf Dağı'ndan gelecek yay kaşlı, servi boylu, mim dudaklı sevgiliyi bekliyoruz?"

Peki kimdi bu sevgili?

Bütün gece düşündüğü bu sevgilinin kim olduğunu ertesi sabah tekkeye erken gelen Nahifi Efendi'den öğrendi:

"Bu acemice tertip edilmiş bir lugazdır Şahin Can. Her anlatılan şey bir harfi karşılıyor. Kaf Dağı yerine kaf harfini anla. Yay kaştan maksat ya harfidir. Servi boy, elife benzer, oradan da elifi al. Mim dudak zaten söylenmiş. Hepsini arka arkaya okuyunca "Kı-y-a-m" olur."

Nahifi Efendi cümlesini tamamladığında basit bir lugaz çözdüğünü zannediyordu ve Şahin Can'ın gözlerindeki isyan dehşetini göremedi.

35. Sual
Tülbent ile Tulpan Arasında Bir Medeniyet Farkı Olabilir miydi?

Topaç Yeye ile Hafız Çelebi gürültüye koştukları sırada aslı kendi bahçelerinde uzun zamandır nasıl da derin lale rüyalarına daldıklarını, İstanbul Lalesi'nin kadife yapraklarına bağlanmış sessiz bir hayatı nasıl benimsediklerini fark ettiler. Durup duruken, kaplumbağaların bulunduğu havuzdan gelen bu gürültünün sebebini anlamaları gerekiyordu. Birlikte koştular. Daha beş on adım ilerlemeden kulaklarına, bilmedikleri bir dilden konuşmalar gelmeye başladı. Hafız Çelebi o sırada her zamanki kaplumbağa hırsızlarından birini yakalayacağını düşündü. Çünkü devletin yasağına rağmen son günlerde kaplumbağa meraklıları çoğalmış, Galata'daki ecnebiler, Cenevizli gemicilerden tatlı suda büyüyen kaplumbağa etinin uzun yaşamak için bir deva ve iksir ihtiva ettiğini duymuşlar, gerek kendileri yemek, gerekse yüksek fiyatlarla gemicilere satmak için Hafız Çelebi'nin kaplumbağalarını çalıp götürmeye yeniden başlamışlardı. Hafız Çelebi de iki hafta evvel, kaplumbağalarını koruyabilmek için yine hükümete başvurmuş, bunların tabiattaki dengeyi sağladığını, eğer kaplumbağaların sayısı azalırsa Sadabat sazlıklarında su yılanlarının çoğalacağını, bunun da çayırlardaki börtü böceğe ziyanının dokunacağını, böceklerin azalması halinde bitkilerin ve ağaçların zarar göreceğini vs. uzun uzun anlatıp vezir Damat İbrahim Paşa'nın izniyle kaplumbağa avcılığını men edecek yeni bir yasakname hazırlattırıp Bostancıbaşı Ağa vasıtasıyla bütün Galata'da ilan ettirmişti. Neyse ki kaplumbağa havuzunda karşılaştıkları üç adam bu hırsızlardan değildiler. Hafız Çelebi öfkeyle geldiği havuz başında bir hayret ve sevinç ile haykırdı:

"Dostum!.. Vefalı karındaşım benim, safalar getirdiniz..."

İriyarı, mavi gözlü, uzun burunlu, sarışın adam sevecen bir edada onunla kucaklaşırken bozuk bir telaffuz ile cevap verdi:

"Geç kalmadığım değıl mi?"

Topaç Yeye tanışma faslında gelenlerden birinin Avusturya ülkesinin İstanbul maslahatgüzarının seyisi, diğerinin Felemenk'ten yeni gelmiş Vanmour Efendi olduğunu öğrenmişti. Ama Hafız Çelebi'de daha önce görmediği bir neşeye sebep olan bu yabancı kim idi? Çok merak etmesine gerek kalmamıştı aslında. Çünkü Hafız Çelebi kendisinden, devamlı kapalı duran gizemli odanın anahtarını getirmesini ve karşısındaki adama teslim etmesini istemişti. O zaman anladı bu adamın, bütün kış hikâyelerini dinlediği Bican Efendi olduğunu. Onun hakkında neler neler anlatmıştı Hafız Çelebi. Asıl adı Pit-Jan imiş. On yıl önce bir gemiden inip burada bahçıvanlık yapmaya başlamış. Her kış sonunda gelir, laleler solmaya başladığı mevsimde, haziranda geri dönermiş. En çok yaptığı şey, yetiştirdiği lalelerin resimlerini çizmek ve memleketine öyle dönmekmiş. Topaç Yeye bu eve kabul edildiği günden itibaren Hafız Çelebi'den onun adını kim bilir kaç kez duymuş, lalelerine en iyi onun baktığını, lale yetiştirmede çok maharetli olduğunu ve daha pek çok şeyi kim bilir kaç kez kıskanarak dinlemişti.

Jean Baptiste Vanmour Efendi, Flandr'ın Valensiyan kentinden bir ressam imiş. Birkaç yıl evvel sultanın sarayına gelmiş, İstanbul'un renk renk kıyafetlerinden çeşitli görüntülerine varasıya kadar pek çok resim çizmiş, bilhassa saray erkânını tuvale geçirerek ün kazanmış. Pit-Jan Efendi meğer gençliğinde onun yanında nakkaşlık eğitimi almışmış. Vanmour Efendi, Hafız Çelebi'nin ününü işitip lale üzerine bazı sorular sormak istemiş; bu arada Pit-Jan ile buluşmuşlar ve Seyis Efendi de gün inmeden onları Sadabat'a götürüp döndürmenin telaşı ve acelesiyle Kâğıthane Deresi'nin yanlış yerinden geçirmiş, bu arada vakit ilerlemiş, yol şaşırıp arka bahçeden içeri girmeye çalışmışlar, ama kazara küpleri kırmışlar. Büyük gürültü havuz başındaki bu küplerden gelmişti. Biçare Hafız Çelebi, eskiyen bostan dolabının delik küplerini değiştirmek üzere onları ta Kâğıthane Köyü'nde özel yaptırtıp neliklerle getirtmişti.

Hafız Çelebi bir yandan elindeki lambayı yakmaya çalışırken diğer yandan oturmaları için misafirlerine bahçenin yegâne ağacı sayılan cevizin gövdesine yaslanmış kerevette yer gösteriyor, bu arada aklından bahçeye diktiği şimşir fidanlarını sulama işinin kırılan küpler yüzünden iki hafta daha gecikeceğini geçiriyordu. Ama Bican Efendi'nin gelişi bunu telafi ederdi. Birden neşelendi ve muzip bir eda ile sordu:

"Bicanım, efendiler hayırdan mıdır, şerden mi? Bağımızda ne alıp ne satarlar?"

"Ser isimiz de-ıldir," diye bozuk bir aksan ile başladı sohbete seyis efendi ve ilave etti, "Kafız Selebi-i merak etmek biz."

Topaç Yeye kendini zor tutuyordu. Kıyafetleri, beceriksizlikleri ve bozuk Türkçe aksanlarıyla bu adamların hali Eyüp Sultan Camii yanındaki Karagözcülerin komik hallerine benziyordu. Her misafir geldiğinde yaptığı gibi ikram için kilere gidip ceviz içi, elma ve armut kurusu getirdi. Gündüzden taze erik ve çağla badem de toplamıştı. Yaklaşık iki saat kadar laleden bahsedip sohbetler ettiler. Bican Efendi'nin sanatçı kimliği kadar zeki birisi olduğu her halinden belli oluyor, anlattığı şeylerden de lale hakkında her şeyi bildiği anlaşılıyordu. Topaç Yeye onu kıskanmıştı. Konuşmalarını dikkatle dinledi. Altmışın üzerinde gösteren ressam efendinin sık sık "tülp" deyip durması dikkatini çekmiş ve bunun lale demek olacağını düşünmüştü.

Seyis ile ressam efendi kendilerine veda edip giderken gecenin karanlığını aynı gürültülü ses bir kez daha böldü. Bu sefer de kalan küpler kırılmıştı anlaşılan. Hafız Çelebi ile Bican Efendi birbirlerine bakıp hayıflanarak ama neşeli neşeli güldüler.

Evde üç kişi olmuşlardı. Topaç Yeye'nin, Bican Efendi'den pek hoşlandığı söylenemezdi. Daha doğrusu Hafız Çelebi'yi ondan kıskanmış, belki kendisine rakip saymıştı. Bican Efendi ile Hafız Çelebi uzun bir hasretliğin ardından kahkalarla karışık sohbetlere daldığında yatmak üzere odasına çekilmiş, ne çare bütün gece onların devam edip giden seslerini dinlemiş, dinledikçe uykusu kaçmış, Bican Efendi hakkındaki düşünceleri iyiden iyiye kıskançlığa dönmüştü. Birlikte sabah çorbasını içerlerken Hafız Çelebi'yi konuşturmak, belki ilgisini çekmek için akşamdan aklına takılı kalan soruyu sordu:

"Efendim, ecnebiler laleye ne derler?"

"Neden sordun oğulcuğum?"

"Bit Canlı efendi ile ressam ağa durmadan aynı kelimeyi tekrar edip durdular da."

Bican Efendi'yi sevmediğini, adını telaffuz ederken elleriyle bir biti ezer gibi yaparak göstermişti. Hafız Çelebi gülümsedi, kelimeyi telaffuzundaki dikkatine ve zekâsına içinden aferin okudu ve hatta onun adına gizli bir gurur bile duydu.

"Ha!.. Anladım. 'Tülp' kelimesi dikkatini çekti senin."

"Evet, o kelime."

"Hani sana daha evvel lalenin evden kaçmış kızımız olduğun söylemiştim ya!"

"Kara Şahin Ağam ile size ikinci gelişimizdi. Ama 'kaçmış' dememiştiniz, 'kaçırılmış' demiştiniz."

Yeye "kaçırılmış" kelimesini söylerken sanki Pit-Jan bu işi yapmış gibi gözlerini ona çevirmiş, ama hem Hafız Çelebi, hem de Bican Efendi buna kahkaha ile gülüp onun gönlünü almışlardı. Hafız Çelebi anlatmaya devam etti:

"Kaçırılmış demiştim ha!.. Evet, kaçırılmıştı. Kaçıran adam da Muhteşem Süleyman Han asrının Avusturya maslahatgüzarı Busbecq nam Frenk idi. Senin dikkatini çeken kelimeyi laleye isim olarak işte o koymuş. Yani tıpkı lalenin kendisi gibi adı da oralara İstanbul'dan gitmiştir. Biliyor musun, şu bizim Bican Efendi ile Vanmour Ağa'nın tekrarlayıp durdukları "tülp" kelimesi "tülbent" kelimesinden türemiştir.

"Nasıl yani efendim?"

"Busbecq Efendi, hatıratında anlattığına göre, Ayasofya civarındaki kahvehanelerden birinde otururken yanlarına gelen delikanlının birinin serpuşu kenarında bir lale goncası görmüş. Taç yumağında kırmızı kadifeleri yeni görünmeye başlayan küçük bir gonca imiş bu. Delikanlı sevdiğine 'gönlüm sende' demek istediği için kulağının kenarına bu goncayı iliştirmişmiş."

Hafız Çelebi İstanbul'daki âşıklardan bahsederken Topaç Yeye de vaktiyle annesinin anlattığı bir öyküyü hatırlamıştı. O da İstanbul'da geçiyordu ve **birbiri için can veren âşıklar**ın başına gelenleri konu alıyordu. "Bu İstanbul şehri aşkın has bahçesi olmalı!" diye düşündü içinden. Burada aşk sıradan bir şey olmaktan çıkıyor, hayatın ta kendisi oluyordu demek ki. Tıpkı kulağına lale goncası takan âşık gibi. İşte Kara Şahin Ağasının başına gelenler. Ve işte kendi başına gelenler... Şehnaz'ı çok özlediğini elbette kimseye söyleyemiyor ama akşamları gizli gizli birkaç damla gözyaşı dökmekten de geri durmuyordu.

Hafız Çelebi'ye yeniden kulak verdiğinde, içinden "İstanbul ile aşk... Birbirine en ziyade yakışan iki kelime!" diye sayıklamakta olduğunu fark etti. Çelebi anlatmaya devam ediyordu:

"Busbecq kendi ülkesinde kulak kenarına çiçek takma âdetini bilmediği için eliyle laleyi işaret ederek delikanlıya sormuş 'Bu başındaki de ne?' Delikanlı serpuşuna iliştirdiği goncayı unutup onun, sarığını kuşatan bezi kast ettiğini sanarak 'Tülbent!' demiş. Elçi de çiçeğin adının tülbent olduğunu zannederek dostuna yazdığı mektupta adını 'tülipent' diye yazmış. O günden sonra Felemenkler gurbete düşen kızımızın adını Tulipan olarak çağırmışlar. Hatta daha sonra Avrupalı diğer devletlerin diline de buna benzer kelimelerle 'tulpan, tulipano, tulip, tulipe' olarak geçmiş."

Bican Efendi, Hafız Çelebi'nin anlattıklarını hem başıyla onaylıyor, hem de bu genç ve zeki çocuğu hayretle izliyordu.

-derkenar-

birbiri için can veren âşıklar

İstanbul'da bir zamanlar, devletlûlardan olan komşusunun oğluna gönlünü kaptırmış bir kız yaşarmış. Oğlanın hiç haberi yokmuş sevildiğinden. Kederi artıyor, umutsuzluğu büyüyormuş kızcağızın. Sonunda onun sevdasından yataklara düşmüş. İffetinden gidip halini delikanlıya anlatamamış. Anlattığı vakit "Ya inanmazsa!" diye korkuyormuş. Sonra "Ya beğenmezse!", "Ya yüz çevirirse!" gibi ihtimalleri hesap ediyormuş. Bunlar da hastalığını arttırmış, nergisceğiz erimeye, solmaya başlamış. Kızı avuçlarında yetiştirmiş olan dadısı gerçeği anlamış. Ona sırdaş olmayı teklif edip işin aslını öğrenmiş. Sonra da demiş ki "Ona halini bir şiirle anlatmalısın!" Kız bu yolu da denemiş. Lakin oğlan kıza karşı aklından hiçbir aşk fikri geçirmediği için şiirini de işte öylesine dinlemiş.

Kızın aşkı hadden aşıp ölümcül raddelere gelmişken kader ona fırsat tanımış, bir gece baş başa kalmışlar. Kızın kalbi yerinden oynayacak gibi olmuş, sabrı tükenmiş, amma iffetinden bir adım dışarı çıkmamış. Gecenin sonunda kız ayrılmak üzere ayağa kalktığında kalbi kendisine hükmetmiş ve oğlanın üzerine eğilip dudağına bir buse konduruvermiş. Sonra tek kelime söylemeden güvercin yürüyüşüne benzeyen bir yürüyüşle, kulağındaki küpeleri çın çın sallayarak çıkıp gitmiş.

Delikanlı önce çok şaşırmış tabii. Birden gücü, takati kesilmiş, soğukkanlılığını yitirmiş. Öfkelenmiş, utanmış, sevinmiş, eli ayağına dolaşmış... Ve... Kız daha bahçe kapısından çıkmadan aşk tuzağına yakalanıvermiş. Ertesi gün yüreğinde ateş alevlenmiş, soluk alıp vermesindeki düzen bozulmuş, nefesi daralır olmuş, korkuları çoğalmış... Gözüne uyku girmeden üç gece geçirmiş ve dördüncü gün sabahleyin kızı görmek için evden çıkmış. Ne çare kız o gece aşk yolunun son yolculuğuna çıkmış.

Babası ona halinden sormuş. Cevabı şöyle olmuş:

"Ona karşı öyle bir arzum var ki, bu arzuyla Allah'a yalvarabilseydim tüm günahlarım bağışlanırdı. Bu arzuyla dua edip istesem, vahşi hayvanlar merhamete gelir, insanlara zarar vermekten vazgeçerlerdi. İçimde öyle bir alev yanıyor ki söndürme amacıyla su içmeye kalksam suda boğulurdum. İsterdim ki o hayattayken yüreğimi bir bıçak ile yarıp açsınlar, onu içine yerleştirsinler, sonra da göğsümü kapatıp diksinler. Böylece hep yüreğimde kalsın, diriliş gününü başka yerde değil, orda beklesin, ben yaşadıkça o da yaşasın, kabrin derin karanlığına girdiğimde de yine kalbimin içinde benimle olsun.

Sonraki yedi gün boyunca delikanlıyı hep onun mezarı yakınlarında dolanırken görmüşler. Sekizinci günden sonra da hiç kimse bir daha hiç görmemiş.

36. Sual
Çerağ Yandırmak Nevruzun Şanından mıdır?

Sultan, Sadabat'a gideceği vakit Topkapı Sarayı'nın Sarayburnu sahilindeki iskele-i hümayundan bir saltanat kayığına biner, sahillere birikerek kendisini selamlayan tebaasına mukabelede bulunarak Haliç güzergâhında Eyüp Sultan'a kadar ağır ağır gelir, burada türbeyi ziyaret edip halka kerem ve ihsanlarda bulunduktan sonra saltanat arabası ile Bahariye sahilinden Cedvel-i Sim'i takiben Sadabat Kasrı'na varırdı. Laleler henüz açmamış, Kâğıthane safaları başlamamıştı. Lakin sultan hem yeni imar faaliyetlerini görmek, hem halkının nevruz kutlamalarını tebrik etmek, hem de veziri Damat Paşa'nın kendisine sunacağı nevruz hediyelerini kabul edip şairlerin yeni yazdıkları nevrûziye kasidelerini dinlemek üzere Sadabat'a gidiyordu. Nevruz, halk takvimine göre bahar ile birlikte başlayan, cemrelerin sırasıyla havaya, suya ve toprağa düşmesinin ardından başlayacak yeni yıla karşılık geliyordu ve o yıl nevruz günü tatil olan cumaya rastlamıştı. Nevruz dolayısıyla meydanlarda büyük ateşler yakıp çevresinde toplanarak eğlenmek gelenekten idi. Moğol efsanelerinden alınan söylentiye göre, Osmanlı hanedanının mensup olduğu Kayı boyunun da aralarında bulunduğu Oğuz Türkleri o günde dişi kurt Asena'nın rehberliğinde Ergenekon'dan çıkmış ve bahar ile birlikte yeni bir hayata başlamışlardı. Osmanlı Devleti'nin bütün hükümdarları bu bayramı kutlar, nevruz dolayısıyla sarayda tatlılar ve macunlar imal ettirip halka dağıttırır, müneccimler yeni takvimlerini o gün sultana sunup caizeler alırlar, şairlerin kaside biçimindeki yeni yıl tebrikleri okunur, devlet erkânı arasında bayramlaşma merasimi yapılırdı. Vezir İbrahim Paşa her fırsatta bir eğlence icat etmekte pek mahir idi. Nevruz bayramının cumaya rastlamasını halka bir fal-i hayr, bir kutlu gün gibi yansıtıp şehirde umumi şölen yapılması için bostancıbaşı ağa ile yeniçeri ağasına birkaç emir vermesi yetmişti.

Sultanın "Kuğu" adlı zarif saltanat kayığı, hemen önünde Sadrazam İbrahim Paşa'nın vezaret peremesi, onun önünde de muhafızlara ve solaklara ait beş ve yedi çifteler Cibali önlerinde göründüğünde kalabalık arasında bir dalgalanma oldu. Katarın en arkasında saraylılara ait birkaç hanım iğnesi kayık ile daha geride bostancı ağa ile kayıkhane leventlerinin muhafız kayıkları vardı. Biraz sonra haşmetmeab ve beraberindekiler büyük bir ihtişamla gelecek ve Eyüpsultan'ın Bostan İskelesi'nde beşik taşına ayak basacaklardı. Orada sultan bir küheylana binecek ve iskeleden Eyüp Sultan türbesine kadar halkını selamlayarak rahvan gidecekti. Çuhadar önde, peyk ve solaklar yanlarda, haydarî başlıklı Mardin işi eğerli atın sırtındaki hükümdar yavaş yavaş ilerlemeye başladığında ortalıkta çıt çıkmayacaktı. Ama şimdi yüksek bir gürültü, derin bir uğultu ve mallarını makamla pazarlayan seyyar satıcıların uzatılarak söylenen kafiyeleri ayyuka çıkıyordu. Sultanın geçeceği yollara yığılan halk ile birlikte şehrin bilumum eğlence adamları da onun gelişini bekliyor, beklerken de gösteriler yaparak deflerini uzatıyor, duranlar ve yürüyenlerden bahşiş istiyorlardı. Devrin bütün şenlik ustaları oradaydı. Ötede öbek olmuş ateşbazlar arasında Üsküdarlı ünlü Mahmut Çelebi ile yanında ip üzerinde yürüyen Arapgirli Kara Şüca, biraz ileride ünlü kâsebaz ve sinibaz Kamberoğlu ile ateşbaz ve hokkabaz Bursalı Kubadî Ağa başına insanları toplamış gösteriler yapıyorlardı. Maymuncular ile yılancılar daha da ileride, onları takiben de perendebazlar ile taklitçiler bin bir türlü marifet gösteriyorlardı. Özellikle yaptıkları Bekri Mustafa, Arnavut, dilsiz taklitleri çok ilgi görüyordu. Hele bir taklitbaz Kör Hasan vardı ki onun başında halk ziyadeden de ziyade idi. Kör Hasan, Civan-Nigâr'ın hamama gidip Gazi Boşnak'ın onları hamamda basma hikâyesini anlatıyor, halkın ilgisinden memnun, ballandıra ballandıra, hikâyeyi uzattıkça uzatıyordu.

Kör Hasan'ın taklitlerine gülenler arasında Acem kıyafetli bir derviş de vardı. Gülerken içindeki heyecan ve korkuyu yenmeye çalışan bu adam Kara Şahin'den başkası değildi ve hırsız küreği çeker gibi o da halkın arasına sessizce karışıp gözünü iskeleye çevirmiş, sultanın gelişini bekliyordu. Selman Can'ın bütün bir kış sergen üzerinde katlanmış biçimde duran İranî derviş giysileri şimdi onun omzunda duruyor ve elinde de bir zembil tutuyordu. Kendisi için en uygun bekleme yerinin burası olduğuna karar verip taklitbazların arkasında bir köşede beklemeye başladı.

Sultan eşik taşına ayak bastığı sırada halkın hep bir ağızdan okuduğu kafiyeli alkış sözleri bütün Haliç'i dolduruyordu:

"Padişahım, devletinle bin yaşa!"

"Ey padişah-ı muhterem / Tahtında daim ol hurrem"

"Uğurun hayır ola / yaşın uzun ola / yolun açık ola!"

"Saltanatına mağrur olma, senden büyük Allah var!.."

Yeniçeri neferleri ve sultanın solakları onun geçeceği yolun iki yanında biriken halkı hem nizama sokmak, hem de sessizliği sağlamak üzere sıra sıra bekleşmekteydiler. Herkes sultanın gelişiyle meşgul iken Kara Şahin en geride bir köşede, elindeki zembilden iki avuç genişliğinde bir tas çıkarıp kulplarından kaytan ile bağladı. İçine neft yağı doldurdu ve çakmak ile tutuşturdu. Sonra da içinden şiddetli alevlerin yükseldiği tası alelacele başına koyup kaytanı boynundan geçiriverdi. Başından alevler yükselirken şimdi sıra, halkın arasına karışıp sultanın gözüne görünebilecek bir mahalle varmaya gelmişti. Böyle yapıldığını annesinden duymuş, bir kere de çocukluğunda, seyretmiş, hatta çok da korkmuştu. Şimdi aynı şekilde kendisi çerağ uyandırıyordu. Çerağ uyandırmak, sultana ulaşmak isteyip de ulaşma yollarını bulamamış insanların sultanın dikkatini çekerek kendilerini dinlemesini sağlama yöntemiydi. Kara Şahin, Çırağan bahçesindeki kızıl lalenin mestliğinden ayılıp da Nakşıgül'ün sevdasına yeniden düşünce Tomruk Emini'nden daha yüksek rütbeli biriyle ünsiyet kurmanın, başından geçenleri anlatıp masum olduğuna inandırabileceği bir devletlû bulmanın yolunu aramaya karar vermişti. Böylece belki katilleri yakalayıp Nakşıgül'ün ruhuna karşı duyduğu sorumluluğun gereğini yerine getirebilmeyi umuyordu. Planına göre İranlı bir derviş kılığında padişah huzuruna alınacak, o sırada Farsça beyitler okuyacak, tekkedeki hücre arkadaşı Selman Can'dan duyduğu İran-Osmanlı harbinden sahneler anlatarak kendini kabul ettirecek, sonra da şehirde gördüğü kıyam kıpırdanışlarını haber vererek güvenini kazanacak, bu arada yarım yamalak Türkçe konuşan bir Tebrizli rolü oynayacak, şeyhinin, Tebriz'e lale soğanları alıp götürmek üzere kendisini İstanbul'a gönderdiğini falan anlatacak, velhasıl sultanı mutlaka kendisine inandıracaktı. Uygun bir ortam kollayıp başından geçenleri anlatmak ise çok sonraki işti. Şimdi yapması gereken şey meydana atılmaktı. Bunun için sultanı görmek, mücevherlerle süslü at koşumlarını, kaftanını ve tavus tüylü sorgucunun ucundan itibaren kavuğunu kuşatan incileri seyretmek üzere birbiriyle itişen halkın arasından öne doğru sıyrılıp ayyuka çıkan bir sesle haykırdı:

"Hudâ Hûuuuuub!"

Ortalık bir anda karıştı. Sultanın güvenliğinden sorumlu solaklardan üç tanesi derhal koşup ağzını kapattılar. Başındaki tasın içinden yükselen alevler çevreye yayılmakta, halkın kimisi "Vah zavallı divâne!.." diyerek hayıflanmakta, kimisi başına geleceklerin iyi mi, yoksa kötü mü olacağı hususunda fikirler yürütmekte, görevliler oraya buraya koşturmaktaydı. Padişah olanları görmüş, vezirine gerekenin yapılması için işarette bulunmuştu. Kara Şahin, sultanın kendisiyle görüşmeyeceğini anlayınca başından bir kazan kaynar su dökülmüş gibi oldu. Omuzları çöktü, zihni bulandı. Şimdi her şey tersine dönebilirdi. Kurduğu bütün planlar ters işleyebilir, hatta belki kendisini Tomruk Emini'ne bile teslim edebilirlerdi. Boynuz umarken kulaktan ayrılmak, kaş yapayım derken gözden olmak istemiyordu.

Koluna yapışan yeniçeri zabiti Kırk Beşinci Orta çorbacısı heybetli ve yastık bıyık bir adamdı. Dirseğini tutan parmaklarında nasıl bir pazı kuvveti toplandığını hayal etmek bile zor görülüyordu. Güya Kara Şahin'in kolunu usulen tutuyor gibi görünüyordu ama hakikatte etini öyle sıkıyordu ki Şahin bağırmamak için dişlerini kenetlemek zorunda kaldı. Üstelik adam bunu yaparken yüzünde halka gösterdiği bir gülümseme bile vardı. Bıyıkları dudak üstünden ve ağız kenarından ağzını kapatıyor, bu da gülümsediği zaman bile yüzüne bir ürkütücülük katıyordu. Hele kulak altlarında sakala karışıp dışarıya doğru kıvrılarak burulmuş bıyık uçlarına bakmak, insanı titretmeye yeterdi. İstanbul'da o günlerde bu tür bıyık sakal kesimi revaç bulmuş ve çorbacılar "Bıyığını balta kesmez!" deyimi ile tanımlanmaya başlamışlardı. Gerçekten de gurur dağının tepesinde oturan garip adamlardan biriydi bu herif. Şahin, onun elinde kalırsa başına gelecekleri düşünmek bile istemiyordu.

Padişah yerine vezir huzuruna varıp kendini kabul ettirmek zorundaydı artık. Anlattıklarıyla onu kendisine inandırmalıydı. Yüreği atmaya başlamıştı. Hafız Çelebi'nin bir seferinde "Bela gelince sabırsızlıkla sızlanmak ancak felaketi arttırır." dediğini hatırlıyordu. Şimdi başına gelecekleri beladan nimete çevirecek kadar sakin olmalı, padişah için hazırladığı planları vezir huzurunda gerçekleştirmeliydi. Çünkü daha vezir ve sultan, Eyüp Meydanı'nda halka bahşiş dağıtmaya devam ederken iki süvari ihtisap neferi, onu Atmeydanı'ndaki vezir konağına getirip taşlıktaki bir odaya kilitlemişlerdi bile.

37. Sual
Masum Kanının Hesabı Sorulmaz mı?

Padişah buraya gelmeden evvel vezirinden,

Ezelden abd-i memlûkun, çerâğ-ı hâssınım zirâ
Sebep sensin beni ihyâya devletle saadetle
Senindir hâne yoktur minnetin şevketlü hünkârım
*Kerem kıl sohbet-i mehtâba gel ikbâl ü şevketle**

* Ben senin ta ezelden kulun ve hizmetkârın, zamanını aydınlatmak için yanmaya hazır bir çırayım. Eğer biraz itibarım, saadetim ve devlette makamım var ise hepsi sendendir. Ev senin evin sayılır, devletlû hünkârım, tekellüf ve davet beklemeniz gerekmez, artık lutfediniz mehtap sohbeti için haşmet ve heybetinizle Sadabat'ı teşrif ediniz, şenlendiriniz.

beyitleriyle davet almış ve karşılığında,

Çerâğımsın benim sen hem vezîr-i nüktedânımsın
*Nazîrin yok sadâkat ile meşhûr-ı cihânımsın**

iltifatıyla onu memnun edip öyle seyre çıkmıştı. Şiirle, musiki ile, eğlenceyle dolu bir seyir olacaktı bu. Oysa şimdi neşesi birdenbire yerini kedere bırakmıştı. Şairâne isimler taşıyan kasırların, köprülerin, çeşmelerin, Kasr-ı Cinan'ın, Nevpeyda ve Hayrabad'ın yanından neşeyle geçip geldiği Sadabat Kasrı'nın merdivenlerini çıkarken hissettiği sevinç şimdi artık yoktu. Sükûnlu suların, yeşil çınarların, seyrettiği süslü ve sırma işlemeli muhteşem çadır ve otağların artık ruhuna katacağı yeni bir gurur dalgası kalmamıştı. Bir zamanlar ciritler, guy u çevgan oyunları, pehlivanlar seyrettiği, geceler boyu saz sesleriyle mest olduğu şu kasırda artık zevk ü safadan eser yok gibiydi. Ömrünü yıl yıl gözünün önünden geçirdiğinde Sadabat kasırlarında hiç bu kadar kötü ve bahtsız bir gün yaşamadığını fark etti. Bu zevk ü safa bezminde, bu şetaret ve neşe çağında bu derece kötü bir manzarayla karşılaşacağını tahmin etse ya sarayından çıkmaz, yahut Üç Hilal Cemiyeti'nin çorbacıbaşı ağasını burada, tam da neşelenmeye ve felekten gün çalmaya geldiği şu günde huzuruna kabul etmezdi. Bereket versin kızı Fatma Sultan ile damadı İbrahim Paşa'yı kendi kasırlarına göndermişti. Nazenin gönüllü kızı Fatmacığının bu sahneyi görmesini hiç istemezdi çünkü.

Hünkârın bir işareti ile muhafızlardan biri, salonun ortasında yığılmış duran nesnelerin üzerindeki örtüyü kaldırdı. Üst üste torbaların görünmesiyle birlikte salondan dışarı taşan iğrenç

---

* Sen benim hem ışığım (veya cırağımsın), hem de ince manalar bilen vezirimsin. Bana olan sadakatin bütün cihanda meşhurdur, bir benzerin daha bulunamaz.

bir koku duyuldu. Sultan; torbaların içinde ne olduğunu biliyordu, ama bu sayıda çok ve bu derece kötü durumda olacaklarını düşünmemişti. Dehşetle irkildi. Öfkeliydi. Çok öfkeliydi. Çevresindeki adamların hepsi adeta titremekteydiler. Duvarları nakışlı odanın ortasında bir büyük sofra sinisi üzerine yığılmış, çoğu birbirine benzeyen torbalar ve bu torbalarda eller, ayaklar, kafalar, bacaklar, gövdeler... Kimisinin etleri lime lime, kimisi yalnızca kemik kalmış eski, yeni ceset parçaları. Balıkların diş izleri hâlâ üzerinde etler ile morarmış, kararmış torbaların kıllarına yapışmış bedenler. Bir zamanlar konuşan, dinleyen, yürüyen, öfkelenen insanlar... Üç Hilal Cemiyeti'nin çorbacısı önündeki yığına öfkeyle bakmakta olan sultana izah ediyordu:

"Efendimiz; bizi bağışlayınız, ağ attığımız yerin zemini ziyadesiyle milli çamur idi. Ceset parçalarını ve torbaları ancak bu kadar temizleyebildik. Suç delillerini korumak adına da..."

"Ağa, ağa!.. Bu insanları canlı iken korumak değil miydi vazifeniz?"

"Beli hünkârım!.. Vazifemizde ihmalimiz olmuştur, cezamıza boynumuz kıldan incedir."

Bohemya avizenin altında, nakışlı duvarlara çarpan derin bir sessizlik oldu. Yere eğilmiş başlar sultanın kapı ile pencere arasında gelip giden ayak seslerinden başka bir harekete cesaret bulamıyordu. Ayak seslerinin gittikçe ağırlaşan vurgusu zihinlerde bir tokmak sesine dönüştüğü sırada sultan aniden durup sordu:

"Kaç kişinin cesedi var burada?"

"Üç ayrı kişiye ait uzuvlar hünkârım. Bir de buraya getiremediğimiz delikanlı cesedi var; hekimbaşı kulunuz ile diğer hekimler henüz inceliyorlar. Onların söylediğine göre bu torbalardaki insanlardan ikisi yaşlı erkek, diğeri de otuzlu yaşlarda bir kadındır. Amma kadının başı, adamlardan da birinin gövdesi henüz bulunamadı.

"Kaç arşın derinlikten çıkardınız bunları?"

"Tam Kasımpaşa açıklarında hünkârım, 38 arşındır."

"Peki kimmiş ölenler? Tespit edilebildi mi?"

"Yalnızca bir tanesi hünkârım. Yaşlı adamlardan birinin bundan beş ay evvel kaybolan Hintli bir tacir olduğu anlaşıldı. Adam çolak imiş, bezirgânlardan bazıları onu kolundan tanıdılar. Cesetlerden hiçbirinin üzerinden eşya ve takı yoktu. Denize atılmadan evvel soyuldukları ve yüzüklerinin ve mühürlerinin alındığını sanıyoruz. Dalgıçlar, torbaların içinde değil ama dışında duran takılar, taslar ve bir hançer çıkardılar. Öte yandan parçalanmış veya yıpranmış torbalar ile saçılmış insan kemikleri de çıktı. Muhtemelen zamanla içindekiler dökülmüş veya balıklar tarafından sürüklenmiş torbalardı bunlar. Bölge milli çamur olduğu için hiçbir şey görülmüyor ve yalnızca el yordamıyla arama yapılabiliyor hünkârım. Bu da dipteki her şeyi yeniden karıştırıp görünmez kılıyor. Fakat hem balıkçılar, hem de dalgıçlar dipte ziyadesiyle et yiyen balık olduğunu söylüyorlar. Ağlara takılan balıklar içinde balıkemininizin hiç tanımadığı cinsten balıklar bile türemiş. Bir de hünkârım, cesetlerin parçalanış biçimleri, hepsinin aynı baltanın işleminden geçtiğini gösteriyor."

"Buldunuz mu peki?"

"Baltayı henüz bulamadık ama yapanlardan birinin izini sürdük. Ceset parçalarının konulduğu torbaların hepsi kıldan dokunmuştu. Bunlardan birini yıkatıp çarşıya gönderdim. Torbayı dokuyan adamı üç gün arattım. Nihayet dokumacılardan birisi torbayı tanımış. Orta odasına aldırıp kendim sorguya çektim. Adam elimde yarı sağlam iki torba daha görünce tir tir titremeye başlayıp "Onları nereden aldınız?" dedi. Ben de onu alanı tanıyıp tanımadığını sordum. "Evet," dedi, "Geçen yıl balıkhane esnafından Esed Ağa nam birisi almıştı bunları. Keçi kılından dokumuştum, oradan tanıyorum. Niçin aldığını bilmiyorum ama elinizdeki torba onlardan biri," diye de anlattı. Adam masum idi efendimiz; ben de Esed Ağa'yı araştırdım. İtiraf ederim ki öğrendiklerimden dehşete düştüm. İnsanların zalimlerinden ve şerlilerinden bir kallaş-ı evbaş bir herif imiş... İstanbul'da masumların haremlerine el uzatır ve onlara tuzak kurarak işlerini yürütür bir zalim. Kimsesiz zenginlere tuzak kurarak mallarını ellerinden alan bir çetenin üyesi olduğunu sanıyoruz. Tanıyanlar eli kolu uzun biri olduğunu söylüyor ama hakkında fazla konuşmak istemiyorlar. Şerrinden korkuyorlar. Bu yüzden kimse onu şikâyet edememiş anlaşılan. Bir hikâyesini de öğrendim. Adam birkaç yıldan beri şarkıcı bir cariyeyi seviyormuş. Şarkıcı bir ay parçası, neredeyse nakışlı bir altın... Onu önce efendisinden satın almak istemiş. Adam kendisini yanına bile yaklaştırmayınca da tuzak kurup kaçırmış. Sonra üç yüz altına sahibine geri satıp yeniden kaçırmış. Sonra beş yüz altın istemiş ve yeniden kaçırmış. Neticede cariyenin efendisi iflas edip yuvası dağılmış, hanesi viran, yarı mecnun halde İstanbul'dan gitmiş. Bu cariyeyi daha sonra Eyüp'te bir oyuncakçıya harem diye vermiş. Kadın da bunca çileden sonra aklını oynatır gibi olmuş. Bu sefer de Bindallı Mahmut Çavuş adlı bir yeniçeri çorbacısı kendisine tebelleş olmuş. Cariye daha sonra ortadan kaybolmuş. Mahallesindekiler onun İzmir'e gittiğini ve bir daha dönmediğini söylediler. Ama biz bulunan kadın cesedinin ona ait olduğunu zannediyoruz. Her ne kadar başı henüz bulunamadıysa da hekimbaşınızın ifadelerine göre yaşı elimizdeki uzuvlara uyuyor."

Padişah sözün burasında sağ elini başı hizasında yukarıdan aşağıya indirerek konuşmayı durdurdu. Salondakiler yine donmuşlar, sessizlik içinde hünkârın ne yapacağını bekliyorlardı. O koca hünkâr, Osmanlı Devleti'nin o ihtişamlı hükümdarı hazin bir yüz ifadesi ve adeta çocuklaşmış bir ses tonuyla merhamet duygularını açığa vurdu:

"Benim memleketimde biri insanları öldürüp organlarını parçalıyor ve ben onu bilmiyorum!.. Allah bana hesap sormaz mı? Masumların kanını benden istemez mi? Eğer şunda, burnumun dibinde böyle canilik yapılıyorsa acaba ülkemin diğer yerlerinde kimler neler yapmıyorlardır? Sizler, hepiniz, benimle beraber bu vebale ortak değil misiniz? Herkes benimle birlikte aynı vicdan azabını duymaz mı?"

Kimseden ses çıkmayıp başlar biraz daha eğilince de sesini yükseltip gürledi:

"Derhal önümden götürün bunları ve şeyhülislam efendiye söyleyin usulüne uygun tarzda defnedilsinler. Varisleri, kimleri kimseleri varsa bulunsun, yardım edilsin. Sen, çorbacıbaşı ağa, kelleni omuzlarında istiyorsan bütün bu cinayetleri işleyenleri de, varsa diğer cinayetleri de bana en kısa sürede bildireceksin. Bulundukları bölgeyi korumaya alıp genişletiniz. Gerekiyorsa bütün Haliç'in dibini milim milim tarayınız ve ne varsa çıkarınız. Dipte bu torbaların bağlandığı taşlar birikmiş olmalı. O taşları çıkartıp hangi bölgede bulunduklarına, hangi ocağın taşı olduklarına kadar her şeyi bir bir inceletiniz. Bana anlattıklarınızı derhal vezirime de bildiriniz. Tedbirleri o alacaktır. Hekimbaşı efendi de, haber veriniz, derhal huzura buyursun."

Sultan o gün Cedvel-i Sim üzerindeki fıskiyelerin, aslan ve ejderha başlı çeşmelerin gürül gürül akan sularında bir neşe yerine karamsarlık ve hüzün görmüştü. İçi kararıyor, ruhu mengenelerde sıkışıyordu. Gün batımında hekimbaşı ile karşılıklı otururken bütün gün hiçbir şey yiyip içmediğini hatırladı. Üzülmüştü. Belki sevineceği bir haber verir umuduyla hekimbaşıya sordu:

"Efendi! Cesedi bulunan delikanlı kaç yaşında imiş?"

"23-24 yaşlarında hünkârım."

"Tam olarak kaç ay önce ölmüş?.."

"Yaklaşık yedi ay önce haşmetmeab."

"Denize düşüp kendisi mi boğulmuş, yoksa birisi tarafından mı atılmış?"

"Galiba birisi arafından atılmış hünkârım, çünkü el ve ayak bileklerinde ipler bağlıydı. Hatta ağzından paçavralar çıkarıldı, ağzı kapatılmıştı."

"Birisinin onu denize attığı kesin o halde?"

"Evet hünkârım, öyle diyebiliriz."

"Peki denize düştüğünde hâlâ canlı mıymış?"

"Öyle zannediyoruz hünkârım, çünkü bedeninde bir fazla şiddetli darp izi göremedik. Muhtemelen hafif şekilde dövülmüş, biraz hırpalanmış ve taşlara bağlanıp denize atılmış."

Sultan, hekimbaşıya elinin tersiyle "çıkabilirsin" işareti yaptığında birden acıktığını ve iştahının yerine geldiğini hissetti. Bu ölen delikanlı, Şehzade Ahmet olmalıydı. Çünkü hekimbaşının anlattıkları, Kazasker İshak Efendi'nin iddia ettiği ölüm biçimine ve tarihine pek uyuyordu.

38. Sual
– Anlat, Neden Çerağ Uyandırdın?

İbrahim Paşa Sadabat kasırlarından erken dönmüş, bir zamanlar Fransa'ya elçi gönderdiği Yirmisekiz Çelebi Mehmet Efendi ve matbaanın başındaki İbrahim Müteferrika Efendi'yi huzuruna çağırtmıştı. Çünkü bu iki adam kendisine itaatle birlikte son zamanlarda Kumbaracı Ahmet Paşa ile birlikte siyasi işlere karışır olmuşlardı. O günkü gündemlerinde daha evvel bastıkları Vankulu denen Sıhah-ı Cevherî ile Ferheng-i Şuurî nam lugatlar, Naima ve Râşid tarihleri, Mısır Tarihi, Timur Tarihi, Takvimü't-Tevarîh gibi tarih eserlerinin yeniden basımı ve bunlar için Paris'ten getirtilmesi gereken yeni hurufat var idi. Matbaa, bazı cahil ve sığ sahaf esnafının muhalefetine rağmen yüz ağartan işler yapmıştı ve bu güzel işlere devam etmek gerektiğine inanıyorlardı. O gün Galata'dan demir alıp Toulon Limanı'na gidecek bir gemi vardı ve matbaa hurufatı için birinin bu gemiyle gönderilmesi gerekiyordu. Vezir hem gidecek kişiyi tespit hem yol harcırahı ödemesi, hem de bazı özel siparişler vermek üzere kuşluk vaktinde ikisini de sarayına kabul etmiş ve Müteferrika Efendi'yi gemiye yetişmek üzere uğurlamıştı. Yirmisekiz Çelebi Mehmet Efendi ile sabah kahvesini içtikleri sırada Üç Hilal Cemiyeti çorbacıbaşı olan ağanın geldiğini kulağına fısıldadılar. Bu adamla her zaman yalnız görüşmüştü. Çünkü devletin bütün sırlarına sahip olan bir adamı, daha da önemlisi kendi özel araştırmalarında da kullandığı birini başkasının yanında konuşturması uygun olmazdı. Üstelik bu adamın kimliğinin de bilinmemesi gerekiyordu. Uşaklarından birini görevlendirip çelebiyi yüklüce bir hediye ile uğurladıktan sonra derhal çorbacıbaşıyı içeri aldırdı. Adam vezirin eteğini öpüp peykeye bağdaş kurduktan sonra derhal anlatmaya başladı. Sadabat'da padişaha anlattıklarını neredeyse aynı cümlelerle şimdi Atmeydanı'ndaki vezir konağında tekrar ediyordu. Bulunan kesik bedenlerden, torbalardan, dalgıçlardan uzun uzun bahsediyor, sorulara cevap vermeye çalışıyor, nefes alıp yeniden anlatmaya devam ediyordu:

"Baltayı henüz bulamadık ama yapanlardan birinin izini sürdük. Ceset parçalarının konulduğu torbaların hepsi kıldan dokunmuştu. Bunlardan birini yıkatıp çarşıya gönderdim. Torbayı dokuyan adamı üç gün arattım. Nihayet dokumacılardan birisi torbayı tanımış. Orta odasına aldırıp kendim sorguya çektim. Adam elimde yarı sağlam iki torba daha görünce tir tir titremeye başlayıp 'Onları nereden aldınız?' dedi. Ben de onu alanı tanıyıp tanımadığını sordum. 'Evet,' dedi, 'geçen yıl balıkhane esnafından Esed Ağa nam birisi almıştı bunları. Keçi kılından dokumuştum, oradan tanıyorum. Niçin aldığını bilmiyorum ama elinizdeki torba onlardan biri,' diye de anlattı. Adam masum idi efendimiz; ben de Esed Ağa'yı araştırdım. İtiraf ederim ki öğrendiklerimden dehşete düştüm. İnsanların zalimlerinden ve şerlilerinden bir kallaş-ı evbaş bir herif imiş... İstanbul'da masumların haremlerine el uzatır ve onlara tuzak kurarak işlerini yürütür bir zalim. Kimsesiz zenginlere tuzak kurarak mallarını ellerinden alan bir çetenin üyesi olduğunu sanıyoruz. Tanıyanlar eli kolu uzun biri olduğunu söylüyor ama hakkında fazla konuşmak istemiyorlar. Şerrinden korkuyorlar. Bu yüzden kimse onu şikâyet edememiş anlaşılan. Bir hikâyesini de öğrendim. Adam birkaç yıldan beri şarkıcı bir cariyeyi seviyormuş. Şarkıcı bir ay parçası, neredeyse nakışlı bir altın... Onu önce efendisinden satın almak istemiş. Adam kendisini yanına bile yaklaştırmayınca da tuzak kurup kaçırmış. Sonra üç yüz altına sahibine geri satıp yeniden kaçırmış. Sonra beş yüz altın istemiş ve yeniden kaçırmış. Neticede cariyenin efendisi iflas edip yuvası dağılmış, hanesi viran, yarı mecnun halde İstanbul'dan gitmiş. Bu cariyeyi daha sonra Eyüp'te bir oyuncakçıya harem diye vermiş. Kadın da bunca çileden sonra aklını oynatır gibi olmuş. Bu sefer de Bindallı Mahmut Çavuş adlı bir yeniçeri çorbacısı kendisine tebelleş olmuş."

Vezir cümlenin burasında irkildi, sekiz ay önce konağına gönderilen kesik kadın başı ve örülmüş saçları gözlerinin önüne geldi, karşısındakine belli etmemeye çalışarak bir soru sordu:

"Kimmiş bu Mahmut Çavuş, araştırdınız mı?"

"Araştıracağız efendimiz. Cariye daha sonra ortadan kaybolmuş. Mahallesindekiler onun İzmir'e gittiğini ve bir daha dönmediğini söylediler. Ama biz bulunan kadın cesedinin ona ait olduğunu zannediyoruz. Her ne kadar başı henüz bulunamadıysa da hekimbaşınızın ifadelerine göre yaşı elimizdeki uzuvlara uyuyor."

Vezir şaşkındı. Bir an "O kadının başı, bir gece, Sultan Ahmet Camii haziresine kendi ellerimle gömüldü" deyiverecekti neredeyse. Ama asıl aklını kurcalayan şey, Bindallı'nın kendisiyle olan macerasının ve onu hapse attırmış olmasının devletin gizli haber alma teşkilatı tarafından bilinmeyişiydi. Bu nasıl bir gizli haber alma idi? Duyguları karmakarışıktı. Bir yandan şehirdeki zindan kayıtlarının incelenmeden sonuca varılışına öfkeleniyor, diğer yandan yalnızca kendisinin bildiği bir gerçekten dolayı gizli bir memnuniyet duyuyordu. Çorbacının diğer cümlelerini ise artık neredeyse hiç duymadı. Çünkü önünde heyecanlı bir hikâyenin devamı vardı. Bilinmezleri çözmek, soruları birer birer cevaplamak, ipuçlarını değerlendirmek... Yine çocukça bir sevincin içindeydi. Birkaç gün kendini eğleyecek bir araştırma bulmuştu işte. Üç Hilal Cemiyeti'nin bulamadığı başın nerede gömülü olduğunu yalnızca o biliyordu işte. Bunca cesedin sırrını da Bindallı biliyor olmalıydı. Bu da ona gerçeğin kapısını aralayacak, hatta sultandan evvel olup bitenleri kendisi keşfetmiş olacaktı. Gizli servisi geride bırakmanın gururu ile içinden kendisini kutladı. Şimdi yapması gereken şey Bindallı'yı gönderdiği zindandan aldırıp kimsenin erişemeyeceği bir yerde saklamak ve bilgileri kontrollü biçimde ağzından almaktı. Ama belki de Yeniçeri Ağası'na haber gönderip bu işleri onlara bırakmak en iyisi olacaktı. Şu güzelim bahar çiçeklerini kan rengiyle bozmanın ne lüzumu vardı? Evet, evet, yarından tezi yok Yeniçeri Ağası'nı azarlayıp Üç Hilal Cemiyeti'nin başındaki çorbacıyı değiştirmesini isteyecek, sonra da onları Bindallı'yı sorgulamaya yönlendirecekti. Ama ondan da önce Eyüp'te İskele Sokağı'nda çerağ uyandıran İranlı gezgin dervişi dinlemesi gerekiyordu. Karşısında oturan adamı gönderip Kara Şahin'i içeri aldırdı. Neşesi pek yerindeydi.

"Hoş amedî derviş!"

"Hoş bulmuşam han nöker!"

"Demek Azeri'sen?"

"Acem'em mirim, lakin az Türkçe bilirem."

"İyi o halde, anlat, neden burdasın?!.. Neden çerağ uyandırdın?"

"Han nöker! İnsanlar uykudadır, öldükleri zaman uyanırlar. Ben de..."

39. Sual
Yeye'ye Ne Olmuştu?

Oyuncakçı dükkânlarının hizasındaki büyük gürültünün içine, telaşlı bir rüyaya dalar gibi daldı. Hemen her dükkânın önünde zırlayan, ağlayan, sümüklerini çeken çocuklar ve onların gönüllerini yapmaya çalışan annelerinin bağırış çağırışlarıyla cıvıl cıvıl bir çarşıydı burası. Saçaklarına ve kapılarına oyuncakların asıldığı sıra sıra dükkânlarda neler neler satılmıyordu ki... Kamış borulardan mamul düdükler ve kavallar, içine üfürülünce ucundan bir kâğıt ile dil çıkaran tırlaklar yahut tavus kuyruğu gibi uzayan fırlaklar, dilli düdük, kaba düdük, Arap düdüğü, Macar düdüğü, mizmer düdüğü ve çığırtma düdükler, Eyüp borusu, küçük def, dümbelek ve kemençeler, tahtadan oyulan veya paçavra doldurulmuş bezden sıçan ve kuşlar, hareket edebilen karagöz karakterleri, hacıyatmazlar, yürütülebilen öküz veya at arabaları, fayton ve landolar... Sokağı asıl kalabalıklaştıranlar, seyyar oyuncak satıcıları idi. Ki-

misi bir eşeğin sırtında, kimisi bir el arabasında, hatta kimisi keçiye yüklediği oyuncakları bağıra bağıra satmadaydılar. Bunca oyuncak arasında çocukların hepsi söz birliği etmiş gibi ille de vıraklayan kurbağa istiyorlardı.

Eyüp oyuncakçılarının âdetiydi, her yıl bahara doğru yeni bir oyuncak icat ve imal ederler, şehir çocukları arasında yaygınlaşması için sokak aralarına tellallar gönderip yeni icatlarına piyasa yaptırtırlar, bayramlarda kurulan atlı karaca, dönme dolap ve diğer panayır meydanları dahil bir yıl boyunca hep aynı oyuncağı sattırırlardı. Bu yılın en aranılan oyuncağı işte bu kurbağa olmuştu. Tahtadan oyulan bu kurbağanın sırtında kademeli olarak yükselip kuyruğuna kadar uzanan çentikler vardı. Divit veya benzeri bir kamış, bu çentiklerin üzerine sürtülerek yürütüldüğünde "vırak, vırak!" sesler çıkarıyordu. Bu yüzden günün her saatinde oyuncakçılar sokağı sanki bir kurbağa istilasına uğramış gibi dayanılmaz oluyor, annelerin bu çirkin sesli oyuncağı alıp almama konusunda çocuklarıyla tartışmaları da üstüne tuz biber ekiyordu. Ötede ise kurbağaları develerine yükletmek ve İran'a, Mısır'a Hind'e götürmek üzere bekleşen bezirgânlar ile kervancılar bağrışmaktaydılar.

Topaç Yeye çarşıyı ve oyuncakları uzun uzun seyretti. Annesi, daha şuracıkta oturdukları halde bir gün olsun elinden tutup onu bu çarşıya getirememiş, hiçbir kimse ona buradan bir oyuncak almamıştı. Şehnaz için pek çok oyuncak alınır, o bıktığı zaman veya evin hanımı izin verirse ancak birkaç saat kendisi de oynayabilirdi. Konakta geçen günleri düşünürken birden hayatında kendisine ait hiç oyuncağı olmadığını fark etti. Ne küçükken, ne de şimdi. Tabii eğer Hafız Çelebi'den öğrenerek yaptığı şu ilkel düdük sayılmazsa. İki avucu içine sığdırdığı bu düdüğü iki kemik parçası arasına deri gerdirerek yapmıştı. Gerçi tek perdesi vardı ama yine de sesi güzel çıkıyordu. Ağzının sol yarısına dayayarak çaldığı bu düdüğe en çok Bican Efendi hayret etmiş, bu yüzden daha gelişinin ilk günlerinde Yeye'nin aklına hayran kalarak düdüğün Felemenk diyarında gördüğü çok delikli mızıkaya benzediğini söylemişti. Daha sonra Yeye'yi sevmiş, onun hem zeki, hem de kabiliyetli olduğunu, lale yetiştirme konusunda da aynı başarıyı göstereceğine inandığını tekrarlayıp durmuştu. Bican Efendi Felemenk'ten gelen Pit-Jan değildi sanki. Konuşurken duymadığı müddetçe onun adıyla ve kişiliğiyle doğulu bir Bican Efendi olmadığını kimse söyleyemezdi. Yeye de onu sevmeye başlamıştı. Hatta şimdi ona bir hediye alsa iyi olacaktı.

Hafız Çelebi, Eyüp çarşısından birkaç kuru erzak ile mum alması için göndermişti onu. Sonra da her zaman olduğu gibi Mübarek Efendi'ye ve Martolozzade Kuru Kirkor Efendi'ye uğramasını tembihlemişti. Mübarek Efendi eline lale ile alakalı bir kitap geldiğinde kimseye satmayıp onu saklayan ve Hafız Çelebi'nin eline ulaşmasını sağlayan bir Musevi sahaf, Martolozzade ise Hafız Çelebi'nin kulübe azmanı evini ihtiyaç halinde devamlı büyütmekten keyif alan hoş sohbet bir Ermeni dülger idi. Yeye'nin gelişinden sonra eve bir oda daha ilave edilmesi gerekmiş, ayrıca lale soğanlarının nemli ortamda saklanması için yeni bir mahzen kazılıp kalıplanma ihtiyacı ortaya çıkmıştı. Eyüp Sultan taraflarında bu işi Kuru Kirkor Efendi'den daha iyi kim yapabilirdi?

Topaç Yeye alışverişini tamamlamış, Mübarek Efendi'nin verdiği muşambaya sarılı kitabı torbasına koymuş, Kirkor Efendi'den iki gün sonra geleceği vadini almış Sadabat'ın yolunu tutmak üzereydi. Bican Efendi için ne alması gerektiğine karar veremedi. Sonunda bir helvacı dükkânından tatlı almaya karar verdi.

Kapının çıngırak sesi salonda oturanlardan pek kimsenin dikkatini çekmemişti. Yeye tezgâhta tepsiler halinde sıralanmış tatlılara bakarken tezgâh arkasındaki bir köşede iki kişinin fısıltı ile konuştuklarını gördü. Göğsünde helvacı önlüğü bulunan pos bıyıklı ve sık sakallı adam muhtemelen bu dükkânın sahibi olan helva ustası tablakâr idi. Adam meşgul idi ve çırak da muhtemelen sokaktaki kurbağa seslerine karışan boğuk bir uğultunun geldiği üst kattaki müşterilere hizmet etmedeydi. Beklemeye başladı. Dükkânın duvarlarındaki talik ve sülüs hat ile yazılmış nakışlı levhaları okumaya başladı. Tezgâhın tam karşısındaki duvarda iki beyit halinde kısa bir talik levha var idi. Helvacılara ait levhalardı bunlar:

Tadı cennetten / Bereketi Allah'tan
Taşsın dökülmesin / Artsın eksilmesin

Kapı üstündeki pir levhasında ise Şeyh Şazeli adı yer alıyordu:

Her seherde besmeleyle açılır dükkânımız
Hazret-i Şeyh Şazeli'dir pirimiz üstadımız

Topaç Yeye'nin son okuduğu levha çok dikkatini çekmişti:

Küfür töredir; kazanca göredir

Hemen altında da küfre benzeyen bir beddua yer alıyordu:

Tanrı'nın zalimi şirret gidiler
Benimçin bok gibi helva yediler

Birisinin helvasını yemek onun ölümünden kinaye idi; bunu biliyordu, ama "küfür töredir; kazanca göredir" tekerlemesinden ne anlamak gerekirdi. Herhalde bütün İstanbul'un dilinde dolaşan şu küfür taciri helva tablakârı bu dükkânın sahibi olmalıydı. Bir ara Hafız Çelebi'den duyduğuna göre; helvacılardan biri küfür sözleri alıp satmaya başlamış da bilhassa şiir biçiminde küfür icat edenler artık küfürlerine burada yüksek fiyattan telif bedeli alıyorlarmış. Rivayete göre adam namuslu küfürbaz imiş ki satın aldığı bakir bir küfrü yalnızca bir kişiye satıyor, elinde daha evvel kullanılmış küfür tutmuyormuş. Hatta küfür satın aldığı kişilere bu küfrü unutmaları için yemin ettirdikten sonra parasını verdiği, küfür satın almak isteyen kişiyi de -rastgele küfür satmak yerine en uygun küfrü vermek üzere- sorguya çektiği son zamanlarda İstanbul sokaklarında sık konuşulur olmuştu. Söylenildiğine göre bilhassa Yeniçeri kahvehanelerinin gediklileri buraya sık uğruyorlarmış. Yeye, bütün bunları aklından geçirirken "Herhalde şu tezgâh arkasında konuşan usta bu küfür taciri, karşısında oturan adam da bir müşteri olsa gerek!" diye düşünmeden edemedi. Evet, evet, mutlaka bu adam o küfür taciri olmalıydı. Çünkü parmağıyla müşterisine gösterdiği levhada tam da Hafız Çelebi'nin sıraladığı sorular yer alıyordu:

"Küfredeceğin kişi kaç yaşlarında?"

"Toplumda mevki ve makamı nedir?"

"Çoluk çocuk sahibi mi?"

"Sakatlığı var mı?"

"...?"

Yeye, müşteri olan adamla birlikte soruları okudu. Bu sorular küfredilecek kişiye uygun küfrü seçmek için her müşteriye soruluyordu anlaşılan. Bilhassa sonuncu soru kendisine çok manidar gelmişti. Öyle ya, küfür de olsa asla israf edilmemeliydi. Sakatlığı olan bir adama sakatlığına vurgu yapacak bir küfür savurmak hem zalimlik, hem haddi aşmak, hem de israf olurdu. Yeye, küfür satan adama hayret etmiş içinden, "Bu adam küfür satacağına aşk dedikoduları satsa acaba daha mı az kazanır?" diye geçirmişti. Çünkü insanlar **aşk üzerine dedikodu**yu da küfür kadar cazip bulurlardı. Üstelik aşk küfürden daha nezih ve heyecanlı olurdu. Yeye birden içine daldığı bu aşk ve küfür çatışmasına dair rüyadan kulaklarına fısıldanan bir cümle ile uyanıverdi:

"Bir bilge 'Kişinin aklı diline hâkim olmalı, dili aklına hâkim olan kişi helak olur!' demiş. Helvacı ustasıydı bu sesin sahibi ve sonra ses devam etti: "Evlat! Sakalı bıyığı çıkmayanlara küfür satmıyoruz biz!"

"Ama ben zaten helva alac...."

"!?.."

Akşamın alacakaranlığında Topaç Yeye'yi bir merkep sırtında eve getiren Kuru Kirkor Efendi'nin ilk cümlesi Hafız Çelebi'nin de yere yığılıp kalması için yeterli olmuştu:

"Şehnaz deor, deor, deooor... Soğra öloor!.."

Kirkor Efendi bu cümleyi tekrar edip dururken Hafız Çelebi'nin aklında sorular uçuşmaktaydı: Yeye'ye ne olmuştu? Kirkor Efendi onu nerede ve nasıl bulmuştu? Şehnaz da kimdi?

-derkenar-

aşk üzerine dedikodu

Aşkın insanlar üzerinde etkin bir gücü, keskin bir egemenliği, yadsınamaz bir hâkimiyeti, çürümeyen bir nüfuzu, dayanılmaz bir baskısı vardır. En sıkı düğümlenmiş düğümleri çözen de, katılıkları eriten de, buna karşılık sağlamları sarsan ve yasak olanı serbest bırakan da odur.

Aşk yalnızca bir bakıştır; gerisi vesairedir... O ilk bakıştan sonra âşık durmadan sevgiliyi seyretme, onu görme arzusu duyar. Çünkü göz ruha açılan büyük bir penceredir. Gönlün sırlarını keşfe çalışır ve en gizli düşünceleri bile açığa vurur. Âşıkın gözü sevgiliden başkası üzerinde eğleşip durmak istemez. Mıknatıs, çekim gücünü göz ile sevgili arasındaki ilişkiden almıştır. Dilbilgisinde sıfatın isme uyduğu gibi, göz de sevgiliye uyar, onda eriyip sonsuzluğa karışır.

Eğer sevgiliden başkasına söyleyemeyecek şeylere sahip olunmuşsa aşk kapıda demektir. Bu durumda sevgilinin sözünü can kulağıyla dinlemek, ileri sürdüğü her şeyden dolayı hayret etmek, saçma sapan, hatta yalan şeyler bile konuşsa ona hak vermek, haksız olduğu zamanlarda bile onu doğrulamak, ne yaparsa, ne derse, peşini sürmek, hep aşkın halleridir. Hatta birbiriyle çelişkili haller bile aşk için söz konusudur. Ayrılık acısının âşıka hoş gelmesi, zamanla ondan zevk alması gibi. Aşk ilerleyince sevgilinin derdini çekmek mutluluk olabilir. Tabiatta herhangi bir şey haddini aşınca zıddına dönüşür. At arabasının tekerleri çok hızlı dönmeye başlayınca sanki tersine dönüyor gibi görülür. O halde bütün üzüntülerin sonu mutluluk, bütün gülmelerin sonu gözyaşıdır. Sevincin de, hüznün de aşırısı insanı öldürür. Kahkahalarla gülen kişinin gözünden sonunda yaş akar.

Yıldız sürülerinin çobanları da, olsa olsa yalnızlığı seçip inzivaya çekilen ve orada öylece ağlayıp duran âşıklar-

dır. Onlar, gecelerin bitmez tükenmez uzunluğunda yıldızları sayıp yıldız yıldız gözyaşları dökerler. Âşıkların gözkapaklarıdır ki bulutlara bu konuda ders verir. Eğer Batlamyus yaşıyor olsaydı, yıldızların akışını gözlemlemek için âşıklardan kendisine bir gözlem ekibi kurardı. Eski bir doğu şiirinde "Şeb-i yeldâyı müneccimle muvakkit ne bilir / Mübtelâ-yı gama sor kim geceler kaç saat" denilmiştir. Bu doğrudur.*

---

* Yılın en uzun gecesinin hangi gece olduğunu müneccimler ile takvim düzenleyenler asla bilemezler. Onun hangisi olduğunu ancak gama müptela olmuş âşık bilir.

40. Sual
Vezire Yakın Olmak Güvenlik mi, Tehlike midir?

"Önemsiz işleri isteyen önemli olanı; önemli işleri isteyen de önemsiz olanı kaybede," demişti bir keresinde Hafız Çelebi. Şimdi bu nakışlı tavanın altında, temiz çarşaflar ve lavanta kokulu yastıklarda yatarken aslında Damat İbrahim Paşa'nın ne kadar önemli işler yaptığını bir kez daha gözünün önünden geçiriyordu. Başında çerağ uyandırdığı cuma günü akşamında padişahın değil de İbrahim Paşa'nın sarayına götürülmüş olması, padişah ile değil de İbrahim Paşa ile görüşmüş olması hayatını değiştirmişti. Belki padişah kendisine inanmaz, onu her zaman rastladığı Melami dervişlerden biri zanneder, Anadolu'yu bir uçtan diğerine dolaşıp duran ışıklar arasında sayısız örneği bulunan düzenbazlar ile kıyaslar, kapısından eli boş döndürür, kovar, hatta cezalandırırdı; ama sadrazamı öyle yapmamıştı. İnce ruhluydu, onun okuduğu şiirleri anlamış, aşk sözlerinden hoşlanmış hatta onun aşka dair tanımlarına yine aşk mısraları ile karşılık verip şaşırtmıştı. Biri Farsça okuyunca diğeri Türkçe beyit ile mukabele etmiş, diğerinin Türkçe söylediği beyte öteki Fars şairlerinin dizeleriyle misilleme yapmıştı. Bir ara okuduğu dört mısraın hayatını değiştireceğini ise hiç bilmemişti. Şirazlı ünlü şair Şeyh Sadî'nin Gülistan adlı kitabından idi bu mısralar: "Sulh bâ-düşmen eger hâhî her geh ki tu-râ / Der-kafâ ayb küned der nazareş tahsîn kün / Sühan-i âhir be-dehen mî-güzered mûzîrâ / Sühaneş telh ne-hâhî deheneş şîrîn kün. "Ve sözleri biter bitmez İbrahim Paşa şu Türkçe mısralarla cevap verdi: "Hoş geçinmek dileyen düşmanla / Onları iyiliğe kandırsın / Acı söz istemeyen âdem de / Herkesin ağzını tatlandırsın" Hayret ki hayret!.. Bu dört dize kendi okuduğu Farsça dört dizenin şiir biçiminde tercümesiydi. Osmanlı sarayında nasıl bir vezirin hüküm sürdüğünü, hemen o anda, bu dizeleri duyunca anlayabildi. Bu dört dize ona devletin ihtişamını gösteriyordu. Kara Şahin şimdi ne yapacağını bilemez olduğu bir sırada bir beyit de paşa okuyup, "Bunu da sen Farsça söyle bakalım!. "Âşıkım âşıkım diyorsun amma / Aşktan bir eser görülmelidir / Mesela yoksa vuslata imkân / Dost olan dost yoluna ölmelidir."

Bu çok çetin bir sınavdı. Duyduğu dizeleri şiir olarak tercüme etmek değildi zor olan; bunu bir İranlı derviş kadar yapabilirdi; ama bunu yaptığı anda vezir ile aynı konuma gelmiş olacaktı ki acaba vezir bundan hoşlanır mıydı? Kendisiyle yarışmak isteyen bir dervişe karşı hangi tavrı takınırdı? Yüzüne dikkatle baktı. Çehresinde "Haydi! Duymak istiyorum!" der gibi bir işaret okuyunca bütün cesaretini toparlayıp tercüme beyitler söyledi. Ardından da şöyle yalvardı:

"Uykumu sizden gayrı kimin için böleyim / Arzuhalim sizedir değil mi ki köleyim / Varayım yalvarayım kapınızda Tanrı'ya / Yoksa düşeyim dile eşiklerde öleyim."

Sonraki bir saat boyunca paşa ile arasında beyitlerle örülmüş bir sohbet sürmüş, karşılıklı okunan beyitlerde sorular, cevaplar, imalar, iğnelemeler, şakalar, nükteler ve hayat sahneleri dillendirilmiş, İran'daki savaştan, yeniçerilerin kazan kaldırma arzusundan, Bayezit Hamamı'ndaki kurna başı sohbetinden, paşa hakkında gizli din söylentilerinden, velhasıl pek çok şeyden yaklaşık bir saat şiir sohbeti yapılmıştı. O bir saatin sonunda da paşa adamlarından birini çağırıp emir vermişti:

"Efendi misafirimizdir, sarayımızda bir oda hazırlansın ve arzuları yerine getirilsin!"

Kendisi için hazırlanan odaya girdiğinde sırma işlemeli şiltenin köşesine bir kese konulduğunu gördü. İçinde armudî bir inci, otuz altın ile "Hizmetinize sunulmuş helal paradır! Yeni esvaplar kuşanasınız!" yazılı bir not vardı. Demek ki derviş kılığından çıkması isteniyordu. Demek ki şair olarak musahipler arasında yer alması isteniyordu. Kuralların neler olduğu, hangi günlerde meclislerin kurulduğu, kimlerin katıldığı gibi meseleleri öğrenmek zaman alacaktı elbette, ama şiir meclisine çağrılmak da az şey değildi. O gece önce kıymetli inciyi pazubendine sakladı. Bu, zor günler içindi. Altınları yastığının altına koydu, hemen harcanacaktı. Sabaha kadar pek az uyudu, pek çok sevindi ve şükretti. Asıl gönlünden geçen ise paşanın kendisine yardım edeceği, Nakşıgül'ün katillerini yakalatmak konusunda emirler vereceği umudu idi. Çünkü o günlerde paşanın çetrefil ve karanlık işleri çözme konusundaki şöhreti şehirde bir efsaneye dönmüş, her yerde anlatılıyordu.

Paşanın çevresinde her daim sanatkâr dostları olduğunu bilmeyen yoktu. Lakin Kara Şahin konağa yerleştirildiği vakit başka bir gerçekle karşılaştı. İbrahim Paşa Sarayı'nın alt katında bilhassa başka şehir ve ülkelerden gelen sanatçılar için hücreler ayrılmıştı. Bunlardan birinde Buharalı nakkaş Lütfî, diğerinde İstanbul'daki Fransa maslahatgüzarının hanımı madam Markiz dö Bonnak'ın getirip İbrahim Paşa'ya takdim ettiği bir gravür ustası, bir başkasında pirinç üzerine Fatiha suresi yazmakta olan Şamlı bir hattat kalıyordu. Sanatçıyı himaye etmek dedikleri, böyle bir şeydi anlaşılan.

41. Sual
– Onu Kim, Niçin Kaçırmış Olabilir?

Bir at kişnemesi duyuldu. Hafız Çelebi gözlerine inanamıyordu. Gelen Kara Şahin idi. Kendisini görmek kadar, onu at sırtında ve bambaşka kıyafetlerle görmek de hayret vericiydi çünkü:

"Hayrola Şahin evladım; senin en son, bir Mevlevi olduğunu işitmiştik!?"

"Son birkaç günü saymazsak, evet Mevlevi idim efendim," diye cevapladı atının dizginlerini kapı sövesindeki halkaya bağlarken ve devam etti, "doğrusu Pirim Ahmet Dede ile şair Nahifi Dede'nin terbiyesinde hoş geçen bir kış idi. Lakin lale mevsimiyle birlikte Nakşıgül'ün hasreti de kapımı çaldı birden. Artık Kara Şahin değil, gördüğünüz gibi Kalender Selman Abdalım."

"Kalender Selman mı? Peki ama neden?"

"Nefis terbiyesi Kara Şahin'i öldürdü efendim. Kendini beğenmiş, her şeyi yönetme ihtirasındaki Şahin gitti, yerine Nakşıgül'den gayrı hiç nesneye itibar etmeyen bu sükûnetli Melami derviş Selman Abdal geldi."

"O halde sırtındaki de melamet hırkası olsa gerek?"

Kara Şahin bu iğneleyici sözün altında dehşetli bir alay olduğunu duymazdan geldi. Ne diyebilirdi ki, Hafız Çelebi haklıydı. Bir yandan Kalenderî olduğunu söyleyip diğer yandan pahalı esvaplar giyen kaç derviş görülmüştür ki?!.. Bereket versin o tam cevaba hazırlanırken kapı açıldı ve Bican Efendi başıyla ikisini de selamlayıp uzun mezara ve Can Kuyusu'na doğru yürüyüp geçti. Kara Şahin'in kapıdan içeriye girmesini beklediği kişi Topaç Yeye idi oysa. Bunu fırsat bilerek Yeye'yi sorar gibi Hafız Çelebi'nin yüzüne baktı. Çelebi sanki başka birisiymiş gibi davrandı nedense. Biraz dalgınca mıydı ne? Sanki birden ihtiyarlamış bu adam. Kendisini anlamazdan geldiği, telaşla başını çevirmesinden belliydi. Sözü karıştırmak ister gibi bir hali vardı:

"Ha, onu tanımıyorsun elbette. Bican Efendi... Felemenk'ten gelip lale bahçemize ziynet oldu. Benim en güzel lalelerimde onun alın teri vardır. İşinde gücünde çalışır, didinir, laleler yetiştirir. Yaz sonunda giderken de yetiştirdiği lalelerin resimlerini alır götürür. Senin laleyi kollamak ve hakiki rengiyle açmasını sağlamak için geceleri nöbet bile tuttuğu oldu. Dediğine göre açar açmaz tasvirini çıkarmak için sabırsızlanıyormuş. Kaplumbağaları besliyor, dolaptan su taşıyor, fidanları sulayıp bahçeyi tertipliyor. Ama boşver bunları, hele sen anlat."

Hafız Çelebi'nin sesinden yine az evvelki konuya dair ima hissetmişti. Cevabı oradan oldu:

"Korkmayınız efendim, kötü yola düşüp arsızlık, hırsızlık yapmadım. Velinimetim, vezirimiz İbrahim Paşa hazretlerinin sarayında misafirim. Himayesi ne kadar sürer bilmiyorum, illa ki fırsatını bulup başımdan geçenleri anlatmak, Nakşıgül'ün

intikamının alınması için yardımını istemek arzusundayım. Samimi davrandığı neşeli bir vaktinde bütün olup biteni anlatırsam bana inanacaktır. İnanırsa, zannederim Nakşıgül'ün katillerini bizzat kendisi bile arayabilir. Bu tür çetrefil konulara özel ilgisi olduğu, adaleti yerine getirmek üzere çalıştığı herkesçe malum. Yeter ki bana inansın. İnanırsa bir vezir elbette adaletsizliğe göz yumacak değildir."

"Peki ama Şahin evladım, -affedersin Selman Abdal- nasıl oldu bu iş?"

"Birkaç gün evvel başımda çerağ uyandırdım efendim. Padişahımız efendimiz yerine beni vezir hazretleri kabul ettiler. Şimdi de ata biner kulu oldum. Geçimim, maişetim sayelerindedir. Şiir meclislerinde musahibi olacağım, devletlû insanlarla tanışacağım. Üzerimdeki giysiler asıl o meclisler içindir."

Kara Şahin havadan sudan bahsederken hep Yeye'nin bir yerden çıkıvereceğini ve kendisini derhal Katre-i Matem'in yanına götüreceğini umdu. Her neredeyse Hafız Çelebi'nin onu çağırtacağını bekliyor, beklerken de vezir sarayında başına gelenlerden bahsedip duruyordu:

"Şu sizin Bican Efendi gibi benim de Flandır'dan gelmiş bir ressam hücre komşum var: Jean Baptiste Vanmour. Sarayda sultanın ve hanedanın resimlerini yapıyor. Ama düzenbaz herif asıl ecnebi elçileri dolandırıyormuş."

"Haa!.. Buraya geldi geçenlerde senin o komşun. Tanıştık. Bican Efendi'nin arkadaşıymış. Nasıl dolandırıyormuş bakalım elçileri?"

"Diğer komşum nakkaş Lütfi'nin dediğine göre elçiler, kendi ülkelerine sultanın huzuruna kabul edilişlerinin resimleriyle dönmek isterlerse eğer, -ki hemen hepsi bunu istiyormuş- işte bu adam onların arzularını yerine getirip kabul resimleri çizermiş."

"İyi de elçi kabulleri sultan ile elçi arasında gizli yapılmaz mıydı!.."

"Elbette öyle, ancak sultan onları hep aynı salonda, aynı kıyafetle kabul ettiği için bizim Vanmour Ağa'nın mahzeninde zaten birbirine benzeyen hazır birkaç Kubbealtı resmi bulunur ve resim isteyen elçinin portresini bunlardan birinin içine yerleştirince iş olup bitiverirmiş."

"?!.."

Hafız Çelebi'nin keyfi yok gibiydi sanki. Pek hüzünlü görünüyordu. O hayat ve hikmet dolu adam bu olamaz diye geçirdi içinden. İnsan hemen bir kışta başka birisi olabilir miydi? Kendisinden bir şeyler gizliyordu ama... Başını sallayıp ciğerlerine derin bir nefes çekerken onun yanında eskiden hep bir huzur duyduğunu hatırladı. O sırada erken yazı müjdeleyen bir günün tertemiz ıtırları burnunu doldurmaktaydı. Gülümsedi. Avuç içlerini kaftanının samur yakalı göğüslerinde gezindirdi. Nakşıgül şu halini görseydi diye içinden geçirdi ve ayağa kalkmaya hazırlanırken sordu:

"Şimdi Topaç Yeye'yi ve Katre-i Matem'i görebilir miyim artık!"

"Ha evet, Katre-i Matem... Bu sene inşallah lale mevsiminin en güzel lalesi olacak. Henüz goncası çatlamadı, ama çok gür ve güzel yetişiyor. Zavallı Yeye bütün kış ona baktı, korudu, kolladı."

Hafız Çelebi'nin Yeye'den bahsederken "oğulcuğum" yerine "zavallı" sıfatıyla bahsetmesi Kara Şahin'in içine bir ateş bıraktı. Şimdi onu tekrar sormaya cesaret edemiyordu, duyduklarının doğru çıkmasından da endişe ediyordu. Eyüp oyuncakçılar çarşısında olanları duymuştu. Ama oradaki çocuğun Topaç Yeye olması ihtimalini hiç kabullenmemiş, hatta aklına bile getirmemişti. Sakın Hafız Çelebi bugün ona kötü bir haber verecek olmasındı. Yeye kendisini görünce ne kadar sevinecekti kim bilir? Onu çok özlemişti. Mutlaka o da kendisini özlemişti. Bir an evvel sarılmak, elini tutmak, başını okşamak ve hasret gidermek istiyordu. Ancak Hafız Çelebi yine ağırdan alıyor, sanki Yeye bahsini hiç gündeme getirmek istemiyordu. Bir müddet aralarında sessizlik oldu. İkisi de sonbaharda toprağa bıraktıkları lale soğanının, Katre-i Matem'in bulunduğu yöne doğru ilerlerken bu sessizlik derinleşti. Katre-i Matem gerçekten de ikiz bir soğanın yarısı gibi değil, tek ve metin bir soğan gibi boy atmıştı. Yaprakları parlak ve canlıydı. Adının matem olduğunu unutup Kara Şahin'in gelişine seviniyor gibi bir hali vardı, rüzgârda nazikçe sallanıyor, goncasını iki yana selam verir gibi hareket ettiriyordu. Şahin'in gözlerine yaş doldu. Bir zamanlar sevdiği kadının avucunda bulduğu bu yarım soğan kendisine onun asaletinden izler taşıyan bir güzellik sunacaktı; mateme varan bir güzellik...

Kara Şahin, lalesine bakarken adını yeniden mırıldandı: "Katre-i Matem!.. Bütün hüznümü biriktirdiğim yegâne aşkım benim." Sonra Hafız Çelebi'ye sormak istediği bir soru olduğunu hatırladı:

"Vanmour Efendi saraydan resimlerle döndükçe haberler, dedikodular da getiriyor bazen. Gelecek cuma günü Galata'da kiraladığı binaya taşınacakmış. Sık sık Galata'ya sandalla gidip geliyor. Ben önce ondan duydum, sonra velinimetim vezir efendimizden. Belki sizin de kulağınıza çalınmıştır, Haliç'te torbalara konulmuş cesetler bulunmuş. Bir de kadın cesedi varmış. Nakşıgül'ün mezarını bulamamıştım biliyorsunuz. Acaba diyorum, hani Allah göstermesin?"

"Şahin -yahut Selman- evladım, gönül bir şeye zorlandığı vakit körelir; kendini bu meseleye fazla kapatma. Böyle devam edersen doğruları göremez olursun. Şunu aklına koy; Nakşıgül geri gelmeyecek, illa ki onu bu dünyadan gönderenler cezasını çekmeli. Kendini Nakşıgül'den ziyade bu hususa teksif et. Amma dikkatli ol, çok dikkatli ol."

"Dikkatli oluyorum efendim. Bir tek size bu sırrımı açabiliyorum zaten. Bir isim öğrendim. Bindallı Mahmut. Siz hiç duydunuz mu?"

"Duymadım ama senin için dostlarıma üstü kapalı sorarım. Kimmiş bu Bindallı?"

"Kim olduğunu değil lütfen nerede olduğunu sormanızı isterim efendim. Çünkü kim olduğunu ben de, Yeye de biliyoruz. Geçen sonbaharda beraberce Çardak Kahvesi'nde görmüş ve Etmeydanı yeniçeri ortasına kadar takip etmiştik. Cinayetleri işleyenler arasında adı geçiyor. Galiba bir çete imişler. Eğer bu doğruysa çetenin diğer üyelerini Yeye ile ben biliyoruz."

Kara Şahin bu cümleyi söylediği sırada Hafız Çelebi'nin yüzü sarardı, renkten renge girdi. Dehşetle irkilip çırpınır gibi sordu:

"Yeye'nin bunu bildiğinden emin misin?"

"Evet, neden?"

"Eyvah ki eyvah!.. Kıyacaklar evladıma, bir şeyler yapmalıyız."

Bu sefer şaşkınlık sırası Şahin'e geçmişti.

"Yeye ile konuşup bütün bunları kendisine anlatalım."

"Keşke!.. Keşke Şahinim keşke!.. Yeye üç gündür kayıp. Her yerde aratıyorum. Eyüp Sultan'daki helvacı dükkânında Şehnaz'ı görüp bayıldıktan sonra bir türlü kendisine gelememişti."

Şahin, Hafız Çelebi'nin sözünü kesti:

"Şehnaz da kim?"

"Bilmiyor muydun? Meğer oğlumuzun bir sevdiği varmış."

"Buna inanamıyorum, bana hiçbir şey söylememişti."

"Şimdi inanabilirsin; adı Şehnaz. Ortadan kaybolunca ben bunu Şehnaz'a olan kara sevdasından zannettimdi. Belki Şehnaz'ı aramaya gitmiştir, onu gördüğü yerlerde dolaşıyordur diye Eyüp Sultan'daki bütün ahbaplarıma tembih ettim. Gördüğünüz vakit oyalayın ve beni çağırın diye. Ama hiç kimse gördüğünü söylemedi. Ah benim eşek kafam. Ben onu, Şehnaz'ın babası Veyis Ağa'nın arattığını düşünüyordum. Çünkü Şehnaz'ı görüp de naralandığı vakit babası yanındaymış. Onun deli olduğunu, bimarhaneye kapatılması gerektiğini, oradan kaçtığını falan söyleyip çevresindekileri ayağa kaldırmış. Yeye kendine gelmeye başlayınca da gözyaşları içindeki kızını alıp oradan uzaklaşmış. Veyis Ağa belki Yeye'nin izini sürer de burayı öğrenir korkusuyla hem Bican Efendi'ye tembih ettim, hem de evin çevresine iki bekçi koydum. Lakin üç gün evvel Yeye ortadan kaybolduğunda ne içeri giren birisini, ne de dışarı çıkan birisini kimsecikler görmüş değil."

"Giderken eşyalarından bir şey almış mı?"

"Hayır, odası olduğu gibi duruyor. Hatta yatağını hiç dağınık bırakmazdı, yatağı da dağınık."

"Yani kaçırıldığını mı söylüyorsunuz efendim?"

"İnşallah öyle değildir. Çünkü son günlerde aklı ile duyguları çok karışıktı. Bazen duygularına hükmedebiliyordu ama çoğu zaman da duyguları ona hükmediyordu. Şehnaz'dan gayrı kelime söylemez olmuştu. Gerçi bana olan saygısında hiç kusur etmedi ama bir keresinde Bican Efendi'ye karşı gelmiş. Dere kenarında eğir köklerini yolmuş, kaplumbağalara yedireceğim diye tutturmuş."

"Bunu neden yapsın ki?!.."

Konuşmanın bundan sonrasında Kara Şahin sabredecek halde olmadığını hissetti. Koşarak Yeye'nin odasına vardı. Gerçekten de her şey terk edilmiş gibiydi. Kendisini onun yatağına atıp bir müddet içinin sızısını teskine çalıştı. Neden sonra doğrulup yatağın üzerinde oturdu. Pencere kenarında duran düdüğü alıp okşadı.

"Kardeşim benim... Kardeşimmm!.."

* * *

Kara Şahin Kâğıthane'den Atmeydanı'ndaki saraya dönerken Hafız Çelebi'ye anlatmadığı ve asla anlatamayacağı yanıyla hesaplaşıyordu: Vezir İbrahim Paşa'nın kendisine verdiği gizli görev üzerineydi bu hesaplaşma. Çünkü paşa, halkın arasına karışıp şehirdeki çalkalanmaları ve halk hareketlerini izlemesini arzu ediyordu. Tabii sonra da gelip haber vermesini. Külhan günlerinden biliyordu, halk arasında böylelerine hatem akrebi diyorlardı. Hafız Çelebi'ye bugün böyle pahalı giysiler içinde ve at sırtında dolaşmasının bir görev icabı olduğunu söyleyememiş, sohbet meclisleri için pahalı giysilerle dolaştığı yalanını uydurmuştu. Şimdi bu yalan yüreğini yakıyordu. En çok itibar ettiği, sevdiği, saydığı insana karşı kendisini riyakâr hissetmenin ağırlığı vardı şimdi omuzlarında. Oysa bundan böyle her gün başka kıyafetle meydanlara ve sokaklara dalacak, birikip konuşan iki kişinin üçüncüsü, üç kişinin dördüncüsü olacak ve yedi akşamda bir vezire bilgiler götürecekti. Altı ay evvel, Bayezit Hamamı'nda Patrona Halil kurnası başındaki konuşmaları ve Tomruk Emini'nin sözlerini vezire anlattığı zaman verilmişti kendisine bu görev. Kaf Dağı'ndan gelecek yay kaşlı, servi boylu, mim dudaklı sevgilinin kim olduğunu Paşa hazretleri de hemen çözmüş ve "kıyam" öncesi onu derin bir güven telkiniyle sokaklara salarken bu güveni boşa çıkarmaması gerektiğini, bunun aksini asla aklına getirmediğini yumuşak bir üslupla söylemeyi de ihmal etmemişti. Kara Şahin, o geceye ait put kıran İbrahim ile put diken İbrahim bahsini elbette vezire anlatmamıştı. Vezir çok zeki, zarif, iyiliksever bir insandı, ama öfkesine muhatap olmaya da kimseciklerin dayanamayacağı belliydi. Kendisine gizli bilgileri paylaşacak kadar güvenmişti ama öfkesinin de güveni şiddetince olacağını aklından çıkarmamalıydı.

Topaç Yeye can parçasıydı, onunla alakalı bilgileri velinimeti vezir hazretleriyle paylaşsa belki bulunmasını sağlardı, ama böyle bir durumda kendi kimliği de derhal ortaya çıkar, herhangi bir tomruk eminine teslimi on dakika bile sürmezdi. Şimdi Nakşıgül'ün katillerini bulmak kadar Topaç Yeye'nin de izini sürmeye mecbur olduğunu hissetti. Sahip olduğu gizli gücü vezir hazretlerinden habersiz bu alana yönlendirecek ve hatta vezirden aldığı bilgilerle de kendi hesabını yapıp suçluları kendisi cezalandıracaktı. Evet, böyle yapmalıydı. Vezir hazretleri ondan bilgi isterken daha ziyade o, vezirin ağzından bilgi almalıydı. Ateş ile akrebin ilişkisi gibi. Bunu yapabilir miydi? Bütün gece yatağında dönüp durmuş, bunu düşünmüştü. Artık kendisini tanıyamaz olma sınırındaydı. Hafız Çelebi sanki bütün bunları biliyor gibi arkasından bağırmıştı:

"Unutma Şahinim, azgınlıkla zafer olmaz."

Kulağında yalnızca bu ses kaldığında Sultan Ahmet minarelerinden sabah ezanları okunuyordu ve gözleri kapanmak üzereydi.

42. Sual:
– Can Kurtaran Yok muuu?!..

Kara Şahin, geçen sonbaharda, külhanda kalıp dilendiği günlerden birinde, Aslan Ağa'yı üzerinde balıkçılara mahsus turuncu potur ve başında zolata, Tomruk Emini'yle birlikte gördüğünü hatırlıyordu. Gidip Unkapanı dışındaki balık halinde onu aramak veya bilen var mı diye sormak istedi. Burası deniz üzerinde kazıklarla kurulmuş sıra dükkânlardan ibaret iki katlı ve geniş bir kâgir yapıydı. Balık emininden çavuşlarına, tayfalardan sandalcılara kadar bütün balıkçı esnafına hizmet veriyordu. Tellallar balıkların isimlerini sayarak çığırıyor, toptan ve perakende müşteriler ayrı ayrı kavga edercesine pazarlıklar ediyor, seslerini alabildiğine yükseltiyorlardı. Bir sesi diğerinden ayırmak çok zordu. Tıpkı bir balıkçıyı diğerinden ayırmanın zorluğu gibi. Çünkü hemen hepsi aynı renk ve şekilde giyinmiş adamlardı. Başlarındaki zolatalar, sırtlarındaki deri yelekler, ayaklarında takunyalar ve çarıklar… Iğrıpçılar, karıtyacılar, serpmeciler, zıpkıncılar, oltacılar hepsi sıra sıra iş görüyordu. Balıkçıların çoğu Haliç'in iki sahilindeki yalıların önlerine attıkları ağ, ığrıp veya karıtyalar ile avladıkları fıçıt, pavurya, midye, istavrit, hamsi, uskurput, tekir, gümüş, huruşeye, tirekeş gibi İstanbul halicine has deniz mahsülleri satıyorlardı. Ötede daha büyük boy balıklar vardı. Bunlar da Sarayburnu'ndan itibaren Boğaziçi ve Marmara'ya açılan balıkçı sandal ve işkampavyalarıyla avlanan uskumru, palamut, alagöz, lüfer, levrek türü balıklar idi. Kara Şahin bunca gürültü ve kalabalık arasında yağlı bir müşteri gibi ama yüzünü mümkün olduğunca gizleyerek dolaşıyor, turuncu baratalı adamlara dikkatle bakıyor, birinin altında Aslan Ağa'nın iri gözleriyle eğri burnunu, yahut ince bacaklar üstünde tombul gövdesini görebilmek için ağır ağır pazar içinde ilerliyordu. Yolu dalyan balıklarının bulunduğu bölüme gelince birden kalbi heyecanla çarpmaya başladı. Aslan Ağa, işte orada, kendisine sırtı dönük vaziyette selelerdeki balıkları sehpasının üzerine koymakla meşguldü. Yanından geçip karşısında bir yere gizlenerek yüzünü görmek ve emin olmak istiyordu. Tedirgin adımlarla yanına doğru yürümeye başladığı sırada sesini duydu:

"Beykoz dalyanından kılıç, Karataşlar dalyanından kalkan, Terkos'tan kürek balığııı... Canlı bunlar canlıııı..."

Kara Şahin'ın adeta omuzları çöktü. Bu ses Aslan Ağa'nın sesi değildi. Yanılmıştı. Adam arkadan ona benziyordu, o kadar. Ama yılmadı. Vakti vardı. Üstelik halk arasında gezerek olup bitenleri velinimetine haber vermek değil miydi görevi!?.. Bütün gününü burada geçirebilirdi. Bir aşçı dükkânına girdi. Dükkân üst katta, çarşıya nazır bir köşede idi. Pazarın alt katından gelip geçeni görebileceği en müsait yere oturdu. Buradaki aşçılar hep balık yemekleri yapıyorlardı. Kerevizli kefal çorbası, midye pilavı, istiridye ve yeşil salata istedi. Bir müddet kalaylı tavalarda tereyağıyla pişirilen balıkları seyretti. Aşçıların hemen hepsinin Rum olduğunu fark etti. Kormidya dedikleri bir tür soğan dolması getirip bırakan aşçı yamağı da güzel yüzlü bir Rum çocuğuydu. “Nefis bir mezeliktir beğim!” demişti çocuk giderken, sanki zuladan içki de ister misin dercesine. Duymazdan geldi. Akşamları bu tür yiyeceklerin çeşidinin arttırıldığını ve özellikle Galata’dan gelen müşteriler ile balık pazarının dolup taştığını biliyordu. Çünkü akşamları buradaki aşçı dükkânları meyhane düzeniyle çalışırdı. İstanbul’da Aslan Ağa’yı arayacağı pek çok balıkçı olduğunu, bunları düşünürken fark etti. Çünkü meyhane olan hemen her yerde balıkçılar vardı ve İstanbul şehri balık zengini idi. Fener Kapısı, Cibali, Yenikapı, Kumkapısı, Narlı Kapı, Piripaşa, Kasımpaşa, Galata bunlardandı. Eğer gerekirse bütün bu balık pazarlarını tek tek dolaşıp Aslan Ağa’yı aramayı işte o sırada kafasına koydu. Ne ki kader onu o kadar yormadı. Henüz çorbasını içiyordu ki bu sefer Aslan Ağa’yı yüzünden gördü. Lakin hayret!.. Ne başında balıkçı zolatası, ne omzunda deri yelek vardı. Elinde taşıdığı ıslak torbayı balık satıcılarından birine vermek üzere pazarlık ediyordu. Herhalde adamcık kızının ölümünden sonra perişan olmuş, belki işi dağılmış, kendini kaybetmiş ve şimdi denizden tuttuğu birkaç balığı satacak hallere düşmüştü. Kara Şahin’in yüreği cız etti. Hızla yerinden kalkıp aşağıya indi. Balıkçının önüne vardığında Aslan Ağa ile göz göze geldiler. Aslan Ağa karşısındaki surata bakıyor, ama tanımakta zorluk çekiyordu. Şaşkındı, kendisine bakan gözlerden tedirgin olmuştu. Neden sonra Kara Şahin’i tanıdı. Tanımasıyla da yüzünde seğirmeler başladı. İkisi de aynı şaşkınlık içinde hiçbir şey söylemiyorlar, ne yapacaklarını bilemiyorlardı. Kara Şahin üzgündü. İçini hüzün kaplamış, eski günlerdeki yakınlıklarını hatırlamış, kayınbabası olarak ona acılar çektirmiş olmanın mahçupluğuyla elini öpmek için eğilmişti.

Aslan Ağa tam o sırada balık selesini Kara Şahin'den yana devirip kaçmaya başladı. Bir yandan geçtiği yerlerdeki tepsi, tezgâh ve seleleri devirerek takip edilmesini zorlaştırıyor, diğer yandan bağırıyordu:

"Can kurtaran yok muuu? Katil!... Katil!... Beni öldürecek yetişiiin!.."

Kara Şahin, Aslan Ağa'yı takip edip etmemekte tereddüt gösterdi. Kızını öldüren biri tarafından kovalanmak bir adama çılgınca şeyler yaptırtabilirdi. Kaçtığına göre demek ki hâlâ kendisinden korkuyor ve kızının katili olduğuna inanıyordu. Aradan geçen sekiz aylık zaman onun fikirlerini değiştirmemişti. Ama olanlara da bir anlam veremiyordu. Bir önceki görüşünde, üzerinde balıkçılara mahsus kıyafetler vardı ve Tomruk Emini ile sıkı-fıkıydılar. Ama şimdi bunları düşünmek yerine buradan başını kurtarmalıydı. Çünkü kendisini göstererek "Katil!" diye bağırmıştı. Birisi ona inanıp da yakasına yapışmadan sıvışması gerekiyordu. Çarşıdan ve kalabalıktan sıyrılmalıydı önce. Aslan Ağa'nın kaçtığı istikametin paralel caddesine dalıp ardından kimse gelmediğini görünceye kadar koştu. Sonra birden aklına geldi. Daha önceki karşılaşmalarında da Aslan Ağa aynı istikamete, hatta aynı caddeden kaçmıştı. Birden kendi bulunduğu caddenin ileride onun kaçtığıyla birleşeceğini düşündü. Yüksek olmayan bahçe duvarlarıyla çevrili evleri koşarak geçtikten sonra iki caddeyi buluşturan köşeye vardı. Burası eski Bizans forumlarından biri idi ve İstanbul'un başka yerinde olmayan şekilde evler burada bitişik nizamda yapılmış olup küçük bir meydana bakıyordu. Taş döşeli bu meydana da tam altı cadde birden açılıyordu. Kara Şahin kaftanını ters yüz ederek içini dışına giydi. Lale desenli mavi kaftan şimdi altın tel işlemeli bordo bir kaftan olmuştu. Başındaki sarığın da beyaz tülbentini sıyırıp yeşile dönüştürdü. Meydanın ortasındaki dikili taşın arkasında beklemeye başladı.

Eğer tahmini doğru çıkarsa Aslan Ağa birkaç dakika içinde buraya gelecekti. Eğer gelmezse bu caddede bir yere girdiğini düşünecekti ki bu ya oturduğu ev, veya çalıştığı mekân demek olurdu.

Tahmininde yanılmamıştı. İşte telaşla, hızlı adımlarla ve arkasına baka baka geliyordu. Kendisini bir ağacın arkasına iyiden iyiye gizledi. Sarığının yeşil tülbentini bir kat çözüp sanki üşüyormuş gibi ağzına ve sakallarına örttü. Artık Aslan Ağa onu tanıyamazdı. Nitekim meydandan geçince daha rahat yürümeye başladı. Sirkeci istikametine akan caddede ilerliyordu. Kara Şahin uzaktan onu takibe başladı. Elli metre kadar ardından bir yolcu gibi yürüyor, ama yine de kâh ağaçları, kâh gelip geçenleri siper ederek fazla dikkat çekmemeye çalışıyordu.

Kara Şahin caddenin iki yanındaki bahçe duvarlarını geçtikçe, Aslan Ağa'nın ilerideki ahşap konaklardan birine gireceğini umuyor, böylece evini öğrenmiş olacağını zannediyordu. Bütün istediği Nakşıgül'ün anısına biraz daha yakın olmak, en azından ailesinin yaşadığı yeri öğrenmek, belki ileride dadısını veya evin seyisini yalnız yakalayıp ondan haberler sorabilmekti. Bir sabah ansızın koparıldığı konakta daha sonra neler olmuştu, konak nereye gitmişti, Nakşıgül'ün mezarı neredeydi, şimdi ailesi ve bilhassa kayınvalidesi ne yapıyordu, kızlarının acısına tahammül ederken neler yaşamışlardı?.. Bunun gibi daha bir yığın soru aklını devamlı meşgul ediyor, sanki başını heyecanla dinlediği bir hikâyenin sonu kadar meraklandırıyor, hikâyenin içinde olmaktan ıstırap duyuyordu.

Aslan Ağa yürüyor, yürüyordu. Hiçbir kapıda durmuyor, hiçbir eve girmiyordu. Yeniçeri neferlerine ait Çardak Kahvehanesi'nde Tomruk Emini ile buluşup kucaklaştıkları ana kadar Kara Şahin onun hakkında hâlâ masum düşünceler içindeydi. Kara Şahin kesif çubuklar, tömbeki ve nargile dumanlarının bir tabaka gibi kapladığı kahvehanenin kapısına yakın bir peykenin kenarına ilişerek kendisine bir kahve söylediğinde aslında onların konuştuklarını duyabilecek bir yakınlığa ulaşmanın çarelerini arıyordu.

Kahvehanenin yazlık kısımları henüz kapalıydı ve İstanbul'un bütün aylakçı takımı, işsiz güçsüz serseriler, evbaş ve kallaş cinsi yeniçeriler, rıhtımdan gelen gayrimüslim denizciler hep burada, basık çatının altında sırt sırta, dip dibe tünemiş, sohbet ediyorlardı. Tek başına oturan bir adamın dikkat çekeceğini, hele böyle devlet sohbetinin yapıldığı, sultanın, sadrazamın, şeyhülislamın açıkça tenkit edilip küfürler savrulduğu bir yerde ya sultan akrebi ya vezir akrebi sayılacaklarını biliyordu. Üstelik de bordo kaftan, yeşil sarık ile...

Canını almak isteyen iki kişinin karşılıklı oturuyor olmasından ziyade ne konuşuyor olduklarını düşünmekti onu çıldırtan. Yanlarına yaklaşma imkânı bulamamıştı. Hareketlerini ve yüzlerini incelemek, dudaklarına ve mimiklerine bakmak, onlardan bir sonuç çıkarmaktan gayrı çaresi yoktu. Hiç kıpırdamadan, dikkat çekmeden yapmalıydı bunu. Küçük bir gaf, çok tehlikeli olabilirdi. Kahvesini bile höpürdetmeden içiyordu. O sırada yanlarına gelen iki kişi dikkatini çekti. Aslan Ağa'nın hemen sağına oturup anlattıklarını hayretle dinlemeye başlayan genç çocuğu tanımıştı. Bindallı Mahmut Çavuş ile birlikte gezen çorbacı yamağıydı bu. Onun karşısında oturup anlatılanlara inanmamış gibi Aslan Ağa'yla alay eden ve şaka yapan şu korkunç suratı ise Binbirdirek'te görmüştü. Sonra çevrelerindeki insanlara baktı birer birer. Şu arkalarındaki peykede oturanlar da buranın gediklilerindendiler. Daha önce Tomruk Emini'nin ardından hızlı hızlı koşturan cüce de işte oradaydı.

Burada bir şeyler döndüğüne dair içine kocaman bir şüphe düştü. Aslan Ağa acaba bildiği Aslan Ağa olmayabilir, Tomruk Emini İstanbul'un asayişinden ziyade özel birilerinin asayişini düşünüyor olabilir miydi?!..

Bugün kararlıydı. Aslan Ağa'yı gittiği yere kadar takip edecek ve Nakşıgül'e dair bir şeyler bulacak, burada gördüğü adamlarla olan ilişkiyi de öğrenecekti. Dersaadet'te akşam ezanları okunmak üzereydi. İbrahim Paşa sarayına geç gitme pahasına bu kararından dönmeyecekti. Dikkat çekmemek için dışarıda karanlıkta beklemek istedi. İçtiği kahvenin parasını ödediği sırada yanından dört ihtisap zabiti geçtiğini fark etti. Dördü de silahlıydı ve kararlı adımlarla ilerliyorlardı. Yanılmamıştı, Tomruk Emini'nin yanına gidiyorlardı. Bir an evvel dışarı çıkmalı ve gizlenmeliydi. Çardak kahvehanesinde bir dalgalanma, bir uğultu oldu. İhtisap zabitleri Tomruk Emini'ne rağmen, Aslan Ağa'nın kollarından tutup kaldırdılar:

"İmanım Esed Ağa, Sultan hazretleri sohbete bekliyor."

Kara Şahin aynı tonda bir cümleyi Bindallı Mahmut tutuklanırken duyduğunu hatırladı. O vakit gelenler asesler idi. Bu sefer gelenlerin ihtisap zabitleri olması işin içinde bizzat sultanın da emrinin bulunduğunu gösteriyordu. Bu yüzden Tomruk Emini'nin öncelikle "Ağalar, yanlış yapıyorsunuz. Ben Esed Ağa'ya kefilim, bırakın onu!" ikazına da, ardından gelen "Size bu emri kim verdi? Burnunuzdan getiririm!" tehditlerine de hiç itibar etmediler. Yalnızca içlerinden biri: "Ağa hazretleri, hani sizin bir türlü içinden çıkamadığınız Haliç'te bulunan cesetler var ya, bu adam işte onlardan sorumlu tutuluyor; isterseniz hiç arka çıkmayın!" diye üstü kapalı bir tehdit ile onu susturdu. Bu, sultanın muhafız teşkilatı ile sadrazamın devlet güvenliği teşkilatı arasındaki gizli sürtüşmenin de dışa vurumuydu. Aslan Ağa, yerinden kalkarken sunturlu bir küfür savurup mırıldandı:

"Yürü bre kahpe dünya, Esed Ağa'ya da kalmadın!.."

Kara Şahin, dudaklarını pişmanlıkla bükerken yalnızca içinden bir isim tekrar etti:

"Esed Ağa, öyle mi?!.."

43. Sual:
Şahin Avcılarına Emirleri Kim verdi?

Tomruk Emini, Damat İbrahim Paşa'nın huzurunda yerlere kadar eğilmiş olarak söylediği cümleyi, hemen hemen aynı anda ve yine aynı biçimde İshak Efendi'nin de Sultan Ahmet'in önünde söylediğini bilmiyordu:

"Efendimiz, Şehzade Ahmet olduğundan şüphelenilen Kara Şahin'in yaşadığını öğrendik. Kılık ve kimlik değiştirmiş."

"Kim olmuş peki?"

"Henüz bilmiyoruz efendimiz, ama tez vakitte bulacağız?"

"Efendi, sadakatinden şüphem olsa seni derhal siyaset ettirirdim illa ki hamakatından hiç şüphem kalmadı. Şimdi yıkıl karşımdan!"

Huzurlarındaki adamları kovdukları sırada aynı şeyi düşündüklerini sultan ile damadı olan vezir de bilmiyorlardı: "Şehzade Ahmet'i başkalarından evvel ele geçirmeli!" İkisi de bu işi gizli tutmanın ve kimseciklere bildirmemenin yollarını düşünüyor ve bu sırada sultan "Ahmağın kalbi dilinde; akıllının dili kalbindedir" sözünü, veziri de "Kişi dilinin altında gizlidir" meselini hatırlamışlardı.

İki saat kadar sonra, sultanın görevlendirdiği tulumbacı neferi ile vezirin görevlendirdiği gizli servis mülazımı, avuçlarına konulan altın keselerini koyunlarına sokarken hemen hemen aynı cümlelerle tekrar ediyorlardı:

"Kara Şahin!.. Kartal da olsan seni yuvanda bulup karga gibi avlayacağım!"

Üç Hilal Cemiyeti'nin genç mülazımlarından Osman, Topkapı Sarayı'nın heybetli kapısından, Muşkaralı tulumbacı Sarı Celep de hemşerisi olan vezirin ihtişamlı sarayının nakışlı kapısından aynı görev için İstanbul sokaklarına daldılar.

44. Sual:
Aslan Avında Geç Kalmanın Bedeli neydi?

"Laleleri diyordum Hafız Çelebi, laleleri, bu yıl saksılarda değil de vazolarda sunsak insanlara, müsabakada zarif vazolar kullansak?"

"Bunun doğu milletlerinde hiç olmayacağını bilmelisin Bican Efendi," diye karşılık verdi Hafız Çelebi bir müddet düşündükten sonra, ardından da lale soğanlarının köklerindeki ayrık otlarını ayıklamaya devam ederek sözünü bitirdi, "çünkü onlar laleyi canlı iken seyretmeyi ve ona göre beğenmeyi severler."

"Ama vazoda olunca lalelerimizi ayrıca süsleyebilir, renklerine renk, tazeliklerine tazelik katabiliriz."

Bican Efendi bu itirazını yaparken topraklı elindeki otları yırtık bir torbaya tıkıştırmakla meşguldü.

"Doğru dersin ama biz bu laleleri koparmaya kıyamayız. Şairin 'İzhar-ı kudret etmiş Allah şu lalede' dediği bir çiçeği,

Allah'ın güzelliğine delalet eden böyle bir çiçeği nasıl olur da koparırız. Bu yüzden saksılarda yetiştirilmiş nadir çiçekler, İstanbullu bir gelinlik kızın çeyizindeki en değerli parçalarıdır. Başka ülkelerde çiçekleri kesip saplarından ince çöplerle bağlayarak sepetlerde satıyorlarmış. Allahım ne büyük bid'at!.. Köklerinden kopartılmak suretiyle öldürülen çiçeklerin hemen az sonra soluvermesi, bizim artık dönemeyeceğimiz bir geçmiş ile şimdiki halimizin acı bir mukayesesi gibidir. Hani bir derviş Yunus hikâyesi var ya!.."

Bican Efendi'nin her zamanki meraklı haliyle "Hangi derviş Yunus, ben tanıyor muyum, hangi hikâye bu?" der gibi yüzüne baktığını görünce alçak sesle "Eh!.. Elbette, Felemenkli Pit-Jan Efendi, Derviş Yunus'u nereden bilecek, bendeki akıl da..." diye fısıldadıktan sonra anlatmaya devam etti:

"Tamam, tamam... Anlatacağım, dinle bak!.. Vaktiyle Selçuklu sultanları devrinde Yunus adında bir derviş yaşarmış. Dervişleri bilirsin hani, bir mürşit gözetiminde olgunlaşma çabası güden insanlardır. Kibirsiz, garezsiz, ihtirassız, kendi iç dünyalarını zenginleştirmek üzere dünya nimetlerinden uzaklaşırlar. Zengin iken fakir gibi, sultan iken kul gibi yaşamayı tercih ederler. İşte bu Yunus, kendi mürşidi Taptuk Emre'nin kapısına kırk yıl kuru odun taşımış. Hiçbir gün eğri bir odun getirmemiş tekkeye. Çünkü o eşikten içeriye girecek olan şey -odun bile olsa- eğri olsun istemezmiş. Kırk yıl boyunca hiçbir dal koparmadan, hiçbir ağaç kesmeden hep kuru odunlar toplamış dağlardan. Kalem kadar düzgün kuru odunlar. Yunus'un piri bir gün dervişlerine, "Haydi gidin, kırlardan biraz çiçek toplayıp getirin!" demiş. Bütün dervişler koşmuşlar çiçek toplamaya. Papatyalardan, nergislerden, çiğdemlerden, sümbüllerden demet demet ıtır derlemişler, tomar tomar renk devşirmişler. Herkes en güzel çiçekleri ben toplayayım da mürşidin gözüne gireyim istermiş. Gün inerken Yunus eli boş dönmüş tekkeye. Dervişler alay etmişler onunla. "Çiçek bulamayan zavallı, sünepe bir derviş!" demişler. Oysa şeyhi sorunca şöyle cevaplamış Yunus, "Efendim! Hangi çiçeği koparmak için el uzattıysam, onu, Allah'ı zikrederken buldum ve hiçbir çiçeği koparamadım." İşte Bican Efendi, o zamandan sonra bizde çiçekler fazla da koparılmaz. Bu yüzden saksı âdetimiz vardır da vazo âdetimiz yoktur bizim. Onun için lale pazarına gönderdiğimiz çiçekleri demetlerle değil de tek tek saksılarda göndeririz. Tek tek olması da ayrıca mana ifade eder çünkü."

"Bu dediğinizi anlamakta ben zorlanıyorum Hafız Çelebi. Felemenk yurdunda biz de lalenin güzelliğine hayran yaşarız, onu da Allah yarattı deriz, ama Allah'ın yarattığı bir güzelliği daha da güzel gösterecek yolları denemekten geri kalmayız.

Hafız Çelebi, tam "Elbette bu da bir yol..." diye söze başlamak üzereyken bahçe kapısının tiz perdeden bir gıcırtı ile açıldığını duydular. Gelen Kara Şahin idi. Hafız Çelebi hüzünlü ama şaşkın bir sesle "Buyur Selman Abdal! Bugün sen de Yunus'a benzemişsin."

Hafız Çelebi, Yunus'a benzemişsin derken aslında Bican Efendi'ye "Yunus işte bu derviş gibi giyinirdi!" demek istemiş, başıyla onu işaret etmişti. Sonra, aralarında geçen günden bir göz aşinalığı bulunan bu iki adamı samimiyetle tanıştırdı. Biraz oyalandı, havadan sudan konuşacak oldu. Ama Kara Şahin'in Topaç Yeye'yi sormaya geldiğini biliyordu. Ve ne çare ki verecek bir cevabı yoktu. Üzüntüsüne bir kat daha üzüntü katılmıştı, o kadar.

"Hasta mısınız efendim, çok solgun ve perişan görünüyorsunuz?"

"Yok Şahin evladım, hasta değilim de üzgünüm işte. Yeye'den hâlâ haber yok. İhtisap Ağası ahbabımdır, haber gönderdim, Yeye'nin eşkalini tarif ettirdim, 'Merak etmesin!' demiş, kısa zamanda bulunurmuş."

Kara Şahin bu cümle üzerine fazla bir şey sormanın işe yaramayacağını anladı ve Hafız Çelebi'nin sağlığına dikkat etmesi gerektiğini, Yeye için üzülmenin ona yarar getirmeyeceğini, lale mevsiminde yapacağı çalışmaların önemli olduğunu, bir yıllık emeğiyle açacak laleleri bütün İstanbullulara gösterecek bir güzelliğe büründürmesinin lüzumunu ve nihayet Katre-i Matem'in birkaç gün içinde açmasını dört gözle beklediğini vs. anlatıp durdu. Kendi eliyle ıhlamur ve papatya karışımı bir çay yapıp onlarla biraz vakit geçirdi. Bu arada Bican Efendi'nin bozuk Türkçesi ile yaptığı şakalara nezaketen ve sırf Hafız Çelebi'yi neşelendirmek için güldü, Bican Efendi'nin memleketinde yaptıklarını ilgiyle dinledi. Gün ikindiye yüz tuttuğu sırada da ayrılmak üzere izin istedi. Hafız Çelebi bahçe kapısına kadar ona eşlik edip tembihlerde bulundu, Yeye'nin ortadan kaybolmasıyla kendi durumu arasında bir bağlantı bulunma ihtimalini anlatıp çok çok dikkatli davranmasını söyledi. Yeye'yi kaçıran katillerin, kendisinin de başına bir çorap örebilecekleri ihtimalini hatırlattı. Ardından kapıyı kapatırken hâlâ ikazlarına devam ediyordu:

"Yolun açık olsun, Aman ha evladım, tedbiri elden bırakma!.."

Kara Şahin Hafız Çelebi'nin yanından, kafasında Bican Efendi'ye ilişkin sorularla ayrılmıştı: Acaba Yeye'nin kaybolmasında Bican Efendi'nin parmağı var mıydı? Acaba Çelebi'nin saflığından, temiz kalpliliğinden yararlanıyor olabilir miydi? Belki de yanılıyordu ama Yeye'nin kayboluşu hakkında her şeye şüpheyle bakması gerekiyordu. Sağlıklı düşünebilmeyi başarmak zorunda olduğunu biliyordu. Her şeyden ve herkesten şüphe etmek yerine ilişkileri iyi tahlil etmek ve iyi değerlendirmek gerektiğini, ancak ondan sonra muhakeme yaparak bir yol yordam izlemek zorunda olduğunu kendisine telkin edip durdu. Yürürken dalıp gitmişti. Hâlâ bahçelerin arasındaki tozlu yollardaydı. Birden bir ses duyar gibi oldu. Sanki bir kadın sesiydi. İyice vehimli olmaya başladığına inanıp başını iki yana sallayarak hayıflandı. Sonra birden durakladı. Bu duyduğu ses bir vehime benzemiyordu:

"Ağam, ağam! Hişt!.."

Evet bu bir kadın sesiydi ve hemen arkasından fısıldamıştı. Çevrede kimsecikler yoktu. Kendisini neden fısıldayarak çağırıyordu. Bunda bir bit yeniği vardı. Bu tenha bahçelerin arasında bir kadının yalnız dolaşması; olacak şey değildi. Bir tuzak? En iyisi tanımazdan gelmekti. Sanki kadının seslendiği kişiyi kendi çevresinde arıyormuş gibi etrafına bakınarak sordu:

"Kim, ben mi?"

"Bunu siz düşürdünüz galiba?"

"Hı!?.."

Kara Şahin hiçbir şey düşürmediğinden emin, kadının kendisine uzattığı nesneye baktı. Birden gözleri fal taşı gibi açıldı. Bu sekiz ay evvelki veda sırasında Topaç Yeye'ye verdiği bıçak idi. Babasından yadigâr olduğunu sandığı veya öyle inanmak istediği söğüt yaprağı bıçak. Ani bir hareketle onu kadının elinden alırken gayriihtiyari haykırdı:

"Nerden buldun bunu kadın?"

"Bu sizin mi?"

"Nerden buldun diyorum sana!"

"Ben de bu sizin mi diyorum!"

Kadının sesi inatla ve korkusuzca çıkmıştı. Şahin o sırada karşısındaki kadının yüzüne yakından baktı. Yaşmağının tül kenarlıkları içinde bir çift siyah göz görüyordu. Kenarları kırışmamış, kalem kaşların altında, gençlik ateşi ile parlayan bir çift göz. Bu bakışın kendisine emreden bir yanı vardı sanki. Ve de güven veren.

"Evet benim, size nereden geldi?"

"Bilmek isterseniz beni takip edin!.."

Kara Şahin bir an tereddüt geçirdi. Çevresine yeniden bakındı. Bir tuzağın içine çekilip çekilmediğini iyiden iyiye araştırmak istiyordu. Sonunda biraz daha ısrarcı olmak üzere arkasını dönüp yoluna gitmek ister gibi yaptı ve bıçağı da kadına doğru havaya fırlattı.

"Bir derviş böyle bir bıçağı unutsa da olur."

Kadın bıçağı çok çevik bir hareketle kapıp sıçrayarak önüne geçti, yolunu kesti:

"Şahin Ağam, yok yok affedersin, Selman Abdal diyecektim, her ne isen, şimdi benimle geliyorsun, o kadar!.."

Karşısındakinin kararlılığına cevap verme sırası Şahin'e gelmişti. İki kolundan da kavrayıp öfkeyle haykırdı:

"İn misin, cin misin be kadın, neyse meramın çabuk söyle!?.."

Kadın yine çok çevik bir hareketle elinden kurtulup çevresinde bir kere döndü ve onu arkasından bir esir gibi kıskıvrak yakaladı.

"A-ha!.. Dervişimiz bir kadına namahrem diye dokunmaktan da kaçınmıyor demek ki!" Sonra da kulağının dibine ağzını getirip şefkatle fısıldadı:

"Topaç Yeye seni bekliyor!.."

Eğer şu anda bu kadın Yeye'den bahsediyorsa en azından gideceği yerde küçük dostu hakkında yeterli bilgiye ulaşabilirdi. Bu tehlikeli bir karar olabilirdi, yine de gitmeden edemezdi. Tehditkâr bir tavırla gürledi:

"Eğer bir bit yeniği sezersem seni sağ bırakmam kadın?!. Şimdi düş önüme!.."

"Dervişimiz pek de nazikmiş hani!.."

Yol boyunca ikisi sanki birbirlerini tartıyor, sinir savaşı içinde sabır sınavından geçiriyorlardı. Bahariye yolundan geçip Eyüp Sultan köyünün ilk evlerine yaklaştıklarında kadın kendisini uzaktan takip etmesini ve girdiği kapıdan girmesini tembihleyerek uzaklaştı. Haliç'te güneşin son ışıkları da eriyip kaybolmuş, el ayak çekilmiş gibiydi. Kadının girdiği kapıyı hafifçe tıklatmak üzere elini uzattığında iki tokmak birden görüp duraksadı. Bunlardan birisinde maharetle oyulmuş bir aslan başı, diğerinde de gül rölyefi vardı. Alışkanlıkla elini aslanlı tokmağa uzattığı sırada bunun tok bir ses çıkartacağını düşünerek vazgeçti. O yıllarda bahçelerin cümle kapılarında çift tokmak bulundurmak yaygın bir gelenek olmuştu. Kadınlar kapıya gelince -kendi ruhlarına uygun buldukları ve tiz ses çıkaran- gül motifli tokmağa, erkekler de tam aksine -gürültülü ses çıkaran- aslan motifli tokmağa el atıyorlar, böylece ev sahibi kapısına gelenin erkek mi, kadın mı olduğunu tokmak sesinden anlayabiliyor ve ona göre kapıyı ya haremden birileri açıyor, yahut misafir için selamlıkta hazırlık başlıyordu. Kara Şahin aslan başı tokmaktan elini çekip gül tokmağı tutmak üzereyken kapının aralık bırakıldığını fark etti. Avucunun içiyle ileriye ittirdiği sırada bir kol kendisini içeri çekip kapıyı acele kapattı. Çeken elin aynı kadına ait olduğunu kadının kokusundan anladı. Konağa doğru gideceklerini sanırken kadın onu, bahçenin içinde adeta gizlenmiş bir kulübeye götürdü. Burası Yeye'nin büyüdüğü, annesiyle bahtiyar zamanlar geçirdiği ve Şehnaz'a tutulduğu evdi. Bir müddet ikisinin kucaklaşmalarını ve sevinçten ağlamalarını seyreden kadın üzerindeki uzun çarşafı çıkarırken otoriter tonda seslendi:

"Hoş geldiniz Şahin Bey! Hasret gidermek için çok vaktiniz olacak. Şimdi kesin zırlanmayı. Ben gidiyorum. Veyis Ağa ile hanımefendi biraz sonra Leyla ile Mecnun okumak üzere beni çağırırlar bile. İmdi, seninle konuşacak çok şeyimiz olacak. Bu gece istersen burada kalabilirsin, yarın konuşuruz ve seni kimse görmeden dışarı çıkartırım. Az sonra Şehnaz ile size yemek de göndermeye çalışırım. Pencerenizden ışık sızmasın. Mümkünse hiç mum yakmayın."

Kara Şahin önce emirler yağdırıp dışarı çıkan kadının ardından bakakaldı. Sanki annesinin giyimini hatırlatan zarif bir yanı vardı. Ayağında sırma işlemeli bir yemeni, topuklarına kadar uzanan ipek bir şalvar, üzerinde beyaz bürümcükten işlemeli bir gömlek, gömleğin yakasında elmas bir düğme, üzerinde sırma telli uzunca bir entari ve belinde dört parmak eninde gümüş kakmalı bir kemer. Bu haliyle hiç de öyle halayık ve cariye sınıfından birine benzemiyordu.

Kara Şahin, kendisine emir veren kadın kapıdan çıktığı sırada başındaki feracesinin yarı açıldığını ve o anda yüzünün ortaya çıktığını fark etti. Bu kadın değil, ancak yirmili yaşlarında bir genç kız idi. Kapıdan çıkar çıkmaz Yeye'yi iki omzundan tutup karşısına alarak yüzüne baktı. Sonra da sanki sekiz aylık bir hasret ile değil de öte dünyadan geri dönmüşçesine birbirlerine sarılıp ağlaştılar. Şahin, yarı aydınlıkta bile Yeye'nin yüzünün solgun, yanaklarının çökmüş olduğunu fark edebiliyordu. O gece başlarından geçen her şeyi birbirlerine anlattılar. Külhandaki üçüncü gece yaptıkları gibi bilinmesi gereken ne varsa konuştular. Yeye eski dostuna ilk kez Şehnaz'dan bahsetti. Şehnaz hakkında konuşmama orucu tutacağına, adını dile düşürmemeye söz vermişti ama küfür tacirinin helvacı dükkânından sonra ortada ne sır kalmıştı, ne ayıp. Şehnaz o ilk karşılaşmalarında özlemle ve hasretle ağlamış ve tabii aşk seli içini yeniden istila etmişti.

Şahin, kardeşinin başını sağ omuzuna yaslamış, eliyle saçlarını okşarken sırayla öğreniyordu. Meğer küfür taciri helvacıda başına gelenlerden sonra dayanamamış, bir seher vakti baba ocağım dediği Hafız Çelebi'nin evinden ayrılıp ana ocağına, Şehnaz'ı aramaya gelmiş. Şiddetli yağmurların yağdığı gün, konağın çevresinde kâh saklanıp kâh gezinerek Şehnaz'ı aramış, belki yine çarşıya çıkar umuduyla akşamı etmiş, gece boyunca da saçak altında bahar yağmurlarının sesini dinleyerek konağın dışarıya sızan ışığını gözleyip karabaşın havlamasını dinlemiş, nihayet sabaha yakın bir vakitte karabaşın sesi kesildiği sırada içeriye sızabilmiş, lakin takatı yetmeyip düşüp bayılmış. Gözlerini açtığında kendisini evinde, odasında, annesinin kokusunu aldığı sergenlerin ayak ucunda ve tavansız odasında bulmuş. Topaç Yeye kesik öksürükler arasında bunları anlatırken bir ara "Öldüm de kendimi cennette uyandım sandım!" deyiverdi. Şahin'in "Bir huri eksik!" şakasına da, "Hayır hayır, huri de var, seni bana getirenin adı Hörükız," cevabını verdi.

Pencereleri ve bacası sıkı sıkıya kilim ve yaygılarla kapatılmış olan odanın kapısı açıldığında Kara Şahin, Şehnaz'ı ilk defa gördü. Elleriyle bir şeyler anlatmaya çalışıyor, ona hoş geldin diyor, Yeye'yi koruyup kolladığı için teşekkür ediyordu. Kara Şahin Şehnaz'a hemen ısınıverdi. Evet, dilsizdi, konuşamıyordu, ama edasıyla insanın ruhuna bin bir makamdan ezgiler yayıyor, bir musiki nağmesi gibi çevresine etki ediyordu. O güne kadar Yeye'nin yaşadığı aşk ve hasreti hiç teferruatıyla sorup öğrenmemiş olduğu, yalnızca kendine ait dertlerle ilgilendiği için ahmaklığına ve bencilliğine içinden yüzlerce küfür savurdu ve lanet okuyup durdu. Demek ki Topaç Yeye neredeyse bir yıldır çaresiz dertler içinde kıvranıyordu da kendi derdiyle başkalarının kafasını şişirmek istemiyordu ha!.. Aşk bu çocuğun içinde nasıl bir yumak idi ki hiç kimseye söylememişti?.. Hafız Çelebi bir zaman "Aşk sırdır!" demişti. Demek Yeye de aşkını bir sır olarak saklamayı yeğlemiş, kendisiyle hiç paylaşmamıştı.

Yeye'ye hastalığında o ve Hörükız bakmışlar, Yeye'nin tarifi üzerine Hafız Çelebi'nin çiftliğini bulmuşlar, birkaç gün Hafız Çelebi'ye gelip giden insanları gözetleyip olanları anlatmışlar, bu arada Yeye tarif üzerine bahçeye gelip gidenlerden birinin Kara Şahin olduğunu tahmin etmiş, lalelerin açma mevsiminde geri döneceğini de bildiğinden kavuşma umudu artmış, hatta Hafız Çelebi'yi de çok özlemesine rağmen biraz hastalığı yüzünden, biraz da Hörükız'ın isteği ile geri dönmemiş, Şahin'i oraya getirmenin çaresini aramışlar, Hörükız da bunu maharetle başarmış, ikisini buluşturmuştu.

Hörükız, Topaç Yeye ile, kendisi hakkında bilinmesini istediği kadar bilgiyi paylaşmıştı. Dediğine göre Üç Hilal Cemiyeti'nin iki kadın zabitinden biriydi. Yalnızca kendisinin bildiği çok özel bir görev için, cemiyetin reisi olan babası tarafından yetiştirilmişti. Onu tanıyanlar, rahmetli babasından kendisine intikal eden bu görevini asla bilmezler ve sormazlardı. Bununla birlikte kendisine uzun sürmeyecek küçük görevler verirler, onun haricinde nerede, nasıl çalıştığını asla merak etmezlerdi. Şimdilerde yine o küçük görevlerden biri olarak Şehnaz'ın babasına gelip giden bir adamın peşindeydi. Şehnaz'ın ailesinin bir dadı aradığını öğrenince cüz'i bir ücret karşılığında hizmetkârlığı kabul edip eve yerleşmiş. Bundan Şehnaz'ın hâlâ haberi yokmuş. Dediğine göre peşinde olduğu adam Topaç Yeye'ye sarkıntılık edip de şiddetli dayaklardan sonra konaktan Bimarhane'ye gönderilmesine sebep olan kişiymiş. Bunu aralarında konuşurken tesadüfen keşfetmişler. Hörükız'ın Yeye'yi burada tutma sebebi de bu imiş. Ondan adamı teşhis etmesini istiyormuş. Çünkü aynı adam, bugünlerde Şehnaz'ın peşindeymiş. Hörükız'a göre onu kaçırabilir ve İstanbul'dan kalkan bir gemi ile Mısır'a cariye olarak gönderebilirmiş. Daha evvel bu yolda pek fazla cürmü olduğu biliniyormuş. Ayrıca Veyis Ağa'ya kötülük yapıp onun konağını dağıtması da mümkünmüş. Çünkü bu adam yalnız çalışmaz, bir çete ile ortak hareket edermiş.

Şahin bütün bu olup bitenleri ve Yeye'nin başından geçenleri hayretle dinledikten sonra kendi bilgileriyle örtüştürdü. Yine uykusuz geçecek bir gece vardı önünde. Hadiseleri birleştirmesi gerekiyordu. Bir eli Yeye'nin ateşler çıkan alnında, diğer elini başının altına destek yaparak dirseği üzerinde uzanmış vaziyette her şeyi yeniden düşündü. İhtimalleri tekrar tekrar gözden geçirdi. Bu arada sık sık "Hafız Çelebi'ye bir an evvel haber vermeli! Zavallı adam, Yeye'yi katiller elinde sanıp kahroluyor!" diye tekrarlamaktan da geri kalmadı. Uykusuz bir gecenin sabahında Hörükız'a söyleyeceği çözüm cümlesi tamamen billurlaşmış, bütün olaylar üst üste örtüşmüştü. Yalnızca bir tek soru soracak ve sonra kendinden emin olarak hadiseyi baştan sona gergef işler gibi anlatacaktı. Soru şuydu:

"Aradığınız adam kırk beş yaşlarında, esmer, hafif kamburu çıkık, kırçıl sakallı birisi miydi?"

Ve cevabı onaylanarak gelirse şu cümleyi söylemesi gerekiyordu:

"Burada beklemenize hiç gerek kalmamış. Çünkü aradığınız adam benim kayınbabam Aslan Ağa'dır ve artık zindandadır."

⁂

Kuşluk vakti kulübenin kapısı açıldığında, Şahin ile Hörükız arasında pek kısa süren bu konuşmayı izleyen Topaç Yeye **Yusuf ile Zeliha arasında** kaybolan gönlün hikâyesini hatırladı. Kara Şahin'in, kendisine bir çocuk gibi davranan bu kıza haddini bildirmek istercesine üst perdeden ahkâm kesmesini de, gurur sarhoşu olmuş biri karşısında kendini ezdirmeyen Hörükız'ın, onu zaten bildiği şeyleri anlatıyormuş gibi dinlemesini de bu kayıp gönül ile telif etti. Şahin, o kısa cümlelerin sonunda Hörükız'ın son sorusunu iyi tahmin edememişti:

"Ama bizim aradığımız adamın adı Esed Ağa'dır!."

"Aptal olma, ha Türkçede Aslan; ha Arapçada Esed, ne fark eder?!."

"?!.."

-derkenar-

yusuf ile zeliha arasında

Dünyalar güzeli Yusuf'a sordular:

"Ey Zeliha'nın gönlünü alıp onu perişan hale koyan. O senin yüzünden acze düştü de derdine derman olmadın; hasta bıraktın onu. Gönlünü kaptın ve geri vermedin. Geri versen ne olur; sen buna kadir değil misin?"

"Ben onun gönlünü çelmedim de, çalmadım da. Ne onun bana gönül verdiğinden haberdarım, ne böyle bir kastım oldu. Onun gönlüyle bir işim yoktur benim."

O dostlar sonra Zeliha'ya sordular:

"Sözüne sadıksan, Yusuf senin gönlünü nasıl çalmıştı; dosdoğru söyle bize. Yok eğer gönlün hâlâ sendeyse ve Yusuf'tan gönül istiyorsan bu, naz yapıyorsun demektir."

Zeliha yeminle söyledi:

"Bedenimdeki her kıldan gönlüm habersiz. Neden ve nasıl âşık oldu, âşık olunca nereye gitti, bilmiyorum."

Sonra o dostlar düşündüler:

"Gönül Yusuf'ta değil ama Zeliha'da da değil. Ne biri gönül almış, ne diğeri bir gönle sahip!.. Peki ama nasıl kayboldu bu gönül, nereye gitti? Bu bir sihir değilse nedir?"

45. Sual:
Sultanı Kalp Sektesine Uğratan Sual Neydi?

Çırağan sahil sarayında, ışığı Boğaziçi'nde gümüş serviler oynaştıran güneşin odaya dolduğu geniş salonun yan odalarından birinde, güzel kadınlar ve cariyelerin değişik dillerden bir Babil kulesini andıran şetaretli sesleri çağıldamaktaydı. Buhurdanlar balmumu kokusuyla yasemin ıtırları yayarak dalgalanıyorlar, odanın içi dimağları sarhoş eden nefis bir filbahri tütsüyle doluyordu. Seslerin geldiği odada hizmetkârları ve şarkıcılarıyla birlikte Fatma Sultan bir saraylı kimliğinin ağırlığıyla oturuyor, çevresindeki her şeye sessizce hükmediyordu.

Canfes ve ipek kumaşların rengârenk bir yarışta olduğu sahil sarayın selamlık dairesinde konuklarını karşılayan vezir hazretleri ise ayrı bir neşe içindeydi. Salondaki herkes bir törendeymiş gibi zarif giyimliydi. Bu tür meclislerde servis ve hizmetler harem ile selamlık arasındaki dolap aracılığıyla yapılırdı. Ne var ki İbrahim Paşa bugün serbest davranmış, yabancı misafirlerin çokluğundan istifade dekoltelere işveli kahkahaların da eşlik etmesini istemiş, hazırlıkları ona göre yaptırtmıştı. Hizmete koşan cariye ve sakilerin göğüslerindeki gül goncaları, şakaklara iliştirilmiş güvez karanfiller ve özellikle bir Gürcü tazenin topuzuna asılmış kızıl laleden çelenk, herkesin gözünü alıyordu. Yan odadaki cariyelerden biri musiki nağmeleriyle kendinden geçmiş olmalıydı ki nihavend bir ud taksimi ile ardından Nedim Efendi'nin şarkısı duyulmaya başlandı. O sırada gözler Nedim'in gururunu görmeliydi. Hele herkesin kendisini tebrik eden bakışları altında mukabelede bulunmak üzere kırılıp dökülüşleri...

Erişti nevbahâr eyyâmı açıldı gül ü gülşen
*Çerağan vakti geldi lalezârın dîdesi rûşen**

Başlangıçta mecliste bulunanlar, İbrahim Paşa'nın üzerinde bir sevinç, sultanın omuzlarında da bir hüzün olduğunu gözden kaçırmadılar. Ancak kısa sürede sultanın hüznü bütün meclise hâkim oldu. Vezir hazretlerinin balmumu ile meclise okuduğu yirmi kadar devletlûnun bir bahar neşvesini hüzne döndüren o hadise ise onun ardından geldi. Sultan, vişne rengindeki samur kürkünü giymişti ve içinde samanî ipekten bir gömlek vardı. İri cüssesi üzerindeki heybetli başını yana doğru eğip oturduğu yerden güneşin Boğaziçi'ne bahşettiği ışık oyunlarına dalıp gitmişti. Karşı sahillerin müstesna manzarasına karışan yakamozların yansıdığı duvarlara yakın oturanlar onun sık sık iç geçirdiğini, nefesini tutup yeniden göğsünü havayla doldurduğunu bütün açıklığıyla izleyebiliyorlardı. Mamafih elinde taşıdığı mercan tespihin tanelerini parmakları

* İlkbahar geldi, çiçekler ve çiçek bahçeleri açıldı. Çerağan zamanı erişti, lalezarın gözü aydın!

arasında hızla ve öfkeyle sayıp durması, onun bu halini merak eden birkaç kişi dışında nedense meclistekilerin dikkatini çekmemişti.

Eğlenmek üzere toplanmışlar, şiirler, şarkılar, gazeller ile şad olmayı planlamışlardı. Şair Nedim'in şuh şarkılarıyla sarhoş olmak, badelerle dimağları mest etmekti maksatları. Seyyid Vehbî ve reis-i şairân Osmanzâde Taib Efendi gibi şairlerin üst perdeden mısraları arasında hayaller devşirmekti arzulanan. Ama meclisin seyri hiç de arzulanan havada olmadı.

İbrahim Paşa iki gün evvel önemli bir haber almıştı. Vaktiyle Şam Beylerbeyi iken tanıdığı ve şerrinden ürktüğü Afganlı Üveys Han Isfahan'ı zabtederek İran şahı Eşref Han'ı esir etmişti. Bu haberi sultana nasıl söyleyeceğinin hesaplarını yapıyor, bir fırsat kolluyordu. Meclis neşesi bunun için biçilmiş kaftan sayılırdı. Gidişata göre hareket edecekti. Fakat sultanın sık sık iç geçirmesinden bir değişik hal hissetmiş, bunu Eşref Han haberini duyduğuna yormuş ve sanki fırtına öncesi bir sessizlik gibi algılamıştı. Muhtemelen sultan bu haberi İshak Efendi'den öğrenmiş, belki kendisinden saklandığını fark etmiş, vezirine karşı nasıl davranacağını bilemediği için hafakanlar geçiriyordu. Üveys Han'ın İran'da hâkimiyeti ele geçirmesi demek, Azerbaycan bölgesindeki Türk ordusunun varlığını tehlikeye sokuyordu. Zaten İran'dan gelen haberler çok olumsuzdu ve halk arasında hoşnutsuzluklar artmıştı. Gelen devlet istihbaratına göre Üveys Han tıpkı Şah İsmail gibi Osmanlı Devleti içine casuslar gönderiyor, saraya kadar uzanmaları için çareler arıyordu. Öte yandan aynı Üveys Han Dürzilere karşı başarılı tedbirler almış, pek çoğunu da tepelemişti. Damat İbrahim Paşa ülke siyasetini iyi yönetmek zorunda olduğunu biliyordu. Kırım'da giraylar arasındaki hanlık iddiasına müdahil olmak üzere kendi maiyetinde yetişen Handan Ağa'yı casus olarak göndermiş, Kırım siyasetini yönlendiriyordu. Ancak orada oynanan oyunun bir gün ceremesini çekeceğini de bilmiyor değildi. Belki de Şehzade Ahmet'i kırım girayları himaye ediyorlardı. Bir türlü ele geçirilemediğine göre...

Selman Abdal, paşasının hizmetkârlarından bir musahip olarak ilk defa sultan meclisine katılıyor ve bir vakitler hemen yanıbaşındaki mevlevihanede yaşayan Şahin Can'ı düşünüyordu. Asude, dingin ve derinlikli bir hayatın içinden bu tantanalı ve şatafatlı hayata nasıl atılmıştı? Geriye dönüp baktığında yan yana iki bina arasında ne büyük farklar olduğunu kıyaslayabiliyordu. Birinde madde, diğerinde mana ağırlıklı ömürler yaşanıyordu. Ötekinde durağan, dingin ve içe dönük bir hayatın yine içe dönük yolculukları, bakışları, duyuşları vardı ama bunda akışkan, hareketli ve dışa dönük ömürlerin peşinde insanlar sürükleniyor, bakışlar, duyuşlar hep dışa doğru fışkırıyordu. Soyut ile somut kimliklerin Boğaziçi'nin bu yemyeşil sahilinde, bu iki ahşap binada, birbiriyle dip dibe ve sırt sırta bulunması ne garipti. Kendi ruhunu düşündü. Acaba hangisinde daha mutluydu? Nakşıgül onu Şahin olarak mı yoksa Selman olarak mı daha çok severdi? Şahin kaçan, kovalayan, yuvarlanan, sürüklenen bir adamdı; Selman ise duran, oturan, düşünen, yer edinen... Şahin acı çekmek için yaratılmıştı, Selman istese zevk içinde kendini unutabilir, gününü gün ederek ömrünün sonuna dek yaşayabilirdi. Selman Abdal olmaktan mutluydu, Nakşıgül'ün aşkıyla başı hoştu, ama bu kılığa yine onun için girdiğini inkâr etmemeliydi. Kendisini bir kovalayan bulunmuyorsa eğer, eski Şahin olduğu için değil, yeni Selman olduğu içindi. Tabii geçen gün Divan Yolu'nda peşine takılan karanlık kılıklı adam sayılmazsa.

⁂

Vezir İbrahim Paşa, meclise belki revnak verir diye sultanın yakınına yaklaştı ve nabız yoklamak üzere sordu:

"Efendimiz! Safanız ve sürurunuz daim olsun, sizi pek kederli ve hüzünlü görüyorum, lutfederseniz eğer, nedir sebep?"

"Ülkemde her şey güzel olsun istiyorum lala, ama çok şey benim istediğim şekilde olmuyor. Hazinede para kalmadı. Halkın gidişatı mübtezel. Ahlakımız mı bozuluyor ne, halk çığırından çıkmış gibi."

"Neler söylüyorsunuz gönlümün çerağı efendim!.. Bu bahisleri kubbealtında vezirleriniz sizin için düşünüyorlar. Siz hemen kendinizi üzmeyiniz. Halk zevk u safasında. Hem böyle bir sulh devrinde bir parça nefes alsalar ziyan mıdır, efendimiz. İstanbul'da her şey sayenizde pek güzel ve ihtişamlı. Şu müstesna şehirde atalarınız hiç böyle zevk dolu bir çağ görmediler. İşte Atmeydanı, Bayezit ve Hisar. Ötede Yedikule, Çubuklu, Bebek ve Üsküdar... İstanbul eğleniyor; efendimiz, biz dahi eğlensek münasip değil midir?"

İbrahim Paşa konuşurken baharın bütün ihtişamı salonun pencerelerinden içeri doluyordu. Sessizlik, henüz hükümdarın tek kelime olsun ona cevap vermemesinden, her zamanki gibi sözünü kesmemesindendi. İşte o yüzden, ağzından çıkan çığlığa benzeyen inilti herkesi ürpertmeye yetti:

"Tebriz!.. Ah Tebriz!... Yoksa Şehzade Ahmet mi alıyor seni benden!"

Bütün başların sesin geldiği yana çevrildiği sırada Sultan Ahmet'in iri bedeni oturduğu kerevetten salonun zeminine büyük bir gümbürtü ile devrildi.

Ortalığı kaplayan telaş, o gün orada bulunan devletlûların ilk kez duydukları Şehzade Ahmet adını da, Tebriz'deki ordunun bozgununu da, Sultan Ahmet'in geçirdiği kalp sektesini de örtmeye yetmedi. Hekimbaşı, o günden sonra işinin daha da zor olacağını biliyordu.

46. Sual
Matem Damlası'nı Muhafazanın Yolu nedir?

Okuyor, okurken ağlıyordu:

"Osmanzade'den Hafız Çelebime,
Cümle arz-ı selam, mahabbet ve meveddetten sonra
Sezâm, refik-i dilpesendim, ruhum efendim,

Lale!.. İstanbul'da söylenen en zarif kelimedir... Nisan ve mayıs aylarını süsleyen bir sehl–i mümteni... Bir yaratılış şahikası, bir güzellik masalıdır.

Lale bir ilham; güzellik uğuldar renklerinde, sevgiler coşar yapraklarında. Lale bir güzel bahçe, şevk ile yürünür tarhlarında ve şavklar saçılır altı yöne altı yaprağından. Lale hasbî bir tebessüm, kalbî bir yakınlık... Lale bir aşkın adı; bir derin hüzün buketi... Lale ile acı gerçekler mutlu düşlere, paslı demirler parlak gümüşlere, yavuz bakışlar tatlı gülüşlere döner birden; lale ile uğruna can verilecek bir sevgili yaşar içimde. Lale başıma taç ve ben ona muhtaç. İstanbul toprağına düşmeyince bir lale renge durmaz yaprağı, gülümsemez çiçeği. Bâkir kâselerinde demlenmiş düşler getirir lale hayatımıza ve yaşama sevinci vurur kalplerimizin duvarlarına. Kapa gözlerini ve dinle saki, bir İstanbul lalesinin çığlıklarını duyuyor musun?!.. İstanbul'a çıkmayan bir lale yolu, laleye çıkmayan bir İstanbul kadar kayıptır, yitiktir. Rüzgârları toplayan hüzünler ağlar yoksa İstanbul bahçelerinde ve bir kabir başında ışıklar yas tutar gibi laleler ağlar seher vakitlerinde.

Arz-ı ihlas u meveddet daima
*Nûr-ı aynım kardeşim, baki dua**

"Mektubu bundan yedi yıl evvel Kırım'dan kervanla gelen bir bezirgân tutuşturmuştu avucuma. Aldığım anda ateşinin hem elimi, hem içimi yaktığını söylemeliyim size. Reis-i şairan Osmanzade Taib Efendi Kefe'den göndermişti. Kocamustafapaşa'da cerrah Hüseyin Molla'nın kızı Lale Hanım'a olan gizli aşkıyla İstanbul bahçelerindeki bütün laleleri sevmiş, Çırağan'da, Sadabat'da lale bahçelerinde şarkılar söyleyip vuslat talep edemeyeceği bir aşk ile yanıp yakılmıştı. Katre-i Matem'i itina ile perverde kılarken onun hatırasına adadığım için bu mektubu şimdi okumaya lüzum hissettim. Sonradan bana anlattığına göre Felemenk diyarına yol uğratıp lale bahçelerini dolaşmış, Şam'da, Halep'te ve Kefe'de lale tarhları arasında gezinmiş ve nihayet yine de İstanbul lalesini özlediği için –belki de Lale Hanım'ın hasreti içini yaktığı için- bu mektubu gözyaşlarıyla yazmışmış."

---

* Gözüm nuru kardeşim, dostluk ve samimiyetimiz sürsün, dualar daimi olsun...

Hafız Çelebi bunları anlatırken Kara Şahin, daha geçen gün sultan meclisinde gördüğü şairler reisi Osman Efendi ile kendi aşkını ikiz bir lale üzerinde birleştiren kaderine hayret ediyor, kendisinin Nakşıgül'ü sevdiği şiddetle onun da Lale Hanım'ı sevdiğini düşünüyordu. Osman Efendi aşkını çok güzel sözlerle anlatmış, dinleyenleri lal edecek bir söz sanatıyla aşkını dile getirmişti, ama şu anda yüreğinde hissettiği hasreti dile getirebilseydi, Osman Efendi'nin sözlerini çöpe atmak gerekeceğini de biliyordu. Dile getiremiyordu ama içinde Nakşıgül'ün ışığını hissediyor, fısıltılarını duyuyordu. Bütün ömrünü damıtan o tek gecede birbirlerine sarılmışken "Laleyi sever misin?" demişti fısıltıyla. Yalnızca o anın hatırası için bütün laleleri sevmeye yemin edebilirdi şu anda. Bir an için laleyi İstanbul'dan götüren Busbeq nam elçinin de aynı türden bir gönül bağıyla onu alıp götürdüğü şüphesine düştü. Felemenk'ten ta Kâğıthane deresine kadar bir rengin peşine takılıp gelen şu Bican Efendi'nin de içinde belki kimseciklere söylemediği böyle bir Tülpan Hanım aşkı vardı. Topaç Yeye ile Şehnaz için de yollar bir lalede birleşmişti şu anda. Hatta belki olup biteni dikkatle izlemekte olan şu Hörükız da ilerde laleye dair hatıralar taşıyor olacaktı.

"Ben rengini bir ton daha açık bekliyordum," dedi o sırada Hafız Çelebi.

"Ben de..." diye atıldı Kara Şahin, sonra da bütün gözlerin kendisine merakla çevrildiğini görüp utandı. Oysa bu sözüne geçerli bir sebep taşıyordu içinde. Nakşıgül gerdek gecesinde avucuna bu lale soğanını tutuşturmadan evvel "Yanağımın renginden!" demişti. Nakşıgül'ün bu lale hakkında ne bildiğini, böyle bir özel soğanı nasıl olup da avucunda tutabildiğini o an merak etti. Kim kendisine bu soğanı vermişti? Neden vermiş olabilirdi? Bütün şükûfeciler loncasının ve hatta yabancı ülkelerden lale avcılığına çıkmış casusların bile peşinde olma ihtimali bulunan özel bir lale soğanını gelinlik bir kızın saklaması, en azından ona sahip olması ne anlam taşıyordu? Nakşıgül bu laleyi yanağının renginde açacak zannettiğine göre acaba neye sahip olduğunun farkında değil miydi? Nakşıgül'ün yanağı al al idi ve acaba elindeki lale soğanını sıradan kızıl bir lale olarak mı tutuyordu? Yoksa bu lale gerçekten Hafız Çelebi'nin de dediği gibi kızıl açacaktı da onu toprağa koyarken adını Katre-i Matem koydukları ve duasını öyle yaptıkları için mi siyahlara bürünmüştü? Belki de adı "Matem Damlası" oldu diye matem renginde, siyaha çalan koyu mor renkte açmıştı! Eşya ismiyle müsemma değil miydi; pekâlâ böyle de olabilirdi. İşte Katre-i Matem, gökkubbenin altında daha evvel hiç görülmeyen bir lale rengi taşıyordu. Bu rengi ona Nakşıgül'ün avucundaki kan mı vermişti, yoksa Kara Şahin'in bir yıldır yaşayıp durmakta olduğu gam mı? Topaç Yeye'nin hasretle çapaladığı toprağı mı, dalını bir âşık gibi kucaklayıp kuşatan yaprağı mı? Hafız Çelebi'nin dostu Osmanzade'ye adamasından mı, yoksa son günlerde çekmekte olduğu yasından mı?

Güneşin ilk ışıkları nisan yağmurlarıyla Levent Çiftliği sırtlarında bir gökkuşağı bağladığı sırada Katre-i Matem'i üzerine damlamış çiğ tanesiyle ilk gören bu yedi kişi, bundan sonra işlerinin kolay olmayacağını biliyorlardı. Martolozzade Kirkor Efendi en uzakta olan adamdı. Testeresini, küştüresini, çekicini torbasından çıkarıp işe başlamak üzereyken bu güzelliğe şahit olmuştu.

Hörükız ile Şehnaz hikâyenin içine ilk defa giriyorlardı ama bir daha kopmalarının söz konusu olmayacağını bilerek oradaydılar. Şehnaz, birkaç gündür Hafız Çelebi'nin evine ayak alıştırmıştı. Artık Kuru Kirkor Efendi geldikçe o da geliyordu. Kirkor Efendi'nin fevkani evi Veyis Ağa'nın konağıyla bahçe komşusu idi. Şehnaz, daha bebekliğinden itibaren onların evine sık girer çıkardı. Kirkor Efendi bu dilsiz kızın Yeye'ye olan tutkusunu öğrenince acımış, yardım etmek istemişti. Babasına yalan söylemiyor, kızını Hafız Çelebi'nin lale bahçesine götüreceğini söylüyordu. Veyis Ağa öteden beri Hafız Çelebi'nin adını duyar, lale yetiştirdiğini bilir, bütün Eyüp Sultan'da anlatılan yüksek ahlakını ve asil kişiliğini uzaktan uzağa takdir ederdi. Şehnaz'ın son zamanlarda sık sık Kirkor Efendilere veya Çelebi'nin bahçesine gitmek istemesi dikkatini çekmiş olmakla birlikte lalelere merak sardırmasında bir beis görmemişti. Şehnaz ise babasına karşı dürst olmaya çalışmış, bir keresinde Hafız Çelebi'nin yanında Yusuf'u gördüğünü söylemiş, babası da ya anlamamış görünerek veya gerçekten anlamadığı için sesini çıkarmamış, yalnız bahçe aralarından gidip gelirken dikkatli olmalarını tembih etmekle yetinmişti. O günden sonra Şehnaz bir daha Yusuf'un adını anmamış, kolayca aldığı izinleri babasının helvacı dükkânındaki karşılaşmadan sonraki acımasızlığının merhamete dönüşmesine yormuştu.

O sabah üzerine çiğ düşen Katre-i Matem'e bakarkenTopaç Yeye, üst üste hırkalar, mintanlar giymiş vaziyette bir yandan hâlâ hastalığın nekâhetini yaşıyor, diğer yandan, kısa bağlanmış buzağılar gibi bu soğanın çevresinde dönüp durmakla geçirdiği bütün bir kışı hatırlıyor, belki şimdi o sabrının mürüvvetini görüyordu.

Bican Efendi ise günlerinin yarısını burada harcamakla kalmamış, Katre-i Matem'in yaprakları topraktan başını çıkardığı günden bu yana her gece kalkıp çevreyi dinlemiş, yerinde durup durmadığına bakmıştı. Şahin ise bütün sorulara bu açan çiçekten sonra cevaplar bulmaya başlayacaktı.

Katre-i Matem'i bu haliyle bu bahçede korumanın imkânı olmadığını başında toplanan herkes biliyordu. Açmadan önce bahçedeki binlerce laleden biri iken şimdi her şey değişmişti. Öncelikle şükûfeciyen kethüdasına bu bahçede böyle bir çiçek açtığını tescillettirmek gerekiyordu. Böylece lale müsabakası esnasında kime ait olduğu ilan edilebilecekti. Bununla da yetinmeyip çalınmaması için başını beklemek yahut bir saksıya alıp uygun iklim şartlarında kilit altında tutmak gerekecekti.

"Evlatlarım, dostlarım!.."

Hafız Çelebi'nin sesi her zamankinden daha cılız ve titrek çıkmıştı:

"Her yıl sevinçle gönlümün aydınlandığı bu sahne, bu yıl nedense beni pek hüzünlendirdi. Galiba artık yaşlanıyorum. Neyse ki oğlum Yusuf bundan böyle yanımda olacak, bir daha beni bırakıp gitmeyecek."

Topaç Yeye sitemle karışık bu son cümlede başını yere eğmiş, utanmıştı. Şehnaz eliyle onun hırkasını yakasına doğru çekip bağrını kapatırken Hafız Çelebi'ye doğru birkaç adım atıp sarıldı:

"Babam, babacığım!.."

Topaç Yeye ilk defa birisine baba diyordu ve bunu içinden gelerek söylemişti. Hiç baba yüzü görmemişti ama bir babası olmasını isteseydi ancak Hafız Çelebi gibi birini hayal edebilirdi. Şehnaz beraberinde kalmasını teklif ettiğinde, annesinin hatıralarıyla büyüdüğü kulübe yerine Hafız Çelebi'nin hayat sunduğu kulübeyi tercihine Katre-i Matem'i görme bahanesini uydurmuş ama aslında bir baba sesini özlediğini saklamıştı. Şimdi Şehnaz annesine dair hayallerle değil, babasına dair anılarla yaşayacaktı. En azından burası onun ikinci evi olacaktı. Kararları kesindi.

Kuşluk çayını birlikte içip de öğleye doğru ayrılacakları vakit Hafız Çelebi ortaya bir söz atıverdi:

"Dostlarım! Kişinin değeri, güzelce bildiği şey kadardır, aklınızdan hiç çıkarmayın!"

Bununla kime hangi mesajı vermek istemişti, belli değildi. Bu yüzden cümleyi herkes kendine göre ve başka türlü tercüme etmişti. Topaç Yeye dağda yaşayan **bir meczubun aşk anlayışını** hatırlamış, utanmış, sevgisini paylaşmanın eksikliğiyle mahçup olmuştu:

"Hafız Çelebi benim Şehnaz'a olan bağlılığımı kıskandı; kulağımı çekiyor, belki de 'sen beni ne kadar seversen ben de seni o kadar severim' demekle tehdit ediyor. Üzülme benim asil babacığım, ikinizi ayırmam ben!"

Şehnaz kabul edildiğini, buraya her zaman gelebileceğini hissetti:

"Zannederim, Yeye'ye karşı ne derece sevgi dolu ve yakın olursan, o da seni o kadar sevecek. Üstelik ben de seni sevmiş olacağım, demek istiyor."

Kuru Kirkor Efendi bu cümleyi uzun yılların dostluk göstergesi sayıp kendisine teşekkür ve iltifat edildiğine inandı:

"Ben de seni öyle güzelce bilirim kadim dostum, senin hakkını hiç ödeyemem!.."

Hörükız hikmete hayran kalmakla birlikte kendini yine gizlemişti:

"İşte her şeyi güzel bilecek kadar saf biri daha!.. Neden Devlet-i Aliyye'nin başındakilerle devletlûlar da böyle düşünmez ki!"

Kara Şahin aşkını bu cümleye düğümledi:

"Hem Nakşıgül'ü, hem Katre-i Matem'i güzel bildiğim için uğrunda can vermek de gerekse yolumdan dönmeyecek, değersiz ömrüme değer katacağım. Çelebim! Doğru dersin, kişinin kadri güzelce bildiği şey kadardır."

Bican Efendi mi? O, karmakarışık duygular içindeydi. Tam olarak ne hissettiğini ve bu sözden ne anladığını hiç kimse bilemeyecekti. Mor lale ile birlikte içinde bir savaş başlamak üzereydi. Çünkü aklı kaç zamandır kaplumbağalardaydı.

-derkenar-

bir meczubun aşk anlayışı

Dağ başında bir meczup yaşarmış. Adamakıllı aklını kaptırmışın biri. Gökyüzüne bakıp dertli bir gönülle dermiş ki:

"Rabbim!.. Sen sevgiden anlamıyorsun. Ama ben seni daima sevmekteyim. Senin benim gibi sayısız sevgilin var, ama benim senden başka bir sevgilim yok!.. O halde ey kâinatı yaratan, aydınlatan, döndüren sevgili; nasıl diyeyim sana, n'olursun, azıcık olsun şu sevgiyi benden öğrensen!..

47. Sual:
– Sizin Pencerelerinizi Örten Perdeleriniz Yok mudur?

"Burda bir baba gençlik çağına gelen oğluna 'Benim olan her şey senindir; yiyecek bol ve yerimiz geniş!' der. Oysa bizim ülkemizde babanın nasihatı 'Çalış, kendine bir hayat kur ve yiyeceğini kazan!' olur. Burda babalar oğullarını seçtikleri bir kız ile evlendirip gelinlerinin erkek çocuklar yetiştirmesini arzular ve üç nesil bir arada otururlar; bense kocamı kendim seçtim ve büyükbabamı ömrümde ancak iki defa ziyaret edebildim. Burada evlatlar babalarının görüşünden dışarı çıkmayı itaatsizlik sayar, yanlarında gülemezler bile; bizde her gün tartışmalar yaşanır, kavga edilir, sonra da birlikte kafa çekilir. Burda kadınlar evlerin pirinç kafesleri, kündekâri cumbaları arkasında halı kaplı duvarlardaki resimlere bakarak kendilerine ait loş bir dünya kurarken bizim kadınlarımız şeffaf camlı evlerinde güneş ışıklarının bütün sertliğiyle aksettiği beyaz duvarlar arasında, toz zerrelerini teneffüs ederek yaşarlar. Dudaklarına kızıl boya, alnına pudra süren buradaki bir kadın ile bizim ülkemizde cildi güneşten kızarmış bir kadın arasında ne acımasız bir güzellik ölçüsü vardır! Kızılın ılıklığını ve pudranın yumuşaklığını keşfeden, saçını yağ sürerek tarayan, üzeri sırmalı giysilere bürünen buradaki kadın, kocasını memnun etmek için her şeye sahiptir elbette. Üstelik de kafes ve oymalarla loşlandırılan ışığın altında!.. İşvebaz, şuh, bazen hoyrat ve acımasız…"

Lady Montegue çevresini sarıp ağzının içine bakarak dinleyen dostlarının rahat hayatlarına imrenerek anlatıyor, onlar da anlatılanlar arasından kendilerine yabancı gelen tasvirlere hayret ederek ne kadar az şey bildiklerine hayıflanıyorlardı. Vezir İbrahim Paşa Sarayı'nın Üsküdar'ı gören yazlık harem kafesleri arkasındaki bu hayran dinleyiş Fatma Sultan'ın bir sorusuyla bölündü:

"Ama sizin ülkenizde de fettan kadınlar giyimleriyle kocalarını baştan çıkartıyorlarmış?"

"Hiç şüphesiz öyle, ama bu giyinişe başkalarının da göz hakkı karışınca aile facialari yaşanıyor. Geçen sene bir asilzadenin, kadınını pencerenin dışından seyreden âşıkını düelloda öldürmesi tartışmalara yol açmış, pek çok insan pencerelere perde örtülme âdetini yeniden mecbur tutmanın gerekliliğini homurdanıp durmuşlardı.

"Nasıl yani, sizin pencerelerinizi örten perdeleriniz yok mudur?"

"Hanımefendiciğim, söyler misiniz Allah aşkına, önce duvarda kocaman bir delik açıp sonra da orayı perde ile örtmenin nasıl bir mantığı olabilir ki? Dışarıyla içeriyi aynı anda barındıran sizin şu kafesler ne güzel, değil mi ya!.."

Ecnebi hanım, küçük bir nefes aralığı bırakıp elindeki yelpazeden yüzüne iki esinti gönderip devam etti:

"Bir de yere yaydığınız harikulade işlemeli halılar, kilimler ve yaygılar var tabii. Saygıdeğer hanımefendiciğim, sahi üzerine karpuz çekirdeklerini tükürmeden nasıl muhafaza ediyorsunuz onları?"

"Yoksa siz çekirdekleri halılara mı tükürüyorsunuz?"

"Kadınlar ve hizmetçiler değil, ama erkekler isterlerse tükürebilirler."

"Neden sizin erkekleriniz kadınlardan üstün mü?"

"Hayır, buradakinin tam aksine bizde erkekler daha az çalışır, evin kazancını çok zaman kadınlar getirir."

Fatma Sultan, bu cümleyi duyunca artık yabancıların da kendilerine ait hayatları olduğunu, herkesin İstanbul'daki gibi yaşamadığını düşünüp hayret etti. Ama kadınların orada erkeklerle sohbet ettiklerine, çocuklarla babaların tartıştıklarına çok şaşırmıştı. Onun ne tuhaf şeyler anlattığını düşündü. "Belki ona da bizim hayatımız tuhaf geliyordur," diye güldü sonra. İşte çocukluk anılarının içindeydi; bir zamanlar saraydaki hanımlar batılıları insan bile saymaz, ilkel yaratıklar olarak görürlerdi. Özellikle de saraya gelen ecnebilerin giysilerine gizli gizli bakıp güldüklerini çok iyi hatırlıyordu. Belki ecnebiler de bizim kıyafetlerimize gülüyordur diye ürperdi birden. "Öyle ya, yüzyıllar boyunca giysiler gibi gelenekler de farklı farklı uygulanmıştı. Bizim onlara medeniyet öğretmek isteğimiz belki de onları kendimize benzetme arzusundan başka bir şey değildi. Üstelik onlar da bize karşı aynı düşünceyle hareket ediyor olabilirler, bize medeniyet öğretme iddiasında bulunabilirler, kim bilir. Kaldı ki son yıllarda Osmanlı ordularının savaşlardan mağlup çıkması, yahut hazinenin sıkıntıya düşmesi, bir de üstüne üstlük iç düzenin bozulması, belki de medeniyete yeniden ihtiyaç duyulmasını gerektiriyor olabilirdi. Hem sultan babasının da, vezir kocasının da bu Frenklerden bahsederken eskisi gibi önemsiz adamlarmış gibi bahsetmediklerine kaç kez şahit olmuştu. Fen denilen şeyden sık sık bahsetmeye başlamışlardı."

Fatma Sultan bütün bunları zihninde tartışırken Lady Montegue çevresini sarmış saraylı hanımlar ile onların kalburüstü misafirlerini hayretten hayrete düşürüyor, mesela dünyanın yuvarlak olduğunu söylüyor, bazıları "A-aa!.. Ne komik!.." derken diğerleri inanıp inanmamakta büyücü veya falcı karşısındaymış gibi davranıyorlardı. Bazılarına göre bu Frenkler hakikaten tuhaf insanlardı. "Güya Devlet-i Aliyye dünyanın tam ortasında değilmiş, diğer ülkeler gibi üstünde bir yerlerde duruyormuş. Saçmalık!.. Hem dünyanın öbür ucuna varmak için üç ay at sürmek gerekirmiş. İstanbul'da gece olduğu vakit Frenk diyarlarında gündüz oluyormuş. Tövbe, tövbe!.."

Fatma Sultan hayret içinde dinlediklerinden sonra kararını verdi; "Bu kadın mutlaka Bin Bir Gece Masalları'nın veya Tutiname'nin Frenkçe anlatılan şekillerini çok iyi biliyor, oradan maharetle büyülü hikâyeler uyduruyor"du. Lakin vezir kocasına sorduğu vakit onun anlattıklarını doğrulamasına ne demeliydi. Yoksa gerçekten dünya yuvarlak olabilir miydi? Kocası bunu mutlaka bilirdi, akşamı bekleyemezdi, hemen gidip şimdi sormalıydı.

Selamlık dairesine geçtiğinde vezir kocasının Muşkara'dan sökün edip gelen hemşerilerinden birisiyle fısıldar şekilde görüştüğüne şahit oldu. Bu adam kabadayı Sarı Celep idi ve daha evvel de onu birkaç kez kocasıyla görmüştü. Galiba birtakım özel görevler için onu kullanıyordu. Hiç âdeti olmadığı halde içine bir kurt düştü, "Acaba ne konuşuyorlardı?" Biraz daha yakına vardı, konuşmalar karşılıklı bir sinir harbi gibiydi:

"Haliç'te bulunan kesik başların tamamını ve bedenlerin genç olanlarını araştırdım. Hekim Dursun Ağa'dan tekrar tekrar kontrol etmesini istedim. Hiçbirinin Şehzade Ahmet olma ihtimali yoktur efendimiz."

"Bana ölüsünü bulamadığını değil efendi, dirisini bulduğunu söylemelisin! Ya Ahmet'in kellesini getir, ya ben senin kelleni götürürüm! İşte o kadar!.."

"Ama efendimiz, on gün oldu, hangi kılıkta dolaştığını bilmeye yaklaştım. Şehirde halk her yerde toplanıp duruyor. Birtakım evbaş ve kallaş adamlar etraflarına serserilerden çeteler topluyorlar. Yanlarına yaklaşmak zor oluyor, hepsi zebellah herifler. Ahmet'in de onlara karışma ihtimali yüksek. Külhanları, tulumbacı kahvelerini, kabadayı mekânlarını bir bir dolaşıyorum. Geçen sonbaharda Gedikpaşa Hamamı külhanında tarife uygun bir delikanlı kalmışmış. Şahin derlermiş. Ben onun Kara Şahin olduğunu buldum. Ama sekiz aydır İstanbul'da kendisini gören, işiten olmamış."

"Yer yarılıp içine girmedi ya Celep Efendi!.. Ne yaparsan yap, elini çabuk tut!. Eğer diğer Ahmet'in adamları onu senden evvel bulursa, gayrı zehirli hançerini al da gel."

Fatma Sultan duyduklarına inanamıyordu. Bu Şehzade Ahmet de kimdi? O şefkat ve nezaket timsali yaşlı kocası bu adama emirler verirken ne kadar acımasız ve vahşi idi böyle? Ya sultan babasından Ahmet diye bahsetmesine ne demeliydi? İyi de onu babasından evvel bulmayı neden istemekteydi? Gizli işler mi dönüyordu? Duyduklarını duymamış olmayı istedi birden. Şeytan nereden içine girmiş, kendi kocasına şüpheyle yaklaşmasını telkin etmişti ona? Şimdi bütün huzuru kaçmıştı. Oysa babasının yanına girdikçe hürmette kusur etmiyor, onun için yazdığı şiirlerle gönlünü alıyor, itimadını sağlıyordu. Peki ama ya bu itimadın altında "Ahmet" hitabını hak edecek bir kin var idiyse! Bunu babasına söylemeli miydi? Osmanlı tahtında hep sultanlar ile oğulları veya kardeşler arasında kavga olagelmişti. Damat ile kayınbaba arasında bir kavga var ise bu nasıl bir sonuç verirdi? Böyle bir durumda hangisinin yanında olunur, hangisine itimat edilirdi? Babasına söyleyip söylememe konusunun o gece uykularının kaçacağı muhakkaktı. İstanbul halkının çoktandır fakirleştiğini, gelir ve kazanç dengelerinin uçurumlarla ölçülmeye başlandığını, eğlenceye düşkünlüğün iyiden iyiye arttığını, halkın ekmek alacak gücünün bile kalmadığını işitiyordu. Böyle zamanda sultan ile vezir arasında art niyet bulunmamalıydı. Eğer olursa bundan en zararlı çıkacak kişinin kendisi olduğunu da pekâlâ biliyordu. Hani ne derler, "Yukarı tükürsen bıyık, aşağı tükürsen sakal!" Galiba bu meseleyi önce babasıyla konuşmalıydı.

Vezir İbrahim Paşa, elinin tersiyle Sarı Celep'e salondan çıkmasını işaret ettiği sırada kapıdan girmek üzere olan adama gülümseyerek seslendi:

"Gel hele Selman Abdal, gel benim şair dervişim!.."

"Sarı Celep ile Kara Şahin, avcı ile av, birbirlerini tanımadan selamlaşıp geçtiler..."

48. Sual:
Bir Çiçek Kitabının Satırlarında Cinayetin İzini Sürmek mi?

Süleymaniye Kütüphanesi'nin lale kitaplarına ayrılan hücresinde neler öğrenmişti neler. Ve Hafız Çelebi'nin bahçesinde Katre-i Matem'in başında söyleştikleri günden sonra neler olmuştu neler...

Daha ertesi gündü. Bican Efendi ile Katre-i Matem birlikte kaybolmuştu. Bereket versin Şükûfeciyan Kethüdası laleyi görüp defterine kaydettikten ve bir resmini de çizdikten sonra.

Geçen sonbahardan bu yana açmasını beklediği bu çiçek onu Nakşıgül'ün katiline götürecekti, böyle umuyordu. Oysa artık yoktu. Kimin çaldığı belli değildi. Çiçeği çalan kişi öteki eşine de sahip olmalıydı. Veya en azından onun da peşinde olmalıydı. Yani hırsızı bulması halinde Nakşıgül'ün katillerine yaklaşmış olacaktı. Ama şimdi işi daha da zorlaşmıştı, bunu biliyordu. Aklına takıldı, acaba bu mor çiçeğin eşi nerede, hangi bahçıvan elinde, hangi bahçede büyümüştü?

Katre-i Matem'in kaybolmasında herkesin ortak düşüncesi Bican Efendi'nin onu Felemenk diyarına kaçırmış olduğuydu. Her yıl haziran ortalarında lale resimleriyle memleketine dönen Bican Efendi'nin bu yıl daha laleler iyice açmadan kaçıp gitmesinin sebebi başka ne olabilirdi? Konuyu Hafız Çelebi ile müzakere ettiklerinde ise onun buna inanmak istemediğini görmüştü; tıpkı Yeye gibi onun da bir gün, bir yerlerden dönüp geleceğini iddia ediyor, "Başına bir şeyler gelmiş olmalı, çünkü o benim dostumdu, böyle bir şeyi yapmaz!" deyip duruyordu. Ama Bican Efendi'nin ortadan kaybolduğu günün ertesinde Galata Limanı'na üç adet Felemenk gemisinin geldiğini, bunlardan birinin krala ait gemi olduğunu ve tek bir yolcu aldıktan sonra günübirlik döndüğünü öğrendiği zaman iyiden iyiye çökmüş, sanki birden ihtiyarlayıvermişti. Topaç Yeye onu teselli için çok zaman yanından ayrılmıyordu. Bahçenin işleri kalmış, laleler pazara çıkmadan solmaya yüz tutmuştu. Oysa saksılanması, toprağının değiştirilmesi, soğanların gübrelenmesi lazımdı. Daha da önemlisi, kaplumbağalar için bu mevsimde dereden eğir otu toplayıp kurutmak, çivit boya ile macunlayıp un eylemek gerekiyordu.

Şahin, o gün olanları zihninde yeniden canlandırmayı denedi. Katre-i Matem'in, üzerinde bir çiğ tanesiyle açıldığını gördüklerinde bahçeden ilk önce Şehnaz ile Kuru Kirkor Efendi ayrılmışlardı. Daha doğrusu Kirkor Efendi, komşuluk hatırına Şehnaz'ı evine götürmüştü. Ardından Bican Efendi resim yapmak üzere odasına çekilmişti. Öğleye doğru da Hörükız ile kendisi bir sandala binip Hafız Çelebi ile Yeye'ye veda etmişlerdi. Sandalcı ikisinin konuşmalarını dinlemişti; ama onun laleyi çalacağını hiç sanmıyordu. "Belki de çalmıştır," diye geçirdi içinden, umutsuzca. Sonra sandalda neler konuştuklarını düşündü. Hatırlıyordu, Kâğıthane'den Defterdar açıklarına doğru akıp giderken aklında hep Katre-i Matem vardı.

Cibali hizalarında Hörükız'ın ikazıyla düşüncelerinden sıyrıldığında onu kendisine laf çarptırır ve iğneli sorular sorarken bulmuştu. Havadan sudan konularda onu tartıyordu anlaşılan. Bir müddet kısa cümlelerle geçiştirmeye çalıştıysa da sonunda bodoslama karşılıklar vermek zorunda kaldı. Aslında ikisinin de yekdiğerinden gizlediği ve gizleyeceği şeyler olduğu için Hörükız'ın bu tavrını normal buluyordu. Fakat üzerine gitmez ve karşılık vermezse kendini alt edeceğinden de korkmuştu. Sonunda bir şeyi fark etti. İkisi de birbirlerinden uzak durmak istedikleri oranda birbirleriyle ortaklık kurmak arzusu taşıyorlar lakin ne o, ne de kendisi bunu asla dile getirmiyordu. Kişilikleri ve enaniyetleri kesinlikle yekdiğerini ağdırmazdı. Yine de hallerinden şikâyetçi değillerdi. Sonuçta ikisi de birilerinin hesabına çalıştıklarını gizleyemez durumdaydılar. Eğer Devlet-i Aliye sözkonusu ise ha Üç Hilal Cemiyeti, ha Vezir İbrahim Paşa hesabına olmuş, ne fark ederdi. Bununla beraber kendisi, yaptığı vazifeden gayrı bir de Katre-i Matem'in eşini aramak durumundaydı. Peki ama karşısındaki kızın peşinde olduğu gizli iş ne idi?

Yolculuğun ilerleyen dakikalarında Kara Şahin kuralları koymuş, Hörükız da hiç itirazsız kabul etmişti. Anlaşma basitti. Ertesi günden itibaren sık sık buluşacak, biri kadınlar arasında derlediği, diğeri erkekler arasında topladığı bilgileri paylaşacak, sağlamasını yapıp tamamlayacak veya yeni sorular üretip cevaplar bularak ayrılacaklardı. Daha çok da Hafız Çelebi'nin lale bahçesinde veya Süleymaniye Kütüphanesi'nin hücrelerinden birinde gerçekleşecekti buluşmalar. Tıpkı şimdi olduğu gibi.

Rafta dizi dizi ciltler duruyordu. Hemen hepsinin içinde çiçekçilik ve özellikle lale yetiştiriciliğiyle alakalı bilgiler ile resimler vardı. Hafız Çelebi'nin konuşmaları sırasında adını andığı kitapların hemen hepsi buradaydı. Pek çoğunda daha evvel lale yetiştirenlerden, birincilik kazanan lalelerden, bazı padişahların ve vezirlerin lale merakından bahsedilmekte, sayfaların neredeyse yarısı da lale nakışlarına, resimlerine, renkli boyamalara ayrılmış bulunmaktaydı. Hafız Çelebi'nin bahsettiği *Bostanü'l-Ezhâr* (Çiçek Bahçesi) adlı kitap ile Bican Efendi'nin Felemenk diyarından adını andığı Von Diez nam kâfirin kitabı da burada, önlerinde duruyordu. *Mizanü'l-Ezhar*'ında (Çiçeklerin Terazisi) Ebussuud Efendi'nin "*Nur-ı Adn*" (Cennet nuru) adını verdiği lale resmini, Tabip Mehmed Âşıkî Efendi ile *Netâyicü'l-Ezhâr'ın* (Çiçeklerdeki Olgunluk) yazarı Cerrahpaşa Camii imamı Mehmed bin Ahmet Ubeydi Efendi'nin değişik çizimlerini ellerinde tutuyorlardı. Asırdan asıra, çağdan çağa, devirden devire, yıldan yıla bir tek lalenin rengine takılıp en güzel laleyi yetiştirme iddiasıyla tüketilen zarif ömürleri ve onların emeklerini anlatıyordu bu kitaplar. O ustalar sayesindeydi ki ecnebi milletlerin İstanbul'a gelen bütün gemileri mutlaka yeni üretilen soğanlar ile yurtlarına dönüyorlardı. Bican Efendi gibi, şükûfeciyen esnafı içinde Felemenk'ten Avusturya'dan gelen bahçıvanlar da vardı.

Kara Şahin ile Hörükız ellerindeki kitaplarda lalelere ve lalecilere dair zengin bilgiler buldular, Von Diez ve Murrey nam kefereler tarafından Alaman diline ve dahi İngiliz diline tercüme edilen lale kitapları olduğunu okudular. Sayfaların anlattığına göre, İstanbul'da iki bin kadar lale çeşidi elde edilmekteymiş. "Bunların çoğu daha önce isimleri unutulan lalelere sonradan yeni isimler verenlerin marifeti olsa gerek," diye düşünmekten ve bunu da dillendirmekten kendini alamadı Kara Şahin fısıltıyla. Hörükız bir kütüphanede olmanın tedirginliğiyle daha da kısık bir sesle cevapladı: "Ya da çok az elde edilmiş olduğundan zamanla kaybolmuş ve yeni elde edilen çeşitler yeniden adlandırılıp sıralamaya alınmıştır." Kara Şahin bir zamanlar derviş olduğunu unutup bu kızın zekâsını kıskandı.

Kütüphanede bu ikinci buluşmalarıydı. Kitaplara bakarken zamanın hızla akıp geçtiğinin hiç farkına varmadılar. Sayfalardaki resimler ve şuh isimlerden yüreklerine farklı güzellikler yansıyordu. Çok zeki ve bilgili bir adam olan kütüphane memuruna kendilerini evli bir çift olarak tanıtmışlar ve de sevdirmişlerdi. O kadar ki adam artık çekinmeden onlara hanımından şikâyet edebiliyordu.

Lale kitapları bahaneydi. Aslında lale yetiştiricilerinin ve İstanbul'da olup biten şeylerin haberlerini paylaşmak için buraya geliyorlardı. Neden sonra birbirlerinin hayat ve hatıralarını paylaşmaya başladılar. Sonra da -gariptir- laleler hakkındaki bütün bilgileri...

49. Sual
Son Saksıda Hangi Çiçek Vardı?

Kirazların olgunlaşmaya başladığı, bülbüllerin Sadabat'ı nağmelerle doldurdukları mevsimde, bayramdan iki hafta sonraydı. İstanbullular bütün ramazan boyunca her gece Ayasofya Camii minareleri arasında okudukları ışık yazılardaki büyünün sarhoşluğundan yeni ayılıyorlardı. Halkın ilk defa gördüğü bu uygulamayı vezir İbrahim Paşa o yıl icat ettirmişti. Adına mahya deniliyordu. İki yüz kadar kandil ile yazılmış olan "Şefaat ya Rasulallah!" cümlesi, otuz gün boyunca bir yandan gönülleri, diğer yandan Ayasofya Meydanı'nı aydınlatmış, geceler gündüz gibi olmuş, halk meydanda sahur vaktine kadar hem baharın, hem ramazanın tadını çıkarmıştı. Ancak bütün o ışıklı geceler, şehirdeki suç seviyesinin de yükselişine katkıda bulunmuş, zaten kaynamakta olan kalabalıkların öbek öbek büyümesine ve şikâyetlerin meydanlarda uluorta dile getirilip ayyuka çıkmasına kapı aralamıştı.

Güneş, bahar sevinci yaşar gibi Sadabat'daki havuzların üstünden aştığı saatlerde şükûfeciyen kethüdası, sıra ile lale sahiplerini kürsüye çağırmaya başladı. O seneki çiçek encümeninin, hepsi de tanınmış lalecilerden oluşan üyeleri arasında Hafız Çelebi yine ilk sıradaydı. Her laleyi gördükçe onun güzelliği hakkında görüş bildiriyor, notlar tutuyor ve sonunda dereceye koyuyorlardı. Sanat eseri saksılardaki rengârenk laleler, önce bir örtü altında kethüdanın eline getiriliyor, o bir gelinin duvağını açar gibi nazikçe ve yavaş yavaş örtüyü sıyırıyor, çiçeğin açığa çıkacağı sırada birazcık bekliyor, herkesin merakını gıdıklayıp yarışmaya heyecan katacak övgüler sıralıyor ve nihayet tezahüratın arttığı bir anda lalenin ismini bağırıp üstündeki örtüyü birden kaldırıveriyordu. Birkaç dakika, meydanı dolduran hayret dalgasının aferinlerini ve alkışlarını bekliyor, çiçeği herkesin görmesi için sağ eliyle havaya kaldırıp açık arttırmayı başlatıyordu. Laleler için değer biçen heyet bu alkışları ve tezahüratı dikkate almakla birlikte çiçeği yakından inceleyip kadehinin yuvarlaklığına, renginin parlaklığına, yaprakların ipek ötesi kadifeliğine ve dalıyla olan tenasübüne değer biçiyor, ona göre derecelendiriyor ve lalelerin tamamı satılmadan da hangi çiçek veya hangi yetiştiricinin dereceye girdiğini açıklamıyorlardı. Buna rağmen hemen her yıl, en yüksek fiyata satılan lalelerin derecelendirmede de en ön sıralarda olduğu görülüyor, böylece encümende pey süren İstanbulluların da hangi lalenin güzel olduğunu kestirebildikleri ortaya çıkıyordu. Ne de olsa İstanbul, zarafetin imbikten geçirildiği, tarihinin en müstesna zamanlarını yaşıyordu…

Lale encümeninde işler açık, pazar hareketli sayılırdı. Felemenk elçilerinden biri tarafından getirilen Rummanî (Nar Renkli) adlı lale dört yüz altına alıcı bulmuştu. İranlı bir tacirin getirdiği Tac-ı Kayser (Kayser'in Tacı) adlı laleye de üç yüz elli altın paha biçilmişti. Mehmet Lalezarî'nin Sihr-i Helal (Helal Büyü) adıyla satışa sunulan lacivert lalesi üç yüz kırk altın etmişti. Bu üç lalenin gelecek yıllarda İstanbul bahçelerinde kademeli olarak çoğalacağı ve nihayet soğanı on akçeye düşesiye kadar üretileceği aşikârdı. Her sene böyle olurdu.

Encümen, o mevsimde dünyanın her yerinden gelen tacirlerle doluydu. Hayret dolu gözlerle laleleri seyreden, güzellerinin soğanlarını satın alıp kervanlarla, gemilerle ülkelerine götüren tacirlerdi bunlar. Bir de İstanbul'a lale getiren bezirgânlar vardı. İran'dan, Felemenk'ten, Nemçe'den, Avusturya'dan, Kırım'dan dalga dalga akan bezirgânlar. Onların getirdikleri muhtelif cins ve renkteki laleler İstanbul laleleriyle yarışır, lale encümeninde görücüye çıkar, çok da alıcı bulurdu.

Bu yıl, her zamankinin aksine hiçbir hırsızlık vakası yaşanmamış, lalesinin çalındığına dair hiç kimse ihtisap ağasına şikâyette bulunmamıştı. Oysa her lale zamanında İstanbul'da laleler gayrimeşru yollardan el değiştirir, özenilerek ve aylarca emek verilerek yetiştirilen bazı çiçekler, -asıl sahipleri bir yerlerde hapsedildiği için- hırsızlar tarafından satışa sunulurdu. Bir de sahibinin elindeki çiçekte hak iddia edenler çıkardı. Bunlar bahçeden soğanlarının çalındığını söyler, aynı lalenin bir benzerini getirerek iddialarını ispata çalışırlardı. Lale zamanı geldiğinde, İstanbul ihtisap ağası şehrin emniyetine daha ziyade itina gösterirdi. Çünkü lale zamanı, İstanbul'da yılın en fazla ziyaretçi aldığı dönem olurdu.

Kara Şahin velinimeti Vezir İbrahim Paşa'nın tam karşısında ayakta bekleşip laleleri seyreden yabancı kalabalığın arasında gözlerini dört açmış etrafı gözetliyordu. Hafız Çelebi encümen azasından olduğu için kendilerine ayrılan özel peykeler üzerinde oturmaktaydı. Topaç Yeye, kadınlara ayrılan bölme ile erkekler bölmesi ortasında biriken çocukların arasında idi.

Daha tam iyileşmiş sayılmazdı, ama ısrarla buraya gelmek istemişti. Hörükız da muhtemelen kadınlar kısmında olmalıydı.

Kara Şahin, Katre-i Matem kaybolduktan sonraki günlerde, İstanbul'da ne kadar lale yetişen bahçe varsa hepsini gezmiş, Katre-i Matem'in ikizini arayıp durmuştu. Gerçi hırsızın, çiçeği açmaya başladıktan sonra onu bahçede bırakmayacağını biliyordu, yine de bir umut ile bahçeleri dolaşması gerektiğini düşünmüştü. Sevdiği kadının mezarını bile bulamadığı şu şehirde hiç olmazsa bir çiçeği, sonra da katilleri bulması gerektiğini kendine telkin ede ede İstanbul lalezarlarına, oralara giden caddelerine, sokaklarına delice saldırmış, her yeri arayıp taramıştı. Günlerce halkın arasında, kahvehanelerde, peyke başlarında, tekkelerde, hamamlarda, meyhanelerde, velhasıl halkın olduğu her yerde kulaklarını dört açtı. Yoktu!.. Katre-i Matem de yoktu; ikizi de... Aklına "Eğer ikizini görsem Katre-i Matem'den ayırabilir miyim?" sorusu takıldı. Saksıda bir fark olmadıktan sonra ayıramayacağına kendini inandırdı. Hafız Çelebi, ikiz lalelerin toprakları farklı olsa da aynı iklimde her bakımdan aynı şekilde yetiştiğini söylemişti. Öte yandan Katre-i Matem'in kayboluşuna dair hikâyenin İstanbul'da bir tevatüre dönüp dilden dile abartılarak dolaşıyor olması da işini zorlaştırıyordu. Şimdi ne kadar kanunsuz adam varsa bu lalenin peşine düşmüş olmalıydı. Bu tevatürlerin, Katre-i Matem'in güzelliğini efsaneleştirdiği, ününü ülke dışına taşırdığı da ortadaydı. Çünkü hemen yanıbaşında fısıltıyla konuşan iki Avusturyalı misafirden biri onun zifiri mor, diğeri ise daha da ileri giderek siyah olduğunu söylüyorlardı. Üstelik de bir siyah lale yetiştirme azminde olan kral hazretleri kendilerini sırf bu çiçeği görüp araştırsınlar diye İstanbul'a göndermişmiş.

Kara Şahin, vezirin kulları arasında, böyle bir mecliste, eli kolu bağlı bekleyip divan durmaktan ilk defa nefret etti. Selman Abdal olmak biraz da kendisi olmamak, daha doğrusu sahtekâr olmak demekti. Artık bundan rahatsız olmaya başlamıştı. Her gün kaynayıp duran şehrin kötü havadislerinden vezir hazretlerine bilgiler götürmek ruhunu da kötülüklere alıştırıyordu sanki. Halbuki lalelerin arasında ne güzel bir hayat vardı. Ama kendisi o hayatı henüz hak etmemişti. Asıl düşünmesi gereken şey, yakayı ele vermeden Nakşıgül'ün katillerini bulmak olmalıydı. Vezir hazretlerine gelince; İranlı Selman Abdal'ı seviyordu ve onun bir Acem olduğuna o derece inanmıştı ki artık başından geçenleri ona da anlatamaz, yardımını isteyemezdi. Hesapları tersine dönüyordu. Sahtekâr bir dervişe kim inanır veya kim ona yardım ederdi ki?

Zihnini Katre-i Matem'den kurtaramıyordu. Sevgilisinin avucunda bulduğu o soğan sanki yer yarılıp yerin içine girmişti. Bütün olup bitenden ve öğrendiklerinden sonra Nakşıgül'ü öldürenlerin böylesine özel bir lale soğanının farkında olmamalarına ihtimal vermiyordu. Peki ama bugün şu müsabakaya da gelmeyecek olduktan sonra özel bir soğan yetiştirmenin ne anlamı olabilirdi ki? Eğer Nakşıgül'ü öldürenler bunu para karşılığında yapmış olsalardı herhalde bu soğanın değerinden yüz kat daha ucuz bir fiyata kiralanmış olurlardı. İstanbul'da cinayetin bile çok ucuzladığı bu yokluk -ve elbette bazılarına göre çokluk- zamanında böyle bir çiçeğin beş yüz altından daha fazla edeceği kesindi. Söylentilere bakılırsa altı yüz altın bile edebilirmiş.

Vakit ilerliyor, lale encümeninde müsabakaya girip açık arttırma ile yeni sahibinin bahçesine gidecek çiçeklerin sayısı gitgide azalıyordu. Tezgâhta dört saksı kalmıştı. Eğer bu dört saksıdan birinde de Katre-i Matem veya ikizi yok ise Bican Efendi, kralın gemisine binmiş demekti. Bu durumda diğer eşini de Felemenk ülkesinden birilerinin satın aldığı söylentileri kuvvet kazanacaktı. Böyle bir şey olursa Hafız Çelebi yalnızca bir servet kaybetmiş olmayacak, bir dostu da ihanetle anıyor olacaktı. Herhalde yıkımı büyük olurdu. Maamafih böyle bir durumda Kara Şahin de bütün umutlarını yitirecekti. Nedem sonra, "Katre-i Matem'e bu kadar umut bağlamamalıydım!" diye düşündü. Nakşıgül'ün katillerini bulma yolunda bu çiçek zaten kendisine yeterince rehberlik etmişti. Yalnızca Hafız Çelebi'yi tanımasına vesile olmakla bile Katre-i Matem, üzerine düşeni yapmış sayılırdı. Öte yandan bu lalenin umut olduğu yollarda Vezir İbrahim Paşa, Bican Efendi, Tomruk Emini, Bindallı Mahmut Çavuş, Aslan Ağa gibi adamları tanımış, hatta işte bu encümene kadar gelmişti. "Yok, yok!.. Katre-i Matem avucumun içinde olursa yaptıklarımdan ve yapacaklarımdan daha emin olurum!" dedi sonra.

Uğultular artıyor, herkesin heyecanla görmeyi bekledikleri an gittikçe yaklaşıyordu. En fazla da Katre-i Matem'in mezada getirilip getirilmeyeceğiydi halkı heyecanlandıran. Neredeyse bütün İstanbullular bu kayıp çiçeğin rengini merak ediyor, Hafız Çelebi'nin kendilerine nasıl bir sürpriz hazırladığını görmek istiyorlardı. Oysa Hafız Çelebi çok tedirgindi. Katre-i Matem'den geriye yalnızca bir ad kalmıştı. Eğer şu dört saksıdan birinde de değil ise onun kayboluşunu ve Bican Efendi'nin ihanetini dostlarına anlatabilmek hayli zor olacaktı. Yine de yüreğinin bir köşesinde eski dostunun masumiyetini saklı tutuyor ve Katre-i Matem'in hırsızlar adına bir yedi emin tarafından encümene getirileceğini umuyordu. O gün bu gelişten umudunu kesen tek kişi Kara Şahin olmuştu. Çünkü o Bican Efendi'nin Katre-i Matem'i götürdüğüne inanıyor, encümene Katre-i Matem diye getirilecek çiçeğin de ancak onun ikizi olacağını düşünüyordu. Heyecanının herkesten daha fazla olmasının sebebi buydu zaten. Katre-i Matem'in sahibi, aynı zamanda ona Nakşıgül'den haber verebilecek kişi olacaktı. Belki de sonbahardan bu yana bulmayı umduğu kişinin, katilin ta kendisi olacaktı.

Artık sıra son iki saksıdaydı. İki saattir haykıran kethüdanın sesi kısılma noktasına gelmişti. Sazende heyeti İsmail Dede Efendi'nin "Açıldı lale-zârın ciğerde dağ-ı derun" mısraıyla başlayan şehnaz zincir bestesini terennüme girdiği sırada kethüdanın sesi ritmik üslubuyla meydanı doldurmaya başladı.:

-Şükûfecinin adııı: Sümbülzade kapı kâhyası Kooooç Ömer Efendiii.

Şükufenin adııı: Piyaaaaaaaale-i Cem

Yetiştiği yeeer: Emiiiiirguune bağları

Kuzusuuuu: Üçeeeeer soğandan sekiz çift

Rengiiii: Leylakiiiiiî...

Kethüda efendi sözünün burasına gelince ortalığı derin bir sessizlik bürüdü. Sadabat'daki bütün başlar kendisine çevrilmiş durumdaydı. Eli örtüyü açmak üzereydi. İşini iyi yapmanın hazzıyla heyecanı arttırmak istedi:

"Şimdiden alıcı hanesinde dört efendi kayıtlı bulunuyooor. Mazbatasına adını ilave ettirmeyene satılmayacaktıır. Açıyoruuuuum.... Yegane-i cihaaaan, gözler böylesini görmediiii... Açıyoruuuuum... Aaaaaaç.... Aaaaaaaç...

Ortalık birden dalgalandı. Deniz kıyısında biriken halk arkadan tazyike uğramış gibi kürsünün ve lale tezgâhlarının bulunduğu yöne yuvarlanmaya başladı. Vezir ile devletlûlar o sırada muhafızlar tarafından derhal meydandan uzaklaştırılmış, ihtisap ağası ile yeniçeri kolluk neferleri meydanı doldurmuştu. Kara Şahin bulunduğu yerden yavaş yavaş kürsüye doğru ilerledi. Bütün dikkati örtüsü açılmayan son saksıdaydı.

50. Sual:
Bir Derviş Şehzade Olduğunu Bilse Ne Yapar?

Muşkaralı tulumbacı Sarı Celep Şehzade Ahmet'i aramaya ta annesiyle oturdukları konaktan başlamış, ikinci haftada Ahmet yerine Şahin adıyla anıldığını keşfetmiş, sonra gençlik arkadaşlarından birkaç mirasyedi bulup onları söyletmiş ve yolu Gedikpaşa Hamamı külhanına kadar gelmişti. Yaşının hemen hemen Şahin ile aynı oluşu sebebiyle kendisini onun eski bir arkadaşı gibi gösterip kolaylıkla bilgi toplayabiliyordu. Gedikpaşa Hamamı'nda iki hafta boyunca bir hamam uşağı olarak kalıp çalışanlardan külhana mahsus gelenekleri öğrenmiş ama Şahin hakkında fazla bir malumat edinememişti. Kara Şahin için hep bir eski dostun hasret duygusuyla yanar gibi davranmak da onun karakteri hakkında bilgi sahibi olmaktan öte bir işe yaramamıştı. İşini iyi yapıyordu. İstanbul'un kanunsuz sokaklarında neler olup bittiğini iyi biliyor, bu yüzden külhandakilerle iyi anlaşıyordu.

Sonraki çaldığı kapıda Seyrekbasan Osman ile ahbaplık kurmayı başardı ve Şahin'in kaşlarını bir ameliyat ile değiştiren Macar hekimi öğrendi. Onun izini sürmek üzere at sırtında Halep'e giderken vezir efendisine bağlılığını da gösteren çok radikal bir karar aldı. Hekim, birkaç tehdit ve tazyikten sonra Kara Şahin'i hemen hatırlayıvermiş, ona yaptığı ameliyatın aynısını şimdi karşısında dikilen adama yapmayı kabul etmişti. Hatta ameliyata başlarken, hastalarının hepsine sorduğu gibi ona da "İsmın nedır pasazadem?" diye sorup "Bundan sonra Kara Şahin olacak!.." cevabındaki tehdidi sezince "O vakt sahine benzadalım senı!.." diye mırıldanmıştı. Hekimin işini iyi yaptığını ve yalnızca kaş kaldırmayıp burnundaki kemiği de alarak kendisini iyice Şahin'e benzettiğini Halep dönüşünde Beşiktaş Mevlevihanesi'ne uğradığı zaman anladı. Karşılaştığı herkes "Hoş geldin Şahin Can!" diyordu çünkü. Hatta Derman Dede kendisine " Adı Mülazım Osman Efendi mi neydi, geçenlerde seni sorduydu!" demiş ama o bu cümlenin üzerinde hiç durmamış, kendinden evvel burada Şahin'i arayan birinin varlığından hiç haberdar olamamıştı. O sırada kafası, bu yeni kılık içinde ahbap ve yaranına kendisini tanıtamamaktan, araştırmalarının ne durumda olduğunu haber vermek üzere velinimeti vezir hazretlerine gidememekten duyduğu sıkıntıyla meşguldü. "Yoksa kendini Şahin'e benzetmekle iyi yapmamış mıydı?"

* * *

Üç Hilal Cemiyeti mülazımı Osman, Şehzade Ahmet'i aramak üzere -Sarı Celep'in aksine- onun son görüldüğü zaman ve mekânı araştırmakla işe başlamıştı. Tabii ilk bulduğu yer Mevlevihane oldu. Orada Şahin Can'ı tanıyanlarla konuşa konuşa onun hayatını geriye doğru araştırıyordu. Selman Can ve Şair Nahifi Dede'ye bile yaklaşabilmişti. Hatta Selman Can, Şahin ile hücre arkadaşı olduğunu, giderken İranlı kıyafetlerini hatıra diye alıp götürdüğünü bile anlatmıştı. Mülazım Osman zeki adamdı. Bir urbanın sırf hatıra olsun diye götürülmeyeceğini düşünüp onun kılık değiştirdiğini anladı. Kara Şahin'in karakterini, huylarını, davranışlarını tahlil ede ede bir adım sonra onu nerede bulabileceğini kestirmeye çalışıyordu. Söz gelimi saklanmak gerektiğinde bir tekkeyi tercih etmesi de, kimlik değiştirmek istediğinde İranlı bir gezgin kılığına girmesi de onun çok zeki olduğunu gösteriyordu. Sultan III. Ahmet'in Mevlevilere karşı çok müsamahakâr davrandığını, İstanbul Mevlevilerinin neredeyse sorumsuz bir hayat yaşadıklarını bilmeyen yoktu. Kimse yanlarına bile yaklaşmıyordu.

Külhana vardığında beylerin hemen hepsi Şahin'i ayrı bir kişilikte tanıtmış, ama kimse nereden gelip nereye gittiğini söyleyememişti. Burası külhandı. Sırlar araştırılmıyor, kimse kimsenin ne veya kim olduğuyla ilgilenmiyordu. En son uğradığı Haliç'teki gençlik arkadaşları ise kendisine mirasyedi bir Şahin'den dem vurmuşlar, ortadan kaybolduğunu söylemekten öte işe yarar bilgi verememişlerdi.

Hem Mülazım Osman, hem de Sarı Celep gizliden gizliye yaptıkları soruşturmalar süresince birbirlerinin izine de rastlamışlardı. Her ikisi de Şehzade Ahmet'i arayan bir başkasının varlığından tedirgin olmuş, tetikte ilerliyordu. Şimdi ikisi de rakibinin kim olduğunu tam tespit edememekle birlikte, avını diğerinden evvel ele geçirmek gerektiğine inanıyor ve öyle çalışıyordu.

Mülazım Osman, sonunda Şehzade Ahmet'in vezir sarayında himaye gördüğünü keşfettiğinde nasıl tehlikeli bir işin içine atıldığına hayıflandı. Şehzade dediğin sarayda olurdu. Bir şehzade vezir konağında saklanıyorsa -veya himaye görüyorsa- bunda mutlaka bir siyasi sebep olmalıydı. Padişahın damadı olmakla kalmayıp itimadını da kazanmış olan, hatta devlet işlerini neredeyse tek başına çekip çeviren bir vezir, acaba bir şehzadeyi neden sarayında tutardı? Padişah'a sadakatından dolayı onu göz hapsinde mi bulunduruyordu? Padişah'a karşı bir tehdit olarak mı saklıyordu? Padişah kendisinden şehzadenin kellesini istediğine göre vezirinin onu sakladığını bilmiyor olmalıydı? Belki de biliyordu ama bilmezden gelmek, siyasetine uygun düşüydordu. Peki ama neden kendisine görevi verirken bunu söylememişti? Mülazım Osman'ın asıl zihnine takılan soru ise bu şehzadenin saray dışında ne aradığıydı? Ve bu durumda sultanın şimdiye dek onun boynunu neden vurdurtmadığıydı? Sultan II. Mustafa'nın bilinmeyen bir şehzadesinin hayatta olması kimin işine yarardı? Vezirin mi? Acaba kendisi bir tuzağın içine mi çekilmek isteniyordu? Şehirdeki karışıklıkların bununla bir ilgisi var mıydı? Hayli zamandır izleyip durduğu şu yeniçerilerin kazan kaldırma heveslerinde acaba Şehzade Ahmet nasıl bir rol sahibiydi? Eğer şehirdeki kalabalıklar Şehzade Ahmet hakkında bazı fikirlere sahip iseler -bugüne kadar böyle bir şeyin istihbaratına ulaşamamış olsa bile-, onu öldürme emrini yeniden düşünmeli miydi? Bütün bu soruları kendisine "Bana Şehzade Ahmet'in kellesini getir!" diyen sultana soramazdı elbette.

Bunca soruyu soran adam, asıl soruyu sormamıştı:

"Kara Şahin bir şehzade olduğunu bilmiyor olabilir miydi?!.."

* * *

Sarı Celep başlangıçta Kara Şahin'in kılığına girmekle onun rüzgârını kullanmak istemiş, böylece onun izini bulmayı ve hatta yaklaşmayı planlamıştı. İşine de yaramış, kendisini tanıyanlar hemen ortaya çıktığı için hakkında pek çok bilgi edinmişti. Ama artık içi rahat değildi. Çünkü aradığı adamın peşinde kendisinden başka birinin daha olduğu fikri, zihnine dayanılmaz bir ağırlık veriyordu. Kılık değiştirmekle tehlikeli bir oyun oynadığının işte o vakit farkına varmıştı. Peşinde bir katil olduğunu düşünerek çalışmak oldukça zordu. Avcı iken av olmak, ava giderken avlanmak istemiyordu. Son pişmanlığı da iki gün evvel Kara Şahin'i uzaktan gördüğü vakit yaşadı. Macar hekim işini iyi yapmış, yalnızca kaşlarını değil, burnunu da bıçaktan geçirerek kendisini tıpkı Kara Şahin'e benzetmişti. Sakal ve bıyık da zaten yüzün geri kalan teferruatını örtüyor, dikkatle bakılmayınca ikisi arasında anlaşılamayacak bir benzerlik ortaya çıkarıyordu.

Avını uzaktan seyrettiği iki gün evvel kendisi hazırlıksızdı; üstelik avı da bir kalabalığın arasında Divanyolu'ndan Atmeydanı'na doğru Çemberlitaş yakınlarından akıp gitmedeydi. Üzerinde bir paşalı kıyafeti vardı ama baldırıçıplakların arasında eğleşmedeydi. Yanındakilerden ikisini tanımıştı; Şıkırdım Veli ile Manav Muslu Beşe. Bunlar Patrona Halil Ağa'nın yamaklarıydı. Şehzade'nin bu adamlarla ne işi olabilirdi? Onlarla birlikte bağırıp halka nutuklar attığına göre o da sultandan ve vezirinden şikâyet edenler arasında olmalıydı? Belki de halkı isyana çağıranların elebaşılarından biriydi. Neden olmasındı? O bir şehzadeydi. Elbette hükümdar olmayı isterdi.

Sarı Celep bu cümleyi içinden geçirdiği anda durakladı. İbrahim Paşa kendisine bu görevi verirken acaba neyin peşindeydi? Halk vezirden şikâyetçi idi. Böyle bir dönemde vezire yakın durmak iki ucu keskin bir kılıç taşımak gibiydi zaten. Son birkaç aylık gelişmelere bakıldığında sultanın da, vezirin de çok başarılı oldukları söylenemezdi. İran'daki savaşın masrafı halka yüklenmiş, esnaf ve tüccarın vergisi artınca homurdanmalar başlamış, şikâyetler sokaklara, kahvehanelere, han ve hamamlara taşmıştı. Tebriz'den gelen kötü haber üzerine de şikâyetler yüksek sesle anlatılır olmuştu. Yazık ki bu sesleri, şu devletlûlar bir tek kendileri duymuyordu. Daha doğrusu

halkın inlemeleri, Çırağan eğlencelerinin, Sadabat meclislerinin şuh sazende ve hanendeleriyle, köçek ve rakkasların seslerini aşıp kulaklarına girmeye yol bulamıyordu. Şehirdeki kaynaşmayı göremeyecek kadar halk ile irtibatları kesikti. Onlar görmese de ekmeğe muhtaç ayaktakımı kin ile dolmuş bu seçkin eğlencelerdeki pastadan dilim istiyordu. Orta tabaka, vergiler ve şehirdeki asayiş yokluğundan dolayı gücenik idiler. Esnaf sık sık kepenk kapatıyordu. Güvenlik hiç kalmamıştı. Daha birkaç gün evvel yeniçerilerin eşkıya takımı konak basmış, eşyaları yağmalamış, kadınları ve kızları Etmeydanı'na kaldırmıştı. Irz ve namus ayaklar altına alınır durumdaydı. Zenginler, konakları basılırsa kadınları ve kızlarını yer altında saklayabilmek için artık bahçelerine kuyular kazdırtıyorlardı. Devletlûlar ise sultan meclisindeki yâran arasına girememekten dolayı haset ateşiyle yanıyorlardı. Ulema, menfaatine düşmüş, din adamları dini dünya için satar olmuşlardı. Bunca kargaşa arasında Şehzade Ahmet'i öldürmeli miydi, yoksa korumalı mı? En iyisi olacakları bir müddet izlemekti? Onu nasıl olsa bulmuştu. Evini barkını da öğrendi mi keklik çantada demekti. Şimdilik uzaktan takip etmesi yeterliydi?

Sarı Celep, velinimeti vezir hazretlerine Şehzade Ahmet'i bulduğu haberini bir an evvel vermek istemişti. Lakin akşam olduğunda Şehzade Ahmet'in bizzat velinimetinin sarayına gideceğini nerden bilebilirdi?!..

51. Sual:
Bir İnsandan İki Tane Olabilir mi?

Kara Şahin Sadabat'daki lale encümeninde ortalık birbirine girince, Şükûfeciler kethüdasının örtüsünü açamadığı son saksıyı derhal gözleme almış, ihtisap zabitinin onu yerinden kapıp doğruca Tomruk Emini'ne teslim ile emniyetini sağladığını görmüştü. Saksıdaki lalenin Katre-i Matem olup olmadığını elbette görememişti ama Tomruk Emini'ni takip etmek üzere yeni bir sebep bulmuştu. Tomruk Emini saksıyı ases çavuşlarından birine teslim ederek kendisi o gün Elçi Hanı'na gitmişti.

Elçi Hanı, dört yüz yıldır Osmanlı ülkesine gelen elçilerin hatıralarını taşıyan, duvarlarında bu elçilerin el yazıları bulunan pahalı bir handı. Alt katında ahırlar, üst katında kare odalar vardı. İstanbul'a gelen lale tacirleri ve bezirgânların çoğu tıpkı diğer laleciler gibi Divanyolu'nda, Çemberlitaş Tavuk Pazarı civarındaki bu taş binada kalırlardı. Uzaklaşırken içinden mırıldandı:

“Yarın gelip burayı yoklamakta yarar var.”

Ertesi sabah erken kalkmış, daha gün doğarken Hafız Çelebi'yi yoklamış, son saksının Tomruk Emimi'nde olduğunu söyleyip teselliye çalışmış, kuşluk vaktinde de lalelerin renkleri uçmasın diye üstlerine beyaz tülbentler örten lale ırgatlarına selam vere vere bostan aralarından Elçi Hanı'na doğru at sürüyordu. Handa kalanların çoğu orta avludaki kuyunun çevresinde çubuk içiyor, sohbet ediyorlardı. Burada pek çok dili aynı anda duymak mümkündü. Kendisini İranlı bir lale taciri olarak tanıtıp kalabalığın arasına karıştı.

Anlatılanları dinlemeseydi Elçi Hanı'nda sohbetin bu derece ilginç olabileceğine akıl erdiremezdi. Mürekkep yalamış İstanbul eşrafının neden burada eğleştiğini şimdi anlıyordu. Burada anlatılan her şey “Çok gezen bilir!” hükmünü doğruluyor gibiydi. Çünkü burada anlatılan her şey birbirinden ilginçti. Bir tabureye oturup kahve siparişi verdiği sırada konuşan adam ateşli bir üslupla anlatıyor, konuştuğu dili bilmeyenleri bile hayrete düşürecek kadar etkiliyordu:

“(...) Bütün sazların sesi ruhlar aleminde bulunan derderten adlı bir sazdan çıkar. Allah Adem Ata'yı yarattığı vakit ruh onun çamurdan bedenine girmek istememiş. Allah o vakit derderten sesini cennete göndermiş. Ruh bu ses ile kendinden geçip mest olunca Adem Ata'nın bedenine girmiş. İşte bugün musikinin ruha gıda, cana safa olmasının sebebi odur.”

Bu sırada başka biri araya laf sıkıştırdı:

“Gönül eğlencesi saz u safadır / Safa sür ki bu dünya bîvefadır.”

Konuşan, ondan aşağı değildi:

“Doğru demiş şair. Yine de söyleyeyim ki ilk icat olunan saz bir daire ile neydir. Bunları hukemadan Fisagor bulmuş olup Süleyman Peygamberin zamanındaki Belkıs'ın zifaf gecesinde çalınmıştır. Musa Peygamber zamanında da musikarı buldular.”

Burada herkes ilginç olan şeyleri anlatırdı. Başından ilginç olaylar geçen kişileri dinlemek de eğlenceli bir adetti. Evliya Çelebi merhum, vaktiyle burada çok oturmuş, hikâyeler derlemişmiş. Elbette çok da anlatmış olmalı. Burada her dile göre tercüman da bulunur, bu tercümanlar hikâyeye anlatıcıdan ziyade heyecan katarak süslerler, hatta taklitlerle, beden diliyle neredeyse bir ortaoyunu, bir tuluat gibi hikâyeyi canlandırırlardı. Söz gelimi o sırada başından geçen bir olayı anlatmaya başlayan Yemenli tacirin Arapça'sını o anda cümle cümle tercüme ederek anlatan müderris Satı Halife, Enderun'da Diloğlanları mektebinde tahsil görmüş en ünlü tercümanlardan biriydi. Adam olayı anlatırken o sanki kendi başından geçmiş gibi jest ve mimiklerle öyküyü zenginleştirmekle meşguldü.

Kara Şahin anlatılanları keyifle dinlerken birden hanın üst katında, revaklara yaslanmış olarak tartışan iki kişi dikkatini çekti. Tekrar tekrar baktı. Gözlerine inanamıyordu. Daha dikkatli baktı. Yanılmış olamazdı. Evet, evet... Bu, Bican Efendi'nin ta kendisiydi. Elinde bir kaplumbağa vardı ve adama akçe kesesi veriyordu. Demek Felemenk'e kaçmamıştı. Çünkü kaybolduğu zamanı hesap etseler, Felemenk'e gidip geri dönmüş olma ihtimali en hızlı gemi yolculuğundan bile kısaydı. Peki ama bu handa ne işi olabilirdi? Konuştuğu adam onun gibi sarışın ve uzun boyluydu. Muhtemelen kendi milletindendi ve yine muhtemelen ana dillerinde konuşuyorlardı. Bunun için söylediklerini anlaması mümkün değildi. Oturduğu yerden izlemeye başladı. Çok geçmeden yanlarına çok özel ve ışıltılı kıyafetler içinde bir yabancı daha geldi. Her ikisi de saygıyla eğilip gelen adamı selamladılar. Bu sonuncusunun önemli bir görevi olmalıydı. Belki bir ruhani lider, belki yüksek rütbeli bir subay, belki devlet elçisi. Limanda ticaret için gelen Felemenk gemileri hiç eksik olmazdı ama Haliç ağzına lenger atmış bir esir gemisi yahut kraliyet donanması yoktu. Hanın orta avlusunda bekleşen atlara baktı. Onun bineceği türden koşumlara sahip bir at da göremedi. Demek ki atı ahırda idi. Atı ahırda ise kendisi burada kalıyor olmalıydı. O burada kalıyorsa Bican Efendi onunla neyin pazarlığını yapıyordu? Şu görünen manzaraya göre Hafız Çelebi'nin yanından zorla götürülmüş olamazdı. O halde neden kaçmıştı? Elindeki kaplumbağa Hafız Çelebi'nin kaplumbağalarından mıydı? Eğer öyleyse bir kaplumbağa ile ne işi olabilirdi. Ecnebilerin uzun ömürlü olabilmek için dağ kaplumbağalarının yahnisini yediklerini biliyordu, ama bir tatlı su kaplumbağası da aynı işi görür müydü? Bican Efendi'nin, İstanbul'un en zengin konaklama mekânı olan Elçi Hanı'nda kaplumbağa çalıp satarak kalmadığı ortadaydı. Neler oluyordu?

O sırada bütün başlar avluya açılan ahır kapılarından birine çevrildi. Adamın biri boğuk bir çığlık atarak yere yığıldı. Köşedeki teknenin başında saman yemekte olan atlardan biri şaha kalkıp kapıya yöneldi. Siyah çarşaflı ve yüzünü siyah peçe ile örtmüş biri atın bedenine sarılmış, kaçıyordu. Kadın mı erkek mi olduğu anlaşılamamıştı. Handaki herkes ecnebi olduğu için o şaşkınlıkta ne yapacağını bilemediler. Giden gitti. Herkes merakla yere yığılan adamın başına toplandı. Adamın eli kanıyordu. Birden avucunda kınından sıyrılmış bir hançer tuttuğunu gördüler. Anlaşılan oydu ki, elinde duran bu küçük hançer bir başkasına fırlatılmak üzere avuçlanmıştı.

Adam yerden doğrulurken yüz yüze geldiklerinde, Şahin dehşetle irkildi. Bu adam ta kendisiydi. Kaşıyla, gözüyle, saçıyla sakalıyla ta kendisi. Bir insan sokakta kendisine rastlayabilir miydi? Bayılacak gibi oldu. Eline baktı. Hayır kanayan kendi eli değildi. Ama yerden doğrulmakta olan adam kendisiydi. Çıldırıyor olabilir miydi? En azından onunla konuşmalı, yüzleşmeli, bu işin sırrını öğrenmeliydi. Ne çare buna fırsat bulamadı. Yaralı kopyası atına binip kaçarak oradan uzaklaştı. Şimdi herkes Şahin'e bakıyordu. Değişik dillerden birbirlerine hayret kelimeleri söyleniyorlardı. Bu bir insanın ikiziyle yanyana durmasından öte bir şeydi. Şahin ne yapacağını bilemedi. Oradan derhal uzaklaşması gerektiğini düşündü. Başını tekrar yukarı kaldırdıysa da Bican Efendi'yi göremedi.

Yolda bacaklarının titremesi korkudan değildi. Zihnini saran yüzlerce sorudandı. Gördüğü kişiye dair sorular, görünmeden kaçan kişiye dair sorular, Bican Efendi'ye dair sorular, Macar Hekim'in kendisini neden bu adama benzettiğine dair sorular...

O gece velinimetinin yanına uğramadan doğruca hücresine çekildi. Ardı arkası gelmeyen ve hiçbiri cevaplanamayan sorularla yatağının içinde sabaha kadar dönüp durdu.

52. Sual:
Bir Matem Damlası'na Ağlayanın Yaşları Gözden mi Gelir; Gönülden mi?

Çiçek encümeninden sonra Topaç Yeye'nin hastalığı iyiden iyiye nüksetmişti. Bir hekim teşhis koymuş, çiçeğe yakalandığını, tecrit edilerek dinlenmesi gerektiğini söylemişti. Hafız Çelebi encümenden sonra çok kötü zamanlar geçiriyordu. Sanki yaşama sevincini kaybetmişti. Her halinde, her hareketinde bir kırgınlık var gibiydi. Sanki başka birisi olmuştu, solgun, bitkin ve perişandı. Bu yıl onun için hüzünler yılı gibiydi. Önce Yeye'nin, ardından Bican Efendi'nin, sonra da Katre-i Matem'in firkatinde için için ağlayıp yakılmıştı. Yeye, onun bu perişan halini hangi sebebe bağlayacağını bilemiyordu.

Bahçenin laleleri bakımsızlıktan ve ilgisizlikten solmaktaydılar. Gündüzleri beyaz renkte nemli tülbentler ile üstlerini örtmek gerekiyordu. Bezirgânlar geldiği vakit derhal saksılara aktarılmaları ve hazır edilmeleri lazımdı. Birkaç bezirgân sırf bu yüzden eli boş dönmüş, birkaçı da lalelerin renklerini parlak bulmadıkları için başka lale tarlalarına gitmişlerdi.

Hafız Çelebi kaplumbağalarla bile gönülsüz ilgilenmeye başlamıştı. Bir yılın hasadı, neredeyse gözlerinin önünde solup dağılacaktı. Bican Efendi'nin yokluğuna üzülüyor, kendisini terk ediş biçiminden dolayı da affedemiyordu. Can Kuyusu'nu ve mezarı ziyarete gelen insanların sayısı bu mevsimde çoğalırdı. Her yıl onlara karlı şerbetler ikram ederdi. Oysa bu yıl, Uludağ'dan kar getirtmeyi bile akıl edememişti. Bu işleri planlayan, ilgililerle irtibata geçen, ona göre tertibatını alan ve yolu yordamıyla her şeyi tıkır tıkır çalıştıran Bican Efendi neredeydi şimdi?!..

Topaç Yeye hasta yatağında bahçenin ve Hafız Çelebi'nin sanki birbirlerine inat hızla perişan olmalarını gözlemliyor, içten içe kahrediyordu. Zaman zaman nöbetler geçiriyor, dalgınlaşıyor, kendini kaybediyordu. Çelebi'nin çok düşünen ve az konuşan bir ihtiyara dönüşmesi ise yüreğine, hastalığından ziyade tesir ediyordu. Bir seher vaktinde kalkıp hiç hesapta yokken, lalelerin üzerine kuyu suyu püskürtmeye başladı. Sözde Hafız Çelebi'ye bir şeyler anlatmaya çalışacaktı. Fakat iki saat sonra bahçenin ortasına yığılıp kalmıştı.

Her sonbaharda Eyüp Köyü'nün çocuklarına çiçek aşısı yapan kadınlardan biri feryad ediyordu:

"Vah delikanlıma vaah, vah! Sokakta mı buldunuz bu yiğidi siz Hafız Efendi. Ne zamandır ateşi var?"

"Herhalde yirmi gün kadar oldu."

"Titremesi ne zaman kesildi?"

"Hiç kesilmedi sayılabilir. Ancak on beş gün önce daha çok titriyormuş."

"Siz o vakit neredeydiniz veya kim baktı hastaya?"

Hafız Çelebi tam Veyis Ağa'nın ve kızı Şehnaz'ın adını anacağı sırada Topaç Yeye derin bir uykudan uyanır gibi gözlerini araladı. Çevresine bakındı ve alnına ıslak bez koyan kadını fark etti.

"Beli ve sırtı ağrımış mıydı?"

Topaç Yeye güçlükle "E-vet" diyebildi. Kadın sonraki soruları ona soracak şekilde devam etti:

"Geçmiş olsun delikanlı!. Baş ağrısı ve kusma nöbeti geçirdin mi?"

"Hı-hı!.."

"Çok çırpındın mı? Bilmediğin kelimeler de sayıkladın mı?"

"Nereden biliyorsunuz?"

"Bu illetin kuluçka devresi öyledir, babayiğit de olsan burnundan kan getirir alimallah."

Kadın daha sonra onlara çiçek hakkında bildiği ne varsa sayıp döktü. Şehirde büyük bir salgın olduğunu, sultanın hekimbaşısının salgını önlemekte yetersiz kaldığını falan anlatıp durdu. Bir aşıcı kadından ziyade Hipokrat gibi konuşuyordu. Hem ateş düşmeye başladığı zaman döküntülerin de çıkma devri olduğunu, hemen tedavi edilmezse bunların baş vererek çıbana dönüşebileceğini, yüzündeki kabarcıklar kuruyasıya kadar dinlenmesi gerektiğini, yeterince dinlenmediği için ateşin yeniden yükseldiğini ve bunun zatürreye çevirdiğini, cerahat ve göz iltihabı yapmaması için dikkatli bulunmak gerektiğini anlatıyor, hem de Yeye'yi soyuyordu. Göbekten üstte ne varsa çıkardığı vakit nabzını tuttu, diline baktı. Yün bir aba ile örtüp getirdiği torbasından bazı eczalar çıkardı. Bir ceviz kabuğunun içine limon küfü koyup üzerine farklı şişelerden eczalar damlattı. Çıkardığı çuvaldız iğneyi ateşte kızdırdı. Topaç Yeye'nin ensesinde bir damar bulup üzerini iğne ile yardı ve tarak dişleri gibi çizdi. Ceviz kabuğundaki eczayı beyaz tülbent parçasıyla sürüp bastırmaya başladı. İlaç damara her değişinde ve kadının her bastırışında Yeye çığlıklar atıyordu. Sonunda üzerine kahverengiye çalan bir toz döküp yeşil ceviz yaprağı ile açtığı yarayı sardı. Aynı işlemi sırasıyla sol kol ile sağ bacağa da yaptıktan sonra Yeye'yi giyindirip binpare yorganın altına adeta gizledi.

"Dört gün sonra Allah'ın izniyle hiç hasta olmamış gibi kalkar!"

Yeye, kadını uğurlamaya giden Hafız Çelebi geri döndüğü vakit gözlerinde yaş gördü. Üzerine bir hüzün çöküverdi. Gözyaşları insanlara neler neler anlatırdı. Her gözyaşının ayrı bir anlamı vardı. Her damlanın hangi zamanda, hangi mekânda, hangi kişiyle paylaşıldığı önemliydi. Gözyaşları ne kadar çok şeye tercümanlık yapıyordu. Damladığı, süzüldüğü, aktığı veya kana dönüştüğü zaman hep ayrı manaları vardı. Gözyaşları gizli duyguları açığa vuran mektuplar gibiydi. Çocukken annesinin anlattığı **mektubunu gözyaşıyla yazan âşık** galiba bunu keşfetmiş olmalıydı. Yoksa mektuplarını önce gözyaşıyla, sonra kan ile yazar mıydı hiç?!.. Şimdi annesini hatırlıyordu. Hasta olduğu vakit kendisine nasıl çorba içirdiğini, nasıl papatya çayı kaynattığını, nasıl üzerini örtüp çamaşırını değiştirdiğini hatırlıyordu. Hafız Çelebi başucuna oturup avucunu onun alnına koymuş, içinden şifa için Kuran okuyup üflemekteydi. Topaç Yeye ise ağlarken zorlukla konuşuyordu:

"Efendim, beni de bahçende açan bir lale say artık. Hani anlattığın o atın terkisinde diyardan diyara dolanıp da sonra İstanbul'da vatan tutan lale gibi. Ben de o lale gibi şu şehirde kapıdan kapıya dolanıp senin eşiğinde kendime yurt edinmedim mi?!.. İşte bak, onun bağrındaki yara gibi benim de bağrımda bir yara var artık. Onun ince dalı üzerindeki kadehte alevler, benim zavallı gönül kadehimde yangınlar... Onun ateşi renginden, benimkisi dumanından bilinir. Onun her yerde başka lakabı, benim her menzilde başka adım var. Binlerce adım olsaydı hiçbiri sizin şefkatli sesinizdeki "oğulcuğum!" gibi olamazdı. Tıpkı milyonla lale yetiştirenlerden hiçbirinin, sizin 'Katre-i Matem'e verdiğiniz kıymeti veremediği gibi. Ama beni kaybettiğiniz vakit Katre-i Matem kadar üzülmeyiniz, beni bahçenizin dışında açmış bir gelincik, bir şakayık sayınız. Gelinciğin ömrü laleden az olur ya, dalımın kırıldığını, yaprağımın dağıldığını..."

Hafız Çelebi, gözlerinden ırmaklar gibi akan yaşların burasında eliyle Topaç Yeye'nin ağzını kapatmak zorunda kaldı, üzerine kapandı, ağladı, ağladı... Hıçkıra hıçkıra, dola dola, doya doya ağladı. O güne kadar ağlayamadığı bütün gözyaşlarını o gün ağladı, vaktiyle sahip olduğu anneciği için, küçük bebeğini doğururken ölen kadını için, Katre-i Matem için ve kaybettiği daha pek çok şey için... Ve kaybetmemek için ateşli alnına yüzünü koyduğu Yeye için...

-derkenar-

mektubunu gözyaşıyla yazan âşık

Sevgilinin yanına akılla varıp mest dönen, evvelden hazırladığı bütün sözleri onun yanına varınca unutup söyleyemeyen bir âşık tanıdım. Mektuplar yazmak, hiç olmazsa meramını mektupla anlatmak istiyordu. Sevgiliyi tenha bulamayan, onu tenha bulduğu zaman da kendini bulamayan bu âşık mektuplarını gözyaşıyla yazıyor, hokkasında kuruyan mürekkebi gözyaşıyla açıyor, inceltiyor, her seferinde sevgiliye taze gözyaşlarını gönderiyordu. Nihayet bir seferinde parmağını kesti ve kendi kanıyla yazdı mektubunu. Sevgili bunu okuyunca onun kendisini gerçekten sevdiğini anladı. En güzel Çin mürekkeplerinden daha kırmızı bir mürekkeple yazılmıştı çünkü.

53. Sual:
Kaybeden Kimdi; Bulan Kim?

Tulumbacı kabadayısı Sarı Celep aldığı vazifelerden hiçbirinde başarısız olmamıştı. Planını inceden inceye kurar, sonra tatbik için fırsat kollardı. İnfaz günü geldiğinde bir neşe, bir sevinç duyar, yaptığı işten haz almaya başlardı. İşte bugün, öyle bir gündü.

Çiçek encümeninde ortalığı karıştıran serserilerden bazıları yakalanmış, geri kalanı şehrin izbe hanlarına, sur diplerindeki esrar kahvehanelerine dağılmışlardı. O gün niyetleri İbrahim Paşa ile birkaç yabancı elçiyi ele geçirmek iken muhafızlar buna fırsat vermemiş, hepsini püskürtmüşlerdi. Bu akim kalmış tertibin başında Muslu Beşe ile Patrona Halil Ağa vardı. Başarısız olduklarını görünce bu işlerdeki zorluğu anlamış şimdilik paçayı kurtarmanın çaresine bakmışlardı. Yılmışlar mıydı? Bilakis, devlet erkânını ele geçirmektense bizzat devleti ele geçirmek gerektiğine kanaat getirmişler, yandaşlarına şimdi bunları anlatıp duruyorlardı. Artık gizli toplantılarında sadrazamın veya sultanın aleyhinde konuşmak yerine bizzat devletin kokuştuğunu, devletlûlar eğlencelere dalmışken halkın yoksulluktan kırıldığını, ahlaksızlığın ve fuhşun arttığını -bunda haksız da sayılmazlardı-, halkın gayret-i diniye ile bir şeyler yapmaları gerektiğini dillendiriyor, esrarkeş, ayyaş ve afyoncu takımı yanında halkı da kendilerine inandırmanın yollarını arıyorlardı. Şimdi Bayezit meydan kahvelerinden birinde, Ayasofya vaizi İspirizade'yi ortalarına almışlar, onun her zamanki ateşli vaazlarından birini dinleyerek dumanaltı oluyor, demleniyorlardı. Sarı Celep bu toplantıyı önceden haber almış, Kara Şahin'in oraya geleceğinden adı gibi emin, hazırlıklarını tamamlamış, zehirli hançeri kuşağına yerleştirmişti. Üzerine de Kapalı Çarşı çakşırcılarında arayıp bulduğu seraser kumaştan toprak rengi bir Mevlevi cübbesi giymiş, kendini gizlemişti.

İspirizade'yi dinleyenler İstanbul'un bütün renklerinden ve desenlerinden adamlardı. Kimi mukim, kimi konar göçer taifesinden, Müslümanı, Yahudisi, Ermenisi bir arada, Hırvat ve ırgat uşakları, at eti yiyen Tatarından, bitine kantar vurur Kürdünden, Çerkes'in hırsızından, Megril'in nursuzundan, Abaza'nın kuduzundan, Nasrani'nin domuzundan bilcümle evbaş ve kallaş elli kadar adam, dumanlara boğulmuş, kimi cübbesinin altındaki susaktan şarap, kimi kuşağındaki cür'adandan esrar çeker vaziyette devlet, millet, namus, din, iman nutukları söylüyor ve dinliyordu. Meydana girip çıkanın haddi hesabı yoktu. Tespihçisinden, şıracısına seyyar satıcılar; elsizinden ayaksızına dilenciler; paşalısından gediklisine külhaniler ve daha bir sürü hezele güruhundan serseriler... Kavm-i katranî ve taife-i şeytanî...

Sarı Celep çınarın koyu gövdesini siper edinmiş birikenleri tek tek gözden geçiriyordu. Yanılmamıştı. Kara Şahin hemen ön sırada, Muslu Beşe'nin yakınında oturuyor, bütün dikkatiyle vaizi dinliyordu. Üzerinde bu sefer külhan kıyafeti vardı. Başına Bektaşi börkü giymiş, beline keşkül kuşanmıştı. İçinden "Çok zekice!" diye geçirdi. "Yeniçeri kahvesinde bir Bektaşi'den kim şüphelenir?!" Planına göre yanına yaklaşmak zor olacak gibiydi. Yarım saat kadar olduğu yerden ayrılmayıp bekledi. Bir ara "Çağala baaadeeeeem!. Can eriiiik!" nidasıyla kalabalığın arasına karışan bir seyyar satıcı İspirizade'nin anlattıklarına önce kulak kesildi, sonra birkaç adım ilerledi, daha iyi duyabileceği bir yer aradı ve Kara Şahin'in iki metre kadar gerisinde bir tabure bulup omzunda taşıdığı çağala ve erik dolu zembili önüne koyarak vaizi dinlemeye başladı.

Kara Şahin, kendisinin gözlendiğinden habersiz, bir taraftan velinimeti vezir hazretlerine bildirmek üzere anlatılanları dinliyor, diğer taraftan Tomruk Emini'nin buraya gelmesini bekliyordu. Onun gerek İspirizade, gerekse Patrona Halil ile bir ortaklığının bulunduğundan artık emindi. Bektaşi kılığına girmekle iyi yapmıştı. Son zamanlarda sakalları da iyiden iyiye uzamış, çehresini bir kez daha değiştirmişti. Belki bu haliyle kendisini ona kabul ettirip hiç olmazsa yanına teklifsiz yaklaşabilir, böylece ya ağzından laf alır veya fırsatını bulursa gırtlağına hançeri dayayıp söyletebilirdi. Her şeyden şüphe eder durumdaydı. Eyüp Tomruğu'nda kendisini sorgularken takındığı babacan tavırları da, sonraki öfkesini de bir katile karşı takınılan tavırdan ziyade bir itirafçıya kabul ettirilmek istenen bir düşüncenin telkini olarak anlamak mümkündü. Nakşıgül'ün ne mezarını, ne cesedini bulabilmişti. Yaptığı bütün araştırmalardan eli boş çıktığı gibi Eyüp Tomruğu'ndaki sorgulama gecesinde hazırlanan ifade tutanaklarının da kayıtlarda bulunamadığını öğrenmek, kendisine neredeyse bir servete mal olmuştu. Belki hiç tutanak hazırlanmamış da olabilir, zabıt için gelen iki kâtip, ağanın adamlarından ikisi de olabilir-

lerdi. Ne Eyüp, ne de Galata kadı sicillerinde Nakşıgül adında birinin öldüğünden veya öldürüldüğünde bahseden bir tek satır yoktu. Şahin adında bir katilin tutuklanıp sorgulandığına dair de bir cümle bulunamamıştı. O halde Nakşıgül'ü ortadan kaybeden adamlardan birincisi babası Aslan Ağa ise ikincisinin Tomruk Emini olduğuna dair artık yemin edebilirdi. Aslan Ağa'yı zindanda bulup sorgulaması mümkün değildi. Bu mümkün olsa Bindallı Mahmut Çavuş'u da aynı yerde bulacağından, belki işi kolaylaşırdı. Ama elinde cinayeti bilen bir tek Tomruk Emini kalmıştı.

Zihnine daha bunun gibi binlerce düşünce geliyor, her olay hakkında "Acaba?" kelimesini yeniden kullanıyor ve bütün başından geçenleri yeniden değerlendiriyordu. Kaç gündür kafasının içi arı kovanı gibi uğulduyor, hatırladığı her şeyi yeniden gözden geçirerek adeta yaşıyor, kâh üzülüyor, kâh aptallığına pişman oluyor, kâh kandırılmışlığına yanıp duruyordu. Kendisinden bile şüphe edecek hallere gelmiş Mevlevi dergâhında tasavvuf adına sorduğu "Bildiklerimden emin miyim?", "Acaba gördüklerim ve dokunduklarım, hakikatte göründükleri gibi mi?" sorularını şimdi yaşadıkları adına sormaya başlamıştı. Bunca şüphe arasında hakikat olduğuna inandığı, sahte diyemeyeceği üç şey vardı: Nakşıgül, Topaç Yeye, Hafız Çelebi. Ve bir de değişmeyen gerçek: Aşk. Kendisi bile şu anda gerçek değildi...

Zihni dağıldığı sırada kalabalık arasından bazı kişilerin yeni gelenler için yol açtığını gördü. Evet, beklediği adamdı bu. Yanında da Yeniçeri Elli Altıncı Orta çorbacısı ile Patrona Halil Ağa ve Tızmantırıl Simon Efendi vardı. Bu adam Galata Gümrüğü'nde deste deste parayla oynayan, her milletin parasından elinde bulundurup bunları birbiriyle değiştiren bir simsar idi. "Tabii ya," dedi içinden, "Kaf Dağı'ndan gelecek yay kaşlı, servi boylu, mim dudaklı bir sevgili" için elbette bol masraf gerekir. O sırada, çınar gövdesinin siperinden çıkarak gelenlerin ardına takılmış olan Sarı Celep'i fark etmesi elbette mümkün değildi. Oturanlar saygıyla ayağa kalkmış, İspirizade'nin bulunduğu peykeye doğru bir koridor açılmış, kendisi de saygıyla başını yere eğip ellerini göbeği altında birleştirerek hürmet göstermek üzere vaziyet almıştı. Gelenler tam kendi hizasından geçerken birkaç adım geride bir çığlık koptu ve bir gövde kavak gibi yere devrildi. Yere yüzükoyun kapaklanan adamın şah damarında bir hançer duruyor, fışkıran kanlar toprak rengindeki Mevlevi cübbesini kızıla boyuyordu. İşin ilginç yanı adamın seğriyip duran elinde de saplanmaya hazır başka bir hançer vardı. Tomruk Emini, İspirizade'nin koluna girmiş uzaklaştırırken yanındaki neferlerine haykırdı:

"Ahmak herifler! Beni böyle mi koruyorsunuz, herifin elindeki hançer ile aramda iki adım kalmış! Derhal şu kaçan zembilli satıcıyı yakalayıp öttürün."

Kara Şahin, o kargaşada ölen veya öldürenle ilgilenmektense Tomruk Emini'ni ve İspirizade'yi takip etmenin daha önemli olduğuna karar verdi. Velinimeti vezir hazretlerine adi bir cinayet haberi vermektense, şehirdeki kıpırdanmaların gelişmelerini bildirmek elbette daha önemliydi. İstanbul'da artık her gün böyle cinayetler işleniyordu. Bu yüzden ölen adamın tıpkı kendisine benzediğini, öldürenin de onu kendisi zannederek öldürdüğünü hiç bilmeyecekti.

Kara Şahin, iki saat kadar sonra, İbrahim Paşa'nın huzuruna girdiği sıralarda zembilli satıcı da bizzat Sultanın huzuruna kabul edilmiş tekmil veriyordu:

"Haşmetmeab hemen sizin ömrünüz uzun olsun, emriniz yerine getirilmiştir."

Sultan, Sadabat Kasrı'nın selamlık salonunda yerinden kalkmış karşısındaki adamın alnını öpüyordu:

"Berhurdar olasın Mülazım Osman Efendi. Rütbende terfii hak ettin. Velakin emanet şimdi nerdedir?"

"Bayezit Meydanı'nda efendimiz. Adamlarımdan üç kişi şu anda el koymuşlardır bile.Yarın kellesini bir bal torbasında zat-ı şahanelerine takdim ederiz."

Kara Şahin, İbrahim Paşa'ya önemli haberler vermek üzere Ferahabad Kasrı'nın geniş salonuna girdiğinde onu salonun ortasındaki havuzun fıskiyesinde sularla oynar buldu. Şen, şakrak ve pek neşeliydi:

"Hele özlettin kendini Selman Abdal!.. Nasılsın, bahar faslı, hoş geçer mi günlerin? Anlat hele ne yaparsın, nerelerdedir yerin?"

Kara Şahin vezir ile konuşurken şiire çalan bu secili tarza alışkındı:

"Âsaf-ı devranım, efendim, velinimetim, fedadır uğrunuza kanım, canım ve etim. Emrinize uydum, rahatımı feda eyledim; piyade dolandım şehri, dinledim ve söyledim. Yoluyla yordamıyla ve de hizmetiyle, hemen akran içinde, olanca gayretiyle. Dil uzatanlar size, küçük büyük çağında, birikmişler sefiller Hacı Bektaş ocağında. Başıbozuk sözü değildir artık dedikleri, Zat-ı şahaneden şikâyet bütün söyledikleri... Çardak Kahvesin'den, Bayezit Meydanı'ndan..."

Kara Şahin sözlerinin burasında bıçakla kesilmiş gibi durdu, ne söylediğini, nerede olduğunu, hatta kim olduğunu unuttu. Köşedeki ceviz masanın üzerinde yan yana durmakta olan iki saksıya takılı kaldı gözleri. Olacak şey değildi. İnanamıyordu. Aramadığı yerde bulmuştu. Evet, karşısındaydı. Katre-i Matem'di bu... Hatta ikizi de yanında duruyordu. Burda? İbrahim Paşa'nın salonunda? Birden Nakşıgül'ü görmüş gibi oldu, içini bir sevinç kapladı. Ne yaptığını bilemez durumlara düştü. Vezirin hayretli bakışları altında sendeleyerek ilerledi ve eliyle yaprağını okşadı, sonra öptü. Neden sonra paşanın kahkahasıyla irkildi:

"Beğendin değil mi Selman Abdal. Ben de çok beğendim. Biliyor musun ikisi de aynı soğanın ikizleri ve dünyada başka bir eşleri yok."

Kara Şahin hâlâ kendine gelememişti. Ne yapacağını, vaziyeti nasıl idare edeceğini bilemedi. "Bilmez olur muyum!.." diyemedi. Lafı gevelemeye başladı.

"Hmm, cık, ıh... E-evet çok güzelmiş efendimiz. Nereden aldınız?"

"Şunun adı Cücemoru'ymuş, geçen günkü lale mezadından aldım. Bu dahi harem bahçemizde yetişti, adı Şivekâr. Bu akşam saksılarına inci doldurup ikisini de Fatma Sultanıma arz edeceğim, Abdal Derviş..."

Vezir bu son cümleyi söylerken hem Abdal adında vurgu yapmış, hem de Kara Şahin'e göz kırpmıştı. O sırada içeriye harem ağası ile elinde şerbet tepsisi tutan bir uşak girdi. Uşak şerbetleri sunarken harem ağası lalelerin yanına yaklaşıp güzelliklerinden, nadide oluşlarından, vezirin bu lalelere sahip olmakla kayınbabası olan sultanı bile geçtiğinden falan bahsedip durdu. Bu adam içeriye bir can simidi gibi girmişti. O konuşurken Kara Şahin yavaş yavaş kendisine geldi. Lale sohbetine katılmanın iyi olacağını düşündü.

“Soğanını kim üretmiş efendimiz?”

“Geçen yıl Hafız Çelebi nam bir şükûfeci üretmiş. Bir ara soğanların kaybolduğunu söylediler. Bizim Tomruk Emini sonbaharda birini bulabilmiş, getirdi. Harem bahçesine ellerimle diktim. Şu Cücemoru kayıptı; nerede yetiştiğini bilmiyorum. Hem ne önemi var, şu anda ikisi de benim karşımda duruyorlar ya!..”

Kara Şahin az kalsın “Hayır yanlış biliyorsunuz efendimiz!” diye başlayıp “Bu soğanları Hafız Çelebi sizin için değil bizzat Sultan hazretlerinin emirleriyle üretti. Biri Felemenk, diğeri Avusturya krallarına hediye gidecekti!” diye çıkışa yazdı.

Harem ağasının sözleri yine imdadına yetişmişti:

“Doğru efendimiz, ancak size layık olabilir!”

“Şerbetini iç Abdal Derviş!.. Bugün sürûr günü, sevinç günü...”

Kara Şahin bir anlığına yalnızca boğazının değil, içinin de kuruduğunu hissetti. Şerbetini içerken hayretler içindeydi. Bunca zamandır yanında kaldığı, ekmeğini yediği veziri yalan mı söylüyordu, yoksa gerçekten bilmiyor muydu. Hayır hayır, bilmemesi düşünülemezdi. Düpedüz yalan söylüyordu. Kara Şahin kendisini çok kötü hissetti. Vezir hazretlerine saygı ve hürmet besliyordu. Lakin adam yalancının biriydi. Ona karşı daha dikkatli olması gerektiğine karar verdi ve huzurdan ayrılmak üzere müsaade istediği sırada harem ağası geveledi:

“Öh, şey, efendimiz!.. Bugün Bayezit meydan kahvelerinden birinde Sarı Celep lakaplı bir Mevlevi dervişi katledilmiş. Belki sultanımıza bildirmek istersiniz diye haber vermek istedim.”

Vezir, birden sapsarı oldu. Sevinci o anda kesilmiş gibiydi. Belli etmemeye çalıştı ama iri gövdesini en yakın koltuğa zor bıraktı. Kara Şahin dışarı çıkmadan onun bu halini görmüştü. Dışarı çıktığında ise kafasındaki şüphelere yeni sorular ve sayısız şüphe daha eklenmişti. Böyle giderse çıldıracağından ve bir zamanlar Topaç Yeye'nin anlattığı bimarhanelere düşeceğinden korktu.

Katre-i Matem, "Cücemoru" adıyla satılmıştı. Peki ama kimdi bu cüce? Araştırması gerekiyordu. Bayezit Meydanı'nda bir adım gerisinde bir Mevlevi dervişi ölmüştü, kimdi bu derviş? Ölümü, veziri neden bu derece üzmüştü. Yarın cenaze namazı için Sultan Bayezit Camii'nde hazır bulunup gerçeği öğrenmeliydi. Katre-i Matem'in ikizi Şivekâr, hemen şuracıkta, kendisinden bir duvar ötede, on metre yakında büyümüştü ha?!.. Öyleyse onu buraya getiren kişi Tomruk Emini olmalıydı. Elbette buraya nasıl geldiğini öğrenmeliydi.

Hafız Çelebi'yi ve Yeye'yi çok özlediğini hissetti...

54. Sual:
Şad Gönüller mi; Kırık Kalpler mi?

Yaldızlı kafesleri, şiir yazılı tavanları, çiçek sepetleriyle süslü pencereleri, ipek astarlı kırmızı çuhalardan ağır işlemeli perdeleriyle rengarenk saltanat arabaları sıra sıra hep aynı kapıdan girdiler Sadabat Kasrı'nın bahçesine. Şatafatlı giysiler içinde, güle oynaya gelen beş şehzade, on iki hanım sultan, beş kadınefendi, sekiz valide sultan ile kâhya kadın, haznedar usta ve Darussaade ağası ile yamaklar ve uşakları idi bunlar. Sultan III. Ahmet her yıl lale encümeninden sonra Topkapı Sarayı'na dönerken bu yıl aldığı sevinçli haberin tadını birkaç günlüğüne olsun çıkarmak üzere saraydan ailesini çağırtmış, sayfiyeyi erken başlatmıştı. Bahar bütün güzelliğiyle kendini belli ediyordu. Sadabat şenlenmişi. Artık veziri İbrahim Paşa ile onun kızları, damatları, yakınları ve hizmetkârlarının da buraya sökün edivermeleri için ayrıca emre gerek yoktu. Vezirin gelmesi demek resmi devlet işlerinin yarısının Topkapı Sarayı'ndan buraya taşınması demekti ki bilhassa elçi ziyaretleri ve ziyafetleri Sadabat'ın şanından sayılırdı.

Sultan, mor salkımların ve pembe erguvanların henüz tomurcuklandığı asırlık ağaçların altındaki Ferahabad Köşkü'nü pek severdi. Burası bir çiçek cennetiydi. Hemen ön yüzünde akan suni şelalelerin arkasında lalelerin, şebboyların, nergislerin, menekşelerin, filbahrilerin, ve elbette güllerin en güzel ve zarif açtıkları tarhlar vardı. Ferahabad'ın sundurmalarına yaslanan bir kişinin orada duyabileceği en az sekiz çeşit çiçek kokusu her vakit hazır olurdu ve burada şiirler çiçek üzerine yazılır, nağmeler çiçekleri terennüm eder, besteler renk renk, şarkılar elvan elvan okunurdu. Üstelik bu sene, Damat İbrahim Paşa bu köşkün kadehlerini lale, tabaklarını nergis, hoşaf kâselerini gül, tatlı tabaklarını menekşe formunda imal ettirerek çiçek bahçesine yeni bir revnak katmıştı.

Vezir, elçiler ve ecnebi misafirleri sağına, hepsi de şair olan Şeyhülislam Es'ad Efendi, Nedim Efendi, vezir İzzet Ali Paşa, vakanüvis Çelebizade Asım Efendi gibi konukları da soluna oturtmuş, Ferahabad Köşkü'nün havuza ve fıskiyelere bakan kameriyesinde sultan hazretlerinin gelişini bekliyor, beklerken anlatıyordu:

"Lale benim yeryüzünde en güzel bulduğum çiçektir, Mösyö Bonnak. Bir kere iddiasızdır, sadedir, münhanileri son derece âhenklidir, renkleri hep kendine göredir ve baygındır. Lalede bulduğumuz bütün bu karakterler Türk mimarlık sanatının ve Türk tezyinatının bütün zengin dallarında da vardır. Onun içindir ki lale ve onun yapısı ve onun tatlı münhanileri Türk sanatında bir form olarak kullanılagelmiştir. Bu yüzden lale her milliyetten daha ziyade Türk'tür."

O gün, sultanın bu köşke teşrifiyle baharın ilk Sadabat meclisi başlamış olacaktı. İşte son derece süslü ve mükemmel alayı yaklaşıyordu. Önde kılavuz çavuş, ardında can güvenliğinden sorumlu Dergâh-ı Âli yeniçerileriyle silahtar çavuşlar, sırasıyla dört bölük zeamet ve sipahi ağaları, samsoncu neferler, zat-ı şahane sultan hazretleri, Enderun ağaları, üçyüz kadar neferli tören bölüğü ve mehterhane takımı... Yüksek çınarların altında, mesirenin tabii güzelliklerine uyum sağlayan renk renk giysileri içinde şatafatlı saltanat ailesi ile çadır çadır her yeri kaplayan süslü askerler. Ve öte yakalarda, Sadabat'a giden yollara birikip bu gösterişli geçit resmine, tantanalı ziyafet ile eğlencelere imrenerek bakan fukara İstanbul halkı. Bir avuç şâd gönül ve binlerce kırık, gücenik, yıkık kalp. Nişan talimleri, at yarışları, pehlivan güreşleri, ayı ve köpek kavgaları, horoz dövüşleri, top talimleriyle gününü yıla çevirenler ve öte yakalarda yıllar geçip giderken bir gün bile göremeyenler. Beride müsabaka yapanlar, müsabakayı kazananlar, verilen ödüller, şairlerin söyledikleri taze şiirler, musiki meclisleri, salıncaklar, kaçamaklar, mendil düşürmeler, göz süzmeler, gönüllere girenler; ötede yoksulluktan, çaresizlikten, kimsesizlikten gönül yağı eriyenler. Sadabat'a koşup eğlenecek kadar geliri olanlar için vur patlasın, çal oynasın bir dünya; gelemeyenler için her gün felaket, her dakika bir korkulu rüya...

III. BÖLÜM

Çözüm: İhtilalin Karanlık Yüzü

(Eylül 1730)
Suçlu olana şefaatçi olmak için zafer yeter.

55. Sual:
Gül Bahçesinde Yatıp Uyuyan Kişi Uyanmayı İster mi?

Zaman hızlı akıyordu. İstanbulluları her gün yeniden şaşırtacak şeyler oluyor, halk birinin sebebini ve sonucunu anlayamadan başka bir maceranın içine atılıyordu.

Sonbaharın hüznü şehrin üzerini örtmüş, başlamakta aceleci davranan lodos da insanların yüreklerini bura bura meydanlara sürüklemişti. Aylardır kayıkçı kahvehanelerinde, Yeniçeri ortalarında, bozahaneler ve hamamlarda, meyhane ve esrar tekkelerinde içten içe tutuşan isyan ateşi baş vermeye, yakmaya başlamıştı. Bugün o yangının şiddetinin hissedildiği gün olacaktı. Sultan Bayezit Meydanı'nı dolduran kalabalıklar Samatya, Fener, Balat, Tahtakale, Balıkpazarı, Hasköy, Kumkapısı ve Galata meyhanelerinden her biri birer görev için toparlanıp gelmişler veya getirilmişlerdi. Kalabalığın ruhu ferdin ruhundan daha cesur ama daha seyyaldir; şimdi de kimler tarafından yönlendirildiklerinin farkında olmadan rüzgâra kapılmış bir o yana dalgalanıyor, bir bu yana akıyorlardı. Yüzleri nursuz, her türlü melaneti işleyebilecek evbaş u kallaş hezele güruhuyla, iyi aile reisi, iş güç sahibi zanaat erbabı, esnaf, reaya, dini bütün adamlar bir araya gelmiş, havuz başının seti üzerinde gür sesiyle meydanı çınlatan yastıbıyık ejderhanın nutkunu dinliyorlardı. Önceden çalışılıp taşları yerli yerine konulmuş bir satranç kadar planlı bir nutuk idi bu. Her cümlesi, her kelimesi bir amaç için söyleniyor, irad ediliyor veya haykırılıyordu. Bütün yönetimi konuşmacının elinde olan, halkın arasına dağıtılmış adamlarının da laf atarak, cevap vererek, kışkırtarak, çanak tutarak, coşturarak kalabalığın arkasını aldığı böylesine etkili bir nutuk çoktandır İstanbul meydanlarında görülmemişti. Heyecan, meydandaki herkese ortak dağıtılmaktaydı:

"Ağalar, efendiler!.. Şu şiire bir bakın!.. Şu densizliğe kulak verin bir!.. Sünnetsiz Muşkaralı'nın şehir oğlanı Nedim Efendi cilveleniyor: *Ahali ızz u devlette, reayâ emn ü rahatta / Hüner erbabı rif'atte, cihan yekpâre nurânî.** Ağalar, var mı içinizde bu herzelere inananınız? Hanginiz ululuk üzeresiniz Allah aşkına? Ya hanginizin emniyeti var? Huzuru olan hanginiz? Dükkânına kilit vuran kaç zanaatkâr var aranızdı? Peki, ya var mı

* Müslüman halk ululuk ve yücelik içinde, gayrimüslim halk da emniyet ve huzurla dolu; sanatçılar ve zanaatkârlar değerlerini bulmuşlar... Dünyada her şey güzel vesselam!

içinizde Nedim Efendi'nin lezzet aldığı meclislere katılanınız?!. Var mı vur patlasın, çal oynasın ibn-i vakt olanınız?

Çardak çorbacısı Kahveci Ali Usta'nın uzayıp giden soruları kalabalığın vicdanında birer birer yankı buluyor, öfkeleri kabartıyordu. Sesini ve beden dilini iyi kullanıyor, etkisi altına aldığı yığınları ellerinin hareketleriyle başak tarlaları misali kâh kabartıp kâh yatıştırıyordu.. O "Var mı?" diye sordukça kalabalıkların arasından birileri yüksek sesle "Yoook!" cevabıyla halkı galeyana getiriyor, "Hanginiz?" diye sordukça "Yere batsınlaaaar!" sesleriyle lanetleme yoluna gidiyorlardı.

Kalabalığı üç kişi yönlendiriyordu: Kahveci Ali Usta, Manav Muslu Beşe, Arnavut Patrona Halil Ağa. Üç gece evvel iki ayakdaşını Bayezit Hamamı'ndaki kurnası başına çağırarak Kaf Dağı'nın güzelini artık kucaklama özlemiyle bazı mahrem planlar kurmuşlar, her biri çevresine üç bin adam toplama sözüyle birbirlerine güven dağıtmış ve nihayet Cuma günü kuşluk vaktinde Bayezit Meydanı'nda buluşmayı kararlaştırıp ayrılmışlardı. Oysa şimdi meydanda parmakla sayılsa bin adam var, yoktu. Lakin ortalıkta bunlara dur diyecek bir güç de yoktu. Vezir İbrahim Paşa Tebriz mağlubiyetinin baskısına dayanamamış, orduyu hazırlatıp İran'a yürümek üzere Üsküdar'a geçirmiş, padişah da halkı ve ordusuyla bütünleşmek, ayrıca bir de gövde gösterisi yapmak maksadıyla iki hafta evvel Üsküdar'a nakletmişti. Bayezit'te nutuklar atılırken Üsküdar açıklarında toplanan halk, Kızkulesi önlerinden turna kanadı çimariva selama duran donanmayı seyretmekteydi. Donanmanın İran'a ne faydası olacaksa artık!..

Sultan Üsküdar Sarayı'nda, sonbaharın son zevki diye bu geçit resmini seyrededursun, ordunun Tebriz üzerine hareketi bir gün, iki gün, derken durmadan erteleniyordu. Nihayet İran'dan sulh talebiyle bir elçi gelmiş, sulh ile savaş arasında kararsız kalan vezir ile sultan da ne yapacaklarını şaşırmışlar, Boğaz'ın öte yakasında oyalanıp duruyorlardı.

Şehrin bu yakasında Kahveci Ali Usta'nın sözleri Bayezit Meydanı'nda velveleler koparıyor, haykırışlar ve uğultuları ayyuka çıkarıyordu. O sırada Kara Şahin sultanın askeri karşı kıyılarda kaldığı için şehir güvenliğinin yalnızca yedi yüz yeniçeri neferine terk edilmiş olduğunu düşündü. Üstelik, onların da şehri koruyup korumayacakları hususunda şüphesi vardı. O halde bu çalkantıyı ve isyan kıvılcımını bir an evvel velinimeti sadrazam hazretlerine bildirmek gerekirdi. Çevresine bakındı. Her sınıftan, her meslekten insanlar öbek öbek konuşulanları dinliyor, bağırıp çağırıyorlardı. Yeniçeri ile sıkı fıkı olan kayıkçıların da burada olduklarına şüphesi yoktu. Yani İstanbul ile Üsküdar'ın arası artık çok uzak sayılırdı. Bin altın verse dahi kendisini Üsküdar'a geçirecek bir sandalcı bulamayacağını biliyordu. Keza Üsküdar'dan İstanbul'a da kimse gelemeyecekti. Bu arada Ali Usta konuştukça açılıyor, uzayıp giden nutuk, bazı cümleler kalabalıklara tekrarlattırılarak veciz söylemler halinde devam ediyordu:

"Ağalaar, Efendileeer!... Şehirde hayat, memat iç içe kavruluyor. Yer altımızdan kayıyor, sanki gökler savruluyor. İran'a sefer açtı vezir, Üsküdar'a asker saldı; sorun bakalım bunun masrafı kimin sırtına kaldı?"

"Esnafın sırtınaaa... Tüccarın sırtınaaa..."

"Çeşme yaptırdım, matbaa kurdum diyormuş. Matbaa tamam da kitap okumaya mum kalmamıştır. Çeşme iyi de el yıkamaya sabun kalmamıştır. Odun ateş pahası, bir çekeği on akçe edecek. Kömürün tozunu bulan neredeyse gözüne sürme diye çekecek. Buğdaydan geçtik, arpayı bulamıyoruz. Gözünde arpacık çıkanın sevinesi geliyor. Yakmaya mum yok elde avuçta, yüreklerimizin yağı erimiş yanıyor, yanıyor..."

"Yanıyooor, yanıyooor..."

"Ben kahveciyim, nohudu kavurup kahve diye içiyoruz. İyi de ağalar, efendiler! Limanlar tahılla dolu değil miii?"

"Doluuuu!.."

Neden öyleyse bu kıtlık, biz aç dururken kim yiyor bunları? Ases mi, bostancı mı, ulufeli mi? Vergi diye kapımızı üç günde bir çalanlar mı? Ya devlet adına elimizden ekmeği alanlar kim?"

"Kahrolsunlar!.. Şeriat isteriz!.. Adalet isteriz!.."

Kahveci Ali Usta iyiden iyiye coşarken Kara Şahin biraz daha ileri gitmeyi, havuzun arkasında birikenlerin kimler olduğunu öğrenmeyi içinden geçirdi.

"Efendiler!. Ağalar!.. Kimdir sultan, ya kim başımızda tac? Vezire bakın; Sadabat'da badeye muhtaç?!.. Halkı rüşvet ve karaborsayla soyanlar mı bunlar? Rüşveti afiyetle ziftlenip doyanlar mı bunlar? Sulh dediler amma refahı dindirdiler. Yerine eğlence koydular, kendileri eğlendiler. Vazife erbabı görevini bıraktı. Uçkuruna düştü erkekler, evini bıraktı. Kimdir bize bu zulmü reva gören? Ya kimdir merhameti göğe çekip götüren?"

"Kimdiiir!? Hesap versinleeer?!"

"Şeriat isteriiiz!.. Adalet isteriiiz!.."

Kara Şahin, meçhul bir elin sol bileğinden yakalamasıyla irkildi. Dönüp kim olduğuna baktı. Bu gözler?!.. Bu gözleri tanıyordu, ama... Pasaklı gümrük hamalları gibi giyinmiş biriydi karşısındaki. Ayağında partal çedikler, baldırında şeritli potur, belinde kalın kuşak, yakalı bir mintan üzerinde hırka, onun üzerinde de beline doğru sarkan bir hamal kelepi... Boynunda bir yağlık bağlıydı. Yüzü kir içindeydi. Bıyığı yeni terlemiş gibiydi. Güya lodos yüzünden savrulan tozları yutmamak için ağzını bir tülbentle kapatmıştı. Başındaki kirli sarık biraz iğreti duruyor gibiydi. Kara Şahin birden irkildi. Hayır hayır... Bu olamazdı, olmamalıydı... Burada ne işi vardı? Bunca nursuz, pirsiz arasında? Fısıltıyla sordu:

"Sen misin?"

"Benim!.."

"Ne arıyorsun burada?"

"Senin aradığını?"

"Derhal git buradan!"

"Beraber gideriz!.."

"?!.."

Elini sımsıkı tuttu. Kürsüde konuşan ses değişmişti? Bu sefer anlatan daha tok sesli biriydi. Yavaş yavaş ilerlediler. Bir noktada adamın birinin on kadar tulumbacı berduşuna fısıltıyla verdiği emri dinlediler: "Onlar Bayezit istikametine gittiler, siz Aksaray yolunu tutun. Turalının (sultanın) bir adamını veya Bektaşi (Yeniçeri) gördüğünüzde bir uğurdan atı önüne çıkıp top kilit olup yolunu kapayıp avazınız çıktığı kadar bağırıp bekleyin. Sakın gevşemeyin, bırakmayın, adam neye uğradığını şaşırsın, sizin ne istediğinizi bilmesin." Kara Şahin konuşan adamı tanır gibi olmuştu. Daha yakından izledi, konuşmalarını ve sözlerini takip etti... Artık elini bırakmalı değil miydi? Bırakmadı. Hatta daha sıkı tuttu. Evet, işte oydu. Bayezit Hamamı kurnası başında Tomruk Emini'yle birlikte gördüğü işte bu adamdı. Bu, Bıçaklı Pençe idi. Bileğinden dirseğine doğru uzanan hançer dövmesini işaret ederek "Bre biz bu nişanı niçin taşırız sanırsın? Deşeriz icabında..." deyişi hâlâ gözlerinin önündeydi. Demek o gece kendisi bizzat Patrona Halil'e hizmet sunmuştu ha!. Demek yiğitliği hamam külhanlarında efsane olup anlatılan bu adam ile yan yana durmuştu ha!.. Halil Ağa dürüstlüğüyle tanınırdı, burada, bu hezele güruhu arasında ne işi vardı? Halk kendisini sever, Kapalı Çarşı esnafı arasında sözü dinlenir bir kanaat önderi iken bu ihtilal çığırtkanları arasında ne işi vardı? Hem de en ön sıralarda... Demek o gece onun eski kurnası başında bin bir dereden su getirerek yalvaranlar sonunda kendisini ihtilale razı etmişlerdi. Elindeki el terlemeye başlamıştı, bunu hissediyordu. Hissettiklerine bir anlam veremiyordu. Hayır hayır, bu, iki dostun birbirini koruyup kollamasından ibaretti.

Bıçaklı Pençe güzel yüzlü bir adamdı. Ali Usta'dan sonra kürsüye o çıkmış, samimi bir üslupla anlatmaya başlamıştı. Söyledikleri daha inandırıcı ve dürüst şeylerdi. Oldukça da etkileyici konuşuyor, konuştuklarına kendisinin inandığını hissettiriyordu. Bir lider için bu önemli bir özellik sayılırdı. Sultan ve vezirinin içine düştükleri sefahat ve eğlence dünyasından başlarını kaldıramadıklarını, halkın perişan halini göremediklerini, düzenin bozulduğunu, yeniçerinin çeteleştiğini kısa kısa ama delil ve örnekleriyle anlattı. Karar veremiyordu, kalbinin çarpması Bıçaklı Pençe'nin konuşmasından mı, yoksa elindeki elden miydi?!.. Dinlediler, inandılar, titrediler, terlediler... Havuzun çevresindeki kalabalıklar hep bir ağızdan bağırıyorlardı:

"Halil Ağa sen çok yaşa!.. Umudumuz sendedir!.."

Kara Şahin dinlemeye devam ederken hayretle mırıldanıp duruyordu:

"Bıçaklı Pençe Patrona Halil Ağa imiş ha!?.."

Onun hakkında çok şey duymuştu. İyi ve kötü. Bazısına inanmış, bazısına inanmamıştı. Bildiklerinden inanmayı istedikleri, onun vaktiyle bir patrona gemisinde çalıştığı için Patrona lakabıyla anıldığı, Bayezit Hamamı'nda tellak iken külhanbeyi hayatını ahlakına uygun bulmayıp ayrılarak Kapalı Çarşı'da gedik işletmeye başladığı, halk arasında düzgün ahlakı, dini bütün kişiliği ve tutarlı davranışlarıyla saygınlık kazandığı, gitgide esnaf arasında sözü dinlenir, akıl sorulur bir kanaat önderi olduğuydu. Tuttuğu eli kendisine doğru çekti, kalabalıkta kimsenin ona değmesini, dokunmasını istemiyordu. Peki ama neden?!.. Patrona Halil'i tamamen farklı bir kimlikle, evbaş u kallaş, zalim zeberdest olarak anlatanlar da vardı. Şu sırada konuştuklarına bakılırsa bu adam kendi tanıdığı gibiydi ve söylediğine göre ihtilaldeki tek emeli şehrin üzerine çöken ahlaksızlığın ve fakirliğin sona erdirilmesiydi. Kara Şahin bu temiz kalpli adamın birileri tarafından bazı şeylere inandırıldığını, onun saf sözlerini duyunca fark etti. Eli terliyordu. Avucunda bir alev topu var gibiydi. Yoksa şu anda bir küçük temasla kandırılıyor muydu? Değilse hissettikleri neydi o halde? Patrona Halil Ağa'nın Ayasofya Vaizi İspirizade ile İstanbul Kadısı Zülali Hasan Efendi'den aldığı talimatları yalnızca iyi niyetle ve Ümmet-i Muhammed'in selameti için değerlendirdiğini, kendisini ihtilale teşvik eden bu iki adamın samimiyetinden zerre kadar şüphe duymayarak onlara kapıldığını düşündü. Kaf Dağı'ndan gelecek güzelin vuslatının ona teklif edilmesinin başlıca sebebi de halk ve bilhassa Kapalı Çarşı esnafı arasındaki yüksek itibarı olmalıydı. İçinde, vaktiyle Gedikpaşa Hamamı'ndaki külhan kardeşleri arasında adını duyup hürmetle andığı Patrona Halil Ağa'yı daha yakından görme arzusu uyanmıştı. Lakin elindeki el buna izin vermedi, onu geri çekti. "İtaat ve teslimiyet güzel şeydir!" diye mazeret uydurdu kendine. İleriye gitse başı belaya girebilirdi. Nitekim birkaç dakika kadar sonra Halil Ağa'nın son sözleri, sanki evvelce provası yapılmış hareketlerle beslenmeye başlayıverdi:

"Allah… Allaaaah!... Ey Muhammed ümmeti! İşte anlattık… Elinizi vicdanınıza koyunuz ve duymadık demeyiniz!. Şeriat-ı Muhammediye üzre bir davamız vardır!.. Dükkânlarınızı kapayıp gelin ki sizlerin dahi yeriniz işte şu kızıl bayrağımızın altıdır!"

Bu sırada yirmili yaşlarında üç delikanlı, bayrak diye, uzunca birer sırığın ucunda birer hamam peştamalını kaldırdılar. Avucundaki el de terliyordu. Bunu hissedebildiği anda içinden, tarif edemediği bir duygu akıp geçti. Meydandaki kalabalık bir anda uğuldadı:

"Allah Allaaah!. İllallaaah!.."

"Yolunda can verir, uğrunda feda oluruz yiğit!.."

"Şeriat-ı Muhammediye isteriiiiz!.."

"Tamamdır, vakit ve saat gelmiştiiir?"

"Pîr sancağı çekilmiştir, altında toplanıııın!"

"Adalet isteriiiz."

"Azgınlara eza, sapkınlara ceza isteriiiiz..."

Ortalık bir anda karışıverdi. Talimli oldukları belli olan adamlar hep bir ağızdan böyle haykırırken halktan "Fitne kopmuştur!", "Deccal çıkmış!", "Hamam peştamalı sancak mıdır ki sultan hal' edelim?" gibi cümlelerle ihtilale karşı çıkanlar olduysa da bunları tartaklayan azılı adamlar baskın geldi. Şimdi bazıları sessiz sedasız oradan sıvışmanın yollarını arıyor, şenlik olsun diye geldikleri meydanda işlerin çığırından çıkacağını yavaş yavaş fark ediyorlardı. Bu da meydanda nereye gideceğini bilemeyenler ile nereye gideceğini çok iyi bilenler arasında bir mücadelenin kapısını açtı. Elinin biraz daha çekildiğini hissetti. Sanki kalabalıktan kurtulmak ister gibiydi. Çok geçmeden halk üç kola ayrıldı. Zaten üç sancak (!) vardı. Belli ki plan buna göre yapılmıştı. Divanyolu, Kapalı Çarşı ve Ayasofya istikametine yönelenler neredeyse kalabalığın yarısı idi. Başında yürüyenlerin kim olduğuna bakması gerektiğine inanıyordu. Avucundaki eli sürükleyerek birkaç adım ilerideki havuz basamağına çıktı. İtiraz yahut karşı koymayla karşılaşmamıştı. Tekrar "İtaat ve teslimiyet güzel şeydir!" diye gülümsedi kendince. Gidenlerin kimliklerini kestirebilmek için peşinden sürüklediği elin sahibi onun bu arzusunu anlamış gibi ilerleyen adamları saymaya başladı:

"Patrona Halil Ağa'nın hemen ardında Mahmutpaşa Hamamı destebaşısı Emir Bey ile Cebeci Ocağı neferlerinden Turşucu İsmail var. At hırsızı Çingene Canbaz Musa, Çardak Kahvesi ocakçısı Küçük Muslu, aynı kahvenin çubukçusu Giritli Andon Mihandoni. Onları takip ederek en arkada salınan efendiyi tanıyor olmalısın!"

"Ayasofya Vaizi İspirizade Efendi bu, vazifesinin başına gidiyor anlaşılan."

"Ha ha... Gülmeli miyim!?.."

Kara Şahin başını Süleymaniye istikametine çevirmişti. İki yüz kadar insan hep bir ağızdan bağırarak sürüklenip gitmedeydi. O yine saymaya başladı:

"Başlarında Manav Muslu Beşe var. Gümrük iskelesi hamallarından Kürt Çelo hemen ardında."

"Bu giydiklerini ondan mı aldın sen?"

"Şakanın sırası değil, Çelo'nun hemen ardında Hiristo oğlu Angeli, nam-ı diğer Çınar Ahmet, Patrona Halil'in eski civeleği, İspirizade'nin yeni müridi Ayvaz Porça, kalyon neferlerinden Tızmantırıl Agop ile Deli Molla, bayrağı çeken kalyoncu neferi Alacalı Mustafa. Sağ tarafta vakarla yürüyen herif Gedikpaşa Hamamı destebaşısı Kalem Bey'dir. Tabii ya, onu sen mutlaka tanıyor olmalısın?"

"Şakanın sırası değildi hani?. Devam et saymaya."

"Tamam, tamam, parmaklarımı kırma! Arkada Kanlı Veli var. Kan döktüğü için değil, uğruna kan döküldüğü için Kanlı haydut. Bak bu herif de senin yakınlarındandır. Hani seni Macar Hekim'e götüren Seyrekbasan Osman Ağa vardı ya; onun en samimi dostu. Gedikpaşa Külhanı'nın sır küpüdür kendisi. Yanındaki Sultanzade Evren Bey de Bayezit Külhanı'nda aynı şeyi yapardı."

Kara Şahin donup kalmıştı. Yere yığılıverecek gibi oldu. Onun kendisi hakkında bu derece çok şey bilmesinden rahatsız olmuştu. Eli gevşedi. Kanı dondu. Duyduğu cümlenin onu rahatlatmak üzere söylendiğini biliyordu:

"Korkmayasın, Seyrekbasan Ağa'nın hafızasından o günü elli altın ile sildim. Bir daha hatırlayamayacağını çok iyi bilir!?.."

"Peki ama sen?.."

"Ne olmuş bana?"

"Bildiklerin?.."

"Bildiklerimde ne varmış?! Sen birisi için biliyorsun, ben bir başkası için. Üstelik biliyor olman lazım ki ben Üç Hilal Cemiyeti'nde büyüdüm. Baba mesleğim bu benim. Takılma bunlara!. Bak İstanbul Kadısı Zülali Hasan Efendi bir grup adamıyla güya şeyhülislam hazretlerinin bulunduğu meşihat dairesine gidiyor."

Kara Şahin tuttuğu eli incitmemek istiyordu nedense, içinde bir şeyler oluyordu. Çatışmalar, tenakuzlar, yumaklar, düğümler... Daha önce aşağıya dönük duran avucunu yukarıya döndürüp elini öyle tutmaya başladı. İkisi birlikte başlarını Etmeydanı ve Aksaray istikametine doğru akan üç yüz kadar şehir haydudu, başı bozuk, baldırı çıplağa çevirdiler. Bunlardan çoğunun biraz ileride birer ikişer evlerine sıvışıp gideceklerini biliyorlardı. Başlarında nutkunu bitiren Ali Usta vardı. Kara Şahin onun ardındaki bayraktar genç Dereköylü Ali'yi de tanıyordu. Sarkıtların çatılardan düştüğü, karlı buzlu bir İstanbul gününde beraber Tahtakale dükkânlarında dilenmişlerdi. Hatta Topaç Yeye o gün ikisini de güldürüp durmuştu.

"Öndekileri boşver Kara Şahin, ben sana en arkadakini söyleyeyim, sen gerisini anla. İşte şu gerideki bütün hepsini çekip çeviren adam... Gördün mü? Yeniçeri Ağası Nemçe Hasan Ağa hazretleridir kendileri. Bugünlük tebdil geziyor."

Kara Şahin hangi grubun peşine takılıp gideceğini şaşırmış vaziyetteydi. Avucundaki eli bırakmak istemiyor, bilakis daha sıkı tutmayı arzuluyordu. Tomruk Emini ortalıklarda görünmüyordu. Onu burada bulmayı umarak gelmişti oysa. Lalelerin rengarenk dünyası arasında huzursuz düşünceleri geliştirip büyütenlerden birisinin de o olduğunu adı gibi biliyordu. Osmanlı tarihinde daha önce birkaç kez içilen ihtilal çorbasının meydan kazanında yeniden ısıtılmasında onun kenarda durabileceğini düşünemiyordu. Üstelik Bayezit Hamamı külhanında onu Patrona Halil Ağa ile sıkı fıkı dost olarak görmüştü. Avucundaki eli iki yana salladı.

"Sen Tomruk Emini'ni gördün mü?"

"Hayır, ama burada olması mı gerekiyordu?"

"Evet ya, burada olmalıydı. Eğer burada değilse şimdi bir yerlerde o da ayrı bir vazifenin icrasını başarıyor olmalı. Çünkü ordu Üsküdar'a geçtiği vakit velinimetim İbrahim Paşa, İstanbul'u onunla Yeniçeri Ağası'na emanet etmişti. Yeniçeri Ağası burada olduğuna göre onun da bir yerlerde vazife başında olması gerekmez mi sence?!."

"Doğru diyorsun ama herhalde uyanamayıp vazifesini aksatmış!"

"Şaka yapmadın değil mi?!.. Bu devlet kaç kez ihtilal gördü. Bak bakalım, her ihtilalin bir başı vardı, o başa akıl koyacak ulemadan birisi vardı, o aklı kullanacak bir devletlû bulunmuştu, bu devletlûnun kılıcını sallayacak da bir asker vardı."

"Hepsi bir olup halkı soydular değil mi?"

"Zaten fakir olan halkın soyulacak nesi kaldıysa tabii. Normal vakitte zaten silahlı güç olan asker ile dini güç olan hocalar arasında kalıp birinden biri tarafından ezilen halk, ihtilal zamanında bu iki grubun menfaatleri birleşince iki yakası bir araya gelmez olup iki kat ezilir. Kaba cahil hocalar ile çoğu bu milletten bile olmayan yeniçeri zorbalar kol kola girip mal ve itibar yağmasına girişirlerse sen bundan memleket menfaatine ne beklersin?"

"Bu yüzden hiçbir ihtilal olumlu sonuç doğurmamış, halkın yararına olmamış, kuru bir şehir eşkıyalığı olarak kalmıştır öyle mi?"

"Daha ne olsun, ihtiraslı bir paşa ile ulemadan bir adamın menfaat birliğiyle ortaya çıkması ve vaatlerle yanlarına topladıkları birkaç zorba... İşte gördün bir ihtilal için yeterli. Artık Sultan Ahmet'in düşürülmesi için ister Yeniçeri Ağası Nemçe

Hasan, ister çok dost görünen Fransız elçisi Vilnov ile Marki dö Bonnat, ister İran'dan gelen haberler, ister vezir ile sultanın israf ve sefahat alemleri... Seç bir bahane! Herhangi biri yeter."

"Dahası da birileri çıkıp Sadabat'taki lale bahçelerinde keyif çatan vezirden dem vurunca elbette ihtilale bir baş, o başa bir akıl, o akla bir düzen, düzen için de bir asker bulunur."

"Evet, işte bu!.. Bu ihtilalde eksik olan işte bu."

"Ne?"

"Asker! Asker eksik!.."

"Üzülme, yarın yeniçeri kışlasının kazanı Bayezit Meydanı'na taşınır."

"Ben o askeri demiyorum. Daha da önemli bir şey söylüyorum. Sen hiç çevrede ihtilale karşı duracak asker görüyor musun?"

"Tabii yaa!. Nasıl düşünemedik? Seninki emrindeki kolluk kuvvetlerini buradan uzak tutmakla vazifelendirilmiş olmalı."

"Ya da buraya gelecek olanları bir yerde tutmakla."

Kara Şahin bu cümleyi söylediği sırada ikisinin de ağzından aynı hayret ifadesiyle aynı kelime çıktı:

"Topkapı, Bâbüssaade..."

Şahin, eline bir iğne batırılmış gibi tuttuğu eli bıraktı. Birden onu karşısına aldı ve iki kolundan tutarak emir tonunda tembihledi:

"Hörükız, ben Bâbüssade'ye, sen Süleymaniye'ye!.."

"Hayır hayır, tam tersine, Bâbüssaade'ye ben gideyim. Çünkü seni tanıyan çıkar da İbrahim Paşa'nın hane halkından derse canına kastederler. Bu yüzden sen o taraflarda görülmemelisin."

"Görülmemeye dikkat ederim. Şimdi itiraz istemiyorum. Bir an evvel Topaç Yeye ve Hafız Çelebi'yi haberdar etmelisin. Yarın hemen onlara ulaştır haberi. İhtilal büyürse serserilerin

Sadabat'a varmaları uzun sürmez. Eğer işler ters giderse iki gün sonra ikindi vakti Süleymaniye'deki hücrede buluşalım; değilse yarın akşam ben de Hafız Çelebi'de olurum. Zaten gidecek yerim de kalmadı!.."

Kara Şahin koşarak Ayasofya'ya akmakta olan kalabalığa karıştığı sırada kimbilir hangi serseri bağırıyordu:

"Sünnetsiz vezirin başını isteriiiiz. Yürüyün ey ümmet-i müslimîn..."

Bu cümle çok şiddetli sonuçlar doğurabilecek bir cümleydi ve vicdan sahibi birkaç kişi cılız seslerle karşı çıktı:

"Müslümanlar arasına kılıç düşürmeyin ey ümmet-i Muhammed, vazgeçin, böyle şeyler söylemeyin!"

Olan olmuştu. Ve şimdi olacakları kestirmek çok zordu. Sultan ile veziri ordunun başında Üsküdar'daydı. İstanbul korumasızdı. Yağmanın başlaması an meselesi sayılırdı. Şu anda kaldığı yuvaya, sadrazamın sarayına gitmek, Hörükız'ın dediği gibi tehlikeli idi. Kapalı Çarşı önünde aşırı bir izdiham ve kargaşa vardı. Evlerine gitmek isteyen masum halk ile onları göndermeyip hamam peştemalından sancak altına katılmaya zorlayan ihtilalciler arasında arbede yaşanıyordu. Günlerden cuma idi ve tatilin bol kazancını umut ederek dükkânlarını açan Kapalı Çarşı esnafı ile müşterileri, içine tütsü salınmış arı kovanı misali uğultu ile koşuşuyor, çırpınıyor, kepenk indiriyor, kaçıyor, boşaltıyordu. Dükkânlarını kapatmakta geciktikleri takdirde yağma başlayacağını biliyorlardı. Bu yüzden çarşının kapılarının da kilitlenmesi gerekirdi. Bir an önce burayı terk etmek hem can, hem de mal emniyeti demekti. Fitne çıkmıştı. Çekirge sürüsü ekili arazileri yiyecekti. Beş yüz kadar zalimin bir anda aynı yerde toplanması demek gittikçe sayılarının artması da demekti. Nitekim Kapalı Çarşı'yı boşaltanlar arasından yüz kadar adam daha bunlara katılmış, maceranın peşine düşmüşlerdi bile.

Kara Şahin, elindeki sıcaklığı yeniden hissetmek isteyerek avuçlarını buluşturup da "İtaat güzel şeydir!" diye tekrar ederken dudağında tarif edemeyeceği bir mutluluğun gülümsemesi vardı. Divanyolu'ndan geçerek Ayasofya'yı dolandığında Sultan'ın iki yıl evvel yaptırdığı çeşmenin çevresinde aradığını buluverdi. Tomruk Emini, asesleriyle birlikte saray kapısını tutmuş, kimseyi dışarı çıkartmamak üzere bekliyordu. Fazla yaklaşmadı. Meydan hamamının kuytusunda bir yerde, kişneyip duran atların arkasında, olacakları beklemeye başladı. Bu arada Bayezit Meydanı'nda tuttuğu eli, sahibini ve bunu neden yaptığını düşünecek çok zamanı oldu. Nakşıgül yaşıyor olsaydı diye geçirdi bir kere daha içinden. Sonra da onun ölmüş olmasının, kendisine Hörükız'ın elini tutma hakkı tanımadığını düşünüp yaptığından pişmanlık duydu. "Nakşıgül" adını yüzlerce kez içinden tekrarlamak suretiyle de hatasını telafi etmeye çalıştı. Sevgili ölünce aşk da onunla bir ölmüyordu. Düşüncesi Nakşıgül'e takılınca her şeye farklı bakmaya başladı. İhtilal dışında mı, içinde miydi, ölüyor mu, diriliyor muydu, kestiremedi. Zihni bambaşka hayaller, umutlar, umutsuzluklarla karmakarışıktı. Hörükız elini tutunca neden çekmemişti sanki!..

Gül bahçesinde yatıp uyuyan kişi, bir an evvel uyanmayı ister. Fakat zindanda uyumuş olan, ebediyen uyumaktan yanadır, çünkü uyanırsa yeniden zindana düşmüş olacağını bilir.

56. Sual:
Bu Ateş ve Kanla Oynayan Sefiller de Kim?

Vezir, Kara Şahin'in elinden tutup aceleci adımlarla, Üsküdar Sarayı'nın merdivenlerinden çıkarken Dersaadet'in müezzinleri sabah ezanları için yeni uyanmaktaydılar. İkisi de pek heyecanlıydılar. Sultana anlatacakları şeylerin hiç hoşuna gitmeyeceği aşikârdı. Tedirgin olmamaları imkansızdı.

Şahin, sultana ulaşmaya karar verdiğinde Ayasofya Hamamı önünde, şehri koruması gerekenlerin şehri yağmalamak üzere olduklarını görmüştü. Süreç başladıktan sonra geçecek her dakikanın önemli olacağını biliyordu. Ayasofya'da oyalanmak yerine olup biteni bütün çıplaklığıyla bir an evvel velinimetine ve sultana bildirmek gerektiğini düşündü. Akşam karanlığı çöktüğünde, meydandaki atlardan birini kimse farkına varmadan ayırıp Sirkeci'ye inmesi bu yüzdendi. Önce bir sandalcı aradı. Denizde lodos vardı ve kayıklar çekeklere çoktan bağlanmıştı. Üstelik de bütün sandalcılar Bayezit Meydanı'na gitmiş veya götürülmüşlerdi. O zaman gerçekten anladı İstanbul ile Üsküdar arasındaki ulaşımın tamamen kesilmiş olduğunu. İhtilalciler bu ulaşımın sağlanmaması için önlem almış olmalıydılar. Lodos da kayıkçıların ekmeklerine yağ sürmekteydi üstelik. Bu durumda İstanbul yalnızca ordudan değil, sultan ve vezirinden de kurtulmuş oluyorlardı.

Çekeklerdeki sandallardan birinin bağını çözüp denize açılmak kolaydı, ama böyle bir havada sandal idare emek maharet isterdi. Pazubendini yokladı. Vezir ile tanıştığı gece kendisine ihsan ettiği armudî inci yerinde duruyordu. Şimdi iş bir sandalcı bulmaya kalmıştı. Ne tarafa koşturdu, nerede birini aradıysa maalesef kimsecikler yoktu. İhtilal ateşinin tutuştuğu böyle bir akşamda zaten burada kimsenin olmasını beklemiyordu ama sandalların muhafazası için bile bir adamın etrafta görünmeyişi çok garipti. Şehirde ihtilal başlatanların en son isteyecekleri şey bunu padişahın erken duyması olmalıydı. Bunun için de Üsküdar yollarını kesmek, oraya gidebilecek deniz vasıtalarını kontrol altına almak gerekmez miydi? "Belki de şiddetli lodosu görünce muhafıza gerek duymamışlardır" diye geçirdi içinden; "yahut da kayıkçılar kâhyasının adamları kendiliğinden çekilip gitmişlerdir" dedi. Yanıldığını anlaması için burnuna dayanan bir çakaralmazın namlusu ucunda, hiç konuşmasına fırsat verilmeden ta iskele sınırlarından dışarıya kadar gerisin geri gitmesi gerekti. Şimdi son çaresi Sarayburnu Sahil Sarayı'nın kayıkhaneleriydi. Sepetçiler Kasrı'nın yakınına kadar vardı. Bir zamanlar sultanların ihtişamlı donanmalarını Akdeniz'de fetihler için uğurlarken merasim yaptıkları bu kasır da bomboş görünüyordu. Halka mahsus derme çatma kayık iskeleleri ise hepten ıssızdı. Zaten yaz sonunda buralarda birkaç bostancı neferinden gayrı insan bulmak zordu, ama yine de şansını denedi ve şehirde olup bitenden habersiz, sahandaki patlıcan aşına ekmek banan esmer tenli bir bostancı neferi ile karşılaştı. Pazubendindeki inciye gerek kalmadı. Çalıp getirdiği at onu ikna etmeye yetmişti. Lakin şimdi de sandalcı bulmak gerekiyordu. Gece ilerliyordu. Daha fazla gecikmesi halinde hedefini şaşırma ihtimali çıkacaktı. Böyle bir durumda kayığı idare edemez olursa Marmara açıklarını boylardı ki orada lodosa dayanmak imkansızdı.

Allah yardım etti. Kürekleri çekmeye başladığında şiddetli bir yağmur boşandı. Bu, lodosun dinmesi demekti. Nitekim yarım saat içinde dalgalar kesildi. Lakin bir yandan yağmur, diğer yandan Üsküdar'da yanan cılız lambaların da sahipleriyle birlikte uykuya varması denizi zifiri karanlığa çevirmişti. Kız Kulesi kayalıklarını sıyırarak Şemsipaşa Sahili'ne vardığında, içinden Devlet-i Aliye için bir vatan hizmeti yaptığını düşünüyor ve karşısına çıkacak bütün engelleri aşarak vezire veya sultana ulaşma azmini yeniliyordu. Üsküdar'ı fazla bilmezdi. Çocukluğunda annesiyle üç veya dört defa, boyunlarına kurdelalar bağlanıp boynuzlarına kırmızı elmalar takılmış öküzlerin çektiği süslü arabalarla Çamlıca taraflarında bir sayfiyeye gittiklerini hatırlıyordu, o kadar.

Sandalı, sultanın yeni yaptırdığı meydan çeşmesine yakın bir yerde, iskele ayaklarına bağladığında bütün giysileri sırılsıklamdı. Zifiri karalıktı ve yağmur şiddetini arttırmıştı. Valide Sultan Camii'ni geçerek sahilden yürümeye devam etti. Üsküdar Sahil Sarayı'nın yerini biliyordu. Muhtemelen velinimeti vezir hazretleri de ona yakın bir yerlerde kasır sahibi olmalıydı. Karargâh nöbetçilerinin kendini durdurması ile onu bulduğunu anladı.

Vezir, kendisini uyandırmaya razı olan içağanın "Gecenin bu vaktinde kimmiş bu sefil?" sorusuna "Selman Abdal kulunuz efendim!" cevabını vermesi üzerine yeterince öfkelenmiş, bu öfke ile ona "Boynunu vurdurmadan sıvışıp gitsin... Gecenin bu saatinde..." cevabını göndermiş, ama Kara Şahin'in içağaya yeniden yalvarmaları, yeminleri ve sesini yükseltmesi sonucunda yatağından fırlayıp gelmişti. Birkaç dakika sonra giyinmeye başlyamıştı bile:

"Hımm!.. Derhal sultan hazretlerini uyandırmalıyız!.."

Kara Şahin, sultanın, gecelik entarisi içinde atının üstündeki kadar heybetli durmadığına hükmetti. Onu ilk defa, gözlerinin içine bakacak kadar yakından görüyordu. Lakin sultanın hayret dolu bakışları buna fırsat tanımadı. Şimdi o Şahin'in gözlerinin içine bakıyordu. Hem de delip geçen bakışlardı bunlar. Uzunca bir müddet sessizlik oldu. Padişah başını birkaç kez başka yerlere çevirdi ve yeniden baktı. Şahin kadar Vezir İbrahim Paşa da bundan rahatsız olmuştu. Sanki gözleri Şahin'in gözlerini delecek gibiydi. Bacakları titremeye başladı.

"Haşmetmeab," diye başladı vezir söze ve başını yere eğip "Selman Abdal kapı kullarınızdan sayılır, Eyüp Sultan ziyaretinde çerağ uyandıran şair derviştir. Bugün İstanbul'da gördüklerini sizin de bilmenizi istedik."

Kara Şahin, sultanın eteğini öperken velinimetinin şair ve derviş tanımına uygun davranma zorunluluğu hissetti. Bir yandan ıslak giysilerinin yenlerinden damlayan sular halıyı ıslatmasın diye tutuyor, diğer yandan sultanın öfkesini çekecek bir hareket yapmamaya çalışıyor, ayakta dimdik duruyordu. Lakin sultanın bakışları dizlerindeki dermanı kesmişti. Başı döner gibi oldu. Gözlerini sultanın mücevher kakmalı sahtiyan terliklerinin ucuna kilitleyip bekledi. Sultanın kendisini izlediğini hissediyor, hatta gözlerini yüzünden hiç ayırmadığını biliyordu. Neden sonra bir emir tokat gibi yüzüne indi:

"Anlat bre!.."

Acem şivesi kullanarak ve şiir üslubunda konuşarak anlatmaya başladı:

"Hünkârım, sultanım, haşmetlû hakanım. Şehrinizde güm güm ötmede yerler ve gökler; inliyor, titriyor, bütün kadınlar ve erkekler. Halkınız dalga dalga kaynıyor sultanım, yürekleri korkularla oynuyor sultanım. Bir bayrak çeken var, bir de peşindekiler; bir fırtına, bir gemi, ve de içindekiler. Bağırıyor, çığlık atıp haykırıyorlar, pencereden girip kapıları kırıyorlar..."

"Kimdir bre bunlar, kim bu kan ve ateşle oynayan sefiller? Kaç kişiler ve ne isterler?"

"Çoğu külhan kopuğu, hamam uşağı, erazil takımı, serseri. Patrona Halil Ağa var başlarında hayli zamandan beri. Ona tutkun halkınız, bir sözüne bakıyor; dalga dalga, yığın yığın arkasından akıyor. Tebriz gazisiymiş diyorlar, ardındaki çıplaklar; üç sancak çektiler göğe, kaynamakta sokaklar. Mehdi diyen de var ardında, Deccal olduğunu söyleyen de."

Padişah eliyle onun beklemesini söylediğinde karmakarışık duyular içindeydi. Kendisine bir şeyler anlatmaya çalışan bu İranlı adamın secili gevelemelerini çok sıkıcı bulmuştu. Duyduklarına inanıp inanmamakta tereddüt ediyordu. Bir yandan "Devlet-i Aliyye'de kendi tebaamdan, halkımdan hiç adam kalmamış gibi bu Acem kılıklı herif mi haber getirmeliydi" diye düşünüyor, diğer yandan karşısında gördüğü yüzü bir yerden hatırlamaya çalışıyor ve bir türlü çıkaramıyordu.

"Lala! Bu abdal derviş doğru mu söylüyor? Nedir bu isyanın dibi, kökü?!.."

Damat İbrahim Paşa kendisini üzmemek için uzun zamandır habersiz bıraktığı ve isyana dair istihbaratı paylaşmaktan kaçındığı sultanın öfkesinden ilk defa ürkmüştü. Onu yatıştırmak için inanmadığı şekilde sözler söyledi:

"Velinimetim efendim, bu türden hadiseler her çağda ve her yerde zaman zaman ayaktakımından aldatılmış birkaç kendini bilmezin üç pula satılıp bağrışmasıdır ki sağanak gibidir, biraz yağınca geçer. Siz müsterih olunuz korkulacak vakalar değildir. Yeter ki içinde ulemadan, askerden birileri olmasın."

"Devletlû hünkârım," diye araya girdi Kara Şahin, "Zülali Hasan Ağa kulunuz ile İspirizade kulunuzu ben yürüyen kalabalıklar içinde tebdil gördüm. Bir de hünkârım Tomruk Emini ile Yeniçeri Ağası Nemçe Hasan kulunuz..."

Padişah duyduklarına inanamadı. Bu son iki isim şehrin güvenliğinden sorumlu adamlardı. Ordusuyla Üsküdar'a geçerken İstanbul'u Yeniçeri Ağası'na ısmarlamış, o da "Gözünüz arkada kalmasın hünkârım!" demişti. Ayakta duramayacağını anladı, en yakın sedire iğreti biçimde oturup sordu:

"Başka kimleri gördün derviş anlat, ama geveleme!"

Şahin gevelemekten maksadın kafiyeyi ve seciyi bir yana bırakması olduğunu anlamıştı. Padişahın kendisine dik dik bakmasına ve tanımasını engellemesine mani olanın bu gevelemeler olduğunu bilmiyordu. Olabildiğince düzgün cümleler ile anlatmaya devam etti:

"Gerisi ayaktakımıdır hünkârım. Patrona Halil Ağa esnaftan iyi bir adam iken doldurulmuş, namus, hamiyet gayretiyle bayrak çekmiştir. İlla kıyamı onun yanındakilerden Kahveci Ali, Muslu Beşe, Alacalı Mustafa gibi zincirini kırmış ejderler yönlendiriyor."

"Kaç kişiler peki?"

"Hünkârım, atanız cennetmekân Bayezit Han Camii Meydanı'nda bin kadar âdem vardı. Akşam olurken yarısı Atmeydanı'nda, geri kalanın çoğu Aksaray'a doğru Etmeydanı'nda, azı da Süleymaniye Cami avlusunda idiler."

"Lala!. Senin devleti bekleyen adamların değil mi bunlar? Nerde kaldı asayiş? Vezirler, kazasker ve bostancı ağa şimdi nerdeler? Hani 'Emniyette olun hünkârım!' deyip durduğun emniyet adamları. Derhal yarın hepsi değiştirilsin!.."

"Fakat hünkârım sonu meçhul olan şu anda adamları yerinden almak onlara bir ceza değil, belki bir nimet olmaz mı? Bu adamlara şimdi ihtiyacımız var. Hepsini çağırıp huzura birer birer paylayalım, gidip çomarlarına gem vursunlar."

"Derhal ne gerekiyorsa yapasın lala! Sor bakalım vaktiyle almadıkları tedbir hususunda ne düşünürler."

"Sormayınız hünkârım, henüz halktan kimse peşlerine düşmemiştir, vurdurunuz başlarını. İran'da biz bu türden erazil takımı toplaştıklarında nökerlere ve şahsevenlere kılıç kuşandırır cümlesini bulundukları yerde aman vermeden haklarız. Bin kişiye bin asker yeter hünkârım."

"Bre küstah ışık, sana soran mı oldu? Defolup çık dışarı!.."

Üsküdar'ın müezzinleri temcit okumaya başlamışlardı. Sultan kulak kesildi, İstanbul'dan ne bir kaside, ne bir ezan sesi geliyordu kulağına. Oysa Ayasofya ve Sultan Ahmet camilerinin müezzinlerinin ne kadar gür sesli olduklarını iyi bilirdi. Yağmur dinmiş, hava durulmuştu. Şafak sökümü yaklaşmıştı. Gözünü sarayından yana çevirdi. Arkalarda bir yerlerde gökyüzündeki bulutlara parlayıp sönen bir kızıllık yansıdığını gördü. İsyancıların Atmeydanı'nda yaktıkları büyük ateşin alevlerinden yansıyan kızıllıktı bu. "Muhtemelen şimdi çevresinde Köroğlu ve Ayvaz türküleri çalıp söylüyorlardır." diye düşündü. İçini bir hüzün kapladı. Ellerini açtı. Dua edecekti. Birden elini dizine vurdu:

"Tabii yaa!.. Gördüğüm abdal derviş, maktul Şehzade Ahmet'in önüme atılan kellesine benziyordu. Mülazım Osman saçlarından tutup kaldırdığında aynı keskin hatları görmüştüm. Hayır hayır, bu bir kabus olmalıydı; yahut kötü bir şaka!.. İnsanlar çift yaratılırmış zahir?!.."

Birden muhafızları koşturup onu yakalatmayı ve tekrar huzura getirtmeyi istedi. Sonra vazgeçti. Bu adam saçma sapan kafiyeler uydurarak konuşan İranlı bir dervişti işte. Şahseven veya nökerler arasından İstanbul'a savrulmuş zavallının biriydi. Eğer Şehzade Ahmet olsaydı şu anda İstanbul'da isyancıların başında olurdu. Hele de şehirde isyan haberini vermek üzere gecenin bu vaktinde, bu kışta kıyamette, tek başına sandala binip maceraya atılmazdı. Evet evet!.. Bu adam olsa olsa bahşiş koparmak isteyen bir gezgin derviş idi. Türk olsaydı yaptığına vatanseverlik denilebilirdi, ama bir İranlı bunca tehlikeli bir işe kalkışıyorsa karşılığında ödüllendirilmeliydi. Önemli bir vazife yapmıştı. Kapıcılarından birini çağırdı. Parmağındaki zümrüt yüzüğü çıkardı:

"Koş, var bu hediyeyi deminki ışık dervişe yetiştir!.."

Kapıcı neferi onları Üsküdar meydanına açılan vezir konağının kapısına geldikleri sırada buldu. Vezir gülümseyerek sormuş, o da ciddiyetle cevap vermişti:

"Demek cümlesini aman vermeden bulundukları yerde kesersiniz!?.."

"Evet paşam, eşkıyayı nerede, ne kılıkta görseniz siz de kesiniz!.."

Kapının eşiği veda için son mekândı. Vezir aldığı haberden çok etkilenmişe benziyordu. Düşünceli ve tedirgindi. Bir an evvel bu belanın çaresine bakmalıydı. Selman Abdal ile yollarını ayırsa iyi olacaktı. Üzerindeki ıslak giysileri hemen oracıkta uşaklarından birinin kuru giysileriyle değiştirtti. Sultanın kapıcı neferinin getirdiği yüzüğü ona vermeden evvel parmakları arasında evirip çevirdi, gözleri daldı, mırıldandı:

"Selman Abdal!.. Hatırlıyorum da... Şu yüzüğü bir vakitler Sultan Mustafa takardı. Pek kıymetli bir yüzüktür. Eğer satacak olursan üç yüz altından aşağı verme. Sultanımız, getirdiğin haberin hakkını korumuş anlaşılan."

"Satmam efendimiz. Sultan armağanı der, baba yadigârı gibi saklarım."

Bu cümleyi Allah söyletmişti. Birden kendini rahatlamış hissetti. Başını, itaatkâr bir köle sadakatiyle vezirin yüzüne çevirdiğinde, bu güne kadar merak edip de kendisine sorması gereken ne kadar çok şey olduğunu düşündü. Şivekâr'ı ve Katre-i Matem'i nasıl olup da ele geçirdiği, Tomruk Emini hakkında gerçekte ne düşündüğü, sırlı olayları çözmedeki yeteneği, Haliç'ten çıkan cesetlerle ilgili olarak Bindallı Mahmut Çavuş'u neden sorgulatmadığı bunlardan bazılarıydı. Hep sormak istediği ama artık çok geç kalınan yegâne soru ise tam dilinin ucundaydı: "Karımı öldürdüler, katilleri bulmam için bana yardım eder misiniz?" Sustu...

Boğaziçi'nin öte yakasında, İstanbul'un yedi tepesi üzerine yeni bir gün doğuyordu... İkisi de bir müddet birbirlerinin gözlerinin içine baktılar. Bu bakışlardan her ikisi de yüzlerce anlam, yüzlerce soru, yüzlerce cevap çıkarabilirdi. Sonra ikisi de aynı anda gülümseyip birbirlerine teşekkür ettiler. Helalleştiler. Hüzünlü bir sahne idi. Vezir son anda elini uzatıp genç adamın avucuna bir kese altın tutuşturdu:

"Yolun açık olsun Selman Abdalım! Fitneden uzak dur aman!.."

"Dünya durdukça durunuz haşmetlû vezirim. Allah sizi de ateşten uzak etsin!.."

Üsküdar Meydanı'nda hayat yeni başlıyordu. Vezir, "Uğurun açık olsun abdal derviş!" diye mırıldandı içinden. Sonra bunu neden söylediğini düşündü, bir cevap bulamadı.

57. Sual:
Eski Dostun Yeni Sırları mı Var?

"Bicanım, bu baharın tasvirlerini henüz bize göstermedin? Bak Yeye de merak ediyor."

Bican Efendi heyecanla yerinden kalktı ve birkaç dakika sonra bir kucak dolusu suluboya rulo getirdi odanın ortasına. Hemen hepsi aynı boyda parşömenlerdi bunlar ve Felemenk diyarında çerçevelenip satılmak üzere istifleniyorlardı. Her birinde Hafız Çelebi'nin bahçesinde açan renk renk lale resimleri ve altlarında da bunların isimleri, özellikleri yazılıydı. Bican Efendi her baharda bu resimlerden ayrı olarak bir de küçük boy mecmua hazırlar, parşömene çizdiği lalelerin aynılarını bu mecmua içinde resmedip saklardı. Şimdi kucağında bu eski mecmualardan birkaçı da vardı. Belli ki Hafız Çelebi'ye eski güzel günleri hatırlatmak istiyordu. Yıllardır soranlara "İleride bunlar şükufenameler gibi çok kıymetli olacak!" deyip durduğu lale mecmualarıydı bunlar ve her birini Hafız Çelebi için çiziyordu.

Uzaktan uzağa gelen tüfek seslerini duymamak için kendilerini meşgul etmek ister gibi bir halleri vardı. "İstanbul, güzelim şehir!.." diye mırıldandı Hafız Çelebi iyiden iyiye solgun ve bitkin halde. Sonra da dizleri dibine oturttuğu Yeye ile birlikte sırayla ve dikkatle resimlere bakmaya başladılar. Çelebi zoraki bir neşe içinde gibiydi. Yine de eski yıllara ait lale mecmualarının yapraklarını çeviriyor, her lale resmi üzerinde Yeye'ye bilgi veriyor, onu nasıl ve hangi yılda yetiştirdiğini, nasıl ve kaça satıldığını, kimin satın aldığını söylüyor, hikâyeler anlatıyor, anılarından tasvirler paylaşıyor ve bütün bunları Bican Efendi'ye "Öyle değil mi Bicanım!" diye tasdik ettiriyordu. Sonra sıra suluboya parşömenlere geldi. Onlar daha büyük ebatta ve duvarlara asılmak üzere çizilmiş deste deste güzelliklerdi. Yeye, sıradaki parşömeni kaldırdığında lale yerine sokak kedilerini peşine takmış bir ciğerci ile onların karşısından gelen iki güzel hanım resmiyle karşılaştılar. İkisi de şaşırıp kalmıştı. Gözleri Bican Efendi'ye çevrildi. O ana kadar neşesi yerinde olan Bican Efendi birden tedirgin oldu, utandı. Hafız Çelebi resimde gördüğü mekânı Elçi Hanı'nın avlusuna benzetti. Çünkü arka planda İstanbulluların Çemberlitaş dedikleri, kral Konstantin adına dikilmiş Bizans sütunu görülüyordu. Sonra da imalı bir ses tonuyla sordu:

"Biz lale bahçesinde ter dökerken sen ciğer satıyormuşsun anlaşılan Bicanım?"

Bican Efendi alelacele resmi katlamak isterken Hafız Çelebi bir sonraki resmi gördü ve donup kaldı. Bu, yarı üryan bir kadın resmiydi. Üzerindeki tülden yaşmak ve ince geceliği ile pek şuh ve işveli duruyordu. Hafız Çelebi sesinin tonunu yükselterek daha keskin bir eda ile çıkıştı:

"Bican Efendi?!.."

Bican Efendi bu azarlama karşısında başını eğdi. Önce tereddüt gösterdi, sonra Çelebi'den izin alıp anlatmaya başladı.

Doğrusu Hafız Çelebi ve Topaç Yeye merak içindeydiler. Aylar önce lale encümeni sırasında gittiği gibi sessizce eve dönmüş ve hiçbir şey olmamış gibi hayatlarına yeniden girivermişti. Gittiğinde Katre-i Matem de gitmiş, geldiğinde havuzdan kaybolan üç kaplumbağa da gelmişti. Yine de ne Hafız Çelebi, ne de Topaç Yeye ona neler olduğunu sormuşlardı. Nasıl olsa bir gün kendisi anlatır diye bekliyorlardı. Galiba o an gelmişti. Bican Efendi mahcup ve üzgün her şeyi anlattı.

On gün öncesine kadar, bütün bahar ve yaz boyunca Elçi Hanı'nda kalmasının sebebi bu kadın imiş meğer. O sırada Venedik balyosunun ressamı olan bir arkadaşıyla buluşmuşlar. Kendisinden laleler ve Hafız Çelebi'nin laleleri nasıl yetiştirdiğine dair malumat istemişler. Kadın o sırada aklını çelmişmiş. Katre-i Matem'i kaçırma karşılığında büyük bir servet teklif etmişler. Kabul etmeyince de bu planlarını ele vermesin diye handa iki ay boyunca alıkoymuşlar. Bu sırada kadın zaman zaman odasına ziyaretlerde bulunmuş ve işe yarar diye resmini yapmasını istemiş. "Güya yarı üryan benim aklımı başımdan alacaktı." diye iç geçirdi bir an ve sonra devam etti:

"Aldı da!.. Meğer o beni oyalarken adamlar encümenden Katre-i Matem'i kaçırmaya çalışıyorlarmış. Çaresiz, onun ikiz bir çiçek olduğunu söyledim. Amacım, diğerini de aramalarını sağlayıp bu arada elimden gelirse Katre-i Matem'i geri almaktı. Sizlerin o sırada beni hırsız veya kaçak olarak göreceğinizi düşündükçe kahroluyordum. Bu resmi her gün yavaş yavaş tamamlıyordum. Artık onları oyalamak için miydi, yoksa kalbimin sesini mi dinliyordum, kestiremiyordum. Bir gün ortadan kaybolup gittiler. O gün Elçi Hanı'nda Avusturya balyosunun adamlarından Kont Aragon'un elinde bizim kaplumbağalardan birini gördüm. Kaplumbağayı geri aldığım sırada hanın orta bahçesinde bir arbede çıktı. Siyah entarisiyle atına atlayıp kaçan biri, bir başkasını haklamış yere kapaklandırmıştı. Garip olan şu ki, hançer, yerde yatanın elindeydi."

"Çünkü yere düşen adam önemli birini öldürmek üzere hançerini fırlatmak üzereydi?"

Bütün başlar bir anda Hörükız'ın odayı çınlatan sesiyle kapıya döndü. Yeye ile Bican Efendi ayağa kalktılar. Hörükız, dilinin ucuna geliveren "Şehzade Ahmet'i öldürmek üzere" cümlesi yerine "önemli birini öldürmek üzere" demenin ne derece isabetli olduğunu düşünürken Hafız Çelebi'nin elini öptü, Yeye'nin de başını okşadı. Sonradan da yanılıp "Kara Şahin'i öldürmek üzere" deyivermediğine binlerce defa şükretti.

Sevinmişlerdi. Hem Bican Efendi'nin sırrına vakıf olmak, hem de Hörükız'ı görmekle sevinmişlerdi. Bu heyecan arasında kimse Hörükız'ın o gün Elçi Hanı'nda ne yaptığını, o önemli kişinin kim olduğunu sormadı. Yeye, içinden "Şahin Ağam da orada mıydı?" diye sormayı geçirip sonradan vazgeçtiği sırada Hörükız zaten resimlerin başına oturmuş, şehirde başlayan isyanı anlatmaya başlamıştı. Sonra da hem resimlere bakıp hem sohbet etmişler, Hörükız, bir gün önce Kara Şahin ile birlikte Bayezit Meydanı'nda olduklarını, şehirde isyan başladığını, isyancıların yakında buralara da gelebileceğini, tedbirli olmaları gerektiğini söylemek üzere geldiğini, eğer o bu gece buraya gelmezse yarın Kara Şahin ile buluşmak üzere Süleymaniye'ye gideceğini anlattı.

Hepsi onu hayret içinde dinlediler, ne gibi önlemler alınabileceğini, aslında önlem almak gerekip gerekmediğini tartıştılar. Yeye, bu durumda Şehnaz için bir şeyler yapması gerektiğini, belki gidip onu ve ailesini yoklamanın iyi olacağını söyledi. Hafız Çelebi onu yatıştırmaya çalıştı. "Belki de şehirde isyan bastırılmış olabilirdi. Devlet-i Aliye sahipsiz değil ya!.."

Gün çoktan inmiş, tekrar yağmur başlamış, etrafa bir hüzün çökmüştü. Hiç kimse diğerine söyleyemiyordu ama hepsi de o anda Kara Şahin'i merak ediyordu. Acaba şimdi neredeydi? Başına bir iş gelmiş miydi? Bir delilik yapıp Tomruk Emini'nin peşine düşmüş olabilir miydi? Bir tek Bican Efendi, kendisini ısrarla lale hırsızı sanmasından dolayı Kara Şahin'e kırgın, önüne bakıyordu.

Topaç Yeye kalbini ikiye parçalamış, bir yanıyla Kara Şahin'i diğer yanıyla Şehnaz'ı düşünüyordu. Bican Efendi kalbini ikiye parçalamış, bir yanıyla resmini yaptığı kadını götürmeyi hayal ettiği Felemenk bahçelerini, diğer yanıyla sevdiği güzelim İstanbul'u düşünüyordu. Hörükız kalbini ikiye parçalamış, bir yanıyla korumaya and içtiği Şehzade Ahmet'i, diğer yanıyla yarın görmek için sabırsızlandığı Kara Şahin'i düşünüyordu. Hafız Çelebi kalbini ikiye parçalamış, bir yanıyla bugün hayatta olduğunu, diğer yanıyla yakında öleceğini düşünüyordu. Gecenin sessizliğini dağıtmak için işi şakaya vurdurup öylesine bir laf attı ortaya:

"Bican Efendi! Bir lale nakşı yapsana tekrar. Sen lale resimlerinden vazgeçtin, bak hanemizin bereketi de, huzuru da kaçtı."

Bican Efendi bunun doğululara has bir tür şaka olduğunu anlamadı, tam bir batılıdan beklenebileceği gibi aklınca izaha girişti:

"Ben hanenin bereketi ve huzuruyla resimlerin bir alakasını kuramıyorum Hafız Çelebi!.. Dininizin resimleri yasaklamış olmasıysa eğer bereketi kaçıran, ben Nasıralı İsa'nın yolundan gitmedeyim."

Hafız Çelebi onun az evvelki isyan konuşmalarından etkilenerek böyle birdenbire feveran ettiğini, öfkesini böyle dışa vurduğunu hissetmişti. Hem onu yatıştırmak, hem de akşamın hüznünü biraz olsun dağıtmak için alttan aldı:

"İslam dini resmi yasak mı etmiş sence Bicanım!"

"Öyle değil mi efendim, sizde neden hiç resim yok."

"Bizim de nakkaşlarımız, kitap sayfalarında nakış ve tasvirlerimiz yok mu?"

"Ama işte onlar nakış, stilize edilmiş şeyler. Bir portre, bir peyzaj veya natürmort değil."

Hafız Çelebi onun söylediği kelimeleri anlamamış ama birer resim ıstılahı olduğuna kanaat getirmişti. Daha önceden de onunla böyle bir konuyu tartıştıklarında resim ile nakış ve minyatür arasındaki farkın doğrudan benzerlikle alakalı olduğunu öğrenmişti. Söylediği kelimelerin yine bu farkı anlattığını düşünerek izah getirdi

"İyi ama Bican Efendi! Allah'ın yarattığı bir şeyi bire bir aynen kâğıt -veya tuval mi diyorsunuz-, işte onun üzerine geçirmenin neresi sanat olabilir ki?!.. Böyle bir sanatçı Allah'ın yaptığından daha güzel bir şey yapamaz ki!.. Oysa bir nakkaş söz gelimi bir atı kendi görmek istediği biçimde iri gövdeler ve ince bacaklar ile çizebilir, bir laleyi isterse siyah veya çini mavisi yapabilir. Bu, o kişinin sanatçı kimliğinde daha özgür olduğunu göstermez mi? Senin yaptığın resimler Allah'ı taklit gibi, oysa bir nakkaşın çizgilerini kendi kalbinden gördüğünü tasvir etmek şeklinde anlamalı değil midir?!. Şimdi söyler misin, doğulu ve batılı bu iki sanatçıdan hangisinde yaratıcılık ve ibda yeteneği daha çoktur?"

"Çelebim, siz içinde tasvir olan bir odada ibadet etmezsiniz, değil mi?"

"Elbette etmeyiz, ama bu bizim resme karşı oluşumuzdan değil, mabetlerimizin sizin kiliselerinize benzemesini önlemek içindir. Hani ne diyordunuz o resimlere?"

"İkona?.. Pitoresk?.."

"Her ne ise işte. Kuzum, İncil'in neredeyse hepsini resimlerle anlatan, her köşesinde ayrı bir Meryem ve ayrı bir İsa olan bir kilise içinde nasıl ibadet edilebilsin ki?

"Biz orada ibadet ederken o resimlere tapıyor değiliz herhalde Kafız Selebim."

Burada Bican Efendi bilhassa kendi şivesini vurgu ile telaffuz etmişti.

"Elbette Bicanım, elbette!.. Lakin biz bu konuda sizden daha hassas davranıyoruz diye sizin bunu bir tasvir yasağı gibi yorumlamanız hakkaniyetsizdir.

"Çelebim! Hele şu az evvel kazara gördüğün kadın resmi var ya, ben onu sevdim ve hâlâ da seviyorum. Karşıma geçse de 'Bican Efendi madem beni seviyorsun, tap bana!' dese sizce tapar mıyım?"

"Hâşâ, sümme hâşâ!"

"O halde kendisine tapmadığım bir varlığın suretine tapmamı nasıl düşünür veya kabul edersiniz?"

"İşte ben de bunu söylüyorum, biz mabetlerimizde gönle vesvese verecek suretlerden kaçınmakla aynen bunu yapıyoruz, yoksa bunu surete tapmak olarak anlatan softa vaizler gibi, şekilde, surette takılıp kalmıyoruz."

"Durun durun!.. Şekil ve suret çok önemlidir!.. Hele de böyle günde!.."

Kara Şahin'in bu neşe dolu sesi herkesi yerinden fırlatmıştı. Sevinç böyle bir şey olsa gerekti. İstanbul çalkanırken burada bir şetaret, bir ferahlık oluşuvermişti. Hafız Çelebi çoktandır böylesine mutlu olmamıştı. Sevdiği herkes şu anda çevresindeydi. Neşesini belli etmek istiyordu. Yeye'den kümesteki tavuklardan birini getirmesini, Hörükız'a da tavuk suyunda pilav için pirinç ayıklamasını söyledi. O gece Can Kuyusu çevresinde ateş yakıp geç vakitlere kadar oturdular, güldüler, şakalaştılar, hasret giderdiler, birbirlerinden hikâyeler dinlediler. Sanki yarın yaşanacaklardan, belirsizliklerden, elemlerden, ayrılıklardan evvel bir kez daha birbirlerine doymak istiyorlardı. Ömürlerinin en bahtiyar gecesiydi. Sanki bir daha yakalayamayacakları bir mutluluğun içindeydiler ve bitmesini istemiyorlardı. Bir ara yağmur dinmiş, Haliç'in durgun sularına bulutların arasından çıkan mehtabın görüntüsü yansımıştı. İnsanın böyle bir gecede bir yakınına sarılası gelirdi. Haliç'in karşısındaki bahçeleri seyreden Hörükız, o gece, orada bulunan hiç kimsenin sarılacak hiç kimsesi olmadığını düşündü. Hepsi kendi hayatlarını sürüklemekte olan bu beş kişi, yarın şehir karıştığında, güzeller güzeli İstanbul'un hayat duvarları sarsılmaya başladığında bambaşka dünyaları devşiriyor olacaklardı. Yardımlarına koşacak kimseleri yoktu; ama yardımına koşmaları gereken birileri vardı. Yarın kendisi de o birinin yardımına koşmak zorundaydı. Babası ölürken öyle vasiyet etmiş, "Kendi hayatını feda etmen gerekse bile onu yaşatacaksın!" demişti. Hatta kendisini sırf bunun için yetiştirmiş, Üç Hilal Cemiyeti'nin gizli emniyet güçlerine mensup tek kadının yanına onu da katmış, Cemiyet'in idaresini üstlendiği yıllar boyunca bundan hiç kimseciklere söz etmemişti. Annesi o bebekken ölmüştü. Babası öyle diyordu. Kendini bildi bileli Üç Hilal Cemiyeti muhtesipleri arasında yaşıyor, istihbarat topluyor, onları değerlendiriyor, saklıyor, bilmesi gerekenlere söylüyor ve nihayet kendini de gizliyordu. Tıpkı tanıdığı herkes gibi. Ama babasının "Şimdi diyeceklerimi benden gayrı bilen yoktur." cümlesiyle başlayıp "Senden gayrı bilen olmasın!" tembihiyle bitirdiği o son cümleyi, "Kendi hayatını feda etmen gerekse bile onu yaşatacaksın!" cümlesini, Cemiyet'in diğer mensupları hiç bilmemişti ve bilmeyecekti. O, yani Şehzade Ahmet!..

Gecenin hüzünlerle yoğrulan bu son diliminde, suya yansımış dolunayın görüntüsünü dalgalandıran çiğil tanesinin suya düşme sesiyle kendine geldiğinde bir elin sırtına bir hırka koymakta olduğunu fark etti:

"Rüzgâr çıktı, üşüteceksin!"

Kara Şahin'e teşekkür ederken yanağına süzülen damlayı sildiğini görmesini istemedi.

Yeye o sırada uzaktan onları seyrediyor ve Şehnaz'ı düşünüyordu. Belki de şu anda onun yanında olması gerekiyordu. İçinden "İnsana bir dost böyle zor günde lazımdır; rahat günde herkes dosttur!" diye geçirmekteydi. İnsanın kederli günde kendisiyle birlikte üzülecek bir dostunun olması bütün üzüntüleri giderirdi. O sırada küçükken hangi kitapta okuduğunu tam kestiremediği **Üsküdarlı âşıklar**ın başından geçenleri hatırladı. Uzaklarda bir bülbül şakıması duyuldu. Geceler gebeydi ve yarın ne doğuracağını kestirmek elbette çok zordu.

-derkenar-

üsküdarlı âşıklar

İstanbul'da bir zamanlar Abdullah ve Aslıhan adında, birbirini seven iki genç yaşıyordu. Kader fırsat verir de gizlice buluşabilirlerse birbirlerinin yüzüne bakarak aşk kadehinden şarap yudumluyor, nefesleri birbirine karışarak şad oluyorlardı. Daha birbirlerini bir kez olsun öpmemişlerdi. Aşklarını daima gizli tutuyorlar kimseye sır vermiyorlardı. Fakat üç yüz perdenin arkasında bile gizlenemeyen aşk, sonunda ortaya çıktı. Kızın babası o genci kendi asaletine denk bulmadı ve kızını zorla bir paşa ile evlendirdi. Paşa da onu sevdiği gençten uzak olsun diye Boğaz'ın öte yakasında, Üsküdar'dan Çamlıca'ya giden tozlu yolların kenarındaki bağların arasında bir eve yerleştirdi. Aslıhan, gerçi gelin olmuştu ama kocasını henüz odasına almıyor, ondan devamlı kaçıyordu. Abdullah ise sabrın sonuna gelmiş, Aslıhan'ın yerini öğrenmeye çalışıyordu. Nihayet bir gün onun hizmetkârlarından bir halayığa rastladı. Kadın Abdullah'ın aşkını biliyordu. Acıdı ve evini tarif etti. Abdullah arkadaşlarından birini buldu ve ona, "Benimle gelebilir ve Aslıhan'ı ziyaretimde bana yardımcı olur musun? Zira onun aşkıyla can boğazıma geldi, gündüzüm gece oldu!" dedi. Henüz on yedi yaşında olan arkadaşı "Seni dinledim ve teklifini kabul ettim; her ne ki benden istesen yapacak, her ne ki emredersen uyacağım!" cevabıyla onu rahatlattı. Bir kayıkla derhal Üsküdar'a geçtiler. İki at kiralayıp bağlar arasında Aslıhan'ın kaldığı evi aramaya koyuldular. Mevsimlerden sonbahardı ve bağlar bozulmuş, sahiplerinin çoğu şehre dönmüştü. Ama bacası tüten birkaç kulübe dışında hangi evlerde oturan vardı, hangileri boştu, belli olmuyordu. Akşamı beklediler; ta ki lambaları yanan evleri tespit etsinler. Gece boyunca sessizce araştırdılar ve sabaha karşı amaçlarına ulaştılar. Aslıhan'ın ellisine merdiven dayamış olan paşa kocası evden çıkınca Abdullah arkadaşına "Şimdi git!" dedi, "Kapıyı çal. Başkası çıkarsa Aslıhan'ı iste ve onu şu karşıki bağların arasında beklediğimi söyle!" Genç gitti. Kapıyı seyis açmıştı. Ona Paşa'dan küçük hanımefendiye bir mesaj getirdiğini söyledi. Sonra da sevilene, sevenden bir vuslat haberi verdi.

İki saat kadar sonra Aslıhan buluşma yerine geldi. Abdullah telaş içinde ne yapacağını bilemedi. Arkadaşı onları yalnız bırakmak isteyince Abdullah itiraz etti, "Hayır, yanımızda kal. Çünkü ortada uygunsuz bir şey yok." dedi. O genç de oradan ayrılmadı, ancak seslerin duyulacağı kadar uzakta oturdu. Abdullah, Aslıhan'ın elini tuttu, Göz göze geldiler. Ayrılık sırasında hasrete nasıl dayandıklarını karşılıklı gözyaşlarıyla anlattılar. Sonra birbirlerini nasıl, ne derece sevdiklerinden, eski hatıralardan, çocukluktan uzun uzun bahsettiler. Mutlu geçen birkaç saatin sonunda Aslıhan müsaade istedi. "Birileri durumun farkına varmadan eve dönmem gerekiyor!" dedi. Abdullah hasretiyle yanmıştı, azıcık daha kalmasını istedi. O vakit Aslıhan uzakta oturan genci işaretle sordu:

"Senin bu arkadaşından bir şey istesem yapar mı?"

"Ne istersen!.."

"Tehlikeli olsa da mı?"

Cevap gençten geldi:

"Tehlikeli olsa da!.. Hatta canımı Abdullah için feda etmem gerekse de!.."

"O halde, yakına gel. Seninle giysilerimizi değişelim. Benim yerime eve gir. Sağdan üçüncü oda benim özel odamdır. Akşama kadar sessizce otur. Akşam kocam sana bir tas çorba getirir, kapıdan içeri uzatır. Yüzünü sıkıca ört ve tası kabul etmekte nazlı davran. Sonra kapını kapat. Sabaha doğru ben gelirim, sen çıkarsın."

Delikanlı denileni yaptı. Eve girip kapandı. Ta ki akşamın alaca karanlığında kapıda ses duydu, heyecanlandı.

Çorba tasını almakta çok gecikince tas yere kapaklandı. Bu sefer paşa öfkelenip "Sen hâlâ bana inat mı ediyorsun?" diye içeri girip eline geyik derisinin boynuzlarından kuyruk sokumuna doğru kesilip sarılmış bir kırbaç aldı. Aslıhan diye delikanlının sırtını sıyırdı ve başladı şaklatmaya. Alaca karanlık basmıştı ama delikanlı yine de devamlı yüzünü örtüyor ve sesi tanınmasın diye hiç bağırmadan sabrediyordu. Nice kırbaçtan sonra evdeki halayıklar, hizmetkârlar dayanamayıp onu durdurmak istediler. Paşa da zaten yorulmuştu. Dadısı herkesi dışarı çıkarıp ona nasihatler etti. "Sultan hanımım, hâlâ mı Abdullah'ın aşkı? Kendine hiç acımaz mısın? Kocana birazcık fırsat tanısan, belki iyi..." Nasihatleri ses çıkarmadan dinleyen delikanlı bir yandan yaralarının sızlamasına dayandı, diğer yandan Aslıhan'a acıdı. Sabah Aslıhan gelince evden çıkmak üzere bütün gücünü topladı, ona hiç belli etmedi. O gece her ne olduysa bir sır olarak sakladı. Abdullah ölesiye kadar da bunu ne ona, ne başka birine söyledi.

İnsanın kederli günde kendisiyle birlikte üzülecek bir dostu olmalı!..

58. Sual:
– Ne Dedin Sen?

Salacak kıyısında, Üsküdar Sarayı'ndan sevgili şehrini saran dumanlara bakarken yaşadığı derin üzüntüyü hayatının hiçbir döneminde yaşamamıştı. Her tarafını oya oya işlemek için çeyrek yüzyıldır uğraşıp didindiği, sahillerini kasırlarla, meydanlarını çeşmeler ve sebillerle donattığı, devlet hizmetinin yürümesi için zarif binalar yaptırdığı şehri yanıyordu. Haliç'ten esen poyraz ile kendi doğup büyüdüğü Topkapı Sarayı'nın üstünden aşan dumanlar arasında bütün ömrü kara düşünceler içinde akıp geçti. Daha dört ay evvel, Galata ve Kasımpaşa civarında yine böyle dumanlar görmüştü bu şehir. Ardı ardına neydi bu yangınlar?!.. Şehirde lanet büyüyor muydu yoksa?. Bunlar birer İlahî ikaz olabilir miydi? Eğer öyleyse kendisi bunda ne kadar suçluydu? Tevbe etmesi gereken neleri vardı? Halkın bilip de kendinin bilmediği suçları nelerdi? Büyük dedesi Muhteşem Süleyman Kanuni "Saltanat dedikleri ancak cihan kavgasıdır" demişti bir şiirinde. Ama bu gördüğü kuru bir cihan kavgasından da öte bir şeydi. Bu gördüğü yozlaşmanın, kokuşmanın iğrenç yüzüydü. Eski Saray'ın bahçesindeki yangın kulesinin işaret sancaklarına göre şehirde ateş büyümeye devam ediyordu. İlk gelen haberler Balat'ta başlayıp Cibali, Yavuz Selim ve Fatih civarında devam ettiğini söylüyorlardı. Yangının önlemini almak da, söndürmek de yeniçeri ortalarıyla tulumbacı teşkilatının vazifesiydi. Lağımcıların bir an evvel yangının önünde istihkamlar oluşturması gerekiyordu. Ahşap güzeli İstanbul'un her yanı çıra gibiydi. Bir tutuştu mu evden eve, çatıdan çatıya kıvılcımlar uçuşması yetiyordu. Bunun için bazı evlerin boşaltılması, bazı ağaçların derhal kesilmesi ve yangının kontrol altına alınması gerekiyordu. Böyle durumlarda tulumbacılar dört bir yana koşuşturuyor, çok yoruluyorlardı. Lakin yangını tutmaktan ziyade yanmakta olan evlerden yükte hafif pahada ağır eşya kurtarıyorlar, çok zaman da bunları sahiplerine vermek yerine kendi depolarına sevk ediyorlardı. Son yıllarda İstanbul Türkçesi'nde "yangından mal kaçırma" diye bir deyim bile türemişti. Velhasıl şu isyan günlerinde yeniçerilerine de, tulumbacılarına da güvenemeyeceğini biliyordu. Yeter ki insan, vicdanını razı etsin…

Sultan, gözünden yaşlar süzülürken yangından sonrasını da düşünüyordu. Bunca harikzedeye el uzatmak, onlara kereste ve taş yardımı yapmak, hatta bazılarının evlerini silbaştan inşa ettirmek gerekecekti. Hep böyle olmuştu. İstanbul ne zaman yansa, yahut depremde yıkılsa, sultan, şehri yeniden imar eder, devlet hazinesinden pek çok masraf yapardı. Ama bu sefer hem hazine boştu, hem de isyan felaketinden yangın felaketine bir para kalmayacağa benziyordu. Asya ile Avrupa'nın göz bebeği, bütün Doğulu ve Batılı gezginlerin o güne kadar gördükleri en güzel şehir olan İstanbul elden gidiyordu. Konaklarıyla, yalılarıyla, kasırları ve bülbül yuvası evleriyle rengarenk İstanbul, alevlerle eşkıya arasında parçalanıyor, yağmalanıyor, didikleniyor, çekiştiriliyordu.

Selman Abdal'ın verdiği bilgilerden sonra gözüne uyku girmemişti. Şüphesiz Boğaziçi'nin iki yakasında bu gece uyumayan çok kişi vardı. Etmeydanı'nda ve Atmeydanı'ndaki ihtilalciler ile sarayda korumasız kalan hanedan halkı, bostancı ve zülüflü baltacı koğuşu erleri ve enderunun eli silah tutar gençleri bunlardandı. Öte yanda odabaşı, başeski, başkarakollukçu bölüklerinde de gözler kırpılmadan ne olacağı bekleniyordu.

* * *

Aynı sıralarda sultanın hemen yan odasında, Üsküdar sarayının cumbalı kabul odasında padişah hazretlerini bekleyenlerin hepsi muhatap olacakları sorulardan dolayı tedirgin, sinirli ve huzursuzdular. Vezir hazretleri hepsini karşısına almış adeta öfke kusuyordu. İlk lanetli bakışı, ayaklanan yeniçerilerin en tepesindeki adama, Yeniçeri Ağası'na takıldı. Daha dün, Şehzadebaşı'ndaki kışlada, neferleri "Küfür ile azanı / Eski düzen bozanı" naraları atarken "Höt!" demiş olsaydı bugün bunlar yaşanıyor olmayacaktı. Onun ardında sanki gizleniyormuş gibi başı önüne eğik bekleyen Kaptan-ı derya Abdi Paşa, eğer dün ihtilali haber alır almaz gemilerinden biriyle Haliç'e varsa ve Tersane'deki neferlerini meydana sevk etseydi bu isyan yine dağılıverirdi. Demek o da cılk çıkmış, başından korkmuştu. İstanbul Kaymakamı Mustafa Paşa'nın gafletine ise hiç diyecek yoktu. Ulemaya haber yollasa, medreselileri teskin etse, halka birkaç telkinde bulunsa serseriler yandaş bulamaz, korkarlardı. Sadaret Kethüdası Mehmet Paşa gerçi dün de Üsküdar'daydı ama İstanbul'dan ayrılırken Tomruk Emini'nin kulağını çekmiş olsaydı kimse bu cesareti kendinde bulamazdı. Vezirin öfkesi bütün bunları yüzlerine vuracak şekildeydi:

"Bre siz misiniz Devlet-i Aliyye'nin güvendiği adamlar; bu milleti biz size mi emanet etmişiz?!.. Nerde ordunun gücü, hani donanmanın etkisi, nerdedir kuvvetleriniz?!.. Şehrimde yılanı, çiyanı, akrebi, iti, hergelesi, kurdu, kuzgunu boşanmış... Benim kanım donuyor, etimi kesiyorlar, siz baş yerde, göz yumulu öyle mi?!.."

Başlar gerçekten de yerdeydi. Kimsenin ağzını bıçak açmıyordu. Neden sonra İstanbul Kaymakamı Mustafa Paşa bir şeyler mırıldandı:

"Efendimiz!.. Eşkıyayı dize getirmek kolay, illa ki adamlar 'davamız şeriat üzeredir' diyorlar. Şeriat davasında olanın derdi padişah tarafından dinlenmeden üzerlerine kılıç çekmek caiz olmaz, vebali büyüktür."

"Efendi!.. Bu sözü şeyhülislam söylese anlarım. Yoksa sen üzerine düşen vazifeyi yapmıyor, bir de bana fetva mı veriyorsun?"

"Hâşâ efendimiz, yüz bin kere hâşâ!.. Emrediniz, kellelerini koparıp önünüze atalım."

"Yapabileceğini söyle efendi!.. Senin cirmini biliriz..."

"Haliç'te toplarım amadedir efendimiz!.."

Abdi Paşa'nın bu cümlesi veziri iyice öfkelendirmişti:

"Şehri topa tutmak mıdır teklifin, ahmak herif. İsyancı diyerek masumları öldürmekten mi bahsediyorsun? Devletin geleneğinde olmuş mudur böyle bir şey? Bu mudur devletin adaleti?!.."

Sonra da Yeniçeri Ağası'na bağırdı:

"Meclisten meclise dolanmışsın dün efendi!.. Yaveler yemişsin, haberini aldık. Hele şehri kollamak değil miydi vazifen senin?!.. Şimdi çek cezanı da aklın başına gelsin?"

Kaymakam Mustafa Paşa araya girdi:

"Aman efendimiz, şimdi ceza vakti değil, çare vaktidir. Bağışlayınız."

"Paşa!... Böyle soysuzlarla mı düzene girer devlet? Bunlara güvenirsen yarın eşkıyanın başında sana karşı bayrak çekerler. Derhal götürülsün!.."

"Aman efendimiz!.."

"Paşa!.. Sözümü kesme bir daha!. Yerine tedbir bul yeter. Dumanlar tüten şu şehirde canlar yanıyor, kan dökülüyor, belki bedenler burçlarından sökülüyor. Ta şuracığımda bir ateş tutuştu. Bu herif dün gece 'Padişahı hal' edelim!' diye sıçıp sıvamışken tutalım mı şimdi el üstünde. Söyle Paşa!.. Hünkârımız bunu duyarsa sana da, bana da siyaset etmez mi? Nimete böyle midir teşekkür? Derhal götürülsün, işte o kadar!.. Adalet, hukuk, kanun yok mu ülkede? Âl-i Osman'a vezir olan ben, kuru gürültüye boyun eğecek kadar aciz miyim zannediyorsun?!.."

Mustafa Paşa, vezir hazretleri son cümlelerini söylerken muhafızların yanında kapı kenarında bekleyen Arz Ağası'na yanına çağırıp Yeniçeri Ağası'nı işaret ederek kulağına fısıldıyordu: "Efendiyi götürün! Misafir edinin, yarın başka şehre sürülecektir!" Bu sırada içeriye soluk soluğa bir haberci girdi:

"İzin veriniz haşmetlim, arzım var!"

"Bre kalk, söyle çabuk. Nedir?"

"İspirizade Efendimiz bir de Nemçe Hasan kulunuz..."

"Ne oldu, öldüler mi, öldürüldüler mi?"

"Daha kötü efendimiz, daha kötü..."

"Bre söyleee!.."

"İsyancılara karışıp ele bayrak almışlar haşmetlim!.. Şimdi de kapıza gelmiş, hünkârımızdan ayak divanı isterler."

"Ooof, of!.. İşte bu kötü haber efendiler. Şimdi halk da düşer bu hezelenin peşine. İçi düşman, yüzü dost köpekler!.."

Vezir, daha yumuşak bir ses tonuyla devam etti bu sefer konuşmaya:

"Efendiler, ağalar, beyler!.. Devlet-i Aliye uğruna can feda, İstanbul'a canlar feda. Elan ikisi de tehlikededir. Caddelerde alevlerle zulüm birlikte akıyor. Timarlılar ve sipahiler, torlaklar ve solaklar, kadın erkek, çoluk çocuk... Bozgun başlamadan söndürelim fitne ateşini. Dün geç kalınmış gündür, bugün artık çaresine bakılmalıdır. Dışarıdakileri almadan içeri, söyleyin ağalar, makul bir talep var mı ortada? Nedir eşkıyanın istediği?!.."

"Efendimiz," diye söz aldı Abdi Paşa, "eğer bozgun halka sirayet ederse, bir de halk takılırsa peşlerine, dostlar kötülükte düşmanları geride bırakır alimallah. Bir çare bulmalı hemen!.."

"Evet ya, devletlûların gözlerini gaflet boyamış, zevk ü safa âlemlerinde diyor halk."

"Efendiler, hepimizde kabahat var bu işte, itiraf edelim. Lakin şimdi kabahatten ziyade çareyi düşünmeliyiz.

Bu sırada salonun kapısında bir hareketlenme oldu. Padişah III. Ahmet gözyaşlarını silerek içeriye girdi. Salondakileri tek tek gözleriyle azarlarcasına kontrol etti. İsyandan ve yangından dolayı hesap sorabileceği devlet erkânı neredeyse tamamı ayakta bekleşiyorlardı. O anda pek çoğu "Tavan çökse de altında kalsak!" diyecek durumdaydılar. Dizleri titremeye başladı. İlk defa sultanı bu derece öfkeli görüyorlardı.

"Lala!" diye başladı hünkâr, "nedir bu hal? Yeniçeri palaya el attı diyorlar. Çardak kolluğu çorbacıları, 'Âl-i Osman tahtını altüst edip İstanbul'u yere gömeriz!' derlermiş. Görüyor musun, şehrimde yerle göğün arasını kara dumanlar kapladı. Nerde senin tedbirin, yeniçeri kullarımız neredeler? Hacı Bektaş nimetiyle beslenen o nankörler ne yapar şimdi? Rodos'u alıp Belgrad'a giden asker nerde şimdi? Mohaç'a burç ve Budin'e beden asker nerde şimdi? Hani Kosova'da, Varna'da, Niğbolu'da atamız Yıldırım'a, Yavuz'a şan veren o erler? Eğer hâlâ o er değilse bu asker, eğer hâlâ bu asker değilse o er, söyle lala, nedir tedbirin senin?"

Vezir, kıpkırmızı olmuş, kendi memurlarının önünde başını yere eğmiş adeta kıvranıyordu. Sultanın cümleleri meclisin ortasına bir gülle gibi düşmüştü. Vezir o güne kadar kullanmadığı bir hitap üslubuyla ve boynunu bükerek "Haşmetmeab efendimiz!.." diye yalvardı. Sesinde onu yumuşatmaya çalışan bir üslup vardı. Birkaç saniye duraksayıp anlattı:

"Haşmetmeab efendimiz!.. İspirizade kulunuzla Nemçe Hasan Ağa kulunuz huzurunuza kabul için Üsküdar'a geçmişler. Şehirdeki yangını söndürmeye belki bir çare bilirler. Eğer dinlemek isterseniz huzura aldırtalım. Bakalım ne isterler, nedir maksat!.."

Sultan eliyle gelsinler işareti yaptıktan sonra yine uzunca bir süre sessizlik oldu. Kimse başını yerden kaldırmak istemiyordu. Nihayet İspirizade ile Nemçe Hasan Ağa huzura girer girmez etek öpüp yere kapaklandılar. Padişah onların elinden eteğini çekerek bağırdı:

"Bre riyakârlığın lüzumu yoktur! Kibirle övgü birlikte bulunmaz, halinden memnun olmayıp azgınlık yapmakla huzur sağlanamaz. Şimdi söyleyin, benimle ne söyleşmek istersiniz?!.."

"Velinimetimiz, devletlû efendimiz!.. Görüyoruz ki üzülmüşsünüz, kederdesiniz. Asla bu değildir meramımız. Zira kullarınızın sizden değildir şikâyeti, onlar size kıyamete kadar sadıktır. Biz dahi kullukta sadığız."

"Güzel!.. Nedir o halde meramınız?"

"Devletlûlarınız azmış ve kudurmuştur, meramımız buna son verilmesidir. Ülkenizde çirkef işler temiz vicdanları vuruyor. Fakir kullarınız hayli zamandır cefada... Sabır sınırı geçildi, vefa kaybolup gitti? Bağrı yanınca feryat edene şaşılmaz elbette. Veziriniz mirasyedidir, nankör ve arsızdır."

"Bre ağzından çıkanı kulağın duyar mı senin?"

"Duyar hünkârım, damadınız halkınızın derdini dert bilmez. Çevresini bir yığın hezele sarmıştır."

"Bre küstah sefil!.."

"Ben küstah ve sefil olabilirim hünkârım, illa ki söz sahibi devletlûlarınız sizden habersiz köprülerin altından sular akıtırlar. Ahali perişan, açlık, sefalet, rüşvet diz boyu... Zengine kemiksiz et, fakire arpa suyu düşmede. İran'dan gelen haberlere bakınız. Karadeniz'de gazileri taşıyan gemiyi kendileri batırmışlar. Sadabat kasırlarında lale rengiyle örtülür oldu günahlar."

"Bre yeter başını almayayım senin!.. Dışarıdakiler ne ister onu söyle."

"Vezirinizi hünkârım,vezirinizi."

Sultan hiç bu cümleyi duymamış gibi salonun kapısıyla penceresi arasında gidip gelirken vezir telaşlanmış, yere yığılmış, sayıklıyor, hafakanlar geçiriyordu. Sultan kısa birkaç adımdan sonra döndü. Kararını vermişti. Herkesin şaşkın bakışları arasında tane tane mırıldandı:

"Gidin söyleyin eşkıyaya vezirimi azledeceğim. Ulufelerine birkaç altın da ilave ettireyim. Lakin bitirsinler bu arbedeyi. Şehrim yanıyor benim... Fitne ateşinden büyük bir ateş bu... Ciğerim yanıyor benim..."

"Bir de kethüdanız ve kaymakam paşalar hünkârım."

Bu sefer mecliste adı söylenenler birer birer titremeye başlıyor, adı söylenmeyenler rahat nefes alıyordu. İspirizade pervasız çıkmıştı.

"İstediklerini vermezseniz dağılmayacaklardır hünkârım. Artık ben bile durduramam onları. Bunlar hükümetinizde ateşi tutan maşalarmış, eşkıya öyle bağırıyor."

"Peki efendi onları da azledeyim, yeter ki dursun şu uğultular."

"Azil değil hünkârım, kendilerini isterler!"

"Ne dedin sen?!.."

Bu cümleden sonra Sultan Ahmet de bulunduğu yere yığılıp kaldı. İsyancılar adını andıklarının kellelerini istiyordu, demek ki.

"Vezirim damadımdır, kızımın kocası, nasıl istersiniz kellesini onun ve ben nasıl veririm? Ferasetli, tedbirli, bilge, âsaf vezirdir. Onun gibisi cihana yüzyılda bir gelir. Hele İstanbul Kaymakamı benim en eski hizmetkârım; nasıl feda ederim?!.."

"Hünkârım, bize eşkıya dersiniz ama eşkıya sarayınızdadır. Bir elde yağ, ötekinde bal. Amma halkınız aç. Bütün görevlerin başında vezirinizin ya damadı, ya yeğeni oturmakta. Taşra valileri sizden ziyade onu tanır, ondan korkarlar. Siz onları sürseniz ve zindana atsanız bile kediye ciğer emanet etmiş olacaksınız. O yüzden kıyam edenler yalnız baldırı çıplaklar değil, ülkenizi yönetecek insanlardır. Kullarınız Hacı Bektaş demine devranına 'Hu' demiş, kazan kaldırmıştır. Bir ucunda asker, diğer ucunda ulema ve hocalar vardır, bunda artık vezirlerin, kocaların hesabı yapılmaz."

İspirizade bunları söylerken dışarıdan müthiş bir uğultu duyuldu. Bu sanki bir mucize gibiydi. Sanki biri onun ne konuştuğunu biliyor da ona göre isyancıları yönlendiriyor, bağırtıp çığırtıyordu:

"Veziri istemezük, kethüdayı istemezük, kaymakamı istemezüüüük!..."

Sultan elini çenesinde sinirle ve üzgün gezdirirken mırıldandı:

"Kullarım ateşe yanıyorlar ha?"

"Veziri istemiyenler de bağrı yanık kullarınızdır hünkârım. Eğer feda etmeyecek olursanız kızınız yetim, cariyeleriniz gözü yaşlı halayık olur. Meydanları susturmanın artık imkânı kalmamıştır. Kul feda edin ki sönsün ateş."

Sultan bütün kederi ile mırıldanırken gözünden yaşlar akıyordu:

"Beni mağlup eden sizler değilsiniz, hayır, asla, sizler değilsiniz. Hükm-i kaderdir ki bana bunu reva gördü. Şimdi ikinizden de yeminle, Kuran'a el basarak söz istiyorum başka baş istenirse kellenizi meydanlarda yuvarlarım. Hanedanıma ve aileme zarar eriştirilmeyecektir. Hele tahtıma göz dikenin gözünü çıkaracağım, biline!.."

"Beli hünkârım, böyle bilindi, böylece uyulacaktır."

"O halde varın ve sözünüzü geçirin, yangın söndürülsün. Aksi takdirde dediğimin hilafına bir hareket görür, bir söz daha duyarsam, işte buyruğumdur, hepsinin başını yılan gibi ezmeden bırakmam. Siz taş üstünde taş koymazsanız, ben de omuz üstünde baş koymam!.."

59. Sual:
– O da Kim?

"Kafir olup azanı/ eski düzen bozanı / haklamak için biz anı / kaynatmışız kazanı!.. deyip yatağanı aldım, hû deyip daldım. Ya Hâdî asan eyle işimiz; elde kılıç başta silah dişimiz... Vardık kafese. Kafesçide dört anahtar... Ağa kuşlar, reis kuşlar, baba kuşlar... Derken haraç mezat bütün kafesleri açtım, kuşları uçurdum azat buzat. Dördüncü kule kafesi pek muhkemdi. Kapısını yedi yoldaş çorbacı ile anca aralayabildik. Eli kanlı cümle fetalar, sahib-i pençe dört kaşlı bahadırlar, bir kantar gülle, kırk okka zincir sürür pehlivanlar... Açtık kafesi, kuşlar aldı nefesi..."

Patrona Halil Ağa'nın önünde göğsüne iftihar yumrukları vurarak rapor veren bu yeniçeri Elli Altıncı Orta'dan, Muslu Beşe'nin samurkaş yoldaşı Binbereket idi ve cümleleri arasında geçen "kazan" Hacı Bektaş kazanını, "dört kafes" sırasıyla Ağakapısı, Rumelihisarı, Yedikule ve Babacafer Zindanlarını, "kuş" zindandaki azılı haydutları, anlatıyordu. Patrona Halil Ağa üzerine savrulup gelen yangın kurumlarını eliyle dağıtırken biraz keyfinden, biraz da karşısındaki serdengeçtiyi onurlandırmak için öylesine konuştu:

"Bu kafeslerin kuşları dişlerini testere, ellerini hançer eden parçalayıcı şakilerdir bre yiğidim. Her biri zincirini koparıp Kaf Dağı'ndan dünyaya düşmüşlerdir. Bir dilbere el sürseler it ağzı değmişe döndürür, bir güzeli öpseler cüzzam artığına benzetirler. Bre bu vahşilerden korkmadın mı hiç?!."

"Hepsi kapına kuldur ağam, ışığı her gören güneşinin nerede olduğunu sorardı. Yakında eşiğine yüz sürüp eteğini öpmeye gelirler. İlla ki bir kafes daha kalmıştır; ben şimdi oraya giderim, eğer ağamın emri olursa!..."

"Var git yiğidim var git!.. Onlar orada, biz burada ha; var git artık deniz olmasın arada..."

Patrona Halil Ağa'nın arada deniz olmasın dediği kafesin Tersane Zindanı olduğunu, "onlar" dediği ayaktaşlarının da Kalender Baba, Pirsiz Osman, Çopur Çomar gibi evbaş ve kallaş takımından eski arkadaşları olduklarını kendisini dinleyen herkes biliyordu. Kara Şahin, Topaç Yeye ve Hörükız bu cümleyi duyunca birbirlerinin yüzüne baktılar. Sanki üçü de aynı şeyi düşünüyorlardı. Denizin ötesindeki zindan, burada konuşan adamlardan daha önemliydi çünkü. Tersane Zindanı'nda Aslan Ağa ile Bindallı Mahmut onları bekliyordu. Şahin atıldı:

"Ağam, cenabınızdan hizmet diler, Binbereket Ağama serdengeçti yamak olmak isteriz. Tersane zincirlerinin sızısı bileklerimde tazedir. O kafesin her yerini, nerede kilit, nerede zincir, nerede parmaklık, nerede anahtar olduğunu bilirim. Dahi kimi söyleteceğimi, kimden size yarar kul olacağını da bilirim. Bizi zindana serdengeçti yazın, size işe yarar yiğit fetalar getireyim?"

Halil Ağa yüzlerinde hiç de zindan yatmış halleri okunmayan üç delikanlıya bakıp güldü.

"Bre civelekler gidin sütünüzü için siz. Bunca azman tızman, dazlak bozlak âdem bozması herif arasında ne işiniz var?!.. Alimallah sizi kavrulmuş çıtır fındık niyetine yerler, sonra pişman olursunuz?!"

"Ağam, benim adım Kara Şahin. Bu fetalara da Bozbulanık Doğan ile Kartal Recep derler, sizin saydığınız kargalardan korkumuz yoktur."

Hörükız birden Kartal Recep oluvermenin gereğine uysun diye hafifçe omuzlarını kabarttı, Topaç Yeye de terleyen bıyıklarını burar gibi yaptı. O sırada külhanbeyi ağzıyla atıp tutan Şahin'in aslında yüreği güm güm dışarı çıkacak gibiydi. Adını söylemekle iyi mi etmişti, bilmiyordu; ama başka bir ad uydursaydı belki Ağakapısı avlusunu dolduran bunca adam içinden kendini bir tanıyan çıkabilir, kimliğini saklamasından şüphelenebilirdi. Topaç Yeye'nin giydiği doğan başı dövmeli keçe cepkeni ile Hörükız'ın partal giysileri de bir kartal için fazla göze batacak cinsten değildi. Ama yine de Halil Ağa, hepsinin gözlerinin içine dikkatle bakıyor, sanki zihninde bir görüntü taraması yapıyordu. Tam o sırada Binbereket Ağa'nın neşeli sesi Hızır gibi yetişti:

"Ağam, bu torlak civanları bana bağışlayınız, Tersane kafesinde şahbazlarım çok olsa iyidir. Hem bakalım görelim alıcı kuşlarımız ne kadar uçabilecekler?!.."

Halil Ağa birkaç saniye daha dikkatle bakıp "Gidin artık!" manasına elinin tersiyle Binbereket'in isteğini yerine getirdi.

Hızla atlarını sürüp Galata Köprüsü'ne gelen on sekiz kişi, eğer buradaki kargaşaya bulaşmamış olsalardı Kasımpaşa'daki Kaptan-ı derya Köşkü önüne daha erken varabileceklerdi.

Zaman aleyhlerine işliyordu. Gecikmişlerdi. Şehir her yakadan kaynıyordu. Binbereket, akşam karanlığı çökmeden zindanı boşaltmaktan söz ediyordu. Öte yandan engellerin biri bitiyor, diğeri başlıyordu. Galata sakinlerinden bazı gayrimüslim tebaa köprünün üzerine birikip İstanbul'dan gelenleri Galata'ya geçirmemek üzere direniyorlar, içlerinden şehir eşkıyası olduğu her halinden belli olanları tartaklıyor ve geri göndermeye çalışıyorlardı. Bu arada Tophane'den bazı tulumbacı ve kayıkçı makûlesi adamların gelip köprüdeki zımmi tebaayı arkadan kuşatmalarıyla ortalık karışmış, denize dökülenler, kol bacak hesabından vareste sakatlananlar ortalığı kaplamıştı. Köprüden geçebilenler bu sefer Kaptanpaşa Konağı önünde durduruldular. Kaptanpaşa Galata muhafazasından sorumlu idi ve İstanbul'da isyan çıkınca genelde bu yakada hayat sükûnetle sürer, asayiş korunurdu. Ama bu sefer öyle olmamıştı. Tersane azapları ile leventler birbirine girmiş, sonunda leventler yolları tutup geçenden beş, geçmeyenden on akçe hesabıyla bir kanunsuzluk sürdürmeye başlamışlardı. O sırada ortalık birden kararıvermişti. Dünden beri yavaş yavaş sönmeye yüz tutan yangının dumanları ile şehrin üzerindeki bulutların birleşmesiydi bu. Güpegündüz ışığın geceye döndüğünü gören halk çok ürkmüştü. Bu bir uğursuzluk olmalıydı. Sinirler gerilmiş, ürküntülü bekleyişler ile şiddet gösterileri kol gezmeye başlamıştı.

Binbereket, bu gelişmelerden çok memnun olduğunu, konuşurken hemen belli ediyordu. Buraya gelesiye kadar, yol boyunca yatıştırıcı olmaktan ziyade yangına körükle gitmeyi yeğlemişti. Adamları da tıpkı onun gibi davranıyor, çıkarlarına uygun olduktan sonra din, vicdan, ahlak dinlemiyorlardı. Hörükız ile Kara Şahin biraz sonra zindana varınca bu adamlarla nasıl başa çıkacaklarını kestirmekte zorlanıyor, bakışlarıyla bunu birbirlerine anlatmaya çalışıyorlardı. Bir tek Topaç Yeye aklınca planlar kuruyordu. Kara Şahin konuşuyor, sorulara kaçamak cevaplar veriyor, Binbereket ve adamlarına laf yetiştirmeye çalışıyordu. Yeye ve Hörükız dilsiz gibi davranmaktaydılar. Adamların kendilerinden şüphelendikleri belliydi. Her hareketlerinin kontrol altında tutulduğunun da farkındaydılar. Öte yandan, ne olursa olsun Aslan Ağa ve Bindallı Mahmut'a ulaşmaları gerekiyordu. İsyancılar, zindanları boşaltmanın işlerini kolaylaştıracağını biliyorlardı. İpten kazıktan kurtulan mahkûmlar onların gücüne güç katabilir, saflarını birleştirebilirlerdi. Kendi saflarına katılmasalar bile şehirde kargaşa ve şiddet rüzgârları estirmeleri yeterdi. Yoksa zindan artığı adamlardan disiplinli hareket etmeleri beklenemezdi. Ama öte yandan bunlara bazı küçük işler de yaptırtılabilir, hatta iş bitiminde kolayca harcanabilirlerdi de. İsyanlar, efendilerine kullan ve at kabilinden ne fırsatlar sunardı. Hem işler ters gider de isyan başarısız olursa hedef gösterilip feda edilecek kellelere de ihtiyaç vardı. O kelleler, işte bu zindan mahkûmlarının omuzları üstünde duruyordu.

Kara Şahin her geçen zamanda işlerinin daha da zor olacağını düşünüyordu. Tersane Zindanı Kasımpaşa sırtları ile Kulaksız arasında, Haliç'in en muhkem taş yapılarından biriydi. Galata'nın azılı haydutlarından gemici ızbandutlara, savaş esirlerinden suçlulara, neredeyse yıllardır güneş yüzü görmemiş zalim ve ayaktakımı serserilerin hepsi içerideydi. Buraya bir kere düşenin ilanihaye hücresinde unutulduğunu İstanbul'da bilmeyen yoktu. Kaptanpaşa hazretlerinin şiddetli tedbirleri buradaki mahkûmlara nefes aldırmıyor, her gün onları yoruyor, terletiyor, eziyetten geçiriyor ve nihayet akşam olunca bitkin ve perişan uyuyup kalmalarını sağlıyordu. Yoksa her yıl buradan kaçmak üzere tünel açan adamlar olduğunu ve bunların zindan meydanında ipe çekildiklerini bilmeyen yoktu. Birden Nakşıgül ve Katre-i Matem'i düşündü. Şu anda içinde bulunduğu ortam ile taban tabana zıt iki şey idi onlar. Nahif ve zarif iki güzellik... Oysa hemen önünde vahşice canavarlaşmış bir zindan vardı. O sırada Topaç Yeye kendisine yaklaşıp fısıltıyla planını anlattı. Hörükız'ı içeriye sokmaması gerekiyordu. Ne de olsa o bir kadındı. Eğer konuşmak zorunda kalırsa veya halihazırdaki dilsiz rolünü tam oynayamazsa hepsinin başları belada demekti. Plana göre Topaç Yeye, Kara Şahin'den Binbereket'e sunulmuş bir rehine olacak, içerde ve dışarıda onun hizmetinde bulunacaktı. Kara Şahin zindandan çıkartılmış yirmi kadar işe yarar adamı Binbereket'e teslim etmeden de yanından ayrılamayacak, böylece Binbereket Kara Şahin ve ekibine hâkim olabilecekti. Planın gizli olan kısmına göre de Yeye Binbereket'in yaptıklarını izleyip Aslan Ağa veya Bindallı'yı arayacak, buldukları vakit göz hapsinde bulunduracak ve Binbereket tarafından öldürülmemeleri için bir şeyler uyduracaktı. Zindan kapısına gelindiğinde Kara Şahin Binbereket'e seslendi:

"Ağam!.. Bu bizim Kartal Recep dilsizdir ama gözleri hakikat bir kartaldır. Onu erkete bırakalım. Kaptanpaşa dairesinden bir hareket olursa bize haber uçursun."

Binbereket daha önceki zindanları kendi adamlarıyla başarıyla boşaltmış olmanın gururuyla cevap verdi:

"Olur tek kanat Şahin, hatta istersen sen de burada kal. Yalnız ödleklik etmeyin, ahıra bağlayacağımız şu atlara sahip olun yeter."

"Olur mu Ağam, sizin himayenizdeyken insana korku mu gelir. Size neler yapabileceğimi gösterme fırsatı verin bana. Tam yirmi şahbaz yiğit getirmezsem kanatlarımı yolun."

"Yapma yaaa!.. Bak hele şahinin pençesi de pekmiş!.."

"Ağam, Beni küçük görmeyin, yapamayacağımı demem ve dediğimi de yaparım. Aha size şu Bozbulanık Doğanım!.. Onu rehin tutun, yirmi adam getirmeden vermeyin bana!.. Bu yollara alışık, zeberdest oğlandır..."

"Peki gelsin bakalım yamacıma... Şu dilsiz de aha şu ağacın tepesinde gizlensin ve atları kollasın. Sakın ha az sonra zincirinden boşanacak aslanlara bulaşmasın, yem olur."

Herkes atlarından inerken Kara Şahin ile Hörükız geride kaldılar. Güya Şahin, Dilsiz Recep'e az evvel konuşulanları tembih diyordu, ama ağzından çıkan son cümle, "Unutma, Bindallı benim, Esed Ağa senin!" oldu.

Hörükız, içeriden çıkmasını gözetleyeceği adamı neredeyse altı ay önce görmüştü. Muhtemelen saçları ve sakalları mecnunlar misali uzamış birbirine karışmıştı. Onun ne kadar esed, ne kadar aslana bezeyeceğini kestirmeye çalışarak ağaca tırmandı. O sırada Binbereket Ağa ile Kara Şahin ve diğerleri büyük ahşap kapıyı tekmeleyerek içeri girdiler. Muhafız direnmemiş, "Aha şu ilk avluda sermuhafızlar vardır. Hesabı onlarla görün. Razı ederseniz benim için yazı da birdir, tura da!" demişti. Binbereket'in küfürler ve anırmalar eşliğinde bağırış çağırışlarını işitip de sonraki ve daha sonraki kapılarda cesetler bırakarak ilerlediğini gören mahkûmlar sermuhafızın ona anahtarları güzellikle teslim etmediğini anladılar. Aslında mahkûmların hepsi birden, neye uğradıklarını şaşırmışlardı. İki gündür dışarıdaki hayatın akışında bir başkalık olduğunu seziyorlar ama bunu yalnızca bir yangın zannediyorlar, duman kokusunu aldıkça kıvılcımların bir an evvel kendi çatılarına da sıçraması için dua ediyorlardı. Oysa şimdi birer ikişer kapıları açılıyor "Uçun şahbazlar, koşun yiğitler! Küfür ile azanları, yola getirmek üzere Patrona Halil Ağanın bayrağı altına koşun!" nidalarıyla zindan yanmadan boşalıyordu. Kara Şahin "Ne garip tecelli!" diye geçirdi içinden, "azanı yola getirmeye azgınlar koşuyor", sonra da yaralı muhafızlardan birinin gırtlağına yapışıp hançerini yüzüne dayayarak hayatını bağışlama karşılığında Bindallı Mahmut Çavuş ile Aslan Ağa'nın hücrelerini sordu. Bindallının hücresi en sondakiydi. Ama Aslan Ağa diye biri bu koridorda yoktu. Koşarak son hücrenin kapısındaki delikten seslendi:

"Geldim Bindallı Ağam!. Tomruk Emini'nin mahsus selamlarını getirdim. Şimdi hiç sesini çıkarmadan bekle."

Sonra da bir önceki hücre kilidinden başlayarak demir kapıları birer birer gıcırtıyla açıp haykırmaya başladı:

"Uçun şahbazlar, koşun yiğitler! Küfür ile azanları yola getirmek üzere Patrona Halil Ağa'nın bayrağı altına koşun!"

Son hücredeki mahkûmu da çıkardıktan sonra koridoru boşalttı. Bütün kapıları açık bırakıp Bindallı'nın hücresine yeniden döndü. Ayaklarından zincirle duvara bağlanmış vaziyette kıpırdanıp duruyor, ayağındaki kilidin anahtarını vermesi için kurtarıcısına ellerini uzatıyordu. Kara Şahin ona yine "Sus!" işareti yaparak elindeki torbadan anahtar arar gibi yapıp yanına vardı. Bir an bekledi. Göz göze geldikleri sırada anahtar torbasını zinciriyle birlikte suratına şiddetle yapıştırdı. Bindallı neye uğradığını şaşırıp yere yıkıldı. Kara Şahin küçük bir kaytan parçası ile derhal ellerini arkadan bağladı ve adamın kendi poturundan kestiği kirli bir çaputu ağzına tıkıp kuşağıyla da çenesini sıktı. Sonra işkence odasından bir kelepçe ve bir çark getirip kelepçeyi bileklerine geçirdi, çarkın halkasını kelepçenin zincirine takıp kolu çevirmeye başladı. Bindallı gerdirilip kıpırdayamaz hale gelinceye kadar çarkın kolunu çevirdi. Artık ne bağırabilecek, ne kıpırdayıp ses yapabilecek durumdaydı. Koridorun başından bakıldığında bütün mahkûmların boşaldığı anlaşılsın diye Bindallı'nın da kapısını sonuna kadar açıp diğer bölmeye geçmeden evvel eğilip kulağına fısıldadı:

"Bindallı Çavuş, artık elimdesin. Uslu durursan ne âlâ, yok çırpınırsan, işte şu çarkı kurdum, çırpındığın ölçüde seni germeye devam edecek. Artık sen bilirsin. Şimdi gidiyorum... Bir dostumla ilgilenmem gerekiyor da!"

⁂

Neredeyse bir saat oluyordu. Zindan boşalmıştı ama Hörükız hâlâ ağacın dalları arasında kapıları gözlüyordu. En çok gördüğü sahne, içeriden çıkan mahkûmların kapı önünde bekleşip kendi aralarında kanlı bıçaklı hesaplaşmalara girişmeleriydi. Yarım saat içinde gözlerinin önünde sekiz cinayet işlenmiş, naralar, çığlıklar ile bazılarının içeriden çıktığına pişman olduğunu görmüştü. Bu arada el değiştiren küçük kıymetli eşyalar, pırlantalar, zümrütler, saatler, murassa zarflar da vardı. Bunları zindanda nasıl saklayabildiklerine hayret etmişti. Tünediği ağacın karşısındaki ahır kilitli olmasaydı, at kişnemelerini duyan bazı mahkûmların elinden onları kurtarması asla mümkün olamazdı. Çünkü bir ata, kaçmak üzere olan mahkûmdan daha fazla kimsenin ihtiyacı olamazdı. Eli çakaralmazının kabzasından hiç ayrılmıyordu. Gerçekten de bu dünya bazıları için çok zalim ve acımasızdı. Demek zindanda kalmak, bazıları için yaşamak demekti.

Zindan kapıları ardına kadar açıktı ve dışarı kaçanların neredeyse sonu gelmişti. Artık yürüyerek çıkanlar, hastalar, sakatlar geliyorlardı. Bunca adam arasından yalnızca bir kişiyi Aslan Ağa'ya benzetmiş dikkatle izlediğinde de o olmadığına hükmetmişti. Nihayet kapıda Kara Şahin göründü. Talimatlar verdiği bir sürü adamın her birini diğerinin zinciriyle bağlanmış görünce içi rahatladı. Yine de Şahin hiç kendisinden yana bakmadan, adamlarla konuşa konuşa geçip gidiyordu. Beklemeliydi, Belki de Topaç Yeye'yi alması gerekiyordu. Bekledi.

⁂

Kara Şahin zindan hücrelerini açarken adamlarla durmadan konuşmuş, İstanbul'un yabancısı olanları hiç yanında tutmamış, diğerlerinden de fazla zorlanmadan yirminin üzerinde adamı peşine takmıştı. Bunun için şehirdeki ihtilalin sonunda kendilerine devlet hizmetinde üst rütbeler vaat etmesi ve Patrona Halil Ağa'nın yanına varasıya kadar az konuşmaları, kimliklerini fazla ortaya saçmamaları gerektiği söylemek yetmişti. Binbereket'in yanına vardıklarında onu ayağında topuzlu mahkûmlara emirler yağdırırken buldu. Patrona Halil Ağa'nın yoldaşlarından Kalender Baba, Pirsiz Osman, Çopur Çomar gibi dağ adamı azman herifler de yanındaydı, ama Topaç Yeye ortalıklarda görünmüyordu. Binbereket ile yanındakiler mahkûmlardan bazılarını tanımaya ve seçmeye çalışıyor, tanıdıklarının zincirlerini kırdırıyor, diğerlerine de deniz istikametinde ilerlemelerini söylüyordu.

"İşte Binbereket Ağam!.. Söz verdiğim gibi tam yirmi iki yeleli aslan!.. Her biri Patrona Halil Ağama hizmet etmekten gurur duyacak cenk eri yiğitler. Ayaklarına birer dimiden şalvar çekildi mi yeniçeriden fark edilmez güzel yüzlü çorbacılar."

Binbereket oralı olmadı. Yalnızca dudak büküp geçiştirmek istedi.

"Aferin bre Kara Şahin!.. İkna gücün de pençen kadar kuvvetli imiş."

"Öyledir ağa, hele bu pençeler verdiğini alma konusunda daha da kuvvetlidir."

"Verdiğin?!.. Haa?!.."

O sırada çevresine bakındı, adamlarına sorar gibi baktı.

"Nerde bre o civelek torlak?"

Herkes birbirine bakıyordu. Kimsenin bu kargaşada yanlarındaki çocuğu düşünecek halleri yoktu anlaşılan. Binbereket durumu kurtarmak istedi:

"Bekle biraz, buralardadır, gelir!.."

Kara Şahin denileni yapmanın iyi olacağını düşündü. Adamların yalan söylemedikleri ortadaydı. Topaç Yeye olup biteni gözetleme görevini üstlenmişti. Eğer başına bir hal gelmediyse şimdi burada olmalıydı. Etrafa bakınarak olup biteni kendisi izlemeye çalıştı.

Ayağı topuzlu mahkûmlar genellikle daha azılı haydutlar idiler. Binbereket ile adamları zindanda bulunup da kendi işlerine yaramayacak, kendilerinden baskın gelecek veya amaçlarına uygun davranmayacak olanları kazıklarından sökmüş, zincirlerinden boşandırmış, ama son kertede kelepçelerinden ve ayaklarındaki topuzlardan azat etmemişlerdi. Şimdi onları bir gemiye dolduruyor ve binerken ellerindeki kelepçelerini çözüp "Tekirdağ'a nakledilecek ve orada ayaklarınızdaki kelepçelerden kurtulup serbest bırakılacaksınız!" diyorlardı. İçlerinden homurdananlar, binmek istemeyenler veya karşı koyanlar olursa zorla bindirip bir de sopalıyorlar, taşkınlık yapanların kelepçelerini çözmüyorlardı. Bu yükleme işi uzun süreceğe benziyordu. Kara Şahin o sırada Binbereket'in topladığı mahkûmlar arasında aşina bir çift göz gördü. Kendisine bakan bir çift göz. Hatırlamaya çalıştı. Beyni zonklayasıya kadar çırpındı. Kimindi Allahım bu gözler? Saç ve sakalları birbirine karışmış, yüzü yara bere içindeydi. Bu gözler!... Bu gözleri tanıyordu. Ve kimin olduğunu çok çabuk hatırlaması gerekiyordu. Gemiye bindirilmeden onu kapmalıydı. Yoksa çok geç olurdu. Bir yerlerde görmüştü, ama nerede? Çardak Kahvesi'nde mi?. Yeniçeri kışlasında veya Binbirdirek'te?!... Hayır, hayır!.. Elleriyle başını saçını yoluyor, kıvranıyor, gözlerini kısıyor, dudağını ısırıyordu. Kimindi bu gözler?

Bir türlü hatırlayamadı. Mahkûmların gemiye bindirilmeleri yarım saat kadar sürmüş ve son mahkûm da gemiye çıkmıştı. Birer birer geminin sintine kapağından içeri itiliyorlardı. O da içeri girmeden evvel ayaklarındaki topuzu kucağına almak üzere eğildiğinde son kez Kara Şahin'e baktı. Evet!.. Bu bakış!... Aman Allahım, ta kendisi!.

"Haaayııır!.. O değil, o değil!... Onu almayın; o benim!.."

Herkes dönüp Kara Şahin'e baktı. Binbereket Ağa acımasızca kahkahayı bastı:

"Ne oldu paşazadem?!.. Bana verdiğin çocuk zindana girip çıkmakla pek çabuk yaşlanmış!.."

"Binbereket Ağam, bu benim akrabamdandır. Onu bana bağışlayın, yalvarırım. Bir ihtiyar anacığı var, hasretini çeker. Sevap işleyin, ha?!.."

"Tamam bre, eşkıyanın harmanı var, biri olmazsa öbürü!.. Gemiden de biri eksik oluversin!.. Amma ki karşılığında ne verirsin?"

"Canımdan gayrı üç altınım var ağam!.."

"Sattım gitti!.."

Mahkûmlar geminin sintinesine tıkılıp üzerlerine de kilit vurulduğu sırada Kara Şahin ile Seyrekbasan Osman sahilde kucaklaşıyorlardı. Bir yıl evvel kendisini denizden kurtarıp gemiye çıkaran adamı şimdi o bir gemiden kurtarıp karaya çıkarmış, bir yıl evvel otuz altın ve bir can borcu olan dostunun üç altın ile canını satın almıştı. Bu gemide kalsa öleceğinden şüphe yoktu. Çünkü mahkûmlar sintineye kapatılırken bunun bir taş gemisi olacağını anlamıştı. Bu uygulama İtalyan gemilerinden ve Rodos şövalyelerinden kalma bir usuldü. Gemi açık denize vardığında, muhtemelen Marmara'nın ortalarında, gecenin karanlığında kaptan ile birkaç adamı gemiyi delecek, bir barut varilini yarım saat sonra patlayacak şekilde ayarlayacak ve kimseye bildirmeden gemideki tek kayığa atlayıp İstanbul'a döneceklerdi. Ayaklarında topuz bağlı mahkûmların denizin dibini boylamaları çok da uzun sürmeyecekti. Hele de böyle şehrin yandığı, yeniçerinin ihtilal yaptığı bir dönemde tersaneden eksilen bir geminin hesabını kim kime sorardı ki?!.. Yalnız Kara Şahin'in merak ettiği şey, gemiye bindirilen haydutların devlete karşı mı, yoksa ihtilalcilere karşı mı suç işledikleriydi. Tam Binbereket'e bunu sormak üzere göz göze geldikleri sırada karşısındaki adam daha atik davrandı:

"Senin civeleği en son Kazasker Efendi'nin ve vezirin mahkûm ettiği adamların bulunduğu iç koğuşta görmüştüm. Sonra görmedim. Belki içerlerde bir yerlerde kalmış olmalı. Var çabuk bak, bir haydut eline düşmüş olmasın, ne de olsa taze oğlandır!?.."

Kara Şahin hem onun lakaytlığına, hem de son cümlesindeki imaya öfkelendi. Lakin yapacak bir şey yoktu. Derhal zindana doğru gerisin geriye koşarken tehdit dolu bir ton ile bağırdı:

"Binbereket Ağam, seni bir sonraki görüşümde inşallah Bozbulanık Doğan da yanımda olur!?.."

"?!.."

* * *

Kara Şahin geri dönerken zindan ıssız bir harabeye dönmüştü. Binbereket'in adamlarından biri cesetlerin ve yaralıların arasından atları çekip götürmedeydi. Zindan kapısına geldiğinde Seyrekbasan Osman'ın ayağındaki güllenin zincirini kırdı, elindeki kelepçeleri açtı:

"Yoldaşım, Osman Ağam!.. Ya gel benimle, ya durma kaç buralardan!.. Sana yirmiyedi altın borcum var hâlâ!.."

Seyrekbasan Osman onu kucakladıktan sonra üzerindeki zindan gömleğini çıkardı, yerde ölü yatan muhafızlardan birinin mintanını geçirdi üstüne ve helallaşıp yürüdü. Avludan çıkarken sesi de boşlukta kaybolup gitti:

"Bana hiç borcun yoktur!.. Otuz altını da başkası vermişti zaten!.."

Kara Şahin onun ne demek istediğin anlamak üzere peşinden koşarken birden yolunu Hörükız kesti. Öfkeliydi:

"Topaç Yeye nerede?"

"Onu ben sana sorayım, gözcü olan sen değil miydin?"

"Ne Aslan Ağa'yı ne de Yeye'yi göremedim. Ama çok vahşi şeyler gördüm."

"Onların dediklerine göre içerde olabilirmiş?"

"Dikkatli olalım. İçerde başkaları da olabilir!.."

Zindanın dış kapısından ikinci defa girdiler. Yaralı birkaç muhafızı kapının dışına çıkarıp artık canlarını bağışladıklarını ve evlerine gidebilecek durumda olanların hemen evlerine gitmelerini tembih ettiler. Kendilerini hâlâ isyancı gibi göstermek zorundaydılar. Sonra içerde birkaç defa "Ahmet Ağaaa!.. Hüsam Ağaaa!... Odabaşııı!.. Çorbacı Ağaam!.. Kimse var mııı? Hasta veya sakat olaaaan!?" diye rastgele bağırdılar. Duvarlarda asılı duran meşalelerden bazıları sönmüş, bazıları da sönmek üzereydi. Ellerine birer meşale alıp etrafı arayıp taramaya başladılar. Etrafta yalnızca yankılanan kendi sesleri vardı. Şahin, bir koridorun kapısını kilitlerken Hörükız'a "Bindallı içerde!" diye fısıldadı. Bir müddet sonra içeride yalnızca kendilerinin olduğuna kanaat getirdiler. Şahin bu sefer daha yüksek sesle bağırdı:

"Yanık Yusuuuf!.. Yusuuuuf!.."

Hörükız "O da kim?" der gibi yüzüne bakınca

"Adını bilmiyordun değil mi?"

"Bilmiyordum."

"İkinci koridoru da döndükleri vakit "Yusuf!" sesine şakacı bir karşılık buldular:

"Kim arıyoooor!.."

Kucaklaşırken Topaç Yeye

"Beni hayallerimden niye uyandırdınız sanki!?" diye şaka yaptı. Hörü kız atıldı:

"Zindanda hayal kurmak?"

"Evet ya, annemi hayal etmiştim. Bana **Yusuf'u zindana attıran Zeliha**'yı anlatmış ve demişti ki 'Oğlum!. Yas evinde yüzlerce ağlayıcı olsa yine de en tesirlisi dert sahibinin ahı olur. Yüz dertli bir halka olup otursa, halkanın merkezi yaslı olandır.'

"Şimdi hikâyenin de yas tutmanın da zamanı değil Yeye, nerelerdeydin, merak ettik."

Yeye güldü ve çıkıştı:

"Planımın geri kalanını nasıl buldunuz ama!?"

"Ne planı?"

"Buraya gelirken herkes için görev taksimi yapmış ama sonunda nerede nasıl buluşacağımızı konuşamamıştık...

"Eeee!..."

"İşte buluştuk!.. Ama siz tahminimden de geç geldiniz."

Doğrusu güzel plandı. Herkes gittikten, el etek çekildikten sonra onları birleştirmek üzere isabetle işlemiş bir plandı. Kara Şahin dişlerini sıkmış başını sallar ve "Seni ısırıp etini koparmalı!" der gibi bakarken itiraf etmişti:

"Sendeki bu zekâyı hep kıskandım zaten!.."

"Haydi bırakın birbirinizi yağlamayı da çıkalım buradan.

"Durun, durun... Bir misafirimiz olacak."

Topaç Yeye bunu söylerken elindeki meşaleyi köşede, yerde yatan bir adamın üzerine tuttu. Elleri arkadan bağlanmış yüzükoyun yatıyordu. Onu ayağa kaldırmak için yanına yaklaşırken esefle anlatıyordu:

"Bu şerefsiz köpek, Veyis Ağa'nın konağında bana uygunsuz teklifte bulunan alçaktır. Onun yüzünden çok dayak yiyip annemden ayrılmış, bimarhaneye düşmüştüm. Allah'a çok şükür anamın intikamı yerde kalmayacak!"

Adam ayağa kalktığında Kara Şahin ile Hörükız birlikte bağırdılar:

"Aslan Ağa!.."

"Esed Ağa!.."

-derkenar-

yusuf'u zindana attıran zeliha

Anlatırlar ki; Zeliha, Yusuf'u zindana attırdığı vakit onun ayrılığıyla ardından yanıp yakılmaya başlamış. Hem kendisinden ayırmış, hem hasretini çeker olmuş. Bu yüzden zaman zaman zindanı ziyarete gider, suretâ "Hükümlüm kaçmış olmasın!" diye kontrol eder, ama içten hasret giderirmiş. Eğer Yusuf'u uyurken bulursa hücresinin önünde bekler, seyreder, uyanık bulursa azarlar, böylece yüzüne bakarmış. Nihayet bir keresinde sesini de çok özlediğini fark etmiş ve bir köle çağırıp, "Hemen şimdi, Yusuf'u yere yık, adamakıllı kamçıla! Öyle vur ki ta uzaktan ah ettiğini duyayım." demiş. Köle emre itaate niyetlendiyse de Yusuf'un güzel yüzünü görünce kıyamamış. Hücrede bir post var imiş, onu yere sermiş ve başlamış vurmaya. Kölenin her kamçısında Yusuf mahsustan feryad etmekte, çığlık atmaktaymış. Zeliha ise bağırmaya devamda:

"Daha hızlı vur, adamakıllı vur!"

Nihayet köle Yusuf'a yalvarmış:

"A güneş yüzlü, Zeliha gelir de sırtında kamçı izi göremezse şüphesiz beni öldürür. Omzunu aç, dişini sık, bir kerecik olsun kamçıya dayan!"

Yusuf elbisesini sıyırmış. Köle öyle bir vuruşla vurmuş ki Yusuf yere kapaklanmış. Zeliha, bu sefer Yusuf'un ah edişini duyar duymaz bağırmış:

"Yeteeer!.."

60. Sual: Gönül Dili Ne Anlatır?

"Bu yağmur şehrin üstünü bastıran yangın kokusuna iyi gelecek!" diyordu içinden. Kaplumbağaların havuzunu örten çinkolarını ve Can Kuyusu'nun kapağını açmış, mezarın rahmet deliğindeki otları temizlemişti. Her sonbaharda, mevsimin ilk yağmurlarından herkes nasibini almalı diye böyle yapardı. Ama bu seneki sonbahar yağmurları için aynı şeyi düşünmek istememişti. Bilemiyordu, bu yağmurlar yeryüzüne ölüm mü getiriyordu, ölüm kokusunu almaya mı geliyordu. Arzularının en keskin ve hızlısının bile kader surlarını delip geçemeyeceğini biliyordu. Alıp verdiği her nefesin kendisinde icra etmekte olduğu bir kaderi olduğunu, bu kaderi yaşamadan ömrü tüketmenin yaşamak olmadığını düşünüyordu. İnsanın ümitli olduğu her şeye köle, ümit kestiği her şeyden de hür olduğunun farkındaydı. Son günlerde çok kaderci bir ruh hali içine girmişti. Bütün ömrü boyunca Allah'tan istediği şeylerden ziyade Allah'ın kendisinden istediği şeyleri önemsemişti. Ama şimdi Allah'tan bir şeyleri şiddetle istemek geçiyordu içinden.

Birden üzerindeki girift ve derin hüznün asıl nedenini hatırladı. Topaç Yeye henüz dönmemişti. Hörükız ile Kara Şahin için o kadar endişelenmiyordu, ama Yeye henüz tecrübesiz sayılırdı. İlk defa bir isyana şahit oluyordu. Ya bir yerlerde yol şaşırmış, bir kuytuda dizleri tutulup kalmışsa. Konak sahibi efendiler, zenginler onun yaşındaki delikanlılar ile genç kızları, eşkıyanın eline düşüp heder olmasın, yoldan sapmasın diye gizli kuyularda saklıyorlardı.

"Bu kadar kendini üzme Hafız Çelebi!.. Çıtkırıldım hanım evladı değil a bu!.. Elbette bakar başının çaresine!.."

Dostu kendisinin Yeye'yi düşündüğünü nereden biliyordu?!.. Gerçi her söylenen söz, her gösterilen tavır, içinden çıktığı bir kalbin elbisesini giyinmiş olurdu, ama bu derece göze çarpan bir kıyafet de sanki gösteriş olmaz mıydı? "Demek Yeye'ye dair hislerim bu kadar belli oluyor!" diye geçirdi içinden, Bican Efendi'ye başını teşekkür eder gibi sallarken. Sonra da gönlünü bir sevinç kapladı. İnsan ancak çok severse duygusu dışarıdan belli olurdu. Yeye'yi çok sevmekten dolayı sevindi, kendisiyle gurur duydu. Uzun yıllar olmuştu birini bu derece sahiplenmeyeli.

Eski dostuna baktı sonra. Tanışalı ne kadar olmuşlardı; aralarında hep bir saygı ve ahbaplık sürüp gelmişti. Lakin bu, birinin kendisine ihtiyaç duyduğu türden bir algı değildi. Yeye kendisine babasıymış gibi davranıyordu. Zaten üzüntüsü de bir baba olarak onu isyanın ortasına bırakmaktan ötürüydü. Muhtemelen şu anda Şehnaz da onu merak ediyordu. Bu Şehnaz iyi bir kıza benziyordu. Lisanından tek kelime çıkmıyordu ama gönül diliyle çevresindekileri kendisine imrendirmeyi her zaman başarıyordu.

Gözlerini yollara kilitleyip tam iki saat öylece oturdu. Yeye geldiğinde perişan, bitkin ve ürkmüş haldeydi. Hafız Çelebi'nin düşündüğü gibi isyanın ortasında kalmak değildi bunun sebebi, hayır, Yeye'nin kalbine ateş bırakan kıvılcım Haseki Bimarhanesi'nin yanından geçerken düşmüştü.

Eskiden beri İstanbul yangınlarından en az zararla kurtulan binalar taş yapılar olurdu. Lakin bu sefer alevler şiddetli rüzgârın önünde çevreye çılgınca saldırmaya başlamış, şehrin ahşap çatılarına kıvılcımlar sıçratmış, Haseki Bimarhanesi'nin çevresindeki evleri de sarmıştı. Yeye'nin yolu buraya uğradığında Bimarhane çevresindeki halk, sanki eli kolu bağlanmış bir çaresizlik içinde yanmakta olan evleri seyrediyor, yangının Bimarhane'ye sıçramaması için duaya el açıyordu. Azgın alevlerin arasından Bimarhane'ye geçilebilecek küçük bir koridor oluşturmak için çırpınmalar boşa gitti. Alev tam bir müdafaa hattı gibi önlerini kesmişti. Şimdi çevrede yüzlerce insan yalnızca dua ediyor, ağlıyordu. İçeride zincirlere vurulmuş deliler vardı ve ne içeridekiler dışarı çıkabiliyor, ne dışarıdakilerden içeriye yardıma gidilebiliyordu. Bir ara alevlerin arasından yarı çıplak hastalar sıçrayıp kurtulmaya başladılar. Saçları başları yananlar, elbiseleri tutuşanlar, yanmaya devam eden elbiselerini söndürmeyi bile akıl edemeyerek çevrelerine şaşkın şaşkın bakınan mecnunlardı bunlar. Durmaksızın kahkaha atanlar, gırtlaklarını parçalarcasına bağıranlar, çevresindekilere saldıranlar... Yürek parçalayan bir sahneydi. Alevlerin içinden çıkanları ellerindeki kovalarla ıslatmaya çalışanlar olduysa da deliler şaşkın vaziyette ıslanmamak üzere de kaçışmaya başladılar. Bir anda ortalık karıştı. Herkes delileri yakalayıp üzerlerindeki alevleri söndürmenin peşindeydi. Yeye, o sırada "Eğer içeriden dışarıya çıkılabiliyorsa, dışarıdan da içeriye girilebilir!" diye düşünüp ileri atılmaya hazırlanıyordu ki tanıdığı bazı hekimler ve hasta bakıcılar çığlık çığlığa alev hattını geçtiler. Söylediklerini göre artık çok geçti. Alevler sahanlığı ve bahçeyi tutuşturmuş, kubbenin kurşunları erimeye başlamıştı. Kilitli hasta hücrelerini açmışlar ama zincirbend hastaların kilitlerini açmaya zamanları yetmemişti. Dediklerine göre hastaların bazıları alevlerden ürküp çevreye saldırıyor, ağlıyor, bağırıyor, birbirlerini parçalıyorlarmış. Yeye o anda mutlaka içeri girmesi gerektiğini düşündü. İleri atıldı. Lakin alevleri aşması mümkün olmadı; kaşları ve kirpikleri tütsülenmiş olarak geri döndü. İkinci hamlesinde halk onu tuttu ve bir daha bırakmadı.

Hafız Çelebi onun is olmuş bedenini, yanmış kaşlarını ve kirpiklerini görünce derhal ıslak bir tülbent getirip yüzünden başlayarak ellerini, kollarını silmeye başladığında Yeye'nin kulaklarında hâlâ tanıdık seslerin çığlıkları yankılanmaktaydı. Tam iki saat boyunca, çaresizlik içinde yanan ve yanarken gittikçe tonlamaları değişen çığlıkları dinlemek ruhunda derin bir yara oluşturmuştu. Onların içeride yanarken zincirlerinden kurtulmak için çırpındıklarını veya hiç kımıldamadan alevlere teslim olduklarını, hatta ne olup bittiğinin farkına bile varmadan alevlerle oynadıklarını düşünüp durmaktan bitap düşmüştü. Kim bilir belki de içlerinden bazıları alevlerle konuşmuş, sarmaşmış, kucaklaşmış, bir sevgili gibi bağrına basmıştı. Yıllardır gönüllerinde yanıp duran ateşin şiddetiyle belki de bedenlerini yakan ateşi hiç hissetmemişlerdi. Hatta belki de ateş, bu uzun birlikteliğin hatırasına onları hiç yakmamıştı. Belki de onların yerine zincirlerini yakmıştı. İçerde olup bitenleri görmeden bunu kim bilebilirdi ki? Ateş, elbette bu sırrı gizleyecekti. Belki de ateş orada **Mecnun'un yanında oturan Leyla**'yı görmüştü, ama dışarıda olanların bundan haberi yoktu.

Yeye bütün ruh ve beden yorgunluğuyla kendini Hafız Çelebi'nin kolları arasına bırakıverdi:

"Ağlamak istiyorum..."

-derkenar-

mecnun'un yanında oturan leyla

Günlerden birinde Mecnun'u bir duvarın üstüne oturmuş, ayaklarını sallandırmış otururken gördüler. Kerpiçten duvarın üstünde gayet neşeli ve bahtiyardı. Kendince konuşuyor, işaretleşiyor, kâh gülüyor, kâh ağlıyordu. Gelen geçen bu hale bakıp alay etmedeydiler. Nihayet bir gönül eri oradan geçti. Bakınca Mecnun'un yanında Leyla'nın da oturmakta olduğunu gördü. Başkasına gizli olan ona açılmıştı. Şükretti:

"Bir ömürdür koşup durdum... Çok da yoruldum... Ama sonunda bu ikisinin mutlulukla bir araya geldiklerini gördüm!.. Çok şükür Tanrı'ya!.."

61. Sual:
Bu Tuzak Kimin İçindir?

Tomruk Emini, Sadrazam İbrahim Paşa'nın cesedini gördüğü an işlerin daha da kötüye gideceğini anlamıştı. Sultan Ahmet Camii"nin minarelerinden birinde Yeniçeri Ağası ve Patrona Halil bayrak sallamakta, meydana toplanan halkın uğultusuna yeni kalabalıkların eklenmesi için elden geleni yapmaktaydılar. Bayezit Meydanı'nda açılan hamam peştemalları artık yerlerini yeniçeri ve sipahi sancaklarıyla değiştirmişti. İstanbul halkının neredeyse dörtte biri şimdi bu meydana yığılmış gibiydi. Damat İbrahim Paşa'nın çıplak sayılabilecek cesedi birkaç azılı yeniçeri haydutu tarafından yerde "Sünnetsizmiiiiş!... Bakın, işte gizli din taşırmıış!" gibi çığlıklar arasında sürükleniyor, parçalanıyor, etleri kopuyor ve tanınmaz oluyordu. Vahşi bir manzara idi. Seyredenlerden bazıları homurdanırken, bir kısmı da gizli gizli rahmet okuyordu.

Kara Şahin ve Hörükız Tomruk Emini'nin ne yapacağını kestiremiyor, karar verme konusunda tereddüt yaşıyorlardı. Kara Şahin onun bir yandan devlet yanlısı görünürken diğer yandan yeniçerilerle irtibatlı karanlık işlerini takip ettiğini biliyordu. Bu yüzden bir sonraki durağının Binbirdirek veya Şehzadebaşı'ndaki yeniçeri kışlası olacağından adı gibi emindi. Kazasker İshak Efendi şehirde asayiş ve emniyeti sağlama adına Tomruk Emini, Yeniçeri Ağası, Bostancı Ağa gibi kolluk güçlerini yöneten adamlara emirler yağdırmış, şehrin dört bir yanında ileri karakollar oluşturmuş, bu da halka ilan edilmişti. Sultan Ahmet hâlâ Üsküdar'da ordu ile birlikteydi. İbrahim Paşa ile beraber yeniçeriye teslim edilip Sultan Ahmet Meydanı'ndaki çınarda cesetleri sallandırılan insanların yakınları gizlenmiş veya kaçmış, ona muhalif olanlar da meydanları doldurmuştu.

Kara Şahin, Tomruk Emini'nin her hareketini yakından izliyordu. Divanyolu'na yöneldiğini görünce birden Hörükız'ın kulağına eğildi "Evet! Vakit geldi. Başlayalım!" dedi ve Bayezit'e doğru Tavukpazarı ve Çemberlitaş istikametinden hızla koşmaya başladılar. Hörükız, Sultan Bayezit Han'ın yaptırdığı külliyenin bahçesine girip elindeki bohçada getirdiği ferace, şalvar, yaşmaklı kıyafeti üzerine geçirdi. Şahin Laleli semtindeki konağa doğru koşmaya devam ediyordu. Topaç Yeye ile Bican Efendi orada kendisini bekleyeceklerdi.

Bu onların son fırsatıydı. Eğer Tomruk Emini, Bindallı Mahmut ile Aslan Ağa'nın söylediklerini doğrulamazsa hakikati bulmuş olamayacaklardı. Hörükız Tormuk Emini'nin yoluna çıktığında, yanında iki nefer tomruk mensubu ile arkalarında birkaç çapulcu serseri yürümekteydiler.

"Ağam! Cariyenize bir yol kulak verseniz, sonra nimete erseniz!.."

"?!.."

Hörükız'ın bütün dişilik cazibesiyle söylediği bu küçük cümle Tomruk Emini'nin benliğini sarsmaya yetmişti. Durakladı. Sesini yumuşattı ve sevecen bir tavır takındı, sordu:

"Ne istersen Hanımım?"

Hörükız cilvelenip kulağına fısıldar gibi eğildi:

"Mahremdir."

Aslında ona kokusunu ve sıcak nefesini duyurmaktı niyeti. Böylece sözleri daha inandırıcı olacaktı. Tomruk Emini yanındaki adamlara eliyle ilerlemelerini işaret etti. O sırada Hörükız, Tomruk Emini'nin elini yakaladı, avucunu açtı ve diğer elindeki armûdî elması sıkıştırırken fısıldadı:

"Ağam! Bir hazinedir, illa ki yalnız kaldıramam."

"Bre Devlet-i Aliye'de kim kimin hazinesini kaldıra!"

"Ağam! Bir vakitler Bayezit Hamam halvetinde meşşata idim ben. Bazı şeylerin yolunu yordamını bilirim. Eflak'tan kaçırılıp getirileli on yıl oluyor, yoksulluktan kurtulamadım. İlla fırsat elime yeni girmiştir. Sizinle iş yapmak isterim, çünkü adınızı ve bu hususta maharetinizi bilirim. İlla ki siz istemezseniz Kapalı Çarşı'da sarraf çoktur."

Tomruk Emini şifreleri doğru okumuştu. Bu kız zengin hanımların mücevherlerinden birine sahipti. Avucuna tutuşturduğu elmasa bakılırsa oldukça da değerli bir koleksiyondu. Bedesten'deki sarraflara taklitlerini ve sahtelerini yaptırtarak değiştirdikleri hazinelerden birsiydi bu. Bir an tereddüt eder gibi oldu. Hörükız derhal gönülsüz davranma yolunu seçti, sabırsızlandı, çevresine bakındı:

"Ağam! Ne buyurursunuz?"

"Kimindir ve nerededir?"

"Laleli Zerefşan Konağı'nda. Ama, yalnız siz ve ben."

Tomruk Emini Hörükız'ın elini tuttu. Elması avucuna iade ederken duru gözlerinin içine tehditvari baktı. Şüphelendiğini belli etmek istiyordu. Hörükız'ın işveli gülümseyişini görünce bir değil iki mücevhere birden sahip olduğu hissine kapıldı, ihtilal günlerinde böyle fırsatları değerlendirmek gerektiğini düşündü. Nihayet hazineyi bulunca boğazını sıkıvermek kolay olurdu. Eflaklı bir cariyeyi kim arardı? Hele de ihtilal günlerinde!.. Patrona Halil Ağa bu işe çok sevinecekti. Ne de olsa şu sıralarda ziyadesiyle hazine ve altına ihtiyacı olduğu açıktı. İhtilalden sonra alacağı yüksek vazife için şimdiden onu memnun etmesi gerektiğini biliyordu. Hörükız'ın elini sıktırıp "Gidelim Hanımım!" deyiverdi. O sırada Hörükız avucuna koyduğu elması almamakta direndi: "Sizde kalsın, gideceğimiz yerde başka parçalar var, onlardan alırım."

Tomruk Emini kızı inandırmak için adamlarını bir işaretle başından savmıştı. Hörükız artık kendini daha rahat hissediyordu. Çünkü isyancıların kol gezdiği yerlerde kadın kılığıyla dolaşmak yeterince bela idi. Öbür yandan Kara Şahin tam bir yıldır bu günü bekliyordu. Suratına vurduğu haksız yumrukların yıl dönümüydü bu gün. Fırsat ele girmek üzereydi.

Zerefşan Konağı'nın kapısından giresiye kadar Hörükız ona konakta yaşlı bir karı koca olduğunu, bazı günler yürümekten bile aciz kaldıklarını, genç oğullarının ihtilal başladığı gün şehri terk ettiğini, giderken de hem anne babasını, hem de kıymetli eşyaları kendisiyle kâhya Hüsmen Ağa'ya bıraktıklarını, Hüsmen Ağa'nın daha efendisi gider gitmez kendisine sarkıntılık yaptığını ve mallara tek başına konmak istediğini, bu yüzden dünkü akşam da güya yatağına girer gibi yapıp onu bir hançerle öldürdüğünü vs. anlatıp durdu. Bu tür konuşmalarla onu hem kendisine alıştırmak ve ısındırmak, hem kimsesizliğine ve yalnızlığına inandırmak, hem de himayesine muhtaç olduğunu göstermek ve şüphelenmesini önlemek istiyordu. Konak kapısının dışında en az on adamın onu bekleyeceğinin ve içeriden çıkmadığı takdirde konağı basacaklarının da pekâlâ farkındaydı. Bu yüzden planı çok titiz yapmışlar ve öylece uygulamaya koymuşlardı. Hafız Çelebi'nin kadim dostu Dukakinzade Cemaleddin Molla'nın Zerefşan Konağı ile Şehzadebaşı bakırcılarına açılan caddede onunla sırt sırta vermiş olan Kalfakadın Konağı'nın anahtarlarını üç günlüğüne teslim alıp planı uygulamaya koymuşlardı. Birinden girip diğerinden çıkacaklar, böylece Tomruk Emini'nin adamları ön caddede konak kapısını beklerken bunlar arka caddeden köprüye varmış olacaklardı. Bu konaklardan birinin sahibi henüz Boğaziçi'nde, Kuzguncuk ila Beylerbeyi arasındaki fevkanî sayfiyesinden şehre dönmemiş, diğeri de iki ay evvel limandaki gemisiyle Karadeniz sahillerine sefere çıkmış, giderken hanımını da beraberinde götürmüştü. Kara Şahin ile Hörükız, Hafız Çelebi'den, anahtarlarla birlikte konakları beklemekte olan kâhyaları Kâğıthane'ye çağıran iki de pusula almışlardı. Hafız Çelebi iki gün boyunca kâhyaları Kâğıthane'de tutacak, o arada Bican Efendi, Hörükız ve Şahin de Tomruk Emini'ni ele geçireceklerdi. Hörükız konak bahçesine girer girmez Tomruk Emini'nin koluna sarılıp yalvarmıştı.

"Ağam! Ben kimsesiz bir cariyeyim. Eflak'tan koparılıp getirildiğimde henüz dokuz yaşımdaydım. Kimim kimsem de yok. On yıldır huyunu tüyünü sevemediğim evlerde, konaklarda, yalılarda dolaşıp durdum. Artık kendime ait bir hayatım olsun istiyorum. Mücevherlerle birlikte beni de al. Yok istemezsen beni helal süt emmiş birine ver ve bu hayattan kurtar".

"Sencileyin tazeyi esir etmek değil, serbest bırakmak ahmaklıktır. Hele önce mücevherleri görelim."

"Göreceksin Ağam! Az kaldı göreceksin."

Gerçekten de Hörükız'ın dediği gibi oldu. Daha iki dakika geçmeden kapı aralanıp da çok zevkli döşenmiş bir salona girdikleri sırada Tomruk Emini başına inen sopanın şiddetiyle halının üzerine yuvarlandı. Neye uğradığını şaşırmıştı. Bican Efendi'nin iri vücudu üzerine çöktüğü sırada Kara Şahin'in getirip burnuna dayadığı ecza da onu serseme döndürdü. Gerisi arkadan ellerini ayaklarına bağlayıp irice bir çuvalın içine tıkıştırılmasından ibaretti. Zerefşan Konak'tan Kalfakadın Konağı'na kadar Bican Efendi'nin sırtında çırpınmaya çalıştıysa da konağın arka caddeye açılan kapısından çıktıkları sırada tamamen bayılmıştı. O sırada Kara Şahin ile Hörükız onu ön sokakta bekleyenlerin ne kadar bekleyeceklerini düşünüp gülüyorlardı.

Kara Şahin ile aralarındaki buzları eritmiş olan bu işbirliğinin sevinciyle Bican Efendi, boz bir beygirin çektiği saman arabasını tersane zindanına doğru alıp götürürken, Hörükız giysilerini değiştiriyor, Şahin de binecekleri atları hazırlıyordu. Şehir, isyancıların uğultuları ile çalkalanıyordu. Tahtakale istikametindeki ticarethaneler kepenklerini indirmiş, alım satım durmuştu. Halk sokak başlarında, meydan ve aralıklarda öbek öbek toplanmış çaresizliklerine çözüm yolları arıyor, bazen sultandan, bazen Patrona Halil ve adamlarından şikâyetle öfkelerini kabartıyorlardı. Bilhassa fırınların önünde kalabalıklar vardı. Gıda dükkânlarıyla depoların kapıları yumruklanıyor, kasapların sayalarda meleşen hayvanları yağmacıların iştahını kabartıyordu. Henüz bu semtlerde dükkân kepenkleri kırılmaya başlanmamıştı. Bu konuda şiddetli emirler almış olan ve bunu uygulamakta kararlı davranan tersane leventlerinden seçilmiş Galata muhafızları, bir saman arabasının önüne düşüp giden iki yeniçeri kolluk neferine fazla dikkat etmemiş, mürur tezkiresinin mührüyle fazla da ilgilenmemişti.

⁂

Topaç Yeye tersane zindanının karanlık koridorlarında ilk ayak seslerini duyduğunda hücredeki çırayı derhal söndürüp koridora açılan kapıyı gözetlemeye başladı. Duyması gereken baykuş sesi henüz kulağına gelmemişti. Baykuş sesini duyunca yarasa sesiyle karşılık verecekti. Aslan Ağa'nın ve Bindallı Mahmut Çavuş'un ses çıkarmamaları için ağızlarını yeniden bağlamakla kalmadı, ses çıkarmamalarını tembih için mengeneyi bir diş daha gerdirdi. Ayak sesleri yaklaşıyordu. Eline hançerini aldı. Gelenler sığınmak üzere evlerine dönmüş mahkûmlardan bazıları olabilirdi. Bindallı veya Aslan Ağa'yı aramaya gelen birileri de olabilirdi. Dikkatle beklemeliydi. Mamafih yerde bir sürüklenme sesi de duymaya başladı. Sol elinin parmaklarını sağ avucuna yerleştirdi, başparmaklarını yan yana gelecek şekilde üstüne kapattı, sonra dudaklarına götürdü.

Koridorda birden bir duraksama oldu. Duydukları kumru sesi koridorlarda uzayıp giderken içlerine bir ürperti vermişti. Bican Efendi kumruların yılanlardan korktuklarını biliyordu. Bir yılan tıslaması ile karşılık verdi. Ve duymayı umduğu kanat seslerini beklemeye başladı. Hayır, bir kanat sesi yoktu. Demek duyduğu ses gerçek bir kumrunun sesi değildi. O halde beklemek iyi olurdu. Öte yanda Yeye de baykuş sesi duymak üzere beklemeye başladı. Zindanın ne demek olduğunu işte o zaman anladılar. Kafalarındaki zindan düşüncesi hep çığlıklar ve feryatlarla doluydu. Oysa bir mahkûmun dört duvar arasındaki sessizliği dayanılmaz bir acı olsa gerekti. Bir cana muhtaç, bir harekete muhtaç, bekleyişle geçen ve arkası gelmeyen geceler... Hele de mahkûm, masum ise... Sessizliğin birer çığlık kesilip karanlıklar boyu devam ettiği geceler... Gün ışığı gelmeyen uzun saatler... Dışarıdakiler işe başlarken, dükkânlarını kapatırken, lambalarını yakar veya söndürürken, bahçelerde gezinir veya çiçek koklarken, zindanın rutubetli, sağır duvarları içinde sürüp iden izbe düşüncelerin sessizliklere karışan hayalleri. Bir zindanı zindan yapan şey herhalde bu idi.

Bican Efendi üstüne sıkı sıkıya bastırdığı çuvalın hareketlenmeye başladığını hissetti. Çuvalın ağzını açtı. Hançerini boğazına dayayıp sakin durması gerektiğini işaret etti. Tomruk Emini baygın ışığın altında nerede olduğunu, neye uğradığını, başındaki adamların kim olduklarını merak ederek şaşkınlık dolu bakışlarla çevresini tanımaya çalışırken var gücüyle çırpınıyor, ağzındaki yağlıktan kurtulmaya çalışıyor, inliyordu. Birden Hörükız'ın aklına zindan duvarlarında yansıyacak bir çığlığın nasıl bir sonuç vereceği fikri geldi, Tomruk Emini'nin ağzındaki bağı aniden çözüverdi. Çığlık Yeye'nin hücresine bir nara gibi yansımıştı. Tanıdığı bir ses değildi. Tedbirli olmalıydı. Yine de bu haykırış zindandaki birisi için ise onun kendisi olduğunu biliyordu. Belki de bir yaralı mahkûm geri gelmişti. Yardıma ihtiyacı olabilirdi. Eğer öyle ise onu kendi bulunduğu koridordan uzak tutması yeterliydi. Yavaşça koridorun başına kadar yürüdü:

"Kim var orada?"

Eğer bu sorusuna cevap gelirse kendisini gösterip olacakları farklı bir koridora yönlendirmekti niyeti. Neyse ki sesi tanıdık bir sese karıştı ve bir çıra yandı:

"Bizi korkudan öldürecektin!.."

Arabayı gizledikten ve atların önüne de samanları döktükten sonra Bican Efendi'nin görevi sorgu için erkete olmaktı. Kara Şahin, Hörükız ve Yeye, yan yana üç hücerede üç mahkûmu sorgulamaya başladılar: Tomruk Emini, Aslan Ağa, Bindallı Mahmut Çavuş.

62. Sual:
Kader Rüzgârları Ne Yönden Esecek?

Topkapı Sarayı'nın pencerelerinden Üsküdar'ın sisli ufuklarına bakan sultan, nemli gözlerini silerken pembe bir güneşin ilk huzmeleri Sarayburnu'nun hışıltılı sularında kırılmaya başlıyordu. Saray bahçesindeki uzun servilerin ve yaşlı çınarların altında zülüflü baltacılar ile saray ağalarının telaşla dolaştıklarını gördü. Üsküdar'dan gelmekle iyi mi yapmıştı, bilemiyordu. Üç gecedir gözleri bir damla uyku görmemişti. Bu süre içinde Kazasker İshak Efendi ile üç muhafızı yanından hiç ayrılmamıştı. Bu sabah Üsküdar'dan gelirken veziri ve damadı İbrahim Paşa'nın, onun damadı Kaptan-ı derya Kaymak Mustafa Paşa'nın ve çok sevdiği kethüdasının boyunları morarmış sapsarı cesetlerini taşıyan kağnının hazin gıcırtıları arasında yükselen uğultuları işitmiş, cesetlerinin azgın isyancılar elinde parçalanışını düşünmüş, az evvel aldığı bir habere göre de cenazeden geri kalan birkaç et ve kemik parçasının bir çuvala doldurulup namazı bile kılınamadan gizlice defnedildiğini öğrenmişti. Şimdi akıtmakta olduğu pişmanlık yaşlarından dolayı gözleri şişmiş durumdaydı.

Devlet erkânı o geceyi sarayda geçireceklerdi. Şu anda Kubbealtı'nda birikmiş olmalıydılar. Dairesinden çıkıp taşlık yolu yürürken Ayasofya minarelerinde kıpırdayan adamlar gördü. Sarayın içini gözetlediklerine göre demek henüz bela bitmemişti. Demek isyancılar yine haddi aşacaklardı. Bu sefer onlara haddini bildirmek üzere kendi kendisine söz verdi. Ne var ki Kubbealtı'na vardığında evdeki hesabın çarşıya uymayacağını gördü. Patrona Halil'in birkaç adamı ile Muslu Beşe orada vezirleriyle tartışıyor, İspirizade de aralarında pazarlıkçı rolü oynuyordu. Sultan içeri girdiğinde derin bir sessizlik oldu. Herkes ellerini önünde bağlayıp pençe durdular. Sultan tahtına doğru ilerlediği sırada Alacalı Mustafa atıldı:

"Devletlû, saadetlû hünkârımız!.. Yeniçeri kullarınız ile halkınız size pek kırgınlar."

"Nedenmiş efendi!.."

"Vezirinize kıyamadığınız, bize İbrahim Paşa diye Kürkçübaşı Manol'un cesedini gönderdiğiniz için efendimiz!.."

Sultan yumruklarını sıktı, kaşlarını çattı, dudağında bir tik belirmeye başladı. Alacalı Mustafa korkusundan bir adım geri çekilirken herkesin başı yerdeydi. Dün boğdurulup cesedi saray dışına gönderilen kişinin İbrahim Paşa olduğunu sultan kadar onlar da biliyordu. O kendi kızını öz eliyle dul bırakmıştı ama isyancılar şimdi ölenin başkası olduğunu iddia ediyorlardı. Sadrazam kızıl sakallı iken dedikleri kürkçü Manol sarı bıyıklı, gök gözlü ve sakalsız idi. Üstelik vezir olduğunu görmeselerdi onu bir atın kuyruğuna bağlayıp Bâb-ı Hümayûn'a kadar sürükleyerek cesedini paramparça ettirirler miydi?!.. Bunda bir iş vardı. Çevresindeki adamlarına baktı. Herkes gözlerini yere indirmiş durumdaydı. Öfkesi iki katına çıktı:

"Bre nankör haramzadeler, bre eşkıya tohumu soysuzlar!.. Vezirimi size verdiğime yeterince yanarken bu ne küstahlıktır ki bana yalancı dersiniz?!.. Bre haydi vicdan ve haysiyetiniz yoktur, bre edep, erkân da mı kalmamıştır?!. Bu lakırdı ne lakırdıdır?!.."

İspirizade, yine arayı bulur gibi atıldı:

"Şevketlû sultanım!.. Kullarınız sizi istemezük diyecekler amma diyemiyorlar!.."

"Öyle ya, sen itin kuyruğusun, bunu söylersin!.."

Bu sırada Kazasker İshak Efendi ile muhafızlar hançere el atmış ama sultan kazaskerin bileğine yapışarak onları durdurmuştu. Yeniçeri Ağası Zülali Hasan Ağa araya girdi:

"Hâşâ hünkârım, bizler yalnızca sizin canınız için canını feda edecek kullarınızdan bir kaçıyız, o kadar. Lakin Halil Ağa ile yoldaşları bu konuda hemfikirdirler. Vazgeçirmeye çalıştıysak da..."

"Yeter bre, alçaldığın yeter... Madem beni de istemiyorlardı dün neden cihan değer vezirimi aldılar? O vezir ki sizin kökünüze kibrit çalacak asker yetiştirmeye çalışmıştı... Bu muydu derdiniz, Devlet-i Âl-i Osman sizin elinizde böyle kalsın mıydı, bu muydu ihtirasınız? Eğer öyle ise dün şeyhülislam efendi fetvayı niçin bana değil de ona verdi."

"Hâşâ hünkârım!.. Dün sizin azliniz için fetva verilemezdi. Yalan söylediğiniz bugün belli oldu. Şeyhülislamınız da zaten buna göre fetva verdi."

Sultan, bu adamların kendisini hal etmek, tahtından indirmek için buraya toplandıklarını ancak bu cümleden sonra anlayabildi. Orta Asya'dan bu yana Türk töresiydi, "Yalancı" olduğu anlaşılan birinin hükümdarlığı geçerli olmazdı. Hiddetle sordu:

"Peki neymiş yalanımız?"

"Vezir diye Manol'un leşini vermek!.."

"Eveeett!.. Desenize her şey hazırlanmış!.. Vah ki vaaah!.. Bizi Tebriz'de ölen askerin ahı tuttu besbelli. Yoksa bu bela sizin kadar aşağılık alçak adamlardan gelmez."

Sultan uzunca bir müddet sustu. Gözleri bir tek noktaya takılı kaldı. Neden sonra sesinin tonunu yumuşatarak sohbet eder gibi konuştu:

"Aileme ve çocuklarıma zarar vermemek kayd u şartıyla tahtımı size teslim ederim. Bunun için hepinizden Allah'ın kitabı üzerine yemin isterim. Ondan sonra varın şimşirlikten kim gelecekse getirin?!.”

“Canınız kendi canımız, namusunuz öz namusumuz olacaktır. Sizi aile efradınızla birlikte Çırağan’da ağırlayacağız. Yeğeniniz Şehzade Mahmut Efendi’ye Allah Âl-i Osman tahtını mübarek eylesin!.. Bugün mübarek cumadır. Eyüp Sultan huzurunda yeni sultanımıza kılıç kuşandırıp taht-ı hümayunu sunmak gerek. Malum, şehir karışık, irade boşluğu mahzurludur.”

Sultan dışarı çıkmak üzere hareket ettiği sırada Kazasker İshak Efendi de onunla birlikte hareketlendi. Sultan onu durdurup kalmasını işaret ederken “Buraya kadarmış!” diye fısıldadı, “Hakkını helal et!”. O sırada kızlarağası ile bostancı ağayı gördü. Yeğeni Şehzade Mahmud’un kollarına girmiş getirmekteydiler. Eski efendilerinin yüzüne bakamayan bu adamlar kapıya gelince durdular. Şehzade titriyordu. Belli ki kendisini getirenler ya gerekli açıklamayı yapmamışlar veya sultan olacağına inanmamış, bunun canına kıymak üzere bir tuzak olduğunu düşünüyordu. Ne garip bir tecelli idi. Mahmut’un babası tahttan indirildiğinde de kendisi aynı şekilde korkarak ve titreyerek Kubbealtı’na gelmişti. Şu anda zavallı şehzadenin heyecanı korku ile umut arasında bir trajedi sayılırdı. Bestekâr, hattat ve şair olarak şimşirlikte kendine ait küçük bir hayatı yaşamakta olan bu adam, artık bilemiyordu, koskoca Osmanlı İmparatorluğu’nun yirmi dördüncü padişahı olarak tahta çıkmak üzere mi Kubbealtı’na geliyordu, yoksa kendisini cellatlara verecek bir iradenin kurbanı olarak mı sürüklenmedeydi?!.. Sultan Ahmet, kendi halini unutup onun haline acıdı. Başına geleceklere üzüldü. Tam o sırada Şehzade Ahmet adına sevinmek geldi içinden. Hiç olmazsa devlet dağdağasından uzak yaşayıp öylece öldüğüne sevindi. Şimdi onun ağabeyi hükümdar oluyordu ve iki kardeşten hangisinin daha bahtiyar bir ömür sürdüğü tartışılabilirdi. Birincisi ölürken saltanat umudunda mıydı, bilemiyordu; ama ikincisi hiç saltanatı ummadığı halde sultan olmuştu. Birincisi ölerek kurtulmuş muyduydu; ikincisi ölmeyerek çekecek miydi? Sonra yaralı bir kalple karşısındaki genci alnından öptü, elini omuzuna koydu:

"Bak a oğul!.. Baban cennetmekân Mustafa Han hazretleriyle ben, sırf şu makûle alçak devlet adamlarına teslim olduğumuz, işleri onlara emanet ettiğimiz için şimdi senin çıkmak üzere olduğun tahttan indik. Sen bizden ibret al. Kendini kimseye teslim etme. Şiddetli, fakat âdil ol. Hacet sahiplerine adalet kıl. Fakirlerin haline riayet eyle. Kimsenin ahını almayasın, ve benim dahi ettiklerime kalmayasın. Şehzadelerim sana emanettir; sultanlığın şanı onlara siyanet olsun. Saltanatında daima var olasın, gücünle kudretinle berkarar olasın!.."

Sultan Ahmet gözünden sızan iki damla yaşı saklamaya çalışarak dar koridorlardan şehzadeler dairesinin basit taşlığına doğru yöneldiği sırada onunla beraber görevde bulunan herkes görevden alınıyor, yerine Zülali Hasan Ağa'nın elindeki listeden hayta ve serseri makûlesi bir yığın adam tayin ediliyordu. Bu arada harem dairesinden bakan gözler sultanın tek başına geri dönmekte olduğunu görünce hakikati anlamış, çığlıklar yükselmeye başlamıştı. Osmanlı hanedanından çoğunun ömürlerinde bir defa yaşadıkları çaresizliği yaşama sırası şimdi onlardaydı.

* * *

Şehirde yağmalanmamış dükkânlar hâlâ kapalı, halk hâlâ ekmeksiz ve aşsız idi. Kırılabilen kapılar kırılmaya, içinde bulunan ne varsa yağmalanmaya devam ediyordu. O sırada Muslu Beşe İspirizade'yi dürtüklüyor, "Hadi!.. Hadi!.." diyordu. İspirizade "Bekle efendi!. Kılıç kuşanmadan bir sultanın sözü ferman yerine geçmez ve onun dediğini kimse yapmaz. Hele cuma vakti gelsin; ağzından ilk çıkacak fermanlardan biri Sadabat köşklerine dair olacak, merak buyurma!"

63. Sual:
– Hatırlıyor musun?

"Evet ağa!.. Elimdeki çıranın ve üstüne oturduğun barut fıçısının farkındasın değil mi?!.."

"?!.."

"Soracaklarımı buna göre cevaplandırırsan birbirimizi yormamış oluruz, öyle mi?!.."

Bu sorular üç hücrenin üçünde de aynı anda yankılanmadaydı. Her üç hücrenin ortasında tahta tekerlekli birer sedye, sedyenin alt kısmına bağlı küçük barut fıçıları, tam fıçıların üzerine oturtulup el ve ayaklarından zincirlerle bağlanıp gerdirilmiş üç adam, onların başında da ellerindeki meşalelerle üç kişi vardı. Zindanda insanı hayrete düşüren pek çok sorgu, işkence ve eziyet için düzenek vardı. İşkenceyi uygulayanların bunları kullanırken nasıl bir zevk aldıklarını merak etti birden. Suçluların sorgulanması esnasında kullanılanlar ile sırf eziyet olsun diye işkence yapılırken kullanılan aletler ayrı ayrı bölmelere yerleştirilmişlerdi. Her koridor girişinde ise mahkûmların günü yorgun geçirmeleri ve böylece kıpırdayamaz konuma düşmeleri için ayrı işkence sedyeleri bulunuyordu. İşkence, burada asayişi sağlamanın yollarından biriydi. Azılı haydutların her daim yorgun olmaları her zaman iyiydi. Hiç olmazsa haftada bir kere kolları ve ayaklarından duvarlara bağlanıp gerdirilmeleri zindanın asayişi için gerekli sayılıyordu. Tabii muhafızlar mahkûmların böğürtülerini dinlemek istemedikleri vakit bundan vaz geçebiliyorlardı.

Kara Şahin'in düşüncesine göre şu anda sedyelere bağladıkları adamlar o azılı haydutların en şirretlerinden üçüydü. Kendilerinin yerine zindan muhafızları da olsa, bunları zincirbend olarak tutar ve haklarından öyle gelirlerdi. İşte bu yüzden sorgulama odasından bazı aletleri de her hücrede hazır etmekten geri kalmadı. Plan basitti. Her üçüne de aynı anda aynı türde sorular soracaklar, arada sırada ellerindeki işkence aletleriyle ya tırnaklarını, yahut sinirlerini çekecekler, feryat ve çığlıklar yan hücrelerden duyuldukça duracak, bekleyecek, birbirlerinin seslerini tanımalarını sağlayacaklar, sonra sorgucular yer değiştirip tutsaklarının birbirleri aleyhinde bulundukları itirafları ortaya dökerek onları birbirine düşürecek ve her şeyi teker teker öğreneceklerdi. Onun için her hücrede, her şey aynı sayılırdı. Yalnız bir tanesinin hücresinde diğerlerinden farklı bir düzenek daha vardı: Tomruk Emini'nin hücresindeki tomruk. Kara Şahin bunu diğer koridordan bin bir güçlükle taşımış, Eyüp Karakolu'nda ayağına geçirilen benzerinin acısını bir kez olsun bu zalim adama tattırmak istemişti. Ömrü boyunca zanlıları tomruğa koyup işkence eden bu adamın bir tomruğa kendi ayağı takılınca ne yapacağını merak ediyordu.

Zindan karanlıktı ve duvardaki çıraların ışığı yetersizdi. Tutsaklarına çok az ekmek ve su vermişlerdi. Azıkları yetersizdi ama vakitleri boldu. Zindanda zaman kavramı kaybolmuştu. Loş ışığın altındaki konuşmaları arada sırada, uzaktan uzağa yankılanan farelerin sesleriyle karışıyordu. Kara Şahin zihnini istila eden sayısız sorudan hangisiyle başlaması gerektiğine karar veremez durumdaydı:

"Eyüp Sultan Tomruğu'ndan Galata'ya nakledilirken Haliç'in derinliklerine düşürülen mahkûmlarla başlayalım mı? Ne dersin, Emin hazretleri?"

Tomruk Emini için hayat tersine akıyordu sanki. Sorgulamaya alışkın adam, şimdi sorgulanan konumundaydı. Avcı av olmuştu. Karşısındaki adamın ne bildiğini kestiremiyordu. Buraya kapatıldığı andan itibaren düşünüp durmuş, kendisinden hesap sorulacağını, ama bunun neyin hesabı olacağını pek tahmin edememişti. Böyle bir soruyu bir devlet görevlisinden çok bir katili arayan adam sorabilirdi. Bu da karşısındaki kişinin gücünün büyük olmadığını gösterirdi:

"Hangi serserisin, kimsin, seni bilmiyorum! Ama sen de beni bilmiyorsun. Bak şimdi, seninle güzel bir anlaşma yapalım. Sen benim ellerimi çöz, ben de bu yaptıklarına göz yummuş olayım. Çok sürmez adamlarım burayı bastıklarında..."

Kara Şahin, elindeki kolu bir diş kendine doğru çekerken şefkatli bir sesle fısıldadı:

"Sorularıma cevap alamadığım her cümlede zincir bir halka sıkışacak!.. Bu senin tomruğa benzemeyebilir, ayrıca. İstersen buna göre cevapla suallerimi."

"Adamlarım gelince..."

"Adamların mı? Hıh!.. Şu anda şehri korumaktan ziyade yağmalamakla meşguller, seni düşünecek halleri yok. Üstelik burası cehennemin dibi. Hiç kimse seni burada aramayacak, sahte lakabın gibi emin olabilirsin. Şimdi yeniden başlayalım, Eyüp-Galata hattında denizin dibine gönderdiklerinizle alıp veremediğiniz neydi? Birilerinin emrini mi yerine getiriyordun, yoksa emirleri sen mi veriyordun?"

"Neden bahsettiğini bilmiyorum!"

"Hatırlamana yardımcı olalım öyleyse!"

Kara Şahin elindeki kolu bir diş daha sıkıştırdığında Tomruk Emini dişlerini kenetleyip yüzünü acıyla buruşturdu. Yan hücrede Bindallı Mustafa bu ikinci halkanın sıkıştırmasıyla yüzünü buruşturmanın ötesine geçip inledi. Sorulara bakarak karşısındaki kadının Üç Hilal Cemiyeti'nden olduğunu bile düşündü. Bunca bilgiyi nasıl elde etmişti, hayret içindeydi. Üstelik de işkencede hiç acemi sayılmazdı. Sinirlerinin bir kademe daha gerdirilmesinin verdiği acıyla kıvranırken kadının öfkeli sesi duvarda yankılandı:

"Son defa soruyorum aşağılık herif!.. Çardak Kahvehanesi'nden Binbirdirek Sarnıcı'na uzanan ölüm çetesinde kimler vardı?"

"Bilmiyorum... Hatırlamıyorum!.."

"Bak bana it kuyruğu! Sorduklarıma cevap vermezsen seni asla öldürmem, diri diri köpeklere etlerini parçalatır sonra yeniden buraya getiririm. Şimdi baştan alalım; Taslak Remzi Beşe'yi, Odabaşı Abduh'u hatırlıyorsun değil mi? Ya da Tomruk Emini ağayı?"

"Hatırlamıyorum, bilmiyorum..."

Hörükız elindeki kolu bir bakla daha sıkıştırırken yan hücrede Topaç Yeye Aslan Ağa'ya daha insafsız davranıyordu. Ona sorulacak çok sorular vardı. Birer birer gelip hepsi soracaklardı. Yeye başına gelenlerde bu alçak ve şerefsiz mahlukun payını düşündükçe etlerini birer ikişer koparası geliyor ve zincirin baklalarını ikişer ikişer gerdiriyordu. Aslan Ağa inlemelerine son verip konuşmaya başlamıştı bile:

"Veyis Ağa'yı fazla tanımazdım. Kızının güzel olduğunu söylediler. Bir ticaret bahanesiyle kızını görmeye gittiğimi hatırlıyorum."

"Kızını görüp ne yapacaktın peki?"

"Bir yakınımızın oğluna isteyecektik?"

Topaç Yeye çarkı bir bakla daha gerdirip elindeki falçatayı bileyledi:

"Her yalanında bir alamet-i farika sahibi olacaksın!.. Ayağından başlayıp saçlarına kadar seni haritaya benzeteceğim. Şimdi söyle, kızı görüp ne yapacaktın?"

"Mısır ve İran'da İstanbullu cariye iyi para ediyordu. O sırada bir kervan yola çıkmak üzereydi. Fakat kız dilsiz çıktı."

Topaç Yeye bu herifin konağa Şehnaz'ın kucağına yılan düştüğünden birkaç gün sonra geldiğini o vakit hatırladı. İçinden iyi ki o gün dili tutulmuş diye geçirdi.

"Dilsiz olmasaydı kaçıracaktınız yani?"

"Hayır, kaçırma işini başkaları yapacaktı?"

"Bindallı Mahmut Çavuş mesela, öyle mi?"

"Binbirdirek'te böyle adamlar bulabilirdiniz? Çardak Kahvesi'nde de? Bir de Eyüp Sultan Tomruğu'nda tomruk neferleri vardı?"

"Ağaları yok muydu?"

"Ben ağalarını bilmem?"

"Merak etme o seni biliyor; hemen yan hücrede!.."

Aslan Ağa'nın çözüldüğü sırada Tomruk Emini'nin hücresinde de hemen hemen aynı sorulara sıra gelmişti:

"Denize attığınız adamları başlangıçta size kim getiriyordu; Aslan Ağa mı?"

"Aslan Ağa da kim, tanımıyorum."

"Peki Esed Ağa diyelim öyleyse..."

"Hayır bilmiyorum."

"Nasıl oluyorsa o seni biliyor, hemen yan hücrede, üstelik başka şeyler de biliyor."

"Ne gibi?"

"Tomruğa getirilen masumları mahkûm gibi sorgulama karşılığında alınan altınlar gibi. Haliç'te denize kazara düşürülüveren sözde mahkûmları ortadan kaldırmak gibi."

Tomruk Emini birden durdu. Yan hücreden Aslan Ağa'nın çığlıkları geliyordu. Yarı aydınlık hücrede, kendisini sorgulayan adama dikkatle baktı. Çıraların cılız ve dalgalı ışığının yansıyıp kaybolduğu yüzü tanıdık gelmiş gibiydi. Sonra birden başını sallayarak mırıldandı:

"Sensin!.. Eveeet bu sensin!.. Seni denize düşürdüğümüz o güne lanet olsun, meğer öldürüp atmalıymışız. Oysa ben sana acımıştım, adamlarım 'Öldürelim!' dediklerinde, gençliğine bakmış ve 'Bağışlayın canını, fakat iyice korkutun!' demiştim."

"Hangi suçumu bağışladığını da söyle bari?!.."

"Senin suçun çoktu. Bir defa yalnızdın, kimsen yoktu ve serserice tükettiğin bir miras vardı. Böyle bir mirası tek başına yemene göz yumamazdık. Haydi İncili Konak bir yana, otuz şahane inciye de sahiptin?.."

Kara Şahin Tomruk Emini'ni sonuna kadar dinledi. Kendisinden adalet isteyen, bağışlanmayı dileyen yüzsüzlüğüne önce inanır gibi oldu, Hafız Çelebi'nin "Düşmanına galip geldiğin zaman galibiyet nimetinin şükrü olarak onu affet!" dediğini hatırladı, ama sonra bu fikrinden vazgeçti. Onun herkese yaptığını bir kez de kendisine yapmak gerektiğini düşündü. Zincirin bir halkasını daha gerdirip hücreyi terk etti. Arkasından avazı çıktığı kadar bağırıyor, ağız dolusu küfrediyordu. Aslan Ağa'nın hücresine girdiğinde Topaç Yeye'nin işini çok iyi yaptığını bir kez daha görerek sevindi. Onu Bindallı'nın hücresine gönderip Hörükız'ın da Tomruk Emini'ne uğraması gerektiğini söyledi. Aslan Ağa, Kara Şahin'i görünce bütün acılarını unutmuş gibi bir hayretle sordu:

"Sen ha!.."

"Evet benim babacığım!.. Kendi öz kızına kıyan babacığım!.. Damadını katil diye yakalatan babacığım!.. Sana sayısız soru sorabilir, günler ve geceler boyunca merakımı giderecek itiraflarını dinleyebilirim. Tabii o kadar sabreder, hayatta kalmayı başarabilirsen Aslan Ağam, Aslan Babam, hıh!.. Merak ediyorum, öz kızına nasıl kıydın?"

"Konuşmayacağım!.."

Kara Şahin Aslan Ağa'yı çeşitli yollarla ikna etmeye çalışırken Hörükız'ın Tomruk Emini'ne kısık sesle bambaşka sorular yönelttiğini bilmiyordu:

"Şimdi soracaklarımı fısıltıyla cevapla; yoksa avazın çıktığı kadar sesini ben yükseltirim. Şehzade Ahmet'i ne yaptın?"

"Kim dediniz?"

"Haydi, domuzluk yapma!.. Ne sorduğumu biliyorsun."

"Peşine bir adam taktım, ölü veya diri bana getirsin diye? Lakin bir gün onu öldürülmüş bulduk."

"Kimin için öldürecektin?"

"Vezir-i Azam İbrahim Paşa Hazretleri için!"

"İsyan çıkarıp devirdiğin İbrahim Paşa için mi?"

"İsyanı ben çıkartmadım ya!.."

"Öyle, öyle, Patrona Halil Ağa'yı da hiç görmedin zaten."

"Ben olacağın önünde duramam. Lakin olandan yararlanmak gerektiğini düşünürüm."

"Şehzade'den ne yarar sağlayacaktın?"

"Diri yakalanırsa İbrahim Paşa onu himaye edecekti. Ölü yakalanırsa ölümü saklanacak Sultan Ahmet'e tehdit sayılacaktı."

"Şimdi hangisi oldu peki?"

"Az evvel şu zincirimi gerdiren eller onun olduğuna göre ikisi de olmamış, görüyorsun."

"Pekâlâ, Kazasker İshak Efendi'den aldığın bilgiler?"

"Onu yazılı olarak vezir hazretlerine sundum."

"Ne diyordu?"

"Okumadım. Okumaktan korktum. Bazı bilgiler insanın başına bela açar. O da belalı bir nameydi. Hatta Kazasker Efendi'yi dilsiz ve sağır cellatlara sorgulattım ki onlar da öğrenmesinler."

"Peki şimdi kimler biliyor."

"Aha bir sen, bir de ben. Ben bunu bildiğim için öleceğimi de biliyorum. Sen de kendini hazırlasan iyi edersin. Çünkü onu kim bildiyse sonunda öldü."

"Bu bildiğini saklarsan yaşamak için bir sebebin olacak, yok, söylersen yüreğini deşer kendi ellerimle parçalarım."

"?!.."

Yan hücrede Kara Şahin, Aslan Ağa'nın yeterince gerdirilmiş zincirini yokladı, küflü ve pis bir sandığın üzerine dizilmiş duran işkence aletlerine baktı. Hücrede gezinirken sohbet edasıyla anlattı:

"İşkence yollarını pek bilmem, ancak mesela şu kerpeteni kullanmayı iyi bilirim. Vaktiyle atımın ayağına batmış bir çiviyi kanırtarak çıkarmıştım. Şu sırada serçe parmağın eline batmış bir enseri gibi sana fazla geliyor olabilir?!. Tırnağından mı başlamalı, yoksa doğrudan parmağı mı sökmeli? Ha!.. Ne dersin balıkçı Esed Ağa!.."

"?!.."

"Eğer kerpeteni beğenmediysen bak şurada bir çivi zinciri var. Ustası bunları balık oltası gibi ne güzel büküp bir ipe dizivermiş. Belki de bunu yutmaya heveslisin!.. Ama yok yok!.. Yuttuklarını geri çekip de ciğerlerini ağzından çıkartırken o güzel sesin boğulur, kelimelerin anlaşılmaz olabilir..."

Bu sırada yan hücreden Topaç Yeye'nin Bindallı Çavuş'a merhaba dediğini gösteren bir çığlık duyuldu. Kara Şahin önündeki adamın bu çığlıktan ürktüğünü görmüştü. Sordu:

"Nakşıgül'ü önce bana vermek nedendi, ve sonra almak neden?"

"?!.."

"Demek inat edeceksin? Olsun, vaktimiz var. Kıyamete kadar sürse sana bunu söyleteceğimden emin olabilirsin."

"Kıyamete kadar sürse söylemeyeceğime inanabilirsin."

"Belki de bu şişi, şu meşale alevinde nar gibi kızdırıp kulağından içeri sokmamı istersin. Beynini yahni yapıp yemem gerekirse diye hani!.."

"Oğul, acı bu ihtiyara!.."

"İncili Konak'ın sekiz yüz altınıyla rahmetli anacığımın incilerini çatır çatır yerken sen bana acıdın tabii!.. Sahi ne kadarını sen harcadın, ne kadarını başkalarına dağıttın?"

"Sana o altınların hepsini geri öderim."

"O kadar paran var demek?"

"Bulurum."

"Kimden bulacaksın, Bindallı Mahmut Çavuş'tan mı?"

"Bindallı'yı nerden tanıyorsun sen?"

"Kendisi yan hücre komşumuz olur? İstersen seslenelim bir, Mahmut Çavuuuş!.."

Aslan Ağa Bindallı'nın acı ile inleyişini işittiğinde bayılacak gibi olmuştu. Artık saklanacak bir şey kalmadığını anladı.

"Oğul, ben ettim sen etme!. Temiz süt emmiş birisin sen. Acı bu ihtiyara!"

"Sen Nakşıgül'e acıdın ya sahi!. Öz kızına merhamet etmeyenin merhamet dilenişi ne hazin?"

"O merhamet edilmeyen benim kızım değildi.

"Değil miydi?"

"Gerisini var Bindallı'ya sor."

Şahin derhal koştu. Bindallı bitkin vaziyetteydi.

"Bana Nakşıgül'den bahset şimdi?"

"Nakşıgül de kim?"

"Aslan Ağa senin bildiğini söylüyor."

"Ben ona yalnızca bir defa kadın götürdüm, o da parçalanıp torba içine konulmuş bir kadındı?"

"Oyuncakçının karısını demiyorum ben, Nakşıgül'den bahsediyorum."

"Nakşıgül kim, bilmem."

Kara Şahin şaşırmıştı. Bu adam Nakşıgül'ü öldürürken kim olduğunu bilmiyor muydu, yoksa başka bir ölü kadından mı bahsediyordu, kestiremedi. Hikâyenin parçalarını tamamlamak üzere hepsini bir araya toplamanın ve birbirlerinin yanında konuşturma vaktinin geldiğini anladı. Bindallı ile Aslan

Ağa'yı hücrelerinden Tomruk Emini'nin yanına taşıdılar. Burası hem biraz daha geniş, hem de duvarları işkence aletleriyle dolu bir hücreydi. Bütün sorgulama sürecinde Hörükız pek dayanıklı çıkmıştı. Topaç Yeye de maharetli işler yapıyordu. Kara Şahin ise yaptıklarına kendisi de inanamaz gibiydi. Ne var ki Nakşıgül için ve çektiği bunca sıkıntı pahasına, üstelik de İstanbul halkını bu iğrenç pislik heriflerden kurtarmak adına acıma duygularını bir kenara kaldırmış gibiydiler.

"Eyüp Tomruğu'nda senin muhafızlardan biri bana bir cümle söylemişti. Daha dün gibi kelimesi kelimesine hatırımda. İşlemediğim suçu itiraf etmem için baskı yapıyor ve 'Seni Nakşıgül gibi diri diri kesmem de gerekse suçunu söyleteceğim!' diyordu. Şimdi söyleyin bakalım, karımı kesen cani kimdi? Sen miydin Bindallı?"

"Ben çok adam kestim ama yalnızca bir tek kadın doğradım, elim kopsaydı, zaten o yüzden buradayım."

"Yoksa sen misin Aslan Ağa? Öz kızını parçalarken vahşi bir zevk de duydun mu?"

"Hâşâ oğul!.. Ben kızımın kesilmesine izin vermezdim."

"Sabrımı taşırıyorsunuz... Birer halka daha uzatalım mı sizleri?"

Hörükız ile Topaç Yeye ellerini zincir çarkının koluna uzattıkları sırada Tomruk Emini atıldı:

"Tamam, tamam!.. Ben anlatayım. Konağı ve incileri elinden aldıktan sonra seni öldürmeyi düşündük. Bizim için çok kolaydı, seni Yenibahçe tarlalarının ıssız bir köşesinde öldürüp Haliç'in dibine göndermek. Sonra sana acıdık. Ama başına gelenleri de anlatmanı istemiyorduk. Bunun için seni hapsetmek, öldürmekten beter sayılırdı. Göz dağı verip ağzını açamayacak şekilde yaşamanı istiyorduk. Karının katili olursan bundan kimseye bahsedemez, konağı ve incileri de unuturdun. O günlerde Bindallı hiç yoktan oynaşını boğazlamış, sonra da başını kesmiş, vezire bir yemiş sepeti içinde hediye göndermekten bahsediyordu. Bunu bir gün geç yapmasını söyleyip, Nakşıgül'ü kestiğini yanlışlıkla ağzından kaçıran o tomruk neferini gönderdik, cesedi parçalamasını söyledik. O bu işlerde mahirdi, öldürülen herkesi çuvallık eder, biz de torba torba Haliç'e bırakırdık."

"Balıkçının ağlarına takılan cesetler değil mi?"

"Haliç'te üç derin bölge vardı. Kaptanpaşa'nın Haliç'i temizlemek için yaptırdığı geminin dip tarakları bu üç çukura yetişmiyordu. Kasımpaşa açıklarında seni de düşürdüğümüz yer onlardan biriydi."

Topaç Yeye elini zinciri gerdirecek kola uzatıp sordu:

"Peki diğer ikisi?"

"Biri Hasköy açığında, diğeri de Ayvansaray'da. Aslında Haliç'in daha derin bölgeleri var, ama ya tersane veya kaptanı derya zabitlerine yakalanmamak için buraları kullanmazdık."

"Bu kadar insanın hepsini altın için mi öldürdünüz peki?"

"Çoğunu altın için."

Hörükız o sırada içinden "Ve devletin pis işleri için tabii!" diye geçirdi, sonra da Üç Hilal Cemiyeti'ndeki bir sahneyi, Reis Ağa'nın "Götürün!" dediği bir mahkûmu hatırladı. Herhalde cesedi şimdi Haliç'te olmalıydı. Namazı kılınamayan, birden ortadan kaybolan insanlar hep orada olmalıydı.

"Peki altınlar kimin içindi?

"Yeniçeri Ağası'ndan tutun da Çardak Kahvesi'ndeki Çaycı Ali veya Gedikpaşa Külhanı'nın destebaşısına kadar pek çok kişi için. Bazen bir vurgunun ucu vezir hazretlerine kadar bile uzanır."

"İdaresi kimdedir bu çetenin?"

"Hazinesini saklayan kişide?"

"Kimdir o?"

"Bunu söylersem beni öldürürler."

"Söylemezsen de ben öldüreceğim."

Tomruk Emini tehditkâr bir gözle Hörükız'a baktı. Bu bakışta az evvel paylaştıkları gizli bilgiyi söyleyeceğine dair ima vardı. Şimdi onun yardımını istiyordu. Hörükız atıldı:

"Tamam Kara Şahin!.. Bu kadarı yeter. Şimdi Nakşıgül'ün ölümüne dönelim. Bindallı'nın kestiği cesedi Nakşıgül kılığına nasıl soktunuz?"

"Bunun için çok uğraşmak gerekmedi. Zaten tomruk neferi bu işlerde maharetliydi. Kendine göre usuller uydurur, cesetlerin derilerini bile yenilerdi. Elindeki kellenin suratına biraz balmumu işçiliği yaparak gençlik verdi. Şahin derin uykulardayken karısını odadan çıkartıp ceset parçalarını ortalığa saçtık. Birkaç yeri kana boyamak taze damadın gözünü de boyamaya yetti. Zaten o sırada damadımızın başı dönüyor, zihni hayaller görüyor olacaktı. Öyle değil mi?"

Şahin hatırlamaya çalıştı. Gerçekten de o sabah başında bir ağırlıkla uyanmıştı. Çevresindeki her şey uçan bir hayal gibiydi.

"Evet öyle!"

"Hatta daha da inandırıcı olsun diye akşamdan odanızda sakladığımız lale soğanının ikizini de cesedin sol avucuna yerleştirdik."

"Katre-i Matem!.."

"Hayır Cücemoru. Onu Kâğıthane'de bir bahçıvandan çaldırmıştık. Damat İbrahim Paşa için yetiştiriyordu ve mevsiminde beş yüz altın edecekti. O gece Kazasker İshak Efendi'nin özel muhtesipleri laleyi aramak üzere Yenibahçe'ye gelmişlerdi. Biz de onu saklamak için bir gerdek odasından daha emin bir yer bulamazdık."

"O halde lale mezadında da onu siz çaldınız?!.."

"Ne sanıyordun; kendi malımızın izini sürmeyeceğimizi mi? Önce çaldık, sonra da Elçi Hanı'nda bir ecnebi hücresinde sakladık. İlginç olan, gerdek gecesinde onu gelinin avucunda kaybetmiş olmamızdı. O odadan soğanı kim aldı, nereye götürdü, kime verdi, nerede yetiştirdi, uzun süre bilemedik. Garip olan, mezatta onu, ta ilk çaldığımız adamın pazara sürmüş olmasıydı. Hafız Çelebi mi neydi adı? Öyle bir şey. Lalesine de Katre-i Matem mi demişti? Evet evet, öyle bir şeydi, bizim Cücemoru sonunda Katre-i Matem olmuştu."

"Peki gerdek sabahına geri dönelim; sonra ne yaptınız?.."

"Sen her şeyi bizim istediğimiz şekilde algıladın ve düşündün. Sıra seni katil diye yakalayıp sorgulamak ve kazara elimizden kaçırmaya gelmişti. Eyüp Tomruğu da Galata Tomruğu da bir hikâye idi. Ayağına taş bağlayıp ipi gevşetecek ve elimizden denize düşürecektik. Yüzme bildiğini öğrenmiştik. Güzel plandı..."

Tomruk Emini'nin övünmek için söylediği bu iki kelimeden sonra uzunca bir sessizlik oldu. Herkes hayretler içindeydi. Sanki donmuşlar, kıpırdayamıyorlardı. Korkulu bir rüyayı tekrar görmek gibi bir şeydi bu. Sanki orada kapana kısılanlar, bağlı olanlar değil de ayakta gezinenler idi. Şahin birazcık havayı değiştirmek ve hikâyenin geri kalanını daha rahat öğrenmek için üç mahkûmu da zincirlerinden çıkarıp baldırlarından tomruğa kilitledi. Oturmaları için de barut fıçılarını altlarına verdi. Gerdirilmekten sünmüş olan etleri tomrukta hareket ettikçe şimdi çığlıkları birbirini bastırıyordu. Neden sonra Hörükız ayağını tomruğa dayayıp bir soru daha sordu. Cevaplamazlarsa tomruğu kıpırdatıverecekti:

"Bütün bunlar olurken, öldürmeye niyetlenirken veya bağışlama kararı alırken Kara Şahin'in kim olduğunu biliyor muydunuz?"

Tomruk Emini onun neyi sorduğunu anlamıştı. Diğerlerinin dikkatini çekmeyecek şekilde Hörükız'ın yüzüne bakarak "Hayır!" manasında başını iki yana sallamakla yetindi. Öte yandan

Kara Şahin humma nöbetleri geçiriyor gibiydi. Zihni allak bullak olmuştu. Sormak istiyor ama cesaret edemiyordu. Onun yerine Topaç Yeye sordu:

"Nakşıgül şimdi nerde?"

Zindan, kurulduğu günden itibaren hiç bu kadar derin bir sessizliğe şahit olmamıştı. Nefesler tutulmuştu. Aslan Ağa konuşmak üzere yutkunduğu sırada çok uzaktan Bican Efendi'nin sesi yankılandı:

"Şaahiiiin!.."

64. Sual:
– Nasıl Yapabildin, Nasıl?!..

Gün ışığı henüz Sadabat yamaçlarından çekilip gitmemiş, buna rağmen dolunay Sütlüce sırtlarından tepsi kutrunda yüz göstermişti. İstanbul semalarında dokuz pare top sesi dalgalandı. Yeni padişah tahtına oturmuştu demek. Nihayet İstanbul'da asayiş ve düzen geri gelecekti. Gençken sevdiği bir şarkıyı mırıldanmaya başladığının farkında bile değildi: "Gül yüzünde göreli zülf-i semensây gönül / Kara sevdada yeler bîser ü bîpay gönül…" Ne güzel bir zamandı!.. Eskiden olsa "Ne güzel bir mekân!" da derdi. Oysa o güzellik göz göre uçup gitmişti. Sabahtan bu yana Sadabat'ın ıssız köşklerinden çığlıklar geldiğini duyuyordu. Atlar, eşekler, katırlar ve hatta kağnılarla dalga dalga gelen isyancılar, taşıya taşıya bitirememişlerdi. Kimisinin terkisinde bir cariye, kimisinin omzunda bir gümüş mangal, kiminin kucağında bir billur avize. Daha aç gözlü olanlar -ki arabalarla gelmişlerdi- ne buldularsa yüklemiş, hatta kapı kanatları, pencere pervazları ve pirinç tırabzanlara kadar tenezzül etmişler, güzelim kasırları birer viraneye çevirmişlerdi. Bazı kendini bilmez haramzadelerin bahçelere dikilmek üzere çuvallarla getirilmiş lale soğanlarını parçalayışlarını, ayaklarıyla ezerken ettikleri küfürleri ise hiç unutamayacaktı. Demek kendini bilmez cahil hödükler bu kötü gidişte laleyi de suçlu görüyorlardı. Ne büyük aymazlıktı bu!.. Kuşluk vaktinde kendi bahçesine de girmek, hatta havuzdaki kaplumbağaları yakalayıp götürmek isteyenler de çıkmış ama içlerinden birisi Can Kuyusu ve mezarı görünce "Çarpılırız sonra!" diyerek diğerlerini bu düşünceden vazgeçirmişti. Yine de tekrar gelebileceklerinden endişe ediyordu. Şimdi isyancılardan canı pahasına koruduğu çiçek tarhları arasında gezinerek nilüfer tohumlarının tutup tutmadığını, lale soğanlarının kurtlanıp kurtlanmadıklarını görmek istiyordu. Mevsim sonbahar sonuydu ve yaseminler tabiata veda etmeye başlamışlardı. Laleleri toprağa koymak gerekiyordu. Ve Bican Efendi de ülkesine her senekinden evvel dönmek istiyordu. İsyan onu çok etkilemiş olmalıydı. Neler söylüyordu neler? Onu kalmaya razı edecek hiçbir sebep gösteremiyordu artık. Söyledikleri doğruydu. En çok da yeni sultanın, yağmalayacaklarını bile bile eşkıyanın Sadabat'a girmesine izin verişine öfke duymuştu. Dükkânların kapalı oluşunu, ticaret hayatının durmasını, şehirde bir korkunun kol geziyor olduğunu anlayabilirdi, ama ihtilalcilerin o güzelim köşkleri yakma arzularını bir türlü anlamıyordu. Hele buna fetva veren İstanbul Kadısı'yla, yakmaya karşı çıkıp yıkılmasına izin veren hükümdarın yaptığını anlamak mümkün değildi. Bunlardan birincisi cinnet ise ikincisi felaketin ta kendisiydi. Bir de sokaklarda münadiler çığırtılıp köşk sahiplerinin köşklerini üç gün içinde yıkmaları, aksi takdirde Patrona Halil tarafından yıktırılacağını ilan etmek neyin nesiydi? Kim bu kargaşada cesaret veya tenezzül edip de köşkünü yıkmaya gelirdi ki? Nitekim daha ikinci günün öğlesinde dünyanın o güne kadar gördüğü en muhteşem güzelliğin harim-i ismetine el uzatılmıştı. Burada yer alan yüz altmış kadar kasır, tabiat ile aklın el ele vererek imbikten geçirdiği bir güzellik şahikasıydı ki dünya öyle bir güzelliği yeniden görebilecek değildi. Bahçeleri bozmak, ağaçları yerinden sökmek, müzeyyen sahilleri harap etmek bir yana, şu güzelim lale bahçelerini çiğnemek neyin nesiydi? Bunları yapanlar kendilerine Müslüman diyorlarsa Hafız Çelebi bir melek olmalıydı. Çünkü Çelebi'de tanıdığı İslam, asla böyle bir şey değildi, şiddete hiç fırsat bırakmazdı. Patrona Halil Ağa'nın halk nezdinde bir itibarı vardı, sözü dinleniyor, kendisi de zaman zaman tutarlı hareket edebiliyordu; lakin çevresindekiler tam bir vahşi kurt sürüsü idiler. Devleti düşünmek şöyle dursun onlar kendi geleceklerini bile düşünemeyen ufuksuz adamlardı. Çoğu aç ve sefil oldukları için ağızlarına atılacak bir kemik parçasından daha ötesini göremeyecek kadar kör köpek sürüleri. Bunlar Osmanlı tarihini yapan şerefli yeniçeriliğin yüz karası, sünnetsiz, nursuz, pirsiz it takımıydılar. Haysiyet, namus, hamiyet, devlet, millet onlar için bir anlam taşımıyordu. Bican Efendi çok hayıflanmış, üzülmüştü. Buralardan gitmek istiyor ve soranlara derdini yanıyordu: "Nazenin

hanımefendileri taşıyan ihtişamlı saltanat kayıkları, peremeler, hanım iğneleri; sahil boyunca musikili bir eda ile akıp giden kurdelelerle süslü landolar, öküz arabaları, atlar; sırma ipek giysili saraylılar, paşalılar, vezir dairesi eşrafı; sevinç ve neşe içinde tatlı tatlı çınlayan sahillerde şakırdayan sular, fıskiyeler, havuzlar; bahçelerinde gönül okşayan rengarenk laleler, filbahriler, şebboylar; sadrazam ve çevresindeki zarif devletlûlar, memurlar ve hizmetkarlar; günler ve geceler boyunca ayyuka çıkan sazlar, şarkılar, gazeller ve şiirler olmadıktan sonra Kâğıthane'de durmanın ne anlamı olabilirdi ki?

Nerden hatırladı yine bunları? Şarkıya devam etmeliydi; bu rüya birazcık daha sürsün istiyordu, buna ihtiyacı vardı: "... Demedim mi ben sana dolanma ona hây gönül / Vay gönül, vay bu gönül, vay gönül, ey vây gönül". I-ıh!.. Olmuyordu. "Gönül!" diye tekrar etmenin gönlü bahtiyar etmeyeceğini bilecek kadar yaşamıştı.. Topaç Yeye'yi bir kez daha kaybetmeye dayanamazdı. Bican Efendi de onlarla gitmemiş olsaydı Yeye'ye asla izin vermezdi ya, neyse!..

Birden artık ihtiyarladığını hissetti. Daha bunları iki gün evvel de düşünmüş ve Bican Efendi'den neredeyse azar işitmişti. Sayıklamaya başladı. "Laleleri toprağa gömmek gerekir! Havuzun çinkolarını örtmeli. Kaplumbağalar siyah un tozlarını yemişler midir?! Bu sene siyah lale yetiştirmeli!.. Adını Topaç Yeye koyar!.. Şehnaz kızı da babasından istemeli!.. Kuru Kirkor Efendi'nin dediğine göre isyan sırasında Şehnaz'ın babası iyiden iyiye evhama kapılmış, durduk yerde kızı da, annesini de döver olmuş. Böyle giderse Yusuf'u gönderdiği yere gitmesi zaruri olacakmış. O daha fazla çıldırmadan kızı elinden kurtarmalı. Hem evimizde bir kadın eli oğulcuğuma iyi gelir. Kirkor Efendi bize bir oda daha çatar..."

Hafız Çelebi şırıl şırıl akan derenin kıyısında, çiselemeye başlayan yağmurun farkına varmadan orada öylece oturdu.

“Vay gönül, vay bu gönül…” terennümünde zamanı yitirmişti. O anda neler yaşadığını bilmiyordu. Ama çok şeyler hayal ettiğini ve hayal ettiği her saniye için bin yıl yaşamış gibi mutlu olduğunu biliyordu. Bican Efendi’nin sesiyle kendine geldi:

“Kaaafızıım?!..”

“Hı?”

* * *

“Nasıl yapabildin, nasıl?!..”

“Onlar yaşarsa bizim hayatımız tehlikeye girerdi.”

“Ama bir insanı öldürmek… Anlayamıyorum. Sencileyin bir kadın…”

“Topaç Yeye’yi ve seni feda edemezdim.”

“Nakşıgül’ü feda ettin!..”

Bu sesler evin bitişik odalarında ıslanmış elbiselerini değiştiren Kara Şahin ile Hörükız’ın aralarında hâlâ devam eden tartışmanın neredeyse yüz kere tekrarlanan cümleleriydi. Bican Efendi’nin sesini duydukları an zindanı bir an evvel terk etmek üzere kararsız kalmışlar, Topaç Yeye ile Hörükız gitmeleri gerektiğini söylerken Kara Şahin Tomruk Emini’nin üzerine çullanıp Nakşıgül hakkında bilgi istemiş ancak adam zekice bir pazarlık yapmış ve tomruk kilidinden kurtarılma karşılığında hikâyenin geri kalanını anlatacağını söylemişti. Bican Efendi Bahriye Dairesi leventlerinin asayişi sağlamak üzere önlerine kattıkları adamları zincirlere bağlamış olarak zindana doğru sürükleyip getirmekte olduklarını, eğer onlar gelmeden kaçamazlarsa zindanda sonsuza kadar kalabileceklerini söylemişti. Çok hızlı hareket etmek gerekiyordu. Kara Şahin’in Tomruk Emini’nin kilidini açmaya eğildiğinde Hörükız “Çıkalım buradan!” diye bağırıyordu. Kilit kolay açılan türden değildi. Adamların üçünü birden açmak ve diğer ikisini geri kilitlemek gerekiyordu. Oysa buradan hemen çıkmalıydılar. Üçü de yalvarıyor ama Şahin'i bundan vazgeçiremiyorlardı. Nihayet Hörükız tezgâhta duran baltayı kenarda duran barut fıçılarından birine bütün şiddetiyle vurdu. Yere dökülen barutlardan bir avuç alarak kapıya doğru yerde bir çizgi yaptı. Sonra da duvarda duran meşaleyi eline alıp barutun ucunu tutuştururken bağırdı:

"Kara Şahin!.. Koş!... Gidiyoruz..."

Zindanın arka kapısından dışarı çıkıp atlarına bindikleri sırada leventler yakaladıkları çapulcuları ön kapıdan içeri sokuyorlardı. Sultan Mahmut'un tahta cülusu şerefine atılan dokuz pare topun son üçüyle aynı anda zindandan üç patlama duydular. Topaç Yeye her biri için saydı:

"Bu Aslan Ağa, bu Bindallı Çavuş, bu da Tomruk Emini!.."

Sonra aralarında başlayan o tartışma, Hasköy sahilinden, Sütlüce tepelerini ve Okmeydanı sırtlarını aşıp Hafız Çelebi'yi sırılsıklam titrerken gördükleri ana kadar sürdü:

"Babacığım!.. Ne oldu sana!?"

"Yeye, sarıl bana evladım!.. Bir daha bırakma beni!.."

Bican Efendi'nin gözlerinden yaşlar süzülüyordu.

"Huri! Sen bir sıcak tarhana çorbası pişir. Kara Şahin sen de var önce Can Kuyusu'ndan bir kova su çek, sonra odaya geç, Hafızımın aşılı lale soğanlarını koyduğu sergende parmak kadarcık bir muşambaya sarılı macun olacak, onu getir."

Hörükız, ocakta sönmeye yüz tutmuş ateşin üzerine kuru odunlar atarken kendisine Huri diyen Bican Efendi'yi düşünmüştü. Annesi ona Huri diye ad koymuş, lakin ölümünden sonra babasının hepsi erkeklerden oluşan Üç Hilal Cemiyeti'ndeki arkadaşları arasında büyürken kendisine "kız" sıfatını da uygun bulmuşlar daha çocukluğundan itibaren Hörükız demişlerdi. Huri adı ona kadın olduğunu hissettiriyor, Hörükız ise cesaret veriyordu.

"Yeye, oğulcuğum!.. Hafif kırışıklıklarla mavi Haliç'e akan şu dere var ya; işte orda, kayıkların gökten yere yansımış hilal gibi zarif endamlarıyla ağır ağır kayıp gittiklerini gördüm az evvel. Atlas kaftanlı, zebercet kakma hançerli, zümrüt yüzükleri parmaklarında bir şehzadeydin sen. Karşı yamaçtaki şu otuz sütunlu beyaz mermer kasrın yayvan pencerelerinden birine oturmuş, oymalı şahnişinlerden aşağıya inen bir kadını karşılıyordun. Kucaklarında beyaz laleler yığın yığındı ve içlerinden bir tanesi nur olup o kadının yüzünü aydınlattı. Yeye, o kadın Şehnaz'dı oğlum, pek güzeldi... Sonra şair Nedim Efendi geldi yanına, kasrın serin ve rayihalı fıskiyeleriyle yarışırcasına medhiyeler okudu sizin için, saray hizmetkârları ayaklarınıza şu yamacın leylaklarından pırıl pırıl ıtırlar serptiler. Elli yıl evvel ölen çiçekçibaşı Sarı Abdullah Efendi'yi gördüm sonra. Seni lale encümenine şeref konuğu diye davet ediyordu. Siz ikiniz, herkesin arasından yürüyor, yeni lalelere isimler koyarak geçiyordunuz: Sahipkıran, Narçiçeği, Altınsarısı, Gülcübaşı, Aşçıpembe, Kızıl Bıyıklı, Pençe, Kumaş-ı Aşk ve Necm-i İkbal (ikbal yıldızı)..."

Hafız Çelebi anlatırken Topaç Yeye hıçkıra hıçkıra ağlıyordu. Bütün bunları görmüş müydü, yoksa uyduruyor mu, bilemiyordu. Bildiği, onu bırakıp gitmemesi gerektiğiydi. Bundan sonra yanından asla ayrılmamak üzere kendine söz verdi. Aynı anda Bican Efendi "Yarınki gemiye binmezsem buralarda kalırım!" diye geçiriyordu içinden.

Gecenin ortalarında Hafız Çelebi'nin ateşi düşmüş, sayıklama nöbetleri geçmiş, aklı başına gelmiş ve hatta "İşlerinizi halledebildiniz mi?" diye sormuştu. Bu cümle bir soru olmaktan öte bir sağlık müjdesiydi.

Herkesin yüzüne bir sevinç ve tebessüm yayıldı. Çok geçmeden aralarında içtenlikli bir sohbet başladı. Hafız Çelebi iyi görünüyordu. Bir saat kadar sohbetten sonra sakin ve derin bir uykuya dalmıştı. O uyuyunca herkes tam da kendisi olarak davranmaya, anlatmaya, hissetmeye başladı. Konuşmaların adresi yine Nakşıgül'e çıkınca zindanda öğrendiklerini yeniden değerlendirmeye aldılar. Sonbahar gecelerinin serinliği onları birbirlerine sokulmaya yönlendirmişti. Ocağın başında dördü bir araya gelip sorgulama sürecini tartışmaya başladılar. Bican Efendi öğrendiği her yeni bilgi için bozuk Türkçe-si'yle "a"ları uzatmadan "Sahi mı, sahi mı?" diye tekrarlayıp duruyordu. Bilmedikleri daha çok şey vardı. Karşılıklı konuşmaları hatırlıyor, sonra kendilerine soruyor ve yine cevaplamaya çalışıyorlardı:

Nakşıgül nasıl ölmüştü? Mezarı neredeydi? Yenibahçe'deki konak ve içindekiler nasıl ortadan kaybolmuştu? Haliç'teki cesetler kimlerindi? Bunları devlete haber vermek gerekirdi, ama kimi, hangi devletlûyu nasıl ve neye inandırmalıydı? Bu işlere karışanların bazıları şimdi Patrona Halil'in adamları olduğuna göre iş tehlikeli bir alana kaymıştı. Şimdi nasıl bir yol izlenmeliydi? Binbirdirek ve Çardak Kahvesi gerçekten bir batakhane miydi? Buraların sırrı araştırılmalıydı.

"Belki de dilencilik günlerine dönüp birkaç gün buraları gözetlemeliyiz." dedi Topaç Yeye!.. Kara Şahin şiddetle karşı çıktı:

"Sen bundan böyle bu bahçenin dışına çıkmayacaksın!.. Anlaşıldı mı?"

"?!.."

"Ne? Çıkmayacaksın işte!. Hafız Çelebi'yi düşünmüyor musun? Hem bugün sorguladığımız üç adamın ortak adresleri buralar, yani birimizin Hafız Çelebi'ye göz kulak olmamız gerekiyor. Sen de Bican Efendi, bu arada lalelerle ilgileniver."

"Doğru, yarın aşılı soğanları dikmemiz gerekiyor. Ama bunu ben yapacak değilim artık; Yeye yapacak."

"Olur Bican Ağam."

Yeye'nin bu boyun eğen dostluğu herkesi birden memnun etmişti. Sohbetin geri kalanı cinayetlerden, sorgulamalardan çıkıp laleler üzerine döndü. Topaç Yeye bu bahçenin sahibi olmaktan da, arkadaşları arasında öyle görülmekten de mutluydu. Bundan böyle Şehnaz'la birlikte İstanbul'un en güzel lalelerini yetiştirme imkânı olacaktı. Hafız Çelebi'den devralacağı her ışığı çiçeklere yansıtacak, her bilgiyi renk renk yapraklara sunacaktı. Belki de insanlar ileride onun adını Hafız Çelebi'yle birlikte anacaklardı. Ay'ın Güneş'i kıskandığı hikâyeyi hatırladı birden. Çocukluğunda okuduğu kitaplardan birinin aşk babında yazıyordu. Elbette kendisi Hafız Çelebi'yi kıskanmayacaktı; tıpkı onun kendisinden hiçbir şeyi kıskanmadığı gibi. Ama yine de **ay güneşi kıskanmıştı** işte.

Ocağın başında güzel sözler söylenmiş, konu aşılı soğanlar ile kaplumbağalara gelmişti. Bican Efendi'nin cümlesi Yeye'yi daldığı hikâyeden uyandırdı:.

"Kafız Çelebi yeni soğanın adını senin koymanı istiyordu Yeye."

Hörükız atıldı:

"Öyle mii?.. Ne koyacaksın? Ben olsam 'Katre-i Hayat' derdim, geçen seneki 'Katre-i Matem'e inat..."

"Belki, ama bu sefer Cücenin Moru olmayacağı kesin."

Bu cümle oradaki iki kişinin suratına bir şamar etkisi yaptı. Birbirlerinin yüzüne baktılar. Hörükız ile Bican Efendi olanlara anlam vermeye çalışıyorlardı. Topaç Yeye atıldı:

"Allah kahretmesin; bunu daha önce neden düşünmedik?

"Elbette cücenin moruydu o..."

"Hangi cücenin Kara Şahin?"

"Çardak Kahvesi'ndeki cücenin Hörükız, ve Binbirdirek'teki cücenin..."

-derkenar-

ay güneşi kıskanmıştı

Bir gün Ay'a "En çok neyi seversin?" dediler, "Güneşin tutulup ebediyen perde altında, bir bulutun gerisinde saklı kalmasını severim; çünkü onu kendi gözümden bile kıskanırım." diye cevap verdi ve iddia etti ki, "Güneşe olan aşkımla bütün âlemi nura boğabilirim ben!"

"Sözün doğruysa eğer, gece gündüz durmadan ona koşmalısın ki ona ulaşabilesin. Ona ulaştığın vakit de zaten onda yok olursun, varlığın görünmez olur. O zaman onun ışıkları seni yakar, varlığını ortadan kaldırır. Sonunda onun cemaliyle görünmeye başlayabilirsen işte o vakit halk seni parmağıyla birbirine gösterir, "Acaba ne oldu da güneş önünde ışık saçabiliyor?" der.

65. Sual:
– Bahtiyar Bir Zevk Gecesi Otuz Parlak İnciye Değmez mi?

Neye benzediğini bilmedikleri karanlık odaya girdiklerinde önce ürktüler. Tepedeki küçük delikten cılız bir ışık geliyordu, o kadar. Gözleri ışığa alışınca içerisi yavaş yavaş belirmeye başladı. Daha evvel hiç karşılaşmadıkları türden bir yerdi burası. Ne eşyaları, ne de tefrişinde göze aşina bir şey vardı. Demir kollar, sarkan halatlar, duvara yapışık iskemleler, döşemesiz zemin. Bunlar ne içindi, anlayabilmek için çevrelerine yeniden bakındılar. Bir hayat emaresi yok zannettikleri sırada en uzak köşede fıldır fıldır dönen iki göz gördüler. Dikkatle baktılar. Evet, işte ordaydı. Sarığı ve kaftanı üzerinde yokken ne kadar da acayip görünüyordu. Allah insan diye yaratmış. Sakalsız, göde bir balkabağı. Belki bir sürahi demek daha doğru. Alnı tahta gibi yassı, yüzü Kırkağaç kavunu, kulakları çocuk pabucu, burnu Mora patlıcanı, burun kılları pırasa pürçeği gibi sarkık, kırış mırış siyah pos bıyık, dudaklar deve dudağı, ağzına somun ekmek sığar, dişler kazma. Kara Şahin onu daha önce de görmüştü ama bu derece hilkat garibesi olduğu dikkatini çekmemişti. "Belki de dikkatli bakmamıştım!" diye çelişkiye düştü zihninden:

"Baba Yorgi, Tazı Cafeeer?!.."

Şahin, Hörükız'ı arkasına aldı. Bu kadarını beklemiyorlardı. Adam kusar gibi homurdanarak konuşuyor, ağzından salyalar, tükürükler saçılıyordu. Hiç korkmuşa benzemiyordu. Onları, çağırdığı adamları zannetmiş olmalıydı. Yerinde oturuyor, sanki yanına yaklaşmalarını bekliyordu. Hörükız, sevimli cüceler görmüştü, iyi kalpli ve cana yakın. Lakin bu adam bir kötülük torbası, bir ifritti sanki. Sarığını başına geçirdiği sırada sarık başından, başı gövdesinden, gövdesi de ayaklarından kalın görünmüştü. Kamburdu. Konuştuğu vakit sesi ve tavırları yüzünü bir kat daha çirkinleştiriyor, ruhunu dışa çıkarıyordu. Bu derece çirkinlikten dolayı mı ruhu kötüydü, yoksa ruhunun kötülüğü mü kendisini bu derece iğrenç gösteriyordu kestiremediler. Çevresini şimdi daha iyi görebiliyordu. Duvarların tamamı halı ile kaplı yalnız bir köşede raflar ve raflarda hiç tanımadığı eşyalar, boy boy çemberler, dizilmiş şişe ve susaklar, birbirine geçmiş cam borular... Cücenin oturduğu yer, sütunların ardında sanki bir taht gibi halılarla döşenmiş, üzerinden yine düğümlenmiş ipler, halatlar, zincirler sarkmaktaydı. Belli ki bütün bunlar birer

amaç için buradaydılar. Neydi burası, bir batakhane mi; bir işkence odası mı? Galiba kaçırıp getirdikleri zenginlere hazinelerinin yerlerini burada söyletiyorlardı. Kara Şahin hiç telaş etmeden mırıldandı:

"Boşuna bağırıp yorulma, gelemeyecekler..."

"Hığğ!.. Sizi kim gönderdi? Kimsiniz?"

"Yardıma muhtaç iki kişi diyelim."

"Çoluk çocukla uğraşamam, defolun!.."

Bu söz ağzından çıktığı anda üstünde sarkmakta olan iplerden birini çekti ve içeri girdikleri kapı açıldı.

"Haydi dedim, çıkın dışarı, sümüklüler sizi!.."

Kara Şahin birkaç adım ilerleyip diklendi:

"Ama önce birkaç sorum olacak sana!"

Birden odayı parlak bir ışık kapladı. İkisinin de gözleri kamaştı. Ardından köşedeki sütundan bir duman üzerlerine doğru püskürmeye başladı. Hörükız yana kaçarak duvara tutundu. Gözlerini açamıyordu. Duvarı takip ederek ilerlemeyi denedi. Bu sırada salonu cücenin kahkahası dolduruyor, sütunlarda kırılıp tavanda yankılanıyordu. İğrenç bir gülüştü bu. Kendisi bundan keyif alıyor olmalıydı. Eğer karşısındaki adam gülebiliyorsa salonu dolduran dumanın gözüne zararı olmamalıydı. Kara Şahin gözlerini açtı. Evet, haklıydı, yaklaşık yarım dakika içinde gözü dumandan yanmaz olmuştu. Üstelik tekrar etrafını görmeye de başlamıştı. Cüce oturduğu yerde hem gülüyor, hem de işaret parmağıyla "Gel!" diyordu. Şahin ihtiyatla ilerlerken duvara yapışmış bekleyen Hörükız'ı gördü.

"Aç gözlerini Hörükız! Duman bir aldatmaca!.."

O sırada cüce iki avucunu çanak gibi birleştirip ağzıyla üfürüyor, sonra öne doğru avuçlarını boşaltıyordu. Birden avuçlarından salonun içine atmacalar uçuşmaya başladı. Hepsi de arka arkaya Kara Şahin'e ve Hörükız'a saldırıyorlar, gözlerine, kulaklarına hamle yapıyorlardı. Kahkahalar devam ediyordu.

Hatalı davrandıklarını o vakit anladılar. Halbuki dün yakalayıp sorguya çektikleri Tazı Cafer "Bileğine yapışmadan kimse onu yakalamış olamaz!.." demişti. Tam üç gündür takipteydiler. Bu arada İstanbul'da yeniden düzen sağlanır gibi olmuş, sultanın tahttan indirilmesinden sonra şehre bir sükûnet gelmişti. Patrona Halil ve adamları artık divana katılıyorlar, yönetimde ve atamalarda belirleyici oluyorlar, Sultan I. Mahmut da onların isteklerine fazla direnmiyordu. Lakin her iki tarafın da çok ihtiyatlı davrandıkları ortadaydı. Patrona Halil Ağa, sultan kendisine rütbe teklif ettiğinde "Ömrümün nasıl sona ereceğini bilmiyor değilim. Şimdiye kadar padişah tahta çıkaranlardan hiç kimse yatağında ölmemiştir ki ben öleyim." cevabını verecek kadar işin farkındaydı. Artık onun da istediği milletin acı çekmemesiydi. Fırınlar ve dükkânlar açılmış, hayat kısmen normale dönmüştü. Eğer öyle olmasaydı Binbirdirek gibi şehrin en merkezi yerindeki bir mekânı tam üç gün üç gece göz hapsinde bulundurmaları çok zor olacaktı.

Binbirdirek hallaçların topluca iş yaptıkları, pamuk tozlarının, bütün dükkânların üstünü beyaz örtülerle kapladığı izbe bir mekân idi. Bizans döneminde sarnıç iken artık su yolları kurumuş pamuk ve yün esnafı için bir lonca haline gelmişti. Hallaçların burayı tercih sebebi rutubet ortamıydı. Sarnıcın içinde daimi bir rutubet vardı ve bu da pamuk ve yün tozlarını havada fazla dolaştırmadan yere indiriyordu. O yüzden yaklaşık elli kadar dükkânın işlediği çarşının zemini sürekli olarak ıslak paspaslarla siliniyordu. Sarnıcın bir bölümü iki katlı inşa olunmuştu ve haşmetli merdivenlerle çıkılan bu kat lonca kâhyası Pamukzade Cüce Çaker'e aitti. Kendi adamları dışında, sarnıç esnafından henüz dairesinin içini görebilen yoktu.

Hafız Çelebi'nin ateşlenip hayaller gördüğü gecenin sabahında Hörükız ile Kara Şahin atlarına binerken Bican Efendi, "Ben de sizinle geliyorum!" deyivermişti. Önce onun gemiye yetişmek üzere birlikte gitmeyi teklif ettiğini sandılar, "Hayır, hayır..." dedi Bican Efendi, "Kafız Selebimi böyle hasta bırakıp gider miyim hiç?!"

Yolda yapılan plana göre Bican Efendi ecnebi bir pamuk taciri, Kara Şahin de onun tercümanı olacaktı. Hörükız'ın şimdilik çarşıda görünmemesinde yarar vardı. Bu yüzden onu Kazasker İshak Efendi'nin peşinden gönderdiler. İshak Efendi ihtilalcilerin azletmediği dürüst birkaç kişiden biriydi. Hörükız onu bulup Haliç'teki cesetlerden bahsedecek, faili meçhul vakaların aydınlatılması için harekete geçirecekti. Böyle bir şey ihtilalcilerin işine yarayabilir veya bağlantılı olanların ayıklanmasını sağlayabilirdi.

İlk gün çok ilginç bilgilere ulaşmışlardı. Pamukzade Cüce Çaker kiminin gözünde pamuk gibi bir evliya, kiminin gözünde cüce bir şeytandı. Keramet gösterdiği gibi büyü de yapabiliyor, mesela insanları ortadan yok ediveriyordu. Saray salonları kadar geniş olan ve yine saray kadar zengin döşenmiş hücresi de büyülü idi ve kendisi oradan uçup kaybolabiliyordu. Kapısından izinsiz girmeye kalkanları cin çarpıyordu. En iyi dostları arasında İstanbul Kadısı ile Tomruk Emini vardı. Esnafın dertlerini dinliyor, yılda bir gün hallaçların fukaralarına yardım ediyor, evlenecek kızlarının çeyizini hazırlatıyordu. Akbıyık'taki köşkünde çok güzel cariyeleri vardı ve onun cariyeleri kadar güzelini sarayda bile bulmak imkânsızdı.

İkinci gün öğrendikleri bilgiler bu bildiklerini ters yüz etmeye yetmişti. Bir yolunu bulup kapı kâhyası Tazı Cafer'i yakalamış, Yerebatan Sarnıcı'na çekmişlerdi. Burası İstanbul'un ilk su sarnıcıydı ve içinde biriktirilen su hâlâ kullanılmaktaydı. Lakin birkaç ay evvel burası hakkında halk arasında söylentiler çıkmış, cin yatağı olduğu haberleri yayılmış, geceleri iyi saatte olsunların toplantı yaptığına dair rivayetler dolaşmış ve ihtilal sırasında da azılı haydutlar esnaftan bazı adamları burada söyletmiş, sonra dışarıya cesetleri çıkmıştı. Belki de bu yüzden İstanbul halkı Yerebatan Sarnıcı yakınlarında bile görünmek istemiyorlardı. Nitekim Kara Şahin ile iriyarı Bican Efendi'nin Tazı Cafer'i içeriye sürükleyerek götürdüklerini gören iki kişi, ihtilalcilerin yine adam kaçırdıklarını düşünüp oradan hızla uzaklaşmışlardı.

Doğruydu, cinler burada top oynuyor sayılırdı. Su damlalarının zemine düştükleri vakit çıkardıkları sesler haricinde her şey ıpıssızdı. Kapıları sürgüleyip etrafı dinlediler. İçeride kimsecikler yoktu. Sarnıç içinde mâ-i leziz ağasının su kontrolü yaparken kullandığı sandala binip doğruca Medusa başına kadar ilerlediler. Sonra da tutsaklarını sütuna baş aşağı bağladılar. Adamın ağzı su seviyesinde kalıyordu ve ağzına su dolmaması için boynunu geriye doğru çevirmek zorundaydı. Baş aşağı bağlanmış birinin belli bir müddet sonra başını geriye doğru tutabilmesi tam bir işkenceye dönüşüyordu. Sormaya başladıklarında Tazı Cafer önce direndi. Doğru cevap alamadıkça saçlarından tutup başını suya batırıyor ve öylece boğulma noktasına kadar tutuyorlardı. Bir müddet sonra adamın boynu o derece ağrımaya başlamıştı ki geri kalanını, suya başını sokup çıkardıkça daha onlar sormadan söyledi:

"Cüce Çaker aslında bir simya ustasıydı. Oturduğu mekânın alt katındaki mağaralarda çalışıyordu. Mücevherlere karşı çok hassastı. İstanbul'da onun bilmediği ve isterse elde etmediği mücevher yoktu. Şehirdeki mücevher hırsızlıklarının çoğunu o planlıyordu. Çalamadığı mücevherlerin sahtelerini yaptırıp hamam külhanlarında bulundurduğu adamları vasıtasıyla değiştirttiği olurdu."

Tazı Cafer başını geride tutamadıkça artık kendiliğinden suya daldırıp çıkartıyor, o sırada bunları kesik kesik anlatıyordu. Bir müddet sonra ıztırabına artık son vermeleri için yalvarmaya, bilmek istedikleri her şeyi söyleyeceğine yeminler etmeye başladı. Bican Efendi asla merhamet göstermeyecekti ama adam bayılmak üzereydi. Baş aşağı durmaktan kanı beynine akmış, yüzü mosmor kesilmişti. Bağlarından kurtarıp sandala oturttular. Tazı Cafer cümlelerinin geri kalanına bir nükte ile başladı:

"Mücevher âşıkıdır. Ona Pamukzade değil de Cevherzade demek daha doğru. Ve bir özelliği daha: Büyücülükte çok mahirdir. İnsanı kılıktan kılığa sokabilir, güneşin doğduğu andan bir sonraki gün doğumuna kadar kişiyi kendisinden başka birisi yapabilir. Dairesinden bir dehliz Sultan Ahmet arastasında bir kumaş dükkânına açılır. Bu dükkânı biz işletiriz. Fazla müşteri gelmez. Gelene de biz asık surat gösterip ayağını keseriz. Alışverişi yoktur sizin anlayacağınız."

"Ortadan kaybolma numarasının sırrı bu mu?"

"Evet. Buradan dükkâna geçerek hallaç esnafını ortadan kaybolduğuna inandırmıştır."

Tazı Cafer, baş aşağı kalmanın bünyesine verdiği hasar yüzünden fazla dayanamamıştı. Bayılmadan önce ağzından şu cümleler döküldü:

"O koca kafasının içi safi beyin doludur. Eğer onu ele geçirmek istiyorsanız çok dikkatli olun. Bileğine yapışmadan kimse onu yakalamış olamaz!.."

Evet!.. Dumanların altında onun nasıl parlak bir beyin olduğunu görüyorlardı. Ama yine de ellerinden kaçamayacaktı. Buradan kaçsa bile Bican Efendi arastadaki dükkânda onu bekliyordu. Kara Şahin üzerine doğru ilerlediği sırada Cüce Çaker tepesindeki halatlardan birine daha asıldı. Bu sefer Şahin'in üzerine alevler saldırıyordu. Evet, yakan bir alevdi bu. Hiç büyü gibi değildi. Kükürt ve ateşe hükmetme becerisi bütün simyacıların ortak özelliğiydi. Zorlu birine çattıklarını iyice anlamıştı. Ateşin çevresini dolaşmak istedi. Hayret, o ne tarafa giderse ateş o tarafa yöneliyor ve onu kapıya doğru sürüklüyordu. Bu sırada Hörükız duvara tutunarak ilerlemeye devam etti. Ellerinin dokunduğu halıda bir manzara, manzara ortasında da bir dişi geyik vardı. Geyik resmini tamamlasın diye de üzerine gerçek geyik boynuzları çakılmıştı. Ayağının altında bir hareketlenme oldu. Derhal geyik boynuzuna tutundu. Yer çukurlaşıyordu. Birden tutunduğu boynuzla birlikte savrulduğunu, sonra da bir dehlizden sürtünerek aşağılara düştüğünü hissetti. Şimdi bambaşka bir odadaydı. Tutunduğu geyik boynuzu bir anahtar olmalıydı. Karanlığa gözleri alışınca yerde kazanlar gördü. Tazı Cafer'in söylediği mağara bu olmalıydı. Burası bir simya ocağı olduğuna göre çeşitli eczalar ve damıtma cihazları bulunmalıydı. Hah, işte raflarda sıralıydılar. Biraz sonra içeri birilerinin gireceğinden adı kadar emindi. Kendisini savunmak üzere birkaç ecza kabını eline alıp kazandaki eriyiklerden doldurdu. Şimdi kapıyı bulmalıydı.

Üst katta Kara Şahin kapıya yaklaştığı sırada eşikte birkaç susak gördü. İçleri su doluydu. Hepsini teker teker başından aşağı boşaltıp ateşe daldı. Cüce hayret etmekle birlikte bir kahkaha daha kopardı:

"Gel bakalım, süt kuzusu... Sanki seni bir yerlerde görmüş gibiyim ben!"

Bu sırada kendisi salonun tavanında uçmaya başlamıştı.

"Tanırsın elbet!. Karımı öldürmüştünüz!"

"Yanlışın var evlat, ben genelde yaratırım, öldürmem."

Odanın içinde devamlı bir dönüş vardı ve onu takip etmekten dolayı yerde Şahin'in başı dönmeye midesi bulanmaya başladı. Neredeyse yere yıkılacaktı. O sırada Cüce Çaker bir ipin ucuna daha asıldı ve zemin ayağının altından kaydı.

Hörükız gümbürtüyle açılan kapağa saldırdı. Elindeki dolu küreyi kafasına geçirmek üzereyken yere düşenin Kara Şahin olduğunu fark etti. Son hatırladığı, odanın içine yayılmakta olan kokunun genizini yaktığı oldu.

"Eveeet!.. Şimdi sorma sırası bende! Sizi kim gönderdi bakalım?!"

"Kimse!"

"Neyin peşindesiniz peki?"

"Karımı öldürdün, hesabını sormaya geldim."

"Ben mi öldürmüşüm karını? Bu yaşımla, bu cüssemle ben ha?"

Cüce hem alay ediyor, hem de bir hortumdan üzerlerine buhar püskürtüyordu. Buhar burun deliklerinden girdikçe içlerini yakıyor, gözlerini kaşındırıyor, kulaklarını gıcıklandırıyordu. Kaşınmaları gerekiyordu, lakin elleri yukarıdan iple bağlı ve tavana asılı vaziyetteydiler. Simya kazanlarını kaldıran cayraskal düzeneği ikisinin de ayaklarını yerden kesme noktasında durdurulmuştu. Parmak uçlarında durur gibiydiler. Bedenleri karıncalanıyordu. Kara Şahin ağzında değişik bir tat hissetti. Sanki baygınken Cüce ona bir şeyler içirmişti.

"Evet sen!.. Sen, Tomruk Emini, Aslan Ağa..."

"Bu saydığın herifler gerçekten katildir haa!.. Öldürmüşlerdir. Sahi kimdi senin karın?"

"Aslanağa'nın kızı Nakşıgül Hatun!.."

"Efendi bütün kadınlar zaten Aslan Ağa'nın kızıdır. Hele sen başka şeyler söyle. Nerede, ne zaman, nasıl falan..."

"Yenibahçe'deki konakta, geçen sene..."

"Haaa, anladım!.. Önce sen Yenibahçe'deki bağ kulübesini konağa çeviren bu ellere teşekkür et bakalım!.."

"Nasıl?"

"Efendi, kim bir kulübede gerdeğe girmek ister veya bir kulübede gerdeğe girmek için sekiz yüz altını kayınbabasının avucuna döküverir ki?.."

"Ah eşek kafam, anlamalıydım... Konağı yerinde bulamadığım vakit anlamalıydım. Mahalleden hiç kimseye evliliğimi inandıramadığım vakit anlamalıydım. Peki Nakşıgül sağ mı?"

"Ben sana katil olmadığımı söylemedim mi?"

"Sağ ise şimdi nerede?"

"Haağ!.. Sağ mı, sağ ise nerdeee? İşte çok özel iki malumat. Her biri otuz bembeyaz ve yuvarlak inci eder."

Kara Şahin suratına inen yumruğun uğultusuyla cümlenin sonunu duyamamıştı. Cüce Çaker karşılarında bir peykeye kurulmuş, üstünde sallanan iplerden birini daha çekmişti. İp çekilir çekilmez tavandan inen bir kolun ucunda ayvalara sarılmış paçavradan yumruk, suratına inmişti. Sonra Cüce Çaker'in kahkahası duyuldu:

"Ben ayvayı yarı ezilmiş severim de!.. Neydi adın bakayım, Hörü mü? Sen de ister misin?"

Cüce Çaker bir başka ipin ucunu asıldığında Hörükız suratını yumruktan sakınıp gözlerini yumarken karşıdan sarkaç biçiminde bırakılmış bir gülle karnını çökertti. İçi dışına çıkmış gibi oldu. Öğürdü, nefesi daraldı, öksürdü. Kıvranmak istiyor ama ellerinden güç alıp kıvranamıyordu.

"Affedersin hanım sultan, bu balkabağıydı... Sırada pırasa olacak. Hığ. Sana gelince Kara Şahin!. Az sonra, yarattığım ve sonra başkalarına öldürttüğüm insanlar gelecek yanına. Hangisi karındı bana söylersin değil mi? Hağh, hağh..."

Şahin'in önünde çok geçmeden erkek ve kadın yüzleri belirmeye başladı. Gitgide bedenleri de oluşuyordu. Alımlı çalımlı, altın yaldız perçemli, şıkırdım nümayişli kadınlar, dünya güzeli tek başına defineler. Bazısı gülüyor, bazısı çığlık atıyor, bazısı da kendisiyle alay ediyordu. Renk renk kıyafetler arasında çıplak olanlar, kavga edenler arasında sevişenler... Görüntüler gittikçe kalabalıklaşıyor, Şahin dikkatle hepsine bakıyor, tanımaya çalışıyor, kıvranıyor, yerinde duramıyordu. Hörükız neler olduğunu, Şahin'in neden bu anlamsız hareketleri yapıp durduğunu anlayamıyordu. Şahin "Nakşıgül!. Nakşıgüüüül!" diye çığlıklar atmaya başladığında Cüce bir ipe daha asıldı ve Kara Şahin'in üzerinden bir kova su boşaldı.

"Gördün mü?!.."

Cüce Çaker'in hırıltılı kahkahaları karnına yediği yumruktan daha sinir bozucuydu. Kara Şahin ıslandığı halde bile kendine gelemiyordu. Demek etkili bir ilaç içirilmişti. Bir çare bulmalı, bu iğrenç heriften onu kurtarmalıydı. Babasına söz vermişti, Şehzade Ahmet'i tehlikelerden koruyacaktı. Cüceyi oyalamak için sordu:

"Bu nasıl sihir olabilir, inanmıyorum."

"Sihir de tıpkı simya gibi bir ilimdir sultanım. Fakat sihirle görülenler aslı olmayan hayaller değildir. Bilakis aslı olan bir şeyin hayalidir. İşte şu gördüğü çadır Isfahan Hanı'nın çadırıdır. Az sonra size hemen şuracıkta Lahor sultanının sofrasını kurdurabilir, çevrenize hizmetçiler yığabilirim. Efsun ve hülya insan muhayyilesini inandırır. Seninkinin evlendiğini sandığı kız hakikatte bizim çöpçatan karıydı, ama onu iki yıl evvel Sultan Ahmet'in Kölemen Emiri'ne hediye ettiği Gürcü cariye olarak gördü, Nakşıgül olduğuna inandı."

"Yani Nakşıgül yaşıyor -bunu söylerken bir tuhaf olmuştu- öyle mi?"

"Öyle tabii. Ama bunu seninkine söyleyemezdim. Varsın karısının cariye diye satıldığını bilmeden mutlu ölsün."

Hörükız Cüce Çaker'in "Varsın, mutlu ölsün!" sözünden Kara Şahin'i zehirlediğini anlamıştı. Bir an evvel bir şeyler yapmalı, önce kendini, sonra onu kurtarmalıydı. İçindeki tedirginlik öfkesini kabarttı. Belki de bu adamın davranışlarını değiştirmek, sağlıklı düşünmesini önlemek lazımdı. Öfkelendirmek de bir yol olabilirdi. Onu aşağılamak istedi:

"Seni kuduz köpek, onu zehirledin mi yoksa?!.."

"Hağh, hağh!.."

"Lanet olası bok çukuru!.. Suratını fareler yiyesi kambur cüce, söyle zehirledin mi?!."

"Cık, cık, cık... Sana hiç yakıştıramadım, hiç!.. Ayrıca mutlu bir ölüme zehirlenmek diyemezsin!.."

"Mutluluğu veren öd torbasına bakın hele!.. Gerdek gecesinde onun karısını öldüren konuşuyor?"

"Ben katile benziyor muyum hiç güzelim!.. Ayıp, çooook ayıp. O gece kimseyi öldürmedik. Bindallı'nın ölü oynaşının yüzüne birazcık balmumu, damadın şerbetine de biraz Cabilsa şurubu yetmişti... O gece kime baksa Nakşıgül diye sarılırdı zahir. Ertesi gün Eyüp Tomruğu'nda suyuna şu eczadan katmasaydık ağlaya ağlaya ölecekti. Ama bu gün ona bu eczadan veren olmayacak!.. Ama yine de iyiliğim üstümde, bu sefer ona bir iyilik daha yaptım. Azıcık sabret bak, seni dünya güzeli karısı zannedip sevinecek ve ardından kahkahalarla gülmeye başlayacak. Eh ağlayanların da bir gün gülmesi gerek değil mi?!.."

"O zehiri yaptığın güne lanet okuyacaksın Allah'ın belası, sidik suratlı cüce."

"Biz adama sevgili yanında, güle güle ölme şerefi bahşediyoruz, sen hâlâ..."

"Kes sesini pislik, büyüye layık gördüğün bir gerdek gecesi bile ona bir ömür acı çektirecek."

"Bahtiyar bir zevk gecesi, otuz beyaz inciye değmez mi sence, ha, değmez mi?"

"Değmez aşşağ..."

Hörükız iki göğsünün arasından bedenini delip geçen bir okun acısıyla kıvrandı. Üstelik ok peşinden alev almış bir ibrişimi sürükleyip getirmişti ve ibrişim sönmek bilmiyordu. Bütün bedenini alevler kaplamıştı ve acısı tahammülden öte bir şeydi. Demek Cüce Çaker yine bir ipin ucunu asılmıştı. Artık ikisi de ayakları üzerinde durmuyor, ellerinin bağlı olduğu halatlarla tavana asılı, baygın bekliyorlardı. O sırada bir çift gözün, bütün bu olup bitenleri gözlediğinden kimse haberdar değildi.

⁂

Bican Efendi Sultan Ahmet Arastası'ndaki kumaş dükkânına vardıktan birkaç dakika sonra sıska ve ihtiyar dükkâncı ondan şüphelenmiş, sorular sormaya başlamış, dükkânından gitmesini istemişti. Bican Efendi dışarı çıkar gibi ayağa kalkınca punduna getirip adamı önce yere yapıştırmış, sonra kıskıvrak bağlamış, sesini çıkarmasına fırsat vermeden tezgâhın altına tıkmış, üzerine de Bursa çatmalarından bir kumaş topunu açıvermişti. Kapıyı içeriden sürgüleyip dolabın içinden girilen dehlizde ilerlemeye başladığında önce bu dehlizin bir cüceye göre olduğunu gördü. Gittikçe daralıyordu. Hatta bir yerinde sıkışıp kalmış, farelerin hücumuna bile uğramıştı. Azman hayvanlar hayat yollarının tıkandığın zannedip çığlık çığlığa bağırmaya başladıklarında bir an evvel buradan kurtulması gerektiğini, yoksa fare çığlıkları dehlizin öteki ucundan duyulursa ölümüne davetiye yollanmış olacağını düşünmüştü. Öyle ya, ta Felemenk diyarından gelip de İstanbul'un bütün güzellikleri dururken bir dehlize sıkışarak ölme düşüncesinden kim ürkmezdi? Çırpındı, çırpındı. Giysisi parçalanasıya kadar çırpındı. Dar bölgeyi geçtiğinde üzerinde yalnızca çiçek desenli iç çakşırı vardı ve dehlizin bir daha daralmaması için dua etti. Neyse ki çok geçmeden sesler duymaya başlamış, fareler ve köstebeklerin çekilip gittiğini fark etmişti. Dikkatle ilerleyip de ışık sızan kapıya geldiğinde hırıltılı bir ses, "Otuz beyaz inciye karşılık bahtiyar bir zevk gecesi"nden bahsediyordu. Gözünü kapıdaki yarığa yerleştirdi. Gördüğü manzara dehşet vericiydi. Cücenin olması gereken yerde Kara Şahin ve Hörükız duruyorlardı. Besbelli ki içeride birkaç kişi onları kıskıvrak yakalamıştı. Ama hiçbiri ortada görünmüyorlardı. Yalnız Cüce Çaker yerinden hızla kalkıp birkaç ipin ucunu duvardaki çengellere astı ve odanın en izbe köşesinde gözden kayboldu. Bican Efendi uzun süre bekledi. Sessizliği bozan tek ses Kara Şahin'in kendine gelip ağlamaya başlamasıydı. Kara Şahin çocuk gibi ağladığına göre çok kötü gerçekler öğrenmiş olmalıydı. Onu hiç böyle görmemişti. Hörükız hâlâ baygındı. Kara Şahin bir ara ona baktı, sonra "Nakşıgülüm, şekerparem!.." deyip bu sefer gülmeye başladı. Bu arada Cüce Çaker kaybolduğu karanlık köşeden hızla odaya yeniden girdi. Elinde altın külçeleri vardı. Demek gerçekten simyayı başarmış, altın elde edebilmenin yolunu bulmuştu. "Yahut da..." dedi içinden, "Kara Şahin'in ve öldürdükleri diğer adamların altınları bunlar!" Cüce Çaker külçeleri istiflediği kasayı tezgâhın üzerine koyup yeniden gözden kayboldu. Bican Efendi burada garip bir şeyler olduğunu hissetmişti ama başka kimseyi de görememişti. Kara Şahin'in kahkahaları ortalığı boğmaya başladığında bu fırsatı kaçırmak istemedi ve kapıya yüklendi. Sürgülü olmalıydı. Eliyle yokladı ama mandal bulamadı. Karanlıkta kapının her yerini tekrar tekrar yokladı. "Bu kapıyı dışarıdan da açan bir düzenek olmalı" diye düşünüyordu. Ortalık zifiri karanlıktı, eliyle çevresini yoklamaya başladı. Sonunda kapının menteşe duvarında eline bir düğüm ilişti. Evet, bu olmalıydı. Yarıktan içeriye baktı. Tam ipi çekecekti ki Cüce elinde külçelerle yeniden odaya girdi. Bir sefer daha gidip altın getirmesi için dua etmekten başka çare yoktu. Külçeleri kasaya yerleştirdi, kasanın dört yanındaki halkaları yukarıdan sarkan bir zincire bağlayıp zincirin ucundaki mekanizmanın kolunu çevirdi. Külçe sandığı tezgâh üzerinde önce yürüyüp sonra bir karış kadar havalandı. Bican Efendi "Demek yukarıya çıkaracak! Kaçmaya hazırlanıyor" diye düşündü. Cüce altın kasasını öylece bırakıp oturduğu peykeye gitti. Tavana asılı iplerden birini daha çekmesiyle Kara Şahin'in yıldırım çarpmış gibi yerinde yalabıklanması bir oldu. Sanki ağlara takılmış bir balık gibi çırpınıyordu. Kahkahaları kesildi. Bir dakika kadar sonra bayıldı. Cüce Çaker o bayılır bayılmaz geldiği deliğe doğru yeniden hareketlendi. Şimdi etrafta çıt yoktu. Bican Efendi hem sessiz olması, hem de elini çabuk tutması gerektiğini iyi biliyordu. Düğümü yavaş yavaş çekti. Onun korktuğu cüce değildi ama eğer içeride kendisinin görmediği köşelerden birinde cücenin muhafızları varsa başa çıkmak zor olabilirdi. Çünkü üzerinde hiçbir silahı yoktu. Kapının gıcırdaması her şeyi berbat edebilirdi. Neyse ki korktuğu olmadı. İçeriye girip yavaşça kapıyı kapadığında ilk yaptığı şey gizlenecek bir yer aramak oldu. Cücenin peykesi bu iş için uygundu. Hemen arkasına geçip gizlendi. O sırada Cüce içeri girdi. Külçeleri sandığa yerleştirdikten sonra durdu, etrafı dinledi, havayı kokladı ve neşeli bir homurdanışla sordu:

"Hııı!. Bir misafirimiz var, öyle mi?!"

Bican Efendi'nin kalbi duracak gibi oldu. Cüceden korkmuştu. Daha doğrusu adamın böğürür gibi konuşması çok ürkütücüydü. Ona sırtı dönük bir kişi bu sesin bir cüceden çıktığına asla inanmazdı. Bekledi. Cüce yerinde yavaşça döndü. Yere sakına sakına basarak duvarda dizili cam tüplere doğru ilerledi. Bican Efendi bir ara arkasından gidip kıskıvrak yakalamayı düşündü. Sonra bundan vazgeçti. Peykenin bacaklarını kavradı. Gerektiğinde kaldırıp onunla vurabilirdi. Cüce raftan yıldız kesimi demir bir kabare aldı. Sonra aniden dönüp fırlattı. "Ciyak!.." sesiyle birlikte tavandan kazanın içine bir fare düşmüştü.

"Ben size eczalarımdan uzak duracaksınız demedim mi?!."

Bican Efendi az kalsın bayılıyordu. Cücenin maharetini görmüş, karanlıkta küçük bir kabareyi bir farenin tam alnına saplayışını hayretle izlemişti. Yerinden kıpırdayamıyordu. Tedbirli olmalıydı. Ayak seslerini dinledi. Cücenin yeniden aynı dehlize gittiğinden emin olunca başını kaldırıp çevresine bakındı. Şansı yaver gitmişti. Peykenin altında bir çuval buldu. Adamın geleceği deliğe doğru ilerleyip hazır bekledi.

* * *

Sonraki soruları Bican Efendi sordu; tavana asılı çuvalın içindeki Cüce Çaker cevapladı. Her yalan söylediğinde çuvalın içine, simya denek farelerinden canlı bir tanesini daha atıyordu. Farelerin ciyaklamalarıyla çıldırmadan evvel altınların, mücevherlerin, katillerin ve cesetlerin yerlerini birer birer söyletti. O sırada Hörükız yarı baygın yatıyor, Şahin de "Nakşıgülüm!" diye ona sarılıp sarılıp gülüyordu. Hatta bir ara Bican Efendi'ye bakıp iç donunu göstererek gülmeye devam etti:

"Bu ne hal Bican Efendi!. Hah, hah, ha... Nakşıgülüm, gözümün nuru!.."

66. Sual:
O Hikâye Nasıldı?

Ahmet Dede'nin kısa ama derin sohbeti, ihtilal ortamında şiddete alışmakta olan ruhuna munis bir anne şefkati kadar iyi gelmişti. Mevlevihane'yi çok özlediğini o vakit anladı. Derman Dede'yi, Kazancı Dede'yi, cümle canları dört ay sonra yeniden görmek bir bahtiyarlık sayılırdı. Belki de yeniden buraya gelip dervişliğe soyunmalıydı. Çünkü burada sevdiği insanlar vardı ve İstanbul'un bu sonbaharı pek çoklarının tanıdığı, sevdiği insanları savurmuş, alıp götürmüştü. Yangınlar, yağmalar, çatışmalar ve kıtaller... Mevlevihanedeki asude hayat devam ediyordu çok şükür. Yalnızca Süleyman Nahifi Efendi'yi görememişti. Ahmet Dede'nin söylediğine göre şair Nedim Efendi'nin gıyabi cenaze namazına gitmişmiş. Zavallı Nedim Efendi!.. Çırağan ve Sadabat'ın, kış gecelerinde helva sohbetlerinin renklerinden, kokularından, nağmeler ve nüktelerinden, eğlence ve oyunlarından ilhamlar alarak şuh handeler gibi şakıyan mısralarıyla ne derece hassas ve rind bir şair idi. Engin ruhunda gamların barınabileceği ufak bir liman bile bulunmayan bu adamdan geriye gazeller ve şarkılarla birlikte gonca dudaklardan ve pembe lalelerden daha rakik, süzgün ve aşüfte handeler kalmıştı. Mevlevihane'deki söylentiye göre isyancılar Beşiktaşı'ndaki evinin kapısına dayanınca yarı mest, çatıya çıkmış ve oradan kendini boşluğa bırakıvermiş. Bunu duyunca onun geçen yıl dillerde dolaşan gazelinin son beytini mırıldanmaktan kendini alamadı:

Ey Nedîm, ey bülbül-i şeydâ, niçin hâmûşsun
Sende evvel çok nevâlar, güft ü gûlar var idi[*]

Canların öğle zikrine hazırlandıkları esnada Mevlevihane'den ayrılırken Nahifi Efendi'nin hücresindeki yastığın üstüne küçük, kirli, topraklara bulanmış bir kesecik bıraktı. Bu, kuşluk vaktinde Şeyh Yahya Efendi Dergâhı'nın haziresinden çıkardığı üç keseden biriydi ve içinde armudî bir zümrüt vardı. Nahifi Efendi'nin sır saklayacağından, keseyi asla sorgulamayacağından ve parasını tekkenin masraflarına harcayacağından emindi. Bican Efendi daha bu sabah ona mezarı tarif ettiğinde kendi incilerini bulacağını söylemişti. Cüce Çaker'in koynuna üçüncü fareyi attığı zaman itiraf ettirmişmiş. Anlattığına göre Dergâh'a girmeden yirmi adım kadar solda bir kap-

* Ey Nedim, ey çılgın bülbül, neden böyle sustun? Oysa sende ne muhteşem şakıyışlar; söylendik, söylenmedik nice sözler var idi...

tan mezarıymış. "Bir lahit mezardır. Şahidesi kırık bir kalyon direği ve o direğe bağlı bir yelken şeklinde yontulmuştur. Lahdin sağ omuz köşesinde," diye söylemiş. Kara Şahin gelirken umutsuz olmakla birlikte tam tarif edilen yerde mezarı, hemen altında da incileriyle birlikte bambaşka iki kese daha bulmuştu. Mezarın kitabesi gerçekten de eski bir denizciye aitti. Kitabesini okurken annesini hatırladı. Çoktandır mezarına gidememişti. Onun da tıpkı bu denizci gibi ansızın ömür gemisinin sereni kırılmış, yelkeni toplanıvermişti. Bu mezar taşı kendisine çok şey anlatıyordu. Belki de bu yüzden şimdi Mevlevihane'ye uğramış, kim bilir kimlerin başını yakmış olan iri zümrüdü, yine kimsenin haberi olmadan oraya bırakmıştı. Kapıdan çıktığında belindeki kuşakta sakladığı diğer iki keseyi eliyle yokladı. Seviniyordu. Atını tırısa kaldırdı, sonra da dörtnala sürdü.

Hörükız'ın kendisinden evvel Galata rıhtımına ulaşmasını istemiyordu. Eğer her şey yolunda gittiyse o da muhtemelen şu sıralarda Kazasker İshak Efendi'nin yanından ayrılıyor olmalıydı. Bu sabah ona da Binbirdirek Sarnıcı'ndaki hazinenin emin ellere ulaştırılması vazifesi düşmüştü. Baba dostu İshak Efendi ancak ona inanır, ihbarcıyı tutuklatmazdı. Cüce Çaker'in biriktirdiği onca külçede İstanbul tacirlerinin ve zenginlerinin hangilerinin pay sahibi olduğu belli bile değildi. Üstelik çoğu bu altınlar yüzünden Haliç'in derin sularında ebedi uykulara dalmışlardı. Elbette bunca altın ancak Âl-i Osman hazinesine konulmalıydı. Hörükız bunu başaracaktı.

Şahin, geçtiği yollarda İstanbul'u neşeyle seyrediyor, karşılaştığı insanlara genç yaşlı, çoluk çocuk selam veriyordu. Atını ya Tophane'de yahut Azapkapısı'nda bırakması gerekiyordu. Çünkü şehirde hayat normale dönmüştü ve at ile dolaşmak artık yalnızca üst rütbeli devletlûların ayrıcalığıydı. Hele köprüye at ile girerse tutuklanırdı. O Azapkapısı'nı tercih etti. Sonra da koşarak rıhtıma vardı.

Hafız Çelebi elini Topaç Yeye'nin omzuna atmış, hemen köprü girişinde onu bekliyorlardı. Heyecanla ve kaş göz işaretiyle incileri bulup bulmadığını sordular. Onlara gülümsedi. Hafız Çelebi biraz solgun ve durgundu. Yeye onu ayakta tutmaya çalışan bir baston gibiydi. Bican Efendi mürur tezkiresini almış veda için geliyordu. Geminin demir almasına yarım saat vardı. Şahin'in gülümseyen şifresine o da çok sevindi. Sonra hepsinin gözleri köprünün İstanbul yakasından gelecek Hörükız'ı aramaya başladı.

"Şu sıralarda gelmesi lazım."

"Evet, inşallah her şey yolunda gitmiştir."

"Yolunda gitti elbette!.."

Hepsi birlikte arkalarını döndüklerinde Hörükız'ı feraceli bir kadın olarak gördüler. Kara Şahin neredeyse sarılıverecekti! Ellerini açıp adım attığı sırada birden duraksadı. Diğerleri bunu anlamışlardı. Hörükız başını yere eğdi. Şahin bakışlarını gökyüzünde gezdirdi.

"Ih-ım!.. Şimdi hepiniz gelin bakalım, ayrılmadan son bir kez konuşalım."

Bican Efendi durumu iyi kurtarmış, Yeye ile Hafız Çelebi'nin gülmemesini sağlamıştı. Hamallar tarafından gemilere yüklenmek üzere filelerle bağlanmış balyaların arkasında bir köşeye çekildiler. Bican Efendi bütün ayrılıkların, bütün vedalaşmaların ruhunda var olan hüzünlü bir tonda konuşmaya başladığında elindeki çıkının düğümünü çözüyordu:

"Artık yaşlandım. Önümüzdeki baharda, Katre-i Hayat'ın açtığını görmeye gelir miyim bilemem. İki ömrüm olsaydı ikincisini de İstanbul'da geçirmeyi çok isterdim. Olanlara rağmen insan bu şehirde daima bahtiyar yaşayacak sebepler bulabilir yine de. Yeye! Laleler artık sana emanet!.. Yeni bir lale ürettiğinde işte şu gemiyle bana da bir soğan gönder. Gönder ki sizi hiç unutmayayım. İşte şu kese o göndereceğin soğanların havale bedeli. Ve şu da Şehnaz'ın çeyizi için."

Bican Efendi çıkının içinden biri küçük, diğeri büyük iki keseyi el çabukluğuyla Topaç Yeye'nin kuşağına sokuverdi. Herkes şaşırıp kalmıştı. Topaç Yeye birden Şehnaz'ı düşündü. Sonra hepsi birden itiraz edecek oldularsa da fırsat vermedi, Yeye'nin başını okşadı:

"Bunlar, evladım, Aslan Ağa'nın senden çaldığı anne şefkatinin ve gençlik yıllarının bedelidir. Al, çekinme... Huri Kızım sana gelince. Bir oğlum olsaydı senden başkasını gelin almazdım. İstiyorsan gel benimle şu gemiye bin, seni asilzadelerle evlendireyim. Yok, gelmem diyorsan şu küpelerle düğmeleri benden hatıra say!"

Hörükız, avucuna konan iri elmas küpeler ile zebercet düğmelere bakarken şaşırmakla birlikte işi şakaya vurdu.

"Bican Efendi!.. Cüce Çaker'in hazinesini mi yağmaladın sen? Kazasker İshak Efendi'ye haber vermeliyiz!.."

"Ben bir koşu varayım, gemi kalkmadan..."

Hepsi birlikte gülüştüler. Bican Efendi son cümleyi söyleyen Kara Şahin'e susmasını işaret etti:

"Elbette senin konağını da geri aldım. Annenin hatırası say, düğününü orada yap!.."

Hörükız başını gemiden yana çevirdi. Kara Şahin ile göz göze gelmek istemiyordu. Düğünden bahsediliyordu. Nakşıgül'ün sağ olduğunu ona söylememişti. Belki de hiç söylememeliydi. Hem sağ olsa bile şimdi kim bilir hangi sarayda, kaç çocuk annesiydi. Tabii olmayabilirdi de. Üstelik ona söylemediği başka şeyler de vardı. Acaba bir şehzade olduğunu öğrenmek ister miydi? Kendisinin onu yaşatmak için yaşadığını bilse ne düşünürdü? Annesinin ölmeden evvel kendi babasına otuz iri inci tanesi vererek onu korumasını ve şehzade olduğunu bildirmemesini vasiyet ettiğini, babasının da bu incilere hiç dokunmadan onu koruduğunu öğrenmesi ne işine yarardı. İki yıl evvel babasının ölürken verdiği incileri şimdi getirip önüne saçsa ne düşünürdü. Haliç'te sandalına çarpan basmacı kayığındaki hamlacının da, Seyrekbasan Osman'ın yardımını otuz altın karşılığında ona Hızır gibi ayarlayanın da, hatta Tomruk Emini onu çarşıda yakalamak üzereyken çığlık atıp dikkatleri dağıtan kadının da, Elçi Hanı'nda elinde hançer ile yerde bulduğu adamı bayıltan meçhul kişinin de, daha pek çok yerde hissettirmeden işlerini düzene koyan kişinin de kendisi olduğunu bilmesi ona ne yarar getirirdi ki? Üstelik belki "Ele girmezse eğer sevdiğimiz / Ne çare eldekini sevmeliyiz" beytini bir yerlerde duymuş da olabilirdi. Ona bundan böyle "Şehzade Ahmet veya Sultan Ahmed-ı Râbi (IV. Ahmet)" denilmesini gerçekten ister miydi? Annesin hatırasını taşıyan "Ahmet" adı acaba o vakit kendisine güzel gelir miydi? Acaba... Acaba...

Sorular zihninde uzayıp giderken Kara Şahin'in Şehzade Ahmet olduğunu İshak Efendi'den ve kendisinden başka bilen hiç kimsenin artık kalmamış olduğunu fark etti. Başına gelenlerden sonra İshak Efendi'nin yeni hükümdara ve yeni vezire bu şehzadeden bir daha bahsetmeyeceğinden adı gibi emindi. Patrona Halil, yalnızca Sultan Ahmet'i değil, bilmeden Şehzade Ahmet'i de hal' etmişti. Bütün bunları düşünürken Kara Şahin'in düğün konusunda ne cevap verdiğini yahut altınlara ilişkin ne yaptığını hiç bilmedi. Elbette Şahin'in neyzen bakışıyla bütün o düşünce anını izlediğini de bilmedi. Başını geri döndürdüğünde yalnızca "Gemiyi kaçıracaksınız Bican Efendi!" diyebildi.

"Keşke kaçırsa!.."

"Kafız Selebim! Dört gün evvel kaçırmıştım biliyorsun. Bir daha geldi. Bunu kaçırsam biri daha gelecek. Bundan böyle İstanbul'a gelen gemilerin değil de İstanbul'a giden gemilerin yolunu gözlemek istiyorum. Ta ki ikiz lalelerimden birini sana ulaştırabileyim. Benim aziz dostum!.. Müslümanlar 'Hakkını helal et!' diyorlar ya, sen de bana hakkını helal et. Sizin cennete beni alırlarsa orada ziyaretine gelirim; olmazsa sen beni ziyarete gel. Çünkü seni çok özleyeceğim."

Yelkenlerini doldurup Sarayburnu'nu dönen Flandır bandıralı Amsterdam gemisinin puntellerine yaslanıp İstanbul'u daha şimdiden özlemiş gibi son defa seyretmekte olan gözlerden iri avuçlarını dolduran nadide bir gerdanlığın incileri ve yakutları üzerine akan gözyaşları, yakutların sıcaklığı ve incilerin saydamlığına karışıp kayboldu. O sırada rıhtımdaki nemli gözler, bir daha karşılaşamayacaklarını bildikleri bir dostun son görüntülerini gözbebeklerine nakşetmekle meşguldüler. Ne Şahin'in pazubendinden çıkarıp Hörükız'ın avucuna sıkıştırdığı inci tanesini, ne de Hörükız'ın gözünden süzülen inci tanesini kimsecikler görmedi. Hafız Çelebi bir hikâye anlattı.

HATİME

Bir müzayededen satın alıp içindekileri yalınlaştırarak sizlerle paylaştığım “Yek Cinayet Şast u Şeş Sual” adlı elyazmasının satırları böyle bitiyor. Kütüphanelerde bu kitabın bir kopyasını daha bulamadığımı kitabın başında söylemiştim. Ama Hafız Çelebi'nin nasıl bir hikâye anlattığı hususundaki merakım beni Osmanlı arşivlerine yöneltti. Henüz o hikâyenin hangisi olduğunu bulamadım, ama kahramanlarımızla ilgili bazı bilgilere buldum. Bu bilgiler, dönemin tarihçisi Suphi Efendi'nin yazdıklarına da uyuyordu. Belki bilmek istersiniz diye yazıyorum:

Devrin şairlerinden Fasihî, isyanı anlatan çok sayıda şiirler yazdı. Kadı sicil defterlerinde pek çok adli olay yer aldı. Başta Sultan Ahmet olmak üzere ihtilalde yitirilen insanları anlatan ve kimin söylediği belli olmayan manzum bir destan, yıllarca hem İstanbul'da hem de Anadolu ve Rumeli'deki yurtlarda yanık nağmelerle okundu, gözyaşlarıyla dinlendi. Müteferrika İbrahim Efendi'nin matbaası iki ay içinde yeniden kitap basmaya başladı. Hafız Çelebi ile Yanık Yusuf Ağa'nın isimleri daha sonra yazılan şükûfenamelerde ve lale mecmualarında sık sık anıldı. Kayıtlara göre tam çeyrek yüzyıl boyunca hiçbir bahçıvanın Cücemoru yetiştirmediği anlaşıldı.

Sultan III. Ahmet, tahtından indirildikten sonra yaşadığı altı yıl boyunca Necib mahlasıyla gazeller, murabbalar kaleme alarak sonsuz kederini unutmaya çalıştı. Kızını kocasız bıraktığı günden dolayı hep pişman oldu.

Sultan I. Mahmut, çeyrek yüzyıl Osmanlı Devleti'ni idare etti. Bahar meltemlerinin bazı geceler kemanının yanık nağmelerini Üsküdar sahillerine kadar getirdiğini işitenler anlatır. Şiir yazar ve hüsn-i hatla ilgilenirdi.

Kazasker İshak Efendi, ihtilalden sonra üç yıl görevde kaldı. Haliç'te üç bölgeyi dalgıçlarla taratıp ihtilal öncesindeki faili meçhul cinayetlerin hepsini aydınlattı. Başarılarından sonra şeyhülislamlığa getirildi. Sultan I. Mahmut'un cülus bahşişi için harcanan külçe altınları nereden bulduğunu hiç kimse öğrenemedi.

Patrona Halil Ağa hakikatte dürüst olmakla birlikte çevresini saranlar aşağılık herifler çıkmıştı. Sultan I. Mahmut ona sahte bir hil'at giydirme merasimi tertipledi, adamlarıyla birlikte sarayda bir divana davet etti, divan sonunda kendisini Revan Köşkü'nde, Muslu Beşe, Kahveci Ali, Civelek Mustafa gibi azılı haydutlarını da Aslanhane'de doğratıp leşlerini Bâb-ı Hümayûn önüne attırdı. Ardından İspirizade, Kaptan-ı derya Abdi Paşa, İstanbul Kadısı İbrahim Efendi gibi şerir adamları boğdurttu.

Pit-Jan (Bican) Efendi, Cüce Çaker'in ganimetlerinden aldığı iki parça gerdanlığı İngiltere'de paraya çevirerek Felemenk'te geniş araziler satın aldı. Giderken gemiye yüklettiği çuvallar dolusu lale soğanını burada üretti, Hafız Çelebi'nin anısına İstanbul laleleri yetiştirdi. Onun parıltılı laleleri yetişince Hollanda'da lale çılgınlığı başladı. Ölünceye kadar her yıl İstanbul'a bir çift lale soğanı göndermeye devam etti. Hazırladığı lale resim albümleri daha sonra kraliyet kütüphanesinin en değerli koleksiyonları arasında sayıldı.

Şehnaz, henüz çocuktu. Topaç Yeye de çocuktu. Bir yıl sonra üç çocuk oldular.

Hafız Çelebi, üç yıl Sultan Mahmut için lacivert lale üretti. Yeye'ye medrese eğitimi aldırmayı çok önemsedi. Bir emeli de torun sahibi olmaktı ve Yeye'nin kızını bağrına bastığı ilk akşamda vefat etti. Her şeyiyle birlikte kaplumbağaların sırrını da yegâne oğluna miras bıraktı, sırrı yazdığı kâğıdı yırtıp attı.

Topaç Yeye, ihtilalde konakları yağmalanıp işleri bozulduğu için evhama yakalanan Veyis Ağa'yı Haseki Bimarhanesi'ne göndermedi, hanımıyla birlikte yıllarca himaye etti. Ne ki içinden gelip bir gün olsun onlara anne-baba diyemedi. Ayasofya Medresesi'nde üç yıl hadis tahsil etti ve Katre-i Hayat'ı beş nesil yaşattı. On yıl sonra Lale Encümen Reisi oldu. Şükûfeciler arasında Yanık Yusuf Ağa diye ün saldı. Her yıl Pit-Jan Efendi'ye iki soğan ile bir mektup göndermeyi ihmal etmedi. Şehnaz'ı çileden çıkaran tek huyu, Kara Şahin ile havuz başında oturup sabahlara kadar eski günlerden bahsetmekti. Yalnız kaldığında sık sık Hafız Çelebi'nin "Lalelerin dikim zamanı geçiyor oğulcuğum!.. Gelecek bahara inşallah Katre-i Hayat yetiştireceğiz," diyen sesini hatırlıyor ve gizlice ağlıyordu.

Hörükız'a gelince; Üç Hilal Cemiyeti ciltlerinde bir daha adına rastlanmadı.

"Kara Şahin?"

"?!.."